*Heute Nacht oder nie*
Nach dem Mord an den zwei Männern, die Nicole brutal vergewaltigt hatten, war seinerzeit Nicoles Geliebter, der berühmte Pianist Paul Dominic, verschwunden und später für tot erklärt worden. 15 Jahre nach der schrecklichen Tat lebt Nicole, inzwischen verheiratet und Mutter eines Kindes, wieder in ihrer Heimatstadt San Antonio, Schauplatz ihrer schmerzlichen Erinnerungen. Plötzlich meint Nicole, Paul gesehen zu haben, aber er entwischt ihr. Dann versetzt eine Serie rätselhafter Gewalttaten Nicole in Panik. Ist Paul womöglich noch am Leben? Steckt er hinter den Geschehnissen?

*Kalt ist die Nacht*
Blaine und ihre Stieftochter Robin finden eine Leiche auf ihrem Grundstück – Robins beste Freundin. Durch die Obduktion stellt sich heraus, dass das Mädchen ermordet wurde. Und, dass Rosie schwanger war. In der Nacht nach dem grausigen Fund erhält Blaine einen Anruf. Niemand meldet sich, aber Blaine hört ein bekanntes Kinderlied, das auf makabre Weise Rosies Tod untermalt. Als sie der Polizei davon erzählt, scheint niemand ihr zu glauben. Im Gegenteil: Blaine selbst gerät immer mehr in Verdacht. Als das nächste Mädchen ermordet wird, ist es wieder Blaine, die die Leiche findet …

*Carlene Thompson* wurde 1952 in Parkersburg, West Virginia, geboren. Sie studierte englische Literatur und unterrichtete von 1983 bis 1989 an der Universität von Rio Grande in Ohio. Ihr erster Roman, ›Black For Rememberance‹ (1991; dt. ›Schwarz zur Erinnerung‹), wurde auf Anhieb ein Erfolg und auch ins Französische, Japanische, Niederländische und Norwegische übersetzt.

*Weitere lieferbare Titel im Fischer Taschenbuch Verlag:* ›Schwarz zur Erinnerung‹ (Bd. 14227), ›Sieh mich nicht an‹ (Bd. 14538), ›Im Falle meines Todes‹ (Bd. 14835), ›Vergiss, wenn du kannst‹ (Bd. 15235) und ›Glaub nicht, es sei vorbei‹ (Bd. 15946).

*Unsere Adresse im Internet: www.fischerverlage.de*

*Carlene Thompson*

# Heute Nacht oder nie

# Kalt ist die Nacht

*2 Romane*

Aus dem Amerikanischen von
Anne Steeb und Irmengard Gabler

Fischer Taschenbuch Verlag

Limitierte Sonderausgabe
Veröffentlicht im Fischer Taschenbuch Verlag,
einem Unternehmen der S. Fischer Verlag GmbH,
Frankfurt am Main, Februar 2005

*Heute Nacht oder nie*
Die Originalausgabe erschien unter dem Titel
»Tonight You Are Mine«
im Verlag St. Martin's Press, New York

*Kalt ist die Nacht*
Die Originalausgabe erschien 1993
unter dem Titel »All Fall Down«
im Verlag Avon Books, The Hearst Corporation, New York

Druck und Bindung: Clausen & Bosse, Leck
Printed in Germany
ISBN 3-596-50829-0

*Band 1*

# Heute nacht oder nie

*Mein Dank gilt Pamela Ahearn, Kevin Thompson und Keith Biggs.*

*Ich widme dieses Buch meinem Vater in liebevollem Gedenken.*

# Eins

In dem großen Raum flackerten Kerzen, die Flammen warfen tanzende Schatten an die Wand, und ihr frischer Vanilleduft erfüllte die Luft. Nicole lag ausgestreckt auf dem kühlen, glänzenden Parkett, das blonde Haar auf einem Gobelinkissen. Neben ihr ruhte vollkommen reglos ein Mann. Er hielt ihre rechte Hand. Er hatte die Augen geöffnet, doch sie wusste, dass er den Raum nicht wahrnahm. Seine Aufmerksamkeit galt der Musik.

Sie schloss die Augen und ließ die Musik über sich hinwegfluten. *Rhapsody in Blue*. Die sinnlichen Klänge des Jazz-Klassikers drangen aus großen Stereolautsprechern. Paul Dominic, der Mann neben ihr, spielte das Stück auf der Platte mit dem ganzen Können und der Leidenschaft des weltberühmten Klaviervirtuosen, der er war.

Nicole spürte seine Anspannung, als Paul der vier Takte langen Passage lauschte, die die Überleitung zwischen der langen Klavierkadenz und der bekannten Melodie des *Andantino moderato* bildete. Dann brauste die Musik auf und auch Nicoles Herz schlug schneller, als der Solist mit dem langsamen Thema einsetzte und im Wechselspiel mit dem Orchester die Rhapsodie zu ihrem spektakulären Abschluss brachte.

Paul drehte sich zu ihr um und stützte sich auf die Ellbogen. »Hat es dir denn gefallen, *Chérie*?«

Nicole holte tief Luft. »Es ist wunderbar.« Sie hatte das Gefühl, wie ein atemloser Teenager zu klingen, und wünschte sich das wohlklingende Vokabular eines Kritikers, um ihre Empfindungen in Worte fassen zu können. Stattdessen strich sie ihm über sein schwarzes Haar. »Ich kann es immer noch nicht fassen, dass ich mit dir zusammen bin, Paul«, flüsterte sie. »Ich kann es nicht fassen, dass ich mit einem Mann zusammen bin, der so herrliche Musik spielen kann. Der solch ein Talent hat …« Sie schüttelte den Kopf. »Du bist ein Genie.«

»Ich bin kein Genie«, widersprach er lachend. »Die Musik ist ein Viertel Begabung und drei Viertel Schwerstarbeit. Außerdem bin ich längst nicht so gut, wie ich sein müsste.«

»Da sind die Kritiker aber anderer Meinung. Die sagen, du seist der ideale Gershwin-Pianist.«

Er lächelte. »Du liest also meine Kritiken.«

»Aber sicher. Ich weiß auch, dass deine Konzerte immer überall ausverkauft sind.« Sie runzelte die Stirn. »Was findet so einer wie du nur an mir?«

Er sah sie mit seinen haselnussbraunen Augen durchdringend an. »Glaubst du an die Macht des Schicksals, Nicole?«

»Darüber hab ich, ehrlich gesagt, noch nicht richtig nachgedacht.«

»Ich glaube daran«, fuhr er eindringlich fort. »Ich glaube, dass es mir bestimmt war, nach Texas zurückzukehren und dich wiederzusehen.« Er berührte eine Strähne ihres Haars. »Du warst erst sieben, als ich dir das erste Mal im Laden deines Vaters begegnet bin, und in meinen Augen warst du das schönste kleine Mädchen, das ich je gesehen hatte. Du hast an dem besten Flügel deines Vaters gesessen und *Down in the Valley* gespielt.«

Nicole verdrehte die Augen. »Eine meiner meist verlangten Nummern, sehr gefragt bei Familienfesten.« Sie lachte. »Es überrascht mich, dass Papa mir erlaubt hat, auf dem teuren Klavier herumzuhämmern. Ich habe keinerlei musikalische Begabung, das weißt du doch.«

»Aber du hast viel Gefühl, Nicole. Dein Gesichtchen war so konzentriert, beinahe verzückt. Kaum etwas hat mich je mehr gerührt. Ich glaube, dass ich mich an jenem Tag in dich verliebt habe. Genauer gesagt in die Frau, zu der du nach meiner Überzeugung heranwachsen musstest.« Er lächelte, und seine strengen Gesichtszüge wurden weich. »Und dass dich dein Vater an diesen Flügel gelassen hat, ist kein Wunder: Er kann dir nichts abschlagen.«

»Abgesehen von dir.«

Paul wirkte ernüchtert. »Du bist erst neunzehn und im zweiten Jahr am College. Ich bin zehn Jahre älter und hab schon einiges von der Welt gesehen. Er versucht doch nur, dich zu beschützen. Er denkt, du wärst nur ein Zeitvertreib für mich, während ich meine Mutter pflege, bis sie ihre Lungenentzündung auskuriert hat.«

Nicole sah finster vor sich hin. »Macht es dir denn gar nichts aus, dass wir uns nur heimlich treffen können? Dass wir nicht in aller Öffentlichkeit zum Essen oder ins Kino gehen können? Dass er toben würde, wenn er wüsste, dass ich hier bei dir bin, statt in der Bibliothek zu lernen?« Sie hob die weiße Rosenknospe auf, die er ihr überreicht hatte, als sie am frühen Abend zur Tür hereingekommen war. »Nicht einmal die kann ich mit nach Hause nehmen.«

»Es stört mich sehr wohl, dass wir unsere Beziehung geheim halten müssen«, sagte Paul ruhig, »aber ich verstehe es. Abgesehen davon, dass ich älter bin, hat mich dein Vater immer sonderbar gefunden, schon damals, als ich als Junge in seinem Musikladen ein- und ausging.«

»Wie ist er nur darauf gekommen, dich sonderbar zu finden?«, fragte Nicole indigniert.

Paul lächelte. »Ich bin nun einmal sonderbar. Frag jeden, der mit mir zur Schule gegangen ist.«

»Die haben nur nicht kapiert, dass sie es mit einem musikalischen Wunderkind zu tun haben«, begehrte Nicole auf. »Nicht einmal Papa, obwohl er früher selbst Ambitionen hatte. Vielleicht ist das sein Problem. Vielleicht ist er neidisch auf dich.«

Paul zuckte die Achseln. »Egal. Was man hier von mir hält, hat mich früher sehr getroffen, aber inzwischen berührt es mich nicht mehr.« Er sah auf die Uhr. »Worauf es ankommt, ist die Tatsache, dass es schon fast zehn Uhr ist. Deine Eltern werden sich wundern, wo du bleibst.«

»Ich wollte, ich hätte eine eigene Wohnung«, sagte Nicole ärgerlich. »Es ist einfach lächerlich, mit neunzehn noch zu Hause zu wohnen. Ich hasse es.«

»Bald werden wir verheiratet sein, und du wirst in New York wohnen«, tröstete Paul sie. Er erhob sich mit der fließenden Eleganz eines Tänzers. Das Licht der Kerzen zeichnete die Umrisse seines kräftigen, geschmeidigen Körpers nach. Er trug schwarze Jeans und ein schwarzes T-Shirt. Das schmale Silberkreuz mit den Türkisen, das sie ihm zum Geburtstag geschenkt hatte, hing an einer Kette um seinen Hals und glitzerte im Kerzenschein. Er bückte sich, ergriff ihre Hand und zog sie mühelos hoch. »Du solltest jetzt heimgehen, sonst schöpft dein Vater Verdacht.«

»Es ist wirklich schon spät. Außerdem muss ich bei der Bibliothek vorbeifahren und wenigstens ein Buch ausleihen. Wenn ich mit leeren Händen nach Hause komme, weiß er, dass ich ihn angelogen habe, als er wissen wollte, wo ich heute Abend bin.«

»Warum hast du das nicht früher gesagt?« Paul warf erneut einen Blick auf die Uhr. »Ich begleite dich zum Auto.«

Eine Frau erschien an der Tür. Ihr mattschwarzes Haar war zu einem langen Zopf geflochten, und sie trug ein hochgeschlossenes rotbraunes Kleid. »Señor Paul, Ihre Mutter verlangt nach Ihnen«, sagte sie mit spanischem Akzent.

»Ich dachte, sie wäre längst eingeschlafen.«

»War sie auch.« Nicole konnte Rosa, die Haushälterin der Familie Dominic, nicht leiden. Die Frau sah Paul mit einem Ausdruck tiefer Missbilligung an, obwohl ihr Tonfall höflich war. »Die Musik hat sie geweckt.«

Paul schloss kurz die Augen. »Ich vergesse immer wieder, dass ich nicht mehr allein lebe. Tut mir Leid, Rosa. Sagen Sie ihr, ich komme gleich.«

»Ist gut, aber beeilen Sie sich. Die laute Musik hat sie verstört. Sie redet auf Französisch vor sich hin. Ich kann sie nicht verstehen. Ich finde, sie gehört wieder ins Krankenhaus.« In ihren Worten schwang heftiger Tadel mit, doch Paul merkte es entweder nicht oder er zog es vor, nicht darauf einzugehen. Sein Tonfall blieb liebenswert.

»Gehen Sie wieder zu ihr, Rosa. Sagen Sie ihr, dass ich komme, sobald ich Miss Sloan zum Auto gebracht habe.«

»Das ist wirklich nicht nötig, Paul«, warf Nicole hastig ein und ärgerte sich, dass Rosas unbeirrbarer Blick sie so aus der Fassung brachte. Sie hatte den Sohn der Frau ein paar Mal im Haus gesehen und fragte sich nun, ob sich der Teenager von seiner Mutter ebenso einschüchtern ließ wie sie. Höchstwahrscheinlich. Nur jemand mit Pauls Selbstvertrauen konnte ihr ewig vorwurfsvolles Gehabe ignorieren. »Deine Mutter braucht dich und mein Wagen steht draußen vor der Tür.«

»Aber nicht in der Auffahrt.« Paul wirkte besorgt. »Und ich mag es nicht, dass du spät abends allein unterwegs bist.«

»Jetzt hörst du dich an wie Papa.« Sie stellte sich auf die Zehenspitzen und küsste seine glatte Wange. Rosa wandte sich ab. »Glaub mir, ich schaffe es, euren Rasen zu überqueren und das kurze Stück zu meinem Auto zu gehen.«

Sie stiegen die Wendeltreppe hinab. Die Eingangshalle mit den spanischen Fliesen war leer und nur von einer alten Tiffany-Lampe erleuchtet, deren Licht kräftige, helle Farbflecken ins Halbdunkel streute. Paul zufolge war das Haus in den zwanziger Jahren gebaut worden und seit den fünfziger Jahren im Familienbesitz, als das texanische Öl die Dominics aus New Orleans nach Texas gelockt hatte. Nicole erinnerte das Haus an die Villa eines extravaganten Stummfilmstars wie Rudolph Valentinos *Falcon Lair*. Sie konnte sich vorstellen, wie er und seine geheimnisvolle Frau Natascha Rambowa dort auf dem Kachelboden Tango tanzten. Ein Filmregisseur hätte als Elternhaus für einen Mann wie Paul Dominic keine perfektere Kulisse auswählen können. Das Haus passte zu seiner Dramatik, seiner Eleganz.

Paul zog sie an sich. »Seh ich dich morgen?«

»Ich weiß noch nicht. Ich habe morgens nur zwei Seminare, aber ich muss in die Missionsstation von San Juan fahren, um zu recherchieren. Das Referat ist am Montagmorgen fällig.«

»Dann treffen wir uns in der Mission.«

Nicole lächelte. »Paul, beim letzten Mal, als du dich dort mit mir getroffen hast, sind wir den ganzen Tag herumspaziert, haben geredet und uns gegenseitig fotografiert.«

»Für mich einer der glücklichsten Tage meines Lebens.«

»Für mich auch, aber ich bin zu nichts gekommen. Ich habe bislang gerade mal zwei Absätze Notizen und keine Bilder, auf denen nicht einer von uns in Touristenpose zu sehen ist.«

Paul lächelte. »Na gut, werte Forscherin. Diesmal werden wir ganz sachlich bleiben, ich verspreche es.« Er streckte ihr die Hand hin. »Abgemacht?«

Sie legte ihre Hand in die seine. »Abgemacht. Ich bin gegen ein Uhr da.«

Er beugte sich zu ihr herab und küsste sie heftig. Als er sich von ihr löste, war ihr fast schwindelig. »Ich liebe dich sehr, *Chérie*. Das glaubst du mir doch, oder?«

Sie wurde rot. »Ich hoffe es jedenfalls.«

»Du sollst es nicht hoffen. Du musst es wissen.« Seine Stimme klang tiefer, seine Augen blitzten. So aufregend Nicole Pauls Intensität fand, irritierte sie sie doch manchmal. Sie war im Lauf der Jahre mit mehreren Jungen befreundet gewesen, doch Paul Dominic war kein Junge. Und er war auch nicht irgendwer. Er war brillant, ein musikalisches Genie, berühmt, vermögend. Außerdem sah er blendend aus: Er war der schönste Mann, den sie je gesehen hatte. Gelegentlich überwältigte die Wucht seiner Persönlichkeit ihre junge, relativ unerfahrene Psyche. Obwohl sie wusste, dass sie hübsch war, und immer beliebt gewesen war, hatte sie nichts im Leben auf dieses überlebensgroße Ich, diesen Wirbelwind vorbereitet, der Paul Dominic hieß. Manchmal kam ihr die Beziehung zu ihm wie ein Traum und nicht real vor. Aber es war kein Traum. Ihre Gewissheit, dass Paul sie tatsächlich liebte, so unwahrscheinlich es ihr auch immer wieder vorkam, hatte dazu geführt, dass er ihr erster Geliebter wurde, und sie war sich darüber im Klaren, dass sie nie mehr einen anderen so lieben konnte wie diesen Mann.

Er entließ sie aus seiner Umarmung und küsste sie leicht auf die Stirn. Sie überreichte ihm die weiße Rosenknospe. »Leg sie heute Abend neben dein Bett und denk an mich.«

»Das mach ich«, entgegnete er und hielt die Rose an seine Lippen. »Gute Nacht, meine Liebste.«

Sie trat hinaus in die Februarnacht. Erst als sie das Ende der Auffahrt erreicht hatte, schloss er die Haustür.

Den Tag über war es um die zwanzig Grad warm gewesen, doch nun war die Temperatur auf etwa fünfzehn Grad gesunken. Ein Wind aus nördlicher Richtung wehte ihr das Haar ins Gesicht, als sie sich nach Süden zu ihrem Auto wandte. Sie zog die Jacke enger um sich und lauschte dem Klappern ihrer Stiefelabsätze auf der Straße und dem Rascheln des Windes im Geäst der immergrünen Wacholderbüsche.

Sie hatte nicht auf die Zeit geachtet, solange sie mit Paul zusammen war, doch nun fragte sie sich, ob sie es noch schaffen würde, zur Trinity-Universität zu fahren, ein paar Bücher aus der Bibliothek zu besorgen und zu einer akzeptablen Zeit nach Hause zu kommen. Sie nahm sich vor, in Zukunft vorsichtiger zu sein. Wenn ihr Vater von ihrer Beziehung zu Paul erfuhr, würde er wütend werden.

Aber fern halten konnte er sie nicht von Paul. Egal, welche Regeln er aufstellte: Sie würde einen Weg finden, sie zu umgehen. Sie liebte ihren Vater und der Gedanke, dass sie ihm etwas vormachen oder ihm trotzen musste, behagte ihr nicht, doch für Paul war sie zu allem bereit. »Du bist nicht mutig genug, um dich offen zu bekennen«, sagte sie leise. »Aber die furchtlose romantische Heldin spielen.«

Sie erreichte ihren weißen Mustang. Wie immer in diesem ruhigen Wohnviertel hatte sie sich nicht die Mühe gemacht, den Wagen abzuschließen. Sie stieg ein und kramte in ihrer Handtasche nach dem Schlüssel. Sie wollte ihn gerade ins Zündschloss stecken, als sich eine große Hand über ihren Mund legte, ihren Kopf zurückriss und ihren Aufschrei erstickte.

»Warst wohl deinen Freund besuchen?«, fragte eine schneidende Männerstimme dicht an ihrem Ohr.

Panische Angst durchfuhr sie, nahm ihr den Atem und ließ sie erstarren. Während die eingeschlossene Luft ihre Lungen dehnte, traten ihre Beine unkontrolliert um sich, trafen die Pedale und drückten sie bis zum Anschlag durch. Doch der Motor war aus und nichts passierte. Ihre Hände ballten sich zur Faust, ihre Fingernägel gruben sich in die Handballen und ihre angewinkelten Arme verkrampften sich. Dann endlich strömte der Atem durch die Nase aus und der Schmerz in ihrer Brust ließ nach. Unwillkürlich streckte sie die Hand nach der Hupe aus. Da jedoch spürte sie die kalte Klinge, die unter dem rechten Ohr ihre Kehle berührte und ihre Hand verharrte mitten in der Bewegung. »Weißt du, wie leicht es ist, an dieser Stelle die Haut zu durchtrennen?«, fragte die knirschende Stimme vom Rücksitz. »Eine wichtige Ader am Hals. Wie heißt sie noch? Amselvene?«

»Drosselvene.« Eine zweite Stimme. O Gott, dachte Nicole voller Entsetzen. Es waren zwei Männer auf dem Rücksitz. »Und nicht zu vergessen: die Karotis. Das ist eine Arterie.« Der erste Mann hatte einen spanischen Akzent. Der Zweite nicht und seine Stimme war weniger rau. »Da schießt das Blut raus wie aus einem Springbrunnen, wenn die Karotis durchstochen wird.«

»Ah, ein ganz Schlauer. Hättest Arzt werden sollen.«

Beide lachten hysterisch. Nicole roch Wein. Wein und Schweiß und Zigarettenrauch. Ihr Herz schlug langsam und schwer, und sie war trotz ihrer Angst beinahe gelassen. Bedächtig streckte sie die Hand nach dem Türgriff aus, doch da presste sich das Messer stärker gegen ihre Kehle. »Bist wohl nicht bei Trost?«, fragte der mit dem Akzent barsch. Seine Stimme klang älter als die des anderen. Sie wirkte rau wie Sandpapier, so als hätte er eine Verletzung der Stimmbänder. »Ich schlitz dir die Kehle auf, wenn du wegzulaufen versuchst«, knirschte er. »Kapiert?« Nicole zog die Hand vom Türgriff zurück. »Ich hab dich was gefragt, mein Vögelchen. Hast du kapiert?«

Nicole nickte langsam, während der andere Mann erneut in krampfhaftes Gekicher ausbrach. »Mein Vögelchen? Wo hast du das nur wieder her? Aus einem Gedichtband?«

Der andere lachte. »Klar. Ich les ununterbrochen Gedichte. Liest du auch Gedichte, mein Vögelchen?« Sein Gesicht näherte sich dem ihren. Sie spürte die Bartstoppeln auf seiner Wange und das kalte Metall eines Ohrrings. Er atmete hastig. Sein Atem stank nach saurem Wein und ungeputzten Zähnen. »Klar liest du Gedichte. Die hübsche College-Studentin mit dem netten Auto. Papas Liebling, wie? Der Papa gibt seinem Vögelchen, was es sich wünscht. Es besucht die richtigen Schulen. Es trägt teure Kleider. Es liest Gedichte.« Er lachte boshaft. »Und trotzdem schleicht es abends fort, um sich mit Männern rumzutreiben. Nach außen fein angezogen, innerlich eine *Puta.*«

»Aber sie geht zu einem Reichen«, ergänzte der andere und bekam einen Schluckauf. »Zu einem Reichen in eine Villa. Was anderes kommt für sie nicht infrage. Sie mischt sich doch nicht unters gemeine Volk, lässt sich nicht mit Typen wie uns ein. Nein, sie nicht. Wenn sie es besorgt haben will, geht sie zu ihresgleichen.«

Woher wussten sie, dass sie sich mit einem Mann getroffen hatte? überlegte Nicole benommen.

»Ich möchte, dass du dein hübsches Auto anlässt«, sagte der Ältere. »Und dann fährst du schön langsam los, kapiert?« Nicole schaffte es wieder, ein Nicken anzudeuten. »Je mehr du kapierst, desto besser. Eine falsche Bewegung und ich stoß dir das Messer in den Hals. Es braucht nur einen Schnitt, mein Vögelchen, und du bist tot.«

Die Klinge war jetzt nicht mehr so kalt. Sie lag schon länger als eine Minute an Nicoles Hals, lange genug, um festzustellen, dass sie gezackt und furchtbar scharf war. Und sie wurde von einer fahrigen, völlig verspannten Hand gehalten. Jedes leichte Zittern drohte ihr die Haut abzuschürfen, jedes stärkere, eine Schlagader zu treffen.

Ihre Finger waren eiskalt. Sie merkte, dass sie immer noch die Schlüssel festhielt, und bemühte sich unbeholfen, den richtigen ins Zündschloss zu stecken.

»Beeil dich!«

»Ich versuch's ja.« Ihre Lippen bewegten sich, doch es kam kein Laut heraus, denn die schwielige Hand hielt nach wie vor ihren Mund zu.

Die Hand rutschte tiefer, packte ihr Kinn und bog mit schraubstockartigem Griff ihren Kopf nach hinten. »Was?«

»Ich versuch's ja.«

»Versuchen reicht nicht.«

Sie hantierte mit den Schlüsseln am Ring, ohne etwas zu sehen. Sie klapperten und glitten ihr durch die zitternden Finger, als hätten sie ein Eigenleben. Sie probierte einen, dann einen zweiten. Der dritte endlich passte ins Zündschloss. Sie drehte ihn um und der Motor sprang sofort an. Sie hatte das Radio nicht ausgeschaltet, und *Radio Ga-Ga* von Queen dröhnte laut durch das Wageninnere. Das Messer presste sich mit gefährlichem Nachdruck gegen ihren Hals. Sie keuchte. »Schalt das Ding aus!« brüllte der Ältere.

Nicole konnte das Radio, das sie ständig hörte, blind finden. Ihre Hand fuhr seitwärts nach vorn, doch ihre steifen Finger rutschten am Knopf ab, ehe sie das Gerät ganz ausschalten konnte. Die Musik spielte leise weiter. »Das reicht«, sagte der Jüngere entgegenkommend. »Ein guter Song. Tolle Gruppe. Die Fenster sind auch zu. Niemand kann was hören. Lass es an.«

Der andere seufzte. »So ein verwöhnter Fratz. Muss ständig Musik um sich haben. Na gut. Du willst Musik, dann hören wir eben Musik. Und jetzt, mein Vögelchen, mach die Scheinwerfer an.«

Nicole tastete sich am Armaturenbrett entlang, bis sie den Lichtschalter gefunden hatte. Sie zog ihn soweit heraus, dass das Abblendlicht anging.

»Gut. Los jetzt.«

»Ich seh nichts.« Nicole krächzte, weil ihre Luftröhre durch die Kopfhaltung verengt wurde.

»Was soll das heißen, du siehst nichts? Du hast doch die Scheinwerfer an.«

»Ich seh nichts.«

»Du hast ihr den Kopf zu weit zurückgerissen«, konstatierte der Jüngere lässig. »Lass locker, Mann.«

»Du hast mir gar nichts zu befehlen!« Das Messer an Nicoles Hals erzitterte. Sie fühlte die Wut des Mannes aufbrausen wie ein heftiger Wind.

»Schon gut. Beruhig dich. War ja nur ein Vorschlag.«

Der Mann mit dem Messer grunzte und fügte sich dann plötzlich. Der Druck seiner Hand an ihrem Unterkiefer ließ nach. »So, los jetzt!« Bemüht, ihr Zittern in den Griff zu bekommen, senkte Nicole den Kopf, schaltete und fuhr im Schneckentempo los.

»So ist es gut, mein Vögelchen«, sagte der Mann in lammfrommem Ton. »Immer schön langsam. Keine Tricks.«

Nicole fuhr langsam die Straße entlang. Keine Tricks? Sie hätte natürlich versuchen können, das Steuerrad nach rechts herumzureißen und ein geparktes Auto zu rammen, aber sie wusste, dass ihr im Augenblick des Aufpralls das Sägemesser in die Kehle fahren würde. Nein, keine Tricks. Wenigstens nicht jetzt.

Der jüngere Mann hatte angefangen, mit überraschend kräftiger, melodischer Stimme mitzusingen. Die Stimme kenn ich doch, dachte Nicole und zuckte zusammen. Sie hatte diesen Typen schon einmal singen gehört. Aber wo? Wann? Doch ihr Gedächtnis ließ sie im Stich, als nun auch der Ältere mit rauer Stimme einfiel. Er sang falsch und dann stolperten beide Männer über den Text und brachen in wüstes Gelächter aus.

Nicole, die vor lauter Angst ein leeres Gefühl im Bauch hatte, fuhr stetige fünfundzwanzig Stundenkilometer und suchte verzweifelt die Straße nach Schlaglöchern ab. Schon eine kleine Unebenheit hätte genügt, ihr das Messer in den Hals zu rammen.

Undeutlich registrierte sie die Lichter in den Häusern, an denen sie vorbeikam – große, luxuriöse Häuser, mit Menschen darin, die geborgen waren und in Sicherheit. Sie hatten keine Ahnung, was sich wenige Meter von ihnen entfernt abspielte. Welch eine Ironie, dachte sie. Die Hilfe, die sie brauchte, war so nah und doch unerreichbar.

Sie erreichten das Ende der Straße. »Bieg hier ab«, sagte der Mann. »Schön langsam.« Nicole gehorchte. »Gut. Jetzt bieg noch mal ab.«

Sie fuhren auf der Dick Frederick Street vom Olmos Park-Viertel in Richtung des unbebauten Geländes am Basin Park. Das Licht am Armaturenbrett leuchtete schwach. Sie war sich darüber im Klaren, dass sie das Gesicht des Mannes, der sie festhielt, sehen könnte, wenn sie jetzt in den Rückspiegel blickte. Doch das wäre ein Fehler gewesen. Er könnte in Panik geraten, wenn er glaubte, dass sie ihn später identifizieren konnte. Wenn es, bitte, lieber Gott, überhaupt ein solches Später für sie gab.

Sie begegneten auf der schmalen Straße keinem anderen Auto. Auf einmal kam es ihr vor wie drei Uhr nachts, nicht wie zehn Uhr abends. Wo sind bloß die Leute geblieben?, dachte sie verzweifelt.

Einer der Männer gab ein leises Schnauben von sich, gefolgt von einem Keuchen. Dann seufzte er beglückt. »Willst du auch was?«, fragte der Jüngere.

»Gleich. Erst mal hab ich mit dem Messer zu tun.«

Drogen, dachte Nicole. Nicht nur Alkohol, sondern auch Drogen. Kokain? Nein, eher Pervitin. Das war billiger. Es erklärte die leichte Erregbarkeit, die beschleunigte Atmung, das Zittern. Die zwei waren aufgeputscht, künstlich mutig gemacht. Und wenn sich Nicole richtig erinnerte, war ein Symptom beim Missbrauch von Aufputschmitteln die erhöhte Angriffslust.

»So, und jetzt runter von der Straße.«

»Was?«, flüsterte Nicole beklommen.

»Hörst du schlecht?«, brüllte ihr der Mann so laut ins Ohr, dass sie sich duckte. »Nach links einschlagen sollst du und dann runter von der Straße. Richtig runter, ins Gebüsch.«

Nicole bremste und war erleichtert, als der Mann das Messer ein Stück weiter weg hielt, solange sie holpernd durchs Unterholz fuhren. Die Scheinwerfer strahlten stachlige Sträucher an, leere Getränkedosen und zerdrückte Styroporbecher. An einer solchen Stelle ging man schnell vorbei, ohne anzuhalten. Es war ein einsamer Fleck, voller Unkraut und Unrat. Plötzlich kam es Nicole vor, als wäre alles, was bis jetzt geschehen war, ein beängstigender Traum gewesen. Erst jetzt wurde er Wirklichkeit und sie hatte das Gefühl, in Treibsand zu versinken. Je fügsamer sie war, desto tiefer sank sie. Einen Ausweg gab es nicht. Sie war dazu verurteilt, das was diese zwei mit ihr vorhatten zu erdulden. Vor dem Gedanken, was das sein mochte, schreckte sie zurück.

Sie entgingen nur knapp dem Zusammenstoß mit einem Mesquitstrauch und Nicole brachte den Wagen zum Stehen. »Nun mach den Motor und das Licht aus.«

Unternimm was!, schrie es in ihrem Kopf, während sie die Scheinwerfer und den Motor ausschaltete. Aber was? Selbst Hupen hätte im Augenblick nichts genützt. Niemand hätte sie gehört. Sie trug keine Waffe, hatte noch nicht einmal Tränengas in der Tasche.

»Nimm du das Messer.«

Die scharfe Klinge entfernte sich vorübergehend von ihrem Hals, während das Messer weitergereicht wurde. Dann bohrten sich erneut die scharfen Spitzen in ihre Haut. Jemand packte ihr Haar und zerrte so heftig daran, dass sie aufschrie. »Du steigst jetzt aus, schön langsam«, sagte der mit der messerscharfen Stimme. »Wegrennen geht nicht, weil ich dich festhalte. Außerdem hat Ritch –« Er verstummte jäh. »Du hast ein Messer am Hals, mein Vögelchen. Und weglaufen kannst du auch nicht. Aber das willst du auch gar nicht, stimmt's?«

»Nein«, wimmerte sie. »Aber das muss alles nicht sein. Mein Vater hat Geld. Nicht viel, aber mein Freund ist reich. Wenn Sie mich gehen lassen, bekommen Sie von beiden Geld.«

Albernes, pubertäres Gekicher drang vom Rücksitz nach vorn. Der Jüngere. »Ist gut«, sagte der mit der messerscharfen Stimme. »Wir lassen dich laufen. Und morgen sprechen wir dann bei deinem Daddy und deinem Freund vor und die geben uns dann Briefumschläge voll mit Geld. Ganz einfach.« Er zog sie so heftig am Haar, dass sie überzeugt war, er habe es ihr ausgerissen. »Hältst du uns für Idioten?«

Nicoles Magen verkrampfte sich, als beide erneut dieses schreckliche, wahnsinnige Gelächter anstimmten. Dumme Kuh, dachte sie. Das hier war kein Fernsehkrimi. Wie war sie nur auf die Idee gekommen, dass sie sich mit einem solchen Angebot aus ihrem Dilemma herausreden konnte?

»Nicht mal ein besonders schlauer Versuch«, sagte der Ältere mit einer Mischung aus Belustigung und Verachtung. »Vielleicht bist du doch blöder als du aussiehst. Eine *Puta,* die man aufs College gelassen hat, weil sie ein hübsches Gesicht und einen Daddy mit Geld hat. Steig aus.«

»Bitte«, flehte Nicole mit leiser, rauer Stimme. »Bitte, ich hab Ihnen doch nichts getan –«

»Dafür werde ich dir etwas antun. Etwas, das du nie vergessen wirst.« Er schlang sich ihr Haar noch fester um die Hand und sie schrie auf. Tränen begannen ihr über die Wangen zu laufen. »Jetzt hör auf zu quieken wie ein Schwein und steig endlich aus.«

Betäubt und resigniert öffnete Nicole die Wagentür. Die Innenbeleuchtung ging an. Wenn nur ein Auto vorbeikäme, dachte sie verzweifelt. Bitte, bitte lass ein Auto vorbeikommen.

Doch die Straße war leer und dunkel.

Sie stieg aus, taumelte vor Schwäche und Angst. Einen Augenblick lang ließ der Mann ihr Haar los. Sie wäre jedoch, auch wenn dieser

Augenblick länger gedauert hätte, zu hilflos gewesen, um wegzurennen. Ihre Beine zitterten. Sie wusste, dass sie sich nicht vor diesen zwei Irren in Sicherheit bringen konnte, deren Reflexe durch Amphetamine geschärft waren. Als sie endlich wieder festen Boden unter den Füßen hatte, hatte sich längst ein muskulöser Arm im Sweatshirt ihre Taille gegriffen und das Messer wieder gegen ihre Kehle gepresst. Sie hörte Wagentüren zuschlagen und die Innenbeleuchtung erlosch.

»In die Büsche«, befahl der Mann.

Sie stolperte los. Das lange dürre Gras raschelte unter ihren Stiefeln. Ein paar Bäume wuchsen hier. Ihre Äste hoben sich kahl vom Nachthimmel ab. In der Ferne war Motorenlärm zu hören, blitzten Scheinwerfer auf. Sie blickte hoch, stolperte über einen weggeworfenen Reifen und wäre beinahe hingefallen. Der Arm um ihre Taille packte fester zu und das Messer ritzte zum ersten Mal wirklich ihre Haut. Der Mann fluchte unbeherrscht. Ein schmales Rinnsal warmen Blutes lief ihren Hals herab. Es kitzelte leicht, als es ihr übers Schlüsselbein rann.

Plötzlich stieß der Mann sie so heftig zu Boden, dass ihr der Atem wegblieb. Sie landete auf dem Rücken. Ein Stein bohrte sich schmerzhaft in ihre Hüfte. Der Schock, den der Schmerz auslöste, ließ sie verstummen, und als sie den Blick hob, sah sie eine Überführung. Die Fernstraße 281, dachte sie geistesabwesend. Dort herrschte Verkehr, dort war Licht. Hunderte von Autos rasten auf der 281 dahin und keiner der Insassen ahnte, was sich unter ihnen im trockenen texanischen Gras abspielte. Ich bin nicht einmal einen Kilometer von zu Hause weg, erkannte sie. Weniger als einen Kilometer entfernt von Liebe und Geborgenheit.

Nicole spürte das Gewicht eines Körpers, der sich auf sie legte. Sie schloss die Augen, wandte den Kopf nach rechts und schluchzte leise. »Beruhig dich«, sang ihr die Sandpapierstimme ins Ohr. »Du wirst deinen Spaß haben, Baby. So hat es dir noch niemand besorgt.« Er verstummte. »Halt sie fest.«

Ihre Schultern wurden zu Boden gedrückt. Dann spürte sie, wie ihr die Jeans vom Leib gerissen wurden. Jedes Mal, wenn der Mann an den engen Jeans zog, traf ihr Hüftknochen aufs neue den spitzen Stein. »Verdammt«, knurrte er. »Konntest du nicht einen Rock anziehen?«

Später konnte sich Nicole nicht erinnern, warum sie gerade in diesem Augenblick anfing, sich zu wehren. Sekunden vorher war sie noch starr vor Angst und voller Resignation gewesen, doch nun überschwemmte Adrenalin ihren Körper. Mit einem animalischen Schrei, den sie nicht als ihre eigene Stimme erkannte, trat sie um sich, sodass ihr Angreifer vor Schmerzen aufbrüllte. Er schlug ihr so heftig mit der Faust ins Gesicht, dass sie fast ohnmächtig wurde, vor allem, als sie einen Knochen brechen hörte. Aber sie hörte nicht auf und schlug wild um sich und kämpfte gegen das Gewicht zweier männlicher Körper an.

Doch die beiden waren zu stark für sie. Die nächsten Minuten waren ein Albtraum aus Schmerz, Entsetzen und Erniedrigung. Ihr Gesicht war nass von ihrem Speichel und in ihren Ohren gellten ihr hemmungsloses Gelächter und ihr Triumphgeschrei, als sie sie auf etwas reduzierten, das man nicht mehr Mensch nennen konnte.

Bis dahin hatte sie die ganze Zeit die Augen fest geschlossen, hatte versucht, wenigstens einen Teil der Ereignisse von sich fern zu halten. Selbst als ihr klar wurde, dass die Männer mit ihr fertig waren, konnte sie sich nicht dazu durchringen, hinzusehen. Auch glaubte sie nicht mehr, dass ihr Leben in größere Gefahr geriet, wenn sie die Männer identifizieren könnte. Sie hatte die Hoffnung aufgegeben, dass ihr Leben noch zu retten sei. Ihre letzte Erinnerung auf Erden sollten nicht diese brutalen, verhassten Gesichter sein.

Einige Sekunden lang, während derer sie ruhig dalag und sich danach sehnte, das Bewusstsein zu verlieren und so dem Schmerz zu entfliehen, hörte sie nur ihr Keuchen, ein Grunzen, ein schrilles Auflachen. Dann sagte der Ältere: »Jetzt müssen wir sie umlegen.«

»Ich dachte, das hätten wir gerade getan«, kicherte der Jüngere.

»Nein, ich meine richtig umlegen.«

Das Kichern legte sich. »Du meinst umbringen?«

»Klar, Mann.«

Nicole hörte eine Bewegung im Gras, so als versuchte einer der beiden aufzustehen. »Hör mal, Magaro, Vergewaltigung ist eine Sache. Mit Mord hab ich nichts zu schaffen.«

»Was hast du dir vorgestellt? Dass wir eine wie die vergewaltigen und dann einfach laufen lassen? Sie wird zur Polizei gehen.«

»Sie weiß nicht, wer wir sind. Sie hat uns nicht angesehen. Ich hab genau aufgepasst. Sie weiß nicht, wer wir sind.«

»Sie hat uns nicht angesehen?« Der Ältere spuckte aus. »Woher weißt du, dass sie nicht heimlich einen Blick riskiert hat? Außerdem konntest du es ja nicht lassen, im Auto deine Stimme zu erheben. Vielleicht kennt sie die Band. Vielleicht hat sie die Stimme erkannt. Und du Genie hast mich eben noch beim Namen genannt.«

»Hab ich das?«

»Ja. Jetzt müssen wir sie umbringen.«

Nicole fror und litt Höllenqualen. Sie lag reglos da, die Augen immer noch geschlossen, aber sie hörte, dass sich in die Stimme des Jüngeren Besorgnis mischte. »Sieh nur, wie still sie ist. Vielleicht ist sie längst tot.«

»Ist sie nicht. Stimmt's, mein Vögelchen?« Er schlug sie erneut ins Gesicht, sodass ihre Lippe platzte und ihr Kiefer ausgerenkt wurde. Sie stöhnte auf.

»Ich … ich glaube immer noch nicht, dass sie weiß, wer wir sind. Wir können damit durchkommen. Ich meine, Herrgott, ein Mord. Ich will nicht …« Nicole hörte, wie er tief einatmete. »Hör mal, Mann, ich glaub, das bring ich nicht fertig.«

»So, du bringst es nicht fertig? Traust dich wohl nicht? Na gut, dann tu ich es eben allein.«

»Magaro …«

»Schnauze. Halt sie wieder fest.«

»Also, Mann, ich hab dir doch gesagt …«

»Und ich hab gesagt, du sollst sie festhalten! Nun mach schon oder ich schwör dir, ich bring dich auch noch um.«

»Mich?«, jammerte der Jüngere.

»Wenn was schief geht, bin ich nicht der einzige, der einen Mord begangen hat. Du wirst – wie sagt man noch? Mittäter wirst du sein. Darum kannst du nicht auspacken.«

»Auspacken? Glaubst du im Ernst, ich würde jemandem hiervon erzählen?«

»Wer weiß? Du verlierst mit deinem Wein und Pervitin allmählich den Verstand und bist bald zu allem fähig. Ich trau dir nicht. Also mach, was ich sage. Halt sie fest.« Nichts passierte. »Halt sie fest. Im Ernst, Zand. Halt sie fest oder ich bring dich gleich mit um. Du weißt, dass ich es tu.«

»Okay, okay«, sagte der Jüngere mit zitternder Stimme. »Reg dich nicht auf. Ich halt sie fest, Mann. Ich mach ja mit.«

Während dieses Wortwechsels war ein leiser Hoffnungsschimmer in Nicoles furchtbar zugerichtetem Körper und Geist aufgeflackert. Doch als sie die Angst in der Stimme des Jungen hörte, erstarb die Flamme. Hatte sie die ganze Zeit gewusst, dass es so enden würde? Sie hätte am liebsten ihr Bewusstsein anderswo hingeschickt, an einen schönen, fernen Ort, wo sie keine Schmerzen empfand und wo sie die beängstigende Finsternis des Todes nicht niedersinken spürte.

Doch als erneut ihre Schultern niedergedrückt wurden, überkam sie eine unerwartete Verzweiflung. Sie begann mit der Kraft einer Wahnsinnigen um sich zu schlagen. Ihre rechte Hand traf einen Augapfel. Dem Aufschrei des Mannes folgte ein Schwall von Flüchen, als sie ihr Knie in seine Weichteile rammte. Sie wand sich mit aller Kraft, kämpfte gegen die packenden Hände an, die sie am unebenen Boden festzuhalten versuchten. Eine Faust traf ihre Schläfe, eine andere ihren Bauch, sodass ihr die Luft wegblieb.

Während dieses Kampfes nahm Nicole die Stimmen der Männer wahr, die eine schrill, die andere in ihrer Wut noch gutturaler als zuvor. Als sie die entsetzlichen Schmerzen endlich zu überwältigen drohten und ihre Kraft nachzulassen begann, vernahm sie noch ein anderes Geräusch. Sie hörte auf sich zu wehren, und lauschte angestrengt. Konnte es sein? Konnte es wirklich sein? Ja! Ein Auto.

Beide Männer erstarrten, als das Auto näher kam. »Duck dich«, befahl der mit der rauen Stimme, der Magaro hieß. »Die fahren vorbei, ohne uns zu sehen.«

Doch das Auto sauste nicht, wie Nicole erwartet hatte, vorbei. Es wurde langsamer. Sie hörte Kies knirschen, als es an den Straßenrand fuhr. Dann glitt Scheinwerferlicht über sie hinweg. Die plötzliche Helligkeit traf Nicole wie ein Schock, und sie riss die Augen auf. Innerhalb von fünf Sekunden sah sie deutlich zwei Gesichter: eines Anfang zwanzig mit blauen Augen, reiner Haut und einer ein wenig breiten Nase und schulterlangem braunem Haar. Das andere war mindestens zehn Jahre älter mit Aknenarben auf der Haut, zusammengekniffenen, gemeinen Augen und so schmalen Lippen, dass sie praktisch nicht existierten.

Eine Wagentür öffnete sich. »He, was geht da vor?«, wollte ein Mann wissen.

»Laß uns abhauen«, sagte der Jüngere mit zitternder Stimme.

»Das sind nicht die Bullen. Ich muss sie umbringen!«

Nicole warf sich nach links, entging nur knapp dem zustoßenden Messer, das auf ihre Kehle gezielt hatte. Sie schrie mit aller Kraft, die sie aufbringen konnte.

»Ich hab eine Schusswaffe!«, rief der Mann im Auto.

»Der lügt«, zischte Magaro.

Plötzlich peitschte ein Schuss durch die Nacht.

Die Hände ließen Nicoles Schultern los. »Ich hau ab!«

Das Messer sauste erneut an Nicoles Kehle vorbei, wobei es diesmal die Haut aufritzte. Sie schrie in panischer Angst und ein weiterer Schuss wurde abgefeuert.

Dann verlor sie das Bewusstsein.

## Zwei

FÜNFZEHN JAHRE SPÄTER

*»Auch wenn nichts wiederbringen kann die Stunde*
*Der Pracht im Grase, noch der Blume Herrlichkeit …«*

Nicole Chandler stand bewegungslos da und starrte auf den Sarg, in dem ihr Vater lag. Heller Sonnenschein fiel auf die steifen Blumengebinde und sie wusste, dass sie ihm missfallen hätten. Sie hatte ihrer Mutter gesagt, dass er anstelle von Blumen sicherlich eine Spende für einen wohltätigen Zweck vorgezogen hätte, aber Phyllis Sloan hatte ihr Ansinnen rundheraus abgelehnt. »Es ist schlimm genug, dass er seinem Glauben entsagt und uns das Versprechen abgenötigt hat, ihn nicht kirchlich beerdigen zu lassen«, hatte sie gefaucht. »Ich halte mein Wort, aber er hat nicht verlauten lassen, dass er keine Blumen haben will, darum wird für Blumen gesorgt.«

Unzählige Kränze waren rund um den Sarg ausgelegt. Clifton Sloan hatte in San Antonio viele Freunde gehabt. Die meisten waren bei der Trauerfeier zugegen. Aber von denen abgesehen waren noch viele andere da, Leute, die Nicole noch nie gesehen hatte. Sie fragte sich, wie viele aus reiner Neugier gekommen waren, um das Begräbnis eines Mannes mitzuerleben, der sich aus unerfindlichen Gründen einen 38er-Revolver in den Mund gesteckt und abgedrückt hatte.

Eine Welle von Übelkeit überkam sie und sie schloss die Augen. Dabei lauschte sie der Stimme des Bestattungsunternehmers:

*»Wolln wir nicht trauern, sondern schöpfen*
*Unsere Kraft aus dem, was bleibt …«*

Ach, Papa, wie konntest du so etwas tun? weinte sie innerlich. Warum? Dieses schlichte Wort war ihr tausendmal durch den Kopf gegangen, seit ihre Mutter vor drei Tagen am Mittwochmorgen angerufen hatte. Ihre Stimme hatte schwach und monoton geklungen, als sie sagte, Clifton sei verletzt, er brauche einen Krankenwagen, nur sei ihr von dem vielen Blut ein wenig schlecht und ob wohl Nicole diesen Anruf machen könne?

Mit einer Stimme, die vor Entsetzen ganz schrill klang, hatte Nicole immer wieder gefragt, wie sich ihr Vater verletzt habe. Phyllis konnte gerade eben noch »Schuß« und »Laden« sagen, ehe sie mit einem ermatteten Stöhnen aufgelegt hatte. Nicole hatte sofort die Notrufnummer gewählt. Sie war überzeugt gewesen, dass ihr Vater von jemandem angeschossen worden war, der versucht hatte, seine Musikalienhandlung in der Innenstadt auszurauben. Erst später erfuhr sie, dass er irgendwann in der Nacht sein Haus verlassen hatte, in sein Büro hinter dem Laden gegangen war und Selbstmord begangen hatte. Ihre Bestürzung wäre nicht größer gewesen, wenn jemand den Weltuntergang für die nächste Woche angekündigt hätte.

Als jemand ihre Hand drückte, zwang sie sich, wieder die Augen zu öffnen. Sie blickte auf ihre neunjährige Tochter Shelley herab, deren glatte Stirn sorgenvoll gerunzelt war. »Alles okay?«, fragte sie mit lautlosen Lippenbewegungen. Ihre veilchenblauen Augen, die denen Nicoles so ähnlich waren, blickten betrübt und waren feucht vor lauter ungeweinten Tränen.

Nicole drückte Shelleys Hand und schenkte ihr ein leises Lächeln. Die Kleine hatte ihrem Großvater sehr nahe gestanden. Es war Clifton gewesen, bei dem ihre Augen vor Freude aufleuchteten, der sie in jeder Lebenslage zum Lachen bringen konnte, der in ihrer jungen Welt für neue Perspektiven sorgte, wenn etwas schief gegangen war, genau wie einst bei Nicole. Auch Phyllis, selbstherrlich und überkritisch, löste bei der Kleinen die gleiche Reaktion wie bei Nicole aus – pflichtbewusste Versuche, Zuneigung zu beweisen, und das unvermeidliche Unterdrücken der Wut, wenn trotz aller Versuche, es ihr recht zu machen, die üblichen Klagen losgingen.

*»Aus Glauben, der den Tod durchschaut,*
*Aus Jahren, die den Geist gelassen stimmen.«*

Ich soll also Kraft aus Jahren schöpfen, die den Geist gelassen stimmen?, überlegte Nicole, während die überraschend melodische Stimme des Bestattungsunternehmers die Strophe von Cliftons Lieblingsgedicht beendete. Werde ich zum Selbstmord meines Vaters, der noch nicht einmal einen kurzen Abschiedsbrief an mich hinterlassen hat, wohl je ein gelassenes Verhältnis finden? Und das ausgerechnet jetzt, wo ich ihn so sehr brauche?

Unmittelbar darauf schämte sie sich. Ihr Vater musste offensichtlich tief verstört gewesen sein, um so etwas Drastisches, so etwas scheinbar Irrationales zu unternehmen. Aber sie konnte nur daran denken, dass er sie ausgerechnet jetzt im Stich gelassen hatte, da ihr Leben so aus den Fugen geraten war. Nun ja, hieß es nicht bei Elisabeth Kübler-Ross, dass Zorn ein Stadium der Trauer war? Welches? Das zweite oder das dritte? Sie war sicher, dass ihr Mann Roger oder vielmehr der, der bald ihr Exmann sein würde, es ihr hätte sagen können.

Sie warf einen Blick über den Sarg ihres Vaters hinweg auf Roger Chandler, der hoch aufgerichtet, distinguiert und angemessen feierlich dastand. Er sah nicht viel älter aus als vor zwölf Jahren, als sie sich bei einem Studentenball kennen gelernt hatten. Sie hatte soeben mit der Arbeit für die Magisterprüfung in Anglistik begonnen, während er dabei war, seine Dissertation im Fach Psychologie fertig zu schreiben. Ein Jahr später hatten sie geheiratet. Er war immer so stark gewesen, so selbstbewusst, er wusste immer genau, was sie brauchte, und wenn ihr seine dominierende Haltung auch manchmal auf die Nerven gegangen war, so war sie doch dankbar, dass sie sich immer auf ihn und seine unerschütterliche Liebe verlassen konnte.

Vor einigen Monaten war ihr dann aufgefallen, dass er öfter als sonst von zu Hause weg blieb und noch nachts in seinem Büro an der Universität saß, um an seinem Buch zu schreiben. Wenigstens hatte er das behauptet. Nachdem er drei Monate lang mit solchem Fleiß geschrieben hatte, hatte er eines Abends im Wohnzimmer ein paar Kerzen angezündet, eine Debussy-CD aufgelegt, ihr ein Glas ausgezeichneten Cognac eingeschenkt und nach längerem belanglosen Plaudern plötzlich erklärt, er habe sich in eine andere Frau verliebt und wolle sich scheiden lassen. Nicole hatte ihn ungefähr dreißig Sekunden lang nur angestarrt und dann zu kichern begonnen. Die ganze Situation war so dramatisch inszeniert, Rogers Gesichtsausdruck so trübselig, seine Stimme so sanft und tragisch, dass sie an nichts anderes denken konnte als daran, wie lächerlich sie einem anspruchsvollen Theaterpublikum erschienen wären. Sie lachte, bis ihr die Tränen über die Wangen liefen. Rogers immer steifere Haltung und die verletzte Würde, die sich in seinen Gesichtszügen spiegelte, gepaart mit der Angst, sie könne hysterisch werden, brachten sie nur noch mehr zum Lachen. Erst am nächsten Tag war es kein Gelächter mehr, das ihre Tränen strömen ließ.

Wenigstens war er so anständig, das kleine Dummchen nicht zur Trauerfeier mitzubringen. Das Mädchen, eine seiner Studentinnen, war zwanzig Jahre alt, genau halb so alt wie Roger. Natürlich hatten ihr alle ihre Freunde versichert, das sei nur die Midlife-Crisis. Er werde das mit der Scheidung unter keinen Umständen durchziehen, sondern schlicht auf recht peinlich ostentative Art seine Leidenschaft ausleben und dann reumütig nach Hause geschlichen kommen.

Nicole wusste es besser. Rogers Bedürfnis, gebraucht zu werden, war übergroß. Er hatte das Gefühl, dass sie ihm über den Kopf gewachsen war, dass die Zeit vorbei war, als sie ihm grundsätzlich gespannt zugehört hatte, dass er in einem Raum voller Menschen nicht mehr der einzige war, der für sie existierte. In gewisser Hinsicht tat er ihr Leid. Ungeachtet seiner Intelligenz hatte Roger nie gemerkt, dass ihre Abhängigkeit von ihm zwar mehrere Jahre außergewöhnlich stark gewesen war und sie immer tiefe Zuneigung für ihn empfunden hatte, dass sich in ihrem Leben jedoch nie, wie er annahm, alles um ihn gedreht hatte.

Er blickte hoch. Sie sah Schuldbewusstsein in seinen Augen aufflackern, ehe er es schaffte, jenes gezwungene, schiefe Lächeln aufzusetzen, von dem sie wusste, dass es munter wirken sollte. Nicole starrte ihn nur an und einen Augenblick später senkte er den Blick. Sie überlegte, dass sie etwas liebenswürdiger hätte sein können, doch sie war im Augenblick zu erschüttert und betrübt, um auf Rogers Gefühle Rücksicht zu nehmen.

Plötzlich wurde Nicole auf ihre Mutter aufmerksam, die einen Schritt vorgetreten war, um eine Rose auf Cliftons Sarg zu legen. Phyllis hielt sich schluchzend ein Spitzentaschentuch vor die Nase. Dagegen blieben Nicoles Augen schmerzhaft trocken, als sie eine rote Rose auf den Sarg legte. Sie wusste, dass die Trauer rasch und heftig über sie hereinbrechen würde, doch bis jetzt war sie nach außen hin ruhig geblieben. Ihr Kummer pochte in ihrem Innern wie ein Herzschlag, stetig und unsichtbar. Sie hielt Shelleys Hand fest, während die Kleine sich mit ihrer eigenen Rose vorbeugte und »Tschüs, Opa« flüsterte.

Die drei traten zurück und andere setzten sich in Bewegung, als habe eine stumme Glocke sie gerufen. Nicole konnte die vielen Hände nicht ansehen, die bereits welke Blumen auf den Sarg warfen. Ihr Vater hatte immer gesagt, Begräbnisse seien eine makabre Sache. »Es sind wunderbare Zeremonien, mit denen die Menschen Abschied nehmen können«, hatte Phyllis erbost dagegen argumentiert. »Abschied nehmen von was?«, hatte Clifton entgegnet. »Von einer formalingetränkten Leiche?«

Nicole wusste, dass dieses Widerwort der erregbaren, traditionsbewussten Phyllis irgendeine Reaktion entlocken sollte, und es erfüllte wie immer seinen Zweck. Sie hatte ihrer Mutter hundertmal versichert, dass Clifton mit seinen Hänseleien rasch aufhören würde, wenn sie nicht immer so aufgebracht reagierte. Dennoch musste sie sich immer wieder ein Lachen verkneifen, wenn ihre Mutter ein lautes Zischen der Verachtung ausstieß und aus dem Zimmer rauschte, empört über die scheinbare Respektlosigkeit ihres Mannes gegenüber allem, was ihr heilig war.

Eine leichte Brise kam auf. Sie erfasste eine Locke von Nicoles langem Haar und wehte sie ihr ins Gesicht. Sie schob sie zurück und blickte über den Sarg ihres Vaters hinweg auf das hügelige Friedhofsgelände, das sich dahinter erstreckte. Es war Februar und mit fast vierundzwanzig Grad ungewöhnlich warm. Die Brise, die ihr Haar hochgewirbelt hatte, wehte über das kurze grüne und braune Gras und zauste die kleinen verästelten Wacholderbüsche, die, neben den Unmengen leuchtend bunter künstlicher Blumen, die die Gräber schmückten, auf dem Friedhof so zahlreich waren. Als sie und Roger noch in Ohio gelebt hatten, war ihr aufgefallen, dass im Norden die Gräber nur am Volkstrauertag so üppig geschmückt wurden wie in San Antonio das ganze Jahr über.

Auf einmal blieb ihr Blick an der Gestalt eines Mannes hängen, der fast dreißig Meter entfernt neben einem wuchernden Pinchotwacholder stand. Er war hoch gewachsen und schlank, trug Jeans und eine Jacke und neben ihm saß ein Hund – ein Dobermann, dessen schwarzes Fell einen schimmernden Kontrast zu seinem roten Halsband bildete. Die kupierten Ohren des Hundes liefen spitz zu und erweckten den Eindruck äußerster Wachsamkeit. Selbst aus dieser Entfernung schien es, als würde er ihrem Blick begegnen und ihm standhalten. Es war ein Augenblick fast wie in Trance, so als versuche der Hund verzweifelt, ihr etwas mitzuteilen. Für Nicole schrumpfte die Welt jählings zusammen, bis nichts mehr blieb als der Hund mit dem seidigen, glänzenden Fell. Dann wandte das Tier langsam den schmalen Kopf und sah zu seinem Herrn auf. Nicoles scharfe Augen folgten seinem Blick. Der hoch gewachsene Mann stand so still da wie der Hund und sah sie ebenso unentwegt an. Einige Sekunden lang erwiderte sie kühn seinen Blick. Dann konnte sie auf einmal die Umrisse seines Gesichts erkennen. Überdeutlich sah sie seine hohen Wangenknochen und seinen kräftigen Unterkiefer, sein Haar, das so schwarz wie das des Hundes war und die eindringlich blickenden Augen, die sich kein einziges Mal von ihr abwandten ...

Nicoles Herz schlug wie rasend gegen ihre Rippen. Sie taumelte und ihr wurde schwarz vor Augen. Kalte Schweißperlen bildeten sich auf ihrem Gesicht.

»Mami? Mami?« Shelleys Stimme drang wie aus weiter Ferne zu ihr durch. »Mami, was ist?«

»Was ...« Nicole bemühte sich verzweifelt, etwas zu sagen. Sie konnte hören, wie sie sich abmühte, ein Wort hervorzubringen, doch ihre Stimme klang, als befände sie sich unter Wasser.

»Oma, der Mami ist nicht gut!«

»Was? Was ist denn jetzt schon wieder?«, zischte Phyllis und packte Nicoles Hand. »Was hast du nur? Die Leute gucken schon.«

Phyllis' Stimme traf sie wie ein Schwall eiskalten Wassers und Nicoles Sehvermögen kehrte wieder. Die Helligkeit des Tages tat ihren Augen weh. Sie blinzelte, sah mit gerunzelter Stirn in die Sonne. Ihr Blick suchte den Baum. Der Mann und der Hund waren verschwunden.

Phyllis musterte sie genau. »Du bist blass wie ein Gespenst. Hast du vor, in Ohnmacht zu fallen?«

»Nein.« Nicoles Stimme klang schwach und atemlos.

»Na, dann reiß dich zusammen«, befahl Phyllis *sotto voce*. »Das hat uns gerade noch gefehlt, dass du ohnmächtig wirst und kopfüber ins Grab stürzt.«

Nicole sah ihre Mutter schockiert an und angesichts der jämmerlich absurden Reaktion ihrer Mutter hätte sie beinahe einen ihrer nervösen Lachanfälle bekommen. Eigentlich hätte Phyllis todunglücklich sein müssen über den Verlust des Mannes, mit dem sie sechsunddreißig Jahre lang verheiratet gewesen war, und dennoch konnte sie an nichts anderes denken als an die Möglichkeit einer peinlichen Szene. Plötzlich begriff Nicole, dass ihre Mutter wütend auf Clifton war. Sie war stinkwütend, dass Clifton sich das Leben genommen und dafür gesorgt hatte, dass die Leute seinen Geisteszustand anzweifelten. Er hatte es erreicht, dass über ihre Familie in unziemlicher Art und Weise spekuliert wurde.

Und das schon wieder einmal. Beim ersten Mal war sie es, Nicole, die vor fünfzehn Jahren in aller Munde gewesen war. Damals das Opfer einer mehrfachen Vergewaltigung, dem wenige Wochen später der Verdacht folgte, dass sie den Doppelmord an den Vergewaltigern angezettelt oder zumindest angeregt hatte. Nun konzentrierte sich die Aufmerksamkeit auf Clifton, den Mann, der sich in seinem eigenen Laden die Schädeldecke weggeblasen hatte. Tut mir Leid, Mama, dass wir dich immer wieder in Verlegenheit bringen, dachte Nicole erbittert. Tut mir Leid, dass Papa und ich den Stolz der Tochter von General Ernest Hazelton verletzt haben.

»Wie geht es dir?«

Neben Nicole stand Carmen Vega, die seit der Grundschulzeit ihre beste Freundin war. Carmens abgrundtiefe dunkle Augen verrieten Besorgnis. »Es geht.«

»Was hast du gesehen?«, fragte Carmen leise.

Nicole sah sie scharf an. »Ich hab nichts gesehen. Es war nur die Situation.«

Carmen blickte nicht mehr besorgt, sondern wissend. »Nein, das war es nicht. Ich hab dich beobachtet. Du hast was gesehen.«

Wann war es ihr je gelungen, etwas vor Carmen zu verheimlichen? Unter Phyllis' neugierigem, tadelndem Blick raunte Nicole: »Ich erzähl's dir später.«

»Was habt ihr zwei schon wieder zu flüstern?«

»Nichts, Mama«, sagte Nicole müde. »Ich glaube, wir sollten jetzt zurück zum Wagen gehen.«

Shelley umklammerte die Hand ihrer Mutter, während sie auf die lange schwarze Limousine zugingen. Ihr Gesichtchen war blass, ihre Augen blickten traurig. Im kühlen Innern des Wagens nahm Nicole sie fest in die Arme.

»Also, das war eine grässliche Totenfeier«, stellte Phyllis fest.

»Ich fand sie nett«, meinte Nicole.

»Ich nicht. Und Shelleys Kleid passt auch nicht zum Anlass. Zu kurz. Zu bunt. Sie sieht nicht aus wie ein Trauergast, sondern als ob sie auf ein Fest geht.«

»Mama, wir sind nicht mehr im neunzehnten Jahrhundert, als Kinder schwarz verhüllt zu Begräbnissen gegangen sind.«

»Sie hätte Marineblau tragen können, statt Hellblau.«

»Wem kommt es schon groß drauf an, welche Farbe das Kleid hat?«

»Mir.«

»Dein Benehmen ist absurd, Mutter.«

Phyllis schaute sie erschüttert an und schnüffelte in ihr Taschentuch. »Ich weiß ja, dass wir uns nicht gut verstehen, Nicole, aber musst du mich wirklich an so einem traurigen Tag angreifen?«

O Gott, dachte Nicole. Sie seufzte und lehnte sich in die Polsterung. Ihr Kopf fing an zu pochen. Bitte lass diesen furchtbaren Nachmittag bald vorbei sein. Ich brauche Zeit, mich auszuruhen. Ich brauche Zeit, über Papa nachzudenken.

Und ich will darüber nachdenken, was ich heute auf dem Friedhof gesehen habe, fügte sie erschauernd hinzu. An den Armen bekam sie eine Gänsehaut, als sie sich das hagere, gut aussehende Gesicht des Mannes ins Gedächtnis rief. Aber der Mann, den ich mir einbilde, gesehen zu haben, der kann es nicht gewesen sein …

»Wir sind da«, verkündete Phyllis. Nicole war so in Gedanken versunken gewesen, dass sie nicht gemerkt hatte, wie die Limousine in ihre Straße eingebogen war. »Jetzt kommt der eigentlich schwierige Teil«, fuhr Phyllis fort. »Nicole, ich hoffe, du wirst mich nicht im Stich lassen. Ich werde unmöglich mit all diesen Leuten allein fertig.«

Nicole konnte ihre Verärgerung nicht länger verbergen. »Wie kommst du denn um Himmels willen darauf, ich könnte dich im Stich lassen? Ich habe getan, was ich konnte, um dir behilflich zu sein …« Sie unterbrach sich, als sie sah, dass Shelley erstarrte und Phyllis' Mund wieder zu zucken anfing. Halt den Mund und sieh zu, dass du durchhältst, ermahnte sie sich streng.

Als sie vor dem Hause Sloan anhielten, stieg Nicole aus der Limousine und versuchte vergebens, den zerknitterten Rock des schlecht sitzenden schwarzen Leinenkleides glatt zu streichen, das sie am Vortag gekauft hatte. Phyllis dagegen sah gepflegt und elegant aus in ihrem teuren schwarzen Kostüm aus Schantungseide. Ihr frühzeitig ergrautes, inzwischen weißes Haar hatte sie wie üblich zum perfekten Chignon hochgesteckt. Nicole erinnerte sich, dass ihre Mutter diese schimmernde, makellose Frisur schon damals gehabt hatte, als sie, Nicole, noch klein gewesen war.

Ein paar von Phyllis' Freunden hatten die Zeremonie ausgelassen, um derweil das Büfett aufzubauen. Das große Haus mit seinem perfekten Dekor in kühlen, neutralen Farben und dem einen oder anderen hellen Tupfer Blaugrün war makellos sauber und alles stand an seinem Platz. Phyllis warf einen anerkennenden Blick in die Runde und stellte sich dann an der Tür in Position. »Nicole, du und Shelley, ihr stellt euch neben mich«, befahl sie. »Wir müssen die Trauergäste begrüßen.«

Was hast du gedacht, was wir tun, Mama?, dachte Nicole verbittert. Dass wir das kalte Büfett stürmen und anfangen, uns voll zu stopfen, so schnell es geht? Aber Phyllis war nun einmal nicht glücklich, wenn sie nicht das Kommando hatte, auch wenn ihre Befehle unnötig waren.

Als sie innen an der Tür ihre Plätze einnahmen, hatte Nicole plötzlich das Bedürfnis, abzuhauen und die Straße hinunterzurennen, ohne sich noch einmal umzuschauen. Ihre Gedanken rasten, als sie sich zu erinnern versuchte, wie sich bei anderen Trauerfeiern die Angehörigen des Verstorbenen benommen hatten. Traurig natürlich. Bedrückt. Aber was hatten sie gesagt? Es wollte ihr nicht einfallen.

Und als die Gäste nach und nach zur Tür hereinkamen, wurde ihr klar, warum sie, die sonst so gut mit Worten umzugehen vermochte, so gut wie sprachlos war. Diese Feier glich keiner anderen, die sie je besucht hatte, weil sie für einen Mann veranstaltet wurde, der freiwillig aus dem Leben geschieden war. Jemanden zu beerdigen, der Selbstmord begangen hatte, war etwas ganz und gar Außergewöhnliches. Alle wirkten verlegen, weil auch ihnen die Worte fehlten. Niemand konnte sagen: »Wenigstens hat er jetzt ausgelitten«, denn ob er tatsächlich an etwas gelitten hatte, wusste niemand. Als Nicole ihn zwei Wochen zuvor das letzte Mal gesehen hatte, war Clifton ungeheuer fröhlich gewesen, obwohl er auch ein wenig erschöpft gewirkt hatte. Und niemand konnte sagen: »Es war Gottes Wille«, weil Clifton Sloans Tod ausschließlich sein eigener Wille gewesen war. Vor allem aber konnte kaum jemand sagen: »Er ist jetzt an einem besseren Ort«, weil sie alle überzeugt waren, dass es Selbstmörder im Jenseits nicht besser hatten.

Und natürlich spekulierten sie. Hatten Phyllis oder Nicole ihn irgendwie so weit getrieben? Hatte Clifton eine finanzielle Katastrophe erlebt? Was steckte wirklich dahinter? Was hatte die Familie zu verbergen?

Das führte dazu, dass fast alle nur ein angestrengtes »Es tut mir ja so Leid« zustande brachten, worauf die Angehörigen immer wieder »Vielen Dank« sagten. Als nahezu alle Trauergäste eingetreten waren, hörte Nicole bloß noch Phyllis, dann sich selbst und dann Shelley mit zunehmend mechanischer, heiserer Stimme »Vielen Dank« sagen.

Schließlich versetzte Phyllis Nicole einen sanften Rippenstoß und sagte: »Es sind alle da. Nun misch dich unter die Leute. Und kein Wort über die Umstände, unter denen dein Vater gestorben ist.« Dann rauschte sie davon, das zerknüllte Taschentuch in der rechten Hand, das Gesicht fahl, den Blick ein wenig leer. Niemand würde es wagen, sich bei ihr nach den Einzelheiten zu erkundigen, dachte Nicole. Sie sieht aus, als würde sie umkippen, falls es jemand versucht. In Wahrheit war Phyllis Sloan die stärkste Frau, der Nicole je begegnet war. Selbst in einem Augenblick wie diesem hätte sie vermutlich ein längeres polizeiliches Verhör überstanden, wenn sie es gewollt hätte.

Shelley umklammerte erneut die Hand ihrer Mutter und sie schlenderten ins Wohnzimmer. Phyllis legte Wert darauf, dass dieser Raum immer in tadellosem Zustand war, falls Besuch kam, aber nun erinnerte sich Nicole plötzlich an die Weihnachtsfeste ihrer Kindheit, als der Baum vor dem Fenster gestanden hatte und am ersten Feiertag der helle Teppichboden mit buntem Papier und Schmuckbändern übersät gewesen war.

»Clifton, nun sieh dir die Unordnung an, die sie anrichtet«, hatte Phyllis sich aufgeregt. »Nicole, du musst die Päckchen vorsichtig öffnen. Reiß das Papier nicht auf und zerdrück nicht die Schleifen. Dann können wir einen Teil der Verpackung nächstes Jahr wieder verwenden.«

»Ach, um Himmels willen, Phyl«, hatte Nicoles Vater laut lachend gesagt, obwohl er wusste, wie sehr Phyllis die Kurzform ihres Namens hasste. »Es besteht keine Gefahr, dass wir im Armenhaus landen. Ich denke, wir können uns nächstes Jahr neues Papier und neue Schleifen leisten. Nikki, du darfst das Geschenkpapier zerreißen und damit um dich werfen, soviel du willst.« Daraufhin hatte die kleine Nicole, während sich Phyllis' Lippen immer mehr verkniffen, genau das getan, was ihr Vater angeordnet hatte, und er hatte jede ihrer Bewegungen im Film festgehalten.

Obwohl ihr Vater in ihren Erinnerungen an diese glückliche Zeit die Hauptrolle spielte, war ihre Mutter immer im Hintergrund dabei gewesen, als ewig unzufriedene, aber beständige Kraft. Mama mag noch so schwierig gewesen sein, überlegte Nicole, aber wenigstens hat sie nicht wie Roger die Familie im Stich gelassen. Sie wäre nie auf die Idee gekommen. Auf ihre unangenehme, überempfindliche Art hatte sie sich bemüht, die beste Frau und Mutter zu sein, die sie sein konnte.

Als hätte er ihre Gedanken gelesen, trat nun Roger zu ihr. »Wie geht es euch beiden?«, erkundigte er sich sanft.

»Es geht schon«, antwortete Nicole. Ihr fiel auf, dass er seine Brille mit dem schmalen Silberrand aufgesetzt hatte. Er konnte keine Kontaktlinsen tragen und wenn er um seine Erscheinung besorgt war, trug er auch keine Brille, weil er das Gefühl hatte, damit älter auszusehen.

Roger blickte auf Shelley herab. Zwischen seinen hellbraunen Brauen bildete sich eine Falte. »Ich hab nicht damit gerechnet, dass du hier bist, Schatz.«

»Es ist doch Opas Beerdigung.«

Roger zog die Braue hoch und sah dann Nicole an. »Kinder sollte man nicht zu Beerdigungen mitnehmen.«

Shelley, die ihrem Vater gegenüber allmählich immer feindseliger wurde, obwohl Nicole ihn in ihrer Gegenwart nie kritisierte, sagte hitzig: »Ich wollte mitkommen. Ich bin kein Baby mehr!« Sie sah zu Nicole auf. »Darf ich mir jetzt ein Stück Kuchen nehmen?«

Nicole nickte und als Shelley davonstürmte, fixierte Roger Nicole mit kühlen grauen Augen. »Du hetzt sie gegen mich auf.«

Nicole holte tief Luft und versuchte, sich nicht aus der Ruhe bringen zu lassen. »Ich habe mir große Mühe gegeben, Shelley nicht gegen dich aufzubringen, aber sie ist keine Zweijährige mehr. Sie weiß, dass es deine Entscheidung war, von zu Hause auszuziehen, und du hast keine Anstalten gemacht, deine Beziehung zu diesem jungen Mädchen vor ihr geheim zu halten.«

»Sie ist kein junges Mädchen«, erwiderte Roger steif. »Sie ist zwanzig.«

»Hat sie Geburtstag gehabt? Na toll, dann werden die Leute sie ja bald nicht mehr für deine Tochter halten.«

»Bitte werd jetzt nicht gemein.«

Nicole fühlte sich gedemütigt und sagte leise: »Du hast Recht. Entschuldige.«

Roger warf einen Blick zu ihrer Mutter hinüber. »Phyllis scheint sich gut zu halten.«

»Wie immer.«

»Ich glaube, sie ist stinkwütend«, konstatierte Roger. Nicole blieb stumm, obwohl sie ausnahmsweise seiner Meinung war. »Hast du eine Ahnung …«

»Warum?«, unterbrach ihn Nicole. »Warum sich mein Vater das Leben genommen hat? Nein.«

Roger schaute sie erneut fragend an. »Wir stehen uns im Augenblick nicht besonders nahe. Woher weiß ich, dass du mir die Wahrheit sagst?«

»Roger, ich habe dich nie belogen«, sagte Nicole mit angespannter Stimme. »Aber selbst wenn ich wüsste, warum Papa Selbstmord begangen hat: Warum sollte ich dir davon erzählen müssen? Es geht dich nichts an.«

»Allerdings geht es mich was an. Clifton war der Großvater meiner Tochter.«

»Was willst du damit sagen?«, brauste Nicole auf. »Dass eines ihrer Gene defekt ist?«

Er bedachte sie mit einem geduldigen Blick. »Natürlich nicht. Wie du weißt, bin ich der Ansicht, dass wir von unserer Umwelt geprägt werden. Ich mache mir einfach Sorgen. Wenn es ernsthafte Schwierigkeiten in der Familie gegeben hat, die Clifton zu diesem Schritt trieben, dann sollte ich Bescheid wissen. Schließlich hat Shelley ihn angebetet. Sie war in den letzten paar Monaten so viel mit ihm zusammen. Dieses ganze Durcheinander hat ihre junge Welt so richtig erschüttert.«

»Ich weiß von keinen ernsthaften Schwierigkeiten in der Familie außer der, dass du mich verlassen hast, und das hätte meinen Vater wohl kaum in den Selbstmord getrieben«, antwortete Nicole abweisend. »Und die Wirkung auf Shelley ist mir wohl bewusst. Ich tue alles, was ich kann, damit ihr Leben wieder einigermaßen normal und glücklich wird.«

»Darüber wollte ich mich mit dir unterhalten«, sagte Roger ernst. »Ich finde, Shelley sollte die nächsten paar Wochen bei mir verbringen.«

Nicole starrte ihn ungläubig an. »Kommt nicht in Frage.«

»Es wäre mir lieb, wenn du ausnahmsweise mal nicht so unbedacht reagieren würdest. Denk darüber nach, wie sinnvoll mein Vorschlag ist. Du trauerst über den Tod deines Vaters. Deine Stimmung kann Shelley nicht gut tun und du schaffst es nicht, ihr die Aufmerksamkeit zukommen zu lassen, die sie braucht.«

»Ich verstehe. Und das Zusammenleben mit dir und deiner Freundin soll dafür sorgen, dass sich ihre gute Laune schnellstens wieder einstellt?«

Roger biss sich auf die Lippen. »Sie heißt Lisa Mervin. Und wir leben nicht zusammen.«

»Sie schläft lediglich jede Nacht in deiner Wohnung.« Er riss den Mund auf, um zu protestieren, doch Nicole schnitt ihm das Wort ab. »Du warst nicht diskret, Roger. Wir lehren an derselben Universität. Glaubst du, ich kriege nicht mit, was du treibst? Lisa ist deine Studentin, Himmel noch mal. Heimlich mit einer Studentin zu schlafen ist eines. Du dagegen lebst ganz offen mit ihr zusammen. Hast du je davon gehört, dass man wegen moralischer Verfehlungen gekündigt werden kann? Das kann leicht passieren, besonders wenn man keine Dauerstellung mit entsprechendem Kündigungsschutz hat. Wenn du so weiter machst, hast du vielleicht nächstes Jahr keinen Job mehr.«

Roger war blass geworden und sein Blick wurde starr. »Das sind alles Gerüchte. Überlass es ruhig mir, mich um meinen Job zu sorgen.«

»Du missverstehst mich. Mir ist es egal, ob du wegen dieses Mädchens deinen Job verlierst oder nicht. Aber das mit Shelley ist etwas ganz anderes.«

»Nicole, du kannst die Tatsache, dass es eine andere Frau in meinem Leben gibt, nicht dazu ausnutzen, mich von meiner Tochter zu trennen.«

»Ich versuche nicht, dich von ihr zu trennen, aber mit dir und deinem Nymphchen wird sie nicht unter einem Dach leben. Abgesehen davon ist es sinnlos, jetzt im Einzelnen darüber zu sprechen. Dein Besuchsrecht handeln wir beim Fürsorgetermin aus.«

»Besuchsrecht? Ich dachte, du wolltest ein gemeinsames Sorgerecht.«

»Nur über meine Leiche!«

Carmen Vega tauchte an ihrer Seite auf. »Eure Stimmen werden immer lauter«, sagte sie liebenswürdig. »Phyllis wird euch mit Blicken töten, wenn ihr euch nicht zusammenreißt.«

Roger blähte leicht die Nasenflügel. Er war jetzt richtig kampfbereit, doch Nicole verlor augenblicklich die Energie, als sie sich die Szene vorstellte, die sie heraufbeschwören würden. »Carmen hat Recht. Eine Trauerfeier ist nicht der richtige Zeitpunkt für diese Auseinandersetzung.«

Roger warf ihr einen bösen Blick zu. »Ich stimme dir zu, aber glaub nur ja nicht, dass ich auf Händen und Knien davonkrieche und Shelley dir allein überlasse. Sie ist auch meine Tochter und ich gebe sie nicht auf. Vergiss nicht die emotionalen Probleme, die du in der Vergangenheit hattest, Nicole, beziehungsweise die polizeilichen Ermittlungen deinetwegen. Ich habe genug Munition auf meiner Seite. Bilde dir bloß nicht ein, dass ich davon keinen Gebrauch machen werde.«

Er ging mit großen Schritten in Richtung Haustür davon. Nicole holte tief Luft. Sie kam sich vor, als hätte ihr jemand einen Tritt in den Bauch versetzt.

»Mistkerl«, murmelte Carmen.

»Manchmal weiß ich nicht, warum ich je geglaubt habe, dass ich ihn liebe. Ich könnte mich ohrfeigen, dass ich mich auf diesen Streit eingelassen habe.« Nicole strich sich über die Stirn. »Wenn der Druck in meinem Schädel weiter so zunimmt, springen mir die Augäpfel raus.«

Carmen ergriff behutsam ihren Arm. »Komm mit in die Küche.«

Nicole sah sich um. Phyllis unterhielt sich mit einem gut aussehenden dunkelhaarigen Mann, den Nicole nicht kannte. Shelley saß in einer Ecke und knabberte an einem Stück Kuchen.

In der Küche goss Carmen Eiswasser in ein Glas. »Wo bewahrt deine Mutter das Aspirin auf?«

»Im Schrank rechts vom Spülbecken.«

Gleich darauf reichte sie ihr das Glas und eine Flasche mit weißen

Tabletten. »Setz dich an den Tisch. Nimm zwei davon und atme fünf Mal tief durch.«

Nicole gehorchte. Sie ließ sich am Tisch nieder und schluckte das Aspirin. Dann legte sie den Kopf auf ihre verschränkten Arme. »Eine Konfrontation mit Roger war das Letzte, was ich in dieser Situation gebrauchen konnte.«

»Er wird angefangen haben«, sagte Carmen und setzte sich neben sie. »Er ist der egozentrischste Mensch, der mir je untergekommen ist, Nicole.«

»Er war nicht immer so, Carmen. Du hast ihn nie so richtig kennen gelernt, aber bis vor ein paar Jahren war er noch ein sehr fürsorglicher und rücksichtsvoller Mann.«

»Jetzt nicht mehr. In ein paar Monaten wirst du einsehen, dass das Ende dieser Ehe mit das Beste ist, was dir passieren konnte.«

»Das hab ich längst eingesehen«, sagte Nicole müde. »Natürlich ist das Ganze traurig und unangenehm, aber ich weiß, dass ich nach dieser Scheidung ein wesentlich glücklicherer Mensch sein werde. Es ist Shelley, um die ich mir Sorgen mache.«

»Shelley ist ein robustes kleines Mädchen, genau wie ihre Mutter. Die schafft das schon.«

Nicole lächelte matt. »Hältst du mich wirklich für stark?«

»Ich kenne dich, seit du sechs Jahre alt warst«, grinste Carmen. »Ich werde nie den Tag vergessen, als wir auf dem Spielplatz waren und dieser schreckliche Schläger José mich an den Zöpfen gezogen hat. Ich hab hilflos schreiend mit den Armen gerudert. Die übrigen Kinder haben gelacht. Dann kamst du anmarschiert, mindestens fünf Zentimeter kleiner und fünfzehn Pfund leichter als José und hast ihm mit aller Kraft gegen die Kniescheibe getreten. Er hat auf dem ganzen Weg zurück ins Schulhaus geheult wie ein Baby.«

»Und ich hab eine Woche Nachsitzen geerntet.«

»Und den ewigen Respekt aller anderen Erstklässler, die er eingeschüchtert hatte. Das ist jetzt fast achtundzwanzig Jahre her«, sagte Carmen und schüttelte mit erstaunter Miene bedächtig den Kopf. »Manchmal komme ich mir immer noch vor wie das kleine Mädchen auf dem Spielplatz.«

»Ich habe nichts mehr mit dem feurig blickenden Kind gemeinsam, das dich gerettet hat. Ich fühle mich wie eine Flickenpuppe, die ihr Füllmaterial verloren hat. Carmen, alles ist so seltsam. Ich bin wie benommen. Ich hab noch keinmal wegen Papa geweint. Kein einziges Mal.«

»Das ist der Schock. Mir ging es genauso, nachdem mein kleiner Sohn gestorben war. Sei dankbar. In ein paar Tagen wird es dir furchtbar dreckig gehen.« Carmen hatte ihr langgelocktes schwarzes Haar mit der Rundbürste in eine unnatürlich glatte Frisur gezwungen. Nun fuhr sie mit den Händen hindurch und schüttelte es, bis einige der Locken wieder aufsprangen. »Warum bist du vorhin beim Begräbnis kreideweiß geworden?«

Nicole wischte einen Wassertropfen ab, der außen an ihrem Glas herabrann. »Ich hab einen Mann und einen Hund gesehen, die am Hang standen und die Zeremonie beobachtet haben.«

»Die zwei hab ich auch gesehen.«

»Bestimmt?«

»Ja. Das war dieser Student von dir, Miguel Soundso.«

»Miguel Perez? Nein, Carmen, das war er nicht.«

»Na ja, ich bin ihm nur einmal bei deiner Weihnachtsfeier begegnet. Vielleicht täusch ich mich. Wer ist es denn deiner Meinung nach gewesen?«

»Carmen, hast du dir den Mann richtig angesehen? Hat er dich nicht an jemanden erinnert?«

Auf Carmens reizendem gebräunten Gesicht zeigte sich wachsende Verwirrung. »Wie gesagt – Miguel.«

»Nein, Carmen, der Mann sah aus wie Paul.«

»Welcher Paul?« Carmen riss die Augen auf. »Etwa Paul Dominic?« Nicole nickte. »Das ist unmöglich! Der ist doch vor vierzehn Jahren bei einem Autounfall ums Leben gekommen.«

»Ist er das? Nach der Explosion war von der Leiche nicht genug übrig, um sie eindeutig zu identifizieren. Damals wurden noch keine DNS-Tests durchgeführt.«

Carmen konnte ihre Verblüffung nur schwer verbergen, als sie den Blick senkte und in ihre Unterlippe biss, wie sie es immer tat, wenn ihr etwas Sorgen bereitete. Schließlich sagte sie: »Nicole, die letzten Monate haben dich sehr mitgenommen. Erst der Umzug zurück nach San Antonio mit all seinen schlimmen Erinnerungen. Ich weiß, dass du nie zurückgekommen wärst, wenn nicht Roger zuliebe. Dann hat er dich verlassen. Und jetzt dein Vater ... Also, du kannst im Augenblick unmöglich klar denken.«

»Du glaubst, ich hätte Halluzinationen?«, fragte Nicole verletzt.

»Nein, ich hab den Mann auch gesehen. Ich erinnere mich nicht so lebhaft wie du an Paul, aber die Größe, die schlanke Gestalt, das schwarze Haar ... Unter den gegebenen Umständen hätte ich an deiner Stelle, in deinem erschöpften und überanstrengten Zustand, einen Augenblick lang genauso gedacht.«

»Aber die Art, wie er mich angesehen hat ...«

»Die Art, wie er dich angesehen hat?« Carmen streckte die kräftige, langfingrige Hand aus und legte sie auf die von Nicole. »Er war doch so weit weg. Woher willst du wissen, wie dieser Mann dich angesehen hat?«

»Aber ich bin mir meiner Sache ganz sicher. Sein Blick war so eindringlich ...«

»Nicole, du bist eine schöne Frau. Viele Männer sehen dich eindringlich an.«

»Aber ich dachte ... Ich war fast sicher ...« Nicole sprach nicht weiter. Sie war verlegen, wusste sie doch, wie wenig glaubhaft ihre Geschichte klang. Und als sie sich jetzt an den Vorfall erinnerte, war sie nicht mehr sicher, warum sie geglaubt hatte, dass der Mann auf dem Friedhof Paul Dominic war, nur weil er ihm ähnlich gesehen hatte. Lag es vielleicht daran, dass sie den Tod dieses Mannes, den sie einst angebetet hatte, nie hatte hinnehmen können, genau wie sie jetzt den Tod ihres Vaters nicht hinnehmen konnte?

»Alles in Ordnung?«

»Ich denke schon. Nervosität, Trauer, Erschütterung. Dies war keine meiner besten Wochen.« Darauf bedacht, das Thema zu wechseln, fragte sie: »Wo sind übrigens Bobby und Jill?«

»Bobby passt auf den Laden auf und wartet auf Jills Rückkehr von der Geburtstagsparty einer Freundin.«

»Ich bin froh, dass du sie nicht gezwungen hast mitzukommen. Ich bin der gleichen Meinung wie Roger, dass Kinder auf einer Trauerfeier nichts zu suchen haben. Andererseits durfte Shelley das Begräbnis ihres Großvaters auf keinen Fall verpassen, obwohl ich ihr die Tortur gern erspart hätte.« Nicole warf einen Blick auf die Uhr. »Wir sind schon eine Viertelstunde hier drinnen. Meine Mutter wird sich ärgern.«

»Deine Mutter ärgert sich immer über irgendwas, also was soll's?« Carmen kicherte los und Nicole stimmte ein. Sie war sich vollkommen darüber im Klaren, dass niemand außer Carmen, sie heute, wenn auch nur kurz, zum Lachen hätte bringen können.

Als sie das Wohnzimmer betraten, wandte sich Phyllis von Kay Holland ab, die Clifton jahrelang im Laden ausgeholfen hatte, und warf Nicole einen sengenden Blick zu, um sie wissen zu lassen, dass ihre Abwesenheit nicht unbemerkt geblieben war. Im Augenblick scherte sich Nicole nicht darum. Ihre Augen suchten den Raum ab, der nur noch halb so voll wie vorhin war. Offensichtlich hatten die Leute nicht das Bedürfnis, diesem Haus einen längeren Besuch abzustatten.

»Geht es Ihnen besser, Mrs. Chandler?«

Nicole drehte sich um und sah den dunkelhaarigen Mann, mit dem sich ihre Mutter unterhalten hatte, als Carmen sie auf der Suche nach Aspirin in die Küche entführte.

»Es geht mir viel besser. Ich hatte nur Kopfschmerzen.«

Er lächelte charmant. »Ein Tag wie dieser kann einem gewiss Kopfschmerzen bereiten. Aber ich muss Ihnen für die Ausdauer gratulieren, die Sie bewiesen haben. Sowohl Sie als auch Ihre Mutter, heute beim Begräbnis und am Mittwochmorgen.«

Am Mittwochmorgen, als man Clifton Sloan tot in seinem Büro aufgefunden hatte. Nicole sah den Mann fragend an. »Sie müssen mir verzeihen. Sie kommen mir irgendwie bekannt vor, aber ich weiß nicht mehr, wo wir uns schon mal begegnet sind.«

»Ich bin Raymond DeSoto. Ich war einer der Kriminalbeamten, die an den Tatort gerufen wurden.«

In Nicoles Kopf blitzten Bilder auf. Ein schwarzhaariger Mann mit durchsichtigen Plastikhandschuhen, der sich über den Körper ihres Vaters beugte. Das rasche Nicken, mit dem er sie und ihre Mutter zur Kenntnis genommen hatte. Seine ruhigen Anweisungen an uniformierte Beamte und andere, die Nicole für Kriminaltechniker hielt, und später der tadelnde Blick, mit dem er seinen Partner bedachte, einen älteren Schwarzen, der Phyllis und Nicole streng verhört hatte.

»Detective …«

»Sergeant, bitte.«

»Sergeant DeSoto, es tut mir Leid, dass ich Sie nicht wiedererkannt habe. Sie waren neulich sehr nett zu meiner Mutter und mir. Ich weiß das zu schätzen. Leider war ich so erschüttert, dass mir die ganze Szene nur bruchstückhaft in Erinnerung geblieben ist.«

»Das ist verständlich.«

Nicole bemerkte die kraftvollen Züge seines kantigen Gesichts, die großen, freundlichen dunklen Augen, sein dichtes schwarzes Haar. Sie schätzte ihn auf Anfang dreißig und sie sah, dass er keinen Ehering trug. Die kurze Musterung sollte ihn allerdings nicht als potentiellen Liebhaber einstufen. Sie hatte immer eine scharfe Beobachtungsgabe gehabt. Einst hatte die Polizei sie dafür gelobt, dass sie eine so gute Zeugin war. Aber an diese bedrohliche Erinnerung wollte sie jetzt nicht denken.

»Ich fand die Zeremonie sehr würdevoll«, sagte DeSoto. »Aber mir ist aufgefallen, dass es keine religiöse Feier war.«

»Mein Vater wurde katholisch erzogen, ist aber seit vielen Jahren nicht mehr in die Kirche gegangen. Er hat behauptet, Agnostiker zu sein.«

»Behauptet?«

Nicole wusste, dass die Frage nicht so beiläufig gestellt wurde, wie sich das anhörte. DeSoto war daran interessiert, mehr über Clifton Sloan zu erfahren, aber sie antwortete ihm dennoch. »Hin und wieder hat mein Papa über Dinge geredet, aus denen ich geschlossen habe, dass er fest an ein höheres Wesen glaubt. Aber vielleicht waren es auch nur Redewendungen, die er sein Leben lang gehört hatte, die aber seine wahren Empfindungen nicht ausdrückten.«

»Ich verstehe«, sagte DeSoto leichthin. »Also, ich denke, wir alle überprüfen im Erwachsenenalter die Überzeugungen und Gefühle unserer Kindheit, aber ich weiß nicht, wie oft wir uns dabei wirklich ändern, jedenfalls tief im Innern. Ich habe schon kaltschnäuzige Mörder nach Gott oder ihrer Mutter schreien hören, als ihnen klar wurde, dass es keinen Ausweg für sie gibt.«

Nicole schauderte und er musste es bemerkt haben. »Entschuldigen Sie, Mrs. Chandler. Manchmal denke ich, dass ich es verlernt habe, mich mit jemand anderem als mit Polizisten zu unterhalten.«

»Schon gut. Ich habe nur daran gedacht, wie leicht es manchen Menschen fällt, zu töten.« Sie hielt inne und fragte dann ein wenig nervös: »Sergeant DeSoto, es geht mir nicht darum, dass Sie hier unerwünscht sind, aber gibt es einen Grund, dass Sie zur Trauerfeier gekommen sind? Ich meine, Sie sind doch überzeugt, dass der Tod meines Vaters Selbstmord war, oder? Ich weiß nämlich ... ich meine, ich habe gelesen ... dass Polizisten manchmal auf die Beerdigung von Mordopfern gehen, weil sie glauben, dass sich der Täter dort einfindet. Die Theorie lautet, soviel ich weiß, dass der Mörder gern den ganzen Kummer sieht, den er angerichtet hat.«

DeSoto lächelte beruhigend und zeigte seine weißen ebenmäßigen Zähne. »Ja, manchmal trifft das zu. Nicht jedoch in diesem Fall. Ich bin hier, weil ich mich früher mal für Musik interessiert habe. Ich war oft im Laden Ihres Vaters. Er war immer sehr freundlich und geduldig mit mir, obwohl es offenkundig war, dass ich kein Talent und kein Geld hatte, um eines von diesen teuren Instrumenten zu erwerben, mit denen er gehandelt hat.«

Nicole entspannte sich und lächelte ebenfalls. »Papa ging es mehr um die Leidenschaft eines Menschen für die Musik als um seine Begabung«, sagte sie. Dann sah sie auf einmal wieder einen dunkelhaarigen Mann mit faszinierenden haselnussbraunen Augen vor sich, der ernsthaft über ihr Gefühl für Musik sprach, darüber, wie verzückt sie als Siebenjährige ausgesehen hatte, als sie *Down in the Valley* auf dem Flügel zu spielen versucht hatte. »Möchten Sie vielleicht eine Kleinigkeit essen?«, fragte sie mit forscher, lauter Stimme, die ganz anders klang als sonst. »Noch Kaffee?«

Sergeant DeSoto warf einen Blick auf seine leere Tasse und runzelte leicht die Stirn. Er hatte natürlich ihren jähen Stimmungswechsel wahrgenommen. »Ich habe reichlich Kaffee bekommen, vielen Dank. Ich sollte mich wohl langsam auf den Weg machen. Ich bin länger geblieben, als ich vorhatte.«

Nicole registrierte, dass Phyllis ihr quer durch den Raum strenge Blicke zuwarf. Sie kam auf sie zugeeilt. »Ich hoffe doch, ihr zwei besprecht keine Einzelheiten, was den Tod meines lieben Clifton angeht.« Ihr Tonfall war traurig, aber unterlegt mit einer Spur stählerner Härte. »Ich finde das alles so makaber, Sergeant DeSoto. Ich möchte nicht, dass Nicole noch mehr aus der Fassung gerät, als sie es ohnehin schon ist.«

Nicole widerstand der Versuchung, die Augen zu verdrehen. Dass die Hauptsorge ihrer Mutter im Augenblick Nicoles Gefühlslage galt, war ein unsinniger Gedanke. Phyllis machte sich lediglich Sorgen darüber, dass sie über den Selbstmord sprechen könnte. Sie schien zu glauben, dass sich ein würdevoller Herzinfarkt als wahre Todesursache erweisen würde, wenn man nur die Besonderheiten von Cliftons Tod unerwähnt ließ.

»Ihre Tochter hat mir nur noch eine Tasse Kaffee angeboten«, versicherte Sergeant DeSoto galant, »aber ich fürchte, ich muss zurück an die Arbeit.«

Phyllis lächelte liebenswürdig. »Das verstehen wir gut. Außerdem wissen wir es zu schätzen, dass Sie bei der Trauerfeier dabei waren. Sie haben damit wesentlich mehr getan, als Ihrer Pflicht zu gehorchen. Aber Sie waren entfernt mit meinem Mann bekannt, nicht wahr?«

»Jawohl, gnädige Frau, auch wenn ich ihn seit Jahren nicht mehr gesehen hatte ...«

»Ach, jeder ist heutzutage so beschäftigt«, plapperte Phyllis weiter und manövrierte ihn unauffällig, aber geschickt in Richtung Haustür. »Das Leben war früher soviel geruhsamer, weniger hektisch ...«

Nicole ging hinterher und hörte ihrer Mutter zu. Phyllis war zweifellos zutiefst bestürzt gewesen, den Mann bei der Trauerfeier zu sehen. Sie hatte Angst, die anderen Leute könnten erfahren, dass DeSoto bei der Polizei war und dass durch seine Anwesenheit die Neugier und die Debatten weiter zunehmen würden.

Nachdem alle anderen gegangen waren, blieben Carmen und Kay Holland da, um das Büfett abzuräumen. Nicole hatte Kay, die dünne, vogelähnliche Assistentin ihres Vaters, immer gern gehabt. Sie erinnerte sich, dass sie einmal eine junge, energische Frau gewesen war, mit überraschend verträumten Veilchenaugen hinter dicken Brillengläsern. Kay hatte nie geheiratet und war allem Anschein nach zufrieden mit ihrer Arbeit, den Klavierstunden, die sie nebenbei gab, und ihren Katzen. Als Nicole dann im August nach San Antonio zurückgekehrt war, hatte sie sich darüber gewundert, wie sehr Kay innerhalb eines Jahres gealtert war. Kay konnte nicht älter als Ende vierzig sein, sah aber eher wie sechzig aus: Ihre schlanke Figur war nun knochig und ihre Haut war blass und müde.

Kay bestand darauf, dass sich Phyllis und Nicole auf der Couch entspannten, während sie und Carmen binnen einer Stunde alle Essenreste wegräumten. Kay legte ein vom Bestattungsinstitut bereitgestelltes schmales Buch auf die Anrichte, in dem die Leute, die Gerichte mitgebracht hatten, aufgelistet waren, sodass Phyllis sich schriftlich bedanken konnte.

»Kay, Sie sind ein Juwel«, sagte Phyllis mit einem echten Lächeln.

»Clifton hat sich immer so auf Sie verlassen. Kein Wunder. Sie sind die tüchtigste Person, die ich kenne.«

Kay machte trotz der tiefen Trauerfalten, die ihr Gesicht durchzogen, einen erfreuten Eindruck. »Ich tue alles, was ich kann, um Ihnen zu helfen, Mrs. Sloan. Sie brauchen mir nur Bescheid zu sagen.«

Phyllis erhob sich. »Kay, meine Liebe, Sie haben so schwer gearbeitet, dass Sie völlig erschöpft aussehen. Ich möchte, dass Sie jetzt heimgehen und sich ausruhen.«

»Ist gut, Mrs. Sloan«, sagte Kay und warf Nicole einen flehenden Blick zu.

»Wir können doch nicht zulassen, dass Sie wegen dieser Sache einen Zusammenbruch erleiden.«

Noch ein bedeutsamer Blick von Kay zu Nicole. Plötzlich ging Nicole auf, dass Kay sie unter vier Augen sprechen wollte, aber Phyllis sie unaufhaltsam auf den Weg zur Tür brachte. Glücklicherweise rief in diesem Augenblick Shelley aus der Küche nach ihrer Großmutter.

»Mama, geh du nachsehen, was Shelley will«, sagte Nicole rasch. »Ich bringe Kay zur Tür.«

Phyllis zögerte, über die Rufe ihrer Enkelin eindeutig so überrascht wie Nicole selbst. Dann lächelte sie verlegen. »Hoffentlich hat sie nichts verschüttet. Kay, wir sprechen uns bald und nochmals vielen Dank.«

Sobald sie aus dem Zimmer war, nahm Kay Nicoles Arm in ihre mageren, kalten Hände. »Ich muss dich einen Augenblick allein sprechen.«

»Was ist denn, Kay?«

»Es hat sich einfach nie die Gelegenheit ergeben, mit dir zu reden, seit dein Vater … gestorben ist.« Sie senkte den Blick und blinzelte, um die Tränen zurückzuhalten, die ihr in die Augen traten. »Du weißt sicher, wie furchtbar Leid es mir tut.«

»Aber natürlich, Kay. Aber das war es nicht, was du mir sagen wolltest.«

»Nein. Ich tue nicht gern so geheimnisvoll, aber ich … also … kann hier nicht frei reden. Ich möchte nicht, dass deine Mutter davon hört. Der Laden ist morgen geschlossen, aber ich werde Mr. Sloans Schreibtisch ausräumen. Könntest du wohl dort vorbeischauen?«

Erschrocken wurde Nicole klar, dass Kay etwas über Cliftons Tod wusste. »Kay, warum rufst du mich nicht heute Abend an …« Sie brach ab, denn sie hörte Phyllis mit Shelley sprechen, während die beiden auf dem Weg zum Wohnraum das Esszimmer durchquerten. »Na gut«, flüsterte Nicole. »Shelley soll ohnehin den morgigen Tag bei ihrem Vater verbringen. Ich komme vorbei, sobald er sie abgeholt hat.«

Kay nickte heftig, als Phyllis hereinkam. »Shelley wollte, dass ich ihr einen der Kristallvögel ihrer Urgroßmutter zeige, ausgerechnet jetzt. Nicole, hältst du etwa Kay vom Gehen ab? Sie sieht zum Umfallen erschöpft aus.«

»Ich habe Nikki nur mein Beileid ausgesprochen«, sagte Kay. Sie benutzte Cliftons Kosenamen für seine Tochter. »Ich bin tatsächlich erschöpft und werde jetzt aufbrechen, aber denken Sie dran, was ich gesagt habe. Ich bin vierundzwanzig Stunden für Sie da, wenn Sie mich brauchen.«

»Ich denke daran«, versprach Phyllis. »Auf Wiedersehen, Kay.«

Nicole und Kay gingen stumm zur Tür. Ehe Kay hinaustrat, tätschelte sie Nicoles Arm und flüsterte: »Morgen. Bitte.«

Nicole nickte und sah zu, wie die spindeldürre Gestalt die Auffahrt hinunterging. Früher hat sie größere Schritte gemacht, dachte Nicole. Damals schien sie die Kraft von zehn Menschen in ihrem kleinen Körper zu haben.

Während Kay in ihren fünf Jahre alten Chevrolet stieg, blickte Nicole an ihr vorbei. Erst warf sie nur einen flüchtigen Blick auf den Hund, der auf der anderen Straßenseite saß. Dann kniff sie die Augen zu. Der Hund war ein großer, glänzend schwarzer Dobermann mit rotem Halsband. Aus dieser Entfernung sah sie sogar die kleine goldene Plakette, die an seinem Halsband baumelte. Der Hund saß vollkommen still da und seine dunklen Augen begegneten ihrem Blick mit jenem eigentümlich wissenden Ausdruck, den sie schon zuvor wahrgenommen hatte. Diesmal jedoch war er allein. Wenigstens schien er allein zu sein. Nicole hatte das komische Gefühl, als könne sein Herr nicht weit weg sein. Ihr Blick blieb auf den Hund gerichtet, während Kay losfuhr. Nicole trat auf die Veranda. »Komm hierher, Hund«, sagte sie erst leise, dann lauter. »Komm zu mir!«

Der Hund bewegte sich ein wenig, lehnte sich vor. Sie hatte deutlich den Eindruck, dass er zu ihr kommen wollte. Sie schlenderte bedächtig den Aufgang zum Haus hinab, lächelnd und mit freundschaftlich ausgestreckter Hand. Sie hatte schon immer mit Hunden umgehen können und Phyllis damit zur Verzweiflung gebracht, dass sie ständig streunende Tiere mit nach Hause brachte. Shelley besaß die gleiche Gabe.

»Komm her«, wiederholte sie, »ich tu dir nichts.«

Der Hund stand auf. Er war noch größer, als sie gedacht hatte, und seine Haltung verriet einen ausgezeichneten Stammbaum. Er trat einen Schritt auf sie zu. Dann klapperten plötzlich hohe Absätze auf der Veranda hinter ihr und Phyllis fragte barsch: »Was um alles in der Welt machst du da? Versuchst du wieder mal, einen Hund nach Hause zu schleppen? Also, ehrlich, findest du nicht, dass du dafür langsam ein wenig zu alt wirst, Nicole?«

Im selben Augenblick wandte der Hund seinen Kopf nach rechts. Als reagiere er auf ein Kommando, rannte er los und verschwand hinter dem gegenüberliegenden Haus. Nicole drehte sich wütend zu ihrer Mutter um. »Mußtest du ausgerechnet jetzt herausgestürmt kommen?«

Phyllis starrte sie immer noch empört an, als Carmen neben ihr erschien. »Was war denn?«, fragte sie besorgt.

Nicole sah sie ernst an. »Carmen, der Hund, den wir auf dem Friedhof gesehen haben, war da.«

»Der Hund vom Friedhof?«, wiederholte Carmen zweifelnd.

»Ja. Und ich glaube, sein Herr war ebenfalls da.«

# Drei

## 1

Nicole wich den Fragen ihrer Mutter so geschickt wie möglich aus und beeilte sich, Shelley zurück in ihr eigenes friedliches Haus in der Nähe der University of Texas zu bringen, an der sie als Dozentin tätig war. Das kleine weiße Backsteinhaus mit dem gepflegten Vorgarten war ihr noch nie so schön vorgekommen.

»Ich bin müde«, sagte Shelley, als Nicole ihren Buick an der Auffahrt parkte und den Motor ausschaltete.

»In den ganzen neun Jahren deines Lebens hab ich diesen Satz, glaube ich, kein einziges Mal von dir gehört. Du wirst alt, Mädel.«

Shelley seufzte. »Ich weiß. Eh man sich's versieht, ist man schon zehn.«

Nicole brach in Lachen aus und wurde von Shelley mit einem Kichern belohnt. »Lass uns reingehen und nach Jesse sehen. Er hat uns heute bestimmt furchtbar vermisst.«

Doch erst mal kamen sie nicht ins Haus. Nicole hatte die Auto- und Hausschlüssel an zwei verschiedenen Ringen und nun suchte sie verzweifelt nach dem Hausschlüssel. »Na, prima«, stöhnte sie, den Tränen ganz nah.

Shelley sah sie nachsichtig an. »Du hast die Schlüssel verlegt.«

»Ja.«

»Sind keine Fenster auf?«

»Nein. Wir müssen wohl rüber zu Mr. Wingate gehen und den Schlüsseldienst anrufen.«

Der alte Mann von gegenüber freute sich, sie zu sehen, und bestand darauf, ihnen frische Limonade und Plätzchen zu servieren, während sie auf den Schlosser warteten.

»Dass das ausgerechnet heute passieren muss«, sagte er mit sorgenvoll gefurchter Miene.

Nicole zog eine Grimasse. »Das ist typisch für mich. Mir scheint in letzter Zeit aber auch alles schief zu gehen.«

Mr. Wingate schenkte ihr sein gewinnendes Lächeln. »Wir alle haben unsere Hochs und Tiefs, meine Liebe. Sie erleben gerade ein Tief. Aber Sie werden es überwinden.«

»Meinen Sie?«

»Ja. Ich prophezeie Ihnen in nicht allzu ferner Zukunft sonnige Tage.« Er wandte sich an Shelley, die eine besonders liebe Freundin von ihm zu sein schien. »Und wie geht es dem jungen Herrn Jesse heute?«

»Wahrscheinlich hat er Hunger. Er bekommt sonst viel früher sein Fressen und wird griesgrämig, wenn wir ihn zu spät füttern.«

Mr. Wingate runzelte die Stirn und tat so, als würde er sich konzentrieren. »Nein. Ich spüre, dass Jesse überhaupt nicht griesgrämig ist. Er freut sich nur darauf, seine reizende kleine Herrin zu sehen.«

Mr. Wingate behielt Recht. Eine halbe Stunde später konnten sie dank der Hilfe des Schlossers endlich ihr Haus betreten. Bei Shelleys Anblick sprang der kleine schwarze Hund überglücklich umher und stimmte das hohe, fiepende Gebell an, das Roger immer wahnsinnig gemacht hatte.

Nicole erinnerte sich an den Tag, an dem Shelley Jesse auf der Veranda ihres Hauses in Ohio gefunden hatte. Sie war ihm schon einige Male im Viertel begegnet und hatte sich immer Zeit genommen, ihn zu streicheln und sich darüber auszulassen, dass nach ihrer Meinung seine »Eltern« nicht gut auf ihn aufpassten. Schließlich war er über einen Monat lang verschwunden. Nicole befürchtete, dass er umgekommen war. Doch dann hatte Shelley eines winterlichen Morgens geschrien, als sie ihn zusammengerollt in einer Verandaecke entdeckte, zitternd und unterernährt. Durch die Räude waren seine Haare auf dem Rücken ausgefallen und ein Vorderbein war gebrochen und blutete, nachdem ihn offensichtlich ein Auto angefahren hatte.

Roger hatte sich beim Anblick der Räude geekelt und Shelley und Nicole mit lauter Stimme befohlen, ihn nicht anzufassen. »Ich lasse mir von dir nichts befehlen«, hatte Nicole ihm bissig entgegnet. Während sie den Hund in eine warme Decke hüllte und ihm Futter und Wasser brachte, hatte Shelley leise schluchzend dabeigestanden. Ihr Vater hatte sie festgehalten, damit sie dem Hund nicht zu nahe kam. Im Nachhinein erinnerte sich Nicole an den Schock, der Roger im Gesicht geschrieben stand, als sie gegen ihn aufbegehrt und sich geweigert hatte, seine Anordnungen zu befolgen. Bis dahin war sie die wenigen Male, die sie gegen ihn rebelliert hatte, immer diplomatisch vorgegangen. Nun kam es ihr so vor, als sei es zwischen ihnen seitdem nie mehr so gewesen, wie es einmal war.

Nachdem Roger an jenem Tag das Haus verlassen und Shelley mit zur Schule genommen hatte, war Nicole mit Jesse zum Tierarzt gefahren. Wochenlang ertrugen sie und Shelley Rogers Proteste, während sie den Hund gesund pflegten, obwohl der Tierarzt gesagt hatte, das Bein sei zu stark beschädigt, um ganz normal zu verheilen. Als es Jesse wieder gut ging, gestand Roger seine Niederlage ein und erlaubte Shelley, den kleinen Hund zu behalten, obwohl er selbst ihn hasste. Das Gefühl beruhte auf Gegenseitigkeit. Nicole dachte des öfteren, dass Jesse nichts lieber getan hätte, als einen gehörigen Bissen aus Rogers Knöchel zu reißen. Klugerweise aber beschränkte er seine Abneigung auf ein gelegentliches Zähneblecken, wenn Roger ihm den Rücken zuwandte, oder auf einen seiner gezielt feuchten Nieser auf Rogers Schuhe, wenn dieser gerade aus dem Haus gehen wollte.

Mit Shelley ging er anders um. Der Hund, über den der Tierarzt gesagt hatte, er sei »vermutlich halb Terrier, halb Cockerspaniel und wer weiß was noch«, war restlos begeistert von seiner jungen Herrin. So klein und verkrüppelt er auch sein mochte – Nicole zweifelte nicht, dass er sein Leben hingegeben hätte, um Shelley – wenn nötig – vor Schaden zu bewahren.

»Warst du einsam ohne mich?«, fragte Shelley. Jesse jaulte und leckte ihre Wange. »Du hättest dich gelangweilt, wenn du mitgekommen wärst. Das war Opas Begräbnis. Ein Begräbnis, das ist was ganz Trauriges, vor allem wenn jemand begraben wird, den man lieb gehabt hat. Du hast Opa lieb gehabt, nicht wahr? Er dich auch und ich weiß, dass er vom Himmel auf dich runterschaut. Eines Tages kommst du auch dorthin, und dann spielt der Opa wieder Ball mit dir.«

Nicoles Magen verkrampfte sich. Sie hätte gern gewusst, was man in einer Zeit wie dieser einem Kind sagte, doch sie wusste es nicht. Vielleicht gab es nichts zu sagen, überlegte sie. Sie war sich jedoch sicher, dass Roger anderer Meinung gewesen wäre. Nur war Roger nicht mehr da. Und ihr Vater auch nicht.

Shelley ließ es sich auch diesmal nicht nehmen, Jesse selbst zu füttern. »Ich geb ihm ein paar Hundekuchen«, sagte sie zu Nicole. »Er hat noch nicht mal die Kissen von der Couch gezerrt, wie er es sonst macht, wenn wir spät dran sind. Ich finde, seine Manieren werden immer besser.«

»Das finde ich auch.« Wenn man das nur auch von deinem Vater sagen könnte, dachte Nicole, als sie sich an die Szene im Haus ihrer Mutter erinnerte. Allerdings musste sie der Fairness halber zugestehen, dass es nicht dazu gekommen wäre, wenn sie sich von Roger nicht hätte provozieren lassen. Sie musste lernen, ihn zu ignorieren. Die Scheidung zu verlangen, war eine Sache, Shelley aber seine neue Freundin aufzudrängen, eine völlig andere. Das Kind sollte den morgigen Nachmittag wie geplant bei ihm verbringen, aber es ging nicht an, dass er Cliftons Begräbnis als Vorwand benutzte, um ihr das Einverständnis abzunötigen, dass Shelley in den nächsten Wochen bei ihm und seiner jungen Geliebten wohnte.

Sie schleuderte ihre hochhackigen Schuhe von sich, bewegte die gequetschten Zehen und sah sich im Wohnzimmer um. Sie liebte den blassblauen Teppichboden, die cremefarbenen Wände, das große Aquarium mit den tropischen Fischen, die in ewiger Stille umherglitten, das Gemälde, auf dem eine schöne junge Indianerin einen seichten, von Lichtreflexen glitzernden Bach durchwatete. Das Einzige, was ihr missfiel, waren die voluminöse braune Couch und der dazugehörige Sessel, die Roger ausgesucht hatte. Sie hatte schon immer eine Abneigung gegen diese Möbelstücke gehabt, aber in ihrem alten, ziemlich dunklen Haus in Ohio hatten sie gar nicht so schlecht ausgesehen. In der hellen, schlichten Atmosphäre des Hauses in San Antonio dagegen fühlte sie sich bei ihrem Anblick an große braune Bären erinnert, die sich im Wohnzimmer räkelten. Sie nahm sich vor, neue Möbel zu kaufen, sobald sie es sich leisten konnte. Immerhin war die Küche klein, aber perfekt, ganz in Weiß und Gelb gehalten, mit einem Oberlicht und geschickt angeordneten Stellflächen für Pflanzen, die entsprechend üppig wuchsen. Sie betrat den Raum und sah Jesse sein Futter herunterschlingen, als hätte er eine Woche lang nichts zu fressen bekommen.

»Nachdem Jesse jetzt versorgt ist: Wie wäre es, wenn du ein Bad nimmst und ausnahmsweise früh ins Bett gehst?«

»Dazu ist es für Samstag noch viel zu früh, aber na gut«, sagte Shelley widerstrebend. »Darf ich von deinem Schaumbad nehmen, dem feinen, das nach *Piña colada* duftet?«

Nicole beugte sich zu ihr herunter und umarmte sie fest. »Aha, du willst also heute Abend die kleine Señorita spielen?«, fragte sie mit schwerfälligem spanischem Akzent. »Willst du vielleicht auch die baumelnden Ohrringe haben? Und eine Rose zwischen die Zähne? Wie wär's, wenn ich dir ein Ständchen auf der Gitarre bringe, während du badest?«

Shelley kicherte haltlos. »Mami, du kannst doch gar nicht Gitarre spielen. Du bist vielleicht albern!«

»Ich weiß. Das macht unter anderem meinen unglaublichen Charme aus. Nimm soviel von dem Schaumbad, wie du willst, mein Herz. Aber sieh zu, dass die Wanne nicht überläuft.«

Shelley flitzte in ihr Zimmer, Jesse immer hinterher. Nicole trat zum Kühlschrank und goss sich ein Glas Eistee ein, süß und mit viel Minze gewürzt, wie sie ihn liebte. Sie nahm einen großen Schluck. Dann ging sie zum Spülbecken und sah dort aus dem Fenster. Auf der Straße herrschte kein Verkehr und die Auffahrt sah ohne Rogers Ford Explorer irgendwie leer aus.

»Er ist jetzt schon fast zwei Monate fort«, sagte sie zu sich, »und ich habe mich immer noch nicht daran gewöhnt.« Die Tage, an denen er Shelley nahm, waren immer die schlimmsten. Dann war sie wirklich allein. Aber der kommende Tag würde anders verlaufen, denn sie wollte Kay Holland aufsuchen und vielleicht würde sie erfahren, warum ihr Vater sich das Leben genommen hatte.

## 2

Zwei Stunden später, nachdem Shelley ungewöhnlich früh eingeschlafen war und Jesse sich auf dem Bett neben ihr eingerollt hatte, setzte sich Nicole in Jeans und weitem Pullover mit einem Glas Chardonnay auf die hässliche Couch. Auf der erstklassigen Stereoanlage, die sie vor ein paar Jahren gekauft hatte, lief eine CD von den Pretenders. Sie hatte eine Neigung, grundsätzlich hochwertige Geräte auszuwählen, was sicherlich aus ihrer Zeit mit Paul Dominic stammte, doch sie hörte selten klassische Musik und niemals Gershwin.

Sie versuchte, sich das gesunde, lächelnde Gesicht ihres Vaters in

Erinnerung zu rufen, doch zu ihrer Verzweiflung schaffte sie es nicht. Wenn sie die Augen schloss, sah sie immer nur sein entsetzlich mit Blut bespritztes Büro vor sich. War das alles, was in ihren Gedanken von ihm übrig war – die eingebildete Erinnerung an einen Mann mit einem Revolver im Mund; der grausige Schuss, der Knochensplitter, Blut und Gehirnmasse über die ganze Wand verspritzt hatte?

Sie schreckte hoch, als jemand den Klopfer an der Haustür betätigte. Wer konnte um diese Zeit noch unangemeldet vorbeikommen? Roger, wer sonst. Er wollte vermutlich noch eine Runde im Kampf um Shelley ausfechten. Nicole rüstete sich innerlich für die anstehende Konfrontation, stellte ihr Weinglas ab und ging zur Tür. Durch den Spion sah sie einen hoch gewachsenen Mann mit langem dunklem Haar, das zum Pferdeschwanz zurückgebunden war. Ihr Herz setzte aus, ehe sie erkannte, dass sie nicht den Mann mit dem Hund vom Friedhof vor sich hatte, sondern ihren Studenten Miguel Perez.

Überrascht, aber unbesorgt öffnete sie die Tür. »Miguel! Mit Ihnen hatte ich nicht gerechnet.«

Er lächelte. »Entschuldigen Sie die Störung, Dr. Chandler, aber Sie haben auf dem Friedhof Ihre Schlüssel verloren.« Er hielt ihre Goldkette mit den drei Hausschlüsseln hoch.

»Ah, Gott sei Dank, dass Sie sie gefunden haben!«, rief Nicole aus. »Ich musste den Schlosser holen, damit Shelley und ich heute Nachmittag ins Haus konnten.«

Eine Motte, die das Verandalicht angelockt hatte, flatterte Miguel vors Gesicht. Nicole trat einen Schritt zurück. »Ich vergesse meine Manieren. Kommen Sie herein.«

»Ich möchte Sie wirklich nicht stören.«

»Sie stören nicht. Ich bin froh, Gesellschaft zu haben.« Sie lächelte traurig. »Das war ein anstrengender Tag.«

»Ich bleibe auch nicht lange.«

Miguel trat ins Haus und legte seine hellbraune Jacke ab. Er war ein gut aussehender junger Mann Ende zwanzig, groß, schlank, mit langem schwarzen Haar, das er mit einer kleinen Silberspange gebändigt hatte. In ihrem ersten Semester an der Universität hatte er an ihrem Kurs zum Thema Kreatives Schreiben teilgenommen und in diesem Semester hatte er das Seminar über bedeutende amerikanische Schriftsteller belegt. Er war ein gescheiter Student mit einer überdurchschnittlichen Erfindungsgabe und einem geschliffenen Schreibstil. Roger hatte immer behauptet, der Kerl sei in sie verliebt, aber sie hatte bei ihm nie derlei Anzeichen entdecken können.

»Miguel, ich habe Sie bei der Zeremonie nicht gesehen.«

»Ich hab mich im Hintergrund gehalten.«

Nicole sah ihn scharf an. »Sie haben nicht zufällig mit einem Hund neben einem Baum gestanden?«

Er starrte sie verständnislos an. »Mit einem Hund? Nein. Wie kommen Sie denn darauf?«

»Egal.« Sie runzelte die Stirn und nahm Miguel die Schlüssel ab. »Ich nehme sonst immer große, praktische Taschen. Nur heute hatte ich eine kleine Handtasche dabei. Ich habe die Hausschlüssel in die Seitentasche gesteckt. Da müssen sie herausgefallen sein. Warum haben Sie sie mir nicht gleich auf dem Friedhof gegeben?«

»Ich hab sie erst gefunden, als Sie gerade in die Limousine stiegen. Ohne zu schreien hätte ich Sie nicht mehr erwischen können und das hätte ich unpassend gefunden. Aber natürlich tut es mir Leid, dass ich Sie nicht erreicht habe. Ich hätte Ihnen die Schlosserrechnung ersparen können.«

»Machen Sie sich darüber keine Gedanken. Ich weiß es zu schätzen, dass Sie beim Begräbnis waren und meine Schlüssel an sich genommen haben. Es sind meine einzigen.«

»Wenn ich das gewusst hätte, wäre ich zum Haus Ihrer Mutter gefahren und hätte sie gleich abgeliefert. Sie sollten sich unbedingt Ersatzschlüssel besorgen.«

»Ach, es ist ja noch mal alles gut gegangen. Jetzt habe ich sie ja wieder. Wie wäre es mit einem Glas Eistee oder einer Cola?« Er zögerte, und sie blickte in sein erwachsen wirkendes Gesicht. Weil er ihr Student war, vergaß Nicole oft, dass er kein Teenager mehr war, sondern ein Mann, der seine Hochschulausbildung einfach spät begonnen hatte. »Besser noch: Wie wäre es mit einem Glas Wein? Ich habe Chardonnay oder einen sehr guten Beaujolais, den Roger zurückgelassen hat.«

Miguel lächelte. »Ich nehme gern einen Schluck Beaujolais, wenn Sie nichts dagegen haben.«

Miguel setzte sich in den gut gepolsterten Sessel und versank so tief darin, dass seine Füße keinen Kontakt mehr mit dem Fußboden hatten und er fast seinen Wein verschüttet hätte. »Verdammt!«

Nicole lächelte. »Ist das nicht ein grässlicher Sessel? Eines Tages wird er noch jemanden auf Nimmerwiedersehen verschlucken.«

Nachdem er sich unbeholfen wieder aufgerichtet hatte, grinste Miguel. »Sie sollten mal einige der Ungeheuer im Haus meiner Mutter sehen. Sie behauptet, es seien Antiquitäten, aber ich habe da so meine Zweifel.«

»Wohnen Sie zu Hause, Miguel?«, fragte sie, als sie Wein nachschenkte.

»Ja. Es erscheint mir unsinnig, die Miete für ein Apartment zu bezahlen, solange ich in unmittelbarer Nähe der Universität lebe. Aber meine Freiheit fehlt mir doch sehr.«

»Ich weiß, was Sie meinen. Ich habe auch zu Hause gewohnt, als ich die Trinity-Universität besucht habe.«

»Ich dachte, Sie hätten an der University of Virginia angefangen.« Nicole reichte ihm mit fragendem Blick sein Glas. »Sie haben letztes Jahr im Seminar davon gesprochen.«

»Ach so. Ja, ich bin später nach Virginia gegangen, aber im ersten und teilweise auch im zweiten Studienjahr war ich hier in San Antonio.« Sie merkte, dass ihre Wangen Farbe bekamen, und fragte sich, ob Miguel wusste, was sie aus San Antonio vertrieben hatte. Sämtliche Zeitungen hatten damals über die Sache berichtet. Aber das war fünfzehn Jahre her. Außerdem hatte sich ihr Nachname geändert.

Jesse, der Stimmen gehört hatte, kam aus Shelleys Schlafzimmer gekrochen und ins Wohnzimmer gerannt. Miguel war schon einige Male zu Besuch dagewesen, einmal, als Nicole ein paar ihrer interessiertesten Studenten aus dem Seminar für Kreatives Schreiben zu einem zwanglosen Beisammensein zu sich gebeten hatte, und dann noch einmal, als einige ihrer Studenten zu einem vorweihnachtlichen Barbecue-Abend gekommen waren.

»Jess, *Amigo*!«, rief Miguel und stellte sein Weinglas ab. »Immer, wenn ich dich zu sehen kriege, bist du schöner als beim letzten Mal.«

»Er ist wahrhaftig eine Schönheit«, stimmte Nicole ihm nicht ohne Ironie zu.

Der Hund hatte gleich beim ersten Mal zu Miguel Zutrauen gefasst. »Er weiß eben, wie sehr ich Hunde liebe«, hatte Miguel damals gesagt. Jesse wälzte sich fröhlich zu seinen Füßen und zeigte dann, was er konnte, indem er zweimal rund ums Zimmer sauste. »Es wird mir ewig ein Rätsel bleiben, wie er mit dem Bein so schnell rennen kann.«

»Reine Willenskraft.« Jesses Anblick erinnerte Nicole an die Szene auf dem Friedhof. »Miguel, haben Sie vielleicht während der Trauerfeier einen Mann gesehen, der mit einem Dobermann etwas abseits gestanden und zugeschaut hat?«

»Einen Mann mit einem Dobermann? Den Sie mit mir verwechselt haben?« Sie nickte. »Ich kann mich nicht entsinnen, so jemand gesehen zu haben. Kannten Sie ihn?«

Nicole wich seinem Blick aus. »Er war jemandem sehr ähnlich, den ich einmal gekannt habe. Aber das ist so lange her, seit ich ihn zuletzt gesehen habe – ich könnte mich geirrt haben.«

Miguel blickte besorgt drein. »Ist er Ihnen bedrohlich oder unheimlich vorgekommen?«

»Nein«, sagte Nicole rasch, als sie Miguels Sorge bemerkte. »Überhaupt nicht. Vermutlich war es auch gar nicht der, den ich meine.« Sie erwähnte nicht, dass sie den Hund des Mannes vor dem Haus ihrer Mutter gesehen hatte, da sie das Gefühl hatte, bereits zu viel gesagt zu haben. »Es war ein absonderlicher Tag. Ich bilde mir wahrscheinlich alles Mögliche ein.«

»Sie sehen jedenfalls müde aus.«

»Ich bin völlig erschöpft.«

Miguel stand unverzüglich auf. »Dann gehe ich jetzt, damit Sie ins Bett kommen. Sie werden wohl nächste Woche nicht zur Uni kommen, oder doch?«

»Ich habe seit Mittwoch gefehlt, aber nächsten Mittwoch werde ich wieder da sein.«

Miguel griff nach seiner Jacke. »Vielen Dank für den Wein.«

»Vielen Dank, dass Sie meine Schlüssel vorbeigebracht haben. Ich hätte stundenlang verzweifelt gesucht, ganz zu schweigen davon, was hätte passieren können, wenn jemand anderer, der weniger ehrlich ist als Sie, sie gefunden hätte.«

»Es freut mich, dass ich Ihnen behilflich sein konnte.« Er bückte sich und tätschelte Jesses Kopf. »Bis dann, kleiner *Hombre*. Du bist jetzt der Mann im Haus, pass gut auf die Damen auf.« Er blickte lächelnd zu Nicole auf. »Wir sehen uns Mitte der Woche, Dr. Chandler. Versuchen Sie, sich ein wenig auszuruhen. Sie haben es verdient.«

Ja, das habe ich wohl, dachte Nicole eine halbe Stunde später, nachdem sie nach Shelley gesehen und die Stereoanlage ausgeschaltet hatte. Sie trug die Weingläser in die Küche. Als sie sie neben das Spülbecken stellte, blickte sie unwillkürlich aus dem Fenster und suchte die Straße ab.

Doch von dem großen, wachsamen Dobermann, der sie wie ein Gespenst durch den Tag begleitet hatte, war nichts zu sehen.

# 3

»Du bist Papas Liebling, wie? Der Papa gibt seinem Vögelchen alles, was es sich wünscht.«

Die rasiermesserscharfe Stimme gellte in Nicoles Ohr. Sie saß wieder wie vor fünfzehn Jahren in dem weißen Mustang und Luis Magaro hielt ihr ein Messer an die Kehle. Sie stöhnte und drehte sich um, kämpfte darum aufzuwachen, doch es gelang ihr nicht.

Unversehens wechselte der Schauplatz. Sie war nicht mehr im Wagen, sondern barfuß im Gestrüpp von Basin Park. Magaro und Ritchie saßen dicht nebeneinander auf dem Boden. Sie lachten, das schrille, überspannte Gelächter, an das sie sich so gut erinnern konnte.

»Die hat geglaubt, sie hätte uns überlistet«, sagte Magaro.

»Hat sie auch beinahe.«

»Nein, hat sie nicht. Es wär besser gewesen, wenn wir sie umgebracht hätten, wie ich es wollte, aber sie hat uns auch so nichts anhaben können. Ich hab zu viele Freunde, Mann. Ich hab dir doch versprochen, dass ich uns ein Alibi beschaffe. Hab ich dir nicht gesagt, dass du nicht ins Gefängnis musst?«

»Ja, das hast du.«

Magaro lachte wieder. »Und du hast mir als Gegenleistung was versprochen.«

»Ja.«

»Ich sag dir, was ich mir wünsche. Ich will nicht mehr als Roadie schuften. Ich hab Talent, Mann. Es ist nicht okay, dass ich mich mit den Lautsprechern abschleppe. Am Schlagzeug sollte ich sitzen.«

Die Worte der beiden wurden undeutlich, als Nicole im Traum

näher heranging, magisch angezogen, obwohl sie furchtbare Angst vor ihnen hatte. Dann hörte sie ein Knistern im Gras, ein Knistern, das sie nicht selbst verursacht hatte …

Ein schriller Schrei riss Nicole aus ihrem Traum. Sie trat unter der Bettdecke einen Augenblick lang wild um sich, ehe sie merkte, dass Shelley geschrien hatte.

Sie sprang aus dem Bett, rannte über den Flur, schaltete das Deckenlicht im Kinderzimmer an und blinzelte, als es plötzlich hell wurde. Shelley kauerte wimmernd unter dem Fenster. Jesse hatte die Vorderpfoten aufs Fensterbrett gelegt und kläffte aus Leibeskräften.

»Was ist?«, rief Nicole. Sie eilte zu Shelley und nahm das zitternde kleine Mädchen in den Arm. »Was hast du gesehen?«

Shelley hob das weiße, tränenüberströmte Gesicht und sah ihre Mutter an. »Ein Monster!«

»Ein Monster?« Nicole wiegte sie in den Armen und sie vergrub ihr Gesicht an Nicoles Brust. »Schatz, du hast geträumt.«

»Nein, hab ich nicht! Ich hab am Fenster ein Geräusch gehört. Da bin ich aufgestanden und hab nachgesehen. Ich war hellwach. Außerdem: Warum bellt Jesse, wenn ich bloß geträumt hab?«

»Du hast ihn mit deinem Geschrei erschreckt.«

»Warum bellt er dann immer noch?« Schon als sie ganz klein war, hatte Shelley ein ausgeprägtes Gespür für Logik besessen. »Jesse hat das Monster auch gesehen!«

Jesse sah Nicole an und heulte zweimal schrill auf, wie um Shelley beizupflichten.

Nicole setzte sich auf den Boden und zog Shelley auf ihren Schoß. »Na gut, erzähl mir, wie das Monster ausgesehen hat.«

»Also, nicht wie Dracula oder Frankenstein oder sonst eins von den berühmten Monstern«, erklärte Shelley ernst. »Auch nicht wie ein Außerirdischer mit großem Kopf und riesigen schwarzen Augen.«

»Vielleicht war es ein Hund.«

»Ein Hund! Vor einem Hund hab ich doch keine Angst!«, erwiderte Shelley verächtlich. »Aber spitze Ohren hatte das Monster schon und eine Menge Haare im Gesicht wie ein Wolf, aber es war kein netter Wolf wie im Tierfilm. Trotzdem …« Sie runzelte die Stirn und dachte angestrengt nach. »Ich hab so was schon mal im Fernsehen gesehen, mit Papa. Das war ein alter Film und er hat immer nur gelacht. *Der Tod hat Krallen*, so hieß der Film.«

»*Der Tod hat schwarze Krallen*?«

»Ja, den mein ich. Jedes Mal, wenn Vollmond war, hat sich so ein niedlicher Junge in einen grausig aussehenden Wolf verwandelt und Leute zerfetzt.«

»Du glaubst also, du hättest einen Werwolf gesehen.«

»Ja. Sollen wir die Polizei rufen?«

»Ich glaube nicht, dass die Polizei deswegen kommen würde. Sie würde uns vielleicht nicht ernst nehmen. Außerdem scheint das Monster verschwunden zu sein. Vielleicht könnte ich selbst rausgehen und mich umsehen ...«

»Nein!«, rief Shelley aus und klammerte sich fest an Nicole. »Was ist, wenn es sich da draußen versteckt hat?«

Nicole dachte: Das Kind beweist mehr Vernunft als ich.

»Erst mal ziehen wir die Jalousie runter.« Sie schloss das gemusterte Rollo unter den durchsichtigen Organdyvorhängen. »So kann niemand hier reinschauen. Und morgen, wenn die Sonne aufgegangen ist, sehe ich mich um. Ja?«

»Gut, aber ich finde nach wie vor, dass du Detective DeSoto anrufen solltest.«

»Detective DeSoto?«, wiederholte Nicole überrascht. »Woher weißt du, wer das ist?«

»Ich hab dich bei Oma mit ihm reden hören.«

»Hast du etwa gelauscht?«

»Nein, ehrlich!«, protestierte Shelley, der man eingeschärft hatte, dass es unhöflich sei, zu lauschen. »Ich hab nur im Vorbeigehen gehört, wie er was über andere Polizisten gesagt hat, so als wäre er selbst einer. Außerdem sieht er wie ein Polizist aus.«

»Woher weißt du, wie ein Polizist aussieht?«

»Ich gucke fern«, erwiderte Shelley indigniert. »Ich finde, er sieht aus wie Bobby Simone von *NYPD Blue*.«

»Du meinst den Schauspieler Jimmy Smits?« Nicole bekam den Mund nicht mehr zu. »Hast du wirklich diese Krimiserie *NYPD Blue* geguckt?«

»Äh ... ja.«

»Wo? Bei deinem Vater?«

»Nein, hier.«

»Hier! Wann?«

»Ach, nur manchmal, wenn ich nicht schlafen kann«, antwortete Shelley vage.

»Ich hab dich noch nie nach neun fernsehen gehört.«

»Kopfhörer, Mami. Du hast sie mir selbst gekauft.«

»Das war offensichtlich ein Fehler.« Nicole verstummte. »Meinst du wirklich, dass Raymond DeSoto wie Jimmy Smits aussieht?«

»Absolut.«

»Ich finde nicht. Er sieht nicht so gut aus wie Smits.«

»Aber niedlich ist er schon, Mami.«

»Na ja. Außerdem ist er Sergeant, kein einfacher Detective.«

Nicole zwang sich, zum Thema Fernsehen zurückzukehren. »Aber darum geht es nicht. Du bist noch zu klein, um *NYPD Blue* anzuschauen.«

»Ich verstehe alles. Ich bin kein kleines Mädchen mehr, Mami. Ich bin schon fast zehn. Und wie gesagt«, fuhr Shelley fort, eine Meisterin im Wechseln des Themas: »Sergeant DeSoto macht einen netten Eindruck.«

»Ja, das stimmt.«

»Ich wette, er würde uns wegen des Werwolfs glauben und herkommen.«

»Kann sein, aber er ist wahrscheinlich nicht im Dienst. Außerdem glaube ich nicht, dass wir heute Nacht noch einen Polizisten brauchen. Im Augenblick brauchen wir beide unseren Schlaf. Denk dran, du bist morgen bei Papa.«

Shelley seufzte. »Muss ich dahin?«

»Komm schon, Shel. Du hast versprochen, nicht böse auf Papa zu sein, weil er und ich Schwierigkeiten haben. Du wirst dich gut amüsieren.«

»Na gut. Aber ich werd ihm nichts von dem Werwolf erzählen. Wenn er davon erfährt, versucht er bestimmt gleich, mich zu sich zu holen, und ich will nun mal nicht bei ihm wohnen.«

»Ich weiß, mein Schatz.«

»Trotzdem mach ich mir noch ein wenig Sorgen um den Werwolf. Darf ich das Licht anlassen und das Radio einschalten?«

»Ja, wenn du es schaffst, bei dem Lärm und in dieser Helligkeit zu schlafen.«

»Kann ich.«

Zehn Minuten später, nachdem Nicole einen dünnen Schal über Shelleys Nachttischlampe geworfen hatte, um das Licht zu dämpfen, und ihr Radio leise gestellt hatte, lag auch Jesse wieder dicht neben dem Kind und Nicole kehrte in ihr Zimmer zurück. Sie blickte aus dem Fenster und wünschte sich, sie hätte früher für eine stärkere Außenbeleuchtung gesorgt.

Am Haus war eine altmodische Gaslaterne angebracht, die nur einen schwachen Lichtschein abgab.

Zweifellos war der Eindringling nur ein Jugendlicher gewesen, der eine Maske trug, aber es behagte ihr überhaupt nicht, dass er vor Shelleys Fenster aufgetaucht war, das auf den mit einem hohen Holzzaun eingezäunten Garten hinausblickte. Das Tor im Zaun hatte Nicole mit einem Vorhängeschloss versehen, nachdem ein paar Kinder aus der Nachbarschaft es aufgestoßen und Jesse herausgelassen hatten, sodass er fast ein zweites Mal unter ein Auto geraten wäre. Derjenige, der bei Shelley ins Fenster gespäht hatte, musste sich die Mühe gemacht haben, über den Zaun zu klettern. Es gab in der Umgebung viele andere Häuser ohne Zaun und es konnte nicht leicht gewesen sein, die einen Meter achtzig hohe glatte Holzfläche zu erklimmen. Das zeugte von einer Entschlossenheit, die ihr unbehaglich war.

Nicole zog den Hocker vor ihrem Schminktisch leise zum Schrank hinüber, stellte sich darauf und fing an, in Schuhschachteln zu kramen. Schließlich fand sie die, in der sie die Pistole versteckt hatte. Es handelte sich um eine 38er Smith & Wesson – kein teures Modell, aber eines, das ernst zu nehmen war, wenn es sein musste. Damals nach dem Überfall auf sie hatte sie ihren Vater gebeten, ihr eine Pistole zu kaufen und ihr zu erlauben, dass sie Unterricht nahm. Er hatte sich geweigert, weil er Schusswaffen verabscheute, doch nachdem sie aus San Antonio weggezogen war, hatte sie getan, was sie wollte. Sie hatte eine Handfeuerwaffe gekauft und war regelmäßig auf den Schießstand gegangen, bis sie eine beachtliche Treffsicherheit erworben hatte. Roger hatte nach ihrer Hochzeit darauf bestanden, dass die Pistole verschwand. Er hatte gesagt, sie brauche sie nicht mehr, denn nun sei er ja da, um sie zu beschützen. Sie hatte sich wie immer gefügt, obwohl ihr nicht klar war, wie Roger sie zu beschützen gedachte. Er war in seinem Leben noch nicht einmal in eine Schlägerei verwickelt gewesen.

Wieder auf sich gestellt, hatte sie nach Rogers Auszug diese Pistole gekauft, obwohl sie wusste, dass er darüber empört gewesen wäre. »Aber du hast mich mit einem Kind sitzen gelassen«, hielt sie mit gedämpfter Stimme dem abwesenden Roger vor. Außerdem hatte sie die Schlösser an den Türen ändern lassen, damit keine Gefahr bestand, dass er unerwartet hereinkam und von seiner ängstlichen Ehefrau erschossen wurde. Auch deshalb hatte sie nur einen Satz Schlüssel – damit niemand sonst hereinkommen konnte. Und sie achtete darauf, dass die Fenster immer geschlossen waren.

Nicole wollte die Pistole wieder im Schrank verstauen, doch dann entschied sie, dass sie ihr nichts nützen würde, wenn sie zehn Minuten brauchte, um sie zu finden und zu laden. Sie lud sie und legte sie in die Schublade ihres Nachttischs. Dann schloss sie die Schublade ab und schob den Schlüssel unter ihre Matratze.

Nachdem sie noch rasch einen Blick in den Garten hinterm Haus geworfen hatte, stieg Nicole wieder ins Bett. Sie war so müde, dass sie fest davon überzeugt war, gleich einschlafen zu können. Statt dessen wälzte sie sich rastlos im Bett, verfolgt von dem Traum, den Shelley unterbrochen hatte.

Sie hatte schon immer lebhaft geträumt und den Übergriff auf sie im Lauf der Jahre viele Male in Albträumen durchlebt, aber dieser Traum war anders gewesen. Sie hatte nie zuvor geträumt, dass Luis Magaro und Ritchie Zand unter der Überführung saßen und sich über die Vergewaltigung unterhielten.

Sie unterhielten sich über die Vergewaltigung, als sei sie bereits geschehen.

Nicole setzte sich im Bett auf. Warum nur hatte sie geträumt, dass sie sich darüber wie über ein vergangenes Ereignis unterhielten? Wie hätte sie ein solches Gespräch belauschen können?

»Das konntest du nicht«, sagte sie laut. »Völlig unmöglich. Du hast keine Ahnung, was sie danach zueinander gesagt haben. Es war ein Traum, Nicole, nur ein Traum.«

Doch es kam ihr nicht wie ein Traum vor, sondern wie eine Erinnerung.

# Vier

## 1

Am nächsten Morgen wachte Nicole früh auf und ehe sie Jesse hinten in den Garten ließ, ging sie selbst hinaus, um ihn zu inspizieren. Das Tor war nach wie vor mit dem Vorhängeschloss verriegelt. Sie machte am Zaun entlang die Runde. An dem braun gestrichenen Holz fanden sich keine Kratzspuren und es hatte seit Wochen nicht geregnet, weshalb der Boden knochentrocken war und keine Hoffnung bestand, Fußspuren zu entdecken.

Dennoch hatte der Eindringling eine Spur seines nächtlichen Besuchs hinterlassen. Aus unerfindlichem Grund hatte Jesse zwei Stellen im Garten als Versteck gewählt. Eine davon befand sich unter einer immergrünen Eiche ganz hinten, die andere am Fundament des Hauses direkt unter Shelleys Fenster. Hier, wo der Eindringling zum Fenster hereingeschaut hatte, fand Nicole einen Abdruck vom Absatz eines Laufschuhs. Er war um einiges größer als ihr eigener.

Während sie ihn betrachtete, überlegte sie, ob sie die Polizei rufen sollte. Aber was könnte die ausrichten? Ihr bestätigen, dass ein Unbefugter ihr Grundstück betreten hatte? Das wusste sie bereits. Nein, die Polizei konnte mit den mageren Anhaltspunkten, die der Eindringling hinterlassen hatte, nichts anfangen. Er hatte keinen Schaden angerichtet, außer dass er ein kleines Mädchen erschreckt hatte. Wenn sie anriefe, würde man ihr nur sagen, dass es sich wohl um einen Dummejungenstreich gehandelt habe. Schlimmer noch: Man würde sie als Frau abstempeln, die es nicht gewohnt war, allein zu leben, und zur Hysterie neigte. Und wenn dann etwas Schwerwiegenderes passierte, würde man annehmen, dass sie wieder einmal Zetermordio geschrien hatte, und der Angelegenheit nicht die Aufmerksamkeit schenken, die sie verdiente.

Als sie ins Haus zurückging, war Shelley schon aufgestanden. »Hat der Werwolf Indizien hinterlassen, die wir der Polizei zeigen können?«

»Keine Indizien, fürchte ich und es ist furchtbar schwer, die Polizei zu überzeugen, dass man einen Werwolf gesehen hat. Außerdem denke ich, es war bloß jemand, der eine Maske auf hatte.«

»Na klar«, erwiderte Shelley, am helllichten Tag ein Ausbund an Ruhe und Scharfsinn. »Aber man kann ja nicht vorsichtig genug sein.«

»Ja, Mama«, leierte Nicole im Tonfall eines jungen Mädchens, das sich belehren lassen muss. Shelley kicherte. »Nun zieh dich an, Kind. Heute Morgen geht es in die Kirche.«

Nicole und Shelley kamen soeben aus der Messe, als Rogers Ford Explorer hinter ihnen Halt machte. Nicole warf einen Blick auf ihre Armbanduhr. Zehn Uhr fünfundvierzig. Sie hatte ihn nicht vor zwölf Uhr erwartet.

Verärgert, aber bemüht, es nicht zu zeigen, zwang sie sich zu einem Lächeln, als sie aus ihrem Auto stieg. »Du bist ein wenig früh dran, hab ich Recht?«

Roger trug helle Khakihosen, ein Jeanshemd mit langen Ärmeln, die er bis zu den Ellbogen hochgerollt hatte, neue Halbschuhe von Gucci und eine Designersonnenbrille, die sie noch nie gesehen hatte. Er grinste fröhlich. »Konnte es nicht abwarten, mein Herzblatt zu sehen.«

»Roger, du wirst mich noch so weit bringen, dass ich rot werde.«

Sein Lächeln verschwand. »Ich meinte meine Tochter.«

»Das ist mir klar, Roger. Wo hast du nur deinen Humor gelassen?«

»Ich meinte Sarkasmus herauszuhören.«

»Nein, es war nur ein Scherz. Ich bin nicht in der Stimmung, mich zu streiten.« Roger schien sich zu entspannen. »Nun ja, wie du siehst, ist Shelley fein herausgeputzt. Sie muss sich umziehen und gegessen hat sie auch noch nicht.«

»Sie kann sich in Windeseile umziehen und ich gehe mit ihr irgendwo schön zu Mittag essen.«

Nicole sah das Kind an, das unschlüssig am Auto stehen geblieben war. »Shel?«

»Ich zieh mich schnell um«, sagte sie entgegenkommend. »Und Papa, können wir bei Planet Hollywood essen gehen?«

Roger verabscheute die laute Atmosphäre des Restaurants am River Walk, was Shelley nur zu genau wusste. Nicole tat so, als müsse sie husten, um nicht laut loszulachen, als Roger ein breites, künstliches Lächeln aufsetzte und begeistert sagte: »Aber natürlich, Schatz! Eine tolle Idee.«

Sie gingen zusammen zur Haustür und Nicole holte ihre Schlüssel aus der Handtasche. »Mein Schlüssel funktioniert nicht mehr«, sagte Roger.

»Dafür gibt es einen Grund.«

Er zog die Brauen hoch, als ihm aufging, dass sie die Schlösser hatte wechseln lassen. »War das wirklich nötig oder war es ein Racheakt?«

Sie schloss die Tür auf und Shelley rannte voraus in ihr Zimmer. »Du wohnst hier nicht mehr. Es gibt keinen Grund, warum du unbeschränkten Zugang zum Haus haben solltest.«

»Und wenn ich unbedingt rein muss?«

»Aus welchem Grund?« Roger starrte sie an. Er war vorübergehend sprachlos. »Weißt du was?«, sagte Nicole. »Ich geb dir einen neuen Schlüssel zum Haus, wenn du mir einen Schlüssel zu deiner Wohnung gibst.«

Damit dürfte das Thema erledigt sein, dachte Nicole. Sie hatte Recht. Roger ging wortlos an ihr vorbei, setzte sich in den grässlichen braunen Sessel und stieß einen wohligen Seufzer aus. Sie dachte an Miguel, der in dem Ungetüm das Gleichgewicht verloren hatte. »Willst du nicht deine Couch und deinen Sessel haben?«, fragte sie. »Ich weiß doch, wie sehr du sie liebst.«

»Im Augenblick nicht. Meine Wohnung ist möbliert. Später will ich sie aber höchstwahrscheinlich haben.«

»Wieviel später?«

Er blickte irritiert drein. »Ist das nicht egal?«

»Sie sehen hier drinnen furchtbar aus.«

»Sie sehen großartig aus«, sagte Roger entschieden, als wäre damit die Angelegenheit abgeschlossen. »Könnte ich etwas zu trinken haben oder ist der Kühlschrank auch abgeschlossen?«

»Sonntags nicht. Was möchtest du haben? Eistee? Cola? Milch?«

»Wasser. Mit viel Eis.«

Er leerte hastig das Glas und bat sofort um ein neues. Nicole wusste, was das zu bedeuten hatte: Er hatte am Abend zuvor Unmengen getrunken und brauchte viel Flüssigkeit. Deshalb also setzte er die Sonnenbrille nicht ab – er wollte verhindern, dass sie seine blutunterlaufenen Augen sah. Früher hatte er mäßig viel getrunken, doch sein Alkoholkonsum hatte dramatisch zugenommen, seit er angefangen hatte, soviel Zeit außer Haus zu verbringen. Das war noch vor der Zeit, als er wegen Lisa Mervin ausgezogen war.

Nicole nahm auf der Couch Platz. »Was hast du heute mit Shelley geplant?«

»Ich dachte, ich besuche mit ihr das Aquarium.«

»Sea World! Das wird ihr gefallen!«, rief Nicole. »Sie war nicht mehr dort, seit wir hierhergezogen sind.«

»Ich weiß. Und dann führe ich sie zum Abendessen aus.«

»Klingt gut. Du bringst sie doch hoffentlich gegen sieben zurück? Sie muss sich waschen und braucht Zeit, um zur Ruhe zu kommen, ehe sie ins Bett geht. Morgen muss sie wieder in die Schule.«

»Abgemacht: Sieben Uhr.«

Nicole zögerte. »Ihr zwei seid doch heute allein, oder?«

Roger täuschte Verwirrung vor. »Was meinst du damit?«

»Du weißt, was ich meine. Lisa kommt nicht mit, oder?«

Rogers verkniffene Lippen verrieten seinen Ärger. »Warum machst du daraus ein Problem? Bloß weil du sie nicht leiden kannst ...«

»Moment mal!«, sagte Nicole scharf. »Ich kenne das Mädchen gar nicht. Vielleicht könnte ich sie, wenn die Umstände anders wären, gut leiden. Aber das hat nichts mit mir zu tun. Shelley hat eine Abneigung gegen sie ...«

»Warum wohl?«, unterbrach Roger bissig.

»Gib mir nicht die Schuld an ihren Gefühlen. Ich hetze Shelley nicht gegen sie auf. Du dagegen hast versucht, ihr Lisa aufzudrängen, seit du uns verlassen hast und das findet sie grässlich. Es ist Shelley gegenüber nicht fair. Lisa gegenüber übrigens auch nicht, falls du vorhast, sie zu heiraten.«

»Wie rücksichtsvoll von dir, dich um Lisa zu sorgen.«

»Versprich es mir, Roger. Nur du und Shelley.«

Roger stellte sein Glas auf den Beistelltisch. »Na gut. Sonst noch Befehle, Herr General?«

»Ich denke, das reicht fürs Erste«, antwortete Nicole kühl. »Ich nehme an, der ›General‹ ist eine Anspielung auf meinen Großvater?«

»Du scheinst in der Tat einige Eigenheiten des berühmten Generals Ernest Hazelton übernommen zu haben.«

»Den du nie kennen gelernt hast.«

»Nein, aber deine Mutter hat mir alles über ihn erzählt.« Er blickte zur Decke. »Ein wahrer Musterknabe, der General. Überlebensgroß.« Er wandte sich wieder Nicole zu. »Phyllis ist ein Fall von klassischem Elektrakomplex, wenn ich je einen gesehen habe.«

Mühsam beherrscht stand Nicole auf und rief: »Shelley, bist du endlich fertig? Papa kann es nicht abwarten, zu Planet Hollywood zu fahren.«

»Sehr komisch«, murmelte Roger.

Jesse erschien, rannte schnurstracks auf Roger zu und besprühte mit einem lauten, feuchten Niesanfall prompt seine Gucci-Schuhe. »Verdammt noch mal!«, explodierte Roger und sprang auf. Jesse wich geschickt einem Fußtritt aus und sauste zurück ins Kinderzimmer. »Nicole, hol mir ein paar Blatt Küchenpapier. Ich weiß wirklich nicht, wieso du dieses räudige, verflohte kleine Biest behältst ...«

Nicole versuchte ihr Lachen zu unterdrücken und ging in die Küche, um Papier zu holen. Sie gab es Roger, der sich unter wütendem Gemurmel daranmachte, seine Schuhe zu säubern. »Es tut mir ja so Leid, Roger«, brachte Nicole heraus. »Deine Schuhe sehen aus, als wären sie sehr teuer gewesen. Die sind neu, nicht wahr?«

»Sie waren nicht teuer«, log Roger, »aber neu sind sie wohl. Nun sieh dir das an. Das hat er mit Absicht gemacht.«

»Ach, bestimmt nicht«, meinte Nicole verbindlich.

Roger bedachte sie mit einem bösen Blick. In dem Augenblick kam Shelley aus ihrem Zimmer gerannt. Sie trug Jeans, ein blaues T-Shirt und neue Stoffschuhe. Ihr langes blondes Haar hatte sie mit einem blauen Haargummi zum Pferdeschwanz gebunden. »Ich bin soweit!«

»Dann sieh mal zu, dass du dich heute gut amüsierst«, sagte Nicole. Sie drückte Shelley fest an sich und verpasste ihr einen Schmatz auf die Wange.

»Du auch, Mami. Was hast du denn vor?«

»Ach, ich hab alles mögliche Aufregende geplant.«

Zum Beispiel den Besuch bei Kay Holland, um vielleicht dahinter zu kommen, warum mein Vater Selbstmord begangen hat, dachte sie schaudernd. Dann zwang sie sich, fröhlich zu winken, als Roger und Shelley davonfuhren.

# 2

Nachdem sie fort waren, zog Nicole sich um und dachte dabei über den Laden ihres Vaters nach. Der Ort, an dem sie als Kind so viele glückliche Stunden verbracht und ihrem Vater und Kay »geholfen« hatte, war zum Ort des Grauens geworden, an den sich ihr Vater zurückgezogen hatte, um sich auf brutale Weise das Leben zu nehmen.

Und nun hatte Kay ihr etwas über den Tod ihres Vaters mitzuteilen. Sie fragte sich, ob es wirklich bedeutsam war. Vielleicht bildete die Frau sich ja nur ein, wichtige Informationen zu haben. Einbildung und einen Hang zur Dramatik schienen jedoch nicht zu Kays Stärken zu gehören.

An diesem Sonntag herrschte kaum Verkehr und sie fuhr hinab in den älteren Teil der Stadt nahe der Plaza de Las Islas. Sie hatte die schöne Kathedrale San Fernando, die Siedler von den Kanarischen Inseln in den dreißiger Jahren des achtzehnten Jahrhunderts errichtet hatten, immer bewundert. In ihrer Nähe erhob sich das Gerichtsgebäude von Bexar County. »In welchem Jahr wurde das Gerichtsgebäude erbaut?«, konnte Nicole ihren Vater fragen hören. »Im Jahre 1895«, hatte die kleine Nicole brav geantwortet. »Und woraus ist es gebaut?« »Aus rotem texanischen Granit und Sandstein.« »Ausgezeichnet!«, hatte ihr Vater entzückt gerufen. »Dieses kleine Mädchen hat sich ein Eis verdient.« So lange war das her.

Einen Parkplatz zu finden, war sonntags kein Problem. Sie hielt direkt vor dem großen Laden, den es seit achtzig Jahren gab. Er war immer eine Musikalienhandlung gewesen, im Besitz ein und derselben Familie, bis Clifton Sloan ihn 1959 gekauft hatte. Er hatte ihr einmal erzählt, dass das Geschäft zwar ab Ende der sechziger Jahre ziemlich gut gelaufen sei, dass er aber den Laden nur halten konnte, weil er eine großzügige Erbschaft von einer unverheirateten Tante machte, die seine Liebe zur Musik teilte. Später benutzte er Teile dieser Erbschaft, um mit Erfolg an der Börse zu spekulieren, sodass die Familie wesentlich aufwendiger leben konnte, als es die Einkünfte aus dem Geschäft je möglich gemacht hätten.

Die Eingangstür war verschlossen. Sie klopfte ans Glas und wenige Sekunden später eilte Kay herbei, um ihr aufzumachen. »Hallo, Nikki«, sagte Kay nervös und schloss gleich wieder hinter Nicole ab. Sie sah in ihrem dunkelgrünen Rock und der bedruckten Bluse, die ihr rechts aus dem Bund gerutscht war, beängstigend dünn aus. Ihr kurzes braunes Haar war wie üblich perfekt gewellt, doch auf ihren trockenen Lippen war nur eine Spur eines erikaroten Lippenstifts zu sehen. Sie hatte auf den gewohnten Lidschatten und auf Wimperntusche verzichtet, weshalb ihre Augen übergroß und irgendwie überrascht wirkten.

»Wie geht die Arbeit voran?«

»Die Arbeit?«, wiederholte Kay verständnislos. »Ach, du meinst das Ausräumen des Schreibtisches. Also, es war nicht viel Persönliches drin. Im Wesentlichen nur Geschäftsunterlagen.«

Als sie den Laden durchquerten, sah Nicole sich verstohlen um und stellte fest, dass sie seit Monaten nicht mehr da gewesen war. Trommeln, Hörner, Orgeln, Klaviere – Pianinos und Stutzflügel –, Gitarren, Violinen, tausend Notenhefte. »Hier war ich umgeben von einer Welt der musikalischen Möglichkeiten und hatte kein bisschen Talent«, klagte Nicole.

»Ich fand immer, dass du eine reizende kleine Singstimme hattest«, lenkte Kay diplomatisch ein.

Nicole grinste in sich hinein. Sie, die verhinderte Rocksängerin, hatte nie den Wunsch gehabt, für ihre »reizende kleine Singstimme« gelobt zu werden, aber die arme Kay machte ihr nur das ehrlichste Kompliment, das ihr einfiel.

»Ich habe vorhin Tee gekocht«, sagte Kay auf dem Weg zum Büro. »Möchtest du was davon? Kamille. Sehr beruhigend.«

Nicole, die vor allem Kräutertee verabscheute, lächelte höflich. »Ich hab drei Tassen Kaffee getrunken, ehe ich zu Hause aufgebrochen bin. Ich hab also genug Flüssigkeit im Bauch.«

»Zuviel Koffein ist nicht gut für dich, meine Liebe, erst recht nicht in einer Zeit wie dieser. Du kannst nichts gebrauchen, das dir an den Nerven zerrt.«

Als sie sich dem Büro näherten, wurde Nicole immer langsamer. »Meine Nerven sind tatsächlich ein wenig angespannt, aber eher von der Ankündigung, dass du mir etwas zu sagen hast.«

»Wahrscheinlich hab ich mich gestern ganz falsch ausgedrückt und dir einen Schrecken eingejagt, obwohl das nicht meine Absicht war.« Kay betrat das Büro. Dann drehte sie sich um und starrte Nicole an, die auf zittrigen Beinen wie angewurzelt stehen geblieben war. »Was ist los, meine Liebe?«

»Das Büro.« Nicoles Mund war wie ausgestrocknet, ihre Stimme unsicher. »Ich glaube nicht, dass ich es schaffe …«

»Ach, du meine Güte!«, rief Kay aus. »Wie gedankenlos von mir. Es ist gründlich geputzt worden und ich arbeite seit Stunden darin, darum habe ich überhaupt nicht an die Wirkung gedacht, die es auf dich ausüben muss, nachdem du nicht mehr im Laden warst, seit … Ach, Nikki, es tut mir ja so Leid!«

»Schon gut, ehrlich. Aber wenn es dir nichts ausmacht: Es wäre mir lieber, wenn ich hier draußen bleiben könnte. Geh du nur deinen Tee holen.«

»Ich brauche keinen Tee. Ich hab in den letzten paar Tagen literweise Tee getrunken. Aus alter Gewohnheit.« Kay wirkte gramgebeugt. »Setz dich dort auf die Klavierbank und komm erst einmal wieder zu Atem. Möchtest du ein Glas Wasser?«

»Ein Liter Scotch wäre besser.«

Kays Blick geriet ins Flattern. »Ich glaube nicht, dass wir welchen da haben.«

»Ich hab es nicht ernst gemeint. Ich kann Scotch nicht ausstehen.«

»Ach so.« Kay blickte verwirrt drein.

»Es ist gut. Setz dich hier neben mich auf die Bank und erzähl mir von Papa.«

Kay nahm Platz und begann mit bleichen, leicht bläulichen Händen ihren Rock glatt zu streichen. »Dein Vater war in den letzten Monaten nicht er selbst.«

Nicole war verblüfft. »Mama hat nichts davon gesagt.«

»Ich bin sicher, dass er es vor ihr zu verbergen versucht hat. So hat er es immer gehalten, weißt du? Aber es gab einiges, das sie hätte bemerken müssen. Vor allem sah er immer müde aus. Er hatte Ringe unter den Augen und war im Gesicht ganz fahl. Ich habe ihn danach gefragt und er hat gesagt, er hätte Schlafstörungen. Er hat behauptet, mehrere rezeptfreie Medikamente ausprobiert zu haben, aber die hätten nicht gewirkt.«

»Kam er dir besorgt genug vor, um zum Arzt zu gehen?«

»Wenn er beim Arzt war, dann ohne mein Wissen. Dann bin ich eines Tages in sein Büro gekommen und fand ihn schlafend auf seinem Sessel vor. Ich war so froh, dass er ein wenig Ruhe fand, und habe leise wie eine Maus nach einer Rechnung gesucht, als er plötzlich angefangen hat, zu murmeln. Ich konnte nur einzelne Worte verstehen, ›nicht‹ und ›Nikki‹ und seine Stimme klang beunruhigt. Dann schreckte er hoch. Er kam schnell zu sich und schien verlegen zu sein. Wollte die Sache als kleines Nickerchen abtun. Ich hab ihm gegenüber kein Wort darüber verloren, dass er im Schlaf geredet hat.

Ungefähr einen Monat später passierte das Gleiche«, fuhr Kay fort. »Ich halte es für möglich, dass es jeden Tag passiert ist, aber ich war auch diesmal nur zufällig anwesend. Nur hat er diesmal nicht gemurmelt. Er hat geschrien: ›Nikki! Sie hätte dabei umkommen können, diese Halunken!‹«

»Es ging um die Vergewaltigung«, sagte Nicole leise. »Er hat von meiner Vergewaltigung geträumt.«

Phyllis hatte immer darauf bestanden, dass Nicoles Erlebnis, wenn überhaupt davon gesprochen wurde, als »Überfall« bezeichnet wurde. Ihr fiel auf, dass Kay bei dem Wort »Vergewaltigung« errötete, doch Nicole neigte nun einmal nicht zu Beschönigungen.

»Ja, ich glaube auch, dass er davon geträumt hat.«

»Hast du eine Ahnung, was das alles ausgelöst haben könnte?«, fragte Nicole.

»Ich habe überlegt, ob er krank sein könnte. Vielleicht fehlte ihm was Ernsthaftes, und er konnte nicht mehr klar denken. Außerdem schien er sich mehr als je zuvor mit der Vergangenheit zu beschäftigen. Noch bevor er in letzter Zeit so deprimiert wurde, ist er aus der Kirche ausgetreten. Er hat erzählt, dass deine Mutter darüber sehr unglücklich war.«

»Ja.«

»Dann verlor er nach und nach das Interesse am Geschäft. Nicht völlig, versteh mich recht, aber er hatte einfach nicht mehr alles im Griff. Auch das war für mich ein Indiz, dass er schwer krank sein könnte.«

Nicole stand auf und begann im Laden auf- und abzugehen. »Jetzt, wo du davon sprichst, geht mir auf, dass ich auch was gemerkt habe. Aber nur vage. Ich war so mit mir selbst beschäftigt – der Umzug nach San Antonio, mein neuer Job, Rogers Auszug.« Sie schlug mit der Faust auf den Deckel eines Klaviers. »Warum hab ich nicht besser aufgepasst?«

»Mach dir keine Vorwürfe, Nikki. Die Veränderung ist allmählich vonstatten gegangen und ich bin sicher, dass er dir gegenüber immer eine gute Schau abgezogen hat. Deiner Mutter gegenüber auch.«

»Aber nicht dir gegenüber?«

Kay wurde rot. »Ich war den ganzen Tag um ihn herum, jeden Tag. Es wäre ihm schwer gefallen, etwas vor mir zu verheimlichen. Außerdem hat er sich um meine Gefühle nicht so große Sorgen gemacht wie um deine und die deiner Mutter.«

Aber du hast dir um ihn Sorgen gemacht, dachte Nicole. Du warst seit Jahren in ihn verliebt. Ich habe es immer gespürt. Ich frage mich, ob Mutter es auch gespürt hat? Oder er?

Zu wissen, dass Kay ihren Vater geliebt hatte, stimmte sie sowohl glücklich als auch traurig – glücklich, weil Phyllis so schwierig war, so überkritisch; traurig, weil Kay sich einen Mann ausgesucht hatte, der selbst dann, wenn er ihre Liebe erwidert hätte, keinesfalls Frau und Tochter aufgegeben und sich nie auf eine Affäre eingelassen hätte. Wenigstens glaubte Nicole, dass er sich nicht darauf eingelassen hätte. Sie war inzwischen nicht mehr sicher, ob sie ihren Vater überhaupt gekannt hatte.

»Kay, war da noch etwas?«, fragte sie und bemühte sich, ihre Gedanken über Kay und Clifton auf eine andere Bahn zu lenken.

Kay verschränkte die Hände. »Ja. Und es ist das, was mich am meisten beunruhigt. Es war meine Aufgabe, die Post zu sortieren, und es hätte mir viel früher auffallen müssen, aber es kommt immer so viel Post. Wie dem auch sei, ich glaube rückblickend sagen zu können, dass die Albträume deines Vaters anfingen, als diese Briefe mit der Aufschrift ›persönlich‹ für ihn eingingen.«

»Ganz normale Briefe?«

»Nein. Es waren große Umschläge mit Klammerverschluss, immer dick verklebt, als wäre es sehr wichtig, dass sie gut verschlossen waren.«

»Stand ein Absender drauf?«

»Nein. Und der Poststempel war von hier. Am Dienstag dann ...« Sie schluckte und Tränen traten ihr in die Augen. »Letzten Dienstag ist wieder so ein Umschlag gekommen. Er war gefüttert – von der Sorte, in dem man Fotos verschickt –, aber er trug wieder den Vermerk ›persönlich‹. Ich habe deinem Vater wie üblich die Post gebracht und er hat den Umschlag gleich entdeckt.« Sie zog ein Papiertaschentuch aus der Tasche und tupfte sich damit die Augen trocken. »Er wurde aschfahl und sagte mit angestrengter Stimme: ›Danke, Kay.‹ Ich bin einen Augenblick stehen geblieben. Da hat er in barschem Ton gesagt: ›War noch was?‹ Darauf sagte ich ›Nein‹ und ging. Und dann hat er etwas getan, das er noch nie getan hatte – er hat mitten am Tag seine Bürotür abgeschlossen.«

Zitternd atmete sie tief ein. »Ungefähr zehn Minuten später glaubte ich, drinnen im Büro ein Geräusch gehört zu haben. Etwas wie ein Stöhnen. Ich hatte ein böses Gefühl dabei, aber ich hab nichts unternommen. Nikki, ich hab nichts unternommen!«

»Beruhige dich, Kay«, sagte Nicole, deren eigenes Herz heftig klopfte. »Was hättest du unternehmen können, außer die Tür einzuschlagen und zu fragen, was vorging? Papa hätte das nicht gern gesehen. Er war ein sehr verschwiegener Mann.«

»Ja, aber ich fühle mich dennoch schuldig. Minuten später roch ich Rauch, der aus dem Büro qualmte. Diesmal habe ich sofort angeklopft. Dein Vater hat nicht reagiert. Ich habe an der Tür gerüttelt, aber sie war immer noch abgeschlossen. Da habe ich dagegen gehämmert und wollte die Feuerwehr holen, aber schließlich hat er die Tür geöffnet. Er sah um zehn Jahre gealtert aus, Nikki. Um zehn Jahre gealtert und am Boden zerstört und doch hat er versucht, so zu tun, als ob nichts wäre. Er hat gesagt, das Feuer sei im Papierkorb. Er hat behauptet, einen Aschenbecher ausgeleert zu haben, in dem noch eine Zigarettenkippe brannte und die hätte dann einige Papiere angezündet.« Sie schaute Nicole mit schmerzerfüllten Augen an. »Dabei hat dein Vater tagsüber nie einen Aschenbecher in den Papierkorb geleert. Aschenbecher wurden nur morgens geleert, wenn er kam, damit während der Nacht kein Feuer ausbricht.«

»Zu Hause hat er es auch so gehalten.« Nicole biss sich auf die Lippen. »Könnte er abgelenkt gewesen sein und es aus Versehen getan haben?«

»Ich würde sagen, die Möglichkeit besteht. Aber es hat weiter gebrannt und er hat nicht darauf geachtet. Als ich versuchte, mich an ihm vorbeizudrängen und nach dem Wasserkrug auf seinem Schreibtisch zu greifen, hat er mir den Weg versperrt. Und Nikki, seine Augen! Wenn jemand kurz vorher angerufen und gesagt hätte, du seist gestorben, hätten sie nicht trauriger blicken können. Nein, er hat das Feuer selbst angezündet!

»Und was habe ich getan?«, schluchzte Kay. »Nichts. Ich hätte mich gegen ihn auflehnen und sagen müssen: ›Clifton Sloan, ich bin seit dreißig Jahren mit Ihnen befreundet. Entweder Sie sagen mir jetzt, was Ihnen fehlt, oder ich rufe den Arzt!‹ Aber habe ich es getan? Nein. Ich bin bloß dagestanden und habe gegreint, wie meine Mutter es immer genannt hat. Ich brachte nicht genug Mut oder Geistesgegenwart auf, um ihm zu helfen.«

Nicole konnte Kays Enttäuschung über sich selbst nachvollziehen. Wie oft hatte sie sich im Nachhinein gewünscht, sie hätte in einer Situation anders reagiert. Im Augenblick interessierte es sie jedoch mehr, was ihr Vater gesagt und getan, nicht was Kay unterlassen hatte. Sie gab sich Mühe, ihre Ungeduld zu zügeln, und hakte entschlossen nach.

»Kay, was hat Papa nach der Ausrede mit dem Papierkorb noch gesagt?«

»Nichts! Er hat mir die Tür vor der Nase zugeschlagen. So unhöflich hatte er sich noch nie benommen. Ich war verblüfft. Nein, das ist nicht das richtige Wort. Aufgebracht war ich. Über die ganze Szene, verstehst du, nicht bloß darüber, dass er die Tür zugemacht hat. Anschließend blieb es im Büro ungefähr eine halbe Stunde lang still. Dann kam dein Vater heraus, sagte, dass es ihm nicht gut gehe, und verließ den Laden. Er sagte, er werde nach Hause fahren.« Kays Lippen zitterten. »Ich habe ihn nie wieder lebend zu Gesicht bekommen. Am selben Abend kam er noch einmal ins Büro, um sich ...« Kay unterdrückte ein Schluchzen.

Nicole legte Kay die Hand auf die knochige Schulter. »Denk jetzt nicht daran.«

Kay putzte sich die Nase, zerknüllte ihr Papiertaschentuch und stopfte es zurück in ihre Tasche. »Dein Vater hat ungefähr eine halbe Stunde nach dem Vorfall sein Büro verlassen und hinter sich abgeschlossen, aber ich machte mir Sorgen, dass das Feuer im Papierkorb vielleicht nicht ganz erloschen war.« Sie blickte zu Boden. »Nein, das stimmt nicht ganz. Ich war neugierig«, sagte sie kläglich.

»Das wäre jedem so gegangen.«

»Ich habe mit meinem eigenen Schlüssel das Büro aufgesperrt. Das Feuer war aus und fast alles im Papierkorb war zu Asche verbrannt. Aber nur fast.«

Nicoles Interesse erwachte erneut. »Was war übrig?«

»Ich hab es im Aktenschrank versteckt. Ich verstehe, dass du das Büro nicht betreten willst, also hole ich es ...«

»Ich gehe mit.«

»Bist du sicher?«

»Ja. Ich kann nicht ewig hier draußen bleiben, schon gar nicht, wenn meine Mutter den Laden behält. Mir war nur vorhin ein wenig übel.«

Nicole folgte Kay in das geräumige Büro mit dem hellgrauen Teppichboden. Der große Mahagonischreibtisch ihres Vaters war unnatürlich ordentlich. Auf einer Seite lag eine kostspielige vergoldete Schreibgarnitur aus Kugelschreiber und Bleistift neben einem übergroßen türkisfarbenen Aschenbecher und auf der anderen Seite standen im Halbkreis golden gerahmte Fotos von ihr, Shelley und Phyllis. Die Schreibunterlage fehlte. Na klar, dachte Nicole und ihr Magen verkrampfte sich. Die Schreibunterlage war voller Blut gewesen.

Nicole schaute rasch zu Kay, die soeben einen der Aktenschränke aufschloss. Sie holte einen weißen Geschäftsumschlag hervor, entnahm ihm vorsichtig einen kleinen Fetzen Papier und hielt ihn Nicole hin. »Das hier habe ich noch schwelend unter dem gefütterten Umschlag entdeckt.« Sie errötete und sah elend und befangen aus. »Ich hab es der Polizei nicht gezeigt. Ich wollte nicht, dass alles noch mal aufgerollt wird.«

»Dass was noch einmal aufgerollt wird?«, fragte Nicole und nahm den Fetzen Papier.

»Na ja ... Vergangenes, das man am besten ruhen lässt.«

Verblüfft trat Nicole ans Fenster hinter dem Schreibtisch, wobei sie über einen Perserteppich stolperte. Eine Ecke klappte um und darunter kam ein rostroter Fleck zum Vorschein. Nicole keuchte. Kay fasste sich an die Kehle. »Ach Nikki, entschuldige. Die Wände ließen sich wunderbar sauber machen, aber der Teppich ist so hell, dass nicht alles ...«

»Blut«, sagte Nicole forsch. »Ist schon gut.« Sie legte mit dem Fuß den Teppich wieder flach. Ihr Magen verkrampfte sich erneut und sie kämpfte gegen ihre Übelkeit an. Konzentrier dich darauf, was du in der Hand hältst, ermahnte sie sich streng.

Licht strömte zum Fenster herein. Sie hielt den Fetzen Papier hoch. Es handelte sich um ein Foto, aber sie konnte zunächst nicht erkennen, was sie sah. Es war verkehrt herum. Sie drehte den Fetzen um, bis das Bild erkennbare Form annahm.

Sie hatte das Gefühl, dass sich ihre Eingeweide zu einem schmerzhaften Knoten zusammenzogen. Glänzendes schwarzes Haar, ein haselnussbraunes Auge, ein hoher Wangenknochen, das Fragment einer geraden, fein gemeißelten Nase, die Hälfte eines vollen, sinnlichen Mundes.

Sie betrachtete die verbrannten Überreste eines Fotos von Paul Dominic.

# Fünf

## 1

Nicole kam sich vor wie in Trance, als sie vom Laden zum Haus ihrer Mutter fuhr. Kay hatte wissen wollen, ob Nicole der Meinung sei, dass sie das Fragment des Fotos von Paul Dominic der Polizei geben und von den Briefen erzählen solle.

»Nein«, hatte Nicole heftig geantwortet. Sie wusste in diesem Moment, dass sie wie ihre Mutter klang, die auch immer alles geheim halten wollte und die Einmischung von Außenstehenden auf ein Minimum beschränkte. Aber etwas sagte ihr, dass dies nicht der richtige Zeitpunkt war, die Existenz der Briefe zu verraten. »Behalten wir es doch erst mal für uns, Kay.« Kay hatte erleichtert zugestimmt.

Als Nicole vor dem Haus ihrer Eltern vorfuhr, sah sie ein anderes Auto an der Auffahrt stehen, einen blauen Cadillac. Offensichtlich war eine Freundin ihrer Mutter da. Vielleicht war ihr heutiger Besuch gar nicht nötig, aber sie hatte seit dem vergangenen Tag nicht einmal mit ihrer Mutter telefoniert.

Sie öffnete ohne anzuklopfen die Haustür und hörte im Wohnzimmer Stimmengewirr. Noch ehe sie die Tür hinter sich geschlossen hatte, kam ihr auch schon Phyllis entgegen. Sie trug schmale schwarze Hosen und eine weiße Seidenbluse und ihr weißer Chignon war so ordentlich, dass jedes Haar an seinem Platz schien. Um den Hals trug sie eine dünne Kette aus echten Perlen – das letzte Weihnachtsgeschenk ihres Mannes. Einziges Anzeichen ihrer Trauer waren die Schatten unter ihren Augen.

»Nicole, wie schön, dich zu sehen«, sagte sie, beugte sich vor, um Nicoles Wange zu küssen und verfehlte sie knapp. So hatte ihre Mutter sie immer geküsst. »Der schmierfeste Kuss«, hatte Nicole dazu gesagt und damit auf Phyllis Spleen angespielt, immer perfekt angemalte Lippen zu haben. »Ich hab dich angerufen, aber es war niemand zu Hause.«

»Roger ist mit Shelley nach Sea World gefahren und ich hab eine

Spazierfahrt unternommen.« Das ist noch nicht einmal gelogen, sagte sie zu sich. Sie war tatsächlich gefahren. »Wie ich sehe, hast du Gesellschaft.«

»Mildred Loomis ist da.« Sie führte Nicole ins Wohnzimmer, wo eine dralle Frau mittleren Alters mit narzissengelb gefärbtem Haar, hellblauem Glitzerlidschatten und einem leuchtend rosafarbenem Kostüm mit applizierten Mohnblumen auf der Jacke die Couch belegt hatte. »Du erinnerst dich doch an Mrs. Loomis, nicht wahr?«

»Ja, natürlich.« Also, das war gelogen, schimpfte Nicole mit sich, doch die Frau, die sich offenbar an sie erinnerte, strahlte sie freundlich an. »Wir haben uns lange nicht gesehen, Mrs. Loomis.«

»Das würde ich auch sagen«, pflichtete die Frau ihr bei. »Und bitte nennen Sie mich Mildred. Wissen Sie, dass ich Sie nicht mehr gesehen habe, seit Sie das Gedicht rezitiert haben, das Sie für das Literaturkränzchen Ihrer Mutter geschrieben hatten?«

Kein Wunder, dass sich Nicole nicht an sie erinnerte. Das mit dem Gedicht war neunzehn Jahre her. Nun fiel ihr ein, dass sie sich schon damals gefragt hatte, warum die Frau, obwohl ihr Mann reich war, so schlampig wirkte. Mit dem vielen Geld hätte sie doch bestimmt ihre Frisur und ihr Make-up verbessern können, wenn sie schon nicht ihr Übergewicht verlor. »Ach, dieses grässliche Gedicht«, stöhnte Nicole.

Mildred strahlte erneut. »Also, ich fand es reizend.« Seinerzeit hatte Nicole es ungeheuer tiefgründig gefunden. »Es hat sich so nett gereimt«, fuhr Mildred fort. »Ich hasse Gedichte, die sich nicht reimen. Meiner Ansicht nach dürfte man sie nicht einmal Gedichte nennen, wenn sie sich nicht reimen, meinen Sie nicht auch?«

»Also ...«

Phyllis hatte wohl gemerkt, dass Nicole drauf und dran war, einen Streit vom Zaun zu brechen, und schnitt ihr das Wort ab. »Mildred und ihr Mann sind gestern Abend aus New York zurückgekommen. Deshalb waren sie nicht bei der Trauerfeier für deinen Vater.«

Mildreds strahlendes Gesicht verwandelte sich sogleich in eine Maske des Grams. »Ach, Nicole, es tut mir ja so Leid. Was für eine furchtbare Sache. Ich hab heute Morgen noch zu meinem Mann Willard gesagt: ›Was für eine furchtbare Sache! Was kann einen Mann, der alles hat, so weit bringen, dass er sich eine Pistole in den Mund steckt und ...‹«

»Ich denke, das werden wir nie erfahren«, unterbrach Phyllis sie in scharfem Tonfall. »Nicole und ich haben entschieden, keine Vermutungen anzustellen. Es nimmt uns zu sehr mit.«

Derart zur Ordnung gerufen, verfiel Mildred in nickendes, bekümmertes Schweigen. Phyllis sah Nicole an. »Möchtest du vielleicht eine Tasse Tee?«

Warum bieten mir nur alle Leute Tee an?, überlegte sie. Speziell ihre Mutter, die genau wusste, dass sie Tee nicht ausstehen konnte. »Lieber nicht, Mama.«

»Ich könnte auch Kaffee kochen. Wir haben einen köstlichen Napfkuchen da, den Mildred mitgebracht hat.«

»Nein, danke.« Sie lächelte Mildred zu, die dabei war, sich ein Stück Kuchen abzuschneiden. Nicole war sicher, dass es nicht ihr erstes war. »Ich habe keinen rechten Hunger, Mama, und da du jemanden hast, der dir eine Weile Gesellschaft leistet, würde ich, wenn du nichts dagegen hast, gern nach oben gehen und in meinem alten Zimmer nach etwas suchen.«

»Wonach willst du denn suchen?«

»Nach meinen Schuljahrbüchern.« Zum dritten Mal gelogen, dachte sie. Der Kirchgang am Morgen hatte nicht viel bewirkt. »Shelley wollte wissen, wie ihre Mutter als Oberschülerin ausgesehen hat.«

»Wunderhübsch«, schaffte Mildred mit vollem Mund zu sagen. »Ich habe immer zu Willard gesagt, dass Sie das hübscheste Mädchen waren, das ich je gesehen hatte. Und je älter Sie werden, desto schöner sind Sie.«

»Vielen Dank«, sagte Nicole.

»Ihre Mama hat erzählt, dass Sie sich scheiden lassen. Unser Sohn W. J. ist auch geschieden.« Sie zog das W mächtig in die Länge. »Er ist nur ein paar Jahre älter als Sie und ein stattlicher Mann, wenn ich das so sagen darf. Vielleicht könnten Sie beide mal zum Abendessen ausgehen oder ins Kino.«

»Eine gute Idee«, sagte Nicole hölzern. Sie erinnerte sich an W. J. Loomis: Ein Kerl wie ein Ochse, der sich auf der Schule dadurch ausgezeichnet hatte, dass er mit Wasser gefüllte Ballons aus einem Fenster im ersten Stock auf vorbeigehende Mädchen geworfen hatte.

»Ich könnte ihm Ihre Telefonnummer geben«, fuhr Mildred hoffnungsvoll fort.

»Also …«

»Geh ruhig nach oben«, sagte Phyllis rasch zu ihrer Rettung. »Mildred und ich unterhalten uns sehr nett. Wir werden dich überhaupt nicht vermissen, nicht wahr, Mildred?«

Mildred, die sich gerade ein weiteres Stück Kuchen in den Mund stopfte, entließ sie mit einem Winken ihrer aufgedunsenen Hand. Phyllis zwinkerte Nicole unerwartet zu und Nicole hätte sie am liebsten umarmt. Ihre Mutter kam ihr nur selten zu Hilfe.

Sie eilte die Treppe hinauf, bevor Mildred noch einmal nach ihrer Telefonnummer fragen konnte. Es würde ihr nicht gelingen, sie ihrer Mutter abzuluchsen, aber W. J. konnte sie bei der Auskunft erfragen. Vielleicht sollte ich mir einen Anrufbeantworter anschaffen, dachte Nicole, um mich vor unerwünschten Anrufen zu schützen.

Ihr Zimmer sah fast noch genauso aus wie damals, als sie vor fünfzehn Jahren fortgezogen war. Der dicke hellgrüne Teppich wirkte wie neu. Die ultramodernen weißlackierten Möbel waren fleckenlos sauber, genau wie die schneeweiße Tagesdecke mit den Zierkissen in den Schattierungen Pfefferminz, Tannengrün und Efeu. Ein großer gerahmter Druck eines Gemäldes von J. Alden Weir schmückte eine Wand. Auf den beiden Kommoden standen gerahmte Bilder von einer vierjährigen grinsenden Nicole, die für einen Ballettabend in ein Häschenkostüm gekleidet war, und ihr offizielles Schulabschlussbild.

Sie schloss die Zimmertür und ging zum Einbauschrank. Die eine Seite war für Kleider gedacht, die andere war mit fest eingebauten Regalbrettern für Bücher versehen. An einer Stange hingen Kleidersäcke. Nicole wusste, dass sie Fest- und Ballkleider aus ihrer Jugend enthielten.

Aber sie interessierte sich nicht für die Kleider. Sie wandte sich den Regalbrettern zu. Die Bücher waren sauber nebeneinander gestellt, darunter einige, die sie als junges Mädchen viele Male gelesen hatte, zum Beispiel *Wuthering Heights* und *Jane Eyre*. Dazwischen standen auch ein paar Schulbücher. Am Ende des einen Bretts fand sie ihre Schuljahrbücher und zwei Fotoalben.

Nicole holte die Jahrbücher und Alben herunter und legte sie neben dem Bett auf den Boden. Dann trat sie erneut an den Schrank.

Als sie in das Haus eingezogen waren, hatte sie sich besonders über das Schränkchen gefreut, das unter den Regalbrettern eingebaut war. Sie hatte es zu ihrem Versteck erkoren, aber es war nicht sicher genug für ihre wirklich privaten Dinge wie das Tagebuch und die Karten zum Valentinstag, die sie von Jungen bekam, daher hatte sie, als sie zwölf war, ein Vorhängeschloss gekauft. Phyllis war empört gewesen und sogar Clifton hatte sich beschwert. »Was kann mein kleines Mädchen für Geheimnisse haben, die nicht mal ihr Papa erfahren darf?«

Doch Nicole hatte ihnen keine Beachtung geschenkt. Sie hatte darin alles verstaut, was sie als wichtige Privatsache ansah und den Schlüssel zum Vorhängeschloss immer mit sich herumgetragen. Bis sie sieben Monate nach der Vergewaltigung ausgezogen war. Damals hatte sie den Inhalt ihres Verstecks und den Schlüssel zum Vorhängeschloss zurückgelassen. Nun nahm sie ihr Schulabschlussbild zur Hand und zog das Foto hinter dem Glas heraus. Auf der kartonierten Rückseite war der kurze, flache Schlüssel festgeklebt. Sie hatte das Bild nie gemocht, aber immerhin war es für etwas gut gewesen.

Nicole löste das Klebeband über dem Schlüssel ab und ging zurück zu dem Schränkchen. Das Schloss war schwergängig und sie glaubte schon, noch einmal mit Schmieröl wiederkommen zu müssen, aber dann schnappte es doch auf. Das Scharnier quietschte, als sie die Schranktür öffnete.

Auf dem Boden sitzend holte sie fünf Tagebücher hervor. »Alle voller brandheißer Geheimnisse, wenn ich mich nicht irre«, murmelte sie. Sie fand es bezeichnend, dass sie nur die Jahre zwischen zwölf und siebzehn abdeckten.

Am Boden des Schranks lag noch ein Fotoalbum. Das war es, wonach sie gesucht hatte, auch wenn es kein herkömmliches Album war. Ihre Hände zitterten leicht, als sie es aus dem Schrank nahm. Auch damals, als sie es vollgeklebt hatte, hatten ihre Hände gezittert.

Sie staubte es ab und setzte sich damit aufs Bett. Bist du sicher, dass du das alles wieder ausgraben willst?, fragte sie sich. Nein, aber nach dem, was Kay ihr gesagt hatte, blieb ihr nichts anderes übrig.

Sie schlug das Album auf. Auf der ersten Seite lag in einer Klarsichthülle ein vergilbter Zeitungsausschnitt. Die Schlagzeile brüllte: »Tochter eines hiesigen Geschäftsmannes in Basin Park überfallen«. Im zugehörigen Artikel stand, dass Nicole Marie Sloan, neunzehn Jahre alt und Studentin der Trinity University, von zwei Männern vergewaltigt und brutal zusammengeschlagen worden sei. Ein Passant habe die Männer mit einer Schusswaffe vertrieben. Der Retter habe die Gesichter der Männer nicht gesehen, aber die junge Frau habe ihre Angreifer identifiziert. Ihre Namen würden nicht veröffentlicht, bis ihre Verhaftung erfolgt sei. Nicole Sloan sei schwer verletzt, aber außer Lebensgefahr.

Nicole holte tief Luft und ging zur nächsten Seite über. Dort klebte der Bericht über die Verhaftung von Ritchie Zand, Sänger der örtlichen Rockgruppe *The Zanti Misfits*, und einem Roadie der Band namens Luis Magaro. Magaro, zweiunddreißig, so hieß es, sei wegen Vergewaltigung vorbestraft. Zand, dreiundzwanzig, sei vor drei Jahren des Geschlechtsverkehrs mit Minderjährigen bezichtigt und verhaftet worden, doch man hatte die Anklage fallen gelassen. Magaro und Zand seien von Nicole Sloan eindeutig identifiziert worden.

Ein leichtes Klopfen an der Tür ließ Nicole aufspringen. Fast hätte sie das Album fallen gelassen, denn sie wusste, dass ihre Mutter es, wenn sie es zu Gesicht bekommen hätte, an sich gerissen und auf der Stelle vernichtet hätte. Stattdessen ging die Tür auf und Carmen kam herein. »Was geht hier vor? Versteckst du dich vor Mrs. Loomis?«

Nicole atmete aus. »Zum Teil ja.«

Carmens lockiges dunkles Haar umrahmte ihr Gesicht. Sie trug Jeans und eine langärmelige pfirsichfarbene Bluse. Ihre Erscheinung hatte sich seit ihrer Jungmädchenzeit fast gar nicht geändert, wenn man einmal von dem Gewicht absah, das sie in letzter Zeit zugelegt hatte. »Als ich dich zu Hause nicht erreichen konnte, hab ich mir gedacht, dass du hier sein würdest. Ich dachte, du kannst heute eine Freundin brauchen.«

»Danke. Du hast Recht.«

»Wonach suchst du?«

»Erinnerungen. Komm rein und mach die Tür zu.«

Carmen setzte sich zu ihr aufs Bett. Ihr Lächeln verschwand, als sie die Zeitungsausschnitte im Album sah. »Hast du etwa den ganzen Kram behalten?«

»Ja. Das Album habe ich in diesem Zimmer versteckt, als ich fortgezogen bin. Ich habe es nie mit zu mir genommen, weil ich nicht wollte, dass Shelley es findet.«

»Mein Gott, Nicole. Das hab ich nicht geahnt. Und warum siehst du es dir ausgerechnet jetzt an?«

»Ich bin nicht sicher. Ich hab heute was gehört …« Carmen hob ihre dunklen Augenbrauen und Nicole fing an, ihr Kays Geschichte zu erzählen. Sie war sich sicher, dass Carmen es nicht weitererzählen würde, aber dennoch widerstrebte es ihr.

Als sie fertig war, sah Carmen sie fragend an. »Warum sollte jemand deinem Vater ein Bild von Paul Dominic schicken?«

»Keine Ahnung. Ich weiß nur, dass er angefangen hat, sich komisch zu benehmen, als diese verdammten Briefe kamen. Und nach allem, was er im Traum gemurmelt hat, bin ich sicher, dass die Briefe etwas damit zu tun hatten, was mit mir passiert ist.«

Carmen klopfte mit einem langen pfirsichfarben lackierten Fingernagel gegen ihre perfekten Zähne. »Das klingt logisch, aber ich kann mir immer noch nicht vorstellen, was deinen Vater an diesen Briefen so verstört haben soll. Das Bild von Paul deutet darauf hin, dass es um deine Vergewaltigung und die Morde ging, aber dein Vater hat doch über diese Ereignisse genau Bescheid gewusst.«

»Richtig. Ich weiß ja auch nicht, warum ich mir das anschaue. Vielleicht wegen Papa. Vielleicht, weil ich feststellen will, ob ich wirklich darüber weg bin. Davon bin ich nämlich ausgegangen – bis vor kurzem.«

»Bis du dachtest, du hättest Paul auf dem Friedhof gesehen.« Nicole nickte. »Du warst erschöpft und emotional ausgelaugt. Ich bin deiner Meinung, dass der Typ wie Paul ausgesehen hat. Aber er war es nicht.«

»Wahrscheinlich nicht, aber ich möchte dennoch diesen Kram durchsehen. Bleibst du solange bei mir?«

Carmen lächelte. »Na klar. Aber lass uns ein Ohr offen halten. Wenn deine Mutter das hier sieht …«

»Macht sie Hackfleisch aus uns«, ergänzte Nicole melodramatisch.

Carmen unterdrückte ein Lachen. »Du bist immer noch so doof wie damals, ist dir das klar?«

»Vielen Dank. Nur du und meine Tochter wissen offenbar meinen Humor zu schätzen.«

»Also gut, wenn du entschlossen bist, das hier durchzuziehen, blättere endlich um. Wer weiß, wie viele Stücke Kuchen Mrs. Loomis sich noch einverleiben kann und sobald sie gegangen ist, wird deine Mutter schnurstracks die Treppe hochkommen, um nachzusehen, was wir treiben.«

Nicole gehorchte. Auf der nächsten Seite fand sich ein Artikel, der zwei Tage nach der Verhaftung von Zand und Magaro erschienen war. Auf einem Foto war Zand abgebildet, wie er triumphierend einer Menschenmenge zuwinkte. Er hatte auch allen Grund zu triumphieren, dachte Nicole. Magaro und Zand hatten auf einmal Alibis gehabt. Zwei Söhne einer prominenten Familie aus San Antonio sagten aus, dass Magaro und Zand zum Zeitpunkt der Vergewaltigung mit ihnen zusammen gewesen seien. Die Brüder, so hieß es, waren am Tag nach dem Überfall nach Mexiko gefahren und gerade erst nach San Antonio zurückgekehrt. Sonst hätten sie Zand und Magaro sofort entlastet. »Na klar«, sagte Nicole laut. »Mit anderen Worten: Es hat eine Weile gedauert, bis ein paar geeignete Typen gefunden waren, die bereit waren, für sie zu lügen. Vermutlich ergebene Fans von Ritchies Band. Entweder das, oder Magaro war ihr Drogenlieferant.«

»Bist du sicher, dass du damit weitermachen willst?«, fragte Carmen vorsichtig. »Es wird nur noch schlimmer.«

»Ja.« Nicole bemerkte den eisernen Tonfall ihrer eigenen Stimme. »Ich bin sicher.«

Sie blätterte um und die Schlagzeile auf der nächsten Seite schien zu schreien: »Zwei Männer in Basin Park ermordet aufgefunden.« Nicole überflog den Artikel, obwohl sie die Details auswendig kannte. Man hatte Ritchie Zand und Luis Magaro, die gerade vier Wochen zuvor unter dem Verdacht eines Sexual- und Gewaltverbrechens verhaftet und wieder freigelassen worden waren, mit Kopfschüssen aufgefunden. Jemand hatte ihre Leichen an Bäumen nahe der Überführung der Fernstraße 281 aufgehängt. Die Tatwaffe war eine 44er-Magnum. Beide Männer waren ihren Schussverletzungen sofort erlegen. Ein bizarrer Aspekt war, dass man ihnen schwarze Kapuzen über die Köpfe gezogen hatte. Es gab Spekulationen, dass die Männer einer rituellen Hinrichtung zum Opfer gefallen waren.

Dann ging der Artikel dazu über, von der vielversprechenden Karriere von Ritchie Zand zu berichten, dem Sänger der Rockgruppe *The Zanti Misfits,* die nach einer Episode aus der Sciencefiction-

TV-Serie *The Outer Limits* benannt war. Eine Woche zuvor habe die Band einen Schallplattenvertrag bei Revel Music unterschrieben. Ohne Zand jedoch sei die Zukunft der Band ungewiss.

»*The Zanti Misfits*«, sagte Carmen leise. »Ritchie Zand war ein Mistkerl, aber er hatte eine fabelhafte Stimme. Erinnerst du dich?«

Nicole erschauerte. O ja, sie erinnerte sich, wie er auf dem Rücksitz *Radio Ga-Ga* gesungen hatte, während Magaro ihr ein Messer an die Kehle hielt.

»Ohne ihn löste sich die Band bald auf«, fuhr Carmen fort, »aber Bobby erzählt immer noch ununterbrochen davon.«

»Ach, wirklich?«, antwortete Nicole geistesabwesend. Dann fiel es ihr wieder ein. »Carmen, das hatte ich ja völlig vergessen! Bobby war ja der Schlagzeuger der *Zanti Misfits*.«

»Stimmt. Er ist sicher, dass sie berühmt geworden wären, wenn Ritchie nicht ums Leben gekommen wäre. Er wäre Millionär geworden, begehrt von Hunderten von Groupies und überall bekannt. Stattdessen ist er bloß der alte Bobby Vega, Mitbesitzer eines Trödelladens am River Walk.«

»Man kann *Vega* wohl kaum als Trödelladen bezeichnen«, widersprach Nicole. »Aber wie konnte ich nur vergessen, dass Bobby bei den *Zanti Misfits* war. Ich dachte, ich erinnere mich an jede Einzelheit der Ereignisse, an die Beteiligten ...«

»Offenbar nicht. Mich überrascht es gar nicht, dass du das mit Bobby vergessen hast. Er hatte mit alledem nämlich nichts zu tun.«

»Nein, natürlich nicht, aber du bist um die Zeit mit ihm ausgegangen. Hat er nie mit dir darüber gesprochen?«

»Doch.«

»Und hat er geglaubt, dass Zand schuldig war, nachdem ich ausgesagt hatte?«

Carmen sah sie überrascht an. »Ja, Nicole. Er wusste, dass Zand kein Engel war. Wie kommst du darauf, so eine Frage zu stellen?«

»Weil ich immer das Gefühl hatte, dass Bobby mich nicht ausstehen kann.«

Carmen zuckte die Achseln. »Er benimmt sich in deiner Gegenwart anders. Das ist mir auch aufgefallen. Vielleicht liegt es daran, dass er Angst hat, du könntest ihn mit dieser schrecklichen Zeit in Verbindung bringen, und dass du ihn nicht ausstehen kannst, weil er mit Ritchie Zand befreundet war.«

»Du lieber Himmel und ich hab mich nicht einmal erinnert, dass er in der Band war. So weit kann es kommen, wenn man sich missversteht. Bobby und ich, wir müssen uns mal in Ruhe unterhalten.« Nicole holte tief Luft. Ihr Mund wurde immer trockener. »So, jetzt das Schlimmste.«

»Nicole, du siehst sehr blass aus. Ich finde, du solltest aufhören …«

Aber Nicole hatte bereits umgeblättert. Sie hatte Recht. Dies war das Schlimmste. Hier war der Artikel über die Verhaftung von Paul Dominic wegen Mordes an Magaro und Zand eingeklebt. Es hieß darin, dass am Tag nach der Entdeckung der Leichen ein anonymer Tipp die Polizei veranlasst hatte, das Haus von Paul Dominic aufzusuchen. Dort entdeckte sie eine 44er-Magnum Smith & Wesson mit abgefeilter Registrierung, eingewickelt in ein Hemd, das Dominic gehörte. Das Hemd war mit Blut der Gruppe AB positiv beschmiert, der seltensten Blutgruppe, der von Ritchie Zand. Hemd und Schusswaffe waren in eine Mülltonne gestopft worden. Die ballistische Untersuchung ergab, dass es sich bei der Magnum um die Mordwaffe handelte. Außerdem hatte Dominic für die Zeit der Morde kein Alibi. Und schließlich hatten mehrere Leute ausgesagt, Dominic habe gedroht, sich an den Männern zu rächen, die Nicole Sloan überfallen hatten, mit der er eine Beziehung unterhielt. Miss Sloan selbst hatte der Polizei verraten, dass Dominic zu ihr gesagt hatte, er werde Magaro und Zand töten.

»Ich entsinne mich nicht, das gesagt zu haben«, flüsterte Nicole. »Aber alle behaupten, dass ich es getan hätte.«

»Man hat dich mit Medikamenten vollgepumpt, nachdem du von den Morden erfahren hattest, Nicole.«

»Ja, richtig. Man sollte meinen, ich wäre froh gewesen, dass Zand und Magaro tot waren. Stattdessen bin ich hysterisch geworden. Die Polizei hat darauf bestanden, mich zu verhören. Papa war nach Dallas gereist. Mama war außerordentlich durcheinander und hat einen Arzt gerufen, der mich mit einem Haufen Beruhigungsmitteln durcheinander gebracht hat.«

»Ich erinnere mich. Du hast vor dich hin geplappert und der Polizei wahrscheinlich Dinge erzählt, die du bei klarem Verstand nie über die Lippen gebracht hättest. Und außerdem hat Paul dir tatsächlich versichert, dass er sie umbringen werde.«

»Was ich in diesem betäubten Zustand gesagt habe, hätte vor Gericht nie als Beweis zitiert werden dürfen. Ich hätte damals gar nicht erst verhört werden dürfen. Es ist unglaublich, dass das, was ich damals gesagt habe, vor Gericht als Beweis zugelassen wurde. Außerdem hat Paul nur geredet, nur getobt. Er war kein Mörder, Carmen.«

Carmen blickte mitleidig, aber skeptisch drein. »Du kanntest ihn nur wenige Monate, als das passierte. Wie gut kann man jemanden in acht Wochen wirklich kennen lernen?«

»Ich kannte Paul«, beharrte Nicole entschieden.

»Und ich wette, du dachtest auch, dass du Roger kennst. Dennoch hast du dich nach all den Jahren, die du mit ihm verheiratet warst, vom Gegenteil überzeugen können.« Carmen beugte sich vor und streichelte ihre Hand. »Ich frage mich, ob wir überhaupt jemanden so richtig kennen.«

Sie hat Recht. Ich habe geglaubt, Roger zu kennen. Ich habe geglaubt, meinen Vater zu kennen. Aber Paul … Bei Paul lag die Sache anders.

Benommen nahm sie sich den nächsten Artikel vor, in dem stand, dass Paul gegen eine Million Dollar Kaution freigelassen worden sei. Und schließlich erreichte sie den letzten Zeitungsausschnitt, der besagte, dass Paul Dominic die Flucht ergriffen habe. Eine landesweite Suche sei im Gange, aber bis jetzt habe die Polizei keine Anhaltspunkte.

»Und er wurde nie gefunden«, murmelte Nicole. »Dieser gut aussehende, reiche, wunderbar begabte Mann ist damals schlicht vom Erdboden verschwunden.«

Carmen schüttelte den Kopf. »Nein. Weniger als ein Jahr später ist er bei einem Verkehrsunfall ums Leben gekommen. Man hat einige seiner Habseligkeiten gefunden, die aus dem Auto geschleudert worden waren, Nicole. Und die Leiche …«

»Wurde nie eindeutig identifiziert«, unterbrach Nicole.

Carmen seufzte. »Na gut, sagen wir mal, er ist am Leben. Was hättest du von ihm zu befürchten? Er hat dich geliebt. Er hat für dich gemordet.«

Nicole sah sie mit angsterfüllten Augen an. »Ich glaube nicht, dass er die Morde begangen hat. Ich habe es nie geglaubt. Aber er wurde durch meine Schuld dafür verhaftet. Meine Vergewaltigung hat das

Motiv geliefert. Und was war einer der belastendsten Beweise gegen ihn? Dass ich der Polizei von seinem Schwur erzählt habe, die beiden zu töten.«

»Nicole, auch andere Leute haben unter Eid ausgesagt, dass er es getan hat.«

»Nein. Die haben ausgesagt, er habe gedroht, Magaro und Zand ›zur Rechenschaft zu ziehen‹. Das ist nicht das Gleiche.« Tränen stiegen ihr in die Augen. »Carmen, verstehst du denn nicht? Ich war die Frau, die er liebte. Die Frau, von der die Leute annahmen, er habe ihretwegen getötet und ich war es, die angeblich der Polizei mitgeteilt hat, dass er die Morde geplant habe. Ich habe ihn verraten. Er führte ein herrliches Leben und damit war es wegen meiner Aussage vor der Polizei vorbei. Wenn er noch lebt, muss er mich hassen. Und ganze sieben Monate nach meinem Umzug zurück nach San Antonio ist er, glaube ich, auch wieder da.« Sie sah Carmen an und die Tränen strömten ihr über die Wangen. »Was ist, wenn er zurückgekehrt ist, weil er sich rächen will?«

## 2

Neun Uhr fünfunddreißig. Nicole saß am Küchentisch und starrte die Wanduhr an, als könne sie so die Zeit auf sieben Uhr zurückdrehen, die Zeit, bis zu der Roger Shelley hätte zu Hause abliefern müssen.

Nicole hatte schon dreimal in seiner Wohnung angerufen, aber immer nur den Anrufbeantworter erwischt. Und sie hatte jedes Mal eine zunehmend wütendere Nachricht hinterlassen. Das Kind hätte inzwischen längst gebadet und im Bett sein müssen. Stattdessen hatte Nicole keine Ahnung, wo es war, und sie wusste nicht, wo sie noch hätte anrufen können.

»Was bildet sich Roger nur ein?«, fragte sie Jesse, der zusammengerollt zu ihren Füßen lag, wie er es immer tat, wenn sie sich aufregte. »Versucht er mit Absicht zu erreichen, dass ich mir Sorgen mache? Ist ihm das wichtiger als Shelleys Wohlergehen?«

Jesse blickte auf und hielt den Kopf schief. »Du hast Recht, Jesse«, fuhr sie fort. »Roger mag eine Null sein, aber er hat Shelley lieb. Er würde sie nicht dazu missbrauchen, mir wehzutun.«

Die Unterredung mit Kay und das Lesen der alten Zeitungsausschnitte hatten ihre Nerven im Lauf des Tages bis zum äußersten beansprucht. Mrs. Loomis war geblieben, bis sie fast den ganzen Kuchen aufgegessen hatte und Nicole war zu nervös gewesen, um ihren Aufbruch abzuwarten. Dadurch hatte sie keine Gelegenheit gehabt, sich mit ihrer Mutter über die Albträume ihres Vaters oder sein Benehmen zu Hause zu unterhalten, was sie noch mehr frustriert hatte. Und nun waren Roger und Shelley über zwei Stunden zu spät dran.

Sie trommelte wütend und immer besorgter mit den Fingerspitzen auf dem Tisch. Wo konnten sie nur sein? Roger war inzwischen bestimmt völlig erschöpft, nachdem er einen ganzen Tag mit seiner lebhaften Tochter verbracht hatte. Schließlich war er schon am Vormittag, als er sie abgeholt hatte, nicht in bester Verfassung gewesen.

Plötzlich bohrte sich ein Gedanke in ihr Bewusstsein wie ein Messer. »Was ist, wenn sie einen Unfall hatten?«, fragte sie laut. »Mein Gott, ich bin gar nicht auf den Gedanken gekommen, alle Krankenhäuser anzurufen!«

Sie sprang auf und eilte zum Telefonbuch. Sie schlug gerade die Nummer des South Texas Medical Center nach, als Jesse zu bellen anfing und nach vorn ans Fenster stürzte. An der Auffahrt blitzten Scheinwerfer auf.

Nicole konnte sich später nicht mehr erinnern, dass sie aus dem Haus gerannt war. Sie vergaß sogar, Jesse an die Leine zu nehmen. Zu zweit stürmten sie vorn über den Rasen und durch die Grelle der Scheinwerfer, die Roger auf Fernlicht eingestellt hatte. Dort angekommen sahen sie Shelley vom Rücksitz des Ford Explorer klettern. »Shelley, wo bist du bloß gewesen?«, schrie Nicole, nicht wütend, sondern vor lauter Angst und Erleichterung. »Hab ich dir nicht gesagt, du sollst um sieben zu Hause sein?«

Das Gesicht der Kleinen verzog sich. »Entschuldige«, sagte sie mit zitternder Stimme und scheute vor Nicole zurück, deren Augen blitzten. Sie bückte sich, um Jesse zu umarmen, der überglücklich an ihr hochsprang. Nun stieg auch Roger aus dem Wagen. Einen Augenblick glaubte Nicole, er werde der Länge nach hinfallen, ehe er festen Boden unter die Füße bekam.

»Wo um Himmels willen seid ihr gewesen?«, schimpfte Nicole.

»Schrei gefälligst nicht so«, sagte Roger steif. »Du machst schon wieder eine Szene«.

»Beantworte meine Frage!«

Roger hielt sich an der Wagentür fest, um nicht das Gleichgewicht zu verlieren. »Ein Freund von der Fakultät hat ein Essen gegeben. Wir sind hingegangen.«

»Du hast also für dich beschlossen, Shelley zu einer Dinnerparty mitzunehmen, ohne mir Bescheid zu sagen?«

»Ich hab doch gesagt, dass ich mit ihr zum Abendessen ausgehe.«

»Es ist nicht dasselbe, ob du sie zum Abendessen in ein Restaurant ausführst oder sie zu einer Dinnerparty mitnimmst.«

»Ach, beruhig dich doch, Nicole. Weißt du, die Frau von diesem Typen ist aus Vietnam. Eine fabelhafte Köchin. Ich dachte, es wäre eine nützliche Erfahrung für Shelley, richtiges vietnamesisches Essen zu probieren und sich mit Mai – so heißt die Frau – über ihr Leben in ... wie auch immer das Dorf heißen mag, aus dem sie stammt, zu unterhalten.«

»Ich nehme an, du hast auch gedacht, du könntest Shelley miterleben lassen, wie du dich betrinkst, und dass es eine nützliche Erfahrung für sie wäre, wenn du sie in diesem Zustand nach Hause fährst. Du hast ja noch nicht einmal deine Brille auf.«

»Ich bin nicht betrunken«, sagte Roger mit der überdeutlichen Aussprache aller Betrunkenen, die beweisen wollen, dass sie nüchtern sind. »Ich hab nur ein paar Gläser getrunken. Na und?«

»Du hast wesentlich mehr getrunken als nur ein paar. Aber wie dem auch sei, du hättest anrufen können, Roger. Es ist jetzt neun Uhr fünfundvierzig, drei Stunden nach der vereinbarten Zeit.«

»Entschuldige. Ich hab wohl nicht auf die Zeit geachtet.«

»Entschuldigen reicht nicht, nicht nach allem, was du mir heute Abend zugemutet hast.« Nicoles Augen wandten sich in Richtung Beifahrersitz, auf dem eine nervöse junge Frau mit rötlich braunem Haar saß. Sie erwiderte Nicoles Blick nicht. »Lisa Mervin, nehme ich an.«

»Ja. Und?«

»Roger, hattest du mir nicht versprochen, dass der heutige Tag dir und Shelley allein gehört?«

»Ich habe nichts dergleichen versprochen.«

»Hast du wohl!«, schrie Nicole.

»Hab ich nicht. Ich bin nicht bereit, Shelley von der Frau fern zu halten, die ich heiraten will!«

»Ich hab nicht verlangt, dass du sie für immer von ihr fern halten sollst. Nur heute. Du hast dort in deinem ehemaligen Haus gesessen und es mir versprochen, obwohl du wusstest, dass du fest vorhattest, dich mit Lisa zu treffen.«

Roger starrte sie finster an. »Was ist nur aus dir geworden, Nicole? Du hast dich in eine großmäulige, nörgelnde, selbstsüchtige Schlampe verwandelt und ich hätte gute Lust, dir und deinem scheinheiligen Gesicht eine Ohrfeige zu verpassen!«

»Papa!«, schrie Shelley auf. Ihre junge Stimme war angsterfüllt.

Nicole starrte den Mann an, den sie einst für so stabil, so fürsorglich gehalten hatte. Ihren Felsen von Gibraltar. Den Vater ihres wunderschönen Kindes. Nun dagegen stand er betrunken da und drohte damit, sie zu schlagen, während seine junge Freundin im Auto saß und alles mit ansah. Wäre sie nicht so wütend gewesen, hätte sie um ihn geweint. »Roger, ich weiß nicht, was in diesem vergangenen Jahr mit dir passiert ist, verdammt noch mal, aber es ist eine Schande«, sagte sie ruhig. »Du warst einmal ein liebenswürdiger Mensch.«

»Liebenswürdig«, fauchte er. »Liebenswürdig, aber nicht so liebenswert wie Paul Dominic. Du hättest mich nie geheiratet, wenn er nicht umgekommen wäre, egal, was er getan hat.«

Nicoles Rückgrat versteifte sich bei der Erwähnung von Pauls Namen, doch sie zwang ihre Stimme, weiterhin ruhig zu bleiben. »Roger, bitte steig wieder in deinen Wagen und halt die Klappe. Du machst dich vor deiner Freundin lächerlich.«

»Lisa liebt mich!«

»Das muss sie wohl, denn sonst würde sie dieses Benehmen nicht tolerieren. Aber denk dran, sie ist jung, sie ist schön und es gibt noch viele andere Fische im Meer. Gute Nacht, Roger.«

Es wäre ihr am liebsten gewesen, wenn Lisa das Steuer übernommen hätte. Sie schien nüchterner zu sein als Roger und Nicole wollte nicht, dass es zu einem Autounfall kam. Doch sie kannte Roger. Wenn er darauf beharrte, nicht betrunken zu sein und ohne weiteres fahren zu können, duldete er keine Widerrede. Beinahe tat Lisa ihr Leid. Aber nur beinahe.

Shelley rannte an ihr vorbei ins Haus. Nicole beobachtete, wie Roger auf unsteten Beinen ins Auto stieg, und sah den Scheinwerfern nach, bis er am Ende der Straße über den Bordstein fuhr. Dann lenkte Jesse ihre Aufmerksamkeit auf sich. Er stand am Ende der

Auffahrt. Seine kleinen Ohren waren aufgestellt und er knurrte tief. Nicole folgte seinem Blick.

Auf der gegenüberliegenden Straßenseite saß ein großer Dobermann mit rotem Halsband. Einen Augenblick wurde die Bedeutung, die die Anwesenheit des Hundes hatte, durch ihre Angst um Jesse überschattet. In seinem kleinen verkrüppelten Leib schlug das Herz eines Löwen. Jesse hatte nicht gern andere Hunde in seinem Revier und neigte dazu, ohne Rücksicht auf ihre Größe anzugreifen. Der Dobermann befand sich zwar nicht auf Jesses Territorium, aber wenn er sich jetzt bewegte ... Nicole stellte sich vor, wie der mächtige Dobermann Jesse die Kehle aufriss. Leicht schwindelig von ihrer Vision rief Nicole leise: »Jesse.« Der Hund reagierte nicht. »Jess, ich bitte dich«, wiederholte sie. Doch er rührte sich nicht vom Fleck.

Sie ging langsam los und war sich der Tatsache bewusst, dass der Blick des Dobermanns zwischen ihr und Jesse hin- und herschweifte. Sie verhielt sich vermutlich sehr töricht. Ihre Mutter hätte gesagt, es sei lächerlich, dass sie ihre eigene Sicherheit aufs Spiel setze, um dieses »jämmerliche Exemplar von einem Hund« zu retten. Aber sie handelte nie nach dem, was ihre Mutter als Urteilsvermögen bezeichnete.

Als sie sich Jesse näherte, rechnete sie fest damit, dass er das Weite suchen würde. Wenn ich nur eine Leine hätte, dachte sie verärgert. Doch sie hatte keine dabei. »Jess, ich werde dich jetzt hochheben«, redete sie dem Hund gut zu. »Ich werde dich zu Shelley bringen, wo du hingehörst. Nun sei ein lieber Junge und wage es nicht, mir vom Arm zu springen.«

Normalerweise wehrte sich Jesse dagegen, aufgehoben zu werden, doch diesmal hielt er wie durch ein Wunder still. Sie bückte sich, schlang die Arme um den kleinen Körper und zog ihn an ihre Brust. Als sie sich noch einmal umblickte, sah sie den Dobermann ruhig und wachsam auf dem Bürgersteig sitzen. Sein muskulöser Körper glänzte im Licht einer Straßenlaterne.

Drinnen angekommen setzte sie Jesse ab, schloss und verriegelte die Haustür und trat ans Fenster. Der Dobermann war verschwunden.

Shelley saß auf der Bettkante und weinte. »Mami, es tut mir Leid, dass ich so spät heimgekommen bin.«

Nicole ließ sich neben ihr nieder. »Ich weiß, mein Schatz. Ich hätte dich nicht anbrüllen sollen. Das war dumm von mir, aber manchmal benehmen sich Erwachsene dumm, wenn sie Angst haben. Ich hab mir ja solche Sorgen gemacht, mein Schatz. Jesse auch. Er hat den ganzen Abend an seinen Fingernägeln gekaut.«

Ihre Worte entlockten Shelley ein tränenüberströmtes Lächeln. »Hat er überhaupt nicht.«

»Stimmt. Er ist viel zu eitel, um die Maniküre zu verderben, die er letzte Woche beim Tierarzt gekriegt hat.« Der Hund sprang aufs Bett, kletterte Shelley auf den Schoß und leckte sie am Kinn. »Hast du dich heute gut amüsiert?«

»Das Mittagessen bei Planet Hollywood hat Spaß gemacht, obwohl es Papa nicht so gefallen hat. Ich wusste, dass er was dagegen hat, aber ich finde es dort prima.« Shelley legte den Kopf schief. »Ich glaube, ich will doch Filmstar werden, Mami.«

»Hübsch genug bist du auf jeden Fall.«

»Aber ich drehe keine Nacktszenen.«

»Das freut mich zu hören. Oma bekäme bestimmt einen Herzinfarkt.«

Shelley kicherte. »Jedenfalls war der Papa bei Planet Hollywood griesgrämig, aber dann ist er richtig froh geworden, als Lisa sich mit uns im Aquarium getroffen hat.« Shelley streichelte eines von Jesses langen Ohren. »Mami, ich kann sie nicht leiden.«

»Du kennst sie doch kaum.«

»Aber ich kann sie trotzdem nicht leiden. Sie redet mit mir, als wär ich sechs Jahre alt.«

»Vielleicht hat sie nicht viel mit Kindern zu tun gehabt.«

»Sie war doch selber mal ein Kind.«

»Ja, aber wenn man älter wird, wird die Erinnerung an die Kindheit schwächer. Man vergisst, was man mit sechs gewusst hat, und was man mit neun, fast schon zehn alles weiß.«

»Ich kann sie trotzdem nicht leiden«, beharrte Shelley. »Sie hängt sich immer an Papas Arm und redet mit ihm und ich darf nie etwas sagen. Und weißt du, was noch? Vor allen Leuten küsst sie ihn, die ganze Zeit und dann noch auf den Mund!«

»Aha, junges Fräulein, du weißt also aus dem Fernsehen alles Wissenswerte über das Küssen auf den Mund?«

»Ja, aber das sind keine richtigen Küsse. Außerdem lachen nicht Millionen von Leuten darüber wie bei Papa und Lisa.«

»Ich bin sicher, dass es keine Millionen Leute waren, die über Papa und Lisa gelacht haben.«

»Na ja, vielleicht keine Million, aber viele schon. Sie haben gelächelt und es war kein nettes Lächeln. Sie haben sich über sie lustig gemacht.« Shelley stieß einen gewaltigen atemlosen Seufzer aus und rollte die Augen. »Jedenfalls war es mir furchtbar peinlich!«

Nicole konnte sich ein Lächeln nicht verkneifen, obwohl sie auch der Meinung war, dass sich Roger und Lisa in aller Öffentlichkeit und in Anwesenheit eines Kindes nicht gerade schicklich benommen hatten. Aber sie hatte noch eine Beschwerde über Rogers Vorgehen an diesem Tag.

»Und wie war die Party?«

»Die war noch schlimmer! Das Essen war eklig und diese Frau aus Vietnam hat von Leuten erzählt, die verhungern, und von sterbenden Babys. Ich hab deswegen geweint.«

»Das tut mir Leid, Liebling.«

»Aber Papa wollte nicht weg. Lisa schon. Niemand wollte sich mit ihr unterhalten. Die haben sich aufgeführt, als wollten sie sie nicht dabei haben. Aber Papa wollte trotzdem nicht weg. Dann hat der Mann, in dessen Haus wir waren, zu Papa gesagt, er hätte genug getrunken. Papa ist wütend geworden und wir sind gegangen. Ich glaub, seine Freunde können ihn nicht mehr leiden, Mami.«

Nicole umarmte Shelley. »Der heutige Tag war also nicht ganz so, wie du ihn dir gewünscht hast. Aber wenigstens hast du Planet Hollywood und Sea World besucht.«

»Ja schon«, erwiderte Shelley untröstlich. »Aber es wär mir schon lieber, wenn Papa wieder so wäre wie früher.«

Mir auch, dachte Nicole traurig.

Lange nachdem Shelley endlich eingeschlafen war, saß Nicole noch zusammengekauert auf der Couch und dachte über den Tag nach. Wer hatte ihrem Vater monatelang Briefe mit der Aufschrift »persönlich« geschickt und warum hatten sie ihn so aus der Fassung gebracht? So wenig glaubhaft es auch sein mochte, sie hätte fast geglaubt, dass er eine Affäre gehabt hatte und von einer ehemaligen Geliebten belästigt wurde. Doch diese Vorstellung wurde durch den letzten Brief zunichte gemacht, den Brief, den er angezündet hatte, den Brief mit dem Foto von Paul Dominic.

Paul. Ihr Vater hatte eine Abneigung gegen ihn gehabt. Er war überzeugt gewesen, dass der weltgewandte Mann seine Tochter verführt hatte, die in seiner Phantasie gerade mal um die dreizehn Jahre alt war. Er hatte geglaubt, dass Paul sich mit ihr nur die Zeit vertrieb, solange er in San Antonio war. Vor allem aber warf er Paul vor, dass er Nicole nicht richtig beschützt hatte, dass er sie nicht zum Wagen gebracht hatte, wo Magaro und Zand warteten. Und sich selbst hatte er vorgeworfen, dass er nicht besser auf seine Tochter aufgepasst hatte.

Fünfzehn Jahre war das her. So eine lange Zeit. Wer konnte ihren Vater nach so vielen Jahren damit gequält haben, dass er ihn an Paul erinnerte? Und warum? Was hatte Clifton getan? Er war der gütigste Mann, den sie je gekannt hatte.

Schließlich überlegte sie, was Paul Dominic mit alledem zu tun hatte. Er war vor fünfzehn Jahren verschwunden. Er galt als tot.

Und doch hätte sie schwören können, dass sie ihn auf dem Friedhof gesehen hatte. Konnte er ihrem Vater die Briefe geschickt haben? Aus welchem Grund? Clifton Sloan hatte ihn vielleicht nicht gemocht, aber er hatte mit Pauls Schicksal nichts zu tun. Zwar hatte er kurze Zeit selbst als Verdächtiger gegolten, doch die Polizei hatte nachgewiesen, dass er nicht einmal in der Stadt gewesen war, als Magaro und Zand getötet wurden. Außerdem hatte er Paul nie öffentlich oder privat der Morde bezichtigt. Zu ihr hatte er sogar gesagt, dass er an die ursprüngliche Theorie glaube, wonach Zand und Magaro von Anhängern eines Kultes ermordet worden waren, daher die seltsamen Kapuzen auf ihren Köpfen.

Und dann fragte sie sich noch, was um Himmels willen es mit diesem schönen, fremden Dobermann auf sich hatte. Wem gehörte er und warum tauchte er immer wieder auf, fast so, als würde er sie beobachten.

Das Telefon klingelte. Nicole warf einen Blick auf die Uhr. Elf Uhr dreißig. Wer konnte um diese Zeit noch anrufen? Roger mit der nächsten Tirade? Nein. Der war inzwischen bestimmt aus den Latschen gekippt. Vielleicht ihre Mutter in einem Anfall nächtlicher Depression.

Sie nahm beim zweiten Klingeln den Hörer des drahtlosen Telefons neben der Couch zur Hand, damit Shelley nicht davon aufwachte. »Hallo?«

»Der Kerl, der behauptet, dein Mann zu sein, wird es nicht wagen noch einmal so gemein zu dir zu sein«, sagte eine irgendwie vertraute rauchige Männerstimme leise. »Heute Abend kriegt er eine Warnung. Aber wenn er so weitermacht, *Chérie*, bring ich ihn um.«

# Sechs

## 1

Shelley knabberte an ihrem Toast und nach der Szene am vergangenen Abend hatte sich ihre gute Laune wieder eingefunden. Als das Telefon klingelte, hob Nicole ab und ehe sie noch richtig »Hallo« sagen konnte, brüllte Roger: »Was zum Teufel denkst du dir eigentlich?«

»Ich denke, dass ich mit meiner Tochter frühstücke«, antwortete sie kühl, obwohl ihr bereits die Zornesröte in die Wangen stieg. Shelley hatte die laute, wütende Stimme ihres Vaters gehört und saß mit weit aufgerissenen Augen da. Ihr Toast verharrte mitten in der Luft. »Was ist denn das Problem?«

»Was das Problem ist?«, wiederholte Roger mit zuckersüßer Stimme. »Du weißt verdammt gut, was das Problem ist.«

»Entschuldige, ich habe heute Morgen noch nicht in meine Kristallkugel geschaut. Warum sagst du es mir nicht einfach?«

»Na gut, ich spiele das Spiel mit. Vier aufgeschlitzte Reifen und eine zerschmetterte Windschutzscheibe, das ist das Problem!«

»Was?«

»Du hast richtig gehört, verdammt noch mal!«

»Ja, ich habe es gehört, aber ich verstehe es nicht. Bitte hör auf zu fluchen und erklär mir, was passiert ist.«

»Was gibt's da zu verstehen? Ich bin heute Morgen hinaus zum Auto gegangen und hab dein Werk vorgefunden.«

»Mein Werk!«

»Jawohl. Meinst du etwa, ich wäre nicht drauf gekommen? Du wolltest dich an mir rächen, weil ich Shelley zusammen mit Lisa ausgeführt und sie dann zu spät nach Hause gebracht habe, aber ich finde, du bist ein bisschen zu weit gegangen, findest du nicht auch?«

»Du glaubst, ich hätte dein Auto zertrümmert?«

»Sicher. Wer denn sonst?«

»Da ich die einzige Kriminelle in San Antonio bin, kann ich deine

Logik nachvollziehen.« Sie seufzte tief. »Roger, du verlierst wirklich langsam den Verstand.«

»Nein, du verlierst deinen. Ich weiß, du bist wütend, weil ich nicht mehr mit dir verheiratet sein will, dass ich die große Liebe bei einer wunderschönen Frau, die vierzehn Jahre jünger ist als du, gefunden habe.« Nicole begann innerlich bis zehn zu zählen. »Aber so ist es nun mal. Du musst die Tatsachen akzeptieren.«

»Roger …«

»Versteh mich recht, Nicole«, fuhr er mit sanfterer Stimme fort. »Ich verstehe deinen Schmerz und deine Verärgerung, aber wenn du deine Gefühle nicht unter Kontrolle bringst und dich weiter so benimmst, sehe ich mich gezwungen, eine einstweilige Verfügung gegen dich zu erwirken.«

Nicole atmete flach und schnell. »Roger, ich habe nicht das Bedürfnis, dir auch nur im Geringsten zu nahe zu kommen. Nun hör du zur Abwechslung mal mir zu: Wage es nicht, hier noch mal mit einem Haufen wilder Anschuldigungen anzurufen, sonst werde ich diejenige sein, die eine einstweilige Verfügung erwirkt.« Sie legte abrupt auf.

»Mami, was ist los?«, fragte Shelley ängstlich.

Nicole hatte vollkommen vergessen, dass die Kleine dabeigesessen und den Wortwechsel mit angehört hatte. Sie und Roger mussten aufhören, in Shelleys Anwesenheit diese destruktiven Szenen abzuziehen.

»Jemand hat Papa das Auto kaputtgeschlagen und er gibt mir die Schuld.«

»Dir? Ist er furchtbar wütend?«

»Ja, aber er ist wohl nur …« Verkatert wollte sie sagen, beherrschte sich aber gerade noch. »Griesgrämig. Er glaubt nicht im Ernst, dass ich so etwas Gemeines tun würde. In ein paar Stunden, wenn es ihm besser geht, wird es ihm Leid tun, das alles gesagt zu haben.«

»Aber nur vielleicht. Mami, was ist eine ›einstweilige Verfügung‹?«

»Nichts, worüber du dir Gedanken machen musst.« Sie ging hinüber zu Shelley und gab ihr einen Kuss. »Du musst dir über das alles keine Gedanken machen. Papas Auto ist versichert. Die Versicherung wird den Schaden bezahlen, er wird das Auto reparieren lassen und dann wird er auch wieder guter Laune sein.«

»Aber wird er je wieder nach Hause kommen? Wird es je wieder so wie früher?«

Nicole zögerte. Es hatte keinen Sinn zu lügen, falsche Hoffnungen zu wecken. »Ich glaube nicht, mein Schatz. Aber das heißt nicht, dass du und Jesse nicht glücklich sein könnt.«

»Das stimmt wohl«, murmelte Shelley traurig.

Später, während Nicole Shelley zur Schule fuhr, bemühte sie sich, etwas Aufmunterndes zu sagen, aber sie konnte an nichts anderes denken als an Rogers kaputtes Auto und die Stimme am Telefon, die sagte: »Der Kerl, der behauptet, dein Mann zu sein, wird es nicht wagen noch einmal so gemein zu dir zu sein. Heute Abend kriegt er eine Warnung. Aber wenn er so weitermacht, *Chérie*, bring ich ihn um.«

Der Einzige, der sie je *Chérie* genannt hatte, war Paul Dominic.

## 2

Bobby Vega stellte einen wertvollen Tontopf vorsichtig in die Auslage und blickte vorn aus dem Schaufenster. »Viel los heute auf dem River Walk.«

»Umso besser für uns«, sagte Carmen. »Ich fühle, dass uns heute das Glück hold ist. Ich wette, wir nehmen heute über tausend Dollar ein.«

»Du träumst wohl. Was ich da draußen sehe, sind viele Schaufensterbummler und wenige Käufer.«

»Kannst du auf einmal Gedanken lesen, ohne dass ich es gemerkt habe?«

Bobby drehte sich um. »Nein. Ich sehe es den Leuten bloß an. Das sind Touristen, die T-Shirts kaufen, nicht unsere Ware.«

Bobby war nur fünf Zentimeter größer als Carmen und so breit gebaut, dass er leicht vierschrötig wirkte. Er hatte angenehme Gesichtszüge, auch wenn von seiner Attraktivität in früheren Jahren wenig übrig war. Er war nicht gut gealtert: Seine Grübchen hatten sich in Furchen verwandelt, zu viele Linien verliefen horizontal über seine Stirn. Seine Augen wurden durch Lider verkleinert, die nicht wie früher die äußeren Augenwinkel schräg erscheinen ließen, sondern regelrecht überhingen. Er war siebenunddreißig, sah aber zehn Jahre älter aus.

Carmen wurde ernst. »Bobby, du machst dir Sorgen ums Geschäft, aber es läuft doch so einigermaßen.«

»›Einigermaßen‹ ist nicht das, was ich für uns im Sinn hatte. Es ist eng geworden im Haus, seit mein Vater zu uns ziehen musste und wir können uns nichts Größeres leisten.»

»Wir sind doch den ganzen Tag im Geschäft und Jill ist in der Schule. Nur abends ist es eng. Außerdem wird dein Vater, so ungern ich das sage, nächstes Jahr um diese Zeit bestimmt schon im Pflegeheim sein.«

»Eingepfercht auf einer Station, weil ich mir kein Privatzimmer für ihn leisten kann. Und dann ist da noch Jill.«

Carmen runzelte die Stirn. »Jill! Was ist mit ihr?«

»Ihre College-Ausbildung. Wie sollen wir die bezahlen?«

»Genauso, wie es viele junge Leute tun – mit einem Studienkredit. Außerdem ist es bei ihren Noten sehr wahrscheinlich, dass sie ein Stipendium kriegt.« Carmen trat zu ihrem Mann und legte ihm die Hände auf die Schultern. »Was ist bloß heute mit dir los?«

»Es stört mich immer, wenn ich meinen Vater mit zur Arbeit nehmen muss, weil sein ›Babysitter‹ nicht gekommen ist und man ihn nicht im Haus allein lassen kann.«

Raoul Vegas Alzheimerkrankheit war für Bobby eine stete Quelle des Kummers und der Gereiztheit. Der Mann, der dieses Geschäft eröffnet hatte, der einst erlesene Schmuckstücke angefertigt hatte, tat sich nun manchmal schwer, sich an den Namen seiner Enkelin zu erinnern, oder daran, wie man Kaffee kocht.

»Ach, Kopf hoch. Es könnte schlimmer sein. Wenigstens sind wir zusammen glücklich und deinem Vater geht es fürs Erste gut. Im Augenblick geht er die Inventurliste durch und er macht seine Sache gut. Oder möchtest du mit Nicole tauschen?«

Bobby wandte sich ab. Er ging wieder zur Auslage und ordnete die Stücke, die er kurz zuvor aufgestellt hatte, noch einmal neu. »Wie geht es ihr?«

»Nicht allzu gut.«

»Reichlich Tränen und Dramatik und Ausheulen bei Freunden, die selbst genug Probleme haben, nehme ich an.«

Carmen sah ihn so scharf an, dass ihre silbernen Ohrringe hin-

und herschwangen. »Was soll denn das?« Bobby zuckte die Achseln. »Wenn du es genau wissen willst: Nicole tut nichts dergleichen. Dafür hab ich mit ihr gestern eine interessante Unterhaltung geführt.« Bobby antwortete nicht und Carmen fuhr fort: »Sie hat sich alte Zeitungsausschnitte angesehen, die sie nach dem Überfall auf sie gesammelt hatte.«

»Und du hast sie mit ihr zusammen angesehen?«

»Ja. Weißt du, dass Nicole völlig vergessen hatte, dass du bei den *Zanti Misfits* warst?«

»Ein tiefer Eindruck, den ich da hinterlassen habe.«

»Bobby, darum geht es nicht. Nicole hat gesagt, sie hätte immer das Gefühl gehabt, dass du etwas gegen sie hast. Und ich habe ihr gesagt, dass mir auch aufgefallen ist, wie unbehaglich du dich in ihrer Gegenwart fühlst, wie reserviert du bist.« Sie wartete auf Bobbys Antwort, doch er hatte begonnen, Bilder geradezurücken. »Jedenfalls haben wir überlegt, ob du vielleicht dachtest, sie würde sich erinnern, dass du bei den *Zanti Misfits* warst, und deshalb überzeugt bist, dass sie dir deine Freundschaft mit Zand und Magaro übel nimmt.«

Endlich begegnete Bobby ihrem Blick. Seine dunklen Augen wirkten widerspenstig. »Ich war nie mit Magaro befreundet. Mit Ritchie dagegen schon.« Er grinste schiefmäulig. »Nicole glaubt also, dass ich Angst habe, sie könnte mir die Vergewaltigung anlasten?«

»Nein, das war meine Idee. Stimmt es?«

Bobby seufzte. »Carmen, was soll diese Aufregung um Nicole heute Morgen?«

»Das ist keine Aufregung. Sie ist lediglich meine beste Freundin. Ich möchte, dass meine beste Freundin und mein Mann miteinander auskommen.«

»Haben Nicole und ich uns je gestritten? War ich je unhöflich zu ihr?«

»Komm schon, Bobby, du weißt, was ich meine.«

Bobby ließ endlich von den Bildern ab und kam auf sie zu. Er schob sich eine Locke aus der Stirn. »Offen gestanden mache ich mir nicht viele Gedanken um Nicole, genauso wenig wie sie sich um mich. Himmel noch mal, sie hat sich noch nicht einmal daran erinnert, dass ich der Schlagzeuger einer Gruppe war, aus der eine der Top-Bands der Welt geworden wäre.«

»Vielleicht geworden wäre«, korrigierte Carmen. »Du weißt doch, wie unberechenbar das Showgeschäft ist. Es wäre genauso gut möglich, dass die Band den Durchbruch nicht geschafft hätte.«

»Das glaube ich nicht«, entgegnete Bobby heftig. »Wir wären fabelhaft gewesen und selbst jetzt noch gut drauf.«

Carmen hob beschwichtigend die Hände. »Bobby, du kannst unmöglich wissen, was passiert wäre. Nur eines weißt du mit Sicherheit: Ritchie Zand war am Scheitern der Band schuld.«

»Weil er sich hat ermorden lassen?«, fragte Bobby zunehmend erbost.

»Weil er dadurch, dass er Nicole vergewaltigt hat, eine Kette von Ereignissen ausgelöst hat, die zu seiner Ermordung führten.«

»Er hatte für die Zeit der Vergewaltigung ein Alibi.«

Carmen sah ihn ungläubig an. »Ach, Bobby, nicht einmal du kannst ernsthaft glauben, dass er und Magaro sie nicht vergewaltigt haben.«

»Na gut«, antwortete Bobby widerstrebend. »Er hat sich damals öfter vollgepumpt. Vielleicht hatte er doch Sex mit ihr.«

»Sex? Er hat sie vergewaltigt. Er und Magaro hätten sie getötet, wenn sie gekonnt hätten, und ich bin froh, dass Paul Dominic sie umgebracht hat.«

Bobby starrte sie an. »Du hast Ritchie immer gehasst, weil du dachtest, dass er und die Band mich dir wegnehmen würden.«

Carmen schreckte vor dieser gehässigen Bemerkung zurück. Dann antwortete sie ruhig. »Ich habe die Band nicht gehasst. Zand und Magaro, die habe ich gehasst. Sie waren auf dem besten Weg, dich umzukrempeln, dich an Alkohol zu gewöhnen, an Drogen und …«

»Und Groupies. Lass uns das Thema getrost noch mal anschneiden, Carmen. Ich hab ein wenig rumgevögelt. Ich war jung und es war eine wilde Zeit. Aber ich hab dich geliebt. Ich hab dich geheiratet.«

»Du hast mich geheiratet, weil ich schwanger war.«

»Ich möchte nicht über unseren verstorbenen Sohn reden«, wehrte Bobby steif ab.

»Ich auch nicht. Aber hättest du mich auch geheiratet, wenn sich die *Zanti Misfits* nicht aufgelöst hätten?«

»Sicher.«

»Da bin ich mir nicht so sicher«, murmelte Carmen voller Zweifel, während Bobby sich abwandte, um den ersten Kunden des Tages an der Tür zu begrüßen. »Überhaupt nicht sicher.«

## 3

Nicole saß aufrecht im Bett mit mehreren Kissen im Rücken. Sie musste am übernächsten Tag an die Universität zurück und überarbeitete dafür ihre Aufzeichnungen für das Seminar über bedeutende amerikanische Schriftsteller. Am Mittwoch wollte sie mit Herman Melville anfangen und sie musste dazu einen einleitenden Vortrag verfassen, bei dem nicht gleich alle einschliefen. Sie begann wie immer damit, Notizen in ein Kollegheft zu schreiben, das auf ihrem Schoß lag. Am folgenden Tag würde sie dazu übergehen, ihren Computer zu benutzen.

Sie war erst beim dritten Absatz angelangt, als ihr ein gewaltiges Gähnen den Kiefer auszurenken drohte. Sie sah auf die Uhr. Mitternacht. Vielleicht, dachte sie, sollte sie für heute aufgeben und darauf hoffen, dass sie im Schlaf Erleuchtung fand.

Sie sammelte ihre Notizen ein und legte alles auf der Kommode ab. Dann schaltete sie die Nachttischlampe aus, knipste das gedämpfte Nachtlicht an, ohne das sie seit fünfzehn Jahren nicht einschlafen konnte und kletterte ins Bett.

Beinahe augenblicklich fiel sie in einen unruhigen Schlaf und hatte das Gefühl, in einem großen, von Kerzen erleuchteten Raum zu schweben, wo aus gigantischen, vibrierenden Stereolautsprechern *Rhapsody in Blue* erklang. »Hat es dir gefallen, *Chérie*?«, fragte eine tiefe, sanfte Stimme, während eindringliche, haselnussbraune Augen ihren Blick suchten.

Wütendes Gebell riss sie aus der Traumwelt. »Nein«, flüsterte sie, als die Musik, die tiefe Stimme, die eindringlichen braunen Augen ihr entglitten. »Nein, bitte …«

Plötzlich war Jesse auf ihrem Bett. Er kläffte schrill und drehte sich im Kreis. Nicole setzte sich ruckartig auf, als der Hund vom Bett sprang und zum Schlafzimmerfenster rannte. Dort stellte er sich auf die Hinterbeine, bellte und besprühte das Glas mit Speichel. Nicole blickte zum Fenster hinüber, wo der Wolfskopf sie direkt anstarrte.

Mit einer Ruhe, die sie selbst überraschte, griff sie unter die Matratze und holte den Schlüssel hervor. Das sachte Glühen des Nachtlichts gestattete es ihr, ohne Umstände die Schublade an ihrem Nachttisch aufzuschließen. Sie holte die geladene Pistole heraus und zielte direkt aufs Fenster.

Im Nu war die Erscheinung verschwunden. Sie sprang aus dem Bett und ging am Fenster neben Jesse in die Knie. Die schwache Birne draußen beleuchtete den Garten gerade so weit, dass sie eine hoch gewachsene Gestalt auf den hinteren Zaun zurennen sah.

»Mami, was ist los?«

Nicole drehte sich zu Shelley um und ließ gleichzeitig die Pistole unter dem Nachttisch verschwinden. »Offenbar war unser Werwolf wieder da.«

»Was?« Shelley zitterte vor Schreck.

Nicole breitete die Arme aus und Shelley kam zu ihr gerannt. »Es handelt sich um nichts weiter als um einen Menschen mit einer Maske, erinnerst du dich? Deine Jalousie war heruntergezogen, meine nicht, deshalb ist er hier herum gekommen.«

Jesse bellte immer noch wie wild. Er sprang immer wieder am Fenster hoch, jederzeit bereit, den Eindringling in Fetzen zu reißen. »Nun beruhig dich, Jesse«, sagte Nicole. Sie und Shelley blickten hinaus. Als die Gestalt den hinteren Zaun erreicht hatte, packte sie ein Seil und kletterte den Zaun hoch. Oben angekommen griff sie nach einem Ast der immergrünen Eiche. »So hat er es also auch beim ersten Mal geschafft«, sagte Nicole. Die Gestalt kletterte in den Baum, machte sich an den Abstieg und verschwand hinter dem Zaun. »So, weg ist er.«

Aber gleich darauf erschütterte ein Schrei die Nacht. Er war so laut, dass sie ihn durch das geschlossene Fenster hören konnten. Dann bellte ein Hund. Ein großer Hund, der offenbar den Eindringling gestellt hatte. Gleich darauf sah Nicole jemanden den Baum erklimmen und sich im Geäst zusammenkauern.

»Was ist nur los?«, fragte Shelley.

»Ein Glücksfall, mein Schatz!« Nicole griff nach dem Telefon. »Jetzt können wir die Polizei rufen, weil da draußen ein Riesenhund den Mistkerl gestellt hat.«

Zehn Minuten später hörte Nicole eine Sirene. Sie hatte inzwischen Jeans und ein Sweatshirt übergezogen, da wurde sie auf einmal gewahr, dass das Gebell des großen Hundes verstummt war. Die Polizei hämmerte an die Haustür. Wieso um Himmels willen veranstalten die einen solchen Lärm?, überlegte sie aufgebracht. Erst die Sirene, jetzt das Klopfen. Man könnte meinen, es gehe um einen Bankraub.

Während Shelley Jesse an der Leine hielt, erklärte Nicole den beiden jungen Streifenbeamten, wo der Mann war. Sie und einer der Polizisten gingen durch den Garten zum Zaun. Der andere Beamte ging derweil ums Karree in den Garten des leer stehenden Hauses, der an Nicoles Grundstück anschloss. »Kein Hund, kein Mann«, rief er.

»Verdammt«, murmelte Nicole. »Wenn nur der Hund nicht weggerannt wäre.«

»Vielleicht lag es am Klang der Sirene«, meinte der junge Streifenbeamte.

Was du nicht sagst, dachte Nicole. Sie sah den Strahl einer Taschenlampe auf der anderen Seite des Zauns umherschwenken. Dann rief der andere Polizist: »Der Hund hat ihn erwischt. Hier ist Blut am Baumstamm und Blut im Gras. Nicht viel. Kann keine schlimme Verletzung gewesen sein. Augenblick. Ich glaub, ich hab noch was entdeckt. Ein goldenes Schmuckstück.« Nicole sah nur den Lichtschimmer zwischen den Zaunlatten, als sich der Polizist bückte, um seinen Fund zu untersuchen. »Was ganz Ausgefallenes«, rief er. »Eine Art religiöses Symbol.« Er schwieg einen Augenblick. »Eine Franziskusmedaille aus Messing.«

»Franz von Assisi, der Schutzheilige der Tiere«, murmelte Nicole.

Schließlich lachte der Polizist. »Also, so was. Es ist eine Hundemarke. Die Aufschrift lautet ›Jordan‹ und dann ist da noch eine Adresse. Wenigstens teilweise. Die Hausnummer ist zerkratzt, ich kann sie nicht erkennen, aber dann heißt es Hermosa Street. Das ist in Olmos Park. Der Hund war weit von zu Hause weg.«

Nicole stand wie erstarrt da, während die Welt ihres vertrauten Gartens und ihres kleinen Ziegelhauses verschwand und sie die lang gestreckte Villa mit dem Brunnen an der Hermosa Street in Olmos Park vor sich sah. Es war das Haus von Paul Dominic.

# Sieben

## 1

Nicole wachte mit dumpfen Kopfschmerzen auf. Sie nahm zwei Aspirin mit einem Glas Orangensaft, ehe sie Shelley das Frühstück zubereitete. Im Gegensatz zu ihr war das Kind in Hochform und aufgekratzt von den turbulenten Ereignissen der vergangenen Nacht. »Darf ich allen in der Schule von dem Werwolf und den Polizisten erzählen?«, fragte sie, während sie Cheerios und Erdbeeren löffelte.

»Nein.«

»Wieso nicht?«

»Die anderen Kinder könnten sich erschrecken. Sie könnten auf die Idee kommen, auch solche Streiche zu spielen.«

Shelley überlegte einen Augenblick stirnrunzelnd und Nicole glaubte schon, sie würde widersprechen. Stattdessen nickte sie bloß: »Ich glaub, du hast Recht. Ich wette, Tommy Myers ist zuzutrauen, dass er sich eine Wolfsmaske kauft und damit heute Abend jemanden erschreckt. Mami, der ist ja so gemein. Und weißt du, was? Er mag mich! Er will fest mit mir gehen. Igitt!«

Nicole nahm noch einen Schluck Orangensaft und dachte nach. Eine Ebene ihres Bewusstseins beschäftigte sich damit, wie lächerlich es für Neunjährige war, von einer festen Beziehung zu reden. Eine andere kaute an einer ganz neuen Frage. »Ist Tommy Myers sehr groß?«

Shelley nickte. »Er ist größer als die meisten Jungen in der Klasse. Warum?«

»Aus keinem bestimmten Grund.«

Shelley starrte sie einen Augenblick an und machte dann ein oberschlaues Gesicht. »Du hast dich gefragt, ob er das war gestern Nacht. Auf keinen Fall, Mami. Das war ein Erwachsener.«

»Ich hab nur überlegt.« Oder vielmehr gehofft, dachte Nicole. »Du hast einen Milchschnurrbart.«

Shelley wischte sich rasch den Mund ab. »Unsere Lehrerin hat gesagt, dass die Frauen früher in Milch gebadet haben.«

»Die dachten, es sei gut für die Haut.«

»Wer will denn in einer Wanne voll kalter Milch hocken? Außerdem hast du sowieso richtig schöne Haut. Schöner als Lisa. Die hat Sommersprossen.«

»Gegen Sommersprossen ist doch nichts einzuwenden.«

»Also, mir gefallen sie nicht«, verkündete Shelley mit Nachdruck. »Genauso wenig wie orangefarbenes Haar oder grüne Augen. Und zu groß ist sie auch. Dazu kommt, dass sie mächtig große Titten hat und damit die ganze Zeit an Papa rumschubbert!«

»Shelley!«, rief Nicole aus, hin- und hergerissen zwischen Erschütterung und Gelächter. »So was sagt man doch nicht.«

»Das ist mir egal. Ich mag blondes Haar und blaue Augen und kleine Titten wie deine.«

»Danke, mein Schatz«, sagte Nicole trocken. »Und würdest du bitte aufhören, ›Titten‹ zu sagen?«

»Was soll ich denn sonst sagen?«

»Ich weiß auch nicht. Ich lass mir was einfallen. Und der Vollständigkeit halber sei hier gesagt, dass ihr Haar rötlich braun ist, nicht orange, und sie ist ungefähr so groß wie Tante Carmen.«

»Sie sieht größer aus. Riesig.«

»Sie ist es aber nicht. Bist du mit dem Frühstück fertig?«

»Ja. Ich hatte keinen großen Hunger.«

An diesem Morgen ließ Nicole Shelley mit dem Bus zur Schule fahren. Den ganzen Morgen hatte sie ein Gedanke verfolgt, der jetzt so stark wurde, dass sie sich zwanzig Minuten später in Olmos Park wieder fand.

Obwohl das Anwesen der Familie Dominic weniger als fünf Kilometer von ihrem Elternhaus entfernt lag, war sie seit jenem letzten Abend mit Paul nicht mehr dort gewesen. Wie romantisch doch diese Liebesbeziehung begonnen hatte. Und wie entsetzlich sie geendet hatte.

Als sie sich der Villa näherte, verlangsamte sie ihre Fahrt und hielt auf der gegenüberliegenden Straßenseite an. Der einst perfekte Rasen sah dürftig aus, die Hecken waren nicht geschnitten und der weiße Brunnen mit der schönen Statue von Diana, der Jägerin, war ausgetrocknet und mit rostroten Wasserflecken übersät. Sie erinnerte sich, einmal ein Foto geschossen zu haben, auf dem das Licht durch den funkelnden Sprühnebel des Brunnens leuchtete.

Wie dem Rasen war auch dem Haus anzusehen, dass sie lange vernachlässigt worden waren. Das strahlende Weiß war einem Farbton gewichen, der an schmutzige Eierschalen erinnerte und die dunkelroten spanischen Dachziegel waren stellenweise geborsten oder fehlten ganz.

Pauls Vater war wesentlich älter gewesen als seine Mutter Alicia, und er starb, als Paul Anfang zwanzig war. Nicole fragte sich, ob Alicia Dominic nach wie vor hier lebte. Sie hatte den Namen im Telefonbuch nachgeschlagen und keinen Eintrag gefunden, aber das konnte auch bedeuten, dass die Frau eine Geheimnummer hatte. Rund um das Haus waren keine Anzeichen von Leben zu entdecken. Sollte Mrs. Dominic immer noch dort wohnen, konnte es jedoch sein, dass sie nur ihre Haushälterin Rosa hatte, um ihr Gesellschaft zu leisten. Wie seltsam, dachte Nicole. Sie hatte seit ewigen Zeiten nicht mehr an Rosa gedacht. Weder an sie noch an ihren Sohn. Wie hieß er noch? Juan. Sie hatte ihn nur ein paar Mal gesehen und kaum zehn Worte mit ihm gewechselt. Er musste inzwischen erwachsen sein.

Aber sie suchte nicht nach menschlichen Bewohnern. Sie suchte nach einem Dobermann. Oder wenigstens nach Hinweisen darauf, dass hier ein Hund zu Hause war. Sie fuhr ein Stück weiter, hielt erneut an und drehte sich um, sodass sie den Rasen hinter dem Haus überblicken konnte. Kein Zaun. Keine Hundehütte. Kein Hund.

Na ja, was hast du erwartet?, fragte sie sich, als sie den Motor anließ und losfuhr. Dass Paul Dominic auf dem Rasen sitzt und mit seinem Hund spielt?

Nein. Wenn Paul am Leben und in San Antonio war, würde er nicht so leicht zu finden sein.

## 2

Ihre Mutter riss augenblicklich die Tür auf. »Nicole! Dich hatte ich heute gar nicht erwartet.«

»Ich wollte gestern mit dir reden, hatte aber keine Gelegenheit.«

Ihre Mutter deutete ein Lächeln an. »Mildreds Beileidsbesuch hat mich erschöpft und sie fünf Pfund zunehmen lassen.«

»Ich nehme an, sie meint es gut.«

»Ja, sie hat ein gutes Herz. Nur an ihren Umgangsformen müsste sie ein wenig arbeiten.« Sie zeigte in Richtung Wohnzimmer. »Komm doch herein, meine Liebe. Möchtest du etwas zu trinken?«

»Nein, danke.« Nicole nahm ihre Mutter genau in Augenschein. »Du siehst müde aus.«

»Ich habe nicht gut geschlafen. Ich denke, das ist nur natürlich.«

»Genau das ist es, worüber ich mit dir reden wollte.« Nicole nahm den Arm ihrer Mutter und führte sie ins Wohnzimmer. »Schlaf.«

»Du schläfst auch nicht gut?« Phyllis ließ sich auf der Couch nieder und schlug ihre langen, schlanken Beine übereinander. »Du hättest mit diesen fabelhaften Beinen bei den Rockettes auftreten können«, hatte Clifton immer zu ihr gesagt. »Oder vielleicht im *Folies-Bergère*. Du hättest in diesen spärlichen kleinen Kostümen bestimmt alle Herzen gebrochen.«

»Clifton, du hast mehr Unsinn im Kopf als sonst irgendein Mann!« Phyllis hatte daraufhin jedes Mal die Beleidigte gespielt, ohne ihre Freude über das Kompliment verheimlichen zu können. Nicole war immer aufgefallen, dass sich ihre Mutter für Clifton besonders hübsch zurecht machte. Sie hatte darauf geachtet, sich umzuziehen und Parfüm und Make-up aufzufrischen, bevor er nach Hause kam. Einmal, sie war vierzehn und allein im Haus, war sie ins Zimmer ihrer Eltern gegangen, um die Kommodenschubladen zu inspizieren. Beim Öffnen einer Schublade war ihr buchstäblich die Kinnlade heruntergeklappt, als sie die Nachthemden ihrer Mutter sah. Die erotischen Negligés von Dior hatten sie sowohl in Erstaunen als auch in Verlegenheit versetzt. In den darauf folgenden Tagen stellte Nicole sich ständig ihre Mutter in den dünnen Nachthemden vor und schaffte es zu Phyllis' Verblüffung nicht, ihre Mutter anzusehen, ohne entweder zu erröten oder in jugendlich unbeherrschtes Gekicher auszubrechen.

»Ich schlafe ganz gut«, sagte Nicole und beschloss, weder ihre seltsamen Träume noch den Eindringling zu erwähnen. Letzteres hätte nur eine endlose Debatte ausgelöst. »Es ist Papas Schlaf, an den ich gedacht habe, Mama. Hatte er damit Probleme in den Wochen vor …«

Sie verstummte, als sie Phyllis erbleichen sah. »Nicole, müssen wir darüber reden? Es nimmt mich furchtbar mit.«

»Ja, Mama, es muss sein«, sagte Nicole entschieden. »Jedes Mal, wenn ich nach Papa frage, wimmelst du mich ab. Ich bestehe darauf, dass du die eine oder andere Frage beantwortest.«

»Ich finde wirklich nicht, dass es dir zukommt, auf etwas zu bestehen.«

»Ich war seine Tochter, um Himmels willen. Es kommt mir sehr wohl zu und ich gehe erst, wenn du mir einige Fragen beantwortet hast.«

»Wie reizend du wieder einmal bist heute Morgen.«

»Mit sarkastischen Bemerkungen bringst du mich nicht davon ab. Ich möchte es wissen. Hat Papa schlecht geschlafen?«

»Na gut, ja.«

»Wie steht es mit Albträumen?«

Phyllis sah sie durchdringend an. »Warum fragst du mich das?«

»Wegen Kay. Sie hat gesagt, Papa hätte ihr was von wegen Schlafstörungen erzählt. Er ist ständig in seinem Büro eingenickt und ein paar Mal ist er aus Albträumen aufgewacht. Er hat meinen Namen gerufen und manchmal stöhnte er, dass ich hätte umkommen können.«

»Das hätte Kay dir nicht erzählen dürfen.«

»Ich finde schon. Sei deswegen bloß nicht böse auf sie.«

»Nicole, ich bin nicht das Ungeheuer, für das du mich hältst. Ich bin nicht böse auf Kay. Und ja, das Gleiche ist hier passiert. Er hatte Albträume, hat deinen Namen gerufen und ist schweißgebadet aufgewacht.«

»Warum hast du mir nichts davon gesagt?«

»Ich war der Meinung, dass es dich nichts angeht.«

»Mein Vater hat sich gequält, und du warst der Meinung, dass es mich nichts angeht?«

»Ach, Nicole, manchmal bist du entsetzlich anstrengend. Ich bin es müde, mit dir zu streiten.«

»Ich auch, Mama«, sagte Nicole leise. »Warum können wir nicht ausnahmsweise mal ein normales Mutter-Tochter-Gespräch führen?«

Phyllis starrte sie an. Nicole wusste um den inneren Kampf, der sich hinter ihren leuchtend blauen Augen abspielte. Dann seufzte sie. »Na gut. Wenn du die Wahrheit wissen willst, sollst du sie erfahren. Dein Vater war von dem Überfall damals immer noch zutiefst verstört.«

»Aber warum hat er sich immer noch damit herumgeschlagen? Es ist doch schon so lange her.«

Eine winzige Falte bildete sich zwischen Phyllis' perfekt nachgezogenen Brauen. »Nicole, kein Elternteil verwindet es je, wenn sein Kind brutal geschändet wird. Ich weiß, ich kann meine Gefühle nicht so offen zeigen, wie es dein Vater gekonnt hat, aber meinst du, ich hätte nicht auch für dich gelitten? Gütiger Himmel, ich kann es jetzt noch kaum aushalten, darüber zu reden.«

Nicole sah sie verblüfft an. »Ich dachte, das liegt daran, dass ich dich in Verlegenheit gebracht habe.«

»In Verlegenheit? Du dachtest, meine Hauptsorge ist die peinliche Situation?« Ihre Mutter schloss die Augen und schüttelte den Kopf. »Du und ich, wir haben uns nie sehr nahe gestanden, aber es war mir nicht klar, wie wenig du von mir hältst.«

»Es ist nicht so, dass ich dich nicht lieb hätte, Mama, aber ich habe dich nie verstanden«, meinte Nicole kläglich.

»Ich nehme an, das ist teilweise meine Schuld, weil ich dir gegenüber immer distanziert war. Wie gesagt: Ich habe nie so richtig meine Gefühle äußern können. Aber daran ist auch zum Teil dein Vater schuld. Du warst von Geburt an ausschließlich sein Kind. Ich weiß, man soll nichts Schlechtes über einen Toten sagen, aber er hat alles in seiner Macht Stehende getan, um mich aus deinem Leben herauszuhalten. Vielleicht hat er es deshalb getan, weil er wusste, dass ich keine Kinder mehr bekommen konnte, weil er das eine, das wir hatten, für sich behalten wollte.«

»Das ist eine furchtbare Anschuldigung.«

»Ich behaupte nicht, dass es so war. Ich spekuliere nur. Denk daran, Nicole, dass dein Vater kein Heiliger war. Er hat dich mit Beschlag belegt und jede Regel umgestoßen, die ich eingeführt habe.«

Nicole setzte sich unbehaglich zurecht. Was ihre Mutter sagte, entsprach der Wahrheit. »Nun ja, gewiss war ich Papas Liebling«, gab sie widerstrebend zu. »Ich wollte, ich hätte dich besser kennengelernt, Mama, aber du hast es mir nicht leicht gemacht.«

Phyllis wirkte angespannt während ihrer Unterredung. Der enge Kontakt mit ihrer Tochter fiel ihr schwer. Vielleicht ist er nach so langer Zeit gar nicht mehr herzustellen, dachte Nicole. Sie entschied, dass ein rascher Wechsel des Themas angesagt war, ehe sich ihre Mutter wie üblich in ihr unzugängliches Schneckenhaus zurückzog.

»Um noch einmal auf Papas Albträume zurückzukommen: Warum hat er plötzlich angefangen, welche zu haben? War er krank?«

Phyllis stand unvermittelt auf. Sie ging im Zimmer auf und ab und zupfte an den Diamantohrringen, die sie trug. »Ich kann es nicht glauben, dass dein Vater mir, wenn er ernsthaft krank gewesen wäre, nichts davon gesagt hätte. Selbst wenn er geschwiegen hätte, wäre ich von Harvey Weber, seinem Arzt, informiert worden. In Anbetracht der Umstände, unter denen dein Vater gestorben ist, hätte sich Harvey nicht an das Prinzip der Vertraulichkeit zwischen Patient und Arzt gebunden gefühlt.«

»Bist du dir da ganz sicher?«

»Absolut. Ich habe am Tag nach Cliftons Selbstmord mit Harvey gesprochen. Er hat mir versichert, dass deinem Vater körperlich nichts gefehlt hat. Allerdings habe Clifton bei seiner letzten Routineuntersuchung nur zwei Wochen vor seinem Tod Anzeichen von Angst und Depression verraten. Er hat gesagt, er habe ihm empfohlen, einen Therapeuten aufzusuchen. Offensichtlich war das Problem schwerwiegender, als selbst Harvey geglaubt hat.«

»Und du hast es mir nicht mitgeteilt.«

Phyllis hob resigniert die Hände. »Ich konnte nicht darüber reden. Ich wollte nicht darüber reden.«

Nicole saß eine Weile schweigend da und versuchte zu verarbeiten, was ihre Mutter gesagt hatte. Dann traf sie eine Entscheidung. »Mama, Kay sagt, dass Papa mehrere seltsame Briefe erhalten hat.« Sie erzählte von den Umschlägen mit der Aufschrift »persönlich« und von dem letzten, den er angezündet hatte. Allerdings brachte sie es nicht über sich, ihr zu offenbaren, dass dabei ein Teil einer Fotografie von Paul Dominic übrig geblieben war.

»Ich kann mir nicht vorstellen, was in diesen Umschlägen gewesen sein könnte«, sagte Phyllis und kam herüber, um sich neben Nicole zu setzen. »Könnte jemand Clifton erpresst haben?«

»Erpresst! Wer denn? Warum?«

»Ich weiß auch nicht. Es war nur so ein Gedanke.« Sie seufzte. »Ich frage mich, ob die Sache mit den Briefen so wichtig ist, wie Kay mutmaßt. Vielleicht besteht da keinerlei Verbindung, außer in Kays Kopf.«

»Ich habe noch nie erlebt, dass Kay sich etwas einbildet, Mama. Sie ist ziemlich nüchtern.«

»Gewöhnlich schon, aber es kann dir nicht entgangen sein, dass es ihr nicht gut geht.«

»Kaum. Sie sieht schrecklich aus.«

Phyllis zögerte. »Sie wollte nicht, dass jemand davon erfährt, aber dein Vater ist dahinter gekommen. Sie hat Krebs, Nicole.«

»Krebs!«

»Ja. Sie hat einen Gehirntumor und sie hat zu lange gewartet. Er ist nicht mehr operierbar. Sie hat sich eine Weile mit Chemotherapie behandeln lassen. Du hast sicher gemerkt, dass sie immer so einen perfekten Lockenkopf hat – es handelt sich um eine Perücke. Sie hat nur noch ungefähr vier Monate zu leben.«

Nicole kam sich vor, als hätte ihr jemand einen Tritt in die Magengegend versetzt. »O nein«, murmelte sie.

»Deshalb habe ich beschlossen, das Geschäft zu verkaufen. Wenn sie bei guter Gesundheit wäre, würde ich es behalten und selbst weiterführen. Schließlich ist Kay erst neunundvierzig und das Geschäft ist ihr Leben. Das und ihre Katzen. Aber nachdem Clifton tot ist und Kay bald auch – nun ja, ich könnte es nicht ertragen, den Laden zu betreten, nachdem beide nicht mehr da sind.«

»Das verstehe ich«, sagte Nicole traurig. »Und sie weiß nicht, dass du Bescheid weißt?«

Phyllis schüttelte den Kopf. »Ich bemühe mich, so zu tun, als wäre alles ganz normal. Ich habe sogar hier gesessen und ihr erlaubt, im Anschluss an die Trauerfeier Carmen beim Abräumen zu helfen, weil es das ist, was sie von mir erwartet.«

Eine Träne rann Nicole übers Gesicht. »Es ist einfach nicht fair, Mama. Sie hatte so ein unausgefülltes Leben – nur den Laden, die paar Kinder, denen sie Klavierunterricht gegeben hat, und ihre Katzen.«

»Sie hatte deinen Vater.«

Nicole sah ihre Muttter misstrauisch an. »Du hast doch wohl nicht den Verdacht, dass Papa und Kay eine Affäre hatten?«

»Nein, aber Kay war in ihn verliebt. Von Anfang an.« Nicole riss die Augen auf. »Nun schau nicht so überrascht drein, meine Liebe. Auch du weißt seit langem Bescheid. Als du ein kleines Mädchen warst, bin ich einmal an deinem Zimmer vorbeigekommen und habe gehört, wie du zu Carmen gesagt hast, dass Kay deiner Meinung nach in deinen Papa verknallt sei.«

»Ich konnte offenbar nichts für mich behalten.«

»Das möchte ich nicht sagen. Auf jeden Fall hast du deine Beziehung zu Paul Dominic geheim gehalten.« Nicole wurde rot. »Und was die Probleme in deiner Ehe angeht, hast du auch den Mund gehalten.«

»Es gab keine, bis …«

»Ich weiß, was du sagen willst«, unterbrach sie ihre Mutter, »aber ich glaube nicht, dass alles in Ordnung war, bis Roger plötzlich auf der Universität diese junge Schlampe kennen gelernt hat.«

Nicole lächelte ironisch. »Okay, Mama, du hast Recht. Es ging mit uns ungefähr drei Jahre lang stetig bergab. Nichts Dramatisches. Soweit ich weiß, ist die Beziehung zu Lisa seine erste Affäre, und es gab nie Gewalttätigkeiten, nur einen Streit nach dem anderen und gegenseitiges Anschweigen.« Sie zögerte. »Mama, solange wir so ehrlich miteinander sind: Roger meinte, du wärst eher verärgert als traurig über Papas Tod.«

»Na, eins zu null für Roger. Er ist klüger, als ich dachte.«

»Dann stimmt es? Du bist verärgert über Papas Tod?«

Phyllis wandte den Blick ab. »Über seinen Tod. Du meinst über seinen Selbstmord!«, sagte sie heftig. »Ja, ich bin verärgert. Wütend bin ich!« Sie verschränkte die Hände und sah aus dem Fenster. »Ich weiß, was alle gedacht haben: ›Wie hält es der gütige, sanfte Clifton nur mit dieser Cholerikerin aus?‹«

Nicole holte tief Luft. Sie wollte abstreiten, was ihre Mutter gesagt hatte, doch sie konnte es nicht, weil es der Wahrheit entsprach. »Du willst heute Ehrlichkeit? Gut, du sollst sie haben«, fuhr Phyllis fort. »Es war dein Vater, der von uns beiden der Stärkere war. Als wir miteinander gegangen sind, glaubten die meisten Leute, mein Vater hätte etwas gegen ihn einzuwenden gehabt. General Ernest Hazelton, ein Mann aus Stahl, sollte zulassen, dass seine Tochter einen Mann heiratete, der davon träumte, eine Musikalienhandlung zu besitzen?« Sie lachte schrill. »Die anderen Offiziere im Fort Sam Houston hielten es für einen Scherz oder glaubten, dass Vater auf bestem Wege sei, den Verstand zu verlieren.

Aber, Nicole, dein Großvater hat in Clifton etwas gesehen, das den anderen Offizieren entging – seine Stärke. Außerdem sah er Cliftons Intelligenz und seine Hingabe mir gegenüber. Er hatte mich dazu erzogen, stark zu sein, weil meine Mutter so zart gewesen war, aber er wusste, dass ich für die meisten Männer zu stark war, dass sie mich nicht tolerieren würden und dass daran die Ehe scheitern würde. Vater war ein frommer Katholik, darum wollte er, dass meine Ehe, sollte ich heiraten, ein Leben lang hielt. Er wünschte sich einen Mann für mich, der meine Stärke zu schätzen wusste, aber auch damit fertig wurde. Außerdem wollte er nie, dass ich Offiziersfrau werde und von Stützpunkt zu Stützpunkt ziehe. Und vor allem wollte er jemanden, der in erster Linie an mich, nicht an seine Karriere denkt. So war es nämlich bei Vater. Er ist mit uns durch die Welt gezogen, hat immer seine Karriere an die erste Stelle gesetzt, und daran ist meine Mutter zerbrochen. Sie war die traurigste Frau, die mir je begegnet ist. Ich glaube, sie war erleichtert, dass sie sterben durfte. Damals war ich erst fünfzehn. Mein Vater wollte nicht, dass mir das gleiche Schicksal blüht.«

»Das alles hast du mir nie erzählt«, sagte Nicole staunend.

»Wir haben uns nie richtig unterhalten. Aber vielleicht verstehst du jetzt, warum ich so wütend bin. Clifton war ideal für mich. Er hat meine Überempfindlichkeiten, meine Herrschsucht, meine überkritische Haltung, meine altmodischen Vorstellungen ausgehalten und mich trotzdem geliebt. Es mag für Außenseiter nicht danach ausgesehen haben, aber unsere Ehe war so perfekt, wie eine Ehe nur sein kann. Und dann ist der Mann, auf den ich mich verlassen habe, an den ich mich angelehnt habe, den ich siebenunddreißig Jahre lang angebetet habe, eines Nachts aus dem Haus geschlichen, während ich schlief, und hat sich in den Kopf geschossen. Er hat nicht einmal einen Abschiedsbrief hinterlassen.« Zum ersten Mal in ihrem Leben sah Nicole, wie sich die blauen Augen ihrer Mutter mit Tränen füllten. Doch ihre Stimme hatte einen wütenden Tonfall. »Clifton Sloan, der liebende Ehemann und Vater, hatte noch nicht einmal den Anstand, seiner Familie einen gottverdammten Abschiedsbrief zu hinterlassen!«

# Acht

## 1

»Und damit ist der Abschnitt über Hawthorne beendet.« Avis Simon-Smith, um die fünfzig, spindeldürr mit großen, dunklen, verquollenen Augen, bedachte die Studenten mit einem schmallippigen, unehrlichen Lächeln. »Morgen wird dann Dr. Chandler wieder da sein. Ich hoffe doch, Sie werden nach dem tragischen Selbstmord ihres Vaters alle besonders nett zu ihr sein. Als hätte sie dieses Jahr nicht schon genug Schwierigkeiten gehabt.«

Miguel Perez klappte sein Notizbuch zu und warf der Frau einen bösen Blick zu. Musste sie unbedingt betonen, dass Dr. Chandlers Vater Selbstmord begangen hatte? Hätte sie nicht einfach »Tod« sagen können? Und indem sie Nicoles sonstige »Schwierigkeiten« erwähnte, erinnerte sie die Anwesenden bewusst an Roger Chandlers Affäre. Miguel hatte schon einmal ein Seminar von Dr. Simon-Smith belegt und hielt nicht viel von ihr. Nun hatte er eine regelrechte Abneigung gegen sie.

»Ich hoffe, Sie haben aus unseren Sitzungen etwas gelernt«, fuhr Avis mit gekünstelter Liebenswürdigkeit fort. Die Studenten waren nach und nach aufgestanden, setzten sich jedoch wieder hin, als sie merkten, dass sie noch längst nicht den Mund halten würde. »Sie wissen sicher alle, dass ich kalt, das heißt ohne die nötige Zeit, mich vorzubereiten, dieses Seminar übernommen habe und nebenbei vier weitere Seminare halte, was eine ganze Menge ist. Das war sehr anstrengend, kann ich Ihnen sagen, aber ich habe es gern getan, um Dr. Chandler zu helfen.«

Ja, klar, wir glauben dir jedes Wort, dachte Miguel.

Die Studenten begannen erneut aufzustehen. Das Seminar war seit zwei Minuten zu Ende, aber Avis fuhr fort: »Nachdem ich Ihnen nun Hawthorne nahe gebracht habe, hoffe ich, dass Sie alle *The Scarlet Letter* lesen werden.«

»Ich schau mir lieber das Video an«, scherzte ein Student und verließ den Raum, obwohl sie noch nicht offiziell entlassen waren. »Lieber seh ich Demi Moore nackt im Heu herumtollen, als etwas über ein Weibsbild in einem Gewand zu lesen, auf dem vorn ein großes A aufgenäht ist.«

Andere Studenten prusteten los, aber Avis Simon-Smith lachte nicht. Sie lachte nur selten über etwas, das sie nicht selbst gesagt hatte. Sie warf dem Studenten einen vernichtenden Blick zu, den kaum einer mitbekam, da nun alle aus der Tür drängten.

Später am Tag wanderte Miguel durch das Obergeschoss des Gebäudes der Fachbereiche Geisteswissenschaften und Betriebswirtschaft und suchte Nicoles Arbeitszimmer, um ihr einen Willkommensgruß unter der Tür durchzuschieben. Er kam an Dr. Simon-Smith vorbei, die auf dem Flur stand und sich mit einer anderen Dozentin unterhielt, einer Frau, von der er glaubte, dass sie Silver hieß. Sie sah ein wenig jünger als Avis aus und hatte einen Haufen Papiere unter dem Arm. Gerade als Miguel Nicoles Tür erreicht hatte, erklang Avis' Stimme.

»Ich bin die vielen Zugeständnisse, die man ihr hier macht, einfach leid, Nancy.« Ihre verdrießliche Miene ließ das schmale, unscheinbare Gesicht beinahe hässlich wirken. »Als ich hier angefangen habe, durfte ich zwei Jahre lang nur die Grundkurse in Englisch und in Technik des Essayschreibens halten. Zwei ganze Jahre. Sie dagegen kommt hier an mit ihrem hübschen Gesicht, dem blonden Haar und der guten Figur und hält schon im zweiten Semester das Seminar über bedeutende amerikanische Schriftsteller.«

Die andere Frau, die nicht nur ihre Papiere, sondern auch einen Becher Kaffee balancierte, lächelte beschwichtigend. »Avis, du musst bedenken, dass wir einen anderen Fakultätsvorstand hatten, als du kamst. Der hatte ein paar Lieblinge, und die haben die besten Seminare gekriegt. Wir anderen wurden wie Dreck behandelt. Gott sei Dank hat er sich nicht lange gehalten.«

Miguel verharrte vor Nicoles Tür und tat so, als würde er die angeschlagenen Sprechstunden studieren. Dann warf er Avis, die soeben das Gewicht auf den anderen Fuß verlagerte und eine Hand auf ihre kantige Hüfte legte, einen verstohlenen Blick zu. »Ach, Nancy, du weißt doch selbst, dass sie bevorzugt behandelt wird. Eine ganze Woche frei wegen eines Todesfalls in der Familie! Und es ist nicht fair, dass man einer unerfahrenen Dozentin die bedeutenden amerikanischen Schriftsteller überlässt.«

Noch ein verstohlener Blick verriet Miguel, dass Nancy Silver Unbehagen empfand. »Avis, du hast doch auch eine Woche frei gekriegt, als deine Mutter gestorben ist. Und unerfahren ist Nicole bestimmt nicht.«

»Ach ja, stimmt«, höhnte Avis. »Sie hat vorher ein ganzes Jahr in Ohio gelehrt.«

»Und sie hat einen Artikel über Fitzgerald in einer angesehenen Fachzeitschrift veröffentlicht.«

»Den hab ich gelesen. Alles Unsinn. Die weiß doch nicht, wovon sie redet.« Avis hielt inne. »Ich frage mich langsam, ob sie sexuell so freizügig ist wie ihr Mann. Wenn ja, ist sie im Gegensatz zu Roger so vernünftig, sich mit Leuten aus der Verwaltung abzugeben, nicht mit Studenten. Vielleicht macht sie deshalb im Fachbereich so steil Karriere.«

Miguel ballte die Fäuste. Eifersüchtige Ziege. Plötzlich merkte er, dass sie ihn anstarrte. »Brauchen Sie etwas, junger Mann?«

Er begegnete ihrem Blick mit kalten Augen. »Nein. Ich wollte nur etwas für Dr. Chandler hinterlassen.« Er bückte sich, um seine Karte unter der Tür durchzuschieben.

»Halt! Das gehört ins Fakultätsbüro.«

»Ich lass es lieber hier.«

»Wie gesagt: Das darf nicht hier hinterlassen werden.« Sie zeigte mit dem Daumen über ihre Schulter. »Den Flur entlang, ins Büro.«

Miguel schob den Umschlag unter der Tür durch, richtete sich auf und ging wortlos an ihr vorbei.

»Also, ehrlich!«, erboste sich Avis. »Einige dieser mexikanischen Jungen sind so etwas von arrogant!«

»Avis!« Der anderen Frau blieb der Atem weg. »Wie kannst du so etwas sagen. Der hat dich doch gehört!«

»Das ist mir egal. Es stimmt, und er weiß, dass es so ist.«

»Avis, wir sind seit langem befreundet, aber du verlierst allmählich die Kontrolle. Der Fakultätsleiter hat schon mit dir über deine unpassenden Kommentare gesprochen.«

»Als wenn ich mich um dessen Meinung schere! Ich müsste längst seinen Posten haben, und er weiß, dass es so ist.«

Nancy Silver schüttelte den Kopf. »Ich geb dir einen guten Rat, Avis: Wenn du dich nicht beherrschst, wird dich deine scharfe Zunge eines Tages in ganz große Schwierigkeiten bringen.«

# 2

Shelley war in ihrem Zimmer. Sie hätte eigentlich schlafen müssen, aber wahrscheinlich sah sie sich etwas völlig Ungeeignetes im Fernsehen an. Nicole war sich darüber im Klaren, dass sie hätte nachsehen sollen, aber es war viertel nach neun, und sie saß am Küchentisch und verfasste ihren einführenden Vortrag über Melville. Sie hatte vor einer Stunde damit fertig sein wollen, damit sie noch das Material für ihre anderen Seminare sichten und dann früh ins Bett gehen konnte. Doch das Gespräch mit ihrer Mutter hatte für den Rest des Nachmittags ihre Konzentration zunichte gemacht. Sie hatte das Gefühl, sich mit einer Frau unterhalten zu haben, mit der sie mehr als die Hälfte ihres Lebens zusammen gewesen war, ohne sie wirklich zu kennen.

So sehr sie sich auch bemühte, es wollte ihr nicht gelingen, ihren Vortrag interessant zu gestalten. Es war das erste Mal, dass sie das Seminar über bedeutende amerikanische Schriftsteller hielt, und sie wollte ihre Sache gut machen. Auf keinen Fall wollte sie, dass alle beim Verlassen des Seminars den Schwur taten, nie wieder Emerson oder Melville oder James zu lesen. »Vielleicht bemühst du dich zu sehr«, murmelte sie. »Dies ist ein Vortrag über ein ernstes Thema, kein Artikel für die Klatschspalte.«

Es klopfte leise an die Haustür. »Na, prima«, stöhnte Nicole. Sie blickte an dem grauen Trainingsanzug herab, in den sie geschlüpft war, als sie sich gesagt hatte, dass ein wenig Gymnastik sowohl ihrem Kopf als auch ihrem Körper gut tun würde. Sie betrachtete ihre dicken grauen Socken. Ihre Reeboks lagen irgendwo im Wohnzimmer herum, zusammen mit ihren Fünf-Kilo-Hanteln, und sie wusste, dass ihr zum Pferdeschwanz gebundenes Haar strähnig herabhing. Ach was, dachte sie, es ist bestimmt nur Roger, der gekommen ist, um einen Streit anzuzetteln. Genau das, was ich brauche.

Sie spähte durch den Spion in der Tür und erblickte ein überraschendes Gesicht. Als sie die Tür öffnete, war sie sich der Besorgnis in ihren Augen bewusst. »Sergeant DeSoto! Stimmt was nicht?«

Er lächelte. »Ich wünschte, meine Besuche würden nicht gleich Entsetzen auslösen.«

Sie erwiderte sein Lächeln. »Entschuldigen Sie. Das war keine sehr höfliche Begrüßung.«

»Ich bin es nicht anders gewöhnt. Also: Es ist alles in Ordnung. Ich wollte Ihnen nur ein paar Informationen geben.«

Sie stieß die Tür weit auf. »Kommen Sie herein. Leider ist das Haus in genauso einem unordentlichen Zustand wie ich selber.«

»Ich hätte vorher anrufen sollen. Außerdem sehen Sie recht ordentlich aus.«

»Nehmen Sie Platz«, sagte Nicole und zeigte auf die grässlichen braunen Sitzmöbel. »Möchten Sie etwas zu trinken?«

»Nur wenn Sie auch etwas nehmen.«

»Ich trinke schon den ganzen Abend Kaffee und bin entsprechend überdreht. Ich denke, ich könnte ein Glas Wein gebrauchen. Wie steht es mit Ihnen oder sind Sie im Dienst?«

»Ich bin nicht im Dienst, und das mit dem Wein hört sich gut an. Die Sorte ist egal, ich nehme, was Sie trinken.«

Als sie auf dem Weg zur Küche an einem Spiegel vorbeikam, zuckte sie zusammen. Sie sah noch schlimmer aus, als sie gedacht hatte: kein Make-up, dunkle Ringe unter den Augen, ein Tintenklecks am Kinn. Sie schaltete den Laptop-Computer aus, hastete zum Spülbecken und wischte mit einem feuchten Stück Küchenpapier den Tintenfleck weg. Sie glaubte, ein leises Stöhnen im Wohnzimmer zu hören. DeSoto versuchte offenbar, es sich auf der voluminösen, menschenfressenden Polstergarnitur bequem zu machen.

Sie schenkte Wein ein, und als sie damit ins Wohnzimmer zurückkehrte, saß DeSoto mit ausgestreckten Beinen auf der Couch und blätterte in einem Exemplar von *Vanity Fair.* Er legte das Heft weg und nahm lächelnd den Wein entgegen. Er sieht wirklich gut aus, dachte Nicole, auch wenn sie Shelley nicht beipflichten konnte, dass er Jimmy Smits ähnelte.

»Entschuldigen Sie, dass ich einfach so vorbeigekommen bin. Ich habe das Gefühl, Sie bei etwas gestört zu haben.«

»Ich habe mich den ganzen Abend wegen einer Vorlesung verrückt gemacht. Morgen bin ich wieder an der Universität. Aber Sie brauchen sich nicht zu entschuldigen. Ich hab eine Pause nötig.«

»Na gut. Ich werde versuchen, mich kurz zu fassen.« Er nahm einen Schluck Wein und fing dann wie nebenbei zu sprechen an. »Ich hab heute den Bericht über Ihren Eindringling gelesen.«

»Es überrascht mich, dass so eine Kleinigkeit über Ihren Schreibtisch gegangen ist.«

»Normalerweise hätte ich ihn nicht zu sehen bekommen, aber wegen des Todes Ihres Vaters … Also, jedenfalls hab ich daraus ersehen, dass Sie nicht zum ersten Mal ungebetenen Besuch hatten.«

»Unseren Werwolf nennt meine Tochter Shelley ihn. Er trägt eine Wolfsmaske.«

»Davon hab ich gehört. Außerdem hab ich erfahren, dass er in den Garten gelangt, indem er auf einen Baum klettert und dann an einem Seil hinunterrutscht. Aber das ist es nicht, was ich am interessantesten fand.« Nicole wappnete sich. Sie war sich sicher, dass er ihr, weil sie die Pistole auf den Eindringling gerichtet hatte, eine Strafpredigt über die Gefahren von Handfeuerwaffen in Privatbesitz halten wollte. Sie konnte sich nicht entsinnen, ob sie den Polizisten am vergangenen Abend davon erzählt hatte. »Ich meine den Hund.«

Das war schlimmer als die Pistole. Nicole schluckte. »Den großen Hund, der den Eindringling gebissen hat?«, fragte sie unschuldig.

»Ja. Wir haben bei den örtlichen Krankenhäusern nachgefragt, aber dort war gestern Nacht niemand mit einer Bisswunde. Der Hund hat also offenbar keinen wirklichen Schaden angerichtet.« Er schwieg einen Augenblick. »Auf der Hundemarke waren keine Fingerabdrücke, aber es stand eine Adresse in Olmos Park darauf. Die Hausnummer war zerkratzt, aber wir haben sie schließlich doch entziffert.« Nicole starrte ihn an. Ihr Mund war so trocken wie Sand. »Mrs. Chandler, ich weiß Bescheid über Ihre Beziehung zu Paul Dominic und was mit Ihnen vor fünfzehn Jahren geschehen ist.«

»Oh«, sagte sie mit matter Stimme.

»Die Adresse auf der Hundemarke ist die von Alicia Dominic, Pauls Mutter.« Nicole öffnete den Mund, doch es kam kein Wort heraus. »Aber das wussten Sie bestimmt, nicht wahr?«

Nicole schluckte wieder und fand endlich, wenn auch nur zum Teil, die Stimme wieder. »Ich wusste es nicht. Ich hatte nur einen Verdacht.«

»Warum hatten Sie den Verdacht, dass der Hund Alicia Dominic gehört?«

Nicole holte tief Luft. »Ich glaube nicht, dass er Mrs. Dominic gehört. Ich glaube, er gehört Paul.«

Zum ersten Mal zeigte DeSoto sich überrascht. »Wie kommen Sie darauf?«

»Ich glaube, ich habe ihn beim Begräbnis meines Vaters gesehen.«

DeSoto zog die Brauen hoch. »Er stand ein Stück abseits und hatte einen Hund dabei. Und dann kam neulich ein Anruf.« Sie erzählte von dem Anruf, von der Drohung, Roger eine Warnung zukommen zu lassen, und davon, dass der Mann sie *Chérie* genannt hatte.

Als sie fertig war, sah DeSoto sie zweifelnd an. »Mrs. Chandler, hatten Sie in den vergangenen fünfzehn Jahren irgendwelchen Kontakt mit Paul Dominic?«

»Nein.«

»Sie wissen doch, dass er als tot gilt.«

»›Gilt‹ ist, soweit es mich angeht, hier das Schlüsselwort.«

DeSoto schlürfte seinen Wein und sah sie dann ernst an. »Sind Sie absolut sicher, dass Sie Paul Dominic beim Begräbnis gesehen und seine Stimme am Telefon gehört haben?«

Unter DeSotos forschendem Blick verflüchtigte sich Nicoles Gewissheit. »Nun ja, er stand ein Stück weit weg, und ich habe ihn wie gesagt lange Zeit weder gesehen noch gesprochen. Aber dieser Mann sah wie Paul aus und er hörte sich am Telefon wie Paul an. Niemand sonst hat mich je *Chérie* genannt.«

»Ich verstehe.« DeSoto wandte den Blick ab und konzentrierte sich auf das Aquarium. »Wie schön.«

»Finde ich auch.« Nicole betrachtete die Neonsalmler, Mollys, Glaswelse und Guramis. Plastikfarne schwankten sacht über den blauen Kies und die Korallen in mehreren Farbschattierungen, die am Boden des Aquariums verstreut lagen, und aus der Belüftung stiegen Blasen an dem Schloss, dem Totenschädel und dem Taucher über dem Kies hinauf. »Die Fische machen immer so einen geruhsamen Eindruck.«

DeSoto nickte stumm. Schließlich sagte Nicole. »Ich ahne, dass Sie mir noch etwas zu sagen haben.«

»Es ist nicht viel. Ich bin heute zur Dominic-Villa gefahren.«

»Ach.« Nicole war verblüfft. »Warum haben Sie nicht angerufen?«

»Manchmal erfährt man bei einem persönlichen Besuch mehr als durch ein Telefonat.«

Deshalb also bist du heute Abend hier, dachte Nicole. »Und was haben Sie erfahren?«

»Ich habe nur mit der Haushälterin gesprochen.«

»Mit Rosa?«

»Kennen Sie sie?«

»Nicht richtig. Ich erinnere mich nur an sie. Sie ist seit einer Ewigkeit dort angestellt. Sie konnte mich nie leiden.«

DeSoto lächelte. »Sie scheint mir nicht der Typ zu sein, der andere leiden kann.«

»Bis auf Mrs. Dominic.«

Er zuckte die Achseln. »Kann sein. Jedenfalls benimmt sie sich wie ein Pitbull-Terrier, um alles von der Frau fern zu halten.«

»Sie hat Sie nicht zu Mrs. Dominic vorgelassen?«

»Nein. Die Haushälterin hat gesagt, sie sei bettlägerig – sie habe ein schwaches Herz. Sie hat im vergangenen Jahr einen Infarkt erlitten.«

»Wie traurig. Sie ist noch nicht sehr alt. Hatten Sie den Eindruck, dass außer Rosa und Mrs. Dominic noch jemand in dem Haus wohnt?«

»Ich bin über die Eingangshalle nicht hinausgekommen. Das Haus sah recht heruntergekommen aus und es war still wie ein Grab.«

Wo es doch einst von Musik durchflutet war, dachte Nicole und rief sich den Abend ins Gedächtnis, als sie eine weiße Rose in der Hand gehalten und den Klängen von *Rhapsody in Blue* gelauscht hatte. Sie fragte sich, wie lange es her sein mochte, dass Musik durch die Räume der Villa gerauscht war.

»Was haben Sie wegen des Hundes herausgefunden?«, fragte sie.

»Nichts. Die Haushälterin behauptet, sie hätten noch nie einen Hund gehabt, nicht einmal als Paul jung war.«

»Und der andere junge Mann?«

»Welcher andere junge Mann?«

»Rosa hatte einen Sohn. Juan. Er war um einiges jünger als Paul.«

DeSoto schüttelte den Kopf. »Ich wusste nichts von einem anderen jungen Mann, und sie hat ihn auch nicht erwähnt. Ich glaube auch nicht, dass das etwas geändert hätte. Die Frau war unnachgiebig – kein Hund, niemals. Als ich mich auf dem Grundstück umgesehen habe, konnte ich keinerlei Hinweise auf einen Hund entdecken.«

»Ich auch nicht.« DeSoto sah sie fragend an. »Also gut, ich bin heute am Haus vorbeigefahren«, gestand sie.

»Sind Sie zur Tür gegangen?«

»Himmel, nein! Ich war nicht mehr in Olmos Park, seit … Nun ja, sagen wir, ich hatte kein Verlangen, mich länger dort aufzuhalten.« Sie schwieg eine Weile. »Nehmen Sie Rosa das mit dem Hund ab?«

»Ja.«

»Warum trägt das Tier dann eine Hundemarke mit der Adresse des Hauses Dominic?«

»Es könnte sich um ein Versehen handeln. Eine falsche Zahl könnte einen großen Unterschied ausmachen.«

»Aber wie steht es damit, dass ich einen großen Hund und einen Mann gesehen habe, der wie Paul aussah, und dann die Adresse der Dominics auf der Hundemarke gefunden wurde? Kommt Ihnen das nicht wie ein erstaunlicher Zufall vor, Sergeant DeSoto?«

»Ich heiße Raymond. Ray.« Er blickte auf sein Weinglas herab und sah sie dann ernst an. »Fünfzehn Jahre lang hat niemand Paul Dominic zu Gesicht bekommen. Wissen Sie, wie wenig wahrscheinlich es ist, dass er nach so langer Zeit in San Antonio auftaucht und zum Begräbnis Ihres Vaters kommt?«

»Sie glauben mir nicht«, stellte sie offenkundig enttäuscht fest.

Rays Augen wandten sich von ihr ab und schweiften erneut zum Aquarium. »Ich sage nicht, dass ich Ihnen nicht glaube. Ich sage nur, dass das, wovon Sie überzeugt sind, wenig wahrscheinlich ist. Aber«, fügte er hinzu und lächelte sie unvermutet an, »wenig wahrscheinlich ist nicht das Gleiche wie unmöglich.«

Nicole stieß einen tiefen Seufzer aus. »Gott sei Dank tun Sie nicht einfach ab, was ich Ihnen erzähle.«

»Das würde ich nie tun. Sie glauben also, der Eindringling in der Wolfsmaske könnte Dominic gewesen sein?«

Nicole runzelte die Stirn. »Es ist mir in den Sinn gekommen, aber jetzt bin ich mir sicher, dass er es nicht war. Ich glaube, dass der Hund mit dem Halsband, auf dem die Adresse der Dominics steht, Paul gehört. Der Eindringling wurde von diesem Hund angegriffen. Warum sollte Pauls eigener Hund ihn angreifen?«

Ray drehte sein Glas in den Händen. »Haben Sie den Hund sehen können, der den Eindringling gebissen hat?«

»Nein. Er war auf der anderen Seite des Zauns. Aber ich hatte den Dobermann vor jener Nacht schon dreimal gesehen und mir war an seinem Halsband ein Anhänger aus Messing aufgefallen. Ich glaube, es war die Hundemarke, die die Polizei gefunden hat.«

»Also gut, sagen wir, es handelt sich um ein und denselben Hund. Er gehört dem Mann, den Sie auf dem Friedhof gesehen haben, und er würde ihn nicht angreifen. Wer kommt dann Ihrer Meinung nach mit einer Wolfsmaske in Ihren Garten?«

»Ein Witzbold, nehme ich an.«

»Vielleicht einer Ihrer Studenten?«

»Vielleicht, obwohl ich nicht wüsste, wer. Um wen es sich auch handeln mag: Es scheint, dass er auf nichts weiter aus ist als uns zu erschrecken.«

Ray nickte. »Und Sie halten all Ihre Türen und Fenster geschlossen?«

»Unbedingt.«

Er nickte wieder, stellte sein Weinglas ab und sah sie durchdringend an. »Wenn Sie überzeugt sind, dass Dominic am Leben und hier in San Antonio ist, warum haben Sie dann solche Angst? Ich dachte, Sie beide waren ineinander verliebt?«

»Das waren wir.«

»Aber er ist ein Mörder.«

»Das ist nie bewiesen worden«, begehrte Nicole auf, dann beruhigte sie sich wieder. »Tut mir Leid. Es fällt mir nur so schwer zu glauben, dass Paul zwei vorsätzliche Morde begehen konnte. Aber außer Indizienbeweisen und Gerüchten lag nichts gegen ihn vor.« Sie seufzte. »Meine eigene Aussage hat ihn am meisten belastet. Ich habe Angst, dass er vielleicht glaubt, ich hätte sein Leben ruiniert.«

»Das haben Sie nicht«, entgegnete Ray entschieden. »Er hat diese Männer kaltblütig ermordet und dann die Flucht ergriffen, weil er zu feige war, sich dem Gericht zu stellen.«

»Er hat tatsächlich die Flucht ergriffen«, gestand Nicole zögernd zu. »Aber verhaftet wurde er durch meine Schuld.«

»Und weil die Mordwaffe in seinem Haus gefunden wurde.«

»Aber ich habe gegenüber der Polizei Belastendes ausgesagt.«

»Ihre Aussage wäre vor Gericht als Hörensagen nicht zugelassen worden.«

»Aber sie stammte von der Frau, die er liebte. Wie hätten Sie an seiner Stelle reagiert?« Sie beugte sich vor und sprach mit eindringlicher Stimme weiter. »Ray, verstehen Sie denn nicht, dass ich sein Leben zerstört habe? Ich habe Angst vor ihm, weil das, was ihm zugestoßen ist, meinetwegen geschehen ist.«

»Mrs. Chandler, beruhigen Sie sich«, sagte Ray sanft.

Nicole wurde gewahr, dass sie die Stimme erhoben hatte. Sie faltete die Hände auf ihrem Schoß und konzentrierte sich darauf, langsamer zu atmen. »Entschuldigen Sie, dass ich die Beherrschung verloren habe, aber ich bin sicher, dass Paul wieder da ist.«

»Das mag ja sein, aber die Beweise dafür sind dürftig. Sehr dürftig.«

Sie blickte auf ihre gefalteten Hände und den Ehering, den sie bis jetzt noch nicht ausgezogen hatte. »Sie haben Recht«, sagte sie ruhig.

»Ich bin froh, dass es Ihnen wieder besser geht.«

Sie hob die Augen. »Es geht mir nicht besser. Ich meinte nur, dass Sie Recht haben, wenn Sie sagen, die Beweise für Pauls Rückkehr seien dürftig.«

»Sie glauben also nach wie vor, dass Paul Dominic in San Antonio ist und Ihnen nachstellt?«

»Ja, das glaube ich.«

»Nun, ich kann es Ihnen nicht ausreden und will es auch nicht versuchen, denn es besteht die Chance, dass es stimmt. Aber es ist nur eine winzige Chance. Ich würde sagen, tausend zu eins.« Er lächelte und erhob sich. »Ich habe für heute Abend genug von Ihrer Zeit in Anspruch genommen. Es tut mir Leid, dass ich Sie aus der Fassung gebracht habe, Mrs. Chandler.«

Sie begleitete ihn zur Haustür. »Bitte nennen Sie mich Nicole, und aus der Fassung gebracht haben Sie mich auch nicht. Es hat mir richtig gut getan, mit jemand anderem als meiner Freundin Carmen über die Sache zu sprechen, auch wenn keiner von Ihnen beiden mir glaubt.«

»Es ist nicht so, dass ich Ihnen keinen Glauben schenke. Ich bin nur skeptisch. Von Natur aus.«

Nicole öffnete die Tür. Sie starrte einen Augenblick hinaus, ehe sie die Hand ausstreckte und die langstielige weiße Rose entfernte, die unter den Türklopfer geklemmt war.

Ray grinste. »Sie haben einen Verehrer, der Ihnen weiße Rosen schenkt?«

»Ja«, flüsterte Nicole. »Paul Dominic hat mir immer weiße Rosen geschenkt.«

# Neun

## 1

Raymond DeSoto fuhr von Nicoles Haus weg und umrundete ein paar benachbarte Blocks, ehe er zurückkam und vier Häuser weiter einparkte.

Sie war also überzeugt, dass Paul Dominic zurückgekehrt war. Nach dem Selbstmord ihres Vaters hatte er von sämtlichen Umständen der Vergewaltigung erfahren, von dem Doppelmord an Zand und Magaro sowie von Dominics Verhaftung und seiner anschließenden Flucht, die scheinbar im Nichts geendet hatte. Er erinnerte sich an damals, aber es war lange her, und jeder, mit dem er jetzt darüber gesprochen hatte, erzählte eine etwas andere Version der Geschichte. Deshalb hatte Ray sich alle Zeitungsartikel von damals vorgenommen, um seine eigene Erinnerung aufzufrischen.

In den Zeitungsberichten wurde eine junge Frau vorgestellt, die binnen weniger Wochen ein Trauma nach dem anderen durchgemacht hatte. Ritchie Zand und Luis Magaro hatten ihr Gewalt angetan. Es war ein Wunder, dass sie mit dem Leben davongekommen war. Außerdem war sich Ray dessen bewusst, was die Zeitungen ausgelassen hatten: Dass große Teile der Polizei und der Öffentlichkeit überzeugt waren, dass sie den Überfall provoziert hatte. Dass sie, weil sie schön, elegant und nach Einbruch der Dunkelheit noch allein unterwegs war, genau das bekommen hatte, was sie verdiente.

Dann folgte eine Enthüllung: Sie hatte ein Verhältnis mit Paul Dominic, einem reichen, berühmten Konzertpianisten, der zehn Jahre älter war als sie. Die Presse hatte diesen Knüller einer »ungenannten Informationsquelle aus dem Umfeld von Ms. Sloan« zugeschrieben. Ray war sicher, dass es nicht ihre Eltern waren. Er hatte erfahren, dass sie zu dieser Zeit eng mit Carmen Vega befreundet gewesen war. Sollte sie die Informantin gewesen sein, hatte Nicole entweder nichts davon gewusst oder nicht zugelassen, dass ihre Freundschaft darunter litt. Natürlich war Carmen nicht die Einzige, die über Dominic Bescheid gewusst hatte. Schließlich hatten Magaro und Zand genau gewusst, wo Nicole an jenem Abend zu finden war, nämlich vor dem Haus der Dominics.

Und nun spähte jemand, der eine Wolfsmaske trug, bei Nicole zum Fenster herein. Er lächelte ein wenig über den groben Scherz, aber derjenige hatte erreicht, dass sie es mit der Angst bekam. Ray zweifelte nicht, dass Dominic am Leben und wieder in San Antonio war, auch wenn er das in Nicoles Anwesenheit abgetan hatte. Sie hatte sehr richtig erkannt, dass sich die Zufälle regelrecht häuften. Ebenso wusste er, dass es nicht Dominic war, der versuchte, ihr mit einer Wolfsmaske einen Schreck einzujagen. Nicole hatte es richtig ausgedrückt: Sein eigener Hund hätte ihn nicht angegriffen.

Aber hatte Nicole auch mit allem anderen Recht? War das Aufeinandertreffen des Hundes und des Witzboldes in der vergangenen Nacht ein Zufall oder verfolgte Dominic sie? Und wenn ja, mit welcher Absicht? Nicole befürchtete, dass Dominic sich für die Schwierigkeiten rächen wollte, die sie ihm bereitet hatte. Ray schüttelte den Kopf und grunzte sarkastisch. Nicole hatte Dominic nicht das Geringste getan, außer der Polizei von der Todesdrohung zu erzählen, die er ausgestoßen hatte. Ein Kollege, der damals den Fall bearbeitet hatte, hatte ihm verraten, dass sie zum Zeitpunkt ihrer Aussage unter Medikamenteneinwirkung gestanden hatte. Ein Anwalt hätte ihre Aussage zerpflückt.

Sonst hatte Dominic ihr nichts vorzuwerfen. Vielleicht wollte er ja gar keine Rache üben. Vielleicht glaubte er, er könne die Romanze wieder aufleben lassen. Aber aus welchem Grund er ihr auch folgen mochte: Er war vermutlich geistig labil, vielleicht sogar geistesgestört. Und er stellte Nicole Chandler nach.

Ray hatte diesen Abend schon vor seinem Besuch bei Nicole geplant. Er nahm eine Thermosflasche vom Beifahrersitz und schenkte sich einen Becher schwarzen Kaffee ein. Dann lehnte er sich im Sitz zurück, sodass sein Kopf für einen Passanten kaum noch zu sehen war, und richtete sich auf eine lange Nacht ein.

# 2

Für ihren ersten Tag an der Universität nach einwöchiger Abwesenheit zog Nicole ein irisblaues Kostüm an, mit einem engen Oberteil aus weißer Seide unter der langen Jacke, Ohrringe und eine Kette aus Zuchtperlen. Niemand soll mich ansehen und eine gebrochene, weinerliche Frau erblicken, dachte sie voller Genugtuung. »Zeig dich immer von deiner besten Seite«, pflegte Clifton zu sagen. »Offenbare der Welt nicht deinen Schmerz.« – »Ich geb mir die größte Mühe, Papa«, sagte sie laut zu ihrem Spiegelbild.

»Bist du endlich soweit, Shelley?«, rief sie. »Du musst heute Morgen den Bus nehmen.«

Shelley kam ins Schlafzimmer gehüpft, ihr folgte Jesse auf den Fersen. »Mami, du sieht aber hübsch aus!«

»Danke schön, Schätzchen.«

»Hat Sergeant DeSoto dich gestern Abend gefragt, ob du mit ihm ausgehen willst?«

Nicole sah sie überrascht an. »Woher weißt du, dass er da war?«

»Wir leben doch nicht in einem Palast, Mami. Ich hab Stimmen gehört und einen Blick durch den Türspalt riskiert.«

»Wer's glaubt. Wie wäre es stattdessen mit folgendem Ablauf? Du hast *NYPD Blue* geguckt und dich vergewissert, dass ich zu beschäftigt bin, um dich dabei zu erwischen.«

»Mami, ich hab wirklich Stimmen gehört!« Dann grinste Shelley schuldbewusst. »Aber das war während der Werbepause, als ich die Kopfhörer abgenommen hatte. Das war eine richtig gute Folge. Die hätte dir auch gefallen.«

Nicole schüttelte den Kopf, konnte aber nicht verhindern, dass ihr rechter Mundwinkel vor Belustigung zuckte. »Du bist unverbesserlich.«

»Also«, hakte Shelley nach, während Nicole ihre Armbanduhr anzog. »Hat er dich gefragt?«

»Nein.«

»Nein!«, schrie Shelley und ließ sich aufs Bett fallen. Jesse sprang ihr sofort hinterher. »Warum denn nicht?«

»Hast du heute Morgen die Fische gefüttert?«

»Klar, aber du hast meine Frage nicht beantwortet. Warum hat Sergeant DeSoto dich nicht gefragt, ob du mit ihm ausgehen willst?«

»Shelley, selbst wenn er sich für mich interessieren würde: Ich bin verheiratet.«

»Papa hat sich davon doch auch nicht abhalten lassen.«

Nicole blieb einen Augenblick stumm. »Nein, stimmt, das hat er nicht!« Sie blickte auf ihren goldenen Ehering herab. Dann zog sie ihn kurz entschlossen aus und ließ ihn in ihre Schmuckschatulle fallen.

»Papa trägt seinen auch nicht mehr«, sagte Shelley leise. »Heißt das, dass ihr euch nicht mehr leiden könnt?«

Nicole sah sie ernst an. »Nein. Dein Vater und ich waren lange Zeit sehr glücklich miteinander und wir werden uns deinetwegen immer nahe stehen. Wir sind nur nicht mehr richtig verheiratet, außer vor dem Gesetz und daran wird sich bald etwas ändern.«

Sie rechnete mit Tränen, einer kummervollen Miene, der Bitte, dass sie und Roger wieder zusammenfinden sollten. Aber Shelley sagte nur: »Okay. Aber was ist mit Sergeant DeSoto?«

Nicole rollte mit den Augen. »Meine Tochter, die Kupplerin. Wie gesagt, er hat mich nicht gefragt.«

»Warum war er denn sonst hier?«

»Er war wegen unserem Eindringling da.«

»Hab ich dir nicht gesagt, dass er uns das mit dem Werwolf glauben wird!«

»Er glaubt nicht, dass es ein Werwolf war. Er glaubt, dass wir es mit einem Eindringling zu tun haben, der sich als Wolf verkleidet.«

»Werden wir jetzt rund um die Uhr überwacht, um den Kerl zu fangen?«, wollte Shelley aufgeregt wissen. »Natürlich wird er, selbst wenn sie ihn auf frischer Tat ertappen, einen Anwalt verlangen und kein Wort sagen.«

Nicole fuhr sich mit der Hand über die Stirn und brach dann in Gelächter aus. »Shelley, wir müssen was unternehmen, damit du weniger fernsiehst. Du hörst dich gar nicht mehr wie ein neunjähriges Mädchen an. Eher wie eine Beamtin der Mordkommission.«

»Ich glaube, das will ich später mal werden.«

»Ich dachte, du wolltest Filmstar werden.«

Shelley runzelte einen Augenblick die Stirn. »Vielleicht werde ich ein Filmstar, der eine Beamtin von der Mordkommission spielt!«

»Mir wäre es lieber, wenn du Lehrerin wirst.«

»Ach, Mami,« sagte Shelley in weinerlichem Tonfall, von dem

Nicole befürchtete, dass sie ihn noch häufig zu hören bekommen würde, sobald bei Shelley die Pubertät einsetzte. Dann heiterte sich die Miene der Kleinen auf. Sie eilte zu der weißen Rosenknospe, die Nicole in einer schmalen Vase auf ihre Kommode gestellt hatte. »Mami, wie hübsch!«

»Ja, sehr hübsch.«

»Ist die von Sergeant DeSoto?«

»Schatz, es wird Zeit, dass wir gehen.«

»Du hast meine …«

»Nein, sie ist nicht von Ray.«

»Ray?«

»Sergeant DeSoto.«

»Von wem ist sie dann?«

Nicole rückte ihren rechten Ohrring gerade und steckte ein Päckchen Papiertaschentücher in ihre Handtasche. »Ich weiß es nicht.«

Shelley studierte erst die Rose, dann das Gesicht ihrer Mutter. »Ich glaube, du weißt es sehr wohl, willst es mir aber nicht sagen«, konstatierte sie verschmitzt.

Nicole antwortete nicht, denn das Kind hatte wieder einmal völlig Recht.

## 3

Nicoles Büro auf dem Universitätsgelände kam ihr fremd vor, als hätte sie den Raum Monate lang nicht betreten. Als sie die Tür aufschloss, entdeckte sie auf dem Boden eine lustige Karte von Miguel. Wie aufmerksam von ihm, dachte sie, als sie gemahlenen Kaffee in die Maschine füllte. Bis zu ihrem ersten Seminar war es noch fünfundvierzig Minuten hin, darum setzte sie sich, während der Kaffee durchlief, an ihren Schreibtisch und begann, die Post zu sortieren, die sich während der vergangenen Woche angesammelt hatte.

Fünf Minuten später klingelte das Telefon. »He, Frau Lehrerin, wie geht es Ihnen?«, drang eine fröhliche Stimme an ihr Ohr.

»Carmen, wie schön, von dir zu hören. Was gibt's?«

»Ich möchte dich einladen: Möchtest du heute Abend zum Essen ausgehen?«

»Bei dir zu Hause?«

»Nein, ich sagte ›aus‹. Für mich ist das nicht ›aus‹. Lass uns in irgendein nettes Lokal am River Walk gehen.«

Nicole lächelte. Die fürsorgliche Carmen wusste, dass der erste Tag an der Universität sehr anstrengend werden würde und dass sie den River Walk liebte. »Klingt gut. Aber wolltest du Shelley und Jill mitnehmen? Wenn ja, dürfen wir jede nur einen Drink nehmen. Außerdem müssen wir darauf achten, was wir sagen, und uns wie Erwachsene benehmen.«

»Aber wir wollen selbst unseren Spaß haben und darum nehmen wir die Mädchen natürlich nicht mit. Ich dachte, Shelley könnte bei Jill übernachten. Sie hätte doch nichts dagegen, oder?«

»Sie wird begeistert sein! Jill ist nur noch zwei Monate davon entfernt, ein echter Teenager zu werden.«

»Warum lieferst du sie dann nicht gegen sechs bei uns ab? Bobby wird den Babysitter spielen. Er hat sich sogar bereit erklärt, die beiden morgen zur Schule zu fahren.«

»Aber zu Shelleys Schule ist es für ihn doch ein Riesenumweg.«

»Er behauptet, es macht ihm nichts aus. Dann kannst du mich im Laden abholen.«

»Abgemacht.«

»Na, Sie scheinen sich ja mühelos von tragischen Ereignissen zu erholen.«

Nicole legte auf, als sie Avis Simon-Smith auf der Schwelle stehen sah. »Hallo, Avis. Was meine Erholung angeht: Sie geht nicht ganz so mühelos voran, wie es aussieht, aber ich mache Fortschritte.«

»Und Sie treffen schon wieder Verabredungen«, sagte Avis geziert.

»Nur mit der Frau, die seit fast dreißig Jahren meine beste Freundin ist.« Avis sah sie unentwegt an und schmunzelte unerträglich. Nicole hatte noch nie jemanden erlebt, der sie so nervös machte, aber sie bemühte sich immer, freundlich zu der Frau zu sein, die zum lebenden Inventar der Fakultät zu gehören schien. »Vielen Dank, dass Sie in meiner Abwesenheit mein Seminar übernommen haben.«

»So bin ich nun mal: das Arbeitstier der Fakultät.«

»Es tut mir Leid, dass Sie so überarbeitet sind«, erwiderte Nicole sanftmütig. »Möchten Sie vielleicht eine Tasse Kaffee?«

»Ist das alles, was ich für meine anstrengende Woche bekomme?«

Nicole blickte ihr in das lange, unattraktive Gesicht. »Ich hatte vor, Ihnen Blumen zu schicken …«

»Blumen!«, kreischte Avis. Es hörte sich an, als hätte Nicole »Schlangen« gesagt. »O Gott, wollen Sie, dass die Leute uns für Lesbierinnen halten?«

Nicole starrte sie mit offenem Mund an. Dann brach Avis in brüllendes Gelächter aus. »Sie brauchen nicht gleich Stielaugen zu machen. Das war ein Witz. Himmel noch mal, niemand würde auf die Idee kommen, Sie für eine Lesbierin zu halten, bei der Aufmerksamkeit, die Sie den jungen männlichen Studenten widmen.«

»Wie bitte?«, brachte Nicole heraus.

»Ach, Schwamm drüber. Kein Humor. Das ist es, was den meisten Leuten hier im Fachbereich fehlt.«

Zwei dieser humorlosen Leute kamen vorbei und warfen Avis einen Blick zu, aber keiner von beiden blieb stehen. Ich kann es euch nicht verübeln, dachte Nicole. Ich würde mich da auch nicht einmischen wollen.

»Ja«, sagte Avis unvermittelt.

»Was?«

Avis seufzte. »Sie hatten doch gefragt, ob ich Kaffee möchte. Ja.«

»Schön. Nehmen Sie Sahne oder Zucker?«

»Beides. Es ist mir immer leicht gefallen, meine mädchenhafte Figur zu behalten.«

»Was für ein Glück für Sie.«

»Glück? Glauben Sie, es gefällt mir, mein Leben lang auszusehen, als wäre ich anorexisch?«

»Sie sehen nicht aus, als wären Sie anorexisch«, widersprach Nicole. Sie rührte Milchpulver in die Tasse und wünschte sich sehnlich, dass die Frau endlich ging.

»Ein netter Versuch. Das muss der Grund sein, warum die Leute im Fachbereich Sie so gern haben. Sie versuchen immer, liebenswürdig zu sein. Ein richtiger Sonnenstrahl.«

Nicole reichte Avis eine Tasse und nahm hinter ihrem Schreibtisch Platz. »Meine Mutter wäre bestimmt anderer Meinung als Sie.«

»Ich denke, Sie werden Ihren Charme für Ihre Karriere reservieren.« Avis nahm einen Schluck Kaffee und rümpfte die spitze Nase. »Zu schwach.«

Nicole war drauf und dran, sich zu entschuldigen, ließ es dann jedoch bleiben. Wäre der Kaffee nicht zu schwach gewesen, hätte Avis ihn zu stark oder zu süß gefunden. Sie hatte immer etwas auszusetzen.

»Wie gesagt«, fuhr Avis fort, ohne auf Nicoles Schweigen zu achten, »Sie sind der Liebling der Fakultät. Unsere schöne junge Prinzessin.«

»Avis, ich hoffe, Sie machen Witze«, sagte Nicole mit ruhiger Stimme. »Sonst müsste ich annehmen, dass Sie den Verstand verloren haben.«

»Oho!«, krähte Avis. »Da steigt ein wenig Gift an die Oberfläche.«

»Fanden Sie diese Bemerkung giftig? Ich dachte, ich mache Witze, genau wie Sie.«

Avis stellte ihre Tasse ab, sodass der Kaffee über Nicoles Schreibtisch schwappte. »Diesmal hab ich keine Witze gemacht.«

»Dann haben Sie irgendetwas in den falschen Hals gekriegt. Ich bin bestimmt nicht die Fakultätsprinzessin. Es ist lächerlich, dass Sie sich überhaupt zu so einer Äußerung hinreißen lassen.«

Avis stand abrupt auf. »Ich muss gehen. Ich weiß, Sie fangen heute mit Melville an. Ich habe beim Kapitel Hawthorne ausgezeichnete Arbeit geleistet. Ich hoffe, Sie richten bei dem über Melville kein Durcheinander an.«

»Ich werde versuchen, Ihr fabelhaftes Niveau aufrechtzuerhalten«, konterte Nicole trocken.

Einen Augenblick später, Nicole wischte gerade den Kaffee auf, den Avis verschüttet hatte, kam Nancy Silver herein. »Freut mich, dass Sie wieder da sind.«

»Danke.«

»Nicole, ich konnte nicht umhin, Avis zu hören.« Sie kam näher, sodass ihr dunkles Haar unter der Deckenlampe glänzte. »Es geht ihr nicht gut, wissen Sie?«

Nicole blickte auf und dachte an Kay. »Sie meinen, sie ist krank?«

»Nicht physisch. Aber sie hat in letzter Zeit viel einstecken müssen.«

»Erzählen Sie mir nichts«, sagte Nicole bitter. »Ich weiß, wie das ist.«

»Aber bei Ihnen ist das anders. Sie sind noch jung und schön und Sie haben ein Kind. Avis ist ganz allein. Kein Mann. Keine Kinder.

Sie hat davon geträumt, eine bedeutende Wissenschaftlerin zu werden, aber sie hat nach fünfundzwanzig Berufsjahren erst ein Buch veröffentlicht, was über zwanzig Jahre her ist und seither sind nur drei Fachartikel dazugekommen. Das Buch, an dem sie seit fünf Jahren arbeitet, ist immer wieder abgelehnt worden.«

»Das ist bedauerlich, aber ...«

»Ignorieren Sie sie einfach noch ein paar Monate«, unterbrach Nancy. »Nächstes Jahr nimmt sie ihren dringend nötigen Forschungsurlaub. Wir alle hoffen, dass sie sich wieder in den Griff bekommt und die liebenswerte, vernünftige Person wird, die sie einmal war.«

»Ja, wir wollen es hoffen«, sagte Nicole ohne Begeisterung. Eine innere Stimme sagte ihr, dass kein noch so langer Urlaub Avis' Abneigung gegen sie lindern würde, und nach allem, was sie in letzter Zeit durchgemacht hatte, schaffte sie es nicht, Sympathie für eine Frau zu empfinden, die einen Hass auf die Welt hatte, nur weil ihre Bücher nicht veröffentlicht worden waren. »Tut mir Leid, Nancy. Ich weiß, Sie meinen es gut, und Avis kann sich glücklich schätzen, Sie auf ihrer Seite zu haben, aber mir ist heute Morgen nicht danach, über sie zu sprechen. Wenn ich mich nicht beeile, komme ich zu spät zum Seminar.«

## 4

»Wohin gehst du mit Tante Carmen essen?«, fragte Shelley und schleppte ihr Übernachtungsgepäck in Nicoles Zimmer.

»Ich weiß noch nicht genau. Ich dachte, ich überlasse Carmen die Entscheidung.«

»Ich seh nicht ein, warum ich und Jill nicht mit dürfen.«

»Jill und ich.« Nicole zwängte sich in neue Jeans. »Ihr dürft nicht mit, weil wir ein Damenkränzchen veranstalten.«

Sie knöpfte ihre langärmelige beige Bluse zu und stieg in schwarze Lederstiefel.

»Jill und ich sind doch auch Damen.«

»Keine erwachsenen Damen.« Nicole befestigte große goldene Ringe an ihren Ohren.

»Mensch, Mami, du siehst aus wie ein Teenager!«

Nicole beugte sich herab und küsste Shelley auf die Stirn. »Du bist ein liebes, reizendes Kind, aber mehr Taschengeld kriegst du trotzdem nicht und heute Abend darfst du auch nicht mit.«

»Mist«, schmollte Shelley. »Aber du siehst wirklich jung aus. So jung wie Lisa. Und viel hübscher.«

Nicole nahm Shelley in den Arm. »Shel, kannst du nicht versuchen, Lisa ein bisschen gern zu haben?«

»Wie komm ich dazu?«

»Weil dein Papa sie vielleicht heiraten wird.«

Shelley stöhnte. »Das würde ich nicht aushalten.«

»Na klar kannst du das. Du musst ihr eine Chance geben.«

Shelley dachte darüber nach. »Okay. Ich werde höflich zu ihr sein, aber ich kann dir nicht versprechen, dass ich sie gern haben werde.«

»Ich nehme an, mehr kann ich nicht verlangen«, sagte Nicole und überlegte, dass es vermutlich mehr war, als sie selbst schaffen konnte.

Fünfundvierzig Minuten später lieferte Nicole Shelley und ihr Übernachtungsgepäck in dem kleinen Adobe-Haus der Familie Vega ab. Bobby kam ihnen an der Tür entgegen. Er begrüßte Nicole recht kühl, während Jill ihr warmherzig gegenübertrat. Er nahm Shelleys Tasche entgegen. »He, was ist denn da drin, Shelley? Wackersteine?«

»Nur das Allernötigste«, versicherte Shelley im schönsten Erwachsenentonfall. Nicole wusste, dass sie sich deshalb so kultiviert gab, weil sie Jill nacheiferte, die zwei Jahre älter war als sie und bereits blassrosa Lippenstift trug.

Raoul Vega, Bobbys Vater, erschien an der Tür. Er trug einen alten grauen Pullover und war sich offenbar gerade erst mit dem nassen Kamm durch das schüttere Haar gefahren. »Nicole!«, sagte er erfreut.

Überrascht, dass er sich an sie erinnerte, lächelte Nicole strahlend. »Mr. Vega, wie schön, Sie zu sehen.«

»Und Sie sind wie immer ein wahrer Traum. Ist sie nicht ein Traum, Bobby?«

»Ja«, antwortete Bobby mit tonloser Stimme.

»Ich hoffe, die Mädchen machen Ihnen heute Abend nicht allzu viel Mühe«, sagte sie.

Raoul warf ihr einen schelmischen Blick zu. »Mädchen? Mühe? Ha! Ich hab sechs davon großgezogen.«

»Drei«, korrigierte Bobby.

»Waren es wirklich nur drei? Mir kam es wie sechs vor.« Raoul und Nicole lachten. Dann schien Raouls runzliges Gesicht auf einmal zu verschwimmen und seine Augen verloren leicht ihren Focus. »Wie geht es deinem Freund?«

»Sie wollen sagen, meinem Mann?«

»Hast du ihn geheiratet? Den Ansehnlichen, für den ich das Kreuz hergestellt habe?« Er verschränkte die Hände und sah Bobby an. »Ein schönes Kreuz mit Türkisen und eingravierten Flügeln auf der Rückseite. Nicole hat gesagt, die Flügel wären ein Symbol für Inspiration.« Er sah wieder Nicole an. »Hat ihm das Geschenk gefallen?«

»Er war davon begeistert«, sagte Nicole. Ihre Stimme wurde belegt, als sie sich erinnerte, wie sie Paul an seinem neunundzwanzigsten Geburtstag das Kreuz überreicht hatte.

»Solch ein talentierter Mann«, fuhr Raoul fort. »Ein Genie. Der hatte Kunstverstand.«

»Ja, also, ich muss jetzt wirklich gehen.« Nicole wandte sich rasch ab, damit niemand die Tränen in ihren Augen sah. Sie dachte daran, wie Paul das Geschenk geöffnet hatte. Das war der Abend gewesen, an dem er um ihre Hand angehalten hatte.

Sie fuhr schneller als sonst, ließ sich von einer Heart-CD volldröhnen und sang so lange aus vollem Hals *»Crazy on You«*, bis die Erinnerung schließlich verblasste. Das ist so lange her, sagte sie sich immer wieder. Es berührt mich nicht mehr.

Aber natürlich berührte es sie doch. Jetzt und bis in alle Ewigkeit.

»Du bist eine Närrin«, übertönte sie mit lauter Stimme die Musik. »Entweder brichst du wegen einer alten romantischen Erinnerung an ihn in Tränen aus, oder du glaubst, dass er dir nachstellt, um sich zu rächen. Roger hätte seinen großen Tag, wenn er dich jetzt analysieren würde.«

Als sie die Innenstadt erreichte, hatte sie sich ein wenig beruhigt. Sie stellte den Wagen im Parkhaus der Nations Bank ab, ohne an all die gruseligen Filme zu denken, in denen Frauen in Parkhäusern überfallen wurden. Aber sorglos wollte sie auch nicht sein. Sie parkte im Erdgeschoss und bewaffnete sich mit Tränengas, das sie in die Jackentasche steckte, um leichter dranzukommen.

Als sie das Gebäude verlassen hatte, wandte sie sich in Richtung River Walk. Der *Paseo del Rio*, wie Clifton ihr beigebracht hatte, verlief am San-Antonio-Fluss entlang, ungefähr sieben Meter unter Straßenniveau. Die ganze Gegend war zwischen 1939 und 1941 bebaut worden. Dabei war eine Flussbiegung erhalten geblieben, die Geschäftsleute aus der Stadt in den zwanziger Jahren zubetonieren und zum Abwasserkanal erklären wollten. Doch die Klügeren unter ihnen hatten sich durchgesetzt, und die Gegend war in ein Wunderland verwandelt worden, das sich fast vier Kilometer weit durch das Herz von San Antonio wand und eine der Hauptattraktionen der Stadt geworden war.

Nicole eilte die Steinstufen hinab in eine ihrem Empfinden nach magische Welt. Sogleich besserte sich ihre Stimmung. Wie viele Stunden hatte sie hier als Teenager mit Carmen zugebracht! Sie waren durch die Geschäfte gestreift, hatten in den Straßencafés gesessen und waren durch die Kunsthandlungen gewandert. Die ganze Gegend sah an diesem Abend wie ein Märchenland aus, mit Tausenden winziger Lichter in den Bäumen, mit Musik, die aus den Cafés und Nachtclubs drang, mit Flussbooten, die Passanten zu vierzigminütigen Rundfahrten einluden, und Restaurantbooten, auf denen Abendessen bei Kerzenschein serviert wurde.

Ich komme mir wirklich wie ein Teenager vor, dachte Nicole und war froh, dass sie sich dementsprechend angezogen hatte. Sie war ein wenig schuldbewusst, dass ihr so bald nach dem Tod ihres Vaters derart leicht ums Herz sein konnte. Und es beruhigte sie nicht, dass sie sich sagen konnte: »Er hätte es nicht anders gewollt.« Das Gleiche galt für das populäre, ihr so verhasste Klischee »Das Leben geht weiter«. Sie wollte nur einen Abend lang ihren Schock und ihr Entsetzen über den Tod ihres Vaters abschütteln, ihren Groll auf Roger und ihre plötzliche Angst vor Paul. An diesem Abend wollte sie sich jung und unbeschwert fühlen.

Unterwegs zum Geschäft der Vegas kamen ihr Scharen von Menschen entgegen. Das Schild mit der Aufschrift GESCHLOSSEN hing aus, aber es brannte noch Licht, und sie konnte Carmen im Innern umhergehen sehen. Sie eilte zur Tür und ließ Nicole ein. »Du bist zehn Minuten zu spät dran!«, schimpfte sie mit ihrer leicht heiseren Stimme.

»Tut mir Leid. Es war viel Verkehr.«

Carmens dunkle Augen musterten sie. »Ich wäre zu jeder Schandtat bereit, wenn ich dafür in solche Jeans passen würde.«

»Ich hatte in letzter Zeit keinen großen Appetit, sonst wäre es mir auch nicht gelungen.« Nicole grinste. »Und erst recht weiß ich nicht, wie ich sie wieder ausziehen soll, ohne Shelley um Hilfe bitten zu müssen. Vielleicht muss ich am Ende drin schlafen.«

»Also, ich esse genug für uns beide. Selbst Bobby fängt an, sich zu beschweren«, sagte Carmen und tätschelte eine ihrer breiten Hüften unter der weiten braunen Hose. »Des Guten zu viel, sagt er.«

»Ich hab ihn eben erst gesehen«, gab Nicole scharfzüngig zurück. »Es will mir scheinen, als könntest du das Kompliment umdrehen.«

Carmen sah sie regelrecht beunruhigt an. »Ich käme nie auf die Idee, Bobbys Aussehen zu kritisieren. Du weißt doch, wie empfindlich er in dieser Hinsicht ist.«

»Nein, das wusste ich nicht, finde aber trotzdem, dass du das Recht hast, es ihm mit gleicher Münze heimzuzahlen. Wieso darf er Kommentare über dein Gewicht abgeben, aber du darfst ihn nicht wissen lassen, dass er selbst ein paar Pfunde zugelegt hat?«

»Bobby sieht sich immer noch so wie mit zwanzig Jahren.«

»Und da heißt es, Frauen seien eitel! Manchmal finde ich, dass du zu nett zu ihm bist, Carmen. Na, egal, ich bin kurz vorm Verhungern. Wohin willst du essen gehen?«

»Wie wär's mit Tequila Charlie? Ich könnte einen von diesen halbgefrorenen Margaritas vertragen und ich meine, dass der eine oder andere davon auch deine Stimmung verbessern dürfte. Der erste Schultag ist wohl nicht ganz glatt verlaufen?«

»Mit Ausnahme eines Besuchs von Avis Simon-Smith war alles bestens.«

»Ist das die Verrückte, die dir immer so zusetzt?«

»Ja, und sie war heute in seltener Hochform. Es heißt, dass sie nächstes Jahr Forschungsurlaub nehmen wird, aber ich wette, dass sie es nicht mehr bis dahin schafft. Sie steht, glaube ich, am Rand eines Nervenzusammenbruchs.« Nicole lächelte. »Keine Sorge, ich bin weder niedergeschlagen noch griesgrämig. Im Gegenteil: Ich bin ganz wild drauf, mich zu amüsieren.«

Carmen strahlte. »Prima! Lass mich nur eben nachsehen, ob die Hintertür abgeschlossen ist, und meine Jacke holen. Bin gleich wieder da.«

Als Carmen hinten im Laden verschwunden war, wanderte Nicole umher. Die Schaukästen zeigten eine Sammlung reizvoller Schmuckstücke aus Silber mit Türkisen. Es war nicht nötig gewesen, dass Raoul sie an jenen Tag vor langer Zeit erinnerte, als sie hereingekommen war und ihn gebeten hatte, ein besonders schönes Stück anzufertigen, ein silbernes, mit Türkisen besetztes Kreuz mit eingravierten Flügeln auf der Rückseite, die ihm zusätzliche Bedeutung verliehen. Wie glücklich war sie damals gewesen. Sie schloss die Augen und ging weiter.

Auf den Regalen standen Tontöpfe, wertvolle indianische Korbwaren mit dem Wappen der spanischen Königsfamilie und Objekte aus Obsidian, weißer Jade und Türkisen. An der Wand hingen einige Bilder und daneben Webteppiche mit Mustern aus dem amerikanischen Südwesten. Alles war sehr schön. Und kostspielig. Vega war immer einer der elegantesten Läden am River Walk gewesen. Carmen hatte erzählt, dass Bobby gern das Geschäft angekurbelt hätte, indem er Billigware ins Sortiment aufnahm, dass aber sie und sein Vater protestiert hätten. Auch Nicole hätte es nicht gern gesehen, wenn die Qualität von Vegas Waren gesunken wäre, aber sie verstand Bobbys Geldsorgen.

»Einen Augenblick«, rief Carmen. »Ich kann wie üblich meine Tasche nicht finden.«

»Ich halte durch, obwohl mir der Magen knurrt.«

Nicole ging weiter durch den Laden. Plötzlich blieb sie stehen. An der Wand hingen drei Masken – ein Adler, ein Bär und ein Wolf. Sie trat näher an die Wolfsmaske heran, obwohl es nicht nötig gewesen wäre, sie sich genauer anzusehen. Sie hätte sie überall wiedererkannt.

»Nun bin ich endlich soweit«, sagte Carmen atemlos und kam in den Ausstellungsraum zurückgeeilt. »Was ist los?«

»Diese Masken.«

»Sind sie nicht schön? Sie sind nach echten indianischen Stammesmasken modelliert. Diese Masken wurden vor die Hütten gehängt, um zu zeigen, welchem Stamm die Bewohner angehörten, und die Kinder aus einer Ehe wurden augenblicklich Mitglieder im Stamm der Mutter, nicht des Vaters. Interessant, nicht?«

»Ja«, antwortete Nicole geistesabwesend. »Verkauft ihr viele davon?«

»Leider nicht. Sie sind ziemlich teuer. Sag bloß – du willst eine davon für deine Mutter kaufen!«

»Genau ihr Stil. Sind das die einzigen drei, die ihr habt?«

»Ich glaube nicht, aber ich müsste die Bestandsliste durchgehen. Ein Freund von Bobby stellt sie her.«

»Ein Freund von Bobby«, wiederholte Nicole langsam. »Dann verkauft er sie bestimmt zu einem sehr niedrigen Preis an Bobby.«

»Auf jeden Fall niedriger als der Preis, zu dem wir sie verkaufen«, grinste Carmen. »Versuchst du etwa, sie zum Großhandelspreis zu kriegen?«

»Du weißt, dass ich so was nie tun würde, aber ich interessiere mich dafür, wer in letzter Zeit eine gekauft hat. Den Wolf zum Beispiel.«

Carmen runzelte die Stirn. »Kannst du mir vielleicht sagen, was das alles soll?« Dann änderte sich ihre Miene. »Dein Werwolf! Der Eindringling, von dem du mir erzählt hast!« Sie brach in Gelächter aus. »Ach, Nicole, du glaubst doch wohl nicht, dass jemand eine dieser Masken aufgesetzt hat, um dir einen Schreck einzujagen?«

»Wieso nicht?«

»Wegen der Kosten! Wenn jemand dich bloß erschrecken wollte, würde er eine Kunststoffmaske kaufen, nicht eine von diesen. Die kosten um die zweihundert Dollar und sind mehrere Pfund schwer!«

»Wie lange führt ihr sie schon?«

»Erst seit ungefähr einem Jahr. Also, Nicole, wirklich ...«

»Ich weiß, der Gedanke ist weit hergeholt, aber könntest du mir den Gefallen tun und nachschauen, wer eine Wolfsmaske gekauft hat?«

Carmen schüttelte den Kopf. »So unsinnig ich es finde, ich würde es dir zuliebe tun, aber wir schreiben die Namen nur auf, wenn der Betreffende Schmuckstücke zum Anpassen oder Gravieren zurücklässt. Schließlich geben wir auf Tontöpfe und Ölgemälde keine Garantie. Aber wenn es dich glücklich macht, will ich Bobby morgen nach den Masken fragen. Er ist derjenige, der sie anfertigen lässt. Er liebt sie, und ich garantiere dir: Er wird sich erinnern, wie viele wir verkauft haben, und vermutlich auch, an wen.«

Nicole lächelte. »Danke, Carmen, ich weiß, ich bin albern, aber die Maske sieht so ähnlich aus ...«

»Ich verstehe, aber ich denke, deine Phantasie geht mit dir durch.

Du hast diesen Typen doch nur im Dunkeln gesehen. Du hast dir die Maske, die er trägt, nie richtig anschauen können.«

O doch, dachte Nicole nachdrücklich. Sie schaffte es nicht, die Augen von der Maske abzuwenden, die sie so deutlich durch ihr eigenes Schlafzimmerfenster und das von Shelley gesehen hatte.

# Zehn

## 1

Bei Tequila Charlie ging es hoch her, und sie nahmen an einem kleinen Tisch auf der Terrasse Platz. Die Temperatur war auf etwa achtzehn Grad gesunken und es wehte eine leichte Brise. Winzige weiße Lichter zierten die Eichen, Myrten, Zypressen und Weidenbäume am Flussufer und spiegelten sich unzählige Male im Wasser. Nicole hatte sich seit fast zwei Wochen nicht mehr so entspannt gefühlt.

Sie und Carmen bestellten das Steak-und-Krabben-Menü und halbgefrorene Margaritas. »Möchten Sie Chips und Salsa zu Ihren Drinks?«, fragte die hübsche Kellnerin.

»Ja bitte«, sagte Nicole. »Sonst falle ich vor Hunger noch in Ohnmacht.« Als die Drinks kamen, nahm Nicole einen tiefen, erfrischenden Schluck und leckte dann das Salz von ihren Lippen. »Köstlich.«

»Und lass mich raten – du bist nicht dazu gekommen, eine Margarita zu trinken, seit du nach San Antonio zurückgekehrt bist.«

»Du weißt doch, wie sehr Roger die Restaurants am River Walk hasst. Nur Shelley schafft es, ihn hierher zu schleppen. Wie ich höre, war er neulich ganz beglückt über sein Essen bei Planet Hollywood.«

»Er ist verrückt nach Shelley.« Carmen hielt inne, nahm einen Schluck von ihrem Drink, griff zum vierten Mal in die Chips-Schüssel und fragte dann unvermittelt: »Was hat er dir gesagt, warum er nach San Antonio ziehen will?«

»Er hat gesagt, es wäre nett, wenn Shelley in der Nähe ihrer Großeltern mütterlicherseits aufwachsen könnte, die sie kaum kannte. Aber als wir dann hier waren, schien er sich über jede Minute zu ärgern, die sie mit ihrem Großvater verbracht hat. Roger hat auch gesagt, dass es großartig wäre, wenn wir an derselben Hochschule lehrten. Und es wäre so praktisch, weil wir ein Haus in der Nähe des Universitätsgeländes suchen könnten und nur ein Auto bräuchten. Außerdem gab es freie Stellen für uns beide und so was kommt selten vor.«

»Hast du ihm gesagt, dass du keine Lust hattest, hierher zurückzukehren?«

»Hundertmal. Aber er hat gesagt, ich solle mich mit meinen Erinnerungen auseinander setzen – es würde mir gut tun.«

»Und du hast ihm zugestimmt?«

»In Bezug auf die Erinnerungen? Nein. Aber alles andere klang vernünftig. Außerdem hat er es sich so sehr gewünscht.«

Carmen lächelte ein wenig schief. »Und du beschuldigst mich, ich würde mir zu große Mühe geben, es Bobby recht zu machen.«

»Zweierlei Maß, wie?«

»Ich finde schon.« Carmen nahm wieder einen Schluck von ihrer Margarita und sah Nicole an. »Der Alkohol hat mir wohl die Zunge gelöst. Bobby hat gesagt, ich soll deswegen den Mund halten, aber ich schaff es nicht mehr. Jedes Mal, wenn ich mit dir zusammen bin, fühle ich mich schuldig.«

Nicoles Lächeln erstarb und ihr Magen zog sich zusammen. »Das klingt unheilvoll. Worum geht's?«

»Bobby kennt Lisa Mervins Familie.«

»Sie stammt aus San Antonio?«

»Ja. Letztes Jahr hat sie in Ohio studiert, weil ihre Eltern versucht haben, sie und einen unangenehmen Typen hier aus der Gegend auseinanderzubringen. Leider hat sie in Ohio Roger kennen gelernt. Ihre Familie hat von der Affäre Wind bekommen und verlangt, dass sie nach Hause kommt.«

Nicole riss die Augen auf. »Roger war also schon letztes Jahr mit Lisa zusammen?«

»Ich fürchte, ja.«

»Also, dieser ...« Nicole brach ab und stürzte ihren Drink herunter. »Roger ist also ihretwegen hierhergezogen. Dieser Mistkerl hat seine Familie durch das halbe Land gezerrt, um Lisa Mervin zu folgen!«

»Ja«, bestätigte Carmen kläglich.

Nicoles Augen blitzten. »Carmen, warum um Himmels willen hast du mir nichts davon gesagt, bevor wir umgezogen sind?«

Carmen wirkte gekränkt. »Meinst du, ich hätte es nicht getan, wenn ich damals schon Bescheid gewusst hätte? Die Mervins sind Bobbys Freunde, nicht meine. Ich hatte bis vor kurzem keine Ahnung von Lisa oder von ihrer Affäre mit Roger.«

»Nein, natürlich nicht«, sagte Nicole und beruhigte sich wieder. »Du hättest nicht zugelassen, dass Roger sich so etwas leistet, wenn du es hättest verhindern können.« Sie trommelte mit den Fingerspitzen auf die Tischplatte. »Und wie steht es mit Lisas Verwandtschaft? Wie geht die mit der Sache um?«

»Die haben seit Jahren solche Schwierigkeiten mit ihr, dass sie sich endgültig von ihr losgesagt haben. Sie ist jetzt Rogers Problem.«

»Du meinst, er unterstützt sie finanziell?«

»Er hält sie aus.«

»Und ich soll plötzlich von einem Einkommen statt von zweien leben.«

»Soll das heißen, er hat dir nicht viel dazugegeben, um die Fixkosten zu decken?«

»Ein paar hundert Dollar.«

Carmen blickte empört drein. »Ist das alles?«

»Ja. Ich habe vor, das alles beim Scheidungstermin nächsten Monat zu regeln.«

»Aber wie steht es mit dem Testament deines Vaters?«

»Das ist entstanden, bevor Roger uns im Stich gelassen hat. Er hat alles meiner Mutter hinterlassen und für Shelley einen Treuhandfonds eingerichtet. Sie bekommt das Geld, wenn sie achtzehn ist.«

»Kannst du dir bei deiner Mutter etwas leihen?«

»Klar. Aber damit wären zu viele Bedingungen verbunden, Carmen. Sie würde verlangen, dass Shelley und ich bei ihr einziehen, und dann würde sie versuchen, über unser Leben zu bestimmen. Sie meint es gut, aber du weißt, wie Mama ist.« Nicole schauderte. »Shelley und ich wären wie zwei Vögel im goldenen Käfig.«

»Könntest du ihr gegenüber nicht mal ein Machtwort sprechen?«

»Ich weiß nicht. Vielleicht muss ich es versuchen. Wir haben unser Haus in Ohio nur mit Verlust verkaufen können, weil wir so überstürzt umziehen mussten, und unsere Ersparnisse, die Roger verwaltet hat, sind zusammengeschmolzen.« Nicole seufzte. »Carmen, wie lange weißt du schon, dass Roger wegen Lisa hierher gekommen ist?«

»Erst seit Weihnachten, als Roger verkündet hat, dass er dich verlässt. Ich hab dir damals nichts davon erzählt, weil ich es wie gesagt Bobby versprochen hatte. Außerdem hab ich gehofft, dass Roger, sobald er ausgezogen ist, seinen Fehler einsieht. Ich dachte, dass du eher bereit bist, ihn wieder aufzunehmen, wenn du nicht weißt, dass er euch im Gefolge dieser kleinen Schlampe nach Texas gebracht hat.«

»Also …« Nicole war sprachlos vor Staunen über das Ausmaß von Rogers Falschheit, über die Mühe und Planung, die er in sein Täuschungsmanöver gesteckt haben musste. »Also …«

»Tut mir Leid.« Carmen schob sich nervös das glänzende Haar hinter die Ohren. »Wir wollten uns einen Abend lang amüsieren und ich komme dir mit so was. Bobby meint immer, ich bin zu gefühlsbetont.«

»Bobby ist offenbar groß darin, dir deine vermeintlichen Schwächen vorzuhalten«, fauchte Nicole.

»Nicole, lass deine Wut über Roger nicht an Bobby aus.«

»Warum nicht? Es mag ja sein, dass du nicht wusstest, was sich in Sachen Lisa Mervin abspielt, aber Bobby wusste es. Er kann mich nicht besonders leiden, aber ich kenne ihn seit fast zwanzig Jahren, und er hätte als dein Mann so anständig sein müssen, mich vor dem teuren Umzug wissen zu lassen, was vorgeht, und ehe ich in diese Lage gebracht werden konnte.«

»Er hat nur gemeint, dass es ihm nicht zusteht, sich in anderer Leute Ehe einzumischen«, rechtfertigte sich Carmen unglücklich.

Nicole sah sie an. Sie glaubte diese Entschuldigung nicht. Sie spürte seit langem Bobbys Abneigung, und für sie bedeutete sein Schweigen nicht, dass er sich nicht einmischen wollte. Er hatte bewusst zugelassen, dass etwas passierte, von dem er wusste, dass es sie zutiefst verletzen würde. Aber Carmen glaubte an ihren Mann und sie sah so betrübt aus, dass Nicole ihrer Verärgerung nicht weiter Luft machen wollte. Die Frau betete Bobby an, Gott weiß warum.

»Nun sieh doch nicht so erschüttert aus, Carmen«, sagte sie nachsichtig. »Es ist doch nicht deine Schuld. Und ich verstehe Bobbys Verschwiegenheit in dieser Sache.« Allerdings, dachte sie. Wahrscheinlich ist die ganze Sache für ihn ein Riesenspaß auf meine Kosten gewesen. »Ich verstehe nur nicht, warum Roger unbedingt mit mir nach San Antonio ziehen wollte, wenn er so in diese Frau verliebt war, dass er mich ohnehin verlassen wollte. Es wäre wesentlich einfacher und billiger gewesen, mich einfach in Ohio zurückzulassen.«

Carmen atmete tief ein. »Ich glaube, es war Shelley, die er hier haben wollte, Nicole, nicht du«, sagte sie zögernd. »Er konnte dich nicht im Stich lassen und Lisa hinterherreisen, weil Shelley bei dir geblieben wäre. Er konnte es nicht ertragen, von Lisa oder Shelley getrennt zu sein.«

Nicole schlug sich an die Stirn. »Ja, natürlich! Wie konnte ich so dumm sein? Weil er soviel trinkt, benimmt er sich unverantwortlich, wenn sie in seiner Obhut ist, aber er will sie dennoch so oft wie möglich um sich haben. Er kämpft darum wie ein Tiger. Es würde mich nicht überraschen, wenn er das Sorgerecht beantragen würde, obwohl er weiß, dass er damit unmöglich durchkommt.«

»Nichts, was Roger Chandler tut, kann mich noch überraschen. Sei bloß auf der Hut. Ich trau dem Mann nicht.«

Nicole runzelte die Stirn. »Gibt es da noch was, das du mir nicht erzählt hast?«

»Nein, aber ich habe erlebt, wie er dich behandelt hat. Bobby würde mir so etwas nie antun.«

Carmens Gesicht leuchtete bei der bloßen Erwähnung seines Namens auf, und Nicole verspürte einen Anflug von Traurigkeit. Sie hatte nie gewusst, was Carmen in Bobby Vega sah, selbst damals nicht, als er bei den *Zanti Misfits* gespielt hatte.

»Du liebst Bobby wirklich, nicht wahr?«

»Oh ja, Nicole«, sagte Carmen mit Nachdruck. »Und ich hab ihn beinahe an diese verfluchte Band verloren. Gott, wie habe ich Magaro und Zand gehasst! Sie haben versucht, ihn mir wegzunehmen, mit ihren Drogen und ihren Groupies.« Sie begegnete Nicoles Blick. »Ach, verzeih mir! Wie komme ich dazu, in deiner Gegenwart von den beiden anzufangen?«

»Warum nicht?«, fragte Nicole ruhig. »Ich hab sie auch gehasst.«

»Aber ich wollte dich doch heute Abend aufheitern und stattdessen schneide ich jedes schmerzliche Thema in deinem Leben an.« Sie blickte in ihr Margarita-Glas. »Was meinst du, was da drin ist?«

»Natriumthiopental, die Wahrheitsdroge«, sagte Nicole tiefernst. »Ich kann es kaum abwarten, was für Geheimnisse du noch auszuplaudern hast. Als nächstes werde ich dich behutsam über dein Sexualleben ausfragen, und zwar in allen Einzelheiten.«

Carmen hielt sich die Augen zu und lachte. »Gütiger Himmel, ich muss heute Abend nicht bei Verstand sein.«

»Ich glaube, du amüsierst dich nur blendend.« Nicole wollte Carmen nicht merken lassen, dass einige ihrer Äußerungen sie tief getroffen hatten. »Und darum sind wir schließlich hier.«

Die Kellnerin blieb an ihrem Tisch stehen, und sie bestellten neue Drinks. »Noch Chips gefällig?«, fragte die Kellnerin.

Nicole sah verblüfft das leere Körbchen an und stellte fest, dass sie nicht ein Stück gegessen hatte. »Ja bitte«, sagte sie.

»Kommt sofort.« Die Kellnerin lächelte und versicherte ihnen, dass sie bald ihr Abendessen serviert bekommen würden.

»Bis dahin sind wir zu besoffen, um es zu genießen«, sagte Carmen. »Tut mir Leid, dass ich die ganzen Chips gegessen habe. Schließlich hast du einen Riesenhunger.«

»Zur Hölle mit den Chips. Hier gibt's was viel Interessanteres als Chips und Salsa, um diesem Abend Würze zu verleihen, während wir auf unser Essen warten«, sagte Nicole und beugte sich mit Verschwörermiene über den Tisch. »Schau jetzt nicht hin, aber drei Tische weiter sitzt Lisa Mervin mit einem Mädchen und zwei jungen Männern.« Carmens Kopf fuhr nach rechts herum. »Ich sagte doch: Schau jetzt nicht hin!«, zischte Nicole.

»Ach, entschuldige, die kennt mich doch nicht.«

»Mich kennt sie schon.«

»Aber sie nimmt überhaupt keine Notiz von dir. Gott, dieser Typ, mit dem sie sich unterhält, sieht vielleicht gut aus.«

Nicole wandte sich beiläufig um und riss sogleich die Augen auf. Miguel Perez hatte mit gesenktem Kopf dagesessen, als sie das erste Mal hingeschaut hatte, aber nun konnte sie ihn deutlich erkennen. Er lachte über etwas, das Lisa gesagt hatte. Miguel und Lisa? Sie war bass erstaunt. Und von Miguel enttäuscht war sie auch.

»Ich dachte, er hätte einen besseren Geschmack«, murmelte sie.

»Wer?«

»Carmen, das ist Miguel, mein Student.«

»Ach ja.« Sie musterte Nicole scharf. »Interessiert er dich?«

»Mich?« Nicole war ernsthaft schockiert. »Carmen, er ist mein Student!«

»Was hat die Tatsache, dass er dein Student ist, mit dem anderen zu tun?«

»Ich bin nicht Roger«, entgegnete Nicole steif.

»Und Miguel ist nicht Lisa. Du bist vierunddreißig. Und er ist wie alt? Achtundzwanzig, neunundzwanzig?«

»Ich hab nicht die leiseste Ahnung.«

»Du hast sehr wohl eine Ahnung. Er ist nicht viel jünger als du und er ist furchtbar sexy. Außerdem hat er dich gern.«

»Offenbar nicht so gern wie Lisa.«

Carmen grinste, als die neuen Drinks serviert wurden. »Du bist ja eifersüchtig!«

»Bin ich nicht! Aber ich kann Miguel gut leiden – er ist klug und charmant und begabt. Du kannst dir meine Gefühle für Lisa vorstellen. Deshalb ist es mir unangenehm, ihn in ihrer Gesellschaft zu sehen. Er hat auf jeden Fall was Besseres verdient.« Sie hielt inne und fuhr dann mit einem verschlagenen Lächeln fort: »Aber es würde Roger recht geschehen, wenn Lisa wegen eines so jungen Mannes Schluss mit ihm machen würde.«

Carmen und Nicole brachen in wildes Gekicher aus. »Die Margaritas sind Ihnen wohl in den Kopf gestiegen?«, fragte die Kellnerin, als sie das Essen brachte.

»Offensichtlich«, schaffte Nicole zu sagen. »Das sieht ja absolut köstlich aus.«

»Wenn Sie sonst noch was brauchen, sagen Sie Bescheid«, empfahl sich die Kellnerin freundlich.

Während der nächsten fünfzehn Minuten genossen Nicole und Carmen ihr Essen. Sie unterhielten sich über Shelley und Jill, und Nicole berichtete von Avis' groteskem Besuch morgens in ihrem Büro, den sie inzwischen reichlich komisch fand. Dann erzählte sie Carmen, ohne den seltsamen Anruf zu erwähnen, von dem Schaden an Rogers Auto und davon, dass er ihr die Schuld gab.

»Du kannst froh sein, wenn du ihn los bist«, sagte Carmen.

»Ja, aber Shelley nicht.« Nicole blickte besorgt drein. »Er ist ihr Vater, Carmen. Sie ist erst neun, hat aber längst gemerkt, wie albern er sich aufführt. Wenn er sich nicht drastisch ändert, wird sie in drei, vier Jahren jeden Respekt vor ihm verloren haben und sich seiner schämen. Ich möchte, dass sie stolz auf ihren Vater ist, egal was zwischen ihm und mir vorgegangen ist. Stattdessen fürchte ich, dass sie ihn als betrunkenen Schürzenjäger erleben wird. Das wäre nicht so schlimm, wenn ich sie so weit wie möglich von ihm fern halten könnte, aber ...«

»O Gott!«, unterbrach Carmen mit weit aufgerissenen Augen und blickte in Lisas Richtung. »Das ist ja unglaublich.«

Nicole folgte ihrem Blick. Als sie Roger auf den Tisch der jungen Leute zumarschieren sah, blieb ihr die Luft weg. »Hier bist du also!«, brüllte er.

Lisa wurde leichenblass. Weil alle anderen auf der Terrasse verstummt waren, konnte Nicole ihre piepsige Stimme hören. »Du sagtest doch, du hättest heute Abend zu arbeiten, Roger.«

»Und du hast gesagt, du würdest Susan besuchen, damit ich meine Ruhe habe.«

»Ich bin doch auch mit Susan zusammen.« Lisas Stimme geriet ins Zittern. Sie zeigte auf die andere junge Frau. »Wer hat dir verraten, wo wir sind?«

»Susans Mitbewohnerin. Du hast nichts davon gesagt, dass du mit ihr und diesen beiden jungen Hengsten ausgehen wirst.« Er starrte ihren Sitznachbarn an. »Und Sie sind?«

Der hoch gewachsene blonde junge Mann hielt seinem Blick stand. »Nicht, dass Sie das was angeht, aber ich heiße Toby.«

»Toby«, dröhnte Roger. »Da haben Sie sich einen feinen Namen ausgesucht. Genau der richtige Name für einen Elefanten im Zirkus.« Er wandte sich ab und glotzte Miguel an. »Und Sie sind ... nein, warten Sie, ich kenne Sie. Sie sind dieser Kerl, der immer meiner Frau hinterhersteigt.« Miguel starrte ihn unbewegt an. »Perez. Michael Perez.«

»Miguel. Und ich finde, Sie sollten sich entweder setzen und Ihre Stimme senken oder das Lokal verlassen.«

Roger beachtete ihn nicht. »Lisa, komm mit«, befahl er.

Lisas Gesicht war nicht mehr bleich, sondern puterrot. »Roger, das sind bloß Freunde von mir. Hier geht nichts Unrechtes vor. Außerdem bin ich mit meinem Essen noch nicht fertig.«

»Mit deinem Essen. Und was ist mit meinem Essen?«

»Was soll damit sein?«, fragte Lisa verständnislos.

»Sie hat nicht für ihn gekocht«, raunte Nicole.

»Ist es dir etwa völlig egal, ob ich was zu essen bekomme oder nicht?«, sagte Roger laut. »Wie du weißt, arbeite ich hart. Von Luft allein kann ich nicht leben.«

»Dann bestellen Sie sich halt eine Pizza«, schlug Miguel sachlich vor.

Roger stützte sich auf dem Tisch ab und wäre dabei fast vornüber gefallen. »Das geht nur Lisa und mich an.«

Der Besitzer des Restaurants erschien. »Sir, Sie stören meine anderen Gäste. Ich muss Sie bitten, entweder Platz zu nehmen oder wieder zu gehen.«

Roger glotzte ihn bösartig an. »Ich würde Ihre Gäste nicht stören, wenn die sich um ihre eigenen Angelegenheiten kümmern würden.« Seine grauen Augen hinter der Brille blickten kampflustig drein, als er nacheinander die Anwesenden musterte. »Kümmern Sie sich um Ihre eigenen Angelegenheiten!«, brüllte er. Dann blieb sein Blick an Nicole hängen. »Na so was, ausgerechnet meine tugendhafte Frau. Die ganze Bande vollständig versammelt.« Er hob erneut die Stimme. »Was hast du hier zu suchen, Nicole? Verfolgst du etwa Lisa?«

»Achte nicht auf ihn«, flüsterte Carmen.

»Genau das hab ich vor«, erwiderte Nicole und senkte den Kopf.

»Nicole, du hast meine Frage nicht beantwortet.« Nicole starrte auf ihren Teller, so peinlich berührt wie noch nie in ihrem Leben. Ihre Wangen glühten und sie merkte, dass sie kurz davor war, hysterisch zu werden. »Willst wohl nicht mit mir reden, wie?«

Der Inhaber unternahm einen neuen Vorstoß. »Mister, wenn Sie nicht sofort gehen, rufe ich den Wachdienst.«

Roger sah ihn würdevoll an. »Es wird mir ein Vergnügen sein, Ihr heruntergekommenes kleines Etablissement zu verlassen.« Er grabschte nach Lisas Arm. »Komm mit.«

»Roger, du tust mir weh!«, schrie Lisa.

»Ich sagte, komm mit. Auf der Stelle!« Er zerrte Lisa halb hoch, und sie stieß einen Schmerzensschrei aus.

Im Nu war Miguel aufgesprungen und hatte den Tisch umrundet. Er riss Rogers Hand von Lisas Arm los. »Lassen Sie sie in Ruhe und machen Sie, dass Sie hier rauskommen!«

»Du hast mir gar nichts zu sagen, du langhaariger …«

Noch ehe sie die Situation richtig erfasst hatte, sah Nicole, wie Miguel Roger einen Kinnhaken verpasste. Der stolperte rückwärts, stieß den Tisch hinter sich um, sodass er krachend auf der Terrasse landete und überall Essen verstreut lag. Obwohl Roger sich fing, ehe er hinfallen konnte, vergingen die nächsten Augenblicke damit, dass die Anwesenden japsten, lachten, Bravo riefen und Beifall klatschten. Nicole riss der Schock fast von ihrem Sitz.

Carmen dagegen blieb sitzen und wollte sich ausschütten vor Lachen, während Roger sich bemühte, die Fassung wiederzufinden. Nicoles Gesicht war vor Staunen erstarrt. Sie rechnete damit, dass Roger nun zum Schlag gegen Miguel ausholen würde. Stattdessen machte er kehrt, entschuldigte sich bei den Leuten, deren Abendessen er auf der Terrasse verteilt hatte, und wandte sich dann Lisa zu. Sie stand auf und sie verließen wortlos zusammen das Lokal.

Nicole saß wie benommen da, während das Bedienungspersonal kam, um die Schweinerei rund um Lisas Tisch zu beseitigen. »Er hat den Verstand verloren«, sagte sie geistesabwesend.

»Er ist besoffen«, entgegnete Carmen und wischte sich mit einer Serviette die Augen. »Mein Gott, war das komisch.«

Nicole warf ihr einen qualvollen Blick zu. »Hättest du es auch so komisch gefunden, wenn es Bobby gewesen wäre?«

Sogleich wich der Frohsinn aus Carmens Gesicht. Sie beugte sich vor und ergriff mit beiden Händen Nicoles Hand. »Entschuldige. Wie gefühllos von mir. Himmel!«

»Ich denke, es wird für einen Außenstehenden tatsächlich komisch gewesen sein«, meinte Nicole bemüht.

»Ich bin keine Außenstehende. Selbst wenn ich Roger nicht so gut kenne und schrecklich finde, was ich über ihn weiß, bist du doch meine beste Freundin. Du stehst mir näher als eine Schwester. Bitte verzeih mir.«

Nicole brachte es fertig, zu lächeln. »Mach dir deswegen keine Sorgen. Und hör auf, dich selbst schlecht zu machen. Morgen werd ich vermutlich selbst darüber lachen.«

»Dr. Chandler?« Nicole blickte hoch und sah Miguel. »Tut mir Leid, dass es so eine Szene gegeben hat.«

»Es war nicht Ihre Schuld«, sagte Nicole kühl. »Roger hat damit angefangen.«

»Aber vielleicht bin ich zu weit gegangen …«

»Das sind Sie nicht. Er hätte Lisa wahrscheinlich den Arm ausgerissen, wenn Sie ihn nicht davon abgehalten hätten.«

Miguel, der offenbar ihre Distanziertheit spürte, trat einen Schritt zurück. »Ich entschuldige mich nochmals dafür, dass ich Sie in Verlegenheit gebracht habe.«

»Es ist wirklich alles in Ordnung, Miguel«, antwortete Nicole förmlich. »Wir sehen uns im Seminar.«

Als er zu seinem Tisch zurückging, wo die anderen dabei waren,

Taschen und Jacken einzusammeln, zog Carmen die Brauen hoch. »Du hast ihn ziemlich frostig abgefertigt.«

»Hab ich das?«, fragte Nicole und trank ihr Glas aus.

»Du nimmst es ihm übel, dass er Lisa in Schutz genommen hat, nicht wahr?«

»Nein«, sagte Nicole ehrlich. »Jemand musste sie in Schutz nehmen.«

»Was ist es dann? Nein, warte, ich weiß. Du magst diesen Typen gern und siehst ihn nicht gern in Lisas Gesellschaft.«

»Das kann man keine Offenbarung nennen, Carmen. Das hab ich dir vorhin selbst gesagt.«

»Aber da ist noch was, etwas, auf das ich dich an dem Tag hingewiesen habe, als dein Vater beerdigt wurde.« Nicole warf ihr einen neugierigen Blick zu. »Er sieht Paul Dominic ähnlich, Nicole. Das ist mir erst heute Abend aufgefallen. Ich habe ihn bei deiner Barbecue-Party zu Weihnachten nicht recht beachtet, aber behaupte nicht, dass du es nicht auch bemerkt hast. Er ist sogar ungefähr im gleichen Alter wie Paul, als du mit ihm zusammen warst.«

»Ich hätte gern noch einen Drink«, sagte Nicole forsch und winkte der Kellnerin.

»Nicole?«

»Ja, okay. Ich hab es auch gemerkt. Es besteht eine entfernte Ähnlichkeit. Aber er ist nicht Paul.«

»Denk dran, was ich gesagt habe«, antwortete Carmen bedächtig. »Du kennst diesen Typen kaum. Schenk ihm nur nicht zu viel Vertrauen.«

»Wer hat gesagt, dass ich ihm Vertrauen schenke?«

»Dein Gesichtsausdruck, als du ihn mit Lisa gesehen hast. Man sah dir an, dass du dich verraten gefühlt hast.«

Das stimmt, dachte Nicole. Verraten von einem weiteren Mann in meinem Leben.

# 2

»Ich bin froh, dass wir uns entschieden haben, zu bleiben«, sagte Nicole. »Für mich war es ein schöner Abend, trotz des Auftritts von Roger.«

»Für mich auch.« Carmen lächelte herzlich und warf einen Blick auf ihre Armbanduhr. »Gütiger Himmel, es ist schon fast zehn. Ich hab Bobby versprochen, gegen neun zu Hause zu sein.«

»Er wird es schon überleben.«

»Ich gehe eben rein, ihn anrufen und Bescheid sagen, dass ich heil und gesund bin. Sonst macht er sich noch Sorgen.«

Als Carmen fort war, lehnte sich Nicole in ihrem Stuhl zurück und ließ die kühle Brise durch ihr Haar wehen. Zwei weitere Margaritas hatten vorübergehend ihren Kummer über Roger gelindert. Allerdings war ihr klar, dass er sich am kommenden Morgen wieder einstellen würde, zusammen mit pochenden Kopfschmerzen. Leider war der Abend nicht ganz so verlaufen, wie sie geplant hatte, aber wenigstens hatte sie etwas erlebt.

Carmen tauchte sehr bald wieder auf. Sie blickte besorgt drein.

»Was ist los?«, fragte Nicole und dachte sofort, dass Shelley etwas passiert sein müsste.

»Eigentlich nichts, außer dass Bobby wütend auf mich ist.«

»Wieso?«

»Weil ich so lange fort bin und ihn mit den beiden Mädchen und seinem Vater allein gelassen habe.«

»Ich dachte, er hätte sich damit einverstanden erklärt.«

»Hat er auch, aber ich nehme an, Raoul hat ihm mehr Schwierigkeiten bereitet als sonst.«

»Ist Raoul etwas passiert?«

»Nein. Er ist nur in reizbarer Stimmung. Er verwechselt Shelley mit dir und erzählt ununterbrochen aus der Vergangenheit. Du weißt, wie dieses unaufhörliche Gerede Bobby auf die Nerven geht.«

Nein, das wusste ich nicht, dachte Nicole, sonst hätte ich Shelley nicht dort übernachten lassen.

»Wo bleibt die Kleine mit der Rechnung?«, wollte Carmen wissen.

»Carmen, geht es den Mädchen gut?«

»Was? Ach so, ja. Die schlafen.«

»Ich komme vorbei und hole Shelley ab.«

Carmen schien das als Affront zu begreifen. »Nein. Wie gesagt: Es geht ihnen blendend. Es würde Bobby nur noch wütender machen, wenn er wüsste, dass ich dir etwas gesagt habe, das dich um Shelleys Sicherheit bangen lässt.« Sie sah sich nervös um. »Wo bleibt die verdammte Rechnung?«

»Lass nur die Rechnung«, sagte Nicole ruhig. »Fahr du ruhig nach Hause. Ich kümmere mich darum.«

»Das ist nicht fair.«

»Du kannst es mir später zurückgeben.« Nicole sorgte sich mehr darum, dass Carmen so aufgeregt war, als um das Aufteilen der Zeche. »Mach, dass du nach Hause kommst. Und fahr nicht zu schnell.«

Carmen seufzte. »Okay. Vielen, vielen Dank.« Sie stand auf und beugte sich vor, um Nicole einen flüchtigen Kuss auf die Wange zu geben. »Du bist so eine gute Freundin.«

Mit diesen Worten brach sie auf und rannte fast den River Walk hinunter, so eilig hatte sie es, nach Hause und zu einem Ehemann zurückzukehren, der wütend war, weil seine Frau nicht pünktlich wieder da war. Es ist dumm von Carmen, dass sie sich über eine solche Kleinigkeit aufregt, dachte Nicole. Dann fiel ihr die Anfangszeit ihrer Ehe wieder ein, als sie bei Roger genauso reagiert hatte. Der Unterschied ist der, dass ich da herausgewachsen bin, überlegte sie. Carmen offenkundig nicht.

Nachdem Nicole die Rechnung bezahlt hatte, holte sie tief Luft. Sie fühlte sich auf einmal so müde, dass sie nicht wusste, ob sie es bis zu ihrem Auto schaffen würde. Zu viel Tequila und zu viel Aufregung, dachte sie und bat dann die Kellnerin um einen starken schwarzen Kaffee zum Mitnehmen.

Sie verließ das Restaurant und machte sich auf den Weg den River Walk entlang, wobei sie über Roger nachdachte. Wenn ihr jemand vor zwei, drei Jahren ein Video von den Ereignissen des Abends gezeigt hätte, hätte sie es lachend als Fälschung abgetan. Roger, was ist nur aus dir geworden?, dachte sie. Ich liebe dich nicht mehr, aber es tut dennoch weh, deinen Verfall mit ansehen zu müssen. Sie hätte gern Lisa die Schuld gegeben, doch das war zu einfach. Lisa war nur ein Symptom von Rogers Niedergang, nicht die Ursache. Vielleicht bin ich ja die Ursache, dachte Nicole traurig. Vielleicht konnte er mit den traumatischen Erfahrungen, die ich als seine Frau in die Ehe eingebracht habe, einfach nicht leben.

Beim Gehen war Nicole froh, dass sie den Kaffee gekauft hatte. Der Wind hatte aufgefrischt, und die Außentemperatur war auf fünfzehn Grad gesunken. Sie trank einen Schluck dampfenden Kaffee, zog dann ihre Jacke enger um sich und knöpfte sie zu. Ein hell erleuchtetes Flussboot glitt vorbei. Die Passagiere sangen fröhlich »*Guantanamera*«, ein Lied, das Nicole seit Jahren nicht mehr gehört hatte. Sie winkte und die meisten winkten zurück.

Die Läden und Kaffees am River Walk waren nicht gleichmäßig verteilt. Große Strecken waren leer, still, begrünt und mit gepflasterten Pfaden versehen. Als Nicole eine dieser Grünanlagen erreichte, weit weg von der Musik und von lärmenden Menschen, bemerkte sie auf einmal das Geräusch des Flusswassers, das gegen die Betonwände des Kanals plätscherte. Es war ein einsamer Laut, und das Wasser sah an diesem Abend trüb aus und roch ein wenig brackig, obwohl die Kanäle jeweils im Januar abgelassen und gereinigt wurden.

Der Wind frischte plötzlich auf und wehte ihr das Haar ins Gesicht. Als sie es wegstrich, merkte sie, wie sehr sich die Menge verlaufen hatte, als wären innerhalb weniger Augenblicke fast alle verschwunden. Sie beschleunigte ihre Schritte, als sie unter einer der Steinbrücken durchging, die sich über dem Kanal wölbten und unten nur von weichem bernsteinfarbenem und grünem Licht erhellt wurden.

Da hörte sie zum ersten Mal die Schritte hinter sich. Normalerweise hätte sie nicht darauf geachtet, aber diese Schritte waren etwas Besonderes. Sie waren vollkommen synchron mit ihren eigenen. Jedes Mal, wenn sie ihre Gangart beschleunigte, taten sie es auch. Und wenn sie langsamer ging, um einen Schluck Kaffee zu trinken, verlangsamten sie sich ebenfalls.

Die Versuchung, sich umzuschauen, war nahezu unerträglich, aber eine innere Stimme sagte ihr, dass das ein Fehler gewesen wäre. Wer immer ihr folgte, würde sie binnen weniger Sekunden eingeholt haben. Stattdessen blickte sie über den Kanal. Ein älteres Paar – der Mann kam mit seinem Stock nur langsam voran – beklagte sich unentwegt über die Kälte, die Uhrzeit, die Kosten des Abendessens und die Pflastersteine, während eine Frau im mittleren Alter sie mit lauten, ermutigenden Worten vor sich her trieb. Keiner der drei schenkte Nicole auch nur einen Blick, aber sie wären ihr auch keine große Hilfe gewesen.

Und sie hatte Hilfe nötig. Sie hatte bis jetzt nur Schritte gehört, aber etwas sagte ihr, dass sie sich in Gefahr befand. Wie dumm!, dachte sie wütend. Der River Walk hatte keine hohe Kriminalitätsrate und sie hatte hier noch nie Angst gehabt. Allerdings hatte sie auch noch nie zuvor vermutet, dass jemand planmäßig hinter ihr her sein könnte. Dass sie aber auch ausgerechnet jetzt hierher gekommen war, solange sie sich Sorgen machte, dass Paul Dominic sie verfolgte! Natürlich wäre das alles kein Problem gewesen, wenn sie mit Carmen wie geplant gegen acht Uhr dreißig aufgebrochen wäre. Doch der Abend war nicht wie vorgesehen verlaufen. Stattdessen hatte sie sich von Roger ablenken lassen, hatte dann ihre Sinne mit Tequila betäubt und war bis nach zehn geblieben, als sich die Gäste wegen der späten Stunde und der fallenden Temperaturen zerstreuten. Nun war sie mit jemandem allein, der ihr eindeutig folgte.

Sie kam an einer Treppe vorbei, die zur Straße hochführte, und ihr Herz machte einen Satz. Sie machte sich daran, hinaufzusteigen und hörte, wie die Schritte hinter ihr langsamer wurden. Dann sah sie, dass ein gusseisernes Tor den Zugang zum Bürgersteig droben versperrte.

Sie hätte am liebsten geschrien, murmelte jedoch nur ein »Ach, verflixt« und ging dann lässig wieder die Treppe hinunter, so als habe sie es nicht eilig und wüsste nicht, dass sie verfolgt wurde. Sie schwenkte nach rechts und warf den Pappbecher in einen Abfallkorb. Dann tastete sie in ihrer Jackentasche nach dem Tränengas und hielt es dort unsichtbar bereit. Noch zwei Häuserblocks bis zu den Stufen, die zur Straße hinaufführen, wo das Auto im Parkhaus steht, dachte sie. Geh nur immer weiter. Versuch, nicht zu denken, nicht zu rennen, nicht den Geruch der Angst zu verströmen.

Vor ihr erhob sich ein weiterer Brückenbogen. Grüne und bernsteinfarbene Lichter leuchteten schwach, allem Anschein nach schwächer als bei der letzten Unterführung. Sie nahm den Tränengasbehälter noch fester in die Hand und sah sich nach jemandem um, der ihr helfen konnte. Aber es kamen keine Ausflugsschiffe vorbei, und zu Fuß war in ihrer Nähe auch niemand unterwegs. Die Welt schien aus nichts anderem zu bestehen als gedämpftem Licht, plätscherndem Wasser, ihrem eigenen klopfenden Herzen und den Schritten, die unaufhörlich hinter ihr her kamen.

Unter dem Brückenbogen war die Luft kälter. Das ist der letzte, sagte sie zu sich und schwitzte trotz der frostigen Atmosphäre. Das ist die letzte Brücke, dachte sie. Dann waren die Stufen zur Straße erreicht, auf der Menschen flanierten, auf der Polizisten auf Motorrädern Streife fuhren.

Plötzlich wurden die Schritte hinter ihr schneller. Sie zog das Tränengas aus der Tasche und rannte los, doch da wurde sie auch schon von einem menschlichen Körper gerammt. Das Tränengas fiel ihr aus der Hand, und sie selbst wurde gegen die Wand der Unterführung geschleudert. Als sie auf die Mauersteine aufschlug, trieb es ihr die Luft aus den Lungen. Sie ruderte hilflos mit den Armen und trat mit ihren Stiefeln um sich, bis sie mit einem Schmerzenslaut belohnt wurde. Einen Augenblick lang sah sie ein mageres Gesicht mit Bartstoppeln, Zahnlücke und einem Goldzahn. Sie drohte an dem Geruch nach Schimmel und altem Schweiß zu ersticken, ehe eine kräftige, schmutzige Hand sie so heftig ohrfeigte, dass sich ihr Blick trübte. Die Hand legte sich auf ihren Mund, noch ehe sie dazu kam, auch nur einen schwachen Schrei auszustoßen.

Der Mann zerrte an ihrer Handtasche, ohne auf ihre kleinen, hämmernden Fäuste zu achten, und sie merkte, wie der Schultergurt riss. Dann ohrfeigte er sie wieder und zerriss erst ihre Bluse, dann ihren Büstenhalter. Die Erinnerung an die Vergewaltigung vor vielen Jahren überwältigte sie, während er sie zu Boden warf. Panik ergriff sie, eine Panik, die noch stärker war als jene, die sie bei Magaro und Zand empfunden hatte, weil sie das alles schon einmal durchgemacht hatte und die Qualen kannte, die sie erwarteten. Kräftige Hände schlossen sich um ihren Hals.

Plötzlich hörte sie ein tierisches Knurren. Du lieber Gott, dachte sie entsetzt, kam das von ihm? Dann spürte sie das Gewicht eines dritten Körpers auf dem ihren. Das Knurren ließ nicht nach. Der Mann schrie, und Nicole erspähte ein Tiergesicht. Ein Dobermann, der die großen weißen Zähne bleckte, ehe er sie in den Arm des Mannes versenkte. Er schrie erneut auf und ließ ihren Hals los.

Nicole blieb benommen liegen, während der Kampf zwischen

Mann und Hund tobte. Die Knie und Schuhe des Mannes gruben sich in ihren Leib, als er sich hochkämpfte, doch der Hund hielt erst seinen Arm fest und verbiss sich dann in seine Wade, wobei er ununterbrochen knurrte.

Der Mann holte zu einem Tritt aus, und der Hund jaulte auf. Endlich kam er fluchend und immer noch um sich tretend auf die Beine. »Ab!«, rief jemand. Der Dobermann saß einen Augenblick lang hechelnd da, während der Mann von Nicole abließ und über den River Walk davonrannte. Eine andere Gestalt näherte sich dem Hund. Nicole nahm eine Bewegung wahr, so als würde jemand den Hund streicheln und auf Verletzungen untersuchen. »Los!«, befahl die Stimme, woraufhin sich der Hund in Bewegung setzte. In einiger Entfernung kreischte der Mann auf, als der bellende schwarze Blitz die Verfolgung aufnahm.

Nicole schaffte es, sich aufzusetzen. Sie fühlte sich kraftlos und zittrig. Ihre Bluse und ihr Büstenhalter hingen in Fetzen und sie konnte kaum etwas erkennen. Sie versuchte aufzustehen, sank jedoch wieder in sich zusammen. Starke Arme umfingen ihre Schultern und zwangen sie, sich wieder aufzusetzen. »Nein, nein, bitte«, wimmerte sie und wehrte sich schwach. Doch die großen Hände erfassten die ihren. »Du bist außer Gefahr«, sagte eine tiefe Männerstimme.

Sie bemühte sich, etwas zu erkennen, doch was ihre Augen sahen, war unscharf. »Wer …«

Sie hörte Stimmen, Rufe, Schritte, die in ihre Richtung näher kamen. »Du hast es überstanden, *Chérie.*« Der Mann legte ihr etwas um den Hals. Kaltes Metall berührte die zarte nackte Haut zwischen ihren Brüsten. Sie blinzelte. Einen Augenblick lang blickte sie in die brennenden haselnussbraunen Augen eines Mannes. Er küsste sie auf die Stirn, erhob sich und verschwand, ehe die anderen sie erreicht hatten.

# Elf

## 1

In den nächsten paar Stunden war Nicole nicht voll bei Bewusstsein. Menschen tauchten aus allen Richtungen auf, ein Mann half ihr hoch, eine Frau knöpfte ihr über der nackten Brust die Jacke zu, jemand fuhr sie zum Polizeirevier. Ob es jemanden gebe, den sie anrufen wolle?, fragte man sie. Roger?, dachte sie und hätte trotz des Zustands, in dem sie sich befand, beinahe gelacht. Ihre Mutter? Nein, die hatte in letzter Zeit genug durchgemacht. Carmen? Carmen hatte ihre eigenen Sorgen mit Bobby. Nein, sie wollte niemanden anrufen.

Später erinnerte sie sich nur noch an bitteren schwarzen Kaffee, an die Frage, wer es darauf abgesehen haben könnte, ihr wehzutun, an weitere Fragen danach, wie der Mann ausgesehen hatte, und schließlich das übliche Verhör: Wie viel sie getrunken hatte und was sie überhaupt dort zu suchen hatte. »Ziehen Sie sich immer so an, um nachts allein auf dem River Walk spazieren zu gehen?«, fragte ein muskulöser, besonders ekelhafter Beamter mit Namen Erwin. Für Nicole drehte sich die Zeit fünfzehn Jahre zurück. »Ziehen Sie immer so enge Jeans an und streifen damit nachts durch die Stadt?«, hatte ein fast identischer Beamter damals gefragt.

»Ich verlange DeSoto«, sagte sie mit tonloser Stimme.

Erwin sah sie interessiert an. »DeSoto?«

»Sergeant Raymond DeSoto.«

»Ist das Ihr besonderer Freund?«

Nicole bedachte ihn mit einem eisigen Blick. »Sie sagten doch, ich kann jemanden anrufen. Ich will mit Sergeant DeSoto sprechen.«

»Also, ich fürchte, der ist nicht im Dienst, kleine Lady. Haben Sie vielleicht sonst noch Freunde bei den Bullen? Oder warum sprechen Sie nicht einfach mit mir.«

Nicole, zusammengeschlagen, den Tränen nahe und bis ins Innerste ihres Seins erschüttert, beugte sich zu Erwin hinüber und sagte gedämpft: »Wenn Sie DeSoto nicht rufen, schreie ich, bis hier die Wände einstürzen und behaupte, dass Sie mir sexuell zu nahe getreten sind.«

»Das nimmt Ihnen keiner ab«, entgegnete Erwin mit zornig verquollenem Gesicht, doch er hörte sich an, als sei er seiner Sache nicht ganz sicher.

Nicole lächelte herausfordernd. »Machen wir doch einfach die Probe.« Der Blick des Mannes wurde unstet. »Rufen Sie DeSoto an, jetzt sofort.«

Vor fünfzehn Jahren hatte ein Polizeibeamter wie Erwin sie derartig gedemütigt und zum Weinen gebracht. Sie war fest entschlossen, sich diesmal von so einem Lümmel nicht erniedrigen zu lassen. Ich hab mich wohl verändert, dachte sie. Und vielleicht war diese Veränderung drastischer, als ihr klar gewesen war.

Zwanzig Minuten später kam Ray DeSoto in Jeans, einem Sweatshirt mit der Aufschrift »University of Texas« und einer braunen Jacke herein. Erwin behielt ihn im Auge, als würde er darauf warten, dass sie einander in die Arme flogen. Stattdessen zog Nicole die Brauen hoch. »Wieder eine Nacht im Paradies.«

»Das seh ich auch so«, sagte Ray und begutachtete ihre zerrissene Kleidung, ihre geröteten Wangen und die Schwellung unter dem einen Auge. »Was ist passiert?«

»Sie ist unterwegs auf dem River Walk ausgeraubt worden«, mischte sich Erwin ein. »Ich hab die Unterlagen hier.«

»Danke.« DeSoto nahm die Akte entgegen, warf aber nur einen flüchtigen Blick hinein. »Wollen Sie mir von Anfang an erzählen, was vorgefallen ist?«

Nicole ging flüchtig auf ihr Abendessen mit Carmen ein, erwähnte die Szene zwischen Roger und seiner Freundin nur, um zu erklären, warum sie so lange geblieben war und so viel mehr als sonst getrunken hatte. Dann erzählte sie Ray, wie sie hinter sich Schritte gehört hatte und wie der Überfall abgelaufen war.

»Er hat Sie also nur umgestoßen und Ihre Kleidung zerrissen, ist dann ein wenig grob geworden und hat mit Ihrer Handtasche die Flucht ergriffen?«

»Er ist nicht freiwillig davongerannt ...«

»Sie behauptet, er wurde von einem Hund angegriffen«, unterbrach Erwin. Er gab zu erkennen, dass er das für höchst unwahrscheinlich hielt, doch DeSoto sah Nicole in die Augen.

»Ein Dobermann?«

Sie nickte schweigend. »He, woher wussten Sie, was das für ein Hund war?«, wollte Erwin wissen.

»Ist mir nur so in den Sinn gekommen«, sagte Ray leichthin. »Hat der Hund großen Schaden angerichtet?«

»Er hat seinen Arm fest genug gepackt, um die Hand von meinem Hals loszureißen, und dann hat er die rechte Wade zu fassen gekriegt. Der Mann hat den Hund getreten. Es hat ... eine Weile gedauert, bis er sich erholt hatte«, sagte sie und sagte nichts darüber, dass der Besitzer des Tiers den Kampf unterbrochen hatte, bis er sich vergewissert hatte, dass der Hund unverletzt war, und ihn erst dann auf die Verfolgungsjagd geschickt hatte.

»Wie sah der Typ aus?«

Nicole schloss die Augen. »Drahtig, aber sehr stark. Schmales Gesicht. Vorn eine Zahnlücke. Der rechte Vorderzahn und ... der linke hatte eine Goldkrone. Langes, dunkles, fettiges Haar.«

»Augen?«

»Tut mir Leid. Ich erinnere mich nicht. Besonders deutlich hat sich mir nur eingeprägt, wie schmutzig er war. Und sein Geruch – wie Schimmel.«

DeSoto blickte von seinen Notizen auf. »Schimmel?«

»Ja. Ich weiß, das klingt komisch, aber waren Sie je in einem feuchten, ungeputzten Bad und haben am Duschvorhang gerochen?«

»Das kann ich nicht behaupten«, sagte Ray. Ein Lächeln umspielte seine Lippen. »An einem Duschvorhang gerochen, meine ich.«

»Nun ja, ich gewöhnlich auch nicht.« Nicole spürte, wie ihr Gesicht Farbe annahm. Sie kam sich töricht vor. »Jedenfalls hat er nach Schimmel gerochen«, wiederholte sie eigensinnig, »und nach ganz altem Schweiß. Ich bin sicher, er hatte seit Tagen nicht mehr geduscht.«

»Ungefähr wie alt?«

»Ich weiß nicht«, antwortete Nicole müde. »Anfang bis Ende dreißig.«

DeSoto runzelte die Stirn. »Leute dieser Sorte treiben sich sonst nicht am River Walk herum. In der Market Street, ja, aber nicht auf dem River Walk.«

»Glauben Sie mir, er war da.«

»Was hat er Ihnen abgenommen?«, fragte Ray.

»Meine Handtasche. Obwohl ihn der Hund angegriffen hat, hat er sie nicht fallen gelassen. Die anderen Leute haben sich in der ganzen Umgebung danach umgesehen, ohne Erfolg.«

»Sonst noch etwas?«

»Nein.«

»Er hat also Geld, Kreditkarten und Schlüssel.«

»Na prima«, stöhnte Nicole. »Jetzt kann ich weder Auto fahren noch mein Haus betreten.«

»Sie haben keine Ersatzschlüssel?«

»Keine weiteren Hausschlüssel. Ersatzschlüssel fürs Auto zu Hause.«

»Dann werd ich Sie wohl nach Hause fahren müssen. Aber erst gehen Sie ins Krankenhaus.«

»Ich brauche kein Krankenhaus. Nur ein paar Aspirin.«

Ray sah sie streng an. »Haben Sie sich mal genau angesehen? Er hat Sie mit dem Kopf voran gegen eine Betonwand gestoßen und Ihnen dann ein paar tüchtige Ohrfeigen versetzt. Ihr Auge ist so geschwollen, dass es halb zu ist. Sie könnten eine Gehirnerschütterung haben. Man hätte Sie sofort ins Krankenhaus bringen müssen.«

Nicole war zu müde, um sich zu widersetzen, obwohl es nach Mitternacht war. Als im Krankenhaus die Untersuchung begann, fing sie haltlos an zu zittern, weil ihr die Situation von damals wieder einfiel. Seinerzeit hatte sie stundenlang fröstelnd und schmutzig auf einem Tisch gelegen, bis endlich die in Fällen von Vergewaltigung übliche, erniedrigende Untersuchung begonnen hatte. Sie erinnerte sich, wie ihre Mutter mit leichenblassem Gesicht neben ihr gestanden hatte. Ihre gletscherblauen Augen hatten sich geweigert, denen von Nicole zu begegnen. Und sie erinnerte sich an die Scham, die sie empfunden hatte.

Diesmal jedoch war alles ganz anders. Die Untersuchung war kurz, und der junge Arzt und die Krankenschwester gaben sich, um sie aufzuheitern, beide jovial. Nachdem man sie zur Genüge betastet und an ihr herumgedrückt und sie geröntgt hatte, wurde sie bis auf einige Prellungen für gesund erklärt, ohne auch nur eine Schnittwunde oder einen Kratzer davongetragen zu haben. »Sie brauchen sich noch nicht mal wegen HIV zu sorgen«, sagte der junge Arzt zu ihr. »Aber ich bezweifle, dass Sie heute Nacht sehr gut schlafen werden.« Er steckte eine Tablette in einen kleinen Umschlag. »Das ist Seconal. Nehmen Sie es erst unmittelbar vor dem Zubettgehen, aber nehmen Sie es auf jeden Fall. Sie haben Schlaf nötig.«

»Jetzt können Sie nach Hause«, sagte Ray, als sie entlassen wurde und sich zurück in den Warteraum schleppte.

»Gott sei Dank ist Shelley bei Carmen und ich habe erst am frühen Nachmittag das erste Seminar«, sagte sie, als sie bei seinem Wagen angekommen waren. »Aber wie soll ich ins Haus gelangen? Keine Schlüssel, erinnern Sie sich?«

Ray zwinkerte ihr zu. »Erzählen Sie das nicht herum, aber ich kann Schlösser knacken.«

»Gott sei Dank«, seufzte Nicole. »Ich möchte nicht heute Nacht noch einen Schlosser bestellen.«

Unterwegs in den Norden von San Antonio sagte Ray: »Wie fanden Sie Erwin?«

»Ich fand ihn reizend«, konterte Nicole hitzig. »Gott, was für ein Sexist! Wissen Sie, ich sehe Männer in dünnen T-Shirts und Shorts herumrennen, die kaum das Hinterteil bedecken, aber von denen nimmt niemand an, dass sie drauf aus sind, vergewaltigt zu werden.«

»Das stimmt«, sagte Ray besänftigend.

»Sehen Sie, ich bin seit Weihnachten dauernd deprimiert. Der vergangene Abend war schön. Ich habe mich jung gefühlt und wollte meinen Spaß haben, darum habe ich mich so angezogen. Ich war so kühn, enge Jeans zu tragen, und prompt scheint Erwin anzunehmen, ich hätte bekommen, was ich verdiene. Ja, verflucht: Hätte er etwa mehr Mitleid mit mir gehabt, wenn ich ein Dirndl und Kampfstiefel getragen hätte?«

»Nicht, wenn Sie sich die Mühe gemacht hätten, Ihr Haar zu bürsten und Lippenstift aufzulegen.«

Sie sahen einander an und brachen in Gelächter aus. »Entschuldigen Sie«, sagte Nicole, als sie sich wieder gefangen hatte. »Ich weiß, ich zetere herum. Es ist nur so, dass ich dies alles schon mal durchgemacht habe, und Männer wie Erwin machen mich wütend.«

»Sie hätten das Recht gehabt, mit einer Frau zu sprechen, aber Erwin reißt sich solche Fälle gern selbst unter den Nagel. Er genießt es, irgendeine arme Frau in Verlegenheit zu bringen und ihr Schuldgefühle einzuimpfen.«

»Ich bedaure seine Frau.«

»Nicht nötig. Er hat eine Heidenangst vor ihr.«

Nicole lachte. Einen Augenblick später fragte Ray beiläufig: »Wollen Sie mir jetzt die ganze Geschichte erzählen?«

Sie betrachtete sein Profil. »Woher wissen Sie, dass ich vorhin nicht ganz offen war?«

»Sie haben Ihre Worte offensichtlich sorgfältig gewählt. Haben Sie das Gefühl, dass Sie mir trauen können?«

»Ja«, sagte sie langsam. »Ich habe nicht nur den Dobermann gesehen, Ray. Paul war auch da.«

Rays Hände verkrampften sich ums Steuerrad. »Dominic hat Sie überfallen?«

»Nein. Der Hund, also Jordan, hat mich gerettet. Nachdem er die Verfolgung des Mannes aufgenommen hatte, ist Paul aufgetaucht. Er hat gesagt, ich sei außer Gefahr. Er hat mich *Chérie* genannt und mich auf die Stirn geküsst.«

Ray runzelte die Stirn. »Nicole, Sie waren zu Tode erschrocken, Sie hatten einen heftigen Schlag auf den Kopf bekommen. Vielleicht haben Sie nur jemanden gesehen, der wie Dominic aussah ...«

»Er hat mir sein silbernes Kreuz mit den Türkisen um den Hals gelegt«, unterbrach sie. »Es hat Paul gehört.«

Ray warf ihr einen Seitenblick zu und sie hielt das Kreuz an seiner Silberkette hoch. »Wissen Sie, wie viele silberne Kreuze mit Türkisen es in dieser Region gibt?«

Sie drehte das Schmuckstück um. »Nicht solche. In das von Paul waren auf der Rückseite Flügel eingraviert, Flügel als Symbol für inneres Leben und Inspiration, eine Anspielung auf sein musikalisches Genie. Außerdem ist es mit winzigen Initialen versehen – R.V. für Raoul Vega. Ich weiß das, weil ich Mr. Vega den Auftrag erteilt habe, das Kreuz zu Pauls neunundzwanzigstem Geburtstag anzufertigen.«

## 2

Nachdem Ray ihr Zugang zum Haus verschafft hatte, durchsuchte er sowohl das Obergeschoss als auch den Keller, um sicherzugehen, dass sich dort niemand verbarg. Dann ließ er sich Nicoles Ehrenwort geben, dass sie tags darauf ihre Kreditkarten sperren, alle Schecks stoppen und sowohl Führerschein als auch Sozialversicherungsausweis neu beantragen würde. Schließlich, nachdem sie ihm unzählige Male versichert hatte, dass sie keine Angst habe, allein zu bleiben, verabschiedete er sich.

Nicole begab sich als Erstes zur Hintertür, um Jesse hereinzulassen. Der Hund, der es nicht gewohnt war, länger als bis acht draußen zu bleiben, rannte ihr nicht entgegen, als sie die Tür öffnete. »Der schläft wohl in seiner Hundehütte«, murmelte sie. Sie trat hinaus und sah in seiner kleinen Hütte nach. Leer. »Jesse?«, rief sie. »Spielst du Verstecken mit mir?«

Dann sah sie es – das Tor im Zaun stand offen. Nicole eilte darauf zu und stieß einen Schrei aus, als sie das zertrümmerte Vorhängeschloss entdeckte. »Ach, nein«, stöhnte sie. »Verdammt, verdammt, verdammt!« Sie rannte durch das offene Tor auf die Straße. »Jesse?«, rief sie. »Jesse!«

Kein schrilles Gekläff antwortete ihr. Ohne Auto konnte sie nicht herumfahren und sich nach ihm umsehen. Stattdessen ging sie zwei Straßen in die eine und dann zwei in die andere Richtung ab. Erschöpft von den Ereignissen des Abends und mit zitternden Beinen gab sie schließlich auf und kehrte nach Hause zurück.

Drinnen ließ sie sich vornüber auf die Couch fallen. Jesse war schon einmal entwischt und unbeschadet heimgekehrt, aber sie schien an diesem Abend nicht vom Glück begünstigt zu sein, schon gar in Anbetracht des aufgebrochenen Vorhängeschlosses. Sie glaubte nicht, dass ein Jugendlicher aus dem Viertel dazu fähig war. War der Spinner mit der Wolfsmaske zurückgekommen und hatte seine kranken Phantasien an einem wehrlosen kleinen Hund ausgelebt? »Ach, bitte nicht«, stöhnte Nicole. »Bitte nur das nicht.« Wenn Jesse etwas passierte, wäre Shelley am Boden zerstört. Erst ihr Vater, dann ihr Großvater, dann ihr geliebter Hund. Alle fort. Nicoles Augen füllten sich mit Tränen. »Warum musste ich auch heute Abend ausgehen?«, fragte sie die Wände und schlug mit beiden Fäusten auf die hässliche Couch ein, die Roger gekauft und als Erinnerung an sich und seine Lügen zurückgelassen hatte. »Warum ausgerechnet heute Abend?«

Sie kramte in ihrer Tasche, bis sie den Umschlag mit der roten Seconal-Tablette gefunden hatte. Sie wusste, dass sie sie nehmen musste, um überhaupt schlafen zu können. Und morgen war ein voller Tag. Sie musste ihr Auto abholen, die Schlösser wechseln lassen, zwei Seminare halten, und sie musste – davor graute ihr am meisten – Shelley sagen, dass ihr Hund verschwunden war, wenn er sich nicht wieder eingefunden hatte, bis die Schule aus war.

Sie duschte ausgiebig und betrachtete sich anschließend im Spiegel. Rote Striemen zeigten sich rund um ihren Hals, wo fremde Hände zugedrückt hatten, und ihr Auge schwoll langsam zu. Sie empfand Unbehagen bei dem Gedanken, dass Shelley bei Carmen und Bobby war, dem sie nicht mehr vertraute. Gleichzeitig war sie froh, dass Shelley nicht da war, um sie in diesem Zustand zu sehen.

Nicole zog einen frischen Schlüpfer und ein dünnes Nachthemd an, das ihr nicht den wunden Körper aufreiben würde. Dann warf sie Bluse und Büstenhalter in den Mülleimer in der Garage, ging zurück in die Küche, wickelte einen Eiswürfel in einen Waschlappen und spähte aus dem Fenster. Ein Streifenwagen parkte ein Stück weit entfernt an der Straße. Sie brachte ein Lächeln zustande. Sie war sich darüber im Klaren, dass Ray, als sie behauptet hatte, keine Angst zu haben, allzu leicht nachgegeben hatte. Er hatte jemanden geschickt, um das Haus zu überwachen, und sie war froh darüber. Der Penner am River Walk hatte ihre Schlüssel mitgenommen. Und sie hatte keine Möglichkeit, ihm den Zugang zu verwehren.

Sie schenkte sich ein Glas Milch ein und schluckte das Seconal. Im Schlafzimmer schaltete sie die Nachttischlampe an, vergewisserte sich, dass die Jalousie heruntergezogen war, stopfte sich mehrere Kissen hinter den Kopf und legte sich mit dem kalten Waschlappen auf ihrem geschwollenen Auge zurecht. Bereits im Halbschlaf nahm sie noch einmal das Kreuz zur Hand, das auf dem Nachttisch lag. Es war schmal, die Gravur fein, der Türkis klein und schön gefasst, und es hing an einer glänzenden, fünfundvierzig Zentimeter langen Kette. Sie drehte es um. Da waren die Flügel, erlesen graviert von Raoul Vega, einem Meister der Handwerkskunst.

Sie war so stolz auf sich gewesen, dass ihr die besondere Note eingefallen war, und Paul war von ihrer Kreativität beeindruckt gewesen. »Es verkörpert das Band zwischen uns«, hatte er gesagt. »Der eine oder andere von uns wird es immer tragen.« Nach dem Autounfall vor vierzehn Jahren, der Paul angeblich das Leben gekostet hatte, war nicht von einem silbernen Kreuz die Rede gewesen, das an der Leiche oder bei Pauls Habseligkeiten gefunden worden wäre.

Sie knipste die Nachttischlampe aus und schlief zum ersten Mal seit vielen Jahren ohne das Nachtlicht ein. Plötzlich sah sie Raoul Vega vor sich, wie er vor ein paar Stunden ausgesehen hatte; ein Lächeln umspielte seine Lippen. »Hast du ihn geheiratet?«, hatte er gefragt. »Den Ansehnlichen, für den ich das Kreuz hergestellt habe?« Und dann: »Solch ein talentierter Mann. Ein Genie ... Der hatte Kunstverstand.«

Sie schreckte hoch, konnte zunächst nur verschwommen sehen. Damals habe ich Mr. Vega erzählt, dass ich das Kreuz für meine Cousine Ellen anfertigen lasse, dachte sie. Ich habe ihm nie verraten, dass es für einen Mann war, schon gar nicht für einen Mann, den er als talentiert, als Genie bezeichnen könnte. Und dennoch hat er gewusst, für wen es war. Er hatte es gewusst.

Wer konnte ihn informiert haben?, fragte sie sich, während sie erneut hinüberdämmerte. Aber sie wusste bereits die Antwort. Sie hatte nur einem Menschen von ihrer Beziehung zu Paul erzählt. Sie hatte nur einem Menschen mitgeteilt, für wen sie den Anhänger herstellen ließ.

Carmen.

## 3

Izzy Dooley fuhr in seinem zwölf Jahre alten Plymouth langsam die Straße hinab. Er entdeckte das kleine weiße Ziegelhaus, in dem keine Lichter brannten. Er entdeckte auch den Streifenwagen, der ein Haus weiter unten geparkt war. Sein Herz tat bei dem Anblick einen unangenehmen Hüpfer. Doch er beruhigte sich wieder, als er das Profil des Polizisten im Wagen sah. Sein Kopf war vornübergebeugt – Schlafen im Dienst, dachte Izzy schmunzelnd. Recht und Ordnung – schön wär's. Doughnuts essen und schlafen, so sah das in Wirklichkeit aus. Izzy warf einen Blick auf seine Armbanduhr. Zwanzig nach drei. Manche Leute waren nun einmal keine Nachtmenschen wie er.

Izzy sah sich selbst als Vampir, als Geschöpf der Nacht, das erst nach Sonnenuntergang seinem gefährlichen Geschäft nachging. Er hatte den Film *Interview with a Vampire* fünfmal gesehen und entschieden, dass er Louis ähnlich sah, der von Brad Pitt gespielt wurde. In dem Film hatte Brad natürlich ein vollständiges Gebiss und ein paar Falten weniger gehabt, aber die Ähnlichkeit war eindeutig da, vor allem dann, wenn Izzys Haar gewaschen war und ihm lose auf die Schultern fiel. Es überraschte ihn immer wieder, dass sich nicht mehr Leute dazu äußerten.

Izzy fuhr einmal um den Block und parkte an der Straße hinter dem weißen Haus. Dann schlich er durch den Garten des braunen Hauses direkt an der Straße, erreichte den Zaun des weißen Ziegelhauses und eilte geduckt zum Tor. Es stand offen, war nicht einmal verriegelt, und am Griff hing ein zerschmettertes Vorhängeschloss. Izzy warf einen verstohlenen Blick zurück auf das reglose Profil des Polizisten im Streifenwagen, ehe er in den Garten hinterm Haus eindrang.

Er erstarrte, als er die Hundehütte entdeckte. Es war eine kleine Hundehütte, gewiss nicht für einen Dobermann wie den gedacht, der ihn wie ein Wahnsinniger attackiert hatte. Er war ihm entkommen, aber sein Arm und seine Wade schmerzten immer noch, wo er zugebissen hatte.

Erschüttert von seinem letzten Erlebnis mit einem Hund wartete Izzy volle fünf Minuten am Tor, bis er sicher war, dass ihn kein Hund angreifen würde. Dann redete er sich ein, dass der Hund, wenn er im Haus war, klein genug sein musste, dass er mit ihm fertig werden konnte. Er schalt sich übervorsichtig, warf sich vor, wertvolle Zeit zu vergeuden.

Er zog das Tor zu und schob den Riegel vor. Dann sah er zu den Fenstern des Hauses auf. Die Jalousien waren heruntergezogen, aber durch die Spalte am Rand schimmerte nirgendwo Licht. Selbst die Außenbeleuchtung war schwach – nur ein knapp zwei Meter hoher Pfahl mit einer schmucken Glasglocke obenauf, in der eine Hundertwattbirne brannte. Das Tor war zu, der Garten von einem hohen Holzzaun umgeben, und da im Haus kein Licht brannte und die Außenbeleuchtung so schwach war, dass sie nicht bis in die hinteren Winkel des Gartens reichte, fühlte er sich sicher. Hier war nichts, das Anlass zur Sorge gab.

Er holte ein Klappmesser aus der Tasche und einen Schlüsselbund. Er schlich zur Hintertür und probierte leise den ersten Schlüssel aus. Er passte nicht. Viele hatte er nicht mitgebracht. Er wählte einen zweiten. Er glitt ins Schlüsselloch. Grinsend drehte er ihn um. Die Tür ging mit einem leisen Quietschen auf.

Er trat ein und blieb einen Augenblick lang ruhig stehen. Absolute Stille. Er ließ die Tür hinter sich offen, da er nicht das Risiko eingehen wollte, dass sie beim Schließen unnötigerweise erneut quietschte. Eine offene Tür garantierte außerdem einen schnelleren Rückzug.

Izzy riskierte drei weitere Schritte ins Hausinnere. Er blieb stehen, als er zwei Durchgänge erreichte. Er spähte in den zu seiner Rechten hinein. Eine Vampireigenschaft, die er leider noch nicht erworben hatte, war die Fähigkeit, im Dunkeln zu sehen. Er kniff die Augen zusammen, als könne er damit Abhilfe schaffen. Es half nicht. Er konnte der Versuchung nicht widerstehen, etwas weiter vorzudringen. Sein Fuß stieß mit einem großen, weichen Gegenstand zusammen, und er hätte zu seiner Schande beinahe aufgeschrien, weil ihm der Dobermann einfiel. Doch es handelte sich um ein Plüschtier. Irgendein großes Plüschtier. Vermutlich ein Kinderzimmer. Allerdings hörte er keine Atemgeräusche. Ach ja, niemand zu Hause.

Er ging rückwärts aus dem Zimmer und wandte sich dem anderen zu. Er hörte etwas und erstarrte. Was war das für ein Geräusch? Keine Lampe, die eingeschaltet wurde. Kein Telefonhörer, der abgenommen wurde. Aber eine leise Bewegung …

Ein rasender Schmerz durchfuhr ihn im selben Augenblick tief am Rücken, als sich eine Hand auf seinen Mund legte. Etwas – ein Messer – war ganz unten in sein Rückgrat eingedrungen und hatte mit einem einzigen kraftvollen und skrupellosen Stich lebenswichtige Nervenbahnen durchtrennt.

Izzy fiel auf die Knie, dann vornüber aufs Gesicht. Er schmeckte Blut aus seiner gebrochenen Nase, fühlte, wie es ihm die Kehle hinabrann. Noch ehe ihm klar war, was vorging, drehte ihn eine Gestalt auf den Rücken und stopfte ihm einen großen Waschlappen aus Frottee so weit in den Mund, dass er einen Würgereiz auslöste. Inzwischen hatten sich seine Augen ein wenig an die Dunkelheit gewöhnt und er konnte seine Umgebung undeutlich erkennen. Die Gestalt über ihm lehnte sich zurück und Izzys Augen weiteten sich fassungslos. Er stieß eine Reihe von Grunzlauten hervor, ehe ihm eine Faust den Waschlappen noch tiefer in den Rachen rammte, sodass er fast keine Luft mehr bekam. Er verstummte.

Dann merkte er, dass er weggezerrt wurde. Die untere Hälfte seines Körpers war gelähmt, daher blieb ihm nicht viel anderes übrig, als mit den Armen zu rudern. Er versuchte zu schreien, doch die Anstrengung führte nur dazu, dass der trockene Waschlappen an seinem Gaumensegel entlangrieb, sodass er zu ersticken drohte.

Als die Tür nach draußen erreicht war, versuchte Izzy, sich am Türrahmen festzuhalten. Er schaffte es, sich mehrere Sekunden festzuklammern, doch ein kraftvoller Ruck riss ihn schließlich mit fort. Sein Kopf schlug mit einem grässlichen dumpfen Laut erst auf der Stufe, dann seitlich auf dem betonierten Pfad auf. Aus dieser Perspektive sah er die kleine Hundehütte. Zum ersten Mal wünschte er sich, dass sie nicht leer wäre. Ein Hund, selbst ein kleiner, hätte einen Lärm veranstaltet, der ihn hätte retten können, der ihn vor dieser völlig unerwarteten und zweifellos tödlichen Wendung der Ereignisse bewahrt hätte.

Doch es gab keinen Hund. Der einzige Laut war der seines Körpers, der über das starre, kalte Gras gezerrt wurde. Schließlich hörte das Zerren auf. Er blickte zu den Sternen auf, und sein Gehirn grub aus unerfindlichem Grund die uralte Erinnerung an seine Mutter aus, die ihm vor dem Einschlafen *When You Wish Upon a Star* vorgesungen hatte. Wie klein er damals gewesen war, wie jung und krank sie damals gewesen war. Dann war sie verschwunden und niemand hatte ihm je wieder etwas vorgesungen.

Er spürte, wie die obere Hälfte seines Körpers hochgehoben und gegen den Holzzaun gelehnt wurde. Eine kleine metallene Rundung drückte gegen seine Schläfe. Er brauchte nicht hinzusehen, um zu wissen, was das war. Er war seltsam ruhig, so als sei sein Vampirgeist längst seinem Körper entwichen.

Er beachtete die Schusswaffe nicht, sondern blickte zum Himmel auf. Dort waren Tausende von Sternen – fern, schön, aber anders als im Lied, von seinem Schicksal völlig unbeeindruckt. Er hatte keine Wünsche, sondern spähte nur sehnsüchtig zu den glitzernden Kugeln auf, bis für Izzy Dooley ihr magisches Licht für immer erlosch.

# 4

Ihre Füße waren kalt – so kalt. Es war so schwer, etwas zu erkennen. Doch sie konnte sie hören.

»Sie dachte, sie hat uns erwischt«, sagte Magaro.

»Beinahe hätte sie uns auch erwischt«, antwortete Zand und nahm schnaubend eine Prise.

»Nein, hätte sie nicht. Es wäre besser gewesen, wenn wir sie getötet hätten, wie ich es vorhatte …«

Ein Klingeln. Noch ein Klingeln.

Nicole trat um sich, legte die Hände über die Ohren, riss dann die Augen auf. Alles war verschwommen und dunkel.

Ein Klingeln.

»Telefon«, murmelte sie und legte einen Arm über die Augen, während sie mit der anderen Hand nach dem Hörer tastete.

»Mami!« Shelleys Stimme, nahezu unerträglich schrill und gut gelaunt. »Hast du etwa noch geschlafen?«

»Ja. Glaub schon. Stimmt was nicht?«

»Nein. Tante Carmen dachte nur, dass du dich freust, wenn ich dich vor der Schule anrufe und kurz hallo sage.«

»Sie hat Recht.« Nicole schluckte unter Umgehung des trockenen Klumpens, der ihre Zunge war. »Ich wünsch dir einen angenehmen Tag, mein Schatz.«

»Mami, du hörst dich so komisch an.«

»Tatsächlich? Ich bin wohl noch verschlafen.«

»Nein, du hörst dich krank an. Was? Äh, Moment mal. Tante Carmen möchte mit dir reden.«

Nicole hätte jemanden umbringen können. Sie kam sich vor, als hätte sie Sand gegessen. Gleich darauf meldete sich Carmen. »Nicole?«

»M-hm.« Sie bemerkte ein Geräusch im Hintergrund. Ein rhythmisches Geräusch.

»Du hörst dich ja schrecklich an. Was fehlt dir denn?«

Das Geräusch wurde deutlicher. Musik. »Kann ich jetzt nicht erklären.«

Carmen senkte ihre Stimme. »Hast du etwa einen Mann bei dir?«

Nicole setzte sich auf. »Nein! Himmel noch mal, Carmen, ich …«

Sie brach ab, als ihr klar wurde, dass die Musik nicht am anderen Ende der Leitung, sondern irgendwo im Haus erklang.

»Nicole ...«

»Pssst!« Sie lauschte. Sie kannte das Stück. Ihr wurde ganz kalt.

»Nicole, du machst mir Angst! Was ...«

Nicole ließ den Hörer fallen und sprang aus dem Bett. Sie taumelte, als sie den Boden berührte, und die Erinnerung an die vergangene Nacht brach über sie herein. Der Überfall. Das Polizeirevier. Das Krankenhaus. Das Schlafmittel. Die Bilder rasten durch ihren Kopf und löschten die Erinnerungen aus, welche die vertraute Musik in ihrem Wohnzimmer heraufbeschworen hatte.

»O Gott, was geht da vor?«, murmelte sie mit klopfendem Herzen.

»Nicole! Nicole!«, konnte sie Carmen rufen hören. »So antworte doch!«

Sie ignorierte Carmens Bitten und rannte barfuß über den Flur ins Wohnzimmer. Die Stereoanlage war an, der Ton viel leiser, als sie ihn gewöhnlich einstellte, aber immer noch ohne weiteres zu hören. Ohne weiteres zu hören und schrecklich vertraut.

»*Rhapsody in Blue.*«

Nicole ging auf die Stereoanlage zu. Sie hörte sich normalerweise CDs an, doch was da abgespielt wurde, war eine Kassette. Das Plastikkästchen lag auf einem Regalbrett neben dem Verstärker. Sie hob es auf und wusste bereits, was sie sehen würde. Hinten auf der Umschlagseite war Paul Dominic abgebildet, wie er im Frack an einem Steinway-Flügel saß. Der Titel der Kassette lautete *Dominic, Gershwin, Carnegie Hall.* »Die neue Kassette, die er mir an unserem letzten gemeinsamen Abend vorgespielt hat«, flüsterte Nicole und ließ den Kassettenbehälter auf den weichen blauen Teppichboden fallen.

Wie lange spielte die Musik schon? Es konnte sich um Stunden handeln, denn der Kassettenrekorder schaltete automatisch um und spielte die jeweilige Kassette immer wieder ab, bis sie herausgenommen wurde.

Sie stand ganz still da und lauschte der vier Takte langen Passage, die als Überleitung zwischen der langen Klavierkadenz und der bekannten Melodie des *Andantino moderato* dient. Dann brauste die Musik auf, und es ging an das langsame Thema heran, bis schließlich das Klavier im Wechselspiel mit dem Orchester die Rhapsodie zum spektakulären Abschluss brachte.

Nicole schloss die Augen. Sie konnte nur noch stoßweise und flach atmen. Es trat eine Pause ein, während das Gerät umschaltete. Dann begann es *The Man I Love* zu spielen. Nicole sank in die Knie. Sie gab einen tiefen, matten Klagelaut von sich. Sie schlang die Arme um ihre Taille und wiegte sich vor und zurück, während Tränen über ihre Wangen rollten. »Ach, Paul«, schluchzte sie und erinnerte sich, dass dieses Lied im Hintergrund erklungen war, als sie dicht beieinander in dem großen schönen Raum im zweiten Stock der Dominic-Villa gelegen hatten, dem Raum voller Rosen und Stereogeräte, und in dem Pauls Flügel gestanden hatte.

»Paul, bist du in mein Haus gekommen und hast diese Kassette aufgelegt?«, fragte sie laut. »Und wenn ja: Was hat das zu bedeuten? Du folgst mir. Warum? Um mich zu lieben oder um mich zu quälen?«

Sie senkte wieder den Kopf und sah auf einmal ihre nackten Füße. Sie erstarrte. Auf den Sohlen befanden sich dunkelrote Flecken. Sie berührte sie mit leichter Hand, obwohl sie längst gemerkt hatte, dass sie selbst unverletzt war. Es tat nicht weh, und doch wusste sie instinktiv, dass die Flecken Blut waren.

Ohne die Stereoanlage auszuschalten, stand sie auf, schlich zurück in den Flur und knipste das Licht an. In ihrem Magen schien sich etwas zusammenzuziehen und zu winden wie eine Schlange. Sie starrte scheinbar endlos lange auf den großen dunklen Fleck auf ihrem blassblauen Teppichboden. Eine Spur führte von diesem Fleck zur Hintertür.

Immer noch barfuß ging sie mitten durch und öffnete die Hintertür, die unverschlossen war. Als Erstes sah sie zu Jesses verlassener Hundehütte hinüber. Dann betrachtete sie ihre vergeblichen Bemühungen, einen Blumengarten zu pflanzen. Erst ganz zuletzt blickte sie auf und sah die Gestalt von einem Ast der Eiche an der Rückseite ihres Gartens hängen.

Ohne Zögern und mit unbewegtem Gesicht ging sie über das trockene Gras und der Wind wehte ihr das dünne Nachthemd um die Beine. Ihre Augen standen offen, doch sie hatte das Gefühl, dass etwas anderes sie vorantrieb. Der Körper am Baum war wie ein Magnet, der sie unwiderstehlich anzog. Sie blieb erst stehen, als sie mit dem Kopf gegen eine Stiefelspitze stieß.

Plötzlich kehrte mit einem Schlag ihr Bewusstsein wieder zurück. Sie blickte zu den gestiefelten, nach außen gedrehten Füßen hoch. Darüber kamen Jeans mit ausgefranstem Saum. Über den Jeans ein weißes T-Shirt und eine Lederjacke. Und über der Lederjacke eine schwarze Kapuze.

Eine schwarze Kapuze genau wie die, die man vor fünfzehn Jahren an den Leichen von Ritchie Zand und Luis Magaro gefunden hatte.

# Zwölf

## 1

»Paul, nein«, flüsterte Nicole verzweifelt. »Bitte, lieber Gott, mach, dass er das hier nicht getan hat.«

Sie starrte die Gestalt am Baum an. Sie war nicht nur still. Sie war starr. Rigor mortis. Sie hatte es mit einem Toten zu tun. Aber wer war es? Und wann war er aufgeknüpft worden?

»Ich muss ihn losschneiden«, murmelte sie, und ihr Magen drehte sich um, als sie die Kapuze anstarrte, die den schräg herabhängenden Kopf bedeckte. Sie machte kehrt, wollte ins Haus zurück und überlegte, wo sie die Stehleiter abgestellt hatte und welches Messer scharf genug war, um das Seil zu durchschneiden. Mit dem nackten Fuß trat sie auf einen Stein. Der Schmerz schoss in ihrem Bein hoch und mit ihm setzte auch wieder geistige Klarheit bei ihr ein.

Ihn losschneiden? Was hatte sie sich nur dabei gedacht? Die Ermittlungen hätte sie damit behindert, mehr nicht. Es war schlimm genug, dass sie so nahe an den Leichnam herangegangen war. Möglicherweise hatte sie bereits irgendein Beweisstück vernichtet.

Sie fühlte sich wie elektrisiert, doch gleich darauf setzte ihr gesunder Menschenverstand wieder ein. Sie rannte ins Haus und schlug die Hintertür zu. Als sie ins Schlafzimmer gerannt kam, entdeckte sie auf dem Bett den Telefonhörer. Sie hob ihn auf und lauschte dem schnellen Tuten einer unterbrochenen Verbindung. Carmen hatte aufgelegt.

Obwohl Nicoles Hände so heftig zitterten, dass sie kaum den Hörer festhalten konnte, schaffte sie es, erst ein Freizeichen zu bekommen und dann die Notrufnummer zu wählen. Vor acht Tagen hatte sie das Gleiche getan, als ihr Vater sich selbst in den Kopf geschossen hatte.

Aber zunächst einmal sollte sie hundert Fragen beantworten. Der Anruf dauerte schon drei Minuten, als Nicole endlich der Kragen platzte. »Um Himmels willen, ich habe eine Leiche hinten im Garten. Muss ich wirklich den Mord selbst aufklären, ehe hier ein Polizist aufkreuzt?« Dann knallte sie den Hörer nieder, während die Beamtin in der Einsatzzentrale immer noch weiterschnatterte.

Sie blickte auf ihr dünnes Nachthemd herab. Ein Morgenmantel? Nein, die Polizei würde gleich da sein und sie fühlte sich im Nachtgewand zu verletzlich. Sie griff nach einer Jeans, doch die erinnerte sie an die vergangene Nacht. Sie warf sie auf den Boden. Schließlich entschied sie sich für ihre graue Trainingshose. Dann fielen ihr wieder die Blutflecken an ihren Füßen ein. Sie konnte unmöglich der Polizei entgegentreten, ohne vorher noch schnell geduscht zu haben.

Nicole hatte sich abends zuvor nach dem Überfall beinahe wund geschrubbt und die Seife und das heiße Wasser wirkten jetzt am Morgen nicht sehr beruhigend auf sie. Sie wusch sich so schnell wie möglich und konnte doch nicht das dunkle Wasser ignorieren, das unter ihren Füßen hervorrann. Nun bildete es einen Strudel und rann zusammen mit dem Seifenschaum in den Abfluss. Wie schnell doch das Leben vorbei sein kann, dachte sie voller Entsetzen, und wie leicht zu beseitigen sind die zum Leben notwendigen Elemente.

Uniformierte Beamte erschienen, als Nicole gerade die Schnürsenkel an ihren Reeboks zuband. Sie rannte an die Tür und beobachtete den Streifenwagen, als er in die Auffahrt einbog. Dann sah sie sich um und entdeckte einen zweiten Streifenwagen – den gleichen, den sie dort in den frühen Morgenstunden hatte stehen sehen. Sie blickte stirnrunzelnd auf die Uhr. Acht Uhr dreißig. Der Beamte hätte längst weggefahren sein müssen. Hätte sie gewusst, dass er immer noch dort draußen wartete, hätte sie sich als Erstes an ihn gewandt.

Sie trat hinaus. Auch die gerade eingetroffenen Beamten blickten jetzt in Richtung des Streifenwagens am Straßenrand. Einer der Beamten ging mit großen Schritten auf den Wagen zu. Seine Kollegin sah Nicole hinterher, die über den Rasen eilte. »Was macht der denn noch hier?«, fragte Nicole. »Warum steigt er nicht aus?«

»Ich weiß es nicht.« Die Polizistin war jung und sehr hübsch und gab sich große Mühe, hartgesotten auszusehen.

Nicole stand wie gebannt da, als nun auch die junge Frau zu dem anderen Streifenwagen hinging. Der Polizeibeamte spähte durch das offene Fenster ins Wageninnere. Gleich darauf zog er den Kopf zurück, als hätte ihn ein Schlag getroffen.

»Er ist tot!«, rief er. »Kopfschuss!«

Die Beamtin blieb wie angewurzelt stehen. Nicoles Atem entwich ihren Lungen in einem langen Seufzer und alles begann sich um sie zu drehen. Ein Polizist, den man geschickt hatte, um sie zu beschützen, war ermordet worden. Ein Unbekannter war in ihr Haus eingedrungen und ebenfalls ermordet worden, vielleicht wenige Meter von ihrer Schlafzimmertür entfernt. Dann war er hinten in ihrem Garten aufgeknüpft worden, und das alles, während sie geschlafen und von Magaro und Zand geträumt hatte.

Sie sank in den Lotussitz nieder und beugte den Kopf vor, um die Durchblutung ihres Gehirns anzukurbeln. Sie zwang sich, tief einzuatmen, und wiederholte stur: »Ich falle nicht in Ohnmacht. Ich falle nicht in Ohnmacht«, als wäre es eine Mantra.

So saß sie immer noch im Gras, als ihr jemand die Hand auf die Schulter legte. Nicole keuchte und blickte auf. Vor ihr stand Carmen mit bleichem Gesicht, das Haar mit einem Gummiband zurückgebunden, die Stirn sorgenvoll gerunzelt. »Du hast mich am Telefon zu Tode erschreckt. Was in Gottes Namen geht hier vor?«

»Ist mit Shelley alles in Ordnung?«, flüsterte Nicole.

»Natürlich. Bobby hat sie zur Schule gebracht.«

»Ah«, brachte Nicole nur heraus. Derartig vom Tod umgeben galt ihre einzige Sorge der Sicherheit ihres Kindes.

Carmen ging neben ihr in die Knie, nahm ihr Kinn in die Hände und zwang Nicole, ihr ins Gesicht zu sehen. »Was ist los? Warum ist die Polizei da? Was ist passiert?«

»Sie sind tot. Beide.«

»Wer ist tot?«

»Der Polizist im Auto. Der Mann hinten im Garten.«

»Der Mann hinten im Garten?«

»Der Gehängte am Baum.« Nicoles Stimme zitterte.

Carmens Gesichtszüge erschlafften. Dann schüttelte sie Nicole heftig durch. »Komm zu dir. Du redest sinnloses Zeug. Wer ist tot in deinem Garten?«

»Ich hab doch gesagt, ich weiß es nicht.« Die Welt um sie herum trat Nicole wieder klar vor Augen und zugleich stellte sich ihr aufbrausendes Temperament wieder ein. Konnte Carmen ihr nicht einen Augenblick Zeit lassen, bis sie sich gefasst hatte? »Halt dich mal eben zurück, damit ich meine Gedanken ordnen kann.«

Menschen traten aus ihren Häusern, und Nicole sah zu, wie die

Beamten anfingen, den Tatort abzuriegeln. Sie hielten die Leute in sicherer Entfernung und redeten beruhigend auf sie ein. Ich wäre eine schlechte Polizistin, dachte Nicole. Ich könnte nie so die Ruhe bewahren.

»Nicole?« Carmen ließ sich nicht abwimmeln.

Nicole holte tief Luft. »Nachdem du gestern Abend aufgebrochen warst, bin ich überfallen worden.«

»Was?«, trompetete Carmen und zog damit die Aufmerksamkeit der Nachbarn und der Polizei auf sich.

»Carmen, willst du mir zuhören oder mich weiter so anschreien?«

»Entschuldige.«

»Jedenfalls hat der Typ, der mich ausgeraubt hat, meine Schlüssel und Ausweispapiere erwischt. Ray DeSoto, der Kriminalbeamte, von dem ich dir gestern beim Essen erzählt habe, hat mich nach Hause gefahren und dann jemanden abgestellt, um das Haus zu überwachen. Jemand anderer ist dennoch eingedrungen. Als ich aufgestanden bin, war Blut im Flur – so viel Blut. Ich hab dann hinten im Garten nach dem Rechten gesehen und da war ein Toter mit einer Kapuze auf dem Kopf. Einer schwarzen Kapuze. Er hängt an meinem Baum. Ich hab die Polizei gerufen. Als ich vor die Tür getreten bin, um sie zu begrüßen, war der Streifenwagen von gestern Abend immer noch da. Die Polizisten sind nachsehen gegangen, warum, und …«

»Und der Streifenbeamte ist tot.«

Nicole nickte. »Kopfschuss.«

Carmen setzte sich neben sie ins Gras. Ihr Mund war leicht geöffnet, ihre Augen blickten glasig. »Nicole, bist du dir all dessen ganz sicher?«, fragte sie schließlich.

Nicole sah sie ungläubig an. »Meinst du etwa, es war ein Traum?« Ein weiteres Polizeiauto fuhr vor, dicht gefolgt von einem Zivilfahrzeug mit aufgesetztem Blinklicht. »Der schwarzhaarige Mann, der dort aus dem Auto steigt, ist Sergeant Ray DeSoto. Glaubst du mir jetzt?«

Ray kam als Erstes auf Nicole zu. »Alles in Ordnung?«, fragte er in besorgtem Tonfall, obwohl sein Gesicht ausdruckslos blieb. »Sind Sie verletzt?«

»Nein, sie ist nur verängstigt«, antwortete Carmen an ihrer Stelle.

Ray sah Carmen an. »Und Sie sind …?«

»Mrs. Carmen Vega. Nicole und ich sind seit unserer Kindheit befreundet.«

Ray nickte. »Würde es Ihnen beiden etwas ausmachen, hier draußen zu bleiben, bis wir so weit sind, uns den anderen Mann anzusehen?«

»Wieso das?«, fragte Carmen.

»Damit wir keine Indizien verwischen«, antwortete Nicole mit dumpfer Stimme. »Wir bleiben gerne hier. Tun Sie, was zu tun ist.«

Ray gesellte sich zu den Beamten neben dem Streifenwagen, in dem der tote Polizist saß. »Ich weiß, das ist jetzt der falsche Zeitpunkt, es zu sagen, aber er sieht fabelhaft aus«, raunte Carmen. »Außerdem hat er dich offenbar gern.«

»Du hast Recht, es ist der falsche Zeitpunkt, Carmen. Aber fabelhaft aussehen tut er wirklich und er ist lediglich nett zu mir.«

»Nein, ist er nicht. Ich merk es ihm an.«

»Du merkst gar nichts. Außerdem hab ich jetzt wirklich was anderes im Sinn als eine Romanze. Können wir uns vielleicht über was anderes unterhalten?«

»Worüber denn? Über Leichen?«

Nicole schloss die Augen. »Ich geb's auf. Dein Gesprächsthema ist besser.«

Carmen versetzte ihr einen Rippenstoß, und als sie aufblickte, sah sie, dass Ray wieder da war. »Könnten Sie jetzt mit mir ins Haus gehen?«

»Ja, ich denke schon.« Sie und Carmen standen auf.

»Mrs. Vega, es wäre mir lieber, wenn Sie hier draußen bleiben würden«, sagte Ray. »Je weniger Leute den Tatort verunreinigen, desto besser.«

»Ich werde schon nichts verunreinigen«, protestierte Carmen enttäuscht.

Nicole sah sie an. »Carmen, glaube mir: Du willst weder das Haus noch die Leiche sehen. Es ist nicht wie im Fernsehen.«

Carmen nickte. »Schon gut. Man könnte meinen, ich wäre eine Leichenfledderin.«

Ray lächelte ihr zu. »Das ist ganz natürliche Neugier, Mrs. Vega.« Er nahm Nicoles Arm. »Sind Sie so weit?«

»Nein, aber ich denke, es bleibt mir nichts anderes übrig.«

Als sie das Haus betraten, fiel Nicole auf, dass Ray ein Notizbuch aus der Tasche gezogen hatte und dünne Plastikhandschuhe trug. Er blieb mit verblüffter Miene mitten im Wohnzimmer stehen. »Haben Sie, bevor Sie die Leiche entdeckt haben, Musik aufgelegt, oder danach?«

»Ich hab sie überhaupt nicht aufgelegt«, erwiderte Nicole zögernd. »Sie war an, als ich aufgewacht bin.«

Ray zog die Brauen hoch und wandte sich dann der Stereoanlage zu. »Es ist eine Kassette von Paul Dominics Konzert in der Carnegie Hall, wo er Gershwin gespielt hat«, sagte sie.

Ray blickte sie an. »Ihre Kassette?«

»Nein. Ich besitze keine Aufnahmen von Paul.«

Sie sahen einander einen Augenblick lang unverwandt an. Dann schrieb Ray etwas in sein Notizbuch, drückte mit der Spitze seines Kugelschreibers auf die Stopptaste und sah sich den Kassettenbehälter an. »*Dominic, Gershwin, Carnegie Hall.* Sein letztes Konzert. Seine letzte Einspielung.«

»Woher wissen Sie das?«

»Ich hatte in letzter Zeit genug Gründe, mich über Dominic zu informieren.« Seine Augen schweiften über sie hinweg zu dem großen dunklen Fleck im Flur. »Da hat jemand eine Menge Blut verloren.«

»Eine Spur führt hinten in den Garten«, erläuterte Nicole. »Ich glaube, er wurde hier getötet oder verletzt und dann erst nach draußen gezerrt. Ich war von dem Überfall und dem Schlafmittel völlig hinüber, aber großen Lärm kann er dennoch nicht veranstaltet haben. Davon bin ich überzeugt. Ich bin dann mitten durch das Blut gelaufen, habe die Hintertür geöffnet und bin barfuß auf die Leiche zugerannt.«

»Daraus, dass Sie immer von der ›Leiche‹ sprechen, schließe ich, dass Sie den Mann noch nie gesehen haben.«

Nicole blinzelte. »Ich habe noch mit niemand anderem außer Carmen darüber gesprochen. Ray, ich weiß nicht, wer er ist. Er hat eine schwarze Kapuze auf dem Kopf.«

»Eine schwarze Kapuze?«

»Ja«, sagte Nicole mit zittriger Stimme. »Kommt Ihnen das bekannt vor?«

»Wie die Kapuzen über den Köpfen von Magaro und Zand. Das gleiche Material und alles?«

Sie blickte zu Boden. »Ich hab diese Kapuzen nie zu sehen bekommen, nur Bilder. Ich habe ihre Bedeutung nie begriffen.«

»Das Aufhängen in Verbindung mit den Kapuzen war es, weshalb manche Leute an einen Kultmord glaubten, so wie bei den Tate-LaBianca-Morden. Sharon Tate und Jay Sebring wurden an einem Kandelaber aufgehängt. Nur war es damals ein blutiges Handtuch, mit dem Jay Sebrings Gesicht bedeckt war, keine Kapuze.«

»Meine Güte, was für ein Gedächtnis«, sagte Nicole mit schwacher Stimme. Bei dem bloßen Gedanken drehte sich ihr der Magen um.

»Der Fall hat mich fasziniert. Er hat dazu beigetragen, dass ich Polizist werden wollte.«

»Sie waren doch bestimmt zu jung, um den Fall zu verfolgen.«

»Manson beantragt immer wieder Straferlass und kommt damit jedes Mal in die Nachrichten. Es ist nicht leicht, ihn oder die Morde zu vergessen.« Er warf einen Blick auf die Hintertür. »Sie sind also da rausgegangen.«

»Ja. Ich bin aufgewacht, genau genommen hat mich Shelleys Anruf aufgeweckt, habe die Musik gehört und bin hier hereingerannt. Das Blut auf dem Flurteppich ist mir gar nicht aufgefallen. Dann habe ich die Kassette gesehen. Dann habe ich das Blut gesehen. Ich bin der Spur bis in den Garten nachgegangen.«

»Und genau das werden wir jetzt noch einmal tun.«

»Sie wollen, dass ich mitgehe?«

Rays verdrießlicher schwarzer Kollege, ein Mann mittleren Alters, gesellte sich zu ihnen. »Es ist nicht notwendig, dass Sie jetzt rausgehen. Sie bringen uns doch nur den Tatort in Unordnung.«

Ray warf dem Mann einen eisigen Blick zu. »Es ist sehr wohl nötig, dass sie hinausgeht, Waters. Vielleicht kann sie ihn identifizieren. Und in Unordnung wird sie auch nichts bringen.«

Nicole konnte fast Waters' Zähne knirschen hören, so gereizt war er. Er hatte Ray schon an dem Morgen begleitet, an dem ihr Vater tot aufgefunden worden war. Sie schätzte ihn auf Ende vierzig, Anfang fünfzig, dicklich mit grauen Schläfen, einem großflächigen Gesicht und Augen, die den Eindruck erweckten, als könne er einem damit direkt in die Seele blicken. Er könnte richtig nett aussehen, wenn er mal lächeln würde, dachte Nicole. Aber das Lächeln schien Waters nicht leicht zu fallen.

Sie umrundeten den kreisförmigen Blutfleck, dessen Durchmesser Nicole auf mindestens sechzig Zentimeter schätzte, und Ray öffnete die Hintertür. »Keine Anzeichen für einen Einbruch.«

»Haben Sie die Tür letzte Nacht offen gelassen?«, fragte Waters.

»Nein. Ich bin sicher, dass ich abgeschlossen habe«, sagte Nicole mit größerer Sicherheit, als sie sie empfand. Sie war in der vergangenen Nacht so durcheinander gewesen. Sie überprüfte vor dem Zubettgehen immer die Türen, konnte sich jedoch nicht erinnern, es vor wenigen Stunden auch getan zu haben.

»Fassen Sie nichts an«, befahl Waters.

»Nun hab dich nicht so«, fuhr Ray ihn an. »Ich glaube, Sie sind sich noch nicht offiziell vorgestellt worden. Nicole, das ist Sergeant Cyrus Waters. Waters, das ist Mrs. Chandler, und sie weiß, dass sie nichts anfassen soll.«

»Na, dann entschuldigen Sie«, murrte Waters.

Nicole lächelte ihn an. »Ich werde ganz vorsichtig sein.«

Ein wenig besänftigt steckte Waters die Hände in die Taschen und blickte nicht mehr ganz so finster drein.

Nicole verlangsamte ihre Schritte, je näher sie der Leiche kamen. Die ausgetretenen Cowboystiefel mit den nach außen gedrehten Spitzen sahen mitleiderregend aus. Frischer Vogeldung glitzerte auf den ausgefransten Jeans. Die Finger der herabhängenden Hände waren schmutzig und steif.

»Erkennen Sie ihn?«, fragte Waters.

»Sie haben die Kapuze noch nicht abgenommen«, stellte Nicole fest.

Ray schob sie einen Schritt näher an die Leiche. »Das geht erst, wenn wir die Fotos haben. Aber sehen Sie vielleicht jetzt schon etwas, das uns einen Hinweis geben könnte ...«

»Der Geruch«, unterbrach Nicole. »Schimmel.«

»Schimmel?«, wiederholte Waters ungläubig.

»Sie hat einen unglaublichen Geruchssinn«, sagte Ray.

Waters hob den Blick und sah sie an wie eine Idiotin. »Vielleicht sollte sie sich zur Hundestaffel melden. Wie gut sind Sie im Aufspüren von Kokain, Mrs. Chandler?«

»Wahrscheinlich so gut wie beim Aufspüren des Knoblauchs, den Sie gestern Abend gegessen haben«, konterte Nicole, angespornt durch Waters' Sarkasmus.

Unglaublich, aber wahr: Waters' Mundwinkel zuckten, als würde er gleich anfangen zu lächeln. »Sonst noch was?«

»Ich sehe außerdem Hundebisse. Am rechten Handgelenk des Mannes sind Spuren von Hundezähnen. Und sehen Sie sich sein linkes Hosenbein an. Es ist in Kniehöhe zerrissen. Ich denke, dass Sie unter dem Riss weitere Bissspuren finden werden.« Nicole sah Ray an. »Das ist der Mann, der mich gestern Abend auf dem River Walk ausgeraubt hat.«

Nachdem Fotos geschossen, der Fundort abgesteckt und ausführliche Notizen gemacht waren, nahmen die Beamten endlich die Kapuze ab. »Na so was«, sagte Waters. »Izzy Dooley.«

»Izzy Dooley?«, wiederholte Nicole benommen.

»Ja. Ich glaube, Izzy ist die Kurzform von Isadore. Der Spinner hält sich für einen Vampir. Er ist ein paar Mal wegen kleinerer Delikte hopsgenommen worden, schafft es aber immer, über kurz oder lang wieder freizukommen.« Er runzelte die Stirn. »Der River Walk. Das ist nicht sein übliches Revier. Da stimmt doch was nicht.«

»Warum, glauben Sie, war er dort?«, fragte Nicole.

»Keine Ahnung.« Waters' Stirnrunzeln vertiefte sich. »Kämen Sie von selbst drauf, dass der Typ erst vierundzwanzig oder so ist? Aussehen tut er gute zehn Jahre älter.«

Alles, worauf sich Nicole konzentrieren konnte, war das Gerinnsel aus getrocknetem Blut, das an der rechten Seite seines Gesichts herablief. Es war so dicht am Auge, dass es wie eine Tränenspur aussah. Vampiren wird nachgesagt, dass sie blutige Tränen weinen.

»Er ist also mit Hilfe der Schlüssel, die er Mrs. Chandler früher am Abend abgenommen hatte, ins Haus gelangt«, sagte Ray soeben.

»Nachdem er den Beamten im Auto umgelegt hatte«, fügte Waters hinzu. »Mrs. Chandler wurde gegen zehn überfallen. Um welche Zeit ist der Streifenwagen gekommen?«

»Erst gegen ein Uhr morgens«, sagte Nicole.

»Wenn Izzy bei dem Überfall auf Sie Ihre Ausweispapiere erwischt hat, wusste er, wo Sie wohnen. Er hatte fast drei Stunden Zeit, um hierher zu fahren, bevor der Streifenwagen da war«, legte Waters seine Gedanken dar. »Warum ist er nicht einfach durch die Vordertür reingekommen? Warum hat er das Vorhängeschloss am Zaun zertrümmert?«

»Weil unser Hund draußen war«, erläuterte Nicole. »Er wollte ihn wohl aus dem Weg schaffen, damit er keinen Aufruhr veranstaltet. Also hat er ihn hinausgelassen, ist dann ins Haus eingedrungen und hat gewartet. Er könnte hereingekommen sein, während Sergeant DeSoto und ich im Krankenhaus waren. Deshalb haben weder wir noch der Streifenbeamte, den Sie mit der Überwachung beauftragt hatten, etwas gesehen, nachdem wir angekommen waren.«

»Ich habe überall im Haus nachgesehen«, rechtfertigte sich Ray.

»Aber nicht hinten im Garten.«

»Sie sagten doch, Sie hätten die Hintertür abgeschlossen«, erinnerte Waters sie.

»Ja, aber wenn er die Schlüssel hatte, ist das doch egal«, argumentierte Ray. »Er hat sich einfach erneut Zugang verschafft.«

»War das Vorhängeschloss am Zaun schon kaputt, als Sie aus dem Krankenhaus kamen?«, fragte Waters Nicole.

»Ich habe es fünfzehn Minuten nach meiner Rückkehr entdeckt.«

Waters runzelte schon wieder die Stirn. »Die Sache mit dem Hund geht mir immer noch nach. Wenn Izzy darauf aus war, Mrs. Chandler dort drinnen allein anzutreffen, und wenn er die Schlüssel hatte, warum ist er nicht einfach hineingegangen und hat sich auf die Lauer gelegt? Warum hat er erst das Vorhängeschloss kaputtgeschlagen, um den Hund rauszulassen?«

»Er muss vorgehabt haben, das Haus auszurauben, ehe Nicole zurückkam, und wollte nicht, dass der Hund einen Höllenlärm macht«, sagte Ray leicht irritiert. »Ist doch ganz einfach, finde ich.«

Nicole und Ray sahen einander an. »Allerdings ist damit noch nicht erklärt, warum die Stereoanlage Pauls Musik gespielt hat.«

»Paul?«, fragte Waters sogleich.

»Paul Dominic«, brachte Nicole hervor. »Er war Konzertpianist. Ich war mit ihm zusammen. Vor fünfzehn Jahren …«

Waters hob die Hand. »Ich kenne die Geschichte, Mrs. Chandler. Sie erinnern sich vermutlich nicht, aber ich war mit der Aufklärung des Falls betraut.«

Nicole starrte ihn an. »Nein, ich hab Sie nicht wieder erkannt«, sagte sie leise.

»Na ja, ich bin auch kein Schönling wie DeSoto hier. Frauen können sich nie an mich erinnern.«

Nicole sah ihn sich noch einmal genau an. »Wissen Sie, ich glaube, ich erinnere mich doch an Sie.« Sie schluckte. »Jedenfalls lief die Stereoanlage mit der Kassette, als ich aufgewacht bin. Es ist nicht meine Kassette.«

Waters musterte sie durchdringend. »Sie glauben doch nicht etwa, dass Dominic Izzy und den Polizisten umgebracht hat, oder?«

Nicole kam sich vor wie ein kleines Geschöpf, das man in die Ecke getrieben hat. »Ich … also, ich weiß, dass ihn alle für tot halten, aber …«

»Cy, sie glaubt, Dominic mehr als einmal gesehen zu haben«, erklärte Ray knapp. »Erst dachte ich, sie bildet sich das vielleicht nur ein.«

»Und jetzt nicht mehr?«, fragte Cy Waters.

»Ich bin ziemlich sicher, dass Paul Dominic am Leben ist, dass er hierher zurückgekommen ist und dass er Mrs. Chandler nachstellt.«

Nicole hatte genau das hundertmal gedacht, aber es bekam einen ganz anderen Klang, wenn ein Polizist es mit Überzeugung zu einem anderen sagte.

Nach und nach registrierte sie, dass jemand auf eine Leiter stieg. Man würde den Mann losschneiden, der mit seiner schwarzen Kapuze über dem Kopf die halbe Nacht hinten in ihrem Garten gehangen hatte. Sie erschauerte und verschränkte die Arme vor der Brust.

Waters schien mitbekommen zu haben, dass ihre Aufmerksamkeit nachgelassen hatte, und überraschte sie mit einer Frage: »Wie kommen Sie darauf, dass Dominic hier ist?«

Sie schluckte. »Es hat mehrere Vorfälle gegeben.« Er sah sie erwartungsvoll an, und sie begann ganz automatisch, ihm zu erzählen, unter welchen Umständen sie Paul gesehen hatte. Als sie fertig war, rechnete sie mit Widerspruch, doch Cy Waters war in den Anblick einer grauen Wolke versunken, die an der Sonne vorbeizog.

»Sie wissen, was das bedeutet, nicht wahr?«, fragte er Nicole. »Wenn Paul Dominic die Männer ermordet hat, die Sie vor fünfzehn Jahren überfallen haben, hat er vermutlich auch den Mann ermordet, der Sie gestern Nacht am River Walk angefallen hat.« Er schenkte ihr ein trostloses Lächeln. »Mit Gershwin hat er es, nicht wahr?«

»Was willst du damit sagen?«, fragte Ray.

»Noch ein Gershwin-Song – ›*Someone to Watch Over Me*‹. Falls Dominic tatsächlich am Leben ist, sieht es ganz danach aus, als wolle er auf Nicole Sloan bis an ihr Lebensende aufpassen.«

# 2

Es war kein kalter Tag, und Nicole trug einen dicken Trainingsanzug, aber sie zitterte dennoch, als sie das Haus verließ. Fast wäre sie gestrauchelt und Carmen in die Arme gefallen. »Vorsicht, Kleines«, sagte Carmen.

»Es war der Mann, der mich gestern Abend ausgeraubt hat«, sagte Nicole zu ihr. »Er muss meine Schlüssel benutzt haben, um ins Haus zu gelangen, und dort hat jemand auf ihn gewartet.«

»Jemand?«

»Es sieht ganz danach aus, als wäre es Paul gewesen.«

Carmen hielt sie von sich weg. Ihr Gesicht blickte streng. »Nicole, wann wirst du endlich aufhören, von Paul Dominic zu faseln? Die Polizei wird denken, dass mit dir was nicht stimmt.«

Ray und Waters tauchten neben ihnen auf. Ray sagte: »Mrs. Vega, es ist durchaus möglich, dass Paul Dominic hinter alledem steckt.«

»Was?«, fragte Carmen zaghaft. »Sie nehmen ihr das ab?«

»Carmen, man könnte meinen, du hältst mich für eine Irre«, fuhr Nicole sie beleidigt an.

»Tut mir Leid, aber ...«

»Wir glauben, dass eine ganz geringe Chance besteht, dass Dominic hier ist«, unterbrach Ray. »Wenn ja, besteht auch die Chance, dass er Izzy Dooley und den Beamten im Streifenwagen umgebracht hat.«

Nicole starrte ihn finster an. »Eine ganz geringe Chance? Ich dachte, Sie glauben mir. Oder denken Sie, ich hätte die Männer ermordet?«

»Mrs. Chandler, ich weiß nicht, wer sie ermordet hat«, entgegnete Ray kühl.

Waters sah sie durchdringend an. »Besitzen Sie eine Schusswaffe?«

Nicole war so überrascht, dass sie einen Augenblick brauchte, um die Frage zu bejahen.

»Wo ist sie?«

Nicole sah Ray an. Warum sagte er nichts zu ihrer Verteidigung, sondern überließ Waters die Ermittlungen? »Die Waffe ist in meinem Nachttisch«, sagte sie zögernd. »Der Schlüssel zur Schublade steckt unter meiner Matratze. Sie können doch unmöglich glauben, dass ich die Männer erschossen habe?«

»Warum nicht?«

»Warum nicht? Weil ein Schuss die ganze Nachbarschaft aufgeweckt hätte.«

»Das ist mir klar«, antwortete Waters. »Es muss ein Schalldämpfer benutzt worden sein.«

Obwohl Nicole am ganzen Leib zitterte, sah sie Waters' unerschrocken ins Gesicht. »Tut mir Leid, Sie enttäuschen zu müssen, aber meine Waffe ist ein Revolver.«

»Sie kennen sich offenbar gut mit Waffen aus«, stellte Waters bedächtig fest. »Genug, um zu wissen, dass es nicht unmöglich ist, einen Schalldämpfer auf einen Revolver aufzusetzen?«

»Wenn der Lauf der Waffe mit einem Gewinde versehen ist. Das ist bei mir nicht der Fall.«

»Nicole!«, krächzte Carmen. »Halt den Mund. Du hörst dich an, als wärst du ein Gangster!«

Doch Nicole konnte sich nicht zurückhalten. »Außerdem werden Sie feststellen, dass aus der Waffe in den letzten vierundzwanzig Stunden kein Schuss abgefeuert wurde.«

»Woher weiß ich, dass Sie nur eine Waffe haben?«

»Weil ich es Ihnen sage«, konterte Nicole kalt. »Und was ist mit meinen Händen? Führen Sie einen Paraffintest durch – Sie werden keine Nitratreste finden.«

»Warum haben Sie dann geduscht, bevor wir gekommen sind? Die Wanne ist jetzt noch nass.«

»Ich habe geduscht, weil ich Blut an den Füßen hatte. Aber damit, Sergeant, könnte ich nicht alle Nitratspuren beseitigen.«

»Mrs. Chandler, es gibt da eine Erfindung, die man ›Handschuh‹ nennt und Ihre Hände vor Spuren schützen würde. Außerdem kennen Sie sich besser mit Handfeuerwaffen aus, als mir lieb ist.«

Sie funkelten einander mit aufgeblähten Nasenflügeln an, bis Ray sagte: »Das reicht fürs Erste, Waters.«

»Und Sie«, fuhr Nicole fort, ohne auf ihn zu achten, »glauben sicher auch, dass ich den Mann am Baum aufgeknüpft habe? Vielleicht ist Ihnen das nicht aufgefallen, aber mit meinen eins dreiundsechzig und hundertzehn Pfund bin ich nicht unbedingt eine Amazone.«

»Die Gesetze der Physik ...«

»Die Gesetze der Physik!«, brach es aus Nicole heraus.

Carmen packte Nicoles Arm. »Wenn du jetzt nicht aufhörst und dir einen Anwalt nimmst, kleb ich dir den Mund zu!«

Nicole sah sie finster an. »Ich will doch nur ...«

»Halt die Klappe«, zischte Carmen. »Ich mein es ernst. Kein Wort mehr.«

»Das geht Sie nun wirklich nichts an«, sagte Waters mit müder Stimme zu Carmen.

Carmen wirbelte herum. »Es geht mich sehr wohl etwas an! Nicole ist meine beste Freundin, und Sie nutzen ihren Schock aus und bringen sie dazu, Dinge zu sagen, die sie nicht sagen sollte.« Ihre Augen verengten sich. »Es ist nicht das erste Mal, dass ihr Bullen sie dazu gekriegt habt.«

Waters warf ihr einen ironischen Blick zu. »Ich geh nur meiner Arbeit nach, gnädige Frau. Außerdem habe ich ihr nicht ihre Rechte vorgelesen. Sie wissen sicher, was das bedeutet: Ich hab sie nicht verhaftet.«

»Wie großzügig von Ihnen. Ich will Ihnen sagen, was Sie tun können: Sie können sich das mit dem Rechtevorlesen an den Hut stecken«, schimpfte Carmen. »Nicole kommt fürs Erste mit mir.«

»Sie darf das Haus noch nicht verlassen«, knurrte Waters.

»Ich nehme sie mit zu meinem Auto, wo ich eine Thermosflasche Kaffee habe, wenn es Ihnen recht ist, Euer Majestät.«

»Na gut«, sagte Waters lässig. »Aber versuchen Sie nicht, mit ihr davonzufahren.«

Carmen rollte die Augen und murmelte etwas auf Spanisch. Nicole bekam nicht mit, was sie sagte, doch sie sah ein Funkeln in Rays dunklen Augen.

## 3

Ray blieb draußen auf der Straße, um die Nachbarn zu befragen. Waters kehrte in den Garten zurück. Ein junger Polizeipathologe winkte ihm, zu dem Leichnam zu kommen, den man auf den Bauch gelegt hatte.

»Beide Opfer wurden in die linke Schläfe geschossen«, sagte er zu Waters. »Beide Schüsse wurden aus nächster Nähe abgefeuert. Ich würde sagen, Kaliber 38. Der Streifenbeamte hat, nach der vorläufigen Untersuchung zu urteilen, keine anderen Verletzungen. Bei dem hier liegt der Fall anders.« Er zeigte auf Izzys Kreuz. »Das da ist eine tiefe Stichwunde. Sie muss ihn sofort von der Leibesmitte abwärts gelähmt haben.«

»Keine Anzeichen von Gegenwehr?«

»Nein. Er wurde vermutlich im Haus überrascht, niedergestochen und dann nach draußen geschleppt. Er hat an der Innenseite seiner Unterarme diverse Prellungen. Das bedeutet, dass er nicht tot war, als er aus dem Haus geschafft wurde. Ich halte es für möglich, dass er sich am Türrahmen festgehalten hat und losgerissen wurde. Dann wären die Arme auf das harte Holz getroffen, was die Prellungen hervorgerufen hätte.«

»Haben Sie am Hals auch Prellungen oder Blut gefunden?«, fragte Waters.

»Mehrere Schürfwunden, aber kein Blut. Er wurde erst erschossen, dann aufgehängt.«

»Ich weiß schon, dass er nicht bei lebendigem Leib aufgeknüpft worden ist«, knurrte Waters. Seine Füße taten weh und er hatte Hunger. Seine Frau hatte ihn auf Diät gesetzt.

»Dafür hatte er Prellungen am Mund«, fuhr der junge Mann geduldig fort. »Ich gehe davon aus, dass ihm etwas Raues dort hineingestopft wurde, um ihn am Schreien zu hindern.«

»Etwas Raues? Was denn?«

»Also, ich bin mir da natürlich nicht sicher. Nach der Autopsie werden wir es genau wissen, aber ich würde sagen: so etwas wie Frotté. Vielleicht war es ein großer Waschlappen.«

»Interessant«, murmelte Waters. »Ich frage mich, ob Mrs. Chandler ein Waschlappen fehlt.«

# 4

Ray hatte drei Personen befragt. Nun unterhielt er sich mit einer Frau mittleren Alters mit leuchtend rot gefärbtem Haar, die ihm in allen Einzelheiten von einem heftigen Streit berichtete, den Nicole mit ihrem Mann gehabt hatte. Am Sonntagabend. »Sie hätten hören sollen, was die für Worte benutzt hat«, sagte sie eifrig zu Ray. »Empörend.«

»Ich verstehe. Und Mr. Chandler? Hat er sie auch angeschrien?«

»Na, selbstverständlich«, sagte die Frau und zog die Nase hoch. »Kein richtiger Mann würde einfach dastehen und sich so beschimpfen lassen. Und ich habe bei der im Haus viele junge Leute ein und aus gehen sehen. Selbst am Abend nach der Beerdigung ihres Vaters hatte sie einen jungen langhaarigen Burschen zu Besuch!«

»Für die Sie noch nicht einmal einen Dollar für den Kranz spenden wollten, den ihr die Nachbarn geschickt haben.« Ray blickte auf und sah einen Mann auf sich zueilen. Er war Ende siebzig, spindeldürr, weißhaarig, in graue Flanellhosen und eine marineblaue Strickjacke gekleidet.

»Newton Wingate«, verkündete er und streckte ihm eine stark geäderte Hand entgegen. Aus dieser Nähe konnte Ray erkennen, dass er vermutlich eher über achtzig statt über siebzig war, doch sein Händedruck war fest und seine blauen Augen funkelten hellwach hinter seinen Brillengläsern.

»Ich habe wichtige Informationen über das, was letzte Nacht vorgegangen ist, Detective.«

»Ach, was wissen Sie schon?«, warf die Rothaarige scharfzüngig ein.

Newton Wingate ignorierte sie und wandte sich an Ray. »Ich habe Probleme mit der Prostata. Mein lieber Junge, hoffen Sie, dass es Ihnen nicht auch mal so geht. Das reine Elend. Die Ärzte wollten mir das Ding rausnehmen, aber ich hab gesagt: ›Nein, meine Herren, ich bin mit allen Organen auf die Welt gekommen, und die nehm ich auch alle wieder mit.‹«

Die Rothaarige verdrehte die Augen und stolzierte davon, während Wingate fortfuhr: »Jedenfalls muss ich dauernd aufs Klo. Hab seit fünfzehn Jahren keine Nacht mehr richtig durchgeschlafen. Gestern Nacht war es genauso. Also, ich hab es mir zur Gewohnheit gemacht, jedes Mal nachts, wenn ich hoch muss, die Brille aufzusetzen – das hätte mir grade noch gefehlt, dass ich stolpere und mir einen Beckenbruch zuziehe. Und dann schaue ich jedes Mal aus dem Badezimmerfenster. Das Fenster ist direkt über der Toilette, verstehen Sie? Ich kann es Ihnen zeigen, wenn Sie wollen.«

»Nein danke, Mr. Wingate, ich glaube Ihnen auch so.«

»Gut. Weil ich nämlich die Polizei nie anlügen würde. Hab ich nie und werd ich auch nie. Jedenfalls hab ich gegen drei viertel eins Mrs. Chandler auf der Straße auf- und ab gehen sehen. Ich hab das Fenster geöffnet und gehört, wie sie ›Jesse‹ gerufen hat. Das ist ihr Hund. Niedlicher Kerl, aber voller Eigensinn. Ich wusste, dass der Hund entwischt war, aber ich war im Pyjama und hatte mein Gebiss eingeweicht – Himmel noch mal, ich sehe unmöglich aus ohne Zähne. Deshalb bin ich nicht rausgegangen, um ihr suchen zu helfen. Jetzt wünsch ich mir natürlich, ich hätte es getan. Eine halbe Stunde später bin ich wieder auf. Ich sage Ihnen, mein Sohn, Sie wissen nicht, wie elend man sich fühlen kann von der verdammten Prostata. Ich bin also auf, schaue aus dem Fenster und sehe nicht Mrs. Chandler, sondern einen Streifenwagen. Das hat mich gewundert. Noch eine ganze Weile hab ich im Bett gelegen und mir deswegen Sorgen gemacht. Ich hab überlegt, ob diese Laus von einem Ehemann sie wieder belästigt hat. Aber es war alles ruhig, und ich weiß, dass der Mann im Grunde ein Feigling ist, der aller Wahrscheinlichkeit nach einen weiten Bogen um die Polizei machen würde. Deshalb hab ich mich wieder schlafen gelegt.«

Ray hatte in Windeseile mitgeschrieben. Nun blickte er auf. »Ist das alles, was Sie gesehen haben?«

Newton Wingate wirkte gekränkt. »Ist das alles? Himmel, ich hätte Sie nicht mit so einer Lappalie belästigt. Nein, mein Herr. Um Punkt zwei Uhr fünfunddreißig bin ich wieder auf.« Mr. Wingate warf ihm einen finster-trotzigen Blick zu. »Und fragen Sie nicht, warum ich mir wegen der Zeit sicher bin, weil ich nämlich immer auf die Uhr schaue, bevor ich ins Bad gehe.«

»Ich glaube Ihnen bestimmt. Es war also ungefähr halb drei, und ...«

»Ich hab wie üblich aus dem Fenster geschaut und habe jemanden mit dem Polizeibeamten sprechen sehen.«

Ray war auf einmal ganz Ohr. »War die Person im Auto oder davor?«

»Davor. Der Polizist saß drinnen.«

»Mann oder Frau?«

»Der Wagen stand nicht unter einer Straßenlaterne. Ich konnte es nicht feststellen. Hab das Gesicht nicht gesehen, weil derjenige mir den Rücken zugedreht hat. Nur eines kann ich Ihnen mit Sicherheit sagen: Die Person war schwarz gekleidet und ein ganzes Ende größer als Mrs. Chandler.«

»Groß genug, um ein Mann zu sein?«

»Unbedingt. Oder eine große Frau.«

»Und was ist dann passiert?«

»Dann hab ich nicht mehr hingesehen.« Mr. Wingate blickte ein wenig beschämt drein. »Hab versucht, im Pyjama wieder alles zurechtzurücken, obwohl das heutzutage kein Kunststück mehr ist, und als ich anschließend hochblickte, war die Person nicht mehr zu sehen.«

»Und der Polizist?«

»Der saß bewegungslos da. Mit gesenktem Blick, so kam es mir vor, und ohne einen Muskel zu bewegen. Ich hab mir erst mal nichts dabei gedacht. Bin nur zurück ins Bett gegangen.« Er seufzte. »Jetzt weiß ich, dass der arme Kerl tot war.«

# Dreizehn

## 1

Nicole saß zusammengekauert in Carmens Wagen und beobachtete das Treiben draußen. »Hast du immer eine Thermosflasche mit Kaffee im Auto?«, fragte sie, als Carmen ihr einen Becher gab. »Oder hast du damit gerechnet, dass du ihn mir an den Schauplatz eines Verbrechens bringen musst?«

»Bobby will nicht, dass ich Milch und Zucker im Kaffee nehme. Die Pfunde, du weißt schon. Aber weil wir zwei Autos haben und ich gewöhnlich als Erste losfahre, mache ich unterwegs Halt, lasse mir die Thermosflasche mit Kaffee füllen, wie ich ihn mag, und verstecke sie im Laden.«

»Meine Güte, bist du aber hinterhältig!« Nicole lächelte, bis sie den ersten Schluck Kaffee genommen hatte. »Außerdem schmeckt das hier eher nach einem Bananensplit als nach einer Tasse Kaffee.«

»Die Hälfte ist Süßstoff statt Zucker.«

Nicole nahm noch einen Schluck von dem heißen, wenn auch Ekel erregend süßen Kaffee und sah zu, wie Ray die Nachbarn verhörte. Sie fragte sich, was sie wohl sagten.

»Die ganze Straße ist in Aufruhr«, sagte Nicole. »Polizeiautos, Streifenbeamte, Kriminalpolizei. Der Krankenwagen. Was bin ich froh, dass Shelley nicht da ist und all das zu sehen bekommt.«

»Du wirst sie doch heute Abend nicht hierher bringen wollen, oder?«

»Nein. Wir übernachten bei meiner Mutter.«

»Wie aufregend. Eine Million Fragen. Endlose Vorträge. Und wenn ich mich recht erinnere, ist deine Mutter nicht gerade wild auf Jesse.«

Nicoles Augen füllten sich mit Tränen. »Jesse ist fort, Carmen. Als ich gestern Abend nach Hause gekommen bin, war das Vorhängeschloss am Tor aufgebrochen.«

»Oje«, sagte Carmen mitleidig. »Aber er ist doch schon öfter weggerannt und kommt immer heil und gesund zurück.«

»Das waren bestimmt nicht irgendwelche Jugendlichen aus dem Viertel, die ihn rausgelassen haben, Carmen. Gestern Nacht wurden hier zwei Männer umgebracht, und ein Hund wäre dabei im Weg gewesen, weil er einen Höllenlärm veranstaltet hätte.« Eine Träne lief über ihre Wange. »Wie soll ich bloß Shelley beibringen, dass zu allem Überfluss auch noch Jesse verschwunden, ja vielleicht sogar tot ist?«

»Du sagst ihr einfach nicht, dass er tot sein könnte. Weil er es nicht ist.«

»Woher willst du das wissen?«

»Wenn die Polizei seinen Kadaver gefunden hätte, hättest du davon erfahren. Er liegt nicht irgendwo tot herum. Glaube mir, Nicole, wer den Polizisten und den Penner umgebracht hat, war viel zu beschäftigt, um Jesses Leiche zu vergraben oder zu verstecken. Außerdem rennt der Hund schnell wie der Blitz. Den kriegt niemand zu fassen, wenn er nicht will.«

»Daran hatte ich nicht gedacht«, sagte Nicole hoffnungsvoll und wischte sich das feuchte Gesicht trocken. »Er muss entkommen sein.«

»Na klar ist er das.«

Nicole blickte kurz auf und sah den falschen Glanz in Carmens Augen. Sie versucht nur, mich aufzuheitern, dachte sie, und beinahe wäre es ihr auch gelungen. »Ich denke, ich muss einfach das Beste hoffen«, sagte sie mit tonloser Stimme. »Wenn er allerdings heute Abend zurückkommt, wird er das Haus leer vorfinden.«

»Dann kommt er so lange wieder, bis er euch gefunden hat.« Carmen starrte vor sich hin. »Nicole, dass Jesse verschwunden ist, ist im Augenblick nicht dein größtes Problem.«

Nicole antwortete nicht. Ray unterhielt sich gerade mit Newton Wingate. Wingate war seit fast zwanzig Jahren Witwer und Shelley und Jesse schienen seine besten Freunde zu sein. Nicole fand ihn reizend. Roger hielt ihn für senil und für einen potentiellen Pädophilen.

»Nicole, hörst du mir überhaupt zu?«

»Ja, Carmen, und ich weiß, dass Jesse nicht mein größtes Problem ist. Ich habe ja nicht den Verstand verloren, wie du der Polizei gegenüber angedeutet hast.«

»Nicole, es tut mir Leid. Es ist nur so, dass mich ein Gedanke beschäftigt, seit du die Sache mit den Masken angesprochen hast. Oder vielmehr seit ich mit Bobby darüber geredet habe, wer welche gekauft haben könnte.«

Nicole riss sich von Newton Wingate los. »Was hat er denn gesagt?«

»Er hat gesagt, Roger hat eine. Einen Wolf.«

Nicoles Unterkiefer fiel herunter. »Roger!«

»Also, eigentlich nicht Roger, sondern Lisa. Aber sie hat gesagt, sie kauft sie für Roger.«

»Carmen, wann war das?«

»Vor Weihnachten, bevor ihre Eltern sie vor die Tür gesetzt haben, als sie noch genug Geld hatte, um es zum Fenster rauszuwerfen.«

»Also, das kann nicht Roger gewesen sein, der mit einer Wolfsmaske hinten im Garten herumgegeistert ist.«

»Wieso nicht?«

»Kannst du dir etwa vorstellen, dass Roger eine Wolfsmaske aufsetzt und seine Tochter halb zu Tode erschreckt? Das ist doch lächerlich, selbst für seine Verhältnisse.«

»Vielleicht hat er jemanden damit beauftragt. Vielleicht sollte der Betreffende bei dir ins Fenster schauen und hat das falsche erwischt.«

»Carmen, warum sollte Roger so etwas tun?«

»Weil er Shelley haben will.« Nicole runzelte die Stirn. »Weißt du nicht mehr, was er bei der Trauerfeier zu dir gesagt hat, als ihr über das Sorgerecht in Streit geraten seid?«, fuhr Carmen fort. »Er hat so was Ähnliches gesagt wie: ›Vergiß nicht die emotionalen Probleme, die du in der Vergangenheit hattest. Ich habe eine Tonne Munition zu meinen Gunsten und ich werde davon Gebrauch machen.‹«

»Ich erinnere mich«, sagte Nicole bitter.

»Deshalb bin ich drauf gekommen, dass er dich vielleicht als labil darzustellen versucht, dass du dir nur einbilden würdest, Menschen mit Wolfsmasken in deinem Garten gesehen zu haben.«

»Carmen, eingebrochen wird bei vielen Leuten. Ein unerwünschter Fremder im Garten würde mich doch nicht als labil abstempeln.«

»Aber nicht viele Leute denken, es stellt ihnen jemand nach, der vor fünfzehn Jahren ums Leben gekommen ist, nachdem er zwei Männer ermordet hatte.«

»Wieso denken?«, ereiferte sich Nicole. »Recht herzlichen Dank, dass du so viel Vertrauen in mich setzt.«

»Ich setze alles Vertrauen der Welt in dich, Nicole, aber du hast damals ein so furchtbares Trauma erlebt«, erklärte Carmen mit eindringlicher Stimme. »Der Überfall auf dich und Pauls Verhaftung waren schlimm genug, aber ich werde nie vergessen, was passiert ist, als ich dich angerufen habe, um dir mitzuteilen, dass er tot ist. Du hast einfach aufgelegt. Und als ich noch mal angerufen habe, hat deine Mitbewohnerin gesagt, du seist in Ohnmacht gefallen.«

Nicole erinnerte sich an jenen Tag. Fast ein Jahr lang hatte sie darauf gewartet, dass Paul sie anrief, doch er hatte es nie getan. Dann hatte Carmen sie informiert, er sei in einem brennenden Auto umgekommen. Damals war die Welt um sie herum finster geworden und das Licht hatte sich seither nie wieder ganz eingefunden.

»Dann bist du zurück in eine Stadt gezogen, die du hasst«, fuhr Carmen fort. »Roger hat dich verlassen und sich auf ein Verhältnis mit einer jungen Frau eingelassen, die halb so alt ist wie er. Dein Vater hat sich das Leben genommen ... Mein Gott, wer wäre nach alledem nicht ein wenig aus dem Lot?«

»Ich bin nicht aus dem Lot«, sagte Nicole mit zusammengebissenen Zähnen. »Ray glaubt mir.«

»Tut er das? Für mich hat es sich nicht so angehört. ›Mrs. Vega, es besteht eine ganz geringe Chance, dass Paul Dominic hier ist.‹ Das hat er gesagt, und für mich klingt das nicht, als wäre er allzu überzeugt. Ich finde, du solltest aufhören, von Paul zu reden.«

»Carmen, ich habe Paul gestern Nacht gesehen.« Sie holte das Kreuz aus ihrem Sweatshirt hervor und hielt es Carmen hin. »Er hat mir das hier gegeben.«

»Was ist das?«, fragte Carmen.

»Etwas, wonach ich dich fragen wollte. Es ist ein silbernes Kreuz mit Türkisen und auf der Rückseite eingravierten Flügeln, das dein Schwiegervater hergestellt hat. Als ich neunzehn war, habe ich nur dir anvertraut, dass ich mit Paul zusammen bin und dass ich diese Kette zu seinem Geburtstag anfertigen lasse. Aber nun habe ich gestern Raoul gesehen, als ich Shelley abgeliefert habe, und er hat sich danach erkundigt, ob ich den gut aussehenden jungen Mann geheiratet hätte, für den das Kreuz mit den Flügeln auf der Rückseite bestimmt war, den jungen Mann, der ›ein Genie‹ war und ›Kunstverstand‹ besaß. Er wusste von Paul, Carmen. Wann hast du ihm davon erzählt?«

Während sie gesprochen hatte, war Carmens Gesicht immer röter geworden. »Es tut mir Leid, Nicole«, flüsterte sie. »Ich hab Raoul nicht davon erzählt. Ich habe es Bobby erzählt, vor langer, langer Zeit.«

»Du hast es Bobby erzählt?«

»Ja. Du weißt doch, wie verrückt ich nach ihm war. Ich wollte, dass er mich bewundert. Ich war so beeindruckt, dass du mit jemandem wie Paul Dominic zusammen warst. Und da Bobby auch Musiker war, dachte ich, er würde ebenso von dir beeindruckt sein, und deshalb auch von mir, weil ich deine Freundin bin. Ich denke, er hat mich seither mit anderen Augen gesehen – du weißt schon. Ich war nicht nur ein Mädchen mit einer guten Figur, ich war die beste Freundin von jemandem, der mit einem der bedeutendsten Pianisten der Welt ausging.«

»Ach, Carmen, das finde ich erbärmlich. Warum du dich so sehr um Bobby Vegas' Zuneigung bemühen musst, wird mir immer ein Rätsel sein. Ich begreife nicht, warum du glaubst, dass er es überhaupt wert ist …« Nicoles Augen verengten sich. »Hast du Bobby davon erzählt, bevor Zand und Magaro mich vergewaltigt haben, oder danach?« Carmen biss sich auf die Lippen und sagte nichts. Ihre Halsmuskulatur arbeitete. »Also davor«, beantwortete Nicole ihre Frage selbst. »Und Bobby hat es Zand erzählt. Daher haben er und Magaro gewusst, wo ich zu finden war.«

Carmen schloss die Augen und presste die Hände wie zum Gebet aneinander. »Nicole, bitte verzeih mir. Ich war so jung. Ich war so versessen darauf, Bobby für mich zu gewinnen. Ich hatte keine Ahnung, dass er es weitererzählen würde. Hätte ich sämtliche Umstände gekannt …«

»Aber wir waren doch seit unserer Kindheit befreundet. Das sollte geheim bleiben«, sagte Nicole ungläubig. »Wie konntest du nur?«

»Wie gesagt, ich war dumm. Und ich hab nur Bobby davon erzählt. Wie sollte ich wissen, wohin meine Indiskretion führt?«

Nicole starrte sie an. »Fühlt er sich denn wenigstens ein bisschen schuldig, dass er Magaro und Zand von meiner Beziehung zu Paul erzählt hat, und dafür, was sie mit dieser Information angefangen haben?«

Carmens große dunkle Augen blickten flehentlich. »Da bin ich mir ganz sicher.«

Nicole lächelte traurig. »Du bist dir sicher, aber er hat nie was gesagt. Genau wie er nie was davon gesagt hat, dass Roger hinter Lisa Mervin hier herziehen wollte. Er weiß jedenfalls, wann er zu plappern und wann er den Mund zu halten hat, nicht wahr?«

Carmen wich gekränkt vor ihr zurück. »Du kannst doch nicht all deine Probleme Bobby in die Schuhe schieben!«

»Kann ich nicht? Es will mir scheinen, als hätte er eine Menge dazu beigetragen.«

Carmen ließ den Kopf sinken. Sie spielte an ihrem Uhrarmband, und Nicole wusste, dass sie nach etwas suchte, was sie sagen konnte. Doch es gab nichts. Nicht einmal Carmen konnte diesmal ihren angebeteten Bobby in Schutz nehmen. Andererseits war sie für sein Verhalten so wenig verantwortlich wie Nicole für das von Roger. Carmen hatte Bobby von Paul erzählt, obwohl sie das nicht hätte tun dürfen, doch sie war damals noch keine zwanzig gewesen.

Nicole sah ihre Freundin an. Ihre Haut war bleich, ihre Augen schwammen vor lauter Tränen, ihre Unterlippe war vom Draufbeißen fast wund. Nicole wusste, dass sie sich mit Schuldgefühlen plagte, und sie sah es nicht gern, wenn Carmen sich quälte. Außerdem war es ein verhältnismäßig geringfügiger Fehler, den Carmen vor fünfzehn Jahren begangen hatte. Und Carmen war immer für sie da gewesen, um mit ihrer unermüdlichen Liebe und Unterstützung alle Schicksalsschläge aufzufangen. Im Augenblick war Nicole einfach auf die ganze Welt böse, aber sie durfte sich nicht von Wut und Bitterkeit auffressen lassen, bis sie damit alle vertrieb, einschließlich ihrer langjährigen besten Freundin.

Sie beugte sich vor und berührte Carmens Hand. »Das ist alles längst vergangen. Vergessen wir's.«

»Meinst du das im Ernst?«, fragte Carmen zaghaft.

»Ja.«

»Ehrenwort?«, fragte sie wie damals, als sie noch Kinder gewesen waren.

Nicole lächelte. »Ehrenwort. Aber Carmen, ich habe Paul tatsächlich gesehen, und er hat mir die Kette umgelegt, seine Kette.«

Carmen schloss die Augen. »Nicole, du warst nach dem Überfall so außer dir, dass du jeden Mann, der auch nur entfernt wie Paul aussieht, mit ihm verwechselt haben könntest. Und die Kette – Raoul hat vielleicht mehrere angefertigt.«

»Er hat mir versprochen, es nicht zu tun.«

»Vielleicht hat er sein Versprechen gebrochen. Die Alzheimer'sche Krankheit hat bei ihm eingesetzt, lange bevor er den Laden an Bobby abgegeben hat. Wahrscheinlich hat er vergessen, dass er überhaupt etwas versprochen hatte.«

»Ich sage dir, diese Kette sieht genauso aus«, brach es aus Nicole heraus. »Warum beharrst du so sehr darauf, dass sie es nicht sein kann?«

»Aus Sorge, wie man das auffassen kann, was du sagst«, konterte Carmen mit gleicher Vehemenz. Sie begann, Nicole nachzuahmen. »›Paul Dominic verfolgt mich. Ich habe Angst, dass er sich rächen will. Nein, ich habe mich geirrt. Paul und sein heldenhafter Hund haben mich auf dem River Walk gerettet und Paul hat mir seine Kette umgelegt.‹ Das klingt verrückt, Nicole. Und dann findest du eine Leiche hinten in deinem Garten und machst alles noch schlimmer, indem du dich mit diesem Polizisten namens Waters streitest. Du hast überhaupt nicht mehr aufgehört, von Schalldämpfern und Pistolenläufen mit Gewinde und Nitritspuren zu reden.«

»Nitratspuren.«

»Ach, wen schert das? Du hast mir Angst gemacht!« Nicole sah Carmen an, die leise schluchzte. »Nicole, hör mir zu. Ist dir denn nicht klar, was Roger bei der Verhandlung über das Sorgerecht mit alledem anfangen könnte?«

Nicole wollte etwas erwidern, doch ihr fiel so schnell keine Antwort ein. Carmen hatte Recht. Sie hatte keine konkreten Beweise für Paul Dominics Rückkehr außer der Kette, und außer ihr gab es niemanden, der bestätigen konnte, dass es wirklich Pauls Kette war. Dafür hatte sie zwei Tote, und sie glaubte, dass Waters darauf aus war, ihr diese Morde anzulasten. Roger konnte das alles vor Gericht gegen sie verwenden, um das Sorgerecht für Shelley zu bekommen. Das galt vor allem, wenn er darauf hinwies, dass sie vor fünfzehn Jahren fast einen Nervenzusammenbruch erlitten hatte und ihr Studium ein Jahr aussetzen musste, bis sie sich so weit erholt hatte, dass sie weiterstudieren konnte. »Was soll ich denn tun?«, fragte sie kläglich.

»Hör vor allen Dingen auf mit den Tiraden über Paul Dominic. Und hör um Himmels willen damit auf, deine Kenntnisse über Schusswaffen breitzutreten.«

»Ich verstehe nicht viel von Schusswaffen. Was ich Waters an den Kopf geworfen habe, waren Belanglosigkeiten.«

»Ja, klar. Genauso hat es sich angehört.« Carmen sah sie ernst an. »Es ist doch offensichtlich, was passiert ist. Vergiss nicht, dass Roger gestern Abend am River Walk aufgetaucht ist und von einem deiner Studenten in deinem Beisein gründlich gedemütigt wurde. Ein paar Stunden später wurdest du von einem Mann ausgeraubt, den wahrscheinlich Roger beauftragt hatte. Roger hat gesehen, dass du mit mir aus warst. Es wäre möglich, dass er angerufen hat, und als sich niemand meldete, hat er daraus geschlossen, dass Shelley woanders übernachtet. Daraufhin hat er den Mann veranlasst, bei dir einzubrechen. Der hat sich hinreißen lassen, den Beamten umzubringen, den DeSoto draußen postiert hatte. Und dann ist er reingegangen, um Gott weiß was zu tun.«

»Du hast dir das alles genau überlegt, wie?«, sagte Nicole langsam.

»Da braucht man nicht lange zu überlegen.«

»Na ja, es klingt alles ganz vernünftig, bis zu einem gewissen Punkt. Vielleicht hat Roger Dooley tatsächlich dafür bezahlt, hier einzubrechen. Aber was ist dann passiert? Izzy Dooley hat sich in einem Anfall von Schuldbewusstsein selbst in den Kopf geschossen und anschließend an meinem Baum aufgehängt, aber vorher noch schnell eine schwarze Kapuze übergezogen, wie Magaro und Zand sie auf den Köpfen hatten?«

Carmen blickte ratlos drein. »Okay, ich weiß nicht, was passiert ist, nachdem er in dein Haus eingedrungen ist. Aber irgendwas ist auf jeden Fall passiert.«

»Das ist eine Untertreibung.«

Carmen hob beide Hände. »Vielleicht hat Roger sich besonnen und ist dir zu Hilfe geeilt. Vielleicht hat er diesen Dooley getötet, bevor er dich töten konnte.«

»Und dann hat er ihn erhängt und eine Kassette aufgelegt, auf der Paul Dominic in der Carnegie Hall spielt?«

»Also gut, ich weiß nicht, was passiert ist. Überlassen wir es den Bullen, dahinter zu kommen. Das ist ihre Aufgabe. Aber bitte hör endlich auf, von Paul Dominic zu schwafeln. Wir haben es hier mit einem richtigen, lebendigen Menschen zu tun, Nicole, mit jemandem, der die Absicht hat, dir großen Schaden zuzufügen.«

»Du glaubst also, dass Paul mir keinen Schaden zufügen will?«

Carmen sah sie an, als würde sie gleich anfangen zu schreien. »Er ist tot, Nicole. Mach dir das endlich klar. Paul ist tot.«

Ist er nicht, dachte Nicole eigensinnig und wandte den Blick ab. Paul ist so lebendig wie du und ich.

## 2

Nicole war trotz allem entschlossen, ihre beiden nachmittäglichen Seminare abzuhalten. »Die Polizei hat gesagt, dass sie im Augenblick keine Fragen an mich hat, und ich habe bereits eine ganze Woche gefehlt«, erklärte sie Carmen, als diese Einspruch erhob. »Ich war gestern zum ersten Mal wieder dort. Da kann ich jetzt nicht anrufen und noch einen freien Tag verlangen. Ich kann diesen Job nicht aufs Spiel setzen, Carmen, solange zwischen Roger und mir alles unklar ist und er finanziell kaum etwas beisteuert!«

»Okay, beruhig dich«, sagte Carmen beschwichtigend. »Pack alles ein, was ihr beiden, du und Shelley, in den nächsten Tagen braucht, und dann lass uns aus diesem Haus verschwinden. Wir fahren zu deiner Mutter.«

»Oje«, stöhnte Nicole. »Es passt mir gar nicht, dass ich mich vor der Arbeit mit ihr auseinander setzen soll. Danach bin ich bestimmt zu durcheinander, um zu unterrichten.«

»Dann fahren wir eben zu mir.«

»Nein«, beeilte sich Nicole zu sagen. »Das ist zu weit weg. Ich werde Mr. Wingate fragen, ob ich mich bei ihm umziehen kann. Und heute Abend übernachten wir bei Mama.«

»Wer ist Mr. Wingate?«

»Der alte Mann, der da drüben herumsteht. Er ist mein einziger echter Freund hier in der Straße. Ich glaube, es wird ihm nichts ausmachen.«

Sie hatte Recht. Newton Wingate schien entzückt, Nicole helfen zu können. Er führte die beiden Frauen in sein ordentliches kleines Haus, beschränkte seine Fragen taktvoll auf ein Mindestmaß und bestand darauf, Kaffee und Sandwiches mit Hühnersalat zuzubereiten, ehe sich Nicole zur Arbeit umzog.

Als Nicole zum zweiten Mal an diesem Tag unter die Dusche ging, versuchte sie sich darauf zu konzentrieren, welchen Unterrichtsstoff sie ihren Studenten nahe bringen wollte, doch es war, als hätte sie ein Brett vor dem Kopf. Ein Seminar über die Technik des Essayschreibens und eines zum Thema Kreatives Schreiben lagen vor ihr. Ich werde ihnen eine Aufgabe stellen, dachte sie plötzlich. Wenn einem sonst nichts einfiel, konnte man sich als Englischlehrer immer mit einer Klassenarbeit durchmogeln, selbst wenn sie nicht angekündigt war.

Als sie aus der Dusche kam und sich abtrocknete, entdeckte sie eine Waage. Sie stieg darauf und sah, dass sie in den letzten neun Tagen fünf Pfund verloren hatte. Als sie in den Spiegel blickte, sah sie ihre etwas eingefallenen Wangen und leblosen Augen. Wie lange konnte sie wohl noch so weitermachen? Sie würde sich zwingen müssen, mehr zu essen. Vielleicht war es auch ratsam, einen Arzt aufzusuchen und sich ein Beruhigungsmittel verschreiben zu lassen, denn sie durfte jetzt nicht krank werden. Sie hatte ernst gemeint, was sie zu Carmen über ihren Job gesagt hatte. Ihn zu verlieren, wäre eine Katastrophe.

Für diesen Tag hatte sie einen leichten perlgrauen Rollkragenpullover gewählt, um die Striemen an ihrem Hals zu verbergen. Diese Striemen hatte eine merkwürdige Kreatur namens Izzy Dooley hinterlassen, die sich für einen Vampir hielt und hinten in ihrem Garten den Tod gefunden hatte. Nicole zog ihr rotbraunes Kostüm an, wobei sie bemerkte, dass der Rockbund zu weit war. Sie bürstete ihr Haar und schob es hinter die Ohren, ohne sich weiter um ihre Frisur zu kümmern.

»Ah, Sie sehen wie neu geboren aus!«, strahlte Mr. Wingate, als sie ins Wohnzimmer zurückkam.

»Ich sehe leicht verbessert aus. Meine Studenten, fürchte ich, dürfen heute keine besonders dynamische Lehrerin erwarten.«

»Wenn ich mich recht erinnere, war ich immer froh, wenn die Lehrerin einmal nicht topfit war«, entgegnete er.

Nicole lächelte. »Ich bin froh, dass ich vor dem Wochenende nur noch zwei Tage zu überstehen habe.«

Nur dass diese zwei Tage ihr im Augenblick wie zwei Wochen vorkamen.

## 3

Ihre Studenten reagierten auf Nicoles Klassenarbeit mit einem heftigen Stöhnen. Sie versuchte den Zusammenhang zur Arbeit im Seminar zu erläutern, doch sie wurde das Gefühl nicht los, dass einige der Studenten wussten, worum es ihr einzig und allein ging: darum, sie zu beschäftigen.

Sie kehrte mit einem Papierstapel in ihr Büro zurück, den sie übers Wochenende benoten musste. Ein wunderbarer Gedanke. Im Augenblick konnte sie sich nicht vorstellen, wie es ihr gelingen sollte, sich darauf zu konzentrieren.

Zunächst aber bestand ihre Hauptsorge darin, einen Platz zum Übernachten zu finden. »Du kannst es nicht ewig hinausschieben, Mama anzurufen«, sagte sie laut zu sich. Sie wählte die Nummer und war überrascht, als Phyllis sich atemlos meldete. »Nicole! Was für ein Zufall. Gerade wollte ich dich anrufen!«

»Ist was nicht in Ordnung?«, fragte Nicole vorsichtig. Sie fragte sich, ob ihre Mutter schon von den Ereignissen erfahren hatte.

»Allerdings! Mir war doch die ganze letzte Zeit immer so schummrig. Also, heute Morgen hab ich dann den Ofen nachsehen lassen, und dabei wurde tatsächlich eine undichte Stelle gefunden!«

»Du lieber Himmel, Mama, du hättest im Schlaf sterben können.«

»Ich weiß. Ich habe Clifton in den vergangenen Wochen mehrfach gesagt, dass wir einen Kohlenmonoxid-Detektor brauchen, aber er hört nicht auf mich.« Sie hielt abrupt inne, als wäre ihr eben erst aufgefallen, dass ihr Mann nicht mehr da war, um Nörgeleien zu erdulden oder beschuldigt zu werden.

»Kann das Leck gleich heute repariert werden?«, fragte Nicole schnell.

»Himmel, nein! Der ganze Brenner muss ersetzt werden. Das müsstest du doch eigentlich wissen.« Nicole lächelte ein wenig. Ihre Mutter hatte sich offensichtlich alles gemerkt, was die Handwerker ihr gesagt hatten, und gab es nun so weiter, als habe sie es ihr Leben lang gewusst.

»Wirst du im Hotel absteigen?«

»Ich hatte es vor, aber dann kam Kay und hat mir freundlicherweise angeboten, bei ihr zu übernachten.«

»Und, wirst du es tun?«

»Ich höre die Überraschung in deiner Stimme. Du dachtest, ich hätte spontan abgelehnt, weil ich so großen Wert auf meine Privatsphäre lege. Aber ich habe entschieden, dass es mir gut tun wird, ein paar Tage mit Kay zusammen zu sein.« Ihre Stimme wurde weich. »Schließlich werden wir sie nicht mehr lange um uns haben.«

Nicole hörte, wie sich die Stimme ihrer Mutter wieder festigte. Warum konntest du Kay nicht schon früher so die Hand reichen?, dachte sie. Ihr beide hattet Freundschaft bitter nötig. Doch beide Frauen waren reserviert. Es bedurfte eines drastischen Vorfalls, um sie zum ersten Schritt zu bewegen.

»Ich hoffe, ich reagiere nicht zu heftig auf Kays Katzen«, sagte Nicoles Mutter. »Wie du weißt, bin ich allergisch gegen Katzen.«

»Mama, der Arzt hat dir vor Jahren schon gesagt, dass du keine Allergie gegen Tierfell hast. Du hast dir das alles nur ausgedacht, weil du nicht wolltest, dass ich ein Haustier bekomme, und am Ende hast du es selbst geglaubt.«

»Dieser Arzt hat nicht gewusst, wovon er redet«, sagte Nicoles Mutter entschieden. »Und da wir gerade von räudigen Tieren sprechen: Wie geht es eigentlich eurem ungezogenen Liebling?«

»Jesse? Also, im Augenblick ist er verschollen.«

»Verschollen? Seit wann?«

»Seit gestern Abend.«

»Du musst ihn finden, Nicole«, sagte Phyllis eindringlich.

Überrascht von der Heftigkeit ihrer Mutter sagte Nicole: »Ich dachte, du hast was gegen Jesse.«

»Na ja, er hat durchaus einen gewissen Charme. Dein Vater war jedenfalls der Ansicht. Aber ich mache mir Sorgen um Shelley. Sie liebt diesen kleinen Strolch. Ich möchte nicht, dass sie noch einen Verlust erleidet.«

Nicole schluckte. »Ich auch nicht, Mama.«

»Bist du wegen Jesse kurz davor, in Tränen auszubrechen, oder liegt sonst noch was an?«, fragte ihre Mutter barsch. »Ich hab dich gar nicht gefragt, warum du anrufst.«

»Ich wollte mich nur bei dir melden.«

»Das ist ja was völlig Neues. Und nicht sehr überzeugend. Als junges Mädchen hast du dir bessere Ausreden einfallen lassen.«

Nicole blinzelte heftig, da sie alles nur noch verschwommen sah.

»Ich bin nur ein wenig erschöpft. Ich hatte überlegt, ob Shelley und ich bei dir übernachten könnten, aber das kommt wohl nicht in Frage.«

Einen Augenblick lang herrschte Schweigen. Warum musste der Umgang mit ihrer Mutter immer so schwierig sein?, dachte Nicole. Sie sehnte sich danach, ihr alle Sorgen und Ängste anzuvertrauen, die ihr Innerstes erschütterten, um dann ihren Kopf im Schoß ihrer Mutter zu vergraben und zu weinen. Doch ihre Beziehung zueinander war nie so gewesen. Phyllis würde entweder überreagieren und sagen, dass sie und Shelley in polizeiliche Schutzhaft genommen werden müssten, oder sie würde auf eine Weise erstarren, die ihren Vater, den General, stolz gemacht hätte. Sei ein tapferer Soldat, Nicole, hatte sie Phyllis hundertmal sagen hören. Behalte deinen Kummer für dich.

»Von mir aus könnt ihr gern bei Kay vorbeischauen, wenn ihr euch einsam fühlt«, sagte ihre Mutter in geschäftsmäßigem Ton. »Ich bin sicher, dass ihr das gefallen würde.«

»Nein, es geht schon.«

»Na gut, wie du willst.« Es entstand eine unbehagliche Pause, ehe Phyllis sagte: »Ich hab dich sehr lieb, Nicole. Du warst immer mein Engel.«

Nicole war zu schockiert, um zu antworten. In ihrem ganzen Leben hatte ihre Mutter, soweit sie sich erinnern konnte, nur zwei- oder dreimal gesagt, dass sie sie lieb habe, und Kosenamen hatte sie überhaupt nie benutzt. »Ich hab dich auch lieb, Mama«, schaffte sie zu sagen, »aber ich glaube, du hast zu viel Kohlenmonoxid eingeatmet.« Sobald sie es gesagt hatte, hätte sie sich am liebsten selbst ans Schienbein getreten. Wem fiel es nun schwerer, Zuneigung zu äußern? Ihr oder ihrer Mutter? »Viel Spaß bei Kay. Wir sprechen uns bald.«

So, bei ihrer Mutter übernachten war ausgeschlossen. Wahrscheinlich war es ohnehin keine gute Idee gewesen. Die Frau hatte schon zu viel durchgemacht. Dann fiel Nicole etwas ein. Ihre Mutter brauchte an diesem Tag gar nicht von den Morden zu erfahren, wenn es Nicole gelang, die Situation zu manipulieren.

Sie blätterte rasch ihr Telefonverzeichnis durch, bis sie Kay Hollands Nummer gefunden hatte. Die Frau meldete sich beim zweiten Klingeln.

»Ah, hallo, Nikki!«, sagte sie erfreut. »Ich bin gerade dabei, das Gästezimmer herzurichten. Hast du mit deiner Mutter gesprochen?«

»Ja. Sie hat mir von der Sache mit dem Ofen und von deiner freundlichen Einladung erzählt.«

»Na, ich kann dir sagen: Es hat mich fast umgehauen, als sie zugesagt hat. Ich bin nur froh, dass sich das Gas nicht über Nacht angesammelt hat. Sie hätte darin umkommen können.«

»Ich weiß. Es ist furchtbar. Kay, ich muss dich um einen Gefallen bitten.«

»Nur zu, Nikki. Ich tu alles, was du willst.«

»Es hat letzte Nacht in meinem Haus ein paar Probleme gegeben. Die Abendnachrichten im Fernsehen und die Abendzeitung werden bestimmt darüber berichten.«

»Ach, Nikki!«, rief Kay. »Was ist denn passiert?«

»Ich bin im Büro und will jetzt nicht im Detail darüber sprechen.«

»Ist mit dir und Shelley alles in Ordnung?«

»Es geht uns gut. Aber es ist mir wichtig, dass meine Mutter heute Abend erst einmal nichts davon erfährt. Könntest du sie von den Nachrichten fern halten?«

»Ich krieg die Abendzeitung nicht ins Haus, und was die Fernsehnachrichten angeht ... also, ich denk mir was aus. Aber zufrieden bin ich damit nicht, Nikki. Du hörst dich schrecklich an und es sind so viele entsetzliche Dinge passiert.«

»Ich weiß. Aber ich gebe dir mein Ehrenwort, dass alles in Ordnung ist. Nur lass Mama keine Nachrichten sehen. Morgen werdet ihr es beide erfahren. Ah ja, übrigens: Shelley und ich übernachten heute im Motel.«

»Nikki ...«

»Wiederhören, Kay, und vielen Dank.«

Nicole hatte soeben das Telefonbuch hervorgeholt, um die aufgeführten Motels durchzusehen, als jemand an ihre Tür klopfte. Bitte, lieber Gott, lass das nicht Avis Simon-Smith sein, dachte Nicole. »Herein«, rief sie.

Die Tür ging langsam auf, und Nicole wäre fast vom Sitz gesprungen, als Miguel Perez hereinkam. Sie hatte seine Ähnlichkeit mit Paul bis dahin nicht bemerkt oder höchstens nur unbewusst registriert. An diesem Tag hatte er das Haar wie gewöhnlich zum Pferdeschwanz gebunden und seine Augen blickten ernst. »Dr. Chandler, ich muss mit Ihnen über gestern Abend sprechen.«

Nicole antwortete forsch: »Das ist nicht nötig«, und wandte sich wieder dem Telefonbuch zu.

»Ich finde schon.« Miguel ließ sich ihr gegenüber nieder. »Sehen Sie, Dr. Chandler, ich weiß, dass Sie sich fragen, warum ich mit Lisa aus war.«

»Mit wem Sie befreundet sind, geht mich nichts an. Roger allerdings schien davon nicht gerade begeistert zu sein.«

»Ich bin mit Lisas Freundin Susan befreundet. Der andere Typ am Tisch war Susans Bruder. Ich wusste noch nicht einmal, dass Lisa im Restaurant zu uns stoßen würde.«

Miguel sah sie aus kummervollen Augen an. Nicole fühlte sich unbehaglich.

»Miguel, wie gesagt: Das geht mich nichts an.«

»Aber Sie sind dennoch wütend auf mich.«

Nicole trommelte mit den Fingern auf die Tischplatte, obwohl sie sich darüber im Klaren war, dass ihre Kälte als Eifersucht ausgelegt werden konnte.

»Miguel, ich war überrascht, Sie mit Lisa zusammen zu sehen«, sagte sie langsam. »Wie Sie sich denken können, habe ich keine hohe Meinung von ihr. Und ich muss zugeben, dass ich mich verraten gefühlt habe. Ich bin Ihnen mehr verbunden als jedem anderen meiner Studenten, und Sie wissen, dass mein Mann ein Verhältnis mit Lisa hat. Als ich Sie mit ihr gesehen habe und Sie allem Anschein nach mit ihr ausgehen oder zumindest an ihr interessiert sein könnten ... nun ja, das war eine unangenehme Überraschung.«

»Wir waren nicht miteinander aus.«

»Na gut.«

»Sie hören sich immer noch wütend an.«

»Miguel, ich sagte Ihnen doch ...«

»Ich weiß. Es ist Ihnen egal.« Er stand auf, ging zur Tür und drehte sich dann noch einmal um. »Ich würde mir wünschen, dass es Ihnen nicht egal ist.«

Nicole sah zu, als er die Tür leise hinter sich zuzog. Nun bestand kein Zweifel mehr an seinen Gefühlen für sie. Er mochte sie. Er mochte sie sehr.

Außerdem war er am vergangenen Abend auch am River Walk gewesen. So vieles an ihrer Beziehung zu Paul, das sie für geheim gehalten hatte, war alles andere als geheim. Das hatte sie bei Carmen gemerkt. Wenn sich Miguel für sie interessierte, würde er sich dann jede Einzelheit einprägen, die er über sie finden konnte? Würde er sich alte Zeitungsausschnitte ansehen und sich mit anderen Leuten über sie und Paul unterhalten? Konnten es seine Augen gewesen sein, die ihr verschwommener Blick gestern gesehen hatte? Konnte er irgendwie auf das Wort *Chérie* gekommen sein?

Aber noch wichtiger war, dass er an dem Tag, an dem ihr Vater beigesetzt worden war, mehrere Stunden lang ihre Hausschlüssel besessen hatte. Konnte es sein, dass er Duplikate hatte herstellen lassen?

»Miguel, kann es sein, dass du Izzy Dooley getötet hast, um mich zu beschützen?«, flüsterte sie entsetzt. »Kann es sein, dass du versuchst, mein nächster Paul Dominic zu werden?«

# Vierzehn

## 1

Nicole eilte zu ihrem Auto. Sie wusste, dass sie Shelley abfangen musste, damit sie nicht in den Bus nach Hause stieg. Nicole fuhr schneller als sonst und konnte nur hoffen, dass sie keinen Strafzettel bekommen würde. Sie hatte vorgehabt, früher aufzubrechen, doch Miguel hatte sie aufgehalten.

Sie parkte in Schulnähe und wartete vor Shelleys Klassenzimmer, um sie auch ja nicht zu verpassen. Sie konnte der Versuchung nicht widerstehen, einen Blick durch die schmale Glasscheibe in der Tür zu werfen, und sah Shelley aus dem Fenster spähen. Wie gut man auch als Lehrer ist, dachte Nicole, in den letzten fünf Minuten verliert man sie doch. Sie hatte großen Respekt vor Shelleys Lehrerin, und der Anblick dieser neunjährigen Gesichter, die so verträumt dreinschauten, söhnte sie damit aus, dass auch ihre Studenten gegen Ende des Seminars geistesabwesend wurden.

Als es klingelte, beobachtete Nicole, wie die Masse der kleinen Leiber aus dem Klassenzimmer strömte. Sie streckte die Hand aus und klopfte Shelley auf die Schulter. »Da staunst du, was?«

»Mami!«, rief Shelley. »Was machst du denn hier?«

»Wir fahren nicht gleich nach Hause.«

Shelley witterte augenblicklich Probleme. »Was ist los?«

»Ich erzähl's dir im Auto.«

Die besorgte Miene wich zwar nicht von Shelleys hübschem Gesicht, aber sie stellte wenigstens keine Fragen mehr. Sie waren in den Wagen gestiegen und schon rund fünf Minuten gefahren, als sie mit leiser, ängstlicher Stimme fragte: »Warum können wir nicht nach Hause?«

Nicole zögerte. Sollte sie eine Ausrede erfinden? Nein. Shelley war schon fast zehn. Sie konnte die Wahrheit nicht vor ihr verbergen.

»Mein Schatz, bei uns ist gestern Nacht jemand eingebrochen«, begann Nicole und beschloss, das mit dem Raubüberfall am River Walk erst einmal auszulassen. »Offenbar hatte sich dort noch jemand versteckt, denn der … also, der Einbrecher ist ermordet worden.«

Shelley sah sie mit weit aufgerissenen, leuchtend blauen Augen an. »Ermordet!«

»Ja. Ein Polizeibeamter, den Sergeant DeSoto draußen postiert hatte, ist auch ermordet worden.«

»Na so was!«, rief Shelley aus. »Hat jemand versucht, dich zu ermorden?«

»Nein. Niemand hat mir was angetan.«

»Das freut mich, Mami! Ich meine, wenn du ermordet …«

Nicole warf Shelley einen Seitenblick zu und sah die Tränen, die ihr in die Augen stiegen. Sie war froh, dass sie ihr nichts von dem Raubüberfall erzählt hatte. »Mir geht es bestens, mein Herz.«

»Okay.« Shelley schluckte ein paar Mal und wischte sich die Augen. Gleich darauf fragte sie: »Wie sind diese Leute ermordet worden?«

»Sie wurden erschossen.«

»Hast du denn nichts gehört?« Nicole schüttelte den Kopf. »Aha, ein Schalldämpfer«, konstatierte Shelley weise.

»Ja.«

»Mensch.« Shelley starrte vor sich hin. Dann erstarrte sie auf einmal. »Jesse! Ist er auch erschossen worden?«

»Ich glaube nicht.«

»Weißt du es denn nicht?«

»Schatz, er ist verschwunden.«

»Verschwunden!«, rief Shelley, allem Anschein nach traf sie das Schicksal ihres Hundes tiefer als der Tod zweier Männer. Nicole hatte dafür Verständnis. Die Männer waren namenlos. Die Kleine liebte ihren Hund leidenschaftlich. »Mami, bist du sicher, dass ihn nicht jemand ermordet hat?«

»Das halte ich für unwahrscheinlich. Ich glaube, er ist entwischt. Du weißt, dass man ihn nicht fangen kann, es sei denn, er will gefangen werden.«

»Das stimmt!«, sagte Shelley aufgeregt. »Ich wette, er kann noch schneller rennen als der große schwarze Hund.«

Nicole erstarrte. Ihres Wissens hatte Shelley den Dobermann nie gesehen. »Welcher große schwarze Hund?«

»Der vor unserem Haus saß, als Papa mich zu spät nach Hause gebracht hat und ihr zwei euch in der Auffahrt gestritten habt. Und dann hab ich ihn noch mal gesehen, heute in der Pause vor dem Schulhof.«

»Ach so«, sagte Nicole und bemühte sich, in beiläufigem Ton zu sprechen. »War der Hund allein?«

»Nein. Er war mit einem Mann da. Der hat mir zugewinkt.«

»Hat er auch was zu dir gesagt?«

»Nein. Er war zu weit weg. Er hat mir nur zugesehen.«

»Hat die Lehrerin ihn gesehen?«

»Nein. Mami, meinst du, Jesse wird wieder zu Hause sein, wenn wir dort ankommen?«

»Wir können heute Abend nicht nach Hause«, sagte Nicole bekümmert. »Die Polizei ist dort noch zugange.«

»Ja, klar. Am Schauplatz des Verbrechens.«

Nicole sah sie an. »Shelley, du redest, als wärst du fünfundzwanzig.«

»Na, ich bin doch nicht blöd. Soll ich etwa so reden, als wüsste ich gar nichts?«

»Nein«, sagte Nicole müde.

»Aber was ist, wenn Jesse heimkommt, und wir sind nicht da?«

»Dann kommt er ein andermal wieder. Du weißt doch, wie persistent er ist.«

»Was ist persistent?«

»Du meine Güte, ein Wort, das du nicht kennst? Unglaublich. ›Persistent‹ ist jemand, der nie aufgibt. Jesse wird es immer wieder versuchen. Shelley, der Mann in der Schule …«

»Bist du sicher, dass er es wieder versuchen wird?«

Nicole betrachtete das schöne, besorgte Gesichtchen ihrer Tochter. »Schatz, Jesse hat dich ebenso lieb wie du ihn lieb hast. Er wird die Suche nach dir bestimmt nicht nach einem Tag aufgeben.« Shelley wirkte ein wenig besänftigt. »Nun erzähl mir mehr über den Mann in der Schule. Wie hat er ausgesehen?«

»Also, groß. Dunkles Haar. Langes, zusammengebundenes, dunkles Haar. Wie das von Miguel.«

»War es Miguel?«

»Kann sein. Er hatte eine Sonnenbrille auf. Aber Miguel hat nie was davon gesagt, dass er einen Hund hat.« Shelley runzelte die Stirn. »Ich hab ihn was sagen hören.«

»Wie konntest du ihn etwas sagen hören, obwohl du nicht nahe genug dran warst, um deutlich sein Gesicht zu sehen?«

»Er hat laut gesprochen. Nicht mit mir. Mit dem Hund. Er ist losgegangen und der Hund ist geblieben. Da hat er sich umgedreht und ›Komm, Jordan‹ gesagt. Das ist ein schöner Name, Mami.«

»Das finde ich auch«, sagte sie nachdenklich. Der Hund, der Izzy Dooley gebissen hatte, hatte eine Hundemarke mit einer Adresse in Olmos Park verloren. Sie war sicher, dass es die von Paul war. Konnte es sein, dass Miguel ebenfalls einen schwarzen Hund namens Jordan hatte?

Unwahrscheinlich, aber möglich wäre es schon, dachte sie. Aber ob der Mann mit dem Hund nun Paul Dominic oder Miguel Perez gewesen war: Wie kam er dazu, vor dem Schulhof zu stehen und ihre Tochter zu beobachten?

## 2

»Hier gefällt es mir aber nicht so gut«, beschwerte sich Shelley und sah sich in ihrem Motelzimmer um.

Nicole klappte einen Koffer auf und begann, Kleidungsstücke auszupacken. »Was passt dir denn nicht daran?«

»Es ist nicht wie zu Hause«, antwortete Shelley bedrückt. »Hast du auch daran gedacht, die Fische zu füttern?«

»Ja.«

»Und was ist, wenn Jesse heimkommt und Hunger hat? Es ist nichts für ihn zu essen da.«

»Dann geht er zu Mr. Wingate.«

»Können wir morgen wieder nach Hause?«

»Also, falls sie uns noch nicht wieder einziehen lassen, können wir wenigstens vorbeifahren und nachsehen, ob Jesse zurück ist.«

»Ich versteh nicht, warum wir nicht gleich wieder einziehen können«, nörgelte Shelley. Sie warf sich bäuchlings aufs Bett, mit dem Kopf in Richtung Fußende. »Gibt es hier Kabelfernsehen?«

»Ganz bestimmt.« Nicole schloss den Koffer. »So, ich denke, wir haben alles, was wir für morgen brauchen. Als Nächstes muss ich ein paar Telefonate erledigen.«

Shelley seufzte übertrieben. »Darf ich solange fernsehen?«

»Ja, du darfst, aber bitte nicht zu laut.«

Während Shelley mit der Fernbedienung rastlos von einem Kanal zum nächsten schaltete, rief Nicole bei Vega an. Bobby meldete sich und Nicole verlangte ohne Umschweife Carmen zu sprechen. Als sie ans Telefon kam, sagte Nicole ihr den Namen des Motels und die Zimmernummer durch.

»Wirst du Polizeischutz bekommen?«, fragte Carmen.

»Ich bezweifle es, obwohl ich dort auch Bescheid sagen werde, wo ich bin.«

»Hast du bezüglich der Morde noch was in Erfahrung gebracht?«

»Nichts«, sagte Nicole zu ihr. »Ich bin sicher, die Abendnachrichten werden den ganzen Vorfall bringen.«

»Zweifellos. Nicole, ich mach mir solche Sorgen um dich.«

»Es wird uns schon nichts passieren«, versicherte Nicole, wie sie es gegenüber Kay getan hatte. »Es ist ein richtiges Abenteuer, für eine Nacht nicht zu Hause zu sein. Außerdem weiß kaum jemand, wo wir sind. Wenn mich heute Abend jemand suchen geht, wird er erwarten, dass ich bei meiner Mutter bin.«

»Aber was ist mit ihr?«, fragte Carmen. »Ganz allein in dem großen Haus?«

»Sie ist auch nicht zu Hause. Wie es scheint, ist dort Kohlenmonoxid ausgetreten, und sie übernachtet bei Kay Holland. Sie weiß noch nichts von dem Vorfall, und ich will auch nicht, dass sie es heute erfährt. Ach, und Carmen: Erzähl du es auch niemandem weiter.«

»Nicole! Meinst du wirklich, mir das eigens sagen zu müssen? Von mir erfährt niemand was. Solltest du noch irgendwas brauchen …«

»Dann ruf ich dich an«, sagte Nicole und war sich darüber im Klaren, dass sie es nicht tun würde. Carmen konnte ihr nicht helfen. Außerdem wollte sie sie nicht noch mehr in die Sache verwickeln.

Als Nächstes rief sie im Polizeihauptquartier an und fragte nach Raymond DeSoto. »Shelley und ich sind in einem Motel untergekommen«, sagte sie zu ihm. »Wissen Sie was Neues über die Ereignisse von heute Morgen?«

»Ein wenig mehr, aber ich möchte mich jetzt nicht dazu äußern. Wollen Sie vielleicht mit mir zu Abend essen?«

»Zu Abend?«, wiederholte Nicole verständnislos. »Ich bin mit Shelley hier.«

»Ich hätte mich präziser ausdrücken müssen. Wollen Sie und Shelley mit mir zu Abend essen?«

Nicole war so überrascht, dass sie zu stottern anfing. »Also, äh, einen Augenblick.« Sie legte die Hand auf die Telefonmuschel. »Shel?« Das Kind riss sich vom Fernseher los. »Möchtest du mit Sergeant DeSoto zu Abend essen?«

Shelleys Augen weiteten sich. »Er fragt, ob ich mit ihm ausgehen will?«

Nicole konnte sich ein Lächeln nicht verkneifen. »Er hat uns beide gefragt.«

»Ach so.« Shelley schien nachzudenken. »Ja gut.«

»Shelley nimmt die Einladung an«, sagte Nicole in den Hörer. »Ich auch. Aber wir müssen früh zurück sein, weil morgen Schultag ist.«

»Ich kenne ein tolles kleines Pizzarestaurant. Es ist ziemlich abgelegen und ich sollte wegen der laufenden Ermittlungen auch eigentlich gar nicht mit Ihnen gesehen werden. Wäre Ihnen das recht?«

Es war für sie eine leichte Kränkung, als Belastung angesehen zu werden, die sie aber sofort wieder vergaß. »Wir essen furchtbar gern Pizza.«

»Gut. Sagen Sie mir, wo Sie untergekommen sind, dann hole ich die Damen gegen sechs Uhr ab.«

## 3

Cy Waters betrat sein kleines Haus, streifte die Schuhe ab und seufzte. Er blieb einen Augenblick im Flur stehen und schnupperte anerkennend. Schwere Düfte kamen aus der Küche herangeweht. Ungewöhnlich schwere Düfte.

»Cy, bist du das?«

Aline begrüßte ihn mit diesen Worten, seit sie vor zweiunddreißig Jahren Mrs. Waters geworden war.

»Nein, ich bin's, Sidney Poitier«, antwortete Cy.

»Mach es dir gemütlich, Sidney. Das Essen ist gleich fertig.«

Cy ging in das perfekt aufgeräumte, komfortabel abgenutzte L-förmige Wohnzimmer. Bilder der drei Kinder, die hier jahrelang für Chaos gesorgt hatten, hingen an den Wänden. Cy warf einen Blick darauf. Brave Kinder. Attraktive Kinder. Kluge Kinder. Und so sehr er sie liebte, war er doch froh, dass das letzte im vergangenen Herbst ausgezogen war, um in Dallas aufs College zu gehen. Mit Aline allein zu sein gab ihm das Gefühl, wieder frisch verheiratet zu sein, und Cy genoss dieses Gefühl.

Aline, hoch gewachsen, üppig und mit einundfünfzig noch ungeheuer attraktiv, kam ins Zimmer und brachte Cy ein Glas Tonic-Wasser mit Limone. »Schweren Tag gehabt?«

»Brutal schwer.«

»Das behauptest du immer.« Sie setzte sich neben ihn auf die Couch.

»Da riecht was verdammt gut in der Küche.«

»Bœuf Stroganoff.«

Cys Augenbrauen verschwanden fast in seinem grau werdenden Haaransatz. »Was ist aus dem fettarmen, kalorienarmen, geschmacksarmen Zeug geworden, mit dem du mich in den vergangenen drei Wochen kurz gehalten hast?«

Aline nahm einen Schluck aus ihrem eigenen Tonic-Glas. »Ich dachte, wir machen mal Pause.«

Cy schloss die Augen. »Dem Herrn sei's gelobt.«

»Cy, ich verwende viel Zeit auf die Zubereitung dieser Mahlzeiten. Ich bin Krankenschwester. Ich weiß, was ich tue. Außerdem hat der Arzt dir diese Diät empfohlen. Er hat gesagt, dass du dich in ein paar Wochen daran gewöhnt haben wirst.«

»Logisch. Ich wette, er selbst würde sich so was nicht zumuten, es sei denn, man hält ihm die Pistole an den Kopf.«

»Sei nicht so ein Griesgram.« Aline zupfte einen Augenblick geistesabwesend an einem ihrer goldenen Ohrstecker. »Da wir gerade von Kopfschüssen reden: Wie ich höre, hattest du heute einen recht interessanten Fall.«

»Ja.« Aline sah ihn erwartungsvoll an. »Woher weißt du davon?«

»Ich habe Freunde, die mit Polizisten verheiratet sind, und Freunde, die Polizisten sind.«

»Okay. Der heutige Vorfall war ziemlich grausig.« Aline sah ihn weiter unverwandt an. »Soll ich dir davon erzählen?«

»Warum nicht. Das Essen ist erst in zwanzig Minuten so weit.«

»Aber du willst doch sonst nie mit mir über die Arbeit reden.«

»Das war, als die Kinder noch zu Hause waren.«

»Nein, erst vor zwei Wochen ...« Cy brach ab. Er roch das köstliche Mahl, das in der Küche brutzelte. Er blickte Aline in die wunderschönen Augen und verstand, was los war. »Du weißt, wer in diesen Fall verwickelt ist, nicht wahr?«

Sie lächelte reizend. »Allerdings, Liebling. Ich hatte damals Dienst in der Notaufnahme, als Nicole Sloan eingeliefert wurde. Erinnerst du dich nicht?«

»Doch.«

»Das arme kleine Ding war zusammengeschlagen worden. Ihr Gesicht konnte nur mit plastischer Chirurgie wieder hergestellt werden. Das hat mir richtig zu schaffen gemacht, weil sie nur ein paar Jahre älter war als unsere Carrie.«

»Ich weiß.«

»Und damit nicht genug«, erklärte Aline. »Es war etwas an diesem Fall, das dir zu schaffen gemacht hat. Du hast versucht, dich mit mir darüber zu unterhalten, aber ich wollte nicht zuhören. Das Ganze hat mich zu sehr mitgenommen. Jetzt dagegen will ich alles wissen.«

Cy nickte. »Es macht mir immer zu schaffen, wenn Halunken wie Magaro und Zand ungestraft davonkommen. Zand hat das Alibi gekauft, das ihm und Magaro den Freispruch beschert hat. Alle wussten es, aber niemand konnte es beweisen.«

Aline schüttelte den Kopf. »Die Episode hab ich nicht gemeint. Ich meine die Morde an Zand und Magaro.«

»Alle Indizien deuteten auf Paul Dominic hin.«

»Aber du hattest deine Zweifel.«

»Bis er die Flucht ergriffen hat. Wäre er unschuldig gewesen, wäre er nicht so davongerannt.«

Aline zog die Brauen hoch. »Cy, ich kenne dich. Ich weiß, dass dir etwas zu schaffen gemacht hat, nachdem Dominic verschwunden war. Und ich weiß, dass es dir auch jetzt noch nachgeht. Ich höre es dir an. Und es hat mit den Morden heute Morgen in Nicoles Haus zu tun.«

»Okay, du hast Recht. Aber kann das nicht bis nach dem Abendessen warten?«

Aline schüttelte den Kopf. »Nein. Keine Einzelheiten, kein Stroganoff.«

Cy stöhnte. »Also deshalb kriege ich heute das gute Abendessen. Bestechung.«

Aline grinste. »Sehr richtig. Also spuck's aus, Liebling. Ich will alles hören.«

# Fünfzehn

## 1

Der Village Pizza Inn war klein, gemütlich und so früh am Donnerstagabend kaum besucht. Sie saßen an einem Tisch mit einem rotkarierten Tischtuch. Nachdem Shelley eingehend die Speisekarte studiert hatte, entschied sie sich für eine mittelgroße Gemüsepizza. Dann nahm sie mit strengem Blick Ray ins Gebet. »Jesse war heute Morgen verschwunden. Ist er inzwischen nach Hause gekommen?«

»Nein, um drei Uhr, als ich zum letzten Mal im Haus war, noch nicht«, antwortete Ray.

»Haben Sie schon irgendwelche Spuren?«

Ray schien verblüfft über Shelleys Wortwahl. »Sie sieht sich eine Menge Kriminalserien an«, sagte Nicole zu ihm.

Shelley nickte. »*NYPD Blue* ist meine Lieblingssendung. Lassen Sie nach Jesse suchen?«

Nicole war froh, dass Ray das Kind ohne eine Spur von Herablassung ansah. »Nein, Shelley, erst einmal noch nicht. Wir waren heute mit anderen Dingen beschäftigt. Außerdem wird er noch keine vierundzwanzig Stunden vermisst. Und wir sind fest überzeugt, dass Jesse in den nächsten ein, zwei Tagen zurückkommen wird.«

»Wissen Sie schon, wer die beiden Männer getötet hat?«

Rays dunkle Augen wandten sich rasch Nicole zu. »Ich hab ihr davon erzählt«, sagte sie. »Sie hat es ganz ruhig aufgenommen, wie das tapfere, erwachsene Mädchen, das sie nun einmal ist.«

Shelley rollte mit den Augen. »Mami, wie du das sagst, klingt es, als wär ich eine blöde Ziege.«

»Entschuldige bitte«, sagte Nicole verschmitzt. »Es war als Kompliment gemeint.«

»Ich weiß.« Shelley sah Ray an. »Na?«

»Du bist ja anspruchsvoller als mein Vorgesetzter.« Ray lächelte. »Nein, Shelley, wir wissen es noch nicht.«

»Irgendwelche Spuren?«

»Nein, Madam.«

Shelley seufzte. »Nach vierundzwanzig Stunden wird die Spur kalt.«

Ray brach in Gelächter aus. »Shelley, du bist einmalig.«

»Was wollen Sie damit sagen?«

»Er meint, dass du zu viele Fragen stellst«, sagte Nicole, die sich über den vorwitzigen Tonfall des Kindes zu ärgern begann. »Lass ihn in Ruhe und sei still.«

»Schon gut«, warf Ray ein. »Shelley, ich wollte sagen, dass du sehr gescheit bist. Willst du später mal Polizistin werden?«

»Ich bin mir noch nicht sicher.«

»Sie ist hin- und hergerissen zwischen Polizistin und Schauspielerin«, erläuterte Nicole.

Ray nickte. »Geh auf jeden Fall erst mal aufs College, wie es deine Mutter getan hat. Das ist in beiden Berufen nützlich.«

»Aber wenn ich nicht weiß, was ich werden will, woher weiß ich dann, was für Fächer ich wählen soll?«

»Du könntest zwei Hauptfächer studieren, Kriminologie und dramatische Kunst«, meinte Ray. »Das ist zwar ungewöhnlich, aber möglich.«

»Vielleicht«, sagte Shelley lustlos. Nicht viele Neunjährige planten bereits ihre Hauptstudienfächer. »Waren Sie auch auf dem College, Sergeant DeSoto?«

»Ja. Und warum nennst du mich nicht Ray?«

Shelley sah Nicole an. »Darf ich?«

»Ja, wenn er es dir anbietet«, sagte Nicole. Sie war froh, dass sich Shelley, auch wenn sie mit polizeilichen Fachbegriffen um sich warf wie eine Erwachsene, wenigstens wieder wie ein Kind benahm.

»Wo haben Sie das College besucht, Ray?«, erkundigte sich Shelley liebenswürdig.

Er lehnte sich auf der Sitzbank zurück und schien sich gut zu unterhalten. »Ich war in New York City auf dem College.«

»Das ist aber weit weg«, bemerkte Shelley.

»Ich hatte mein ganzes Leben in Texas verbracht«, sagte Ray. »Ich hab meine Mutter verloren, als ich klein war, und ich bin sehr arm aufgewachsen. Als ich dann ein wenig zusätzliches Geld gekriegt habe und der Zeitpunkt gekommen war, aufs College zu gehen, hatte ich Lust, einen anderen Teil des Landes kennen zu lernen.«

»Ich wette, Sie sind ein hervorragender Polizist.«

Ray lächelte. »Ich hoffe es.«

Nachdem sie bestellt hatten, bat Shelley um Geld, um damit die Jukebox in Gang zu setzen. Ray und Nicole gaben ihr je einen Dollarschein und Shelley machte sich auf zu dem Gerät.

»Was für ein tolles Kind«, sagte Ray.

»Das ist eine Untertreibung. Entschuldigen Sie, dass sie heute Abend so hartnäckig ist. Sie ängstigt sich wegen der Morde und vor allem wegen Jesse. Sie ist sonst nicht so lästig.«

»Mir ist sie nicht lästig. Sie ist nur frühreif.«

»Ich weiß. Das hat sie von ihrem Vater. Roger ist brillant, obwohl sein Verhalten in letzter Zeit nicht gerade exemplarisch ist.«

Ray sah ihr in die Augen. »Ich bin sicher, dass sie ihre Intelligenz größtenteils von ihrer Mutter geerbt hat.«

Nicole lächelte ein wenig. »Danke, aber glauben Sie mir, ich bin nicht schlauer als Roger. Er hat mich das ganze vergangene Jahr an der Nase herumgeführt.«

»Inwiefern?«

Sie wollte Ray nicht erzählen, dass Roger sie überredet hatte, nach Texas zu ziehen, nur um seiner Freundin zu folgen. Die Demütigung war einfach zu groß. »Er hat es getan, glauben Sie mir.« Ray sah sie prüfend an und sie senkte den Blick. »Können Sie mir sagen, was Sie heute herausgefunden haben?«

Ray sah sich um und vergewisserte sich, dass Shelley immer noch außer Hörweite war. »Keine Sorge. Shelley nimmt es mit der Auswahl der richtigen Songs so genau wie andere mit der Wahl des richtigen Drahts beim Entschärfen einer Bombe. Sie wird eine Ewigkeit dafür brauchen.«

Ray lachte. »Na gut. Erstens haben wir Ihre Hausschlüssel in Izzys Tasche gefunden. Damit hatten wir gerechnet.«

»Aber was ist mit dem anderen Mann? Dem, der Izzy getötet hat?«

»Wir haben keine Spuren vom Eindringen einer zweiten Person gefunden. Vielleicht ist er mit Izzy hereingekommen, obwohl das nicht sehr wahrscheinlich ist. Vielleicht ist er hinter Izzy her gekommen.«

»Auch das klingt nicht wahrscheinlich, es sei denn, er hat Izzy verfolgt.«

»Ich weiß. Wir arbeiten weiter daran. Jedenfalls wurden Izzy und der Beamte beide mit derselben Waffe erschossen.«

»Einer Automatik?«

»Ja. Ihr Revolver wird Ihnen zurückerstattet. Wir haben die Mordwaffe nicht gefunden.« Ein Song von *Hootie and the Blowfish* begann zu spielen. »Der Beamte hatte nur eine Verletzung – die Schusswunde an der Schläfe. Er ist augenblicklich gestorben. Izzy hatte weniger Glück. Das viele Blut in Ihrem Flur stammt vermutlich aus der Wunde an seinem Rücken.«

»Am Rücken?«

»Ja.« Ray zog ein kleines Blatt Papier aus der Tasche und begann vorzulesen. »Laut Autopsiebericht wurde ihm mit einer zehn Zentimeter langen Klinge eine Stichwunde beigebracht. Das Messer haben wir auch nicht gefunden. Jedenfalls ist es tief am Rücken in die Wirbelsäule eingedrungen und hat das Rückenmark durchtrennt.«

»Das Rückgrat durchtrennt. Dann war er sicher gelähmt.« Ray nickte erneut. »Aber dann hat er doch sicher geschrien. Warum habe ich nichts gehört?«

»In seinem Mund waren Frotteereste. Der Mörder muss ihm einen Waschlappen hineingeschoben haben, bevor Izzy den Schock der Stichverletzung überwunden hatte. Ist Ihnen nicht gut?«

»Doch«, brachte sie hervor und schluckte schwer. »Es ist nur so grässlich.«

Rays Gesichtsausdruck veränderte sich nicht. »Bedenken Sie, dass Izzy Sie getötet haben könnte, wenn ihn nicht jemand zuerst erwischt hätte. Wir sind nämlich inzwischen überzeugt, dass er genau das vorhatte. Wir haben in seiner Tasche eine kleine Rolle dünnen Draht gefunden. Vor zehn Jahren hat er seinen Vater mit Draht zu strangulieren versucht. Er hatte wahrscheinlich die Absicht, es mit Ihnen genauso zu machen.«

Nicole war erstaunt und angeekelt. »Warum war er nicht im Gefängnis?«

»Wegen des Mordversuchs an seinem Vater? Er galt noch als Jugendlicher und es wurde behauptet, er sei wegen Drogen vorübergehend unzurechnungsfähig gewesen. Er war in null Komma nichts wieder draußen. Dann ist vor ein paar Jahren ein ähnlicher Mord passiert, den meiner Meinung nach Izzy begangen hatte, aber wir konnten es nicht beweisen.«

»Aber warum sollte er mich umbringen wollen? Nur um das Haus auszurauben? Bei mir zu Hause gibt es wirklich nichts Wertvolles.«

Ray zögerte. Sein Blick schweifte von Nicole zu dem Fenster neben ihnen. »Nicole, wir haben in Izzys Zimmer dreitausend Dollar gefunden. Es hat in den vergangenen Tagen kein Raubüberfall stattgefunden, bei dem so viel Bargeld abhanden gekommen ist. Und im Pfandhaus war Izzy in letzter Zeit auch nicht. Außerdem kann das Geld noch nicht lange da gewesen sein, sonst hätte er es für Drogen ausgegeben. Wir glauben, dass er bezahlt wurde, wahrscheinlich erst gestern, um Sie zu töten.«

»Was?«, sprudelte Nicole heraus, ohne auf das Paar gegenüber zu achten, das sich nach ihr umdrehte. »Aber wer …«

»Ihr Mann ist der Hauptverdächtige.«

Nicole starrte ihn einen Augenblick an. Dann schüttelte sie heftig den Kopf. »Nein. Roger und ich haben zwar keineswegs eine gütliche Trennung hinter uns, aber so etwas würde er nie tun. Außerdem haben Sie keinerlei Beweise, dass dieser Izzy bezahlt wurde, um mich zu töten.«

»Ob Sie es glauben oder nicht: Izzy hatte eine Freundin. Eine prächtige junge Dame namens Jewel Crown. Im Ernst, sie heißt wirklich wie die Kronjuwelen. Ich denke, ihre Mutter wird gewusst haben, dass sie später entweder Prostituierte oder Stripperin werden würde. Wir haben sie heute verhört. Sie hat uns erzählt, dass er für einen Mordauftrag Geld erhalten hat. Ich zitiere«, sagte Ray. Seine Stimme veränderte sich, wurde plötzlich hoch und näselnd. »›Die Frau von jemand – eine Lehrerin oder so. Sie hat ein Kind, aber einem Kind würde Izzy nichts tun. Es ging nur um die Frau.‹« Ray sprach in normalem Tonfall weiter. »Also, wie gesagt, diese junge Dame ist eine Prostituierte. Des Weiteren ist sie kokainabhängig. Sie ist keine ideale Zeugin, aber trotzdem …«

Nicole konnte es nicht fassen. Sie fror und fühlte sich wie betäubt. »Ray, ich sage Ihnen, Roger würde so etwas nicht tun.«

»Sind Sie sicher?«

Ihr Mund wurde trocken, als sie daran dachte, wie Roger sie dazu gebracht hatte, mit nach San Antonio zu kommen, wie unberechenbar sein Verhalten geworden war, wie entschlossen er war, das alleinige Sorgerecht für Shelley zu bekommen. »Dreitausend Dollar sind kein sehr hoher Preis für ein Menschenleben.«

»Für Izzy waren dreitausend Dollar vermutlich ein Vermögen. Wir sind dabei, das Bankkonto Ihres Mannes daraufhin zu überprüfen, ob er in letzter Zeit irgendwelche großen Beträge abgehoben hat«, sagte Ray in dem Augenblick, als ihre Getränke serviert wurden.

Nicole nahm einen Schluck Limonade und wünschte sich, etwas Stärkeres bestellt zu haben, obwohl nach dem vergangenen Abend ihr Magen allein bei dem Gedanken rebellierte. »Ich kann es immer noch nicht glauben«, sagte sie schließlich.

»Wer könnte sonst noch an Ihrem Tod interessiert sein?«

»Niemand. Außer vielleicht ...«

»Paul Dominic?«

Nicole trank einen weiteren Schluck und sagte dann bedächtig: »Als ich dahinter gekommen bin, dass Paul wieder da ist, habe ich zunächst angenommen, er könne sich an mir rächen wollen, weil ich sein Leben ruiniert habe.«

»Aber inzwischen glauben Sie, dass Dominic Izzy getötet hat, um Sie zu beschützen?«

»Vielleicht.«

»Und der Streifenbeamte, der Ihr Haus unter Beobachtung hatte, Nicole? Er hieß Jason Abbott, war sechsundzwanzig Jahre alt und hatte zwei kleine Kinder. Hat Dominic ihn auch getötet, um Sie zu beschützen?«

Nicole zuckte zurück und atmete unwillkürlich aus. »Wie entsetzlich. Das tut mir ja so Leid.«

»Es ist nicht Ihre Schuld.«

»So kommt es mir aber vor, schon gar, wenn Paul es meinetwegen getan haben sollte ...«

»Sie sind nicht verantwortlich für das, was Dominic tut.«

Nicole wusste, dass jeder gute Psychiater das auch gesagt hätte, doch als nun Shelley an den Tisch zurückkehrte, dachte sie an die vaterlosen Kinder des jungen Streifenbeamten Abbott. Sie war nie überzeugt gewesen, dass Paul Magaro und Zand ermordet hatte. Wenn er es allerdings doch getan hatte, dann nur, um sie zu rächen und zu beschützen – die zwei hätten sie fast getötet und hätten es bei entsprechender Gelegenheit vielleicht noch mal versucht. Sollte Paul Izzy Dooley ermordet haben, hatte er ihr damit wahrscheinlich das Leben gerettet. Aber Abbott? War es Paul zuzutrauen, dass er einen

Unschuldigen tötete, nur um seine Sicherheit und Anonymität zu wahren?

»Mami, du siehst gar nicht gut aus«, bemerkte Shelley.

»Es geht mir gut, Schätzchen.«

Doch als sie sich zwang, etwas zu essen, schmeckte alles nach Karton und drohte ihr im Hals stecken zu bleiben. Ein Unbekannter wollte sie töten – oder vielleicht waren es sogar mehrere. Und sie hatte das grässliche Gefühl, dass einer dieser Unbekannten damit Erfolg haben würde.

## 2

Jewel Crown war nach einem langen enttäuschenden Abend auf dem Nachhauseweg. Nicht ein Freier. Und sie glaubte zu wissen, warum. Sie war heute bei der Arbeit nicht mit dem Herzen dabei gewesen. Izzy war bestimmt kein Jungmädchenschwarm gewesen, doch er hatte sich um sie gekümmert. Wenn sie eine miese Woche hinter sich hatte, hatte er ihr immer genug Geld gegeben, um durchzukommen, um genug Essen und Kokain kaufen zu können, sodass sie weitermachen konnte. Und er hatte ihr immer gesagt, sie sei hübsch. Nicht wie die Freier, die das nur taten, weil sie Sex wollten. Sondern weil er es ernst meinte. Und nun war er nicht mehr da.

Jewel hatte nicht gern mit der Polizei über seinen Tod gesprochen. Welche Nutte redete, verdammt noch mal, schon gern mit der Polizei? Und wie Izzy gestorben war, ach Gott: Ihr wurde schlecht, wenn sie nur daran dachte. Außerdem wurde ihr schlecht davon, dass sich die Polizei Izzys dreitausend Dollar geschnappt hatte und ihr nur eine Kleinigkeit für ihre Aussage zurück ließ.

Jewel wusste, dass sie keinen Grund hatte, sich zu ängstigen. Sie hatte die Wahrheit gesagt – Izzy war tatsächlich bezahlt worden, um eine Frau umzulegen, eine Lehrerin. Er hatte gesagt, sie sei eine widerliche Person, eine Verrückte, die ihr Kind quälte, sonst würde er es nicht tun und Jewel hatte verstanden, was er meinte. Sie hatte es nicht gern, wenn Kinder von ihren Eltern gequält wurden, wie es bei ihr der Fall gewesen war. Das Problem war nur, dass sie behauptet hatte, nicht zu wissen, wer Izzy bezahlt hatte – dabei wusste sie es ganz genau. Iz hatte es ihr erzählt. Natürlich hatte sie der Polizei nicht verraten, wer es war. Die hätten es nicht geschafft, ihr den Namen zu entlocken, egal was sie anstellten. Aber vielleicht glaubten Izzys Auftraggeber das nicht. Vielleicht dachten sie, sie würde alles ausplaudern. Vielleicht hielten sie sie für dumm, nur weil sie auf den Strich ging. Oder für habgierig und auf Erpressung aus. Dabei war Jewel Crown weder dumm noch habgierig.

Sie blieb mit einem ihrer Pfennigabsätze hängen, verrenkte sich den Knöchel und fluchte. Ihre Füße taten weh und der Lederrock und das Oberteil aus Goldlamé kamen ihr enger vor als sonst. Sie blieb stehen und zog die Schuhe aus. Gegen den Rock und das Oberteil konnte sie nichts unternehmen, außer nackt nach Hause zu gehen, denn sie trug keine Unterwäsche. Das Straßenpflaster unter ihren nackten Füßen fühlte sich kühl an. Sie hatte entschieden, an diesem Abend keine schwarzen Netzstrümpfe anzuziehen. Es waren Izzys Lieblingsstrümpfe gewesen und da sie seinetwegen in Trauer war, hatte sie sie in ihrer Kommodenschublade zurückgelassen.

Jewel bog in eine dunkle Straße ein. Sie war erschöpft, erschöpfter denn je. Sie hatte in der vergangenen Nacht nicht geschlafen. Heute Nacht würde sie tief schlafen und sie wusste, dass Izzy dafür Verständnis gehabt hätte. Sie war jetzt allein. Noch ein paar miese Nächte wie heute und sie steckte in der Klemme. Sie brauchte Ruhe, um die dunklen Ringe unter den Augen loszuwerden und ihre Lebenslust wiederzugewinnen, die Einstellung, die sie bei ihren Klienten so beliebt machte.

Etwas sauste an ihrem Gesicht vorbei und schlug neben ihr in das Sandsteingebäude ein. Jewel blieb verblüfft stehen, bis ein scharfer Schmerz ihre linke Schulter durchbohrte. Ihre rechte Hand fuhr im selben Augenblick hoch an die Schulter, als ihr klar wurde, dass jemand aus dem gegenüber geparkten Wagen auf sie schoss. Sie ließ sich auf die Knie fallen und kroch hinter die Mülltonnen, die an der Mauer aufgereiht waren. Ein weiterer Schuss brachte das Blech zum Klingen und sie schrie auf, duckte sich tiefer, kroch weiter. Es waren nur drei Mülltonnen und der letzte Schuss war in die direkt neben ihr eingedrungen. Der nächste konnte …

Stimmen. »He, was geht da vor?«, rief eine Stimme. »Schüsse! Da schießt jemand!«, rief eine zweite.

Die Schüsse hörten auf. Reifen quietschten. Scheinwerfer verschwanden, als der Wagen im Höllentempo die Straße hinabfuhr.

Jewel kauerte zitternd und weinend und blutend noch zwanzig Minuten hinter der Mülltonne, ehe sie endlich dahinter hervorkroch und in die Nacht hinausrannte. Ihre kostbaren Schuhe mit den Pfennigabsätzen blieben zurück.

## 3

Ray sah Shelley und Nicole nach, bis sie sicher auf ihrem Zimmer waren. Er war sich darüber im Klaren, dass er Nicole zutiefst erschüttert hatte mit seiner Ansicht, dass Izzy Dooley dafür bezahlt worden war, sie zu töten, doch sie musste Bescheid wissen. Sie musste überzeugt werden, dass ihr Leben in Gefahr war und sie niemandem trauen konnte, wenigstens nicht Roger Chandler oder Paul Dominic.

Er bezweifelte nicht, dass Roger Chandler kurz vor dem Nervenzusammenbruch stand. Seine Ermittlungen bestätigten, was Nicole ihm gesagt hatte – Chandler war in der Tat brillant. Aber irgendwann im vergangenen Jahr war bei ihm offenbar eine Sicherung durchgebrannt. Ray glaubte nicht, dass Roger so verrückt nach Lisa Mervin war, dass er alles getan hätte, um aus seiner Ehe herauszukommen. Schließlich sperrte sich Nicole nicht gegen die Scheidung oder verlangte, soweit ihm bekannt war, etwas anderes als einen bescheidenen Unterhaltsbeitrag für das Kind. Selbst das Haus war gemietet, nicht von Chandler bezahlt. Aber der Mann war versessen darauf, sich seiner Tochter zu bemächtigen. Nicole würde dem nie zustimmen und in Anbetracht seines Verhaltens konnte Ray sich nicht vorstellen, dass ein Richter ihm auch nur gemeinsames Sorgerecht gewähren würde. Es gab nur eine Möglichkeit für Chandler, seine Tochter für sich allein zu haben: Wenn Nicole tot war.

Außerdem hatte Ray an diesem Abend von einem Mann namens Miguel Perez erfahren. Als Shelley nach dem Essen vorausgerannt und ins Auto gehüpft war, hatte Nicole ihm von dem Mann erzählt, der vor Shelleys Schule gestanden und ihr zugewinkt hatte. Dieser Mann, hatte sie gesagt, habe wie Miguel ausgesehen. Nicole hatte ihm ferner von ihrer Unterredung mit Perez morgens in ihrem Büro erzählt, als er ihr seine romantischen Gefühle erklärt hatte. Ray hatte zu ihr gesagt, dass er nicht wisse, warum dieser Mann ihren Tod wünschen solle. Er werde jedoch gewiss Nachforschungen über ihn anstellen, denn er könne, selbst wenn er nicht hinter der Sache mit Izzy steckte, dennoch Schwierigkeiten machen.

Dann war da noch Paul Dominic. Obwohl Ray in Gegenwart anderer seinen Glauben herunterspielte, dass Dominic im Lande war – er wollte kühl und objektiv erscheinen –, wusste er doch im tiefsten Innern, dass Dominic am Leben, hier und hinter Nicole her war. Die Frage war nur, warum.

Um zehn Uhr, zwei Stunden nachdem er Nicole am Motel abgesetzt hatte, überfiel es ihn – das entsetzliche Gefühl drohender Gefahr. Seit er ein kleiner Junge gewesen war, hatte er Anfälle von Übelkeit gehabt, wann immer es in seiner Nähe gefährlich wurde und er hatte immer richtig gelegen. Er fuhr erneut zu Nicoles Motel und stellte seinen Wagen in einem düsteren Winkel des Parkplatzes ab. Im Rückspiegel konnte er Nicoles Zimmer im Obergeschoss deutlich erkennen. Die Vorhänge waren zugezogen, aber er konnte an den Rändern Licht sehen. Wahrscheinlich konnte sie nicht schlafen. Vielleicht sah sie fern oder benotete Arbeiten. Obwohl es erst zwanzig nach zehn war, herrschte auf dem Motelgelände wenig Betrieb. Jemand fuhr vor, ging zum Empfang, fuhr dann ans andere Ende des Parkplatzes und schleppte Gepäck in ein Zimmer im Erdgeschoss. Aus einem anderen Zimmer kam ein Mann mit einem Eiswürfelbehälter. Er trat in die Nische, in der Ray das Eis und die Getränkeautomaten ausgemacht hatte und kehrte dann auf sein Zimmer zurück.

Nichts machte einen ungewöhnlichen Eindruck. Und doch stimmte etwas nicht.

Ray machte es sich auf seinem Sitz bequem und richtete sich auf eine längere Überwachung ein. Er hätte einen Streifenwagen anfordern können, aber an diesem Abend war ihm danach, die Sache selbst in die Hand zu nehmen, obwohl er einen langen, anstrengenden Tag hinter sich hatte.

Er glaubte, hellwach zu sein. Dann jedoch sah er seine Mutter. Sie lächelte ihm zu. Ihr schönes Gesicht strahlte, als sie niederkniete und die Arme ausbreitete. Er selbst war ein kleiner Junge und rannte auf sie zu, doch je näher er kam, desto undeutlicher wurden ihre Züge. Sie verzerrten sich, bis sie nicht mehr schön und liebevoll, sondern grob und geringschätzig waren. Seine richtige Mutter war verschwunden und eine andere hatte ihren Platz eingenommen. Sie wartete mit erhobener Hand, um ihn ins Gesicht zu schlagen oder ihn so fest zu zwicken, dass es wehtat.

Er wachte schlagartig und in Schweiß gebadet auf. Diesen Traum hatte er seit Jahren nicht mehr gehabt. Er hatte geglaubt, ihn zusammen mit seiner Jugend zurückgelassen zu haben, und war enttäuscht, dass dem nicht so war. Oder vielleicht war er nur wiedergekommen, weil er an diesem Abend an seine Vergangenheit gedacht hatte. Schließlich hatte er Shelley erzählt, dass er in New York City das College besucht hatte. Das war damals seine Flucht gewesen, sein erster Schritt in die Freiheit.

Er sah auf seine Armbanduhr. Elf Uhr dreißig. Er hatte über eine Stunde geschlafen. Nun war er wütend auf sich und richtete sich ruckartig auf, um zu Nicoles Zimmer aufzublicken. War das ein Schatten in der Nähe ihrer Tür? Er kniff die Augen zusammen. Die Lichtverhältnisse hier waren furchtbar.

Ray runzelte die Stirn. Verdammt, er hätte schwören können, dass sich in der Nähe ihrer Tür etwas bewegt hatte, aber so groß wie ein Mann war es nicht. Ein spielendes Kind? Jemand, der sich hingekauert hatte und ins Zimmer zu spähen versuchte. Nein. Ein Hund. Vor Nicoles Tür saß ein großer Hund.

Er packte seine Pistole und hechtete aus dem Wagen. »Dominic!«, rief er, drehte sich mit erhobener Waffe rasch im Kreis, sah jedoch nichts. »Ich weiß, dass du da bist, verdammt noch mal. Diesmal entkommst du nicht.« Er eilte mit immer noch erhobener Pistole auf die Treppe zu, die zum Laufgang im Obergeschoss führte. In mehreren Zimmern gingen Lichter an. »Dom …«

Etwas traf seinen Hinterkopf. Grelles Licht blitzte vor seinen Augen auf, als er in die Knie ging. Er versuchte noch einmal die Waffe zu heben, doch da verlor er das Bewusstsein. Dass sein Kopf auf dem Beton des Parkplatzes aufschlug, bekam er schon gar nicht mehr mit.

# 4

Nicole wälzte sich rastlos in dem fremden Bett. In Gedanken ging sie noch einmal alles durch, was Ray gesagt hatte. Izzy Dooleys Freundin behauptete, er sei dafür bezahlt worden, jemanden umzubringen – eine Ehefrau, eine Lehrerin. Würde Roger wirklich so weit gehen, um sie loszuwerden?

Der Mond schien durch einen Vorhangspalt. Sie war in den Anblick versunken, während ihr Gehirn weiter auf Hochtouren arbeitete. Sie hatte Ray von Miguel erzählt, weil sie es für möglich hielt, dass er in der vergangenen Nacht in ihrem Haus gewesen war. Izzy hatte ihre Schlüssel dabeigehabt, aber es war denkbar, dass Miguel Duplikate besaß. Vielleicht hatte er Izzy Dooley umgebracht. Vielleicht hatte er den Streifenbeamten Abbot umgebracht. Aber warum sollte er Pauls Kassette aufgelegt haben? Um sie irrezuführen? Um sie glauben zu lassen, dass Paul Dominic die Männer getötet hatte? Aber wie konnte Miguel von ihrer Überzeugung erfahren haben, dass Paul wieder da war, wenn er ihr nicht auch gefolgt war und Paul entdeckt hatte? Schließlich waren Fotos von Paul nicht schwer zu finden.

Aber was hatte das alles mit dem Tod ihres Vaters zu tun? Wer hatte Clifton Sloan die geheimnisvollen Briefe und das Foto von Paul geschickt? Und was in Gottes Namen konnte in diesen Briefen gestanden haben, das Clifton in den letzten Wochen seines Lebens so in Angst versetzt hatte?

Shelley stöhnte ein paar Mal im Schlaf, kleine, klägliche Laute, die Nicole das Herz zerrissen. Sie stand jedes Mal auf und beugte sich über ihre Tochter, die in dem zweiten Doppelbett schlief. Ihr reizendes Gesichtchen wirkte bekümmert und Nicole befürchtete, dass sie von zwei ermordeten Männern und ihrem kleinen verschwundenen Hund träumte.

Nicole zog Shelley die Decke bis zum Kinn hoch, als könne sie sie damit vor Schaden bewahren, und kroch wieder in ihr eigenes Bett. Sie sah auf die Uhr. Elf Uhr zehn. In neun Stunden musste sie soweit sein, ein Seminar zu halten. Drei Seminare am Freitag und diesmal konnte sie sich nicht mit Klassenarbeiten aus der Affäre ziehen. Sie brauchte Schlaf, so unmöglich ihr der bloße Versuch auch erschien.

Zwanzig Minuten später schlief sie fest. Kein Wälzen, keine Träume. Irgendwie schaffte sie es, in einen traumlosen Tiefschlaf zu fallen. Vielleicht war das der Grund, warum sie so lange brauchte, bis sie das klingelnde Telefon hörte. Shelley hatte bereits abgehoben und rüttelte sie heftig an der Schulter, als sie endlich hochschreckte.

»Mami, da ist ein Mann am Telefon«, sagte sie.

»Wer denn?«, brachte Nicole hervor, ohne die Augen zu öffnen.

»Ich weiß nicht. Ich hab die Stimme noch nie gehört, aber sie gefällt mir nicht. Sie klingt gemein.«

Gütiger Himmel, was denn jetzt schon wieder?, dachte Nicole, bevor sie den Hörer entgegennahm. »Ja?«

»Ah, mein Vögelchen«, sagte eine raue Stimme an ihrem Ohr. Nicole dachte, ihr würde das Herz aussetzen. Obwohl fünfzehn Jahre vergangen waren, kannte sie die Stimme, als habe sie sie gestern erst gehört. »Dein Daddy ist nicht mehr da, um dich zu beschützen, hab ich Recht? Und ich hab nichts vergessen. Ich hab nicht vergessen, was du mir und Ritchie Zand angetan hast. Und du wirst dafür bezahlen, mein Vögelchen. Es wird nicht schnell und nicht ohne Schmerzen abgehen, aber es wird bald endgültig vorbei sein, für dich und diese *Puta*, deine Tochter.«

Der Anrufer legte auf. Nicole lag wie erstarrt zitternd im Bett. »Mami, Mami, was ist?«, verlangte Shelley zu wissen und hob ihre junge Stimme. »Wer war das?«

»Luis Magaro«, sagte Nicole mit zusammengebissenen Zähnen. »Ein Toter.«

# Sechzehn

## 1

»Ein Toter!«

Das schiere Entsetzen in Shelleys Stimme riss Nicole aus ihrer Erstarrung. »Natürlich war es kein Toter.«

»Du hast es doch eben selbst gesagt!«, beharrte Shelley.

»Ich war noch im Halbschlaf.« Nicole merkte, dass sie noch immer den Hörer umklammert hielt. Sie zwang sich, die Finger zu lockern, und legte auf. Dann setzte sie sich zurecht und nahm die zitternde Shelley in den Arm. »Hab keine Angst, mein Schatz. Das war ein Spinner, der da angerufen hat. Ich war noch nicht richtig wach. Ich wusste nicht, was ich sage.«

»Aber du hast so erschrocken ausgesehen!«

»Mein Traum hat mich erschreckt. Baby, es war nichts.«

»Ich hab die gemeine Stimme gehört. Ray soll kommen«, heulte Shelley.

Trotz des Schocks und ihrer Angst registrierte Nicole, dass Shelley nicht nach ihrem Vater verlangte. Sie schien zu spüren, dass Roger nicht mehr zu den Leuten gehörte, an die man sich in schwierigen Zeiten wenden konnte. »Ray schläft bestimmt schon. Ich will ihn wegen eines Anrufs nicht aufwecken. Ich werde ihm morgen davon erzählen.«

»Aber was ist, wenn der Mann Jesse hat?«

»Wie kommst du darauf, dass er Jesse hat?«

Shelley wich vor ihr zurück. »Er hat nichts von Jesse gesagt?«

»Nein. Bestimmt nicht.«

Aus Richtung Tür war ein Kratzen zu hören. Sowohl Shelley als auch Nicole zuckten zusammen und klammerten sich aneinander. »Das ist er!«, schrie Shelley. »Der tote Mann ist gekommen, um uns zu holen!«

Nicole hätte sich selbst ans Schienbein treten können, dass sie in Anwesenheit des Kindes etwas von einem »Toten« gesagt hatte. Sie hatte sie halb zu Tode erschreckt. »Shel, das war kein Toter am Telefon. Das hab ich dir doch gesagt. Ich hab noch halb geschlafen. Ich wusste nicht, was ich sage.«

Das Kratzen wiederholte sich und Shelley stieß wieder einen Schrei aus. »Das ist der Werwolf.«

»Das ist kein Werwolf«, entgegnete Nicole entschieden. »Werwölfe gibt es nicht.«

Wieder das Kratzen. Auf einmal wich die Angst aus Shelleys Gesicht. »Das ist Jesse! Er hat uns gefunden!«

»Nein ...« Das Kind sprang vom Bett und rannte auf die Tür zu. »Shelley, lass die Tür zu!«, rief Nicole und kletterte ebenfalls aus dem Bett.

»Aber es ist doch Jesse!«

»Nein! Jesse könnte nicht solchen Lärm veranstalten.« Nicoles Füße verfingen sich in der Bettdecke, die bis auf den Boden herabhing. Sie wäre fast hingefallen und musste tatenlos zusehen, wie Shelley die Kette entfernte und am Türknopf drehte. »Shelley, nicht!«, schrie sie verzweifelt.

Doch es war zu spät. Shelley zerrte an der Tür. O Gott, steh mir bei, betete Nicole, während sie die Decke abstreifte und vorwärts taumelte. Sie fürchtete, das Bewusstsein zu verlieren, als Shelley die Tür aufriss und das Zimmer der gefährlichen Nacht preisgab. »Gott, Gott, ich bitte dich«, hörte Nicole sich selbst wimmern. »Mein kleines Mädchen ...«

Doch das verzweifelte Gebet war nicht nötig. Nicole und Shelley standen starr und verblüfft da, als der große schwarze Dobermann hereingetänzelt kam. Er setzte sich hin und streckte Shelley eine Pfote entgegen. »Das ist der Hund, den ich schon ein paar Mal gesehen habe!«, rief das Kind und nahm die dargebotene Pfote. »Das ist Jordan!«

Nicole brachte kein Wort hervor. Sie sah nur sprachlos den Hund an. Dann blickte sie zur Tür. Wer würde dem Hund folgen? Paul Dominic?

Doch es stand niemand auf der Schwelle. Niemand schien dem Hund folgen zu wollen und der Hund schien auf niemanden zu warten. Er war einfach gekommen und es sah ganz danach aus, als habe er vor, zu bleiben.

Nicole eilte zur Tür, verriegelte sie und legte die Kette wieder vor. Als sie sich umwandte, lag Shelley auf den Knien und hatte den Hals des Hundes umschlungen. »Du bist gekommen, um uns vor dem toten Mann zu beschützen, nicht wahr, Jordan?«, fragte sie.

Der Hund leckte ihr das Gesicht ab und blickte dann mit dem seltsam wissenden Ausdruck zu Nicole auf, der ihr schon zuvor aufgefallen war. Obwohl ihr Atem noch beschleunigt war und das Hämmern in ihrem Bauch sich noch nicht wieder beruhigt hatte, schaffte sie es, ein Lächeln anzudeuten. Shelley hatte Recht. Sie spürte es in ihrem Herzen. Sie waren in Gefahr und der Hund war ausgesandt worden, um sie zu beschützen.

Aber war er von Paul ausgesandt worden? Wie konnte Paul wissen, dass sie einen erschreckenden Anruf erhalten hatte?

## 2

Als Nicole am nächsten Morgen aufwachte, fand sie den Hund zwischen ihrem Bett und dem von Shelley liegend vor. Seine großen dunklen Augen waren offen und wachsam. Nicole kroch aus dem Bett und kniete neben dem Hund nieder, um ihm Kopf und Hals zu streicheln.

»Paul hat dich geschickt, nicht wahr?«, raunte sie. »Ist er irgendwo in der Nähe?« Der Hund blickte ihr seelenvoll in die Augen. »Woher wusste er, dass ich solche Angst hatte?«

»Wer ist Paul?«, fragte Shelley.

Nicole und Jordan sahen sie an. »Ich wusste gar nicht, dass du schon wach bist.«

»Bin ich aber längst. Wer ist Paul?«

Nicole seufzte. Sie war zu müde, um sich eine Lüge oder eine Ausrede auszudenken. »Paul Dominic. Das ist jemand, den ich vor langer Zeit gekannt habe.«

Shelley schlüpfte aus dem Bett. Ihre kleine Hand streckte sich nach dem Hund aus. »Er war dein Freund.«

»Woher weißt du das?«

»Ich hab's daran gemerkt, wie du seinen Namen gesagt hast. Und an dem Abend, als du dich mit Papa an der Auffahrt gestritten hast, hat Papa gesagt, du hättest ihn immer leiden können, aber nicht so lieben wie Paul Dominic.«

»Dir entgeht aber auch gar nichts, wie?«

»Also, du und Papa, ihr habt ganz schön gebrüllt.«

»Ja, das haben wir. Das war skandalös.«

Shelley zuckte die Achseln. »Schon gut. Ich denke, verheiratete Leute tun das eben manchmal. Onkel Bobby hat Tante Carmen, als ich neulich über Nacht dort war, auch angebrüllt.«

Nicole zog die Brauen hoch. »Das hast du mir noch gar nicht erzählt.«

»Ich hätt es dir schon erzählt, aber ich hab's vergessen, als du mich in der Schule abgeholt hast. Und dann hast du mir von Jesse erzählt, dass er verschwunden ist, und von den ermordeten Männern. Also, Bobby war so was von gemein, Mami. Er hat gesagt, dass er Tante Carmen nie hätte heiraten sollen und dass er es nur wegen dem Jungen getan hat. Jill hat mir erklärt, dass ihr kleiner Bruder gemeint war, der gestorben ist. Ich hab es nicht richtig kapiert, aber Jill musste darüber weinen. Tante Carmen auch. Und dann ist er fortgegangen. Hat die Tür hinter sich zugeschlagen und mit den Reifen gequietscht. Sogar sein Papa hat geweint. Jill hat erzählt, dass er es mit der Angst kriegt, wenn Bobby so wütend ist. Ich kann Bobby nicht leiden, weil er alle so zum Weinen bringt.«

»Bobby ist also fortgegangen?«

»Ja. Tante Carmen hat noch lange geweint. Dann bin ich eingeschlafen. Am nächsten Morgen, nachdem ich dich angerufen hatte, ist Tante Carmen auch fortgegangen. Später bin ich draufgekommen, dass sie zu uns nach Hause gefahren ist, wegen der Morde. Bobby hat Jill und mich zur Schule gebracht, aber er war furchtbar griesgrämig. Er hat uns nicht erlaubt, Radio zu hören, und er hat sich nicht von Jill und mir verabschiedet, als er uns nacheinander in der Schule abgeliefert hat.«

Nicole hatte gemerkt, dass es zwischen Carmen und Bobby Spannungen gab, aber sie hatte nicht gewusst, dass es zwischen ihnen mitten in der Nacht lautstarke Auseinandersetzungen gab.

Shelley sah den Hund schmachtend an. »Jordan, weißt du, wo Jesse ist?« Sie beugte sich vor und blickte dem Hund in die Augen. »Mami, er weiß es!«

»Shelley, wie willst du das wissen? Jordan kann doch nicht reden.«

»Er kann mit den Augen reden, Mami, wirklich.« Shelley ging wieder in die Hocke. »Jordan, such Jesse.«

Der Hund stand augenblicklich auf und ging zur Tür. »Siehst du?«, quietschte Shelley triumphierend. »Ich hab's gewusst!« Sie rannte zur Tür und machte sich daran, die Kette abzunehmen.

»Shelley, nicht«, sagte Nicole vergebens, als Shelley auch schon die Tür aufriss und Tageslicht in den Raum flutete.

Der Hund leckte Shelleys Hand. Dann rannte er wie der Blitz über den Balkon und die Treppe hinunter. »Warte!«, rief Shelley. »So schnell können wir nicht hinterher!«

Nicole trat gerade rechtzeitig an die Tür, um den Hund um das Gebäude herum verschwinden zu sehen. Shelley sah tieftraurig zu ihr auf. »Wieso ist er denn weggerannt?«

»Er musste wahrscheinlich aufs Klo und frühstücken.«

»Und er wollte Paul wieder sehen.«

Es klang seltsam, Shelley so selbstverständlich den Namen eines Mannes sagen zu hören, den Nicole sowohl liebte als auch fürchtete, eines geheimnisvollen Mannes, eines Mannes, dessen Absichten ihr nach wie vor unklar waren.

»Ja, Paul wartet vermutlich schon auf ihn«, sagte sie leise.

Shelley musterte sie. »Mami, hast du Paul Dominic lieb gehabt?«

»Ja, Shelley, das habe ich.«

»Lieber als Papa?«

Nicole zögerte. »Auf ganz andere Art.«

»Aha. Ich denke, das heißt lieber als Papa, aber ich finde das in Ordnung. War Paul auch Lehrer?«

»Nein, er war Konzertpianist.« Als Shelley die Stirn runzelte, korrigierte sie sich. »Er hat Klavier gespielt. Auf einem großen Flügel und er hat dabei einen Frack angehabt. Er hat rund um die Welt in Konzertsälen gespielt und Schallplatten aufgenommen. Er war sehr berühmt.«

»Alle Achtung«, sagte Shelley anerkennend. »Was ist aus ihm geworden?«

Nicole atmete tief ein. »Ich weiß es nicht, Shelley. Ich weiß es ehrlich nicht.«

## 3

Nicole wäre fast zu spät ins Seminar gekommen. Sie erstickte alle Fragen nach den Morden, von denen ihre Studenten durchs Fernsehen und aus der Zeitung erfahren hatten, im Keim. Sie schienen enttäuscht, schienen regelrecht zu schmollen, weil sie keine Einzelheiten erfuhren, aber das war Nicole egal. Allerdings war ihr Vortrag unzusammenhängend, ihr Gebaren nervös und fahrig. Die eine Hälfte der Studenten schien nichts zu merken – sie hätten es auch nicht gemerkt, wenn sie angefangen hätte, von Chaucer anstatt von Melville zu sprechen. Aber die andere Hälfte spürte ihre Befangenheit. Das galt insbesondere für Miguel, der sich nur wenig Notizen machte und sie die ganze Zeit eindringlich anstarrte, sodass ihr noch unbehaglicher zumute wurde. War er an dem Chaos, das sie umgab, völlig unschuldig, oder steckte er mittendrin?

Nach dem Seminar eilte sie hinauf in ihr Büro. Sie schloss die Tür und rief im Polizeihauptquartier an, nur um zu erfahren, dass Ray DeSoto an diesem Tag nicht zum Dienst erschienen sei. Als sie den Dienst habenden Beamten fragte, warum, stellte er ihren Anruf zu Rays Partner Cy Waters durch.

O nein, dachte Nicole. Sie war sicher, dass der Mann sie nicht leiden konnte und ihr misstraute. Ihr Widerwille, mit ihm zu reden, wuchs noch, als sie sein schroffes »Waters, Mrs. Chandler. Was liegt an?« hörte.

»Ich bin auf der Suche nach Sergeant DeSoto.«

»Beruflich oder privat?«

»Beruflich«, erwiderte sie forsch.

»Sie können mit mir darüber sprechen.«

»Na gut. Meine Tochter und ich haben gestern in einem Motel übernachtet. Gegen ein Uhr dreißig morgens habe ich einen anonymen Anruf erhalten.« Schweigen. Sie sprach hastig weiter. »Die Stimme klang wie die von Luis Magaro. Er hat mich …« Ihre Stimme brach. Sie atmete tief ein. »Er hat mich ›mein Vögelchen‹ genannt, wie damals, als er mich vergewaltigt hat. Er hat meine Tochter eine *Puta* genannt. Er hat gesagt, dass er nicht vergessen habe, was ich ihm und Ritchie Zand angetan habe. Er hat gesagt, o Gott, ich kann mich nicht erinnern, was er genau gesagt hat – dass er mich und Shelley erwischen wird, oder so ähnlich.«

Sie war völlig außer Atem, als sie endlich fertig war. Einen Augenblick lang sagte Cy Waters nichts. Schließlich fragte er: »Sie behaupten also, dass Luis Magaro Sie angerufen hat?«

»Nein. Magaro ist tot. Jemand hat Magaro hervorragend nachgeahmt, jemand, der wusste, was Magaro am Abend der Vergewaltigung zu mir gesagt hat.«

Waters' Stimme klang auf einmal nicht mehr so steif. »Haben Sie eine Ahnung, wer es gewesen sein könnte?«

»Keine Ahnung. Ich kann mir nicht vorstellen, wer fähig wäre, diese Stimme so genau zu imitieren, oder wer darüber Bescheid wissen könnte, was er damals zu mir gesagt hat.« Sie hielt inne. »Wird Sergeant DeSoto später da sein?«

»Mrs. Chandler, Ray hatte Ihretwegen gestern Abend ein ungutes Gefühl. Er hat stundenlang vor dem Motel Wache gehalten. Dann will er etwas Verdächtiges gesehen haben. Er hat sich aus unerfindlichem Grund nur vage dazu geäußert. Jedenfalls ist er nachsehen gegangen und da hat ihm jemand einen Schlag auf den Kopf versetzt.«

»Um Gottes willen!«, rief Nicole aus. »Ist er schwer verletzt?«

»Leichte Gehirnerschütterung. Ist selbst ins Krankenhaus gefahren, als er wieder zu sich kam, was verdammt töricht war. Haben Sie vielleicht auf dem Parkplatz irgendwelche Geräusche gehört?«

»Nein, nichts.« Die Polizei wird denken, ich brauche ein Hörgerät, dachte sie. Ich scheine nie etwas zu hören. Nichts außer Jordans Kratzen an der Tür. Aber das wollte sie nicht erwähnen. Wenn Jordan da gewesen war, war Paul wahrscheinlich auch da gewesen. Hatte Paul etwa Ray angegriffen?

»Ist auch alles in Ordnung mit Ray?«, fragte sie und benutzte alle Förmlichkeit vergessend seinen Vornamen. »Ist er noch im Krankenhaus?«

»Besser wär's, aber er hat drauf bestanden, nach Hause zu gehen. Sie können ihn vermutlich dort erreichen.«

»Gut«, sagte Nicole, der plötzlich aufging, dass sie nicht wusste, wo Ray wohnte. Sie hoffte, seine Nummer im Telefonbuch zu finden.

»Mrs. Chandler, geben Sie mir den Namen des Motels und Ihre Zimmernummer.« Pause. »Um welche Zeit kam noch mal der Anruf?«

»Ungefähr ein Uhr dreißig.«

»Okay. Ich werde mich drum kümmern. Ach, übrigens: Wir sind bei Ihnen zu Hause fertig. Sie können heute Nachmittag wieder rein.«

»Großartig«, sagte Nicole mit tonloser Stimme.

»Der Gedanke behagt Ihnen nicht? Ich kann es Ihnen nicht verübeln. Wenn sonst noch was passiert, lassen Sie es mich wissen.«

»Das werde ich, Sergeant Waters«, sagte sie und dachte: Wenn sonst noch was passiert, kriege ich höchstwahrscheinlich einen Nervenzusammenbruch.

## 4

Cy Waters lehnte sich auf seinem Stuhl zurück. Er wusste von Ray, dass jemand, der Paul Dominic sehr ähnlich sah, Nicole Chandler nachstellte. Er wusste auch von Rays Überzeugung, dass es sich um Dominic selbst handelte. Er war sich dessen nicht so sicher. Er hatte Dominic jahrelang für tot gehalten. Aber sowohl Nicole Chandler als auch Ray hatten Recht – es gab keine eindeutigen Beweise für seinen Tod. Selbst Aline hatte sich dieser Auffassung angeschlossen, als er den Fall am vergangenen Abend mit ihr diskutiert hatte.

Nun behauptete Nicole, sie sei von jemandem angerufen worden, der Luis Magaro imitierte. Cy war erleichtert, dass er in ihrer Stimme diesbezüglich keinen Zweifel hatte entdecken können. Sie glaubte nicht, dass es Magaro selbst gewesen war, ein Mann, von dem sie wussten, dass er tot war – jemand hatte ihm in die Schläfe geschossen, ihm den Kopf mit einer Kapuze bedeckt und ihn aufgehängt, genau wie Izzy Dooley.

»Was, zum Teufel, geht hier vor?«, murmelte Cy vor sich hin und klopfte sich mit der Spitze seines Kugelschreibers gegen die Zähne. Der Selbstmord von Nicoles Vater, das Wiederauftauchen eines Mannes, den sowohl Ray als auch Nicole für Paul Dominic hielten, Nicoles Eindringling mit der Wolfsmaske, die Morde an dem jungen Streifenbeamten und an Izzy Dooley. Izzys Freundin behauptete, Izzy sei dafür bezahlt worden, jemandes Ehefrau umzubringen. Wenn das stimmte, war diese »Ehefrau« aller Wahrscheinlichkeit nach Nicole Chandler und Roger Chandler war der Hauptverdächtige. Allerdings glaubte Cy, dass alles, was jetzt passierte, im Zusammenhang mit den Vorgängen vor fünfzehn Jahren stand. Das hatte er schon am vergangenen Abend zu Aline gesagt.

»Du warst mit den Ergebnissen der Untersuchung damals nicht zufrieden«, hatte sie ihn erinnert und er hatte ihr gesagt, warum.

»Erstens war Dominic brillant«, hatte er erläutert. »Nicht nur auf musikalischem Gebiet, Aline. Wusstest du, dass er die Juilliard School besucht hat, die berühmte Musikakademie, als er gerade eben fünfzehn Jahre alt war? Nun sage mir: Würde ein kluger Kopf wie er eine Schusswaffe und sein blutiges Hemd einfach auf dem Hof seiner Mutter in eine Mülltonne stopfen? Er hätte die Waffe irgendwo loswerden und das Hemd verbrennen können. Stattdessen hätte er beides genauso gut auf der Veranda seiner Mutter zurücklassen können.«

Aline hatte die Stirn gerunzelt. »Stimmt. Und zweitens?«

»Wer war der anonyme Informant? Meines Wissens kennt ihn niemand. Die Glaubwürdigkeit des Betreffenden wurde nie überprüft. Für mich klang das alles sehr danach, als wollte ihm jemand die Schuld in die Schuhe schieben, aber Richter Hagan hat dennoch einen Durchsuchungsbefehl erlassen. Der Mann muss schon leicht senil gewesen sein.«

»Und drittens?«

»Die Schusswaffe. Die Seriennummer war abgefeilt, aber die kann man gewöhnlich durch Ätzen mit Salpetersäure wieder sichtbar machen.«

»Und das wurde nicht getan?«

»Es hieß, man hätte es versucht, aber die Feilung sei zu tief gewesen. Wäre die Nummer mit dem Bohrer entfernt worden, hätte ich es ihnen geglaubt. Aber gefeilt? Ich war nie überzeugt, dass man ernsthaft versucht hatte, die Nummer wieder leserlich zu machen. Diese Seriennummer hätte uns viel sagen können.«

»Aber wenn nun Dominic die Pistole einfach von jemandem auf der Straße gekauft hatte?«

»Das wäre möglich. Aber was seine Verteidigung angeht, hätte die wiederhergestellte Seriennummer wenigstens klarstellen können, dass die Waffe nicht unter dem Namen Dominic registriert war. Bestenfalls hätte man ihre Spur sogar zu jemandem zurückverfolgen können, der mit Magaro und Zand zu tun hatte. Himmel, Aline, dass man ihre Ermordung mit dem in Verbindung gebracht hat, was Nicole Sloan passiert war, liegt doch nur daran, dass dieses Zeug bei Dominic gefunden wurde. Aber diese Männer waren Halunken. Ich möchte wetten, dass sie nicht die Einzige war, die sie vergewaltigt, vielleicht sogar getötet hatten, ganz zu schweigen von den anderen Schweinereien, in die die Typen von der Band verwickelt waren.«

»Alle?«

»Also, ich glaube nicht, dass die anderen es so schlimm getrieben haben wie Magaro und Zand, aber sie waren alle keine Chorknaben. Jedenfalls hatten die Morde vielleicht gar nichts mit Nicole Sloan zu tun.«

»Aber Dominic hat die Flucht ergriffen. Warum hat er das getan, wenn er unschuldig war?«, hatte Aline gefragt.

Cy hatte sich vorgebeugt und sie auf die Nasenspitze geküsst. »Weil das System nicht immer funktioniert. Manchmal werden Unschuldige verurteilt. Ich bin sicher, dass Dominic das wusste. Kann ich jetzt endlich mein Essen haben?«

»Unter der Bedingung«, hatte Aline mit entschiedener Stimme gesagt, »dass du auf die Kleine aufpasst, Cy.«

»Ich glaube, Ray tut, was er kann, um dieser Aufgabe gerecht zu werden«, hatte Cy trocken gesagt. »Außerdem kann sie mich nicht ausstehen.«

»Das liegt daran, dass du ihr gegenüber den hart gesottenen, unfreundlichen Polizisten gespielt hast. Aber ich meine es ernst. Pass auf sie auf.«

»Ich verspreche es«, murmelte Cy nun, als ihn ein klingelndes Telefon aus der Erinnerung an das Gespräch riss und in die Einsatzzentrale der Polizei zurückversetzte. »Keine Sorge, Aline, ich pass schon auf sie auf.«

## 5

Nicole war nach ihrem ersten Seminar erschöpft. Sie hatte das Gefühl, eine ganze Woche nicht mehr geschlafen zu haben, und das Wochenende erschien ihr als schimmernde, unerreichbare Oase. Sie hatte zwischendurch je eine Stunde Pause und als sie in ihr Büro zurückkehrte, bereitete sie eine Kanne Kaffee mit Mokka-Aroma zu, um den Nachgeschmack des grässlichen Kaffees loszuwerden, den sie zum Frühstück getrunken hatte. Als der köstliche Duft von edlem Kaffee durch das Büro zog, schluckte sie zwei Aspirin, setzte sich an ihren Schreibtisch und legte den Kopf auf die gefalteten Arme. Sie war fast eingeschlafen, als das Telefon klingelte.

»Mensch, diesen Kaffee habe ich offensichtlich nötig«, murmelte sie. Sie nahm den Hörer ab und sagte mit belegter Stimme: »Chandler.«

»Guten Morgen, Chandler«, lachte Carmen. »Du hörst dich voller Elan und Kraft an.«

»Ich bin hundemüde.«

»Hast du im Motel nicht gut geschlafen?«

»Nein.« Nicole stand auf und dehnte das Telefonkabel, um an den Tisch treten zu können, auf dem die Kaffeekanne stand. Sie schenkte sich einen Becher voll. »Jemand, dessen Stimme wie die von Luis Magaro klang, hat gestern Nacht angerufen.«

»Magaro?«

»Ja. Er hat gesagt, er hätte nicht vergessen, was ich ihm und Zand angetan habe. Er hat Shelley und mich bedroht.« Nicole nahm wieder hinter ihrem Schreibtisch Platz. »Carmen, bist du noch da?«

»Ja.« Carmen schwieg einen Augenblick. »Nicole, du erinnerst dich doch, dass Magaro tot ist, oder?«, fragte sie vorsichtig.

Nicole wäre fast an ihrem ersten Schluck Kaffee erstickt. »Carmen, natürlich weiß ich, dass er tot ist.«

»Aber du glaubst, er hätte dich angerufen.«

»Ich hab nicht gesagt, dass Magaro angerufen hat, sondern jemand, dessen Stimme wie die von Magaro klang.«

»Hast du der Polizei Bescheid gesagt?«

»Ja, Rays Partner. Ray ist heute nicht im Dienst. Offenbar hat er gestern Abend beschlossen, für eine Weile mein Zimmer zu beobachten. Sein Partner Sergeant Waters hat erzählt, dass Ray etwas Verdächtiges gesehen hat, aus seinem Wagen ausgestiegen ist, um nachzusehen, und einen Schlag auf den Kopf bekommen hat. Er hat eine leichte Gehirnerschütterung.«

»Wie schrecklich! Hat Ray gesehen, wer es war?«

»Ich hab noch nicht mit ihm gesprochen, aber ich habe aus Waters' Schilderung geschlossen, dass er es nicht weiß.«

»Oder dass Waters es dir nicht sagt.«

»Kann sein. Wenigstens dürfen Shelley und ich heute Abend wieder nach Hause. Auch wenn das kein reiner Segen ist. Ich kann mir gut vorstellen, wie es dort aussehen wird, wenn die Polizei damit fertig ist. Und das ganze Blut auf dem Teppichboden ...«

»Hast du Angst, allein dorthin zurückzukehren?«

»Nein«, log Nicole.

»Solltest du deine Meinung ändern, verbringe ich gern den Abend mit dir. Du brauchst bloß anzurufen.«

»Mach ich«, sagte Nicole und wusste bereits, dass sie es nicht tun würde. Das hatte Carmen gerade noch gefehlt, dass sie sich von Bobby beschimpfen lassen musste, weil sie schon wieder mit ihr zusammentraf.

Nachdem sie aufgelegt hatte, erinnerte sie sich an das, was Shelley erzählt hatte. Bobby hatte Carmen an den Kopf geworfen, dass er sie nur »wegen dem Jungen« geheiratet habe. Bobby und Carmen waren einen Monat nach Zands und Magaros Tod getraut worden. Nicole hatte bei der bescheidenen Hochzeit nicht dabei sein können, weil sie sich gerade von der ersten Gesichtsoperation erholte, aber sie hatte die Eile begriffen. Binnen zwei Monaten war nicht mehr zu übersehen gewesen, dass Carmen schwanger war. Nach weiteren vier Monaten war der kleine Robert Vega zur Welt gekommen und weniger als drei Monate später hatte Bobby Junior der plötzliche Kindstod ereilt.

Obwohl Nicole von Anfang an gewusst hatte, dass Carmen schwanger war, als sie getraut wurde, war sie sich nicht darüber im Klaren gewesen, dass Bobby es bereute, die Ehe geschlossen zu haben. Carmen hatte ihr gegenüber behauptet, sie hätten immer vorgehabt, zu heiraten. Aber vielleicht hatte sich nur Carmen mit dem Gedanken an Heirat getragen. Schließlich hatte Nicole die Gerüchte über Bobby gehört: Dass er sich dem übermäßigen Genuss von Drogen und Groupies hingegeben hatte, als er bei den *Zanti Misfits* war. Zum Zeitpunkt der Hochzeit im Hause Vega hatte es die *Zanti Misfits* allerdings nicht mehr gegeben. Die Band war mit Ritchie Zand gestorben.

»Sie sehen aus, als wären Sie heute nicht so recht auf dem Damm.« Nicole blickte auf und stellte innerlich stöhnend fest, dass Avis Simon-Smith an der Tür stand und sie mit ihren großen, dunklen, von schlaffer Haut umgebenen Augen musterte. »Ganz schön anstrengend, wieder Junggesellin zu sein, wie? Zu viele lange Nächte?«

»Guten Morgen, Avis«, sagte Nicole ruhig. »Und ich habe in letzter Zeit tatsächlich viel Schlaf verloren, aber leider nicht aus Gründen der Romantik.«

»Ach ja, stimmt«, sagte Avis und schnippte mit den Fingern, als wäre es ihr gerade wieder eingefallen, »Sie hatten da ein paar Morde bei sich. Ich muss schon sagen, Nicole, Sie führen ein aufregendes Leben.«

»Das hängt davon ab, wie Sie aufregend definieren. Möchten Sie vielleicht hereinkommen und eine Tasse Kaffee trinken?«, fragte sie widerstrebend.

Avis hob den Kopf und schnupperte geräuschvoll. Sie trug riesige baumelnde Ohrringe, die Nicole an Schlappohren erinnerten und auf einmal sah sie Avis im Geiste als Bluthund vor sich. Gleich wird sie den Kopf in den Nacken legen und heulen, dachte sie und brach prompt in kaum verhohlenes Gekicher aus.

Avis' Kopf wandte sich ihr ruckartig zu. »Was gibt es denn zu lachen?«

»Nichts«, keuchte Nicole, unfähig, die Fassung wiederzugewinnen, als sie Avis' riesige Ohrringe fast bis auf ihre Schultern herabbaumeln sah. »Nichts Besonderes.«

»Sie lachen über mich, nicht wahr?«, wollte Avis wissen.

»Nein, ehrlich, mir ist nur was eingefallen ...« In dem Augenblick blähte Avis ihre großen Nasenflügel und trat einen Schritt vor. Es war Nicole vorher nie aufgefallen, wie groß und breit die Füße der Frau waren, viel zu groß im Vergleich zu ihrem Körper. Große Pfoten hat sie auch, um im Wald Opossums zu jagen, dachte Nicole und konnte sich nicht mehr beherrschen. Sie versuchte mit aller Macht, ein Lachen zu unterdrücken, aber es brach aus ihr hervor, so laut und unkontrollierbar, dass sie husten musste und ihr die Tränen aus den Augen strömten.

»Sie sind ein solches Biest!«, fauchte Avis und verschwand.

O Gott, o nein, dachte Nicole reuig, obwohl sie immer noch schallend lachte. War sie wirklich auf dem besten Weg, den Verstand zu verlieren? Sie mochte Avis nicht, aber sie wusste, dass die Frau Kummer hatte und dass ihr Selbstbewusstsein angeschlagen war. Dass über sie gelacht wurde, war so ungefähr das Letzte, was sie brauchte, und Nicole hätte ihr nie vorsätzlich ins Gesicht gelacht – egal, wie ungeheuerlich sie sich aufführte –, wenn sie ganz bei Sinnen gewesen wäre. »Aber ich bin nun mal leider nicht ganz bei Sinnen«, murmelte sie und griff nach einem Papiertaschentuch.

»Ich bin erschöpft, ich bin verwirrt und ich habe eine Heidenangst, sowohl um mich selbst als auch um Shelley.«

Sie wischte die letzten Tränen fort und ihr Gelächter hörte so unvermittelt auf, wie es begonnen hatte. Sie nahm sich vor, sich bei Avis zu entschuldigen, ihr den Druck zu erklären, unter dem sie in letzter Zeit gestanden hatte. Nicht im Detail natürlich, aber genau genug, damit Avis sie verstand. »Dann wird sie mir vielleicht verzeihen«, sagte Nicole laut.

Allerdings kam ihr Avis nicht vor wie jemand, der verzeiht. Nicole seufzte und rieb sich die Schläfen, da ihr Kopf zu pochen begonnen hatte. Da klingelte das Telefon. Sie nahm den Hörer ab und sagte Hallo. »Spreche ich mit Professor Nicole Chandler?«, fragte eine vergnügte Stimme.

»Ja.«

»Hier spricht Mindy, aus der Praxis Dr. Linden.«

Nicole runzelte die Stirn. »Wer?«

»Mindy. Dr. Lindens Sprechstundenhilfe.«

»Ich kenne keinen Dr. Linden.«

»Nicht? Na, das verstehe ich nicht. Nun sagen Sie bloß nicht, dass Sie auch niemanden namens Jesse Chandler kennen.«

»Jesse?«, wiederholte Nicole verständnislos.

»Ungefähr fünfundzwanzig Pfund, besteht überwiegend aus schwarzem, struppigem Fell, hinkt ein wenig, bellt ohrenbetäubend laut und hält sich für einen Rottweiler?«

»Sie haben Jesse?«

»Ja, Madam. Er wurde gestern Vormittag gebracht und wir wurden gebeten, Sie im Büro anzurufen und zu erinnern, dass Sie ihn heute wieder abholen können. Wir haben ihn gründlich untersucht, ihm gegen den bösen Kratzer an seiner Flanke eine Penicillinspritze verpasst und ihn gebadet, was ihm gar nicht behagt hat. Wir haben heute bis sieben Uhr abends geöffnet, Dr. Chandler.«

»Sie sagen, er wurde gebracht?«, fragte Nicole verwirrt. »Können Sie mir sagen, wer ihn gebracht hat?«

»Augenblick, ich schaue eben mal nach.« Mindy schien mit Nicole und ihrer Unkenntnis der Situation langsam die Geduld zu verlieren. »Hier steht es. Jesse Chandler. Gestern Vormittag gebracht, mit der Bitte, ihn zu untersuchen, zu baden, veterinärärztlich zu behandeln, über Nacht dazubehalten und Sie heute anzurufen.«

»Mindy, wer hat Jesse gebracht?«, beharrte Nicole.

Sie hörte Mindys frustrierten Seufzer. »Der Hund wurde von Ihrem Freund gebracht, einem Mr. George Gershwin.«

# Siebzehn

## 1

Nicole hatte gehofft, ein wenig früher nach Hause zu kommen und eine Weile mit dem Schrubber das Blut auf dem Flur zu bearbeiten, ehe sie Shelley abholte, aber die Neuigkeiten wegen Jesse konnten nicht warten. Sie fuhr direkt zur Schule und eilte zu Shelleys Klassenzimmer. Als sie durch das schmale Fenster in der Tür blickte und sah, dass Shelleys Kopf gebeugt, ihre Augen mit Kummer und Sorge erfüllt waren, wusste sie, dass sie nicht die fünfunddreißig Minuten abwarten konnte, bis die Schule aus war. Sie öffnete die Tür und informierte die Lehrerin, dass Shelley jetzt gleich mitkommen müsse. Die Lehrerin hatte offensichtlich Berichte über die Mordfälle gelesen, denn sie riss die Augen auf und sagte schlicht: »Aber natürlich. Shelley, geh sofort mit deiner Mutter mit.«

Auch Shelley wirkte erschrocken, bis sie vor der Tür waren. »Mami, was ist denn?«, fragte sie mit bebender Stimme. »Hat der tote Mann wieder angerufen? Ist schon wieder jemand ermordet worden?«

»Niemand ist ermordet worden und ich habe dir doch gesagt, dass das kein Toter war, der angerufen hat. Nein, ich habe gute Neuigkeiten.« Sie lächelte fröhlich. »Ich weiß, wo Jesse ist.«

Shelley blieb der Mund offen. »Wirklich und wahrhaftig?« Nicole nickte. »Geht es ihm gut?«

»Es geht ihm blendend. Er will nur nach Hause kommen. Tut mir Leid, dass ich dich so aus der Klasse geholt habe, aber ...«

»Komm, schnell!«, rief Shelley beglückt und rannte den Flur entlang. »Wir müssen ihn holen!«

Als sie in Dr. Lindens Praxis ankamen, war das Wartezimmer voll. Shelley marschierte zur Rezeption und sagte: »Wir sind wegen Jesse Chandler hier.«

Mindy, keck, hübsch und nicht über einundzwanzig, lächelte ihr zu. »Bist du Jesses Mami?«

»Ja, das bin ich. Hat er nach mir verlangt?«

»Ununterbrochen«, sagte Mindy mit ernstem Gesicht. »Hast du eine Leine dabei?«

Shelley hielt die Leine hoch, die sie immer im Auto hatten. Mindy nahm sie entgegen und kehrte wenige Minuten später mit Jesse zurück. Er riss sich natürlich sofort los, rannte auf Shelley zu und jaulte so lange, bis Nicole tatsächlich glaubte, ihr würden die Trommelfelle platzen.

Wenige Augenblicke später kam ein älterer Mann mit grauen Schläfen herein, der einen weißen Kittel trug. »Was ist das hier für ein Aufruhr?«, fragte er.

»Jesse ist ein wenig außer sich«, klärte Mindy ihn auf.

Der Tierarzt lächelte Shelley an. »Es sieht ganz danach aus, als wäre er froh, dich zu sehen.«

Shelley strahlte. »Warum gehst du nicht schon mal mit ihm zum Wagen, Schatz?«, schlug Nicole laut genug vor, um Jesses Gebell zu übertönen. »Ich kümmere mich um die Rechnung.«

Sobald Shelley den immer noch schrill kläffenden Jesse zur Tür hinausgezerrt hatte, fragte der Tierarzt: »Mrs. Chandler, ist Jesse Ihnen entwischt oder lassen Sie ihn frei laufen?«

»Ich lasse ihn nie frei laufen. Bei mir im Haus wurde neulich eingebrochen, als ich nicht da war. Wer immer der Täter war, er hat Jesse herausgelassen.«

»Ich verstehe.« Sie bemerkte, dass der Tierarzt leicht die Stirn runzelte. Dann begegnete er ihrem Blick und sie wusste, dass er die gedankliche Verbindung zwischen dem Namen Chandler und den Mordfällen hergestellt hatte. Kein Wunder. Die Geschichte und ihr Bild waren überall in den Nachrichten gebracht worden. »Wissen Sie, wie Jesse gefunden wurde?«

Nicole schüttelte den Kopf. »Ich wusste noch nicht einmal, dass er hier war, bis Mindy vor ungefähr einer Stunde bei mir im Büro angerufen hat.«

»Offenbar hat er sich mit dem Halsband an einem Zaun verfangen, unter dem er durchkriechen wollte. Er war außer sich und furchtbar durstig, als er gebracht wurde, und er hatte eine hässliche Schürfwunde an der Flanke, war aber sonst unverletzt. Wäre er ein paar Tage unentdeckt geblieben, hätte er allerdings verdursten oder ersticken können.«

»Oje, Gott sei Dank wurde er gefunden.«

»Mr. Gershwin schien sich furchtbare Sorgen um ihn zu machen«, stimmte Mindy mit ein.

»Können Sie mir sagen, wie dieser Mann ausgesehen hat?«

»Mr. Gershwin?«, fragte Mindy. Jedes Mal, wenn sie den Namen sagte, hätte Nicole am liebsten geschrien. Mindy hatte offenbar keine Ahnung von klassischer Musik. Sie hätte ebenso gut Smith oder Jones sagen können. »Er sah sehr gut aus. Groß, dunkelhaarig. Langes Haar, zum Pferdeschwanz gebunden. Wunderschöne haselnussbraune Haare.« Mindy blickte versonnen. Sie war von »Mr. George Gershwin« eindeutig sehr angetan gewesen. »Kennen Sie ihn etwa nicht? Er hat behauptet, ein Freund von Ihnen zu sein.«

»Ich bin mir nicht sicher«, sagte Nicole ausweichend.

»Na, er schien Sie jedenfalls zu kennen. Selbst Ihren Fachbereich an der Universität – nur Ihre Durchwahl musste ich bei einer Sekretärin erfragen. Er hat großen Wert darauf gelegt, dass ich Sie zu einer bestimmten Zeit anrufe. Er sagte, dass Sie dann mit Ihrem Seminar fertig wären.«

»Aha«, antwortete Nicole matt und dachte, wie gut der Betreffende ihren Stundenplan kannte. »Also, ich habe auf jeden Fall Glück gehabt, dass jemand Jesse gefunden hat. Er ist für meine Tochter das Liebste auf der Welt. Was bin ich Ihnen schuldig?«

»Nichts«, entgegnete Dr. Linden. »Mr. Gershwin hat die Rechnung im Voraus bezahlt.« Auch wenn Mindy mit dem Namen nichts anzufangen wusste – der Tierarzt kannte ihn. »Wir würden ihm sogar gern noch etwas herausgeben, da wir keine größeren Reparaturarbeiten an Jesse vornehmen mussten. Natürlich ist da noch das Bein. Es hätte gleich richtig eingerenkt werden müssen, als er es sich gebrochen hatte.«

»Er war ein Streuner«, erklärte Nicole. »Als wir ihn fanden, war der Bruch schon mehrere Tage alt und bereits im Abheilen begriffen. Der Veterinär in Ohio hat gesagt, es sei am besten, ihn in Ruhe zu lassen.«

»Da bin ich anderer Meinung, obwohl er auch so ganz gut zurechtzukommen scheint.«

Mindy reichte Nicole einen Fünfzigdollarschein. »Das da ist Mr. Gershwins Wechselgeld.« Sie lächelte strahlend. »Und bitte sagen Sie ihm: Wenn er irgendwelche Haustiere hat, nehmen wir sie jederzeit als Patienten bei uns auf, nicht wahr, Herr Doktor?«

»Aber freilich.« Er zwinkerte Nicole zu. »Wiedersehen, Mrs. Chandler. Ich bin froh, dass für Jesse noch mal alles gut ausgegangen ist. Und bitte grüßen Sie Mr. Gershwin von mir. Ich bewundere seine Musik ungeheuer.«

»Spielt er etwa in einer Band?«, fragte Mindy den Tierarzt, während Nicole mit einem Lächeln die Praxis verließ.

## 2

Als sie zu Hause ankamen, sprang Jesse munter aus dem Wagen und zerrte seine junge Herrin hinterher. Nicole freute sich, dass man die gelben Bänder zur Sicherung des Tatorts entfernt hatte. Allerdings fiel ihr auf, dass wieder ein Streifenwagen vor dem Haus postiert war. Bitte lass diesen jungen Mann mehr Glück haben als den letzten, dachte sie.

Shelley fragte: »Mami, muss Jesse jetzt die ganze Nacht drinnen bleiben?«

»Nein. Das Tor selbst ist nicht beschädigt und wir können morgen gleich ein neues Vorhängeschloss besorgen. Lass ihn ruhig hinaus, damit er nach seinen vergrabenen Schätzen sehen kann – obwohl ich ziemlich sicher bin, dass sie noch alle da sind.«

»Prima!«

Ehe Nicole ihren Schlüssel ins Schloss steckte, sagte sie: »Shelley, ich fürchte, im Haus herrscht furchtbare Unordnung.«

»Keine Sorge«, meinte Shelley gut gelaunt. »Ich hab es schon unaufgeräumt gesehen.«

»Es ist nicht bloß unaufgeräumt, Schatz. Einer der Männer ist dort verwundet worden. Es ist Blut auf dem Teppich.«

Shelleys Lächeln verschwand. »Eine Menge Blut?«

»Ich fürchte, ja.«

Shelley schwieg einen Augenblick. Nicole beobachtete, wie sie sich auf das Schlimmste gefasst machte. »Also, ich denke, es geht schon«, sagte sie schließlich. »Ich hab keine Angst.«

Doch als Nicole die Tür aufstieß, erblickte sie ein makelloses Wohnzimmer und einen sauberen Teppich, der nur im Flur mit einem neuen Läufer abgedeckt war.

»Ich weiß genau, dass die Polizei das Haus so nicht zurückgelassen hat«, sagte sie staunend.

In dem Augenblick fuhr ein Lieferwagen vor. Ein junger Mann stieg aus und kam auf sie zu, wobei er ein Blatt Papier studierte. »Sind Sie Mrs. Chandler?«

»Ja«, sagte sie vorsichtig, gerade laut genug, um Jesses Gebell zu übertönen.

»Ich bin hier, um die neuen Schlösser einzubauen. Haustür, Seiteneingang, Hintertür und ein Vorhängeschloss fürs Gartentor.«

»Ich habe keine neuen Schlösser bestellt.«

Der junge Mann studierte wieder seine Auftragsbestätigung. »Ein Sergeant DeSoto hat sie bestellt, Madam. Er hat uns schon darauf vorbereitet, dass Sie vielleicht nachfragen wollen.« Er reichte ihr die Auftragsbestätigung. »Seine Telefonnummer steht drauf. Ich warte draußen.« Er blickte auf Jesse herab. »Hallo, du kleine Töle.«

Jesse brach in lautstarkes Gebell aus und nieste die Schuhe des jungen Mannes voll. »Entschuldigung«, sagte Shelley. »Er hört es nicht gern, wenn man ihn ›Töle‹ nennt.«

Der junge Mann lachte und kümmerte sich nicht um seine beschmutzten Schuhe. »Macht doch nichts. Ich kann es ihm nicht verdenken. Und, wie wirst du am liebsten genannt? Duke? King? Oder darf es vielleicht Killer sein?«

Der junge Mann alberte weiter mit Shelley und Jesse herum, während Nicole hineinging und die angegebene Nummer wählte, von der sie annahm, dass es Rays Privatnummer war. Als er sich meldete, fragte sie ohne Umschweife: »Geht es Ihnen wieder gut? Sergeant Waters hat mir erzählt, dass Sie verletzt sind.«

»Ah, hallo, Mrs. Chandler, es freut mich auch, von Ihnen zu hören. Es geht mir gut, danke der Nachfrage.«

»Es tut mir Leid, dass ich so mit der Tür ins Haus gefallen bin«, sagte Nicole. »Aber ich habe mir Sorgen gemacht. Was ist bloß passiert?«

»Das erzähle ich Ihnen alles später. Ist der Mann mit den Schlössern da?«

»Ja. Ich nehme an, Sie haben den Auftrag erteilt?«

»Ja. Ist das nicht in Ordnung?«

»Es ist wunderbar. Ich war heute so beschäftigt, dass ich es vergessen habe.«

»Ich möchte nicht aufdringlich erscheinen, aber ich wollte die Schlösser gewechselt haben, ehe Sie noch eine Nacht in diesem Haus verbringen.«

»Danke, Ray«, sagte Nicole herzlich. »Ich habe Ihnen wohl nicht zufällig auch mein sauber geputztes Haus zu verdanken?«

»Doch, doch. Ich habe den ganzen Tag auf Händen und Knien gelegen und geschrubbt und poliert.«

»Ray, sagen Sie mir, dass das nicht wahr ist!«

Er lachte. »Nein, ich fürchte, so gut könnte ich es nicht. Ich habe eine Reinigungsfirma angerufen. Ich hoffe, sie hat zu Ihrer Zufriedenheit gearbeitet.«

»Ray, das war furchtbar zuvorkommend von Ihnen! Und sie haben sehr zu meiner Zufriedenheit gearbeitet. Das Haus hat noch nie so gut ausgesehen. Ich weiß gar nicht, wie ich Ihnen danken soll.«

Ray schwieg einen Augenblick. »Wenn das alles vorbei ist, können Sie einmal richtig mit mir ausgehen.«

Nicole fühlte sich plötzlich wie sechzehn und entsprechend gehemmt, aber auf angenehme Art. »Ich denke, das lässt sich arrangieren«, sagte sie und wünschte sich, ihr wäre eine elegantere Formulierung eingefallen. »Sie kümmern sich vorbildlich um uns, Ray.«

»Ich muss Sie warnen: Meine Motive sind nicht ausschließlich altruistisch.«

Sie lächelte. »Gut. Ach, übrigens, ich habe auch gute Neuigkeiten – Jesse ist gefunden worden.«

»Im Ernst? Wo war er?«

»In einer Tierarztpraxis. Als er gefunden wurde, hatte er sich mit dem Halsband in einem Zaun verfangen.« Sie atmete tief ein. »Ray, der Mann, der ihn gebracht hat, nannte sich George Gershwin.«

»Ach, nein«, stöhnte Ray.

»Doch. Der Sprechstundenhilfe war der Name nicht vertraut, aber sie hat den Mann beschrieben. Es war Paul. Und noch etwas: Jordan war gestern Nacht im Motel.«

»Jordan?«

»Der Dobermann.«

»Ja, richtig. Den Namen des Hundes hatte ich vergessen. Ich habe ihn vor Ihrem Zimmer sitzen sehen. Oder besser gesagt, ich habe einen Hund still dasitzen sehen. Ich dachte erst, es wäre ein Mensch. Deshalb bin ich aus dem Auto ausgestiegen.«

»Und da wurden Sie überfallen.«

»Ja.«

»Es tut mir ja so Leid.« Sie zögerte. »Dann sage ich Ihnen am besten gleich auch, dass der Hund die Nacht bei Shelley und mir auf dem Zimmer verbracht hat.«

»Na so was!«

»Ja. Es kam ein Anruf ...«

»Waters hat mir schon davon erzählt.«

»Und nach dem Anruf erklang ein Kratzen an der Tür. Shelley dachte, es wäre Jesse. Sie hat die Tür geöffnet, ehe ich sie davon abhalten konnte. Es war Jordan.«

»Und Dominic?«

»Er hat sich nicht blicken lassen. Nur der Hund war da. Ich hatte den Eindruck, als sei er geschickt worden, um uns zu beschützen.«

»Dominic ist derjenige, der mich mit einem Schlag auf den Kopf außer Gefecht gesetzt hat, als ich ausgestiegen bin.«

Nicole zögerte. »Sind Sie sicher? Haben Sie ihn gesehen?«

»Nein. Aber wer könnte es sonst gewesen sein?«

»Vielleicht der Mann, der angerufen und so getan hat, als wäre er Magaro.«

»Sie glauben also nicht, dass das Dominic war?«

Nicole seufzte. »Ich weigere mich, es zu glauben.«

»Nach allem, was passiert ist? Ich weiß, dass er gestern Nacht da war, Nicole. Sein Hund war auf jeden Fall da und ich habe das Gefühl, dass die beiden unzertrennlich sind.«

Nicole ertappte sich dabei, wie sie die Umrisse von Hunden auf einen Notizblock kritzelte und hörte damit auf. »Ich halte es ja auch für denkbar, mag es aber nicht glauben. Schon gar nicht jetzt.«

»Schon gar nicht jetzt?«

»Er hat Jesse gefunden und zum Tierarzt gebracht, Ray. Er hat dafür gesorgt, dass der Hund ärztlich betreut wurde und dass Shelley ihn zurückbekommen hat. Sie ist überglücklich.«

»Sind Sie sicher, dass derjenige, der Jesse zum Tierarzt gebracht hat, Dominic war? Könnte es nicht auch dieser Perez gewesen sein?«

»Ich glaube nicht. Dr. Lindens Sprechstundenhilfe hat gesagt, er habe haselnussbraune Augen gehabt. Die von Miguel sind einfach nur braun.«

»Haselnussbraun, braun, da ist kein großer Unterschied. Nicole, wissen Sie denn nicht, dass Augenzeugen dafür berüchtigt sind, dass sie nicht beschreiben können, was sie gesehen haben?«

»Doch, aber ich glaube, dass Mindy Paul beschrieben hat«, beharrte sie stur und verstummte einen Augenblick. »Ray, ich kann es einfach nicht glauben, dass jemand, der sich solche Mühe gibt, den Hund meiner kleinen Tochter zu retten, mich anrufen und so tun würde, als wäre er Luis Magaro. Ausgerechnet der Mann, der mir seit Jahren Albträume beschert.«

Nach kurzem Schweigen sagte Ray: »Nicole, haben Sie Dominic je eine Beschreibung Magaros gegeben? In Bezug auf seine Stimme und die Worte, die er an jenem Abend benutzt hat?«

»Ja.«

»Hab ich mir's doch gedacht. Und wer weiß sonst noch davon?«

Sie dachte nach. »Roger. Und Carmen. Und wenn Carmen es weiß, dann weiß es auch Bobby.«

»Roger wäre eine Möglichkeit, aber ich wette, es war Dominic. Andererseits bin ich mir nicht sicher, ob Dominic Jesse zum Tierarzt gebracht hat. Sie dagegen schon. Sagen wir mal, Sie haben Recht. Na und? Dominic ist nicht zurechnungsfähig. Er ist ein Mörder.«

»Er hat sie nicht ermordet.«

»Glauben Sie, dass Ihr Mann Izzy Dooley umgebracht hat?«

»Natürlich nicht. Und ich glaube auch nicht, dass er Izzy dafür bezahlt hat, mich zu töten.«

»Wer denn dann? Miguel Perez?«

Sie begann wieder zu kritzeln. »Das ist fast genauso schwer vorstellbar.«

»Vielleicht war es Ihr Nachbar Newton Wingate.«

Sie rollte mit den Augen. »Das ist nicht komisch.«

»Sie haben verdammt Recht. Es ist nicht komisch. Sie werden weich, weil Sie überzeugt sind, dass Paul Dominic Jesse gefunden und zum Tierarzt gebracht hat. Sie weisen darauf hin, dass er mich mit dem Leben hat davonkommen lassen – falls er es war, der mich gestern Nacht auf dem Parkplatz überfallen hat. Na, prima. Aber überlegen Sie doch mal: Wenn er Izzy Dooley getötet hat, dann hat er auch den unschuldigen jungen Streifenbeamten getötet, Nicole – er hat ihn kaltblütig erschossen, nur weil er fürchtete, entdeckt zu werden. Das ist es, was Dominic so gefährlich macht. Er ist ein Mörder und er ist völlig unberechenbar.«

# 3

Sie hatten ihre Kleider wieder ausgepackt, die neuen Schlösser und das neue Vorhängeschloss am Zaun waren angebracht und Jesse hatte nachgesehen, ob all seine vergrabenen Schätze noch da waren, als plötzlich ein Wagen im Eiltempo in die Auffahrt einbog und mit quietschenden Bremsen wenige Zentimeter vor dem Garagentor Halt machte. Roger sprang aus dem Ford Explorer, doch noch ehe er die Haustür erreicht hatte, eilte ihm auch schon Nicole entgegen.

»Was geht hier eigentlich vor, verdammt noch mal?«, schimpfte er mit zusammengebissenen Zähnen. »Zwei Männer werden in meinem Haus ermordet und ich muss es aus den Nachrichten erfahren?«

»Das hier ist nicht mehr dein Haus«, lautete Nicoles lahme Entgegnung.

»Ach so, das ist natürlich was anderes. Warum, in Gottes Namen, hast du mich nicht angerufen und mir mitgeteilt, was passiert ist? Ich habe gestern Abend bestimmt hundertmal hier angerufen.«

»Du hast Recht, Roger, das war ein schreckliches Versäumnis. Es ist nur alles so schnell gegangen.« Nicole war wirklich zerknirscht darüber, dass er sich ihretwegen Sorgen gemacht hatte, aber sie wusste, dass der vergangene Abend noch unangenehmer gewesen wäre, wenn er Bescheid gewusst hätte. »Ich entschuldige mich hiermit bei dir.«

»Wo warst du?«

»In einem Motel.«

»Na, fabelhaft«, sagte Roger bissig, als wäre ein Motel so schlimm wie ein Bordell. »Ist mit Shelley alles in Ordnung?«

»Natürlich. Sie war gar nicht hier, als die Morde passiert sind.«

»Na, wieso habe ich mir überhaupt Sorgen gemacht?« Er starrte sie erbost an. »Ich will sie haben.«

Er ging auf die Haustür zu, doch Nicole trat dazwischen. »Du nimmst sie nirgendwohin mit.«

Roger legte ihr die Hände auf die Schultern und schob sie beiseite. Da hechtete der Streifenbeamte aus seinem Wagen und kam mit großen Schritten auf sie zu. »Lassen Sie sie los.«

Rober wirbelte herum. »Und Sie sind?«

»Was meinen Sie, wer ich bin?«, konterte der junge Mann barsch. »Ich bin Polizist.«

Nicole roch Rogers Alkoholfahne und sah die ersten Leute aus ihren Häusern schleichen, um den Vorfall zu beobachten. »Sie haben mir gar nichts zu sagen. Ich bin Roger Chandler. Das ist mein Haus und meine Frau.«

»Sir, ich sage es Ihnen nicht noch einmal.«

Roger stieß Nicole beiseite und trat dann einen Schritt vor. Augenblicklich legte ihm der Streifenbeamte die Hand auf die Schulter. »Halt!«

»Sollten Sie nicht besser ›keine Bewegung!‹ sagen?«

Der Streifenbeamte presste die Lippen zusammen. »Das hier ist kein Spiel. Ich habe halt gesagt und ich meine es ernst.«

Roger machte kehrt, holte zum Schlag gegen den Beamten aus, der sich jedoch flink duckte, drehte sich weiter, bis seine geballte Faust Nicole seitlich am Kinn traf. Sie taumelte und hörte drinnen im Haus Shelley aufschreien.

Roger blickte entsetzt drein. »Nicole, entschuldige …«

»Jetzt reicht es«, sagte der Streifenbeamte streng. Gleich darauf waren Rogers Hände hinter seinem Rücken mit Handschellen gefesselt.

»Madam, sind Sie okay?«, fragte der Beamte.

Nicole befühlte ihren Unterkiefer. Der Schlag hatte sie nur gestreift, hatte sie eher überrascht, aber sie wich dennoch vor Roger zurück. Shelley kam aus dem Haus gerannt. »Papa, wie konntest du nur?«, rief sie. »Du hast die Mami geschlagen!«

»Ich hab's nicht so gemeint«, sagte Roger mit bebender Stimme. »Ich bin nur gekommen, um dich abzuholen.«

Shelley umklammerte Nicoles Hand. »Mit dir geh ich nie wieder irgendwo hin!«

»Shelley«, rief Roger tief betrübt. »Hab doch keine Angst.«

»Ich hab aber Angst. Ich will bei meiner Mami sein, nicht bei dir.«

»Verdammt noch mal, Shelley, nun sieh mich nicht so an!«, dröhnte Roger.

Shelley umklammerte Nicoles Hand so fest, dass es wehtat, aber Nicole sagte nichts. Das Kind war völlig verängstigt.

»Mund halten«, sagte der Streifenbeamte. »Roger Chandler, ich verhafte Sie …«

Roger blickte verblüfft drein. »Verhaften? Weshalb?«

»Erstens wegen Widerstands gegen die Staatsgewalt, zweitens wegen tätlichen Angriffs auf Ihre Frau.«

»Tätlicher Angriff?«, wiederholte Roger.

»Ja. So heißt das, wenn man über jemanden herfällt.« Er sah Nicole an. »Sie möchten Anzeige erstatten, nicht wahr?«

»Tätlicher Angriff?«, krächzte Roger wieder. »Das ist doch absurd!«

Der Polizist sah ihm in die Augen. »Es gibt in diesem Viertel an die fünf Augenzeugen, die es keineswegs für absurd halten, und einer davon ist Polizist. Ich.«

»Werden Sie ihn wirklich wegen tätlichen Angriffs auf seine Frau unter Anklage stellen?«, fragte Nicole.

Der Streifenbeamte sah sie erstaunt an. »Ist das nicht in Ihrem Sinn?«

»Nicole?«, flehte Roger.

Sie musterte ihn einen Augenblick, die blutunterlaufenen Augen, die Hände, die sich immer wieder zu Fäusten ballten. »Doch«, sagte sie entschieden. »Ich möchte Anzeige erstatten.«

»Roger Chandler«, begann der Polizist von neuem, »Sie sind hiermit verhaftet ...« Der Beamte las Roger seine Rechte vor und führte dann den ehrenwerten Professor in Handschellen ab. Nicole schleppte sich ins Haus und sank auf die Couch. Shelley kuschelte sich an sie.

»Mami, tut es sehr weh?«, fragte Shelley und begutachtete ihren Kiefer.

»Nicht sehr.«

Shelley blieb eine Weile stumm, ehe sie erneut das Wort ergriff: »Was ist nur mit Papa los? Liegt es an Lisa, dass er sich so komisch benimmt?«

Nicole schüttelte den Kopf. »Nein, Kleines, ich glaube nicht. Ich habe es auch erst geglaubt, aber jetzt nicht mehr und es ist nicht fair, ihr die Schuld in die Schuhe zu schieben. Ich glaube, er ist krank.«

»Du meinst, er ist verrückt?«

»Nein«, antwortete Nicole mit Nachdruck. »Ich denke, er ist einfach ein wenig durcheinander, weil er in den letzten Jahren so unter Druck gestanden hat. Erst haben ihn seine Eltern zum Erfolg getrieben. Dann hat er im Studium furchtbar hart gearbeitet und mit Auszeichnung promoviert. Dann hat er mich geheiratet und wir haben dich bekommen. Er hat wirklich gut für uns gesorgt, Shelley, aber ich fürchte, es war ein wenig zu viel für ihn.«

Shelley verzog das Gesicht. »Was meinst du damit?«

»Ich hatte Probleme wegen allem Möglichen, das mir passiert ist, als ich ein junges Mädchen war.«

»Was für Probleme?«

»Ich erzähl es dir später einmal, wenn du älter bist.«

»Ich würde es sicher jetzt schon verstehen.«

»Na klar würdest du es verstehen«, sagte Nicole ernst, »aber ich bin einfach zu müde, um jetzt ausführlich darüber zu reden. Auf jeden Fall will ich nicht, dass du Papa die Schuld dafür gibst, was vorgeht. Er ist nicht er selbst.«

»Wer ist er dann? Freddie Krueger?«

Nicole lachte wider Willen. »Die *Nightmare on Elm Street*-Filme sind nun wirklich nichts für dich.«

»Ich hab sie alle gesehen.«

»Zweifellos«, sagte Nicole resigniert. »Aber Papa ist bestimmt nicht wie Freddie Krueger.«

»Wird Papa ins Gefängnis kommen?«

»Nein. Er wird wahrscheinlich noch heute Abend gegen Kaution freikommen.«

»Das ist, wenn man Geld bezahlt, damit sie einen rauslassen, nicht wahr?«

»Ja«, sagte sie geistesabwesend und dachte an Paul. Seine Kaution hatte sich auf hunderttausend Dollar belaufen. Es war seiner Mutter Alicia leicht gefallen, die benötigte Summe aufzubringen. Man hatte geglaubt, es bestehe keine Fluchtgefahr, weil er so an seiner kranken Mutter hing. Doch sobald er gegen Kaution auf freien Fuß gesetzt worden war, hatte er sich abgesetzt.

»Wird Papa vor Gericht müssen?«

»Vielleicht kommen wir irgendwie drum herum. Ich kann meine Anzeige zurückziehen und wir können zu einem Therapeuten gehen oder so …«

»Ganz sicher?«

»Ich bin kein Anwalt. Ich bin mir überhaupt nicht sicher. Aber ich werde versuchen, Papa aus dem Gefängnis herauszuhalten.«

*Ich werde versuchen, Papa aus dem Gefängnis herauszuhalten.* Die Worte hallten in Nicoles Kopf nach, als sie später im Badezimmerspiegel den Bluterguss an ihrem Kinn begutachtete. Sie erinnerte sich an Rays Äußerung, dass die Polizei Roger verdächtigte, Izzy Dooley bezahlt zu haben, damit er in ihr Haus einbrach und sie vielleicht sogar ermordete. Der Gedanke ließ sie erschauern und dämpfte sowohl ihr Schuldgefühl als auch ihr Mitleid. Vielleicht war das Gefängnis, war eine lange Haftstrafe genau das, was Roger Chandler nicht nur brauchte, sondern verdiente, denn sie hatte schließlich keine Ahnung mehr, wozu der Mann alles fähig war.

## 4

Nicole, Shelley und Jesse lagen zusammengekuschelt auf der hässlichen Couch und sahen fern. Der professionell gereinigte Teppichboden war immer noch ein wenig feucht, aber Nicole fand den Geruch durchaus angenehm. Auf jeden Fall war er besser als der Gestank von Angst und Tod, der ihr in die Nase gestiegen war, als sie das Haus am Vortag verlassen hatte.

»Ich bin froh, dass Freitagabend ist und wir morgen keine Schule haben«, sagte Shelley.

»Ich auch«, stimmte Nicole ihr zu. »Ich glaube, ich würde schreien, wenn ich morgen unterrichten müsste.«

»Mami, meinst du, Papa sitzt jetzt im Gefängnis?«

»Nein. Ich glaube, er ist längst wieder draußen.«

»Und wenn er zurückkommt und versucht, mich mitzunehmen?«

Nicole umarmte sie. »Der Polizist ist immer noch draußen. Der lässt Papa nicht rein.« Er lässt Roger nicht einmal in die Nähe, dachte Nicole. Nicht, solange die einstweilige Verfügung in Kraft ist. Lisa war bereits da gewesen und hatte sein Auto abgeholt.

»Wie wär's mit einer Schüssel Popcorn?«, fragte Shelley.

»Wird gemacht, mein Kind.«

Sie hatte soeben eine Tüte Popcorn in die Mikrowelle geschoben, als das Telefon klingelte. Nicole nahm ab und hörte ihre Mutter schimpfen: »Nicole Marie Sloan, in deinem Haus passieren Morde und du hast mir nichts davon gesagt!«

»Ich wollte dich nicht aufregen, Mama. Du hättest doch nichts unternehmen können.«

»Ich hätte für dich da sein können, zur moralischen Unterstützung. Nun sage mir, dieser Mensch, dieser Iggy Dooley, was hatte er in deinem Haus zu suchen?«

»Izzy Dooley«, korrigierte Nicole und stellte die Mikrowelle auf zwei Minuten ein. »Ich hab ihn nicht eingeladen, Mama, er war da, um uns auszurauben.« Das auf jeden Fall, dachte sie.

»Und wer hat ihn umgebracht?«

»Ich weiß es nicht.«

»Es waren also zwei Leute in deinem Haus, ein Räuber und einer, der den Räuber ermordet hat. Und du hast nichts gehört?«

Nicole hatte nicht vor, ihrer Mutter zu erzählen, dass sie getrunken hatte, dass sie überfallen worden war, dass sie ein Schlafmittel geschluckt hatte. Phyllis hätte noch entsetzter reagiert. »Ich weiß, es klingt unglaublich.«

»Und ein junger Polizeibeamter wurde ebenfalls ermordet?«

»Ja. Das ist traurig.«

»Furchtbar ist es. Und furchtbar ist auch, dass du mir nichts gesagt hast.«

»Mama, ich ...«

»Du wolltest nicht, dass ich mir Sorgen mache. Das hat Kay auch gesagt. Ihr zwei steckt unter einer Decke.«

»Mama, sei nicht böse auf Kay. Sie wusste auch nicht, was passiert war – nur dass ich nicht wollte, dass du gestern Abend die Zeitung liest.«

»Ich verspreche, nicht böse auf sie zu sein, schon gar nicht, wenn ich deine Überredungskünste bedenke. Sie lässt sich von dir so leicht beeinflussen wie dein Vater auch immer.«

Das erste Maiskorn platzte und Nicole schreckte hoch. »Mama, es tut mir Leid, dass du dich verraten fühlst, aber ich habe wirklich versucht, dich zu schützen. Außerdem war Shelley überhaupt nicht hier – sie hat bei Jill übernachtet – und ich bin unverletzt.«

»Aber du warst doch von dem Schock bestimmt völlig außer dir. Und ich konnte euch wegen dieses lächerlichen Kohlenmonoxid-Lecks nicht einmal eine sichere Zuflucht bieten«, sagte Phyllis vorwurfsvoll, so als mache sie das ausströmende Gas persönlich für den Vorfall verantwortlich.

»Ist der neue Brennofen schon installiert?«

»Ja. Ich kehre morgen nach Hause zurück. Dann ziehst du mit Shelley zu mir.«

»Wir haben uns schon wieder hier in unserem eigenen Haus eingerichtet, Mama.«

Phyllis' Stimme wurde schrill. »Ihr werdet mir nicht an einem Ort bleiben, an dem Mörder lauern!«

»Hier lauern normalerweise keine Mörder, Mama. Außerdem ist das Haus von Grund auf gereinigt worden und wir haben einen Streifenbeamten vor der Tür.«

»Das hat beim letzten Mal auch nichts geholfen. Der arme junge Mann.«

»Ich weiß. Ich finde es auch schrecklich. Ich habe für seine Beerdigung Blumen bestellt, obwohl ich nicht weiß, wie seine Frau darüber denkt – schließlich ist er meinetwegen gestorben.«

»Er ist in Ausübung seiner Pflicht gestorben, Nicole«, sagte Phyllis entschieden. »Es gibt nichts, weswegen du dich schuldig fühlen müsstest. Und Blumen sind immer gern gesehen.«

»Mama, ich hab auch noch eine gute Neuigkeit für dich: Jesse ist gefunden worden.«

»Ach, Gott sei Dank!«, rief Nicoles Mutter. »Ich hab mir ja solche Sorgen gemacht, was es für Shelley bedeuten würde, ihn zu verlieren. Wer hat ihn denn gefunden?«

»Ich weiß es nicht so genau«, antwortete Nicole vage. »Er wurde zu einem Tierarzt gebracht und man hat mich aus der Praxis angerufen.«

»Und wie haben die erfahren, wo sie anrufen mussten?«

»Durch seine Hundemarke.« Nicole log ihre Mutter nicht gern an, aber die Wahrheit konnte sie ihr auf keinen Fall anvertrauen. »Er hat einen schlimmen Kratzer an der Flanke, aber sonst geht es ihm gut.«

»Das freut mich. Und ich bin sicher, Shelley ist überglücklich.«

»Das ist sie.«

Ihre Mutter schwieg einen Augenblick. »Na gut, wenn ich dich schon nicht überreden kann, zu mir zu ziehen, müsst ihr wenigstens morgen bei mir vorbeikommen, damit ich mich vergewissern kann, dass dir und Shelley auch wirklich nichts passiert ist.«

»Abgemacht, Mama«, sagte Nicole und erinnerte sich erst dann an den Bluterguss an ihrem Unterkiefer. Das hieß, dass sie tags darauf tiefer in den Schminktopf greifen und helle Beleuchtung meiden musste. »Bist du gegen zwölf zu Hause?«

»Ja. Ich werde ein leichtes Mittagessen vorbereiten.« Sie hielt inne. »Und ihr dürft, wenn ihr wollt, von mir aus auch diesen kleinen struppigen Hund mitbringen.«

Ihre Mutter musste sich wirklich Sorgen um sie machen, wenn sie Jesse gleich mit einlud, überlegte Nicole. »Ich bin sicher, Shelley würde ihn furchtbar gern dabeihaben.«

Die Maiskörner knallten inzwischen wie verrückt und Shelley tauchte in der Küche auf. »Tante Carmen ist da.«

Nicole nickte. »Mama …«

»Ich hab schon gehört. Du hast Gesellschaft. Einen schönen Abend noch. Wir sehen uns morgen.«

Carmen hatte sich für ihren Besuch mit den neuesten Ausgaben mehrerer Modezeitschriften gewappnet (»Ich dachte mir, du bist bestimmt noch nicht dazu gekommen, die zu lesen«), und mit dem Jahrbuch aus ihrem letzten High School-Jahr (»Damit wir was zu lachen haben«).

Nicole holte das Popcorn heraus, zerließ ein ganzes Viertel Butter in der Mikrowelle – Kalorienzählen und Cholesterinspiegel konnten ihr gestohlen bleiben, dachte sie – und träufelte die Butter in die Schüssel, schenkte alkoholfreie Getränke ein und trug alles ins Wohnzimmer.

Nun sah Carmen sie zum ersten Mal richtig an. »Was ist denn mit deinem Gesicht los?«

Nicole wollte soeben sagen, sie habe sich an einem Türpfosten gestoßen, als Shelley auch schon antwortete: »Papa war da und hat gebrüllt, wegen der Morde und allem. Er wollte mich mitnehmen und als Mami ihn nicht gelassen hat, hat er versucht, den Polizisten zu hauen, und dann hat er Mami gehauen. Der Polizist hat ihm Handschellen angelegt, ihn über seine Rechte aufgeklärt und ihn ins Gefängnis gesteckt.«

Carmen staunte mit offenem Mund. Sie sah Nicole an. »Wirklich?«

»Ich fürchte ja.«

»Das ist ja unglaublich!« rief Carmen aus. »Nein, so unglaublich wohl auch wieder nicht. Er hat sich einfach nicht mehr in der Gewalt.«

Nicole setzte sich auf die Couch. »Ach, es war nicht so schlimm«, sagte sie Shelley zuliebe. »Er hat es aus Versehen getan und mein Unterkiefer tut überhaupt nicht weh.« Carmen erweckte den Eindruck, als sei das Thema für sie noch längst nicht abgeschlossen, doch Nicoles Stimme klang entschieden. »Warum hast du Jill nicht mitgebracht?«

»Jill übernachtet bei einer Freundin. Ich dachte mir, dass ihr euch hier vielleicht gruselt, und hab beschlossen, den Abend mit euch zu verbringen.«

Nicole lächelte. »Was für eine angenehme Überraschung. Wir drei Mädels allein. Das wird bestimmt ein gemütlicher Abend.«

»Wir Mädels und Jesse«, korrigierte Shelley und zwängte sich zwischen Nicole und Carmen auf die Couch. Sie griff nach der Popcornschüssel und bot sie Carmen an. Die starrte nur einen Augenblick darauf und war offenbar ausnahmsweise gewillt, sich an diesem Abend keine Sorgen um ihre Diät zu machen. Als die Schüssel leer war, wandten sie sich dem Jahrbuch zu. Shelley betrachtete das offizielle Abschlussfoto ihrer Mutter – steif, unnatürlich, das junge Gesicht von einem gelockten Stufenschnitt gekrönt – und lachte laut. »Dein Haar steht jetzt nicht mehr so ab, Mami.«

»Nein. Die Mode ändert sich, Gott sei es gedankt. Du weißt ja gar nicht, wie viel Zeit es mich gekostet hat, mein gerades Haar dazu zu bringen, dass es sich derart lockt und bauscht. Wenn ich bedenke, wie viel Haarspray ich benutzt habe. Deine Tante Carmen hatte es besser. Ihr Haar hat sich von selbst gelockt.«

Sie betrachteten Carmens Foto. Ihr Haar sah tatsächlich ausgesprochen füllig aus und ihr Gesicht war schmaler. »Tante Carmen, du siehst auf dem Bild so traurig aus«, stellte Shelley fest.

»Ja, das finde ich auch«, sagte Carmen leise.

Nicole erinnerte sich noch an den Tag, als die Fotos geschossen wurden. Carmen und Bobby hatten sich am Morgen gestritten. Carmen hatte sich, so war es Nicole vorgekommen, deswegen über alle Maßen aufgeregt. Damals wusste sie nicht, dass Carmen wahrscheinlich zu Recht annahm, dass Bobby sich einer anderen zuwenden wollte.

»Lasst uns noch mehr Bilder ansehen«, schlug Shelley vor. »Sind hier noch andere Leute abgebildet, die ich kenne?«

»Ich glaube nicht«, antwortete Carmen. »Aber es gibt noch andere von deiner Mutter und mir anzuschauen.« Carmen blätterte um. »Hier ist deine Mutter – als Anführerin der Cheerleader, mit der alle Jungs gehen wollten.«

»Schön wär's«, lachte Nicole. »Ich hab samstagabends so oft zu Hause gehockt. Ich hatte sogar Angst, dass mich niemand auffordert, mit ihm zum Abschlussball zu gehen.«

»Das lag daran, dass deine Eltern alle in die Flucht geschlagen haben«, sagte Carmen. »Jeder Junge musste quasi vom FBI für unbedenklich erklärt werden, ehe er mit dir ausgehen durfte.«

»Daran ist Mama schuld. Der General hat ihr eine Verhörtechnik beigebracht, die dem tapfersten Burschen Angst einjagen würde.«

»Warst du auch Cheerleader, Tante Carmen?«, fragte Shelley.

»Nein, ich war in der Blaskapelle. Ich hatte eine dicke Uniform an und hab mich hinter dem Saxophon versteckt.«

»Konntest du gut spielen?«

»Nein, ich war ganz mies.«

»Warum hast du es dann überhaupt getan?«

»Ich denke, ich wollte Aufmerksamkeit erregen.« Carmen blätterte erneut. »Ach, sieh mal, Nicole. Hier sind wir in dem Stück, das die Theater-AG aufgeführt hat.«

Nicole sah genau hin. »Sind wir das? Welches Stück?«

»Weißt du denn nicht mehr? Der Sohn des Rektors hat am College Theaterwissenschaften studiert. Er hat ein grässliches Stück über die Hexenprozesse von Salem geschrieben und der Rektor hat die Theater-AG geradezu gezwungen, es aufzuführen. Es war lang, langweilig und sachlich falsch.« Carmen lachte. »Da sind wir – Hexe Nummer eins und Hexe Nummer zwei. Wir mussten Kapuzen aufsetzen, Shelley, wie sie die Opfer damals nie getragen haben.«

»Kapuzen?« wiederholte Shelley, während Nicole auf einmal äußerst mulmig zumute war.

»Ja. Kapuzen als Symbol des Todes – wir mussten alle wiederkommen und eine Rede halten, nachdem man uns aufgehängt hatte, und die Kapuzen waren als eine Art grausiger Mahnung ans Publikum gedacht, dass wir eigentlich schon tot waren. Du hast damals einen Riesenaufstand gemacht, Nicole. Wegen des Hängens und vor allem wegen der albernen Kapuze. Du hast sie gehasst. Du hattest deswegen richtige Zwangsvorstellungen. Du hast damit gedroht, sie nach der Aufführung zu verbrennen.«

»Das hatte ich völlig vergessen«, sagte Nicole kläglich. »Im Stück wurden wir als Hexen aufgeknüpft und hatten Kapuzen auf dem Kopf.«

Carmen runzelte plötzlich die Stirn. Shelley berührte Nicoles Arm. »Mami, was guckst du so komisch? Und warum fühlst du dich so kalt an?«

Nicole konnte ihr nicht antworten. Sie starrte nur Carmen an und sah, wie sich ein Wort in ihren Augen spiegelte: »Kapuze.« Kapuzen genau wie jene, die man vor fünfzehn Jahren Magaro und Zand übergestülpt hatte. Kapuzen wie jene, die Izzy Dooley tags zuvor getragen hatte, als er in ihrem Garten am Baum hing.

# Achtzehn

## 1

Phyllis erhob sich halb von der Couch. »Nicole, jetzt hebt er schon wieder das Bein«, sagte sie nervös.

»Shelley, bring Jesse nach draußen«, sagte Nicole zum fünften Mal, seit sie vor einer Stunde eingetroffen waren. Nachdem Shelley Jesse gerufen hatte, damit er ihr auf den großen umzäunten Rasen hinter dem Haus folgte, sah Nicole ihre Mutter Entschuldigung heischend an. »Tut mir Leid, Mama. Wir hätten ihn wohl lieber nicht mitbringen sollen.«

»Nein, es geht schon«, antwortete Phyllis unehrlich, »ich dachte nur, er wäre stubenrein.«

»Das ist er auch. Er hinterlässt nur hier und da ein Tröpfchen, um sein Revier zu markieren.«

»Ach, wie reizend.«

Nicole lächelte. »Mama, du gibst dir heute ungeheure Mühe, aber wir gehen lieber bald. Ich weiß, du magst keine Tiere.«

Phyllis schüttelte den Kopf. »Ich will nicht, dass ihr geht. Ich habe mir solche Sorgen um euch gemacht. Und es stimmt nicht, dass ich Tiere nicht mag. Kay hat mir gestern Abend endlich von ihrer Erkrankung erzählt und ich habe versprochen, ihre Katzen zu übernehmen, wenn sie sich nicht mehr um sie kümmern kann.«

Nicole wandte sich erschüttert ihrer Mutter zu. »Ihre Katzen! Beide?«

»Na, nun sieh mich doch nicht so erstaunt an, Nicole. Ich habe durchaus auch ein paar warme Knochen im Leib.«

»Ich bin überzeugt, dass sie ausnahmslos warm sind, obwohl du dir Mühe gibst, es nicht zu zeigen. Und was ist mit deiner Allergie gegen Tiere?«

»Offenbar hat sich der Arzt geirrt. Kays Katzen haben mich nicht im Geringsten gestört. Ich stelle es mir recht nett vor, sie hier zu haben.«

»Haustiere bedeuten eine große Verantwortung.«

»Ich bin kein Kind, Nicole. Ich weiß, was sie bedeuten. Aber was soll ich denn jetzt anderes mit meinem Leben anfangen?«

»Du hast immer noch Shelley und mich.«

»Shelley wird immer älter. Es ist nicht mehr lange hin, bis sie anfängt, mit Jungs auszugehen und mit ihren eigenen Freunden zusammen sein will. Wenn du die Scherereien mit Roger hinter dir hast, wirst du auch bald wieder mit anderen ausgehen. Auf keinen Fall werdet ihr beiden jeden Samstag und Sonntag damit zubringen wollen, mich bei Laune zu halten.«

»Aber was ist mit deinen Freunden?«

Phyllis zögerte. »Mein einziger echter Freund war dein Vater. Er ist nicht mehr da. Ich hätte mit Kay gut Freund sein können, aber ich habe zu lange gewartet.«

»Und all die Damen aus dem Lesekreis?«

»Ach, du meinst Leute wie Mildred Loomis? Gütiger Himmel, nach jedem ihrer Besuche wäre der Vorratsschrank leer. Und sie ist eine entsetzliche Klatschbase. Die anderen? Die sind mit ihren eigenen Familien beschäftigt. Was schlägst du also vor? Ich habe dir erklärt, warum ich den Laden nicht behalten will. Andererseits glaube ich nicht, dass jemand bereit wäre, eine Sechzigjährige einzustellen, die nie einem Beruf nachgegangen ist, die nicht einmal tippen kann, vom Umgang mit diesen ekelhaften Computern ganz zu schweigen. Aber es entspricht nun einmal nicht meinen Vorstellungen, tagein, tagaus hier zu sitzen, mir Seifenopern anzuschauen und Untersetzer zu häkeln.«

Nicole lächelte. »An manchen Tagen käme mir das wie das Paradies auf Erden vor.«

»Das liegt nur daran, dass dein Leben so erfüllt ist und du nicht dazu gezwungen bist. Nein, ich will anderen Leuten nicht zur Last fallen, aber womit auch immer ich meine Zeit herumbringen werde: Ich will, dass es warm und lebendig ist und jemand oder etwas da ist, das meine Zuwendung erwidern kann.«

Nicole hatte ihre Mutter noch nie so geliebt wie in diesem Augenblick. Sie wusste, wie stolz auch Clifton Sloan jetzt auf sie gewesen wäre. Nicoles Vater hatte Tiere angebetet. Vielleicht hatte das eine Rolle gespielt, als Phyllis sich erboten hatte, Kays Katzen zu übernehmen.

Auf einmal kam Nicole ein Gedanke. »Mama, bevor Shelley wieder hereinkommt, muss ich dich etwas fragen.« Phyllis zog die nachgezogenen Brauen hoch. »Erinnerst du dich an ein Stück, in dem Carmen und ich auf der High School mitgespielt haben?«

»Meinst du das Abschlussstück?«

»Nein, eines, das die Theater-Arbeitsgemeinschaft einstudiert hat. Es war ein furchtbares Ding über die Hexenprozesse von Salem ...«

»Ach, ja«, platzte Phyllis heraus. »Das schlechteste Stück, das ich je gesehen habe. Und diese abscheulichen Kostüme! Ein Haufen hübscher Mädchen, alle mit diesen furchtbaren Kapuzen auf dem Kopf.«

Nicole verkrampfte sich zunehmend. »Um diese Kapuzen geht es mir. Weißt du vielleicht, was aus meiner geworden ist?«

»Deine Kapuze aus dem Stück? Warum in aller Welt willst du die haben?«

»Ich will nur wissen, ob du weißt, wo sie geblieben ist.«

Phyllis hob die Hände. »Also, ich hab sie genäht ...«

»Du hast meine Kapuze genäht?«, fragte Nicole überrascht.

»So prächtige Kapuzen gibt es hier nicht im Kaufhaus zu kaufen«, entgegnete Phyllis trocken. »Ja. Ich musste sie selbst herstellen. Bei der ersten Anprobe saßen die Löcher für die Augen zu tief. Bei der zweiten war dann alles in Ordnung.«

»Es gab also zwei Kapuzen?«, fragte Nicole. »Und was hast du nach der Aufführung damit angefangen? Hast du sie weggeworfen?«

»Warum interessierst du dich so für diese Kapuzen?«

Sie hat die Kapuzen auf den Köpfen von Magaro und Zand vergessen und sie weiß nichts von der Kapuze, die Dooley aufgehabt hat, dachte Nicole. »Carmen war gestern Abend da. Sie hat unser letztes Jahrbuch mitgebracht. Da war ein Foto von uns mit den Kapuzen drin. Ich hatte sie völlig vergessen, aber dann hat mich die Neugierde gepackt. Es ist nicht so wichtig.«

»Ich glaub nicht, dass er jetzt noch ein Tröpfchen rauspressen kann«, rief Shelley. Sie kam mit Jesse, der heftig nieste, ins perfekt geputzte Wohnzimmer gehüpft.

Shelley sah ihre Großmutter an. »Entschuldige. Manchmal niest er, wenn er jemanden nicht leiden kann. Manchmal niest er, wenn er glücklich ist. Das ist ein ziemliches Problem.«

»Jesse hat viele Probleme«, sagte Phyllis nachsichtig, »aber er ist dennoch ein braver Junge, der seine Herrin lieb hat.«

Shelley strahlte. Nicole saß da und staunte erneut über den guten Willen, den ihre Mutter bewies. Jesse sah aus, als wolle er vor lauter Freude gleich noch einmal niesen.

Das Telefon neben der Couch klingelte und Phyllis nahm den Hörer ab. Sie lauschte einen Augenblick und sagte dann mit angespannter Stimme: »Ja, sie ist hier. Worum geht es denn?« Noch eine Pause. »Also, das sehe ich nicht ein. Ich bin schließlich ihre Mutter.«

Nicole eilte zum Telefon und nahm ihrer Mutter den Hörer aus der Hand. »Hier spricht Nicole Chandler.«

»Mrs. Roger Chandler?«

»Ja. Mit wem spreche ich?«

»Mrs. Chandler, hier ist das Texas Medical Center. Ihr Mann ist soeben eingeliefert worden. Er hatte einen schlimmen Autounfall und ist schwer verletzt.«

## 2

Nicole legte auf. »Roger hat einen Autounfall gehabt. Ich muss ins Krankenhaus.«

»Was heißt hier: Du musst?«, fragte Phyllis indigniert. »Wieso?«

»Weil er immer noch mein Mann ist.«

»Papa hat sich wehgetan?«, fragte Shelley. Ihre Stimme klang betrübt und schuldbewusst zugleich. Sie glaubt, ich werde böse mit ihr sein, weil sie sich Sorgen macht, dachte Nicole.

»Ja, Shelley, er hat sich wehgetan. Ich weiß, du hast deinen Papa immer noch lieb, aber ich möchte, dass du hier bei Großmama bleibst, während ich ins Krankenhaus fahre.«

»Warum darf ich nicht mit?«

»Weil ich vielleicht stundenlang auf einer Notstation herumsitzen muss und das ist nicht der richtige Ort für ein Kind.« Nicole ging zu ihr hin, kniete nieder und legte die Hände auf Shelleys Schultern. »Ich ruf dich an, sobald ich etwas weiß. Okay?«

Nicole blickte zu Phyllis auf, die auch Nicole am liebsten davon abgehalten hätte, zu fahren, aber sie sagte nur: »Ja, Shelley, bleib du bei mir. Notstationen sind voller Keime. Du willst doch nicht krank werden oder? Wie willst du dich dann um Jesse kümmern?«

»Mami soll aber auch nicht krank werden.«

»Das werd ich schon nicht«, versicherte Nicole. »Ich bin älter und zäher als du.«

»Aber gestern Abend hast du dir auch wehgetan«, wandte Shelley ein und streckte die Hand nach dem Unterkiefer ihrer Mutter aus.

Phyllis' Blick blieb sogleich daran haften. »Nicole, dachte ich es mir doch, dass ich einen Schatten auf deinem Gesicht gesehen hätte, obwohl du darauf geachtet hast, mir die Seite nicht zu zeigen. Was ist passiert?«

»Ich habe mir an einer Schranktür das Kinn gestoßen«, sagte Nicole rasch und zwinkerte Shelley zu.

Aber Phyllis ließ sich nicht täuschen. »Du bist doch sonst so kreativ, Nicole. Ich hätte nicht von dir gedacht, dass du die allerälteste Ausrede für Blutergüsse dieser Art benutzen würdest. Und du beeilst dich, ihn zu sehen?«

Nicole stand auf. »Mama, er ist Shelleys Vater.« Sie küsste Phyllis leicht auf die Wange. »Ich rufe bald an.«

Nicole fuhr rasch zum Krankenhaus. Sie war selbst überrascht, wie sehr sie sich nach wie vor um Roger sorgte. Er war nie ihre große Liebe gewesen und in den vergangenen Monaten hatte er sie in Verlegenheit gebracht, verlassen, bedroht, sogar geschlagen. Aber sie machte sich dennoch Sorgen um ihn. Sie wollte ihre Ehe nicht wieder kitten, wünschte sich aber dennoch, dass Roger wieder gesund und munter würde.

Sobald sie das Wartezimmer der Notaufnahme betrat, fiel ihr Blick auf Lisa Mervin. Sie saß zusammengesunken auf einem Stuhl in einer Ecke, die Beine unterm Sitz, und fuhr sich mit den Fingerspitzen durch die langen Haare.

»Lisa?« Die junge Frau blickte mit mascaraverschmierten Augen zu ihr auf. Sie war totenbleich und hielt sich den rechten Arm fest, als sei sie verletzt. »Lisa, haben Sie etwa mit im Auto gesessen?«

Lisa schüttelte nur stumm den Kopf. »Ich bin hingefallen«, sagte sie wie ein Kind. »Er ist wütend geworden und hinaus zum Auto gerannt. Ich bin ihm nachgelaufen und hingefallen.«

»Hatte er getrunken?«, fragte Nicole und setzte sich neben Lisa.

»Nein. Aber er war so was von wütend.« Sie wandte den Blick ab. »Sie haben ihn gestern Abend verhaften lassen.«

»Er hat versucht, Shelley zu entführen und mich zu schlagen. Aber er wäre auch dann verhaftet worden, wenn ich keine Anzeige erstattet hätte. Er hat zu allem Überfluss einen Polizeibeamten angegriffen.«

Lisa erstarrte. »Er hat nicht nur Sie, sondern auch einen Polizisten geschlagen?«

»Er hat mich geschlagen und er hat versucht, einen Polizisten zu schlagen. Warum? Was hat er Ihnen denn erzählt?«

»Dass Sie ihn hätten verhaften lassen, weil er sich in die Nähe Ihres Hauses gewagt hat, nur um nach Shelley zu sehen.«

»Der gute alte Roger und seine Lügen«, seufzte Nicole. »Haben Sie schon etwas über sein Befinden erfahren?«

»Noch nicht. Ich gelte ja auch nicht als Angehörige. Nach Angehörigen wurde als Erstes gefragt.«

»Woher wussten Sie, dass ich bei meiner Mutter zu erreichen bin?«

»Ich wusste es nicht. Als Sie nicht zu Hause waren, habe ich bei Vega angerufen. Carmen sagte, dass Sie vielleicht bei Ihrer Mutter sind, und hat mir die Nummer gegeben.»

»Ach so.« Nicole setzte sich neben sie und war ein wenig verlegen. Die zwei Frauen in Rogers Leben, eine die Ehefrau, die andere die Geliebte und beide machten sich Sorgen. Worüber unterhielt man sich in einer Situation wie dieser? Nicole konnte sich nicht dazu durchringen, Lisa zu trösten, darum rettete sie sich, indem sie weitere Fragen stellte. »Wo ist denn der Unfall passiert?«

»Gleich am Ende der Straße. Roger ist vom Parkplatz herunter die Straße entlanggerast und er hat an der Kreuzung nicht angehalten. Ich hab alles mit angesehen, weil ich ihm nachgelaufen bin, weil er doch so wütend war. Zwei andere Fahrzeuge haben ihn gerammt.«

Nicole sah sie erstaunt an. »Er hat an der Kreuzung nicht angehalten? Das ist doch eine verkehrsreiche Straße. Sind Sie sicher, dass er nicht betrunken war?«

»Absolut. Er ist nur den ganzen Vormittag auf- und abgegangen, hat Kaffee getrunken und gegen Sie gewettert ... Er hat gesagt, er wird Ihnen Shelley wegnehmen, und zwar aus gutem Grund, weil Sie eine Verrückte seien, das wisse jeder, verrückt, weil Sie immer noch Paul Dominic nachtrauern, einem Toten, und diese Morde in Ihrem Haus ...«

Nicole zog die Brauen hoch und Lisa errötete. Roger beschuldigte sie also, verrückt zu sein, und sagte, er wolle ihr deswegen Shelley wegnehmen. Hatte Carmen nicht behauptet, dass genau das seine Strategie sei? Zu beweisen, dass sie labil war, damit er das alleinige Sorgerecht für Shelley erhielt? Und die ganze Sache hatte bei dem Eindringling mit der Wolfsmaske angefangen.

»Lisa, ich möchte Sie etwas fragen, und ich muss die Wahrheit wissen.« Die junge Frau sah sie misstrauisch an. »Ich möchte wissen, was mit der Wolfsmaske ist, die Sie bei Vega gekauft haben. War sie wirklich für Roger bestimmt?«

Lisas grüne Augen blinzelten verständnislos. »Sagten Sie Wolfsmaske?«

»Ja. Die schwere indianische Wolfsmaske. Bobby hat gesagt, Sie hätten sie für Roger gekauft.«

Lisa schaute weiterhin unerträglich verständnislos drein. »Ich weiß nicht, wovon Sie reden.« Ihre Stimme klang, als ob sie die Wahrheit sagte.

»Ich glaube, dass Roger vielleicht die Wolfsmaske aufgesetzt hat, die Sie ihm gekauft haben, um mir Angst einzujagen.«

Lisa sah sie an, als wäre sie tatsächlich so verrückt, wie Roger behauptete. »Wie käme er dazu?«

»Ich weiß es nicht. Ich erwarte die Antwort von Ihnen.«

Lisa schien ein wenig von ihr abzurücken. »Hören Sie, Nicole, ich behaupte nicht, dass Ihnen niemand Angst einjagen wollte, aber wenn es so war, hat dieser Jemand keine Maske getragen, die ich gekauft habe.« Sie runzelte die Stirn. »Bobby hat Ihnen erzählt, ich hätte eine Maske gekauft?«

»Ja. Also nein: Er hat es Carmen gesagt und sie hat es mir erzählt.«

»Aha. Sie haben es also von Carmen gehört.«

»Ja.«

Lisa zuckte die Achseln. »Das erklärt alles.«

»Was wollen Sie damit sagen?«

»Dass ich an Ihrer Stelle nichts glauben würde, was Carmen zu sagen hat.«

Nicole versteifte sich. »Carmen ist meine beste Freundin. Außerdem kennen Sie sie doch gar nicht.«

»Wer sagt, dass ich sie nicht kenne?«

»Sie selbst.«

Lisa schnaubte. »Carmen kennt mich, seit ich klein war.«

Nicole starrte sie einen Augenblick an, ehe sie sagte: »Das glaube ich Ihnen nicht.«

»Es ist mir egal, was Sie glauben, aber als ich klein war, hat die alte Mrs. Vega für alle möglichen Leute als Babysitter gearbeitet. Ich war wochentags immer im Haus der Familie Vega. Carmen war ständig da und hat Bobby angehimmelt.«

»Lisa, Sie können nicht älter als fünf gewesen sein, als Bobby und Carmen miteinander gegangen sind.«

»Na und? Deswegen war ich noch lange nicht taub und blind. Außerdem haben sie weiter bei den Vegas gewohnt, nachdem sie geheiratet hatten. Mrs. Vega konnte sie nicht ausstehen. Sie hat meiner Mutter gesagt, dass Bobby sie nicht heiraten wollte, auch nicht, als sie schwanger wurde. Sie hat gesagt, dass es anständig von ihm war, sie zu heiraten, und dass sie ihn dazu ermutigt hat. Aber ihrer Meinung nach hätte er es nicht getan, wenn sich die Band, in der Bobby war, nicht aufgelöst hätte.«

»Vielleicht haben Sie das falsch verstanden. Sie waren noch so jung.«

»Es war schwer, in meinem Elternhaus lange jung zu bleiben. Meine Eltern haben nicht daran geglaubt, dass man Kinder beschützen muss. Aber man musste mir das nicht eigens erklären. Schon als ich klein war, habe ich gemerkt, dass Carmen sich in Bobbys Gegenwart komisch benimmt. Sie war vernarrt in ihn. Ich denke, sie ist mit Absicht schwanger geworden. Ich weiß nicht, was sie getan hätte, wenn Bobby sich dennoch geweigert hätte, sie zu heiraten, schwanger oder nicht.«

Nicole saß schweigend da, hin- und hergerissen, ob sie weitere Fragen stellen oder eifrig alles abstreiten sollte. Sie und Carmen waren seit ihrem sechsten Lebensjahr fast so etwas wie Schwestern gewesen. Carmen war die Einzige, der sie von ihrer Beziehung zu Paul erzählt hatte. Sie war die Erste gewesen, die Nicole anrief, nachdem sie Rogers Heiratsantrag angenommen hatte. Sie war als Brautführerin bei ihrer Hochzeit dabei gewesen. Sie war diejenige, mit der sie in ständigem Kontakt gestanden hatte, als sie mit Shelley schwanger war, die Erste, die wusste, dass Roger sie verlassen hatte. Wie kam sie dazu, die Bekanntschaft mit Lisa zu leugnen oder zu behaupten, Bobby habe gesagt, dass Lisa die Wolfsmaske gekauft habe?

Sie wollte soeben eine Zeitschrift zur Hand nehmen und Lisa ignorieren, als ein Arzt erschien. »Sind Sie Nicole Chandler?«, fragte er Nicole.

»Ja. Wie geht es Roger?«

»Nicht gut«, sagte er ernst. »Er wird soeben in den Operationssaal gebracht, weil er einen Milzriss hat. Außerdem sind mehrere Rippen auf der linken Seite und der linke Arm gebrochen, und er hat sich zahlreiche Prellungen und Schnittwunden zugezogen. Die schlimmste Schnittwunde befindet sich auf seiner Kopfhaut. Er hat viel Blut verloren.«

»Ist er bei Bewusstsein?«, fragte Lisa.

Der Arzt warf ihr einen Seitenblick zu. »Im Augenblick nicht, aber er war vorhin fünf Minuten wach.«

»Hat er nach mir gefragt?«

»Wie heißen Sie?«

»Lisa Mervin. Ich bin seine Verlobte.«

Der ältere Arzt warf ihr einen Blick zu, der besagte, dass er den offiziellen Charakter ihrer Beziehung bezweifelte. »Er hat weder von einer Lisa noch von einer Verlobten gesprochen.« Der Blick seiner kühlen grauen Augen fiel auf Nicole. »Er hat nur immer wieder gesagt, seine Frau habe ihm die Bremsleitung gekappt, weil sie ihn umbringen wolle.«

# Neunzehn

## 1

Nicole saß eine Stunde lang im Wartezimmer der Chirurgie, ohne mit Lisa zu reden. Ihre Gedanken überstürzten sich. Wenn Roger nicht betrunken war, blieb nur eine Erklärung dafür, dass er auf eine verkehrsreiche Kreuzung zugerast war: Seine Bremsen hatten tatsächlich versagt. Aber Bremsen versagen nur selten von allein. Außerdem ereignete sich dieser schwere Unfall weniger als vierundzwanzig Stunden, nachdem Roger sie geschlagen hatte. Sie hielt es für denkbar, dass ihr unbekannter Beschützer wieder einmal jemanden bestraft hatte, der ihr Schaden zufügen wollte. An Rogers Auto war einfach heranzukommen, weil es im Freien in der Nähe des Apartmenthauses herumstand.

Nach einer Weile trat Nicole an einen Münzfernsprecher und rief bei ihrer Mutter an. Der Anrufbeantworter war eingeschaltet, den Phyllis sonst nur selten benutzte. »Nicole«, lautete die blechern klingende Ansage, »ich bin mit Shelley ein Eis essen gegangen. Wir sind gegen vier Uhr wieder da.« Nach dem Piepton hinterließ Nicole ihre eigene Rückmeldung. Sie sagte, dass Roger im Operationssaal sei und dass sie wieder anrufen werde, sobald sie etwas Näheres wusste.

Nachdem sie aufgelegt hatte, war sie zunächst froh, dass ihre Mutter mit Shelley außer Haus gegangen war. Das Kind hatte in letzter Zeit viel durchgemacht, und die Nachricht vom Unfall ihres Vaters hatte sie wohl mehr verstört, als sie sich in Nicoles Gegenwart hatte anmerken lassen. Phyllis versuchte sie auf die einzig mögliche Art abzulenken.

Nach einer weiteren endlosen Stunde und zwei Tassen bitteren Kaffees kam eine Chirurgin heraus, um ihnen zu sagen, dass Roger die Operation gut überstanden habe und bereits im Aufwachraum liege.

»Wird er es überleben?«, fragte Lisa.

»Wenn keine unerwarteten Komplikationen auftreten.«

»Wann kann ich ihn sehen?«

Die Ärztin sah Lisa eingehend an. »Sind Sie seine Frau?«

»Nein, ich«, meldete sich Nicole zu Wort. »Aber wir sind dabei, uns scheiden zu lassen. Er sieht sie bestimmt lieber.«

»Sind Sie sicher?«, fragte die Ärztin.

»Ja. Ich werde jetzt gehen. Lassen Sie sie zu ihm, sobald er es verträgt.« Ihr Blick begegnete dem von Lisa. »Rufen Sie mich an, falls …« Falls was? dachte sie. Falls Sie eine Schulter zum Ausweinen brauchen? »Bitte halten Sie mich über seinen Zustand auf dem Laufenden.« Lisa warf ihr einen aufsässigen Blick zu, der zu erkennen gab, dass sie nie wieder mit Nicole reden wollte. »Lisa, Roger ist Shelleys Vater«, erinnerte Nicole sie. »Sie hat das Recht, zu wissen, wie es ihm geht.«

»Na gut«, sagte Lisa widerwillig. »Ich ruf Sie morgen an.«

»Rufen Sie mich heute Abend an.«

Lisa nickte schroff und Nicole eilte hinaus. Wie seltsam es doch war, dass sie, die zwölf Jahre lang Rogers Frau gewesen war, die Mutter seines Kindes, nicht einmal bei ihm hereinschauen konnte, weil er überzeugt war, dass sie ihn umzubringen versucht hatte.

Was ich nicht habe, dachte sie erbittert, als sie über den Parkplatz zu ihrem Wagen ging. Aber jemand anders schon.

## 2

Anstatt zu ihrer Mutter fuhr Nicole zu dem großen Haus in Olmos Park. Die Villa sah wie zuvor unbewohnt und vernachlässigt aus, verlassen und wie ein Monument verblichener Pracht. Aber es war nicht verlassen. Dort drinnen lebten Menschen. Wie viele es waren, dessen war sie sich nicht sicher. Aber sie würde es herausfinden.

Ihre innere Stimme sagte ihr, dass Paul Dominic wieder da war, andere Leute verdeutlichten ihr aber, dass dem nicht so war. Wenn er sich allerdings in San Antonio aufhielt, hatte er mit Sicherheit seine Mutter besucht, selbst wenn er nicht bei ihr im Haus wohnte. Er hatte sie immer angebetet. Und sie hatten sich so nahe gestanden, dass Alicia wissen musste, ob er jemanden getötet hatte. Sie musste Pauls Mutter sprechen.

Nicole parkte vor dem Haus und eilte mit raschen Schritten über den Pfad zur Vordertür. Sie glaubte, eine verstohlene Bewegung am Vorhang neben der Tür zu erkennen, bemühte sich jedoch, starr geradeaus zu blicken. Laub und Erde lagen auf der breiten Veranda vor dem Haus. Früher war sie makellos sauber gewesen, und in den gigantischen Urnen zu beiden Seiten der Tür wuchsen Pflanzen. »Ich bewahre unter der linken Urne immer einen Schlüssel auf«, hatte Paul ihr einst gesagt. »Es ist albern – eine alte Gewohnheit aus meiner Jugendzeit, als Mutter wie ein Habicht über mich gewacht hat. Und du glaubst, überfürsorgliche Eltern zu haben! Meine Mutter hat allein deine beiden Eltern übertroffen. Wenn ich mal Spaß haben wollte, musste ich mich hinausschleichen und sichergehen, dass der Schlüssel an einer Stelle versteckt war, wo Rosa ihn nicht finden konnte. Sie dachte, ich merke es nicht, aber sie hat regelmäßig mein Zimmer durchsucht, um meiner Mutter irgendwelche Verfehlungen melden zu können. Sie hat mich nie gemocht.«

Nicole benutzte den Türklopfer in Form eines Löwenkopfes. Sie konnte Rosa auf der anderen Seite der Tür regelrecht spüren, während sie einige angemessene Sekunden abwartete, um dann endlich die Tür zu öffnen. Ihre glanzlosen schwarzen Augen musterten Nicole verächtlich, ehe sie fragte: »Ja, bitte?«

»Ich bin sicher, Sie erinnern sich an mich«, sagte Nicole mit fester Stimme. »Ich bin Nicole Sloan. Inzwischen Chandler. Ich möchte Mrs. Dominic besuchen.«

Die Frau starrte sie einen Augenblick an, sodass fast der Eindruck entstand, als habe sie nicht verstanden, was Nicole sagte. Schließlich antwortete sie: »Señora Dominic ist gesundheitlich nicht in der Verfassung, Besuch zu empfangen.«

»Es ist sehr wichtig, Rosa.«

Graue Fäden zogen sich durch das dichte schwarze Haar, aber frisiert war es noch genauso wie früher. Es war in der Mitte gescheitelt und hinten zu einem Zopf geflochten. Außerdem trug Rosa ein langes schwarzes Kleid. Sie wirkte stur, humorlos und starrköpfig. Ihre Züge verrieten sogar Anzeichen von grausamer Genugtuung. »Wie gesagt: Señora Dominic empfängt keine Besucher. Schon gar nicht Sie.«

Ohne auf die Beleidigung einzugehen, hakte Nicole nach. »Würden Sie sie bitte eben fragen, ob sie mich sehen will.«

»Nein. Sie wird Sie nicht sehen wollen.«

»Haben Sie das Recht, in ihrem Namen zu antworten?«

»Leben Sie wohl, Señora Chandler. Auf Nimmerwiedersehen.«

Rosa schlug die Tür zu.

Nicole starrte die schmutzige Holztür an, jene Tür, deren kunstvolle Schnitzereien früher glänzend poliert waren, und schüttelte den Kopf. »Glaub ja nicht, du könntest mich so leicht loswerden, du alte Schreckschraube«, murrte sie. »Ich werde Alicia Dominic sehen, noch ehe die Woche vorbei ist, und wenn ich dafür ins Haus einbrechen muss.«

Als Nächstes machte Nicole bei Vega am River Walk Halt. Sie betrat den Laden und wurde von Bobby begrüßt, der hinter der Theke stand. »Hallo, Nicole!«

Sie bedachte ihn mit einem kühlen Blick. Er sah aufgedunsen aus, müde und wie immer gereizt. Und so einer kritisiert ständig an Carmen herum, dachte sie erbost. »Hallo, Bobby.«

»Wie geht es deinem liebenden Ehemann? Wie ich höre, hatte er einen Autounfall.«

Sie ging zur Theke. »Er lebt und erholt sich mit Lisa Mervin an seiner Seite.«

»Ah, die junge, reizende Lisa.« Bobby verkniff sich ein dreckiges Grinsen, und Nicole hätte ihn sicher geohrfeigt, wenn sich nicht gerade zwei Kunden im Laden umgesehen hätten.

»Lisa hat mich heute darüber aufgeklärt, dass sie euch seit ihrer Kindheit kennt«, sagte sie.

»Meine Familie war nicht so wohlhabend wie deine. Meine Mutter hatte außer ihren eigenen tagsüber immer fremde Kinder da, um sich etwas dazuzuverdienen.«

»Mir ist auch bekannt, dass du wusstest, dass sie schon letztes Jahr Umgang mit Roger hatte und dass sie der Grund war, warum er Shelley und mich gezwungen hat, nach San Antonio zu ziehen. Du hättest es mir vor dem Umzug sagen können, Bobby, und hättest mir damit eine Menge Ärger erspart.«

Er zuckte die Achseln. »Ich halte mich aus den ehelichen Angelegenheiten anderer Leute raus.«

»Wie diskret von dir.« Nicoles Wut wuchs angesichts seiner Selbstgefälligkeit. »So diskret warst du doch nicht immer, habe ich Recht?«

Bobbys Grinsen verschwand. »Nicole, wenn du Carmen suchst:

Sie ist zu Hause bei unserer Tochter, wo sie hingehört, und rennt ausnahmsweise nicht hinter dir her, um dir bei deinen endlosen Schwierigkeiten Händchen zu halten.«

»Du hast meine Frage nicht beantwortet, Bobby. Du warst nicht immer diskret, speziell damals, als es die *Zanti Misfits* noch gab, nicht wahr?«

Sie bemerkte eine Kundin, die mit einer Vase in der Hand dastand und angeregt zuhörte, aber das war ihr egal. Sie war auf Bobby wütend, seit sie erfahren hatte, dass er von Rogers Affäre mit Lisa wusste, lange bevor Roger ihr Leben umgekrempelt hatte. Und diese Wut brach sich jetzt Bahn, ohne dass sie sie hätte aufhalten können.

Bobbys Gesichtszüge wurden verkniffen. »Ich hab diese Band geliebt. Sie war meine Zukunft. Ritchie Zands Tod war eine Tragödie.«

»Ach ja, es ist immer furchtbar traurig, wenn ein stattlicher junger Bursche in den besten Mannesjahren dahingerafft wird.«

»Rede gefälligst nicht so klugscheißerisch über jemanden, den du überhaupt nicht gekannt hast.«

Nicole beugte sich über die Theke, bis ihr Gesicht nur noch wenige Zentimeter von dem von Bobby entfernt war. »Ich habe ihn sehr wohl gekannt, Bobby. Willst du, dass ich dir im Einzelnen erzähle, wie gut ich ihn kannte?«

Bobbys Wangen röteten sich. »Halt die Klappe. Weißt du eigentlich, wie viele Frauen alles dafür gegeben hätten, um mit ihm zu schlafen?«

»Ich habe nicht mit ihm geschlafen. Er hat mich vergewaltigt. Und wenn nicht jemand vorbeigekommen wäre, hätte er Magaro geholfen, mich umzubringen.«

»Wenn er wirklich getan hat, was du sagst, dann lag das daran, dass er etwas geschluckt hatte, das Magaro ihm gegeben hat.«

»Wenn er getan hat, was ich sage?« Sie starrte ihn aufgebracht an. »Du weißt genau, dass er es getan hat. Angegeben hat er damit.«

Bobby schüttelte sich regelrecht vor Wut. Beide Kunden starrten sie unverhohlen an. »Du hast es doch ohne Schaden überstanden. Du musstest sie nicht gleich umbringen lassen!«

Die Frau hätte beinahe die Vase fallen gelassen. »Ich habe niemanden umbringen lassen«, fauchte Nicole.

»Na klar. Die lilienweiße Nicole Sloan würde so etwas nie tun.«

Bobbys verquollene Augen wurden ganz schmal. »Aber in Anbetracht der jüngsten Ereignisse fange ich an zu glauben, dass du ihn vielleicht tatsächlich nicht hast umbringen lassen. Vielleicht hast du es selbst getan.«

»Und dann habe ich Paul das Verbrechen in die Schuhe geschoben, um meine Haut zu retten?«

»Wer weiß, wozu du fähig bist? Wer weiß, wozu Frauen fähig sind? Ich weiß, dass Carmen alles tun würde, damit sie das bekommt, was sie will.«

Nicole schüttelte langsam den Kopf. »Ich habe von Anfang an nicht gewusst, was sie in dir gesehen hat. Nun frage ich mich, wie sie es aushält, in deiner Nähe zu sein.«

»Na klar hält sie es in meiner Nähe aus. Sie hat nur nicht oft Gelegenheit dazu.«

»Bobby, du bist so was von einer Null!«

»Und du bist ...« Die Frau hatte sorgfältig die teure Vase wieder ins Regal gestellt und huschte nun geduckt zur Tür hinaus. Der Mann blickte ihr nach und sah ganz danach aus, als plane auch er den schnellen Rückzug.

»Mach, dass du aus meinem Laden kommst, Nicole«, sagte Bobby voller verhaltener Gehässigkeit. »Du vertreibst mir die Kundschaft.«

»Ja, nicht wahr?« Nicole wich lächelnd zurück. Ihre ruhige Stimme täuschte darüber hinweg, wie heftig ihr Herz klopfte. »Ich gehe, aber nur unter der Bedingung, dass du mir eine Frage beantwortest.« Er starrte sie an. Seine runden Wangen waren inzwischen purpurrot. »Hat Lisa Mervin eine dieser indianischen Masken bei dir gekauft? Eine Wolfsmaske?«

Bobby lachte freudlos. »Wenn Lisa so viel Geld hätte, würde sie sich Kleider für sich selbst kaufen. Sie würde es nie auf Kunst verschwenden.«

»Nicht einmal dann, wenn sie die Maske einem Mann schenken wollte, der mit Kunst etwas anzufangen weiß?«

»Hör zu: Lisas ideales Geschenk für einen Mann ist eine Flasche Old Spice. So weit geht ihr Einfallsreichtum, weiter nicht. Sieh doch mal bei dem guten alten Roger im Badezimmerschrank nach – du wirst dort bestimmt eine Flasche finden. Glaube mir, Rogers Interesse an ihr ist nicht auf ihre Intelligenz zurückzuführen. Sie war hervorragend im Bett, als sie fünfzehn war, und ich bin sicher, dass sie inzwischen noch besser ist.«

Nicoles Gesichtszüge erschlafften. »Du und Lisa …«

Bobby lächelte. »Glaub nur ja nicht, dass du dir einen Spaß daraus machen kannst, es Carmen zu sagen. Sie weiß es längst. Und nun verschwinde endlich aus meinem Laden, bevor ich die Polizei rufe.«

## 3

Nicole überlegte, ob sie bei Carmen vorbeifahren sollte, verwarf jedoch die Idee. Sie war an diesem Tag bereits an zwei Orten vor die Tür gesetzt worden und hatte nicht die Kraft, ein drittes Mal zu riskieren. Außerdem wusste sie, dass ihre Mutter und Shelley wieder zu Hause sein würden und dass Shelley begierig auf Informationen über den Zustand ihres Vaters wartete.

Die Haustür wurde aufgerissen, noch ehe sie auf die Veranda getreten war, und Shelley kam herausgerannt, um sie zu begrüßen. »Mami, ist mit Papa alles in Ordnung?«

»Ja, mein Schatz«, sagte Nicole und bückte sich, um sie zu umarmen. »Es wird ihm bald wieder besser gehen. Du brauchst dir keine Sorgen um ihn zu machen.«

»Will er mich sehen?«

»Heute Abend nicht mehr. Er ist operiert worden. Als ich gegangen bin, war er noch gar nicht wieder aufgewacht. Lisa ist bei ihm.«

Shelley zog eine Grimasse. »Ach, die.«

»Ja, die«, sagte Nicole und unternahm ausnahmsweise nicht den Versuch, etwas Nettes oder wenigstens Gemäßigtes über die junge Frau hinzuzufügen. Sie kochte immer noch vor Wut über Bobbys Offenbarung, dass er vor fünf Jahren Carmen mit ihr betrogen hatte. Der Gedanke, dass sie vielleicht eines Tages Shelleys Stiefmutter sein würde, störte sie so, dass ihr fast übel wurde.

»Hast du ein Eis gegessen?«

»Rumbutter und Walnuss. Zwei Portionen.«

»Zwei!«

»Für die Nerven.«

Nicole lachte. »Ein unschädliches Beruhigungsmittel, denke ich.«

Phyllis erschien an der Tür. »Du siehst müde aus, Nicole. Komm herein und trink eine Tasse Kaffee.«

Nicole trat ein in die kühle Perfektion des Hauses ihrer Mutter. Sie hatte es bis zu diesem Tag nie als Zuflucht begriffen. Phyllis bestand darauf, dass sie auf der Couch Platz nahm, während sie das silberne Kaffeeservice holte. Sie schenkte ein und sagte: »Nun erzähle uns von Roger.«

»Er hat einen Milzriss, ein paar gebrochene Rippen, einen gebrochenen Arm und diverse Schnittwunden. Der Arzt hat gesagt, er habe viel Blut verloren, aber die Operation hat er gut überstanden.«

»Wie ist es denn zu dem Unfall gekommen?«, fragte Phyllis und reichte ihr eine Tasse. »Ist er gefahren, obwohl er nicht hätte fahren dürfen?«

Nicole wusste, was diese geschraubte Formulierung bedeuten sollte: Ihre Mutter glaubte, dass er getrunken hatte. »Seine Bremsen haben versagt.«

»Seine Bremsen haben versagt?« Phyllis sah sie eindringlich an. »Shelley, würdest du mal eben hinaus zu Großmamas Auto gehen? Ich glaube, ich habe da drinnen meinen Lippenstift fallen gelassen, und der schmilzt mir sicher bei der Hitze.« Shelley blickte misstrauisch drein, gehorchte aber ohne Widerrede. Sobald sie draußen war, sagte Phyllis: »Da steckt mehr dahinter. Klär mich auf.«

»Roger behauptet, ich hätte ihm die Bremsleitung durchgeschnitten, aus Rache, weil er mich gestern Abend geschlagen hat.«

Phyllis verschränkte die Arme vor der Brust und seufzte angewidert. »Können die Probleme, die dieser Mann verursacht, überhaupt noch schlimmer werden? Was ist nur mit ihm los?«

»Ich weiß es nicht, Mama. Vielleicht bekommt er einen Nervenzusammenbruch.« Nicole verzichtete bewusst darauf, ihrer Mutter zu erzählen, dass er nach Auffassung der Polizei versucht hatte, sie umbringen zu lassen.

»Ich finde, du solltest mit Shelley zu mir ziehen. Wenigstens für ein Weilchen.«

Nicole dachte nicht daran, das Pech, das sie verfolgte, auch noch ihrer Mutter ins Haus zu schleppen. Die Frau war sechzig Jahre alt und noch nicht über den erschütternden Selbstmord ihres Mannes hinweg. »Vielen Dank, Mama, aber Shelley und ich gehören in unser eigenes Haus. Außerdem ist Roger in den nächsten paar Tagen im

Krankenhaus sicher aufgehoben. Er wird mir keine Besuche mehr abstatten, und ich glaube nicht, dass die Polizei seine Anschuldigungen ernst nehmen wird.«

»Ich mache mir keine Sorgen darüber, dass die Polizei Roger glauben könnte. Allein schon der Gedanke, jemand könnte ihm die Bremsleitung durchgeschnitten haben, ist zu absurd, um glaubhaft zu sein. Aber diese Morde bei euch zu Hause …« Phyllis brach schaudernd ab. »Wie bringt ihr es nur über euch, dort zu bleiben?«

»Wir haben doch Polizeischutz, Mama.«

»Das hat dir neulich auch nichts genützt.«

»Mutter, ich möchte mich nicht darüber streiten.«

Phyllis blickte sie ernst an. »Ich weiß, warum du nicht hierherziehen willst. Du sorgst dich um mich. Andererseits weiß ich auch, dass es unsinnig ist, mit dir zu streiten. Vollkommen sinnlos. Du warst schon immer so eigensinnig. Aber was ist mit Shelley? Wenn du selbst schon nicht hierherziehen willst, bis dieses Durcheinander bereinigt ist, warum erlaubst du es Shelley dann nicht? Ich glaube ernsthaft, dass sie hier sicherer ist.«

Nicole holte tief Luft und überlegte. Egal, wer die Morde begangen hatte – sie waren in Verbindung mit ihr geschehen, nicht mit Shelley. Sie lockte die Gefahr an, doch indem sie Shelley bei sich behielt, brachte sie auch ihr Kind in Gefahr.

Shelley kam zurück ins Haus gehüpft. »Nirgendwo ein Lippenstift.«

Nicole traf eine spontane Entscheidung und wandte sich an sie. »Shel, Großmama ist ohne Opa furchtbar einsam. Was würdest du davon halten, ihr ein paar Tage Gesellschaft zu leisten?«

Shelleys Miene trübte sich. »Dann bist du ja ganz allein.«

»Nur ein paar Tage lang.«

»Aber was wird dann aus Jesse?«

»Jesse kann natürlich auch hier bleiben«, sagte Phyllis mit resigniertem Blick. Nicole wusste, dass es ihrer Mutter lieber gewesen wäre, wenn er mit ihr nach Hause zurückgekehrt wäre, doch es war ihr klar, dass Shelley sich weigern würde, ohne ihn dazubleiben.

Shelley wirkte unentschieden. Sie hatte ihren Großvater geliebt, aber Phyllis hatte sie immer eingeschüchtert. Sie stand ihrer Großmutter nicht nahe. Wenigstens bis jetzt nicht. Seit Cliftons Tod schien Phyllis aufzutauen, was möglicherweise daran lag, dass sie sich immer auf ihn verlassen hatte, dass er all ihre Bedürfnisse nach Zuneigung und Gesellschaft befriedigt hatte. Nun war sie gezwungen, sich anderen zuzuwenden. Das Ergebnis war, dass Shelley an diesem Tag in Gegenwart ihrer Großmutter ungezwungener war als je zuvor.

»Na, Shelley?«, fragte Nicole.

»Klar bleib ich hier«, sagte Shelley großherzig. »Keine Sorge, Großmama. Ich werd mir alles Mögliche ausdenken, womit wir uns amüsieren können.«

»Vielen Dank, meine Liebe«, sagte Phyllis auf ihre förmliche Art, aber Nicole entdeckte echte Wärme und Dankbarkeit in ihren Augen.

## 4

Der Abend kam ihr ohne ihr Kind besonders lang vor. Nicole war nicht klar gewesen, wie sehr sie sich, selbst wenn sie zu tun hatte und Shelley auf ihrem Zimmer war, immer ihrer lebendigen und liebevollen Gegenwart bewusst war. An diesem Abend fühlte sie sich ganz allein auf der Welt, nur mit einem Streifenwagen vor der Tür und dem Fernseher, der keine Sendung brachte, die der Aufmerksamkeit wert gewesen wäre.

Sie überlegte, ob sie bei ihrer Mutter anrufen und sich erkundigen sollte, wie es Shelley ging, doch sie fürchtete, das Kind könne den Anruf als Anzeichen deuten, dass Nicole einsam war, und wieder nach Hause wollen. Sie überlegte auch, ob sie Carmen anrufen sollte, verwarf den Gedanken jedoch wieder. Sie hatte unzählige Fragen an Carmen – warum sie geleugnet hatte, Lisa zu kennen, und warum sie behauptet hatte, Bobby habe gesagt, dass Lisa eine Wolfsmaske gekauft hätte. Aber diese Fragen mussten vorsichtig gestellt werden, von Angesicht zu Angesicht. Sie konnte nicht am Telefon damit herausplatzen.

Um zehn Uhr schaute sie nach, ob Türen und Fenster geschlossen waren, sah aus dem Fenster nach dem Streifenwagen und gestattete sich einen sehnsüchtigen Blick in Shelleys leeres Zimmer. Sie fragte sich, wie sie und Phyllis und Jesse den Abend überstanden hatten. Es war noch keine zwei Monate her, da wäre ihr für einen gemeinsamen Abend kein unwahrscheinlicheres Dreiergespann eingefallen, aber nun lächelte sie. So vieles hatte sich in den vergangenen zwei Monaten geändert. Sie nahm an, dass es diese Veränderung war, die das Leben interessant machte, aber im Augenblick wäre ihr nichts lieber gewesen als eine langweilige Woche.

Sie wollte sich gerade ausziehen und früh ins Bett gehen, als jemand an die Haustür klopfte. Nicole erstarrte, trat aber dann doch an den Spion und blickte im selben Augenblick hinaus, als draußen eine Männerstimme rief: »Nicole, ich bin es, Ray DeSoto.«

Nicole öffnete die Tür und Ray kam herein. Er trug Jeans und ein blassblaues Hemd unter einer Windjacke. »Kommen Sie herein«, sagte sie, richtig froh, ihn zu sehen. »Ich bin heute Abend allein. Shelley übernachtet bei ihrer Großmutter.«

»Ach, wirklich?«, sagte Ray. Er streifte seine Windjacke ab und lächelte ihr herzlich zu. »Wer ist denn auf die Idee gekommen?«

»Meine Mutter, aber es erschien mir angesichts der Probleme, die mich zu verfolgen scheinen, durchaus klug.«

»Ganz bestimmt.«

Sie betrachtete seine gut geschnittenen ernsten Züge. »Ich weiß, Sie haben von Rogers Unfall gehört und sind gekommen, um darüber zu reden. Möchten Sie vielleicht etwas zu trinken?«

»Ein Glas Wein, wenn Sie welchen da haben.«

Zehn Minuten später saß Ray auf der Couch, Nicole auf dem Sessel, jeweils mit einem Glas Chardonnay in der Hand. »Ich spreche das nicht gern an, aber ich nehme an, Sie haben von Rogers Vorwurf gehört, ich hätte ihm die Bremsleitung durchgeschnitten«, sagte sie.

Ray nickte. »Die hinteren Leitungen sind aus Stahl. Die vorderen, die mit ungefähr achtzig Prozent Bremsleistung zu Buche schlagen, sind aus Gummi. Wir haben vorn einen tiefen Einschnitt gefunden, aus dem ein Großteil der Bremsflüssigkeit ausgeflossen ist. An der Stelle, wo er sein Auto geparkt hatte, war eine Lache. Er war rückwärts in die Lücke hineingestoßen und ist seiner Freundin zufolge schnurstracks vom Parkplatz auf die Straße gefahren, ohne seine Fahrt zu verlangsamen. Hätte er anzuhalten versucht, wäre ihm aufgefallen, dass er nicht viel Bremskraft hatte, bevor er erneut beschleunigt und die Kreuzung erreicht hätte.«

Nicole hatte kalte Hände bekommen. »Man verdächtigt also

mich, den Schaden angerichtet zu haben. Wenn ich nichts weiter zu tun brauchte, als einen Gummischlauch zu durchtrennen ...«

»Langsam, Nicole. Bremsleitungen sind etwas anderes als ein Gartenschlauch. Sie sind mit Draht verstärkt und sehr widerstandsfähig, um mit hohem Druck fertig zu werden. Man muss schon sehr kräftig sein, um sie durchzuschneiden.«

»Wollen Sie damit sagen, dass die Polizei mich für nicht kräftig genug hält?«

»Ich sage, dass ich Sie nicht für kräftig genug halte, um so einen Schnitt anzubringen, selbst wenn ich der Meinung wäre, dass Sie auf die Idee kommen könnten, es zu tun. Ich weiß, dass Sie es nicht getan haben, Nicole.«

»Könnte es durch Zufall passiert sein?«

»Nein, die Schnittränder sind zu sauber.«

Nicole nahm einen Schluck Wein. »Ich nehme an, damit ist Roger als Verdächtiger im Mordfall Dooley und Abbott ausgeschlossen.«

»Nein, keineswegs.«

»Aber wenn derjenige, der sie umgebracht hat, nun Roger umzubringen versucht hat ...«

»Wenn es sich um die gleiche Person handelt. Die Polizei wird nicht unbedingt zu dieser Schlussfolgerung gelangen.«

Nicole seufzte. »Dann muss ich wohl doch wegen Roger den Kopf hinhalten.«

Ray beugte sich vor und sah sie ernst an. »Nicole, ich glaube sehr wohl, dass die Person, die den Polizisten und Dooley getötet hat, dieselbe ist, die Rogers Bremsen sabotiert hat. Und ich glaube, dass diese Person Paul Dominic ist. Das einzige Problem ist, dass mir konkrete Beweise dafür fehlen, dass er wieder in der Stadt oder gar am Leben ist. Und ohne Beweise kann ich nicht viel anderes tun, als Sie persönlich vor ihm und vor der Polizei zu beschützen.«

# Zwanzig

## 1

Am nächsten Morgen wachte Nicole mit einem dumpfen Kopfschmerz und leicht desorientiert auf. Sie blieb verwirrt einen Augenblick liegen, bis die Erinnerung an die Ereignisse der letzten Tage wie eine Flutwelle über sie hereinbrach: der Selbstmord ihres Vaters, die Morde, Rogers beinahe tödlicher Unfall. Und mit den Erinnerungen kam die Vorstellung von Paul. Von Paul und seinem Hund. Ray glaubte, dass er zurückgekehrt war. Sie glaubte, dass er zurückgekehrt war. Sonst niemand.

Ich muss mir Gewissheit verschaffen, dachte sie. Es mag sein, dass ich nicht herausfinden kann, ob er tatsächlich jemanden umgebracht hat, aber ich muss wissen, ob er wirklich hier ist oder ob ich mir nur eingebildet habe, seine Präsenz zu spüren, und es geschafft habe, Ray auch davon zu überzeugen.

Sie saß aufrecht im Bett und dachte nach. Sie musste mit Alicia Dominic sprechen. Wenn Paul da war, war sie die Einzige, die es wusste. Aber Rosa war nicht gewillt, Nicole ins Haus zu lassen. Und sie konnte nicht die Bastion stürmen, die Frau einfach beiseite stoßen und sich mit Gewalt Zugang verschaffen. Vielleicht war Alicia überhaupt nicht im Haus. Vielleicht war sie längst in einem Pflegeheim.

Nein, sie ist bestimmt dort drinnen, überlegte Nicole und strich sich das zerzauste Haar aus dem Gesicht. Sonst wäre Rosa nicht so entschlossen gewesen, ihr den Zugang zu verwehren. Wenn Alicia nicht da gewesen wäre, wenn Rosa nur ein leer stehendes Haus instand gehalten hätte, während ihre Herrin ihre letzten Jahre in einem Heim verbrachte, hätte sie sich nicht wie ein Wachhund aufgeführt. So konnte Nicole nur ins Haus gelangen, indem sie heimlich vorging.

Sie sah auf die Uhr. Sechs Uhr dreißig. Sehr früh, wenn man bedachte, wie schwer ihr das Einschlafen gefallen war. Früher Sonntagmorgen. Sonntag. »Die Messe!«, sagte sie laut. Nicole fiel ein, dass Paul einmal lachend gesagt hatte: »Diese Frau geht so oft in die

Messe, dass sie ein schlechtes Gewissen haben muss. Jeden Tag eine Messe. Und sonntags zwei.«

Nicole sprang aus dem Bett, duschte rasch, zog Jeans, eine Bluse und eine Jacke über und eilte völlig ungeschminkt aus dem Haus. Sie wusste nicht, ob der Streifenbeamte Befehl hatte, ihr zu folgen. Ihr war es gleichgültig. Man würde sie gewiss nicht daran hindern, Besuche zu machen, wenn ihr danach war.

Sie fuhr nach Olmos Park und hielt ein Stück hinter dem Hause Dominic am Straßenrand an. Fast eine Stunde lang saß sie rastlos im Auto, bis sie Rosa ganz in Schwarz zur Garage gehen sah. Fünf Minuten später fuhr sie in einer mindestens zehn Jahre alten dunklen Limousine davon. Nicole duckte sich auf ihrem Sitz und hoffte, dass Rosa ihr Auto nicht vom vergangenen Tag her wiedererkennen würde. Sie erkannte es offenbar nicht, denn ihr Wagen glitt vorbei bis ans Ende der Straße, bog um die Ecke und verschwand.

Nicole wartete zur Sicherheit weitere fünf Minuten. Dann stieg sie aus und eilte zum Haus. Sie konnte nicht damit rechnen, dass Paul oder Alicia an die Tür kommen würden, wenn sie klopfte. Sie musste selbst hinein gelangen, aber das hatte sie auf der Fahrt zum Hause Dominic auch schon so geplant.

Es war lange her, dass Paul ihr gesagt hatte, er habe in seiner Jugend immer einen Schlüssel unter der Urne links neben der Tür aufbewahrt. Konnte es sein, dass dieser Schlüssel immer noch dort war? Sie ging in die Knie und drückte mit aller Kraft gegen die steinerne Urne. Sie neigte sich ein wenig nach hinten, und Nicole hätte beinahe triumphierend aufgeschrien, als sie darunter den Schlüssel erblickte. Sie griff rasch danach und ließ die Urne mit einem dumpfen Laut zurückfallen.

Der Schlüssel lag kalt in ihrer Hand. Kalt und glänzend. Entweder war eine neue Kopie angefertigt worden oder das Original war erst vor kurzem gereinigt worden. »Wer das wohl gewesen sein mag?«, murmelte sie mit einem leisen Lächeln. Auf jeden Fall nicht Rosa oder Alicia.

Nicole sah sich um. Sie konnte den Streifenbeamten nirgends entdecken. Vielleicht war er ihr nicht gefolgt. Oder vielleicht wartete er nur, um zu sehen, ob sie ins Haus gehen und die Polizei zu Paul führen würde. Sie musste das Risiko eingehen.

Unter Verwendung des Schlüssels einfach durch die Vordertür einzutreten, konnte bei eventuell zuschauenden Nachbarn nicht den gleichen Verdacht erregen, als wenn sie ein unverriegeltes Fenster geöffnet hätte und dort eingestiegen wäre, überlegte sie. Sie richtete sich auf und versuchte nicht verstohlen auszusehen, als sie den Schlüssel ins Schloss steckte, die Tür aufstieß und hineinging.

Die große Eingangshalle wirkte düster, denn die Vorhänge vor den Seitenfenstern waren vorgezogen und es brannte kein Licht. Das war gewiss gefährlich, falls jemand, insbesondere eine geschwächte Alicia Dominic, die geschwungene Treppe herabzusteigen versuchte. Aber vielleicht war Alicia zu solch einer Kraftanstrengung nicht mehr fähig.

Nicole erinnerte sich an die drei Begegnungen mit ihr. Sie war an Lungenentzündung erkrankt gewesen, als Nicole mit Paul zusammen war, doch er hatte Nicole mit in ihr Schlafzimmer genommen, um sie zu besuchen. Sie hatte immer halb aufrecht in einem breiten Bett geruht, über das eine goldene Satindecke drapiert war. Sie hatte schöne, gestrickte Bettjäckchen getragen, und obwohl sie mager und blass aussah, hatte Nicole gefunden, dass Alicia die schönste Frau war, die sie je gesehen hatte: dichtes, glänzend schwarzes Haar, das über ihre Schultern gebreitet war, eine fein ziselierte Nase, ein sinnlicher Mund und große, verträumte, veilchenblaue Augen. Paul hatte ihr bis auf die Augen unglaublich ähnlich gesehen. »Die habe ich von meinem Vater geerbt«, hatte er zu ihr gesagt. »Meine Mutter behauptet, dass die Augen meines Papas bis zu dem Tag, an dem er starb, voller Elan und Kraft waren. Ich erinnere mich nicht so daran, aber er kam mir damals auch wie ein sehr alter Mann vor und benahm sich mir gegenüber immer sehr distanziert. Wahrscheinlich war er enttäuscht, dass aus mir kein Großindustrieller geworden ist, wie er einer war.«

Wie kann jemand von Paul enttäuscht sein? hatte sie gedacht. Alicia war es jedenfalls nicht. Ihre Bewunderung für ihren Sohn ließ sie in seiner Gegenwart regelrecht erglühen. Mir ist es sicher auch immer so ergangen, dachte Nicole, während sie sich anschickte, die Treppe hochzusteigen. Sie war sicher, dass sie Alicia, wenn sie überhaupt im Haus war, oben in ihrem Schlafzimmer finden würde. Roger hat mich nie zum Glühen gebracht, aber Paul schon.

Oben angekommen zögerte sie. Der »Ballsaal«, den Paul sich als Musikzimmer eingerichtet hatte, befand sich im zweiten Stock. Die

Schlafzimmer der Familie und die Gästezimmer waren im ersten untergebracht. Doch der Korridor erstreckte sich in beide Richtungen, und zahlreiche Türen gingen von ihm ab. Welche war die richtige? Nicole schloss die Augen und versuchte, sich im Detail an die Abende zu erinnern, an denen Paul sie zu seiner Mutter mitgenommen hatte. Dann öffnete sie sie wieder, blickte angestrengt in den schwach erleuchteten Korridor zu ihrer Linken und machte sich auf den Weg. Gleich darauf sah sie die Doppeltür, die zur Hauptsuite führte.

Nicole betrat den großen, düsteren Raum. Sie roch Medizin, Franzbranntwein und Menthol. Ein Fernseher an der Wand war dröhnend laut eingestellt – es lief eine religiöse Sendung. Am anderen Ende des Raums stand ein breites Bett. Nicole konnte niemanden darin entdecken.

»Mrs. Dominic?«, fragte sie mit gedämpfter Stimme. Nichts. Dann etwas lauter: »Mrs. Dominic?«

Sie hörte Bettzeug rascheln. »Wer ist da?«, fragte eine dünne Stimme. »Rosa ist es nicht.«

Nicole schlich sich näher ans Bett heran. Als sich ihre Augen ein wenig an die Dunkelheit gewöhnt hatten, sah sie eine gebrechliche Gestalt ein Stück die Bettdecke anheben. Ihr Kopf lag neben den Kissen, die in der Mitte des Betts aufgetürmt waren.

»O Gott, Sie sind von Ihren Kissen gerutscht«, sagte Nicole und eilte zu der Frau. »Haben Sie sich den Hals verrenkt?«

»Meinem Hals geht es gut und ich bin mit Absicht von den Kissen gerutscht«, sagte die schwache Stimme. »Ich hasse Religionssendungen im Fernsehen. Rosa zwingt mich immer, sie mir am Sonntagmorgen anzuschauen.«

Nicole blickte auf das Gesicht von Alicia Dominic herab. Nur der aristokratische Knochenbau war noch der gleiche. Das dichte schwarze Haar war fast vollkommen grau, die makellose Haut trocken und von feinen Fältchen durchzogen. Selbst die schönen Augen blickten trüb. Sie runzelte die Stirn, kniff angestrengt die Augen zusammen und sagte dann: »Nicole?«

Der Schock war für Nicole so groß, dass sie einen Augenblick sprachlos war. Nach einer Weile sagte sie: »Mrs. Dominic ... ich ... kann ich etwas für Sie tun?«

»Sie können mir ein Kissen unter den Kopf schieben und diesen verdammten Fernseher ausschalten. Und wie wäre es mit ein wenig Licht hier im Zimmer? Wir züchten hier schließlich keine Pilze!«

»Selbstverständlich.« Nicole hob behutsam den kleinen Kopf der Frau auf die Kissen, schaltete das Fernsehgerät aus und öffnete einen Spalt breit die Vorhänge. Sie wollte den Raum nicht mit Licht durchfluten, falls die Augen der Frau schwach waren.

Sie trat wieder ans Bett. »Mrs. Dominic …«

»Ich kann gar nicht glauben, dass Rosa Sie hereingelassen hat.«

»Das hat sie auch nicht. Ich war schon einmal da, aber sie hat mir nicht erlaubt, Sie zu sehen. Deshalb bin ich … nun ja, ich bin eingebrochen.«

Das Gesicht der Frau verzog sich, und Nicole konnte nicht feststellen, ob sie lächelte oder eine Grimasse schnitt. »Es wäre nicht das erste Mal, dass Sie sich in dieses Haus eingeschlichen haben.«

Nicole senkte die Augen. »Mrs. Dominic, wie ich vorhin schon sagen wollte: Ich bin mir nicht sicher, wie Sie über mich denken …«

»Mein Paul hat Sie geliebt.«

»Ja, früher.«

»Nein. Noch immer.«

Nicoles Herzschlag beschleunigte sich. »Noch immer?«

»Auf immer und ewig. Ich habe auch einmal so geliebt.«

»Tatsächlich? Ihren Mann?«

»Er war wesentlich älter als ich«, sagte Alicia und ihr Blick schweifte ab. »Wir haben geheiratet, als ich achtzehn war. Arthur war neunundvierzig. Er war der Geschäftspartner meines Vaters. Mein Vater hat sich diese Ehe gewünscht. Ich habe meinen Vater so geliebt.«

»Ich verstehe.«

»Arthur hat versucht, mich glücklich zu machen. Er hat mich geliebt.« Sie strahlte, zeigte gelblich verfärbte Zähne. »Und er hat mir Paul gegeben.« Sie ergriff Nicoles Hand. »War Paul nicht prachtvoll?«

»O ja«, hauchte Nicole.

»Er war mein Ein und Alles. Mein schönes Kind. So brav. So liebevoll. So begabt. Haben Sie Paul jemals Klavier spielen gehört?«

Sie verliert sich in ihren Erinnerungen, dachte Nicole, aber ihre Augen blieben geöffnet. »Ja, Mrs. Dominic, ich habe ihn spielen gehört.«

»Ein Genie, mein Junge. Ein Geschenk des Himmels. Ich habe Arthur bewundert«, fuhr Alicia geistesabwesend fort. »Ein guter Mann, ein guter Gemahl. Und mit Paul war ich glücklich. Und dann habe ich ihn kennen gelernt.«

»Ihn?«, fragte Nicole verblüfft.

»Arthur war so viel unterwegs. Ich habe Javier kennen gelernt. Er war so stattlich. Jünger als ich. Zunächst habe ich versucht, ihn fortzuschicken.«

Alicia lag eine Weile still da, während ihre Gedanken die Jahre überbrückten. »Haben Sie sich in Javier verliebt?«, hakte Nicole nach.

Alicia ließ einen Rosenkranz durch ihre dünnen Finger gleiten und ihre Augen füllten sich mit Tränen. »Ja. Und ich habe einen entsetzlichen Fehler begangen.«

Eine Affäre, ganz offensichtlich, dachte Nicole. Paul hatte ihr einmal erzählt, dass seine Mutter zutiefst religiös sei. Sie musste jahrelang unter der Affäre gelitten haben. Vielleicht waren ihre Schuldgefühle für ihre chronischen Beschwerden verantwortlich oder gar dafür, dass sie vorzeitig gealtert war.

»Gott hat mich dafür bezahlen lassen«, begann Alicia aufs Neue, und Tränen rannen ihr übers Gesicht. »Ich habe versucht, es wieder gutzumachen, aber es hat nichts genützt, weil ich weiter gelogen habe, weil ich weiter Dinge verheimlicht hatte. Er hasst mich, wissen Sie?«

»Ich dachte, Gott hasst niemanden«, sagte Nicole.

»Nicht Gott. Er hasst mich nicht. Aber er straft dennoch, wissen Sie? Ich bin bestraft worden. Er lässt niemanden ungestraft davonkommen.«

Nicole streichelte ihre Hand. »Mrs. Dominic, es tut mir Leid, dass Paul wegen Mordes angeklagt wurde und dann ... fortgegangen ist.«

»Das war nicht der Anfang. Ich bin gestraft seit Javier. Ich musste das Richtige tun. Nein, nein, das stimmt nicht. Ich habe versucht, beides zu vereinen. Darum wurde ich doppelt bestraft. Der andere ...« Sie schüttelte den Kopf. »Hätte ich etwas für ihn tun können, damit es nicht so weit kommt?«

»Mrs. Dominic, ich weiß nicht, wovon Sie reden«, sagte Nicole behutsam. »Wer ist ›der andere‹? Javier?«

»Ich kann nicht über ihn sprechen. Nein, nein, ich kann nicht über ihn sprechen, außer mit meinem Beichtvater.« Sie sah Nicole an, der sogleich auffiel, dass die trüben Augen der Frau wieder klar wurden. »Es wird Rosa nicht gefallen, wenn sie Sie hier vorfindet. Sie konnte Sie nie leiden. Ich dagegen schon.« Sie hob die Hand und berührte zart Nicoles Gesicht. »So perfekt für meinen Paul.«

Nicole schluckte schwer, versuchte ihren Kummer, ihre Schuldgefühle unter Kontrolle zu behalten. »Mrs. Dominic, ich bin gekommen, um mich mit Ihnen über Paul zu unterhalten. Ist er am Leben?«

Der Blick der Frau schweifte ab und sie leierte: »Mein Sohn ist vor vielen Jahren bei einem Autounfall ums Leben gekommen.«

»Ich weiß, dass viele Leute das annehmen, aber ich glaube, ihn gesehen zu haben. Er ist immer mit einem Hund zusammen.«

Alicia lächelte sanft. »Der Hund? Der große schwarze …« Ihre Augen wurden riesengroß, und sie redete im Tonfall eines Papageis weiter: »Mein Sohn ist vor vielen Jahren bei einem Autounfall ums Leben gekommen.«

»Ach, bitte, Mrs. Dominic«, flehte Nicole. »Ich brauche eine Antwort auf meine Fragen. Ihr Sohn kommt Sie besuchen, nicht wahr?«

»Ja, gestern Abend erst …« Die Frau unterbrach sich erneut. Sie wandte Nicole den Kopf zu und sah ihr direkt in die Augen. »Hat die Polizei Sie geschickt?«

»Nein. Die glaubt nicht, dass Paul am Leben ist. Ich bin aus freien Stücken gekommen. Alles, was Sie mir sagen, bleibt zwischen uns. Glauben Sie mir, Mrs. Dominic, Sie können mir vertrauen, auch wenn Sie mich vielleicht hassen.«

Alicias Gesicht verzog sich und nahm den gleichen undefinierbaren Ausdruck wie zuvor an. »Ich hasse Sie nicht. Ich verstehe nur nicht, was passiert ist – es ist alles nicht mehr klar. Mein Gedächtnis, wissen Sie? Aber ich erinnere mich, dass Sie gut sind. Ich sehe Güte in Ihren Augen. Ich habe sie von Anfang an gesehen.«

Nicole lächelte kläglich. »Vielen Dank, Mrs. Dominic. Sie wissen gar nicht, was mir das bedeutet. So viele Jahre war ich überzeugt, dass Sie mir die Schuld daran geben, was mit Paul passiert ist. Es tut mir Leid. Ich hatte nie die Absicht, ihm zu schaden. Lieber wäre ich gestorben, als ihm absichtlich zu schaden. Ich hatte die Situation nicht mehr unter Kontrolle. Aber ich muss jetzt die Wahrheit über Paul wissen.«

»Mein Sohn ist vor vielen Jahren …«

»Bitte hören Sie damit auf. Ich glaube schon eine ganze Weile nicht mehr, dass Paul tot ist. Ich weiß, dass er einen großen schwarzen Dobermann namens Jordan besitzt. Außerdem hat er Sie besucht, das können Sie nicht leugnen. Ich muss nur wissen, wie er über mich denkt. Hasst er mich?«

Alicia wandte den Blick ab. »Wenn ich einfach zugegeben hätte, was ich getan habe, wäre vielleicht alles anders geworden. Wir müssen unsere Sünden eingestehen, wissen Sie? Und wie jemand aufwächst, ist ja so wichtig. Ich habe bei ihm versagt und ich wurde bestraft.«

»Sie haben bei Paul versagt?«

»Bei jedem«, entgegnete Alicia gereizt. »Bei dem anderen. Er war darin verwickelt – ich habe es gewusst. Ich habe es immer gewusst.«

»Mrs. Dominic, ich weiß nicht, wovon Sie reden. Bitte erklären Sie es mir.«

Sie sah Nicole an. »Sie haben ein kleines Mädchen mit dem Namen eines Dichters.«

»Ja. Shelley.« Nicole hielt inne. »Woher wissen Sie das?«

Alicias Augen schweiften träge durch den Raum. »Lange Zeit wusste ich nichts von Paul.« Ihre Augen füllten sich wieder mit Tränen. »Man hat mir weisgemacht, er sei tot.«

»Aber nun wissen Sie, dass es nicht stimmt, richtig?«, fragte Nicole eifrig.

»Mein Sohn ist …«

»Mrs. Dominic, ich bitte Sie!«

Die Frau blickte verschüchtert drein. »Das ist es, was ich sagen soll.«

»Ich verstehe schon«, entgegnete Nicole sanft. Sie ärgerte sich, dass sie Alicia gegenüber schroff geworden war.

»Was haben Sie hier zu suchen?«

Nicole und Mrs. Dominic zuckten zusammen, als Rosa ins Zimmer gestürmt kam, mit finster gerunzelter Stirn, und den Augen voller Feindseligkeit.

Nicole stand auf. »Wie ich Ihnen gestern schon gesagt habe: Ich musste mit Mrs. Dominic sprechen.«

»Und ich habe Ihnen gesagt, dass sie keine Besucher empfängt.« Sie kniff die Augen zusammen. »Sie sind hier eingebrochen! Sie waren schon immer eine hinterlistige kleine Schlampe, die geglaubt hat, sie kann machen, was sie will. Aber diesmal kommen Sie mir nicht davon. Ich rufe die Polizei und lasse Sie wegen Einbruch verhaften!«

»Nein.« Rosa wandte sich Mrs. Dominic zu, die versuchte, sich im Bett aufzusetzen. »Sie werden die Polizei nicht rufen.«

»Diese Frau, diese Nutte, hat Ihrem Sohn das Leben ruiniert. Sie ist in Ihr Haus eingebrochen ...«

»Ja, in mein Haus«, sagte Mrs. Dominic mit Nachdruck und hörte sich fast wieder an wie vor fünfzehn Jahren, obwohl Nicole sah, wie viel Mühe es sie kostete. »Mich hat kein Gericht für unzurechnungsfähig erklärt, und Sie sind nicht mein Vormund. Ich erteile hier die Befehle, und ich sage Ihnen, dass die Polizei nicht angerufen wird.«

Rosa starrte erst sie, dann Nicole erbost an. Nicole legte ihre Hand auf die von Alicia. »Ich werde jetzt gehen, Mrs. Dominic. Vielen Dank, dass Sie mit mir gesprochen haben.«

Sie machte sich auf den Weg zur Tür, den lauten Atem Rosas, die plump und wie ein Stier gebaut war, im Nacken. Da rief Alicia ihr nach: »Nicole?« Sie drehte sich um. »Denken Sie daran, manch eine Liebe bleibt ewig bestehen.«

## 2

Während Nicole nach Hause fuhr, dachte sie über ihre Unterredung mit Mrs. Dominic nach. Die Frau hatte wahrscheinlich erst am vergangenen Abend Besuch von ihrem Sohn erhalten. Ihre Liebe zu Paul war offensichtlich uneingeschränkt. Aber wer war »der andere«, von dem sie so geringschätzig gesprochen hatte? Der geheimnisvolle Javier, der Mann, den sie geliebt und möglicherweise abgewiesen hatte?

Nicole schüttelte den Kopf. Der Besuch hatte zwei wichtige Fragen geklärt. Paul war eindeutig in San Antonio, und sie bedeutete ihm immer noch etwas. Andererseits hatte er mehr Fragen aufgeworfen, als er beantwortet hatte.

Als Nicole zu Hause ankam, war sie bestürzt, Carmens Auto an ihrer Auffahrt stehen zu sehen, und Carmen selbst saß vorn auf ihrer Veranda. Sonst freute sie sich immer, ihre Freundin zu sehen, aber an diesem Tag würde sie Carmen zahlreiche heikle Fragen stellen müssen, und der Besuch bei Alicia Dominic hatte sie bereits sehr erschöpft.

Sie holte tief Luft und rang sich ein Lächeln ab. »Guten Morgen, Carmen.«

»Du hast mich schon mal freundlicher begrüßt.« Carmen sah Nicole eindringlich ins Gesicht. »Und du siehst aus, als wärst du nicht ganz auf dem Damm.«

»Kein Make-up und zwei anstrengende Wochen.« Nicole holte ihre Schlüssel aus der Handtasche. »Warum bist du so früh schon hier?«

»Deine Mutter hat dich mehrfach anzurufen versucht. Als das nicht ging, hat sie bei mir angeklingelt.«

»Stimmt was nicht?«

»Nein. Sie hat gesagt, Shelley wollte bloß Hallo sagen. Aber als sie dich nicht erreicht haben, fing deine Mutter an, sich Sorgen zu machen. Nach dem letzten Blutbad, das hier stattgefunden hat, wollte sie nicht mit Shelley vorbeifahren, darum hat sie mich gebeten, herzukommen.«

»Tut mir Leid, Carmen. Ich komme mir vor wie ein Mühlstein, der allen zur Last fällt.«

»Das bist du nicht. Und es war für mich auch keine Last, heute Morgen herzukommen. Bobby ist mit Jill in die Kirche gegangen. Ach, übrigens, deine Mutter hat mir von Rogers Unfall erzählt.«

»Von dem er behauptet, ich hätte ihn verursacht.« Carmen blickte verständnislos drein, woran Nicole merkte, dass ihre Mutter sie nicht im Detail informiert hatte. Sie öffnete die Tür und winkte Carmen hinein. »Er glaubt, ich hätte ihm die Bremsleitung durchgeschnitten.«

»Das ist doch verrückt!«, explodierte Carmen. »Wahrscheinlich hatte er wieder getrunken.«

»Nein, hatte er nicht. Ray war gestern Abend hier und hat erzählt, dass tatsächlich eine Schnittstelle an der vorderen Leitung gefunden wurde.«

Carmen war perplex. »Du machst Witze.«

»Bestimmt nicht.«

»Also, die Polizei kann unmöglich glauben, dass du etwas mit dem Anschlag zu tun hast.«

»Ray glaubt es nicht. Was alle anderen denken, weiß ich nicht. Es ist mir auch langsam egal. Nimm doch Platz. Ich werde Kaffee aufsetzen und dann im Krankenhaus anrufen. Lisa hatte versprochen, mir gestern Abend noch Bescheid zu sagen, wie es Roger geht, aber sie hat nicht angerufen.«

»Welch eine Überraschung«, murrte Carmen und ließ sich auf der Couch nieder. »Sie ist doch sonst so zuverlässig und rücksichtsvoll.«

Während der Kaffee durchlief, rief Nicole im Krankenhaus an und erfuhr, dass Rogers Zustand stabil, er selbst jedoch nach wie vor sehr erregt sei. Als nächstes rief sie ihre Mutter an und erklärte ihr, dass sie am frühen Morgen eine Spazierfahrt unternommen habe. »Oje, du fährst in letzter Zeit aber häufig spazieren«, sagte Phyllis trocken und Nicole fiel ein, dass sie die gleiche Ausrede schon einmal benutzt hatte. Sie wechselte rasch das Thema und berichtete von Rogers Befinden. Sie sprach kurz mit Shelley, versicherte ihr, dass ihr Vater wieder gesund werden würde, und versprach, später wieder anzurufen.

Als sie aufgelegt hatte, war der Kaffee fertig. Sie stellte Tassen, Sahne und Zucker auf ein Tablett. Im letzten Augenblick legte sie noch einige Plätzchen auf eine Untertasse und stellte sie dazu. Sie hatte nicht gefrühstückt und ihr Magen knurrte.

»Und, wie geht es dem reizenden Roger?«, fragte Carmen, als Nicole das Tablett ins Wohnzimmer trug.

»Sein Zustand ist stabil.«

»Ich geh davon aus, dass du körperlich stabil meinst, nicht geistig. Lisa wird ja wohl die ganze Zeit an ihm kleben.«

»Das ist anzunehmen.« Sie wappnete sich und entschied, dass sie das Thema Lisa sofort anschneiden musste, weil sie sonst den Mut verlieren und gar nicht mehr davon anfangen würde. »Carmen, da gerade von Lisa die Rede ist: Wir haben gestern im Krankenhaus im Warteraum gesessen, während Roger operiert wurde. Wir haben uns unterhalten.«

»Das muss ja interessant gewesen sein.«

»Das war es auch. Sie hat mir erzählt, dass du sie seit ihrer Kindheit kennst.«

Carmen war dabei, Zucker in ihrem Kaffee aufzulösen. Nun hörte der Löffel abrupt zu rühren auf. »Wie bitte?«

»Sie hat erzählt, dass Bobbys Mutter sie betreut hat. So hätten sich die Familien Vega und Mervin angefreundet. Ihr zufolge war sie die ganze Zeit dort, als du mit Bobby gegangen bist, als ihr geheiratet und bei seinen Eltern gewohnt habt. Carmen, du hast doch gesagt, dass du sie nicht kennst.«

»Ich kenne sie auch nicht. Ich meine, vielleicht hat Bobbys Mutter sie betreut, aber sie war doch noch ein kleines Kind. Außerdem waren immer mehrere Kinder da. Ich habe sie nie so recht beachtet. Anfangs war ich selber jung und hab mich ausschließlich auf Bobby konzentriert. Nachdem wir geheiratet hatten, war ich schwanger, und dann ist das Baby gestorben. Ich kann mich ehrlich gesagt weder an sie noch an die anderen Kinder erinnern. Für mich waren sie bloß ein Haufen kleiner anonymer Gesichter.«

Nicole griff nach einem Plätzchen und dachte darüber nach, was Carmen gesagt hatte. Hatte sie das nicht auch zu Lisa gesagt – dass sie noch ein Kind gewesen sei, als sich Carmen im gleichen Haus wie sie aufgehalten hatte? Zweifellos hatte sich Lisas Erscheinung während der Pubertät radikal geändert. Und in ihrer Jungmädchenzeit, als Carmen mit Bobby ging, hatte sie Nicole gegenüber keines der Kinder namentlich erwähnt, die Mrs. Vega betreute.

Carmen starrte sie an. »Was ist los? Glaubst du mir etwa nicht?«

»Doch, ich glaube dir, Carmen.«

»Du klingst so komisch. Was ist sonst noch nicht in Ordnung?«

Nicole biss ein Stück Plätzchen ab, obwohl ihr Hunger verflogen war und sich ihr Magen vor Anspannung umdrehte. Sollte sie die andere Sache überhaupt ansprechen? Sie wollte Carmen nicht gegen sich aufbringen, aber sie brauchte eine Antwort auf Lisas Anschuldigungen. Sie atmete tief ein. »Lisa hat auch behauptet, dass sie nie eine Wolfsmaske gekauft hat. Du hast mir gesagt, sie hätte es getan.«

Carmen riss die Augen auf. »Aber natürlich hat sie eine gekauft! Bobby hat es mir gesagt.«

»Mir hat er gesagt, sie hätte keine gekauft.«

»Aber mir hat er gesagt, sie hätte eine gekauft. Du wirst ihn missverstanden haben.«

Nicole seufzte. »Nein, das habe ich nicht. Jemand lügt.«

Carmen stellte abrupt ihren Becher ab. »Nicole Sloan, wie kannst du es wagen! Erst beschuldigst du mich, ich hätte gelogen, als ich sagte, ich kenne Lisa nicht, dann bezichtigst du entweder Bobby oder mich, wegen der Wolfsmaske gelogen zu haben …«

»Ich sagte, jemand lügt.«

»Also, das hat sich nicht so angehört, als würdest du denken, dass es Lisa war – nach allem, was sie dir angetan hat, müsstest du inzwischen wissen, was für ein Mensch sie ist!« Carmens dunkle Augen blitzten. »Was um Himmels willen ist los mit dir? Du zweifelst an mir, deiner besten Freundin seit beinahe dreißig Jahren. Du leidest in Bezug auf Paul Dominic, der nachgewiesenermaßen ein Mörder ist, unter romantischen Zwangsvorstellungen. Und du hast für deinen Vater, einen Mann, der dich abgöttisch geliebt hat und den du angeblich angebetet hast, noch nicht eine Träne geweint.«

»Carmen ...«

»Spar dir deine Worte!« Carmen stand auf. »Ich denke, du bist auf dem besten Weg, den Verstand zu verlieren, Nicole. Du traust mir nicht? Also, ich traue dir auch nicht mehr.«

»Carmen!«

»Ich meine es ernst!« schimpfte Carmen und marschierte in Richtung Haustür. »Vielleicht hast du tatsächlich den Polizisten und Dooley umgebracht. Vielleicht hast du sogar Magaro und Zand umgebracht.«

»Carmen, ich weiß, ich habe dich verletzt, aber wie kannst du nur so etwas Grausames sagen?«, schluchzte Nicole.

»Ohne jede Mühe. Du benimmst dich so seltsam, genau wie damals, nach dem Überfall. Vielleicht liegt es daran, dass du Magaro und Zand auf einem deiner mitternächtlichen Spaziergänge um die Ecke gebracht hast.«

»Meine mitternächtlichen Spaziergänge?«

»Dein Schlafwandeln. Oder willst du etwa behaupten, du wüsstest nichts mehr davon? Das könnte dir so passen.« Carmen nahm empört ihre Handtasche an sich, die auf einem Beistelltisch lag. »Ach, zur Hölle, darauf kommt es jetzt auch nicht mehr an.«

Nicole packte ihren Arm. »Es kommt sehr wohl darauf an! Sag mir, wovon du redest, Carmen, ich bitte dich.«

»Warum sollen wir uns die Mühe machen? Du hältst mich für eine Lügnerin. Du würdest mir ja doch nicht glauben.« Sie riss sich von Nicole los, öffnete die Tür und stürmte hinaus auf die Veranda. »Ruf mich nicht an, ehe du nicht bereit bist, dich zu entschuldigen. Oder besser noch: Ruf mich erst gar nicht mehr an!«

Während Nicole zusah, wie Carmens Auto aus der Auffahrt und

dann die Straße hinunter brauste, stiegen ihr Tränen in die Augen. Wie viele Menschen mussten wohl noch aus ihrem Leben verschwinden? Den Verlust von wie vielen konnte sie noch ertragen?

## 3

Nicole lag auf der Couch und hörte Musik, als jemand an die Tür klopfte. Sie sprang auf, da sie hoffte, dass Carmen zurückgekehrt war, um den Streit von vorhin beizulegen. Doch stattdessen stand Lisa Mervin vor der Tür. Nicole war so überrascht, dass sie stumm blieb.

»Dachte ich es mir doch, dass Sie überglücklich sein würden, mich zu sehen«, witzelte Lisa bissig. »Roger will, dass ich Shelley hinbringe, um ihn zu besuchen.«

»Ach ja?«, konterte Nicole, die ihre Stimme wiedergefunden hatte. »Sie ist nicht da.«

Lisa zuckte die Achseln. »Ich hab ihm gleich gesagt, dass Sie sie nicht mitkommen lassen.«

»Lisa, sie ist wirklich nicht da. Wenn sie allerdings da wäre, würde ich sie selbst zu ihren Vater bringen. Ich würde sie Ihnen nicht überlassen.«

»Hören Sie, mir ist es so oder so egal«, knurrte Lisa. »Ich tu nur, was Roger mir sagt.«

Sie wandte sich zum Gehen. »Lisa, warten Sie. Wollen Sie nicht hereinkommen? Ich möchte mit Ihnen reden.«

Lisa sah sich nach ihr um. »Sie möchten mit mir reden? Worüber denn? Darüber, wie Sie Roger die Bremsleitung durchgeschnitten haben?«

»Ich hab ihm nicht die Bremsleitung durchgeschnitten«, entgegnete Nicole müde. »Ich weiß nicht warum, aber ich habe das Gefühl, dass Sie mir glauben.« Lisa starrte sie nur an, doch Nicole wusste, dass sie Recht hatte. Sie hielt die Tür auf. »Bitte kommen Sie herein.«

Lisa holte tief Luft, sodass ihre großen Brüste ihren hautengen Pullover dehnten, und trat ein. »Nettes Haus«, murmelte sie.

»Danke. Bitte setzen Sie sich. Die Couch und der Sessel gehören Roger.«

Lisa betrachtete die braunen Ungetüme, und zum ersten Mal breitete sich das Gespenst eines Lächelns auf ihrem Gesicht aus. »Mensch. Der Inbegriff von hässlich. Ich kann mir gar nicht vorstellen, dass er solche Möbel kauft.«

»Er muss da wohl gerade einen LSD-Flashback gehabt haben«, sagte Nicole trocken.

Lisa lachte laut heraus. »Miguel hat mir schon erzählt, dass Sie Humor haben.«

»Sie sind mit Miguel befreundet?«

»Er geht mit meiner Freundin Susan.« Sie wirkte nervös. »Warum fragen Sie nach Miguel?«

»Aus keinem bestimmten Grund«, log Nicole. Lisas Nervosität sprach Bände. Sie fühlte sich mindestens zu Miguel hingezogen.

»Worüber wollten Sie mit mir reden?«

»Über Carmen. Sie war vorhin hier. Sie schwört, dass sie Sie nicht kannte – dass sie noch nicht einmal Ihren Namen gewusst hat, als ihre Schwiegermutter Sie betreut hat. Außerdem schwört sie, dass Bobby ihr gesagt hat, Sie hätten bei ihm die Wolfsmaske gekauft.«

»Haben Sie Bobby nach der Maske gefragt?«

»Ja.«

»Und er sagt, dass ich sie nicht gekauft habe, stimmt's?«

»Nun ja«, bestätigte Nicole widerstrebend.

Lisa schob sich das lange Haar hinter die Ohren und blickte gelangweilt um sich. »Nicole, ich habe Ihnen schon mal gesagt, dass ich die Maske nicht gekauft habe. Ich habe Ihnen auch gesagt, dass Carmen lügt. Ich denke, sie spinnt. Es würde mich nicht überraschen, wenn sie es gewesen wäre, die mit der Maske vorm Gesicht bei Ihnen zum Fenster reingeschaut hat.«

»Lisa, das ist doch lächerlich! Wie käme sie dazu?«

»Was weiß ich? Um Sie als Verrückte dastehen zu lassen.«

»Genau das hat sie Roger angelastet.«

»Also, auf jeden Fall hat er nicht seine eigene Bremsleitung durchgeschnitten. Und wie steht es mit diesen Morden damals? Sie wissen schon, an den Typen, die Sie vergewaltigt hatten?«

Nicole sah sie erschüttert an. »Magaro und Zand?«

»Ja. Bobbys Mutter hat gesagt, dass Bobby Carmen wahrscheinlich nicht geheiratet hätte, wenn sich die Band nicht aufgelöst hätte, und das, obwohl sie schwanger war. Ohne Ritchie Zand gab es keine

Band mehr. Zands Tod kam für Carmen genau zum richtigen Zeitpunkt, finden Sie nicht auch?«

Nicole wich entsetzt zurück. »Lisa, mein Gott, Sie glauben, Carmen hat Magaro und Zand umgebracht?«

Lisa stand auf. »Das ist nur eine Theorie, eine Theorie, auf die Sie bestimmt keinen zweiten Gedanken verschwenden werden, weil sie von mir kam. Aber Carmen ist höllisch eifersüchtig auf Sie. Seit ewigen Zeiten.«

»Das glaube ich nicht«, sagte Nicole überzeugt.

»Glauben Sie, was Sie wollen. Roger sagt, dass Sie nie sehen, was direkt vor Ihnen ist. Und was soll ich ihm wegen Shelley sagen?«

»Weswegen?«, fragte Nicole verständnislos.

Lisa seufzte übertrieben. »Bringen Sie sie zu Besuch zu ihm? Deshalb war ich hergekommen, erinnern Sie sich nicht?«

»Doch, ich erinnere mich. Sagen Sie ihm, ich bringe sie morgen vorbei.«

»Okay, aber er wird ganz schön wütend sein.«

Lisa sagte nicht Auf Wiedersehen, Nicole auch nicht. Sie saß reglos auf der Couch, nachdem Lisa fort war, und sagte sich immer wieder Lisas Worte vor: *Zands Tod kam für Carmen genau zum richtigen Zeitpunkt, finden Sie nicht auch?*

# Einundzwanzig

## 1

Nicole schob wie eine Wilde den Staubsauger durchs Wohnzimmer. Sie stieß einen leisen Schrei aus, als auf einmal die Haustür aufging und sie das Gesicht eines Mannes erblickte. Dann erst wurde ihr klar, dass es sich um Ray handelte.

Sie schaltete den Staubsauger aus und rief: »Schon mal was von Anklopfen gehört? Sie haben mich fast zu Tode erschreckt!«

Ray hob abwehrend die Hände. »Verzeihung! Ich habe, glaube ich, fünfmal geklopft.«

»Nein, Sie müssen mir verzeihen«, sagte Nicole, als sie die Fassung wiedergewann.

»Die Tür war nicht abgeschlossen. Es ist keine gute Idee, dass Sie sich so bloßstellen, solange jemand hinter Ihnen her ist.«

Nicole fuhr sich mit der Hand über die Stirn. »Das war verdammt töricht von mir. Meine einzige Entschuldigung ist, dass mich mein letzter Gast sehr aufgeregt hat.«

»Roger kann es ja wohl nicht gewesen sein.«

»Nein, es war sein süßes kleines Ding, Lisa Mervin. Nehmen Sie doch Platz. Ich hole Ihnen etwas zu trinken.«

Ray trat auf sie zu und legte ihr die Hände auf die Schultern. »Nein, setzen Sie sich erst einmal hin. Ich besorge Ihnen etwas zu trinken. Ich weiß, wo der Kühlschrank ist.«

Nicole blickte lächelnd in seine dunklen Augen. »Danke. Eistee. Die Gläser sind …«

»Ich weiß, wo sie sind.«

Nicole sank auf die Couch und legte die Beine auf den Couchtisch – so etwas wäre im Haus ihrer Mutter undenkbar gewesen. Sie betrachtete die Fische, die in schöner Ausgeglichenheit dahinschwammen. Shelley hatte jedem einen Namen gegeben, aber im Augenblick fiel Nicole nur die Hälfte ein.

»Da wären wir«, sagte Ray und kam mit zwei hohen Gläsern zurück. Er setzte sich mit ungefähr dreißig Zentimeter Abstand neben sie auf die Couch. »Warum war Lisa da? Hat sie Sie angefleht, ihr Roger wieder abzunehmen?«

Nicole brachte ein schiefes Lächeln zustande. »Das weiß sogar sie, dass sie ihn an mich unmöglich abtreten könnte. Nein, Roger wollte Shelley sehen und hat von mir erwartet, dass ich sie für den Nachmittag an Lisa abgebe. Ich habe ihr gesagt, dass ich dazu nicht bereit bin, selbst wenn Shelley da wäre.«

»Das muss ein kurzer Besuch gewesen sein.«

»Nicht so kurz, wie man erwarten dürfte. Ich hatte Ihnen doch gesagt, dass sie behauptet hat, Carmen würde sie kennen und sie habe nie eine Wolfsmaske gekauft. Nun ja, bevor Lisa kam, war Carmen hier und ich habe sie danach gefragt.«

»O nein«, sagte Ray. »Kein Wunder, dass Sie heute so deprimiert aussehen. Ich kann mir Carmens Reaktion vorstellen.«

»Sie war erst einmal empört. Und dann hat sie diese Tirade vom Stapel gelassen, dass ich mich komisch aufführe und dass ich um meinen toten Vater noch kein einziges Mal geweint habe. Und am Schluss hat sie mir an den Kopf geworfen, dass es sie nicht überraschen würde, wenn ich den Polizeibeamten Abbott und Izzy Dooley umgebracht hätte, oder gar Magaro und Zand.«

Ray sah verblüfft aus. »Das alles hat sie gesagt?«

»Ja. Sehr laut, sehr zornig.«

»Himmel!« Ray schüttelte den Kopf. »Ich kann ja verstehen, dass Ihre Fragen sie verletzt haben, aber gleich so zu reagieren!«

»Das habe ich auch gedacht. Und in Anbetracht dessen, was Lisa heute Nachmittag gesagt hat, halte ich es für eine verdächtige Überreaktion.«

»Was wollen Sie damit sagen?«

»Carmen war schwanger, als sie und Bobby geheiratet haben. Lisa hat gesagt, wenn die Band, in der Bobby war, die *Zanti Misfits*, weiterbestanden hätte, dann hätte er Carmen nicht geheiratet, ohne Rücksicht darauf, ob sie schwanger war oder nicht. Wäre Ritchie Zand nicht ums Leben gekommen, hätte sich die Band nicht aufgelöst. Lisa hat gesagt, dass Zands Tod für Carmen genau rechtzeitig kam.«

Ray drehte sein Glas in den Händen und sah zu, wie sich die Eiswürfel bewegten. »Sie unterstellt mit anderen Worten, dass Carmen Zand und Magaro getötet hat?«

»Ja.«
»Unsinn.«
»Sie denken, das ist ausgeschlossen?«
»Sie etwa nicht?« Ray sah sie eindringlich an. »Nicole, ich bin überrascht. Sie ist doch Ihre beste Freundin.«
»Ich weiß, das hört sich schrecklich an, aber angesichts ihrer Reaktion – ganz zu schweigen davon, was sie zu mir gesagt hat ... also, ich glaube, ich bin bloß beleidigt.«
Ray ergriff ihre Hand. »Ich weiß. Aber was kann Carmen mit dem Tod von Abbott und Dooley zu tun haben? Dominic ist der Schuldige, Nicole. Vor fünfzehn Jahren genau wie heute.«
Das aber glaubte Nicole nach wie vor nicht. Sie antwortete ausweichend: »Sie hat mich vor allem damit beleidigt, dass sie durchblicken ließ, dass sie mich im Verdacht hat. Sie hat davon gesprochen, dass ich Anfälle von Schlafwandeln hätte.«
Ray zog die Brauen hoch. »Was?«
»Davon ist mir nichts bekannt. Aber sie hat behauptet, ich hätte es nach der Vergewaltigung getan. Sie hat behauptet, ich könnte Zand und Magaro im Schlaf getötet haben. Und ich habe seit rund einer Woche so seltsame Träume, in denen ich Magaro und Zand reden höre, *nachdem* sie vom Vorwurf der Vergewaltigung freigesprochen worden sind. Ich bin im Traum immer in Basin Park, in der Nähe der Stelle, wo ich vergewaltigt wurde.«
Ray sah sie unentwegt an. »Nicole, Ihre Hand zittert. Um Gottes willen: Glauben Sie wirklich, dass Sie vor fünfzehn Jahren diese Typen umgebracht und an einem Baum aufgeknüpft haben? Glauben Sie, dass Sie Dooley und Abbot getötet haben? Oder dass Sie Roger die Bremsleitung durchgeschnitten haben?«
»Nein, aber die Träume ...«
»Sehen Sie jemanden in ihren Träumen außer Magaro und Zand?«
»Nein. Ich bekomme noch nicht einmal die beiden deutlich zu sehen. Ich höre nur ihre Stimmen.«
»Und Sie sind in Basin Park, wo man Sie vergewaltigt hat. Ist es etwa nicht einsichtig, dass Sie von diesem Ort träumen?«
»Nach so langer Zeit?«
»Nach allem, was passiert ist. Ihr Mann hat Sie verlassen. Ihr Vater hat sich das Leben genommen. Sie werden von Dominic verfolgt,

der in Wahrheit Magaro und Zand umgebracht hat. So haben die Träume angefangen. Stress und unliebsame Erinnerungen an die Vergangenheit.«

»Ich weiß nicht recht, Ray«, sagte Nicole zweifelnd.

»Hören Sie, ich bin heute eigentlich gekommen, um Ihnen etwas mitzuteilen, das Sie erleichtern wird.«

»Gut. Ich habe Erleichterung nötig.«

»Wie es scheint, haben sich an dem Abend, als er im Gefängnis saß, an dem Abend, als seine Bremsleitung durchgeschnitten wurde, ein paar Jugendliche in der Nähe von Rogers Parkplatz herumgetrieben. Zwei davon behaupten, sie hätten jemand gesehen, der sich an einem Ford Explorer zu schaffen machte. Roger ist der einzige Mieter mit einem Explorer.«

»Haben sie sich den Betreffenden genau angesehen?«

»Nein. Jedenfalls nicht das Gesicht. Auch über die Körpergröße herrscht Uneinigkeit. Ein Zeuge sagt, der Typ sei ungefähr einen Meter fünfundsiebzig groß, der andere meint, er müsste mindestens ein Meter achtzig gewesen sein. Aber beide sind sich einig, dass er langes dunkles Haar hatte und eine dicke Jacke getragen hat.«

Nicole schluckte. »Langes dunkles Haar?«

»Ja. Die Beschreibung stimmt mit der von dem Mann überein, der sich mit Abbott am Streifenwagen unterhielt, bevor er erschossen wurde. Es handelt sich natürlich um Dominic.«

»Möglich. Aber vergessen Sie nicht, dass Miguel Perez auch langes dunkles Haar hat.«

»Nicole, es liegt nichts Nachteiliges über Perez vor. Noch nicht einmal ein Strafzettel.«

»Okay. Haben diese Jugendlichen gesagt, dass sie gesehen haben, wie er sich an Rogers Wagen zu schaffen gemacht hat?«

»Er lag neben dem Auto auf Händen und Knien. Die Polizei nimmt ihre Aussage ernst.«

»Aber einen Beweis, dass dieser Typ etwas mit der Bremsleitung angestellt hat, gibt es nach wie vor nicht, oder? Ich meine Fingerabdrücke oder dergleichen.«

»Nein.«

»Meine Unschuld ist also immer noch nicht nachgewiesen, weder der Polizei noch mir selbst gegenüber«, sagte Nicole bekümmert.

Ray, der weiter ihre Hand umfangen hielt, drückte sie. »Nicole, Sie sind eine schöne, sanfte, gütige Frau. Sie sind keine Mörderin.«

»Glauben Sie das wirklich?«, fragte sie mit tonloser Stimme.

»Ich weiß es.« Ray beugte sich näher heran. »Ich weiß, dass Sie nie jemandem etwas zuleide tun würden.«

Sie blickten einander an. Rays Gesicht war dem ihren so nahe, dass sie seinen warmen Atem auf ihrem Gesicht spürte. Sie hatte das Bedürfnis, sich ebenfalls vorzubeugen, sich von ihm halten und küssen und trösten zu lassen, wie er es – davon war sie überzeugt – gern getan hätte. Doch etwas hielt sie davon ab, eine tiefsitzende, irrationale Zurückhaltung verhinderte, dass sie Ray näher an sich heranließ.

»Ich habe furchtbaren Hunger«, sagte sie unvermittelt. »Möchten Sie ein Sandwich mit Thunfischsalat oder lieber etwas Anspruchsvolleres?«

Sie bemerkte die Enttäuschung, die sich flüchtig auf Rays Gesicht abzeichnete. »Ein Thunfischsandwich wäre mir recht.«

## 2

Am Abend dieses Tages spähte Nicole ein dutzend Mal aus dem Fenster und fragte sich, ob sie Jordan zu sehen bekommen würde, doch der große Hund ließ sich nirgends blicken. Sie überlegte, ob sie ihre Mutter anrufen sollte, um festzustellen, wie es Shelley ging, fürchtete jedoch, dass Phyllis einen neuen Anlauf unternehmen würde, sie zum Umzug in ihr Haus zu bewegen. Und Carmen konnte sie auf keinen Fall anrufen.

Sie erwog, Ray anzurufen, verwarf den Gedanken aber wieder. Er hatte beim Essen einen irgendwie unglücklichen Eindruck gemacht, und sie wusste, dass es daran lag, dass sie ihn quasi zurückgewiesen hatte, als sie zuvor auf der Couch gesessen hatten. Ihr eigenes Verhalten gab ihr nach wie vor Rätsel auf. Sie fühlte sich zu Ray hingezogen, und er war bestimmt freundlich und sanft mit ihr umgegangen, hatte sich im turbulenten Verlauf der Ereignisse immer wieder für sie eingesetzt. Aber sie war einfach noch nicht bereit für einen neuen Mann in ihrem Leben. Außerdem fühlte sie sich schuldig, weil sie ihm nicht von ihrem Besuch bei Alicia Dominic erzählt hatte. Sie hatte der Frau ihr Ehrenwort gegeben, dass die Unterredung vertraulich bleiben würde, und sie hatte vor, ihr Versprechen zu halten. Alica hatte ihr nichts erzählt, was sie und Ray nicht schon wussten –, nämlich dass Paul in der Stadt war. Und die Enthüllung, dass sie eine Affäre gehabt hatte, stand in keinem Zusammenhang mit dem Fall.

Gegen zehn Uhr blätterte Nicole erneut das Jahrbuch durch, das Carmen zurückgelassen hatte. Sie wandte sich dem Bild von der Inszenierung der Theater-AG zu, auf dem sie die Kapuzen trugen. Hätten ihre Namen nicht unter dem Foto gestanden, hätte sie nicht gewusst, welche der drei Kapuzen tragenden Hexen sie gewesen war. Dann schaute sie näher hin und erkannte ein Paar Schuhe wieder, das sie auf der High School besessen hatte. Und Carmen war sehr viel größer als sie und das andere Mädchen. Sie war nur wenig kleiner als der Junge, der einen der Richter darstellte.

So viel größer. Und schwerer war sie inzwischen auch als damals. Nicole dachte an Rays Beschreibung der Person, die in der Nähe von Rogers Auto gesehen worden war, am selben Abend, als man seine Bremsleitung durchgeschnitten hatte. Langes dunkles Haar, eine bauschige Jacke und zwischen eins fünfundsiebzig und eins achtzig groß. Carmen war einen Meter fünfundsiebzig groß und musste noch größer wirken, wenn sie Schuhe mit Absätzen trug. Ray hatte ihr außerdem erzählt, dass Newton Wingate eine hoch gewachsene, dunkelhaarige Person beobachtet hatte, die sich in der Mordnacht mit dem jungen Streifenbeamten Abbott unterhielt. Und was hatte es mit dem Eindringling mit der Wolfsmaske auf sich? Carmen behauptete, Bobby habe gesagt, dass er Lisa eine davon verkauft habe. Sowohl Lisa als auch Bobby stritten das ab. Dagegen hatte Carmen, darauf hatte Lisa hingewiesen, jederzeit Zugang zu den Masken. Lisa hatte außerdem behauptet, Carmen sei immer eifersüchtig auf sie gewesen und habe möglicherweise das Bedürfnis, sie als geisteskrank hinzustellen.

Aber warum sollte Carmen das Bedürfnis haben, sie als geisteskrank hinzustellen? Nicole beugte sich etwas vor, stützte den Kopf in die Hände und dachte scharf nach. Konnte es daran liegen, dass Nicole wieder in San Antonio war und behauptete, Paul Dominic sei ebenfalls da? Selbst Ray glaubte inzwischen, dass er da war. Carmen dagegen, die sonst so aufgeschlossen war, lehnte die Vorstellung rundheraus ab. Hatte sie Angst, dass Paul, wenn sich ihm die Gelegenheit bot, seine Unschuld beweisen könnte? Was hatte Carmen zu verlieren, wenn sich herausstellte, dass er es konnte?

Nicole hob ruckartig den Kopf: Alles, wenn der Fall neu aufgerollt wurde und, wie Lisa unterstellte, Carmen selbst Magaro und Zand umgebracht hatte.

Was aber wäre, wenn der Fall beim jetzigen Stand der Dinge neu eröffnet würde? dachte Nicole. Wen würde sich die Polizei als Erstes vorknöpfen? Carmen? Natürlich nicht. Sie würde sich auf eine labile Frau konzentrieren, deren Feinde schlimme Unfälle erlitten oder ermordet wurden.

Bei dem Gedanken drehte sich ihr der Magen um. Carmen? Carmen, die so lange ihre Freundin gewesen war? Konnte sie sich ein so kompliziertes, teuflisches Komplott ausgedacht haben? Nein, das war unmöglich. Carmen mochte Bobby Vega hörig sein, mochte versessen darauf gewesen sein, ihn zu heiraten. Aber es war ihr nicht zuzutrauen, dass sie deshalb Magaro und Zand umbringen würde, von Abbott und Izzy Dooley ganz zu schweigen.

Ich bin müde, dachte sie, so müde, dass ich sogar Lisa Mervins Theorien glaubhaft finde. Wenn das kein Anzeichen eines überlasteten Gehirns ist, dann weiß ich auch nicht.

Vollkommen erschöpft schenkte Nicole sich ein Glas warme Milch ein, sah nach den Türen und Fenstern und ging dann ins Bett. Sie stopfte sich mehrere Kissen in den Rücken, da sie vorhatte, zu lesen, doch wenige Minuten später war ihr Kopf schon zur Seite gesunken.

Es war Nacht. Eine warme Brise wehte ihr das helle Gewand aus seidigem Stoff um die Beine. Sie ging durchs Gebüsch, das jedes Mal an ihrem Gewand zerrte, wenn es sich an einem Ast verfing.

Stimmen drangen an ihr Ohr. »Die hat geglaubt, sie hätte uns überlistet«, sagte Magaro.

»Hat sie auch beinahe.«

»Nein, hat sie nicht. Es wär besser gewesen, wenn wir sie umgebracht hätten, wie ich es wollte, aber sie konnte uns auch so nichts anhaben. Ich hab zu viele Freunde, Mann. Ich hab dir doch gesagt, dass ich uns ein Alibi beschaffe.« Ihre Hand schloss sich um einen metallischen Gegenstand. Er lag ihr perfekt in der Hand. Er gab ihr ein Gefühl der Macht.

Inzwischen war sie den Stimmen näher. »Am Schlagzeug sollte ich sitzen.«

»Vega sitzt am Schlagzeug.«

»Wirf ihn raus, sonst passiert ihm vielleicht noch was Schreckliches, was Schrecklicheres als dem Mädchen. Sie hat es zumindest überlebt, obwohl ich ihr immer noch gern dieses Messer in die Kehle stoßen würde, weil sie uns solche Schwierigkeiten gemacht hat.«

Und dann war ein Knirschen im Gras zu hören. Jemand näherte sich den beiden Männern, jemand, der hoch gewachsen war, jemand, den sie nicht deutlich erkennen konnte. Ihre Finger umklammerten den Gegenstand in ihrer Hand …

Nicole setzte sich ruckartig im Bett auf und atmete so heftig ein, dass es wehtat. Sie zitterte am ganzen Leib und spürte den Schweiß, der ihr die Schläfen hinabrann.

Ein Traum, sagte sie sich. Ray hatte gesagt, er sei nicht überrascht, dass sie nach allem, was ihr in den letzten Wochen passiert war, von Basin Park, von Zand und Magaro träumte …

Aber hier geht es nicht um die Vergewaltigung, erinnerte sie sich. Noch nicht einmal um dieselbe Nacht.

»Vielleicht hast du Magaro und Zand bei einem deiner mitternächtlichen Spaziergänge umgebracht«, hatte Carmen erst an diesem Morgen zu ihr gesagt. O Gott, dachte Nicole. Im Traum hatte sie etwas in der Hand gehalten. Konnte es sich um eine Pistole gehandelt haben?

Sie warf einen Blick auf die Uhr neben ihrem Bett. Viertel nach elf. Sehr spät, um noch ihre Mutter anzurufen, aber sie musste sich Gewissheit verschaffen.

Phyllis' Stimme klang, als sie sich meldete, munter und hellwach. »Nicole! Weißt du eigentlich, wie spät es ist?« Noch ehe Nicole Zeit fand, zu antworten, rief Phyllis: »O mein Gott, was ist denn jetzt wieder vorgefallen?«

»Nichts, Mama«, sagte Nicole. »Ich hoffe, ich habe Shelley nicht geweckt, aber ich muss dich etwas fragen.«

»Das Telefon in deinem alten Zimmer, wo Shelley schläft, hat eine andere Nummer.«

»Das hatte ich ganz vergessen«, hauchte Nicole. »Habe ich dich etwa geweckt?«

»Nein. Ich habe gelesen. Also, worum geht es?«

»Somnambulismus. Mama, bin ich nach dem Überfall damals geschlafwandelt?«

Es trat eine kurze Pause ein. »Wie kommst du darauf?«

»Carmen hat es behauptet.«

»Ach so.« Wieder eine kurze Pause. »Ja, Nicole, du bist im Schlaf gewandelt.«

»Wie lange?«

Phyllis holte tief Luft. »Also, der Überfall war im Februar. Ich glaube, du hast im Mai damit aufgehört.«

»Bin ich nur im Haus herumgewandert oder auch außerhalb?«

»Überwiegend drinnen, aber ein paar Mal warst du wohl auch draußen. Deine Füße und Beine waren schmutzig und zerkratzt. Aber du konntest dich nie an etwas erinnern.«

»Ich verstehe«, sagte Nicole bedächtig. »Hatte ich jemals Zugang zu einer Pistole?«

»Natürlich nicht. Dein Vater hat Schusswaffen verabscheut.«

»Er hat selber eine benutzt.«

»Er war krank«, entgegnete Phyllis mit schmerzerfüllter Stimme. »Außerdem hat er eine Waffe benutzt, die er erst kurz zuvor gekauft hatte. Er hat weder im Laden noch im Haus eine aufbewahrt.«

Nicole wäre froh gewesen, wenn sie sich jetzt besser gefühlt hätte, doch es gelang ihr nicht. »Mama, erinnerst du dich an die Nacht, in der Magaro und Zand ermordet wurden?«

»Nicole!« Phyllis' Stimme bekam einen nervösen Klang. »Diese Fragen sind sehr beunruhigend. Worauf willst du hinaus?«

»Ich möchte Bescheid wissen, Mama. War ich damals zur Operation in der plastischen Chirurgie? Und sage jetzt bloß nicht, du wüsstest es nicht mehr. Wenn du das sagst, sehe ich in den Unterlagen des Krankenhauses nach.«

Phyllis seufzte. »Droh mir nicht, Nicole. Du brauchst nicht in irgendwelchen Unterlagen nachzusehen. Du warst damals noch nicht operiert worden. Du warst zu Hause.«

»Bist du sicher?«

»Ja, weil ich versucht habe, die Zeitung vor dir zu verstecken, aber du hast in den Morgennachrichten einen Bericht über die Morde gesehen. Du hast dich sehr aufgeregt, und ich musste den Arzt rufen. Er hat dir ein Beruhigungsmittel verschrieben. Dann war die Polizei hier. Es war schrecklich.«

»Ich erinnere mich jetzt wieder, dass ich zu Hause war. Bin ich in der fraglichen Nacht geschlafwandelt? In der Mordnacht?«

Phyllis' Stimme verhärtete sich. »Nicole, ich verstehe wirklich nicht, warum dir das so wichtig ist. Ist das nach so langer Zeit nicht völlig egal?«

»Es ist nicht egal, Mama. Du musst mir glauben. Nun sage es mir.«

»Na gut. Du bist in der Nacht nicht schlafgewandelt.«

»Bist du sicher?«

»Absolut«, antwortete Phyllis.

Aber Nicole hörte den Zweifel in ihrer Stimme.

# Zweiundzwanzig

## 1

»Für heute hatte ich Sie gebeten, Melvilles *Bartleby the Scrivener* zu lesen«, begann Nicole, als sie vor den Studenten des Seminars über bedeutende amerikanische Schriftsteller stand. »Welchen Eindruck hatten Sie von Bartleby?«

»Ich finde, er war eine dumme Nuss«, meldete sich ein Student aus den vorderen Reihen.

»Falsch, er hat Nüsse verspeist«, konterte ein anderer. Das ganze Seminar brach in stürmisches Gelächter aus.

Nicole, die sonst nichts gegen ein wenig Spaß im Unterricht hatte, war ungewöhnlich verärgert. »Das war sehr scharfsinnig«, sagte sie bissig. »Hat jemand eine genauere Analyse der Figur auf Lager?«

Die Studenten spürten ihre Verstimmung und verstummten. Sie wartete. Sie sah Miguel an, auf den sie sich normalerweise verlassen konnte, wenn es darum ging, einen vernünftigen Kommentar abzugeben, doch er starrte unbewegt in sein Buch, und war offensichtlich entschlossen, ihr nicht zu antworten.

»Na gut«, sagte Nicole mit erzwungener Geduld. »Fangen wir mit etwas Leichterem an. Was ist ein Schreiber?« Das Schweigen zog sich hin. Schließlich versuchte es ein schüchternes Mädchen in der letzten Reihe stockend mit einer Antwort.

Nicole schaffte es bis zuletzt nicht, das Seminar in Schwung zu bringen, und als sie mit schleppenden Schritten in ihr Büro zurückging, gab sie sich selbst die Schuld. Wenn Studenten spürten, dass es dem Lehrer an Enthusiasmus mangelte, reagierten sie entsprechend. Dabei habe ich die Geschichte gern gelesen, dachte sie. Aber bei all dem anderen Zeug, das mir durch den Sinn geht, fällt es mir schwer, mich für den armen Bartleby zu erwärmen.

Im Büro angekommen rief sie ihre Mutter an. »Geht es dir denn heute besser?«, erkundigte sich Phyllis.

»Ja. Entschuldige bitte, dass ich dich gestern Abend gestört habe. Ich muss dir wie eine Irre vorgekommen sein.«

»Meine Tochter kann gar niemandem wie eine Irre vorkommen.«

Wenn nur alle so denken würden, überlegte Nicole. »Mama, Roger möchte Shelley sehen. Er hat gestern Nachmittag Lisa vorbeigeschickt, um sie zu holen.«

»Na, der hat vielleicht Nerven!«

»Das fand ich auch. Aber er hat das Recht, sie zu sehen. Ich habe Lisa versprochen, Shelley heute Abend ins Krankenhaus zu bringen.«

»Das wirst du gefälligst bleiben lassen«, sagte Phyllis streng. »Ich will nicht, dass du mit diesem Mann weiteren Umgang hast. Ich will auch nicht, dass Shelley mit ihm Umgang hat, aber er hat wie gesagt gewisse Rechte. Ich werde sie hinbringen.«

»Ach, Mama, das kann ich nicht von dir verlangen.«

»Ich will es so. Lass mich ausnahmsweise einmal gewähren, Nicole. Schließlich hast du dann die Gewissheit, dass Roger in meiner Gegenwart nicht gewalttätig wird oder sich widerwärtig aufführt. Er hat sich von mir noch immer einschüchtern lassen.«

»Es war mir nicht klar, dass du das wusstest!«

»Natürlich weiß ich es. Und ich habe das immer sorgfältig kultiviert. Irgendwie habe ich immer geahnt, dass er sich eines Tages in einen Mann verwandeln würde, der in seine Schranken verwiesen werden muss.«

Nicole lachte. »Du hast ihn besser durchschaut als ich.«

Nach kurzem Schweigen meinte Phyllis: »Nicole, du hast dir immer große Mühe gegeben, das Gute in den Menschen zu sehen. Manchmal habe ich das Gefühl, dass du das Böse nicht erkennen würdest, selbst wenn es dir geradewegs ins Gesicht schaut.«

Nicole sagte nichts. War sie unfähig gewesen, es in Paul zu sehen? In Carmen? Sollten sich ihre Befürchtungen darüber bestätigen, was sie im Schlaf getan hatte, war es vielleicht sogar möglich, dass sie es jedes Mal übersah, wenn sie in den Spiegel blickte.

# 2

Im Anschluss an ihre Seminare, von denen keines wesentlich besser gelaufen war als das erste, eilte Nicole in die Universitätsbibliothek. Mit Hilfe eines der dort bereitgestellten Computer suchte sie nach Artikeln über Nachtwandler. Als sie einen gefunden hatte, der vielversprechend aussah, begann sie ihn auszudrucken.

»Haben Sie alles gefunden, was Sie brauchen?«, fragte eine Bibliothekarin.

Nicole verkrampfte sich, gepackt von dem irrationalen Gefühl, dass die Frau, wenn sie das Thema des Artikels zu sehen bekam, der durch den Drucker lief, wissen könnte, wozu Nicole ihn haben wollte. »Ich komme schon zurecht, danke«, sagte sie mit angestrengter Stimme.

»Wenn Sie Hilfe brauchen, sagen Sie Bescheid.«

»Ich unterrichte hier. Ich weiß, wie man die Bibliothek benutzt.« Die Frau wirkte leicht gekränkt. »Vielen Dank für Ihre Hilfe, aber ich glaube, ich habe genau das gefunden, wonach ich gesucht habe.«

»Na, prima«, murmelte die Frau und wandte sich ab.

Nicole schämte sich, die Frau angefahren zu haben, doch ihre Nerven waren bis zum Äußersten gespannt. Nachdem der Drucker endlich aufgehört hatte, zu rattern, sammelte sie hastig die Seiten des Artikels ein, stopfte sie in ihre Aktentasche und verließ die Bibliothek.

Sie hatte fast ihr Auto erreicht, als sie Avis Simon-Smith auf ihren alten braunen Mercedes zugehen sah. »Avis!«, rief sie.

Die Frau blieb stehen und drehte sich nach ihr um. Der Parkplatz war voller Studenten. Einige blickten hoch, als Nicole Avis erreicht hatte. »Bin ich froh, dass ich Sie noch erwischt habe«, sagte Nicole ein wenig atemlos von ihrem Sprint auf hohen Absätzen. Avis sah sie ausdruckslos an. Ihre weite Hose flatterte um ihre mageren Beine. Ihr kurzes, zu stark dauergewelltes Haar sah so trocken aus wie Gestrüpp. »Ich möchte mich für mein Benehmen neulich entschuldigen.«

»Sie meinen, als Sie mir ins Gesicht gelacht haben?«, fragte Avis kalt.

»Ich habe nicht über Sie gelacht, Avis.«

»Ach, wirklich? Was Sie nicht sagen.«

»Nein, ehrlich, Avis. Ich sage Ihnen die Wahrheit.« Oder wenigstens einen Teil davon, dachte Nicole. »Ich habe in letzter Zeit so unter Druck gestanden – der Freitod meines Vaters, die Morde. Ich bin sicher, ich muss Ihnen nicht erklären, was derart große Anspannung einem Menschen antun kann.«

Eine von Avis' spärlichen Augenbrauen hob sich. »Wie kommen Sie darauf, dass Sie mir nicht erklären müssten, was es heißt, sich wie eine Verrückte zu benehmen? Ich benehme mich nicht wie eine Verrückte.«

Das läuft aber nicht gut, dachte Nicole. Sie war müde. Ihre Aktentasche schien auf einmal eine Tonne zu wiegen, und die beiden Bücher, die sie unter den rechten Arm geklemmt hatte, verursachten einen Krampf. »Avis, ich wollte damit nicht sagen, dass Sie sich wie eine Verrückte benehmen. Ich habe lediglich gemeint, Sie müssten sich vorstellen können, wie sich die jüngsten Ereignisse in meinem Leben auf mich ausgewirkt haben. Ich bin sehr nervös. Wenn ich nervös bin, neige ich dazu, über nichts und wieder nichts zu lachen.«

»Sie scheinen tatsächlich eine Pechsträhne zu haben, aber das gibt Ihnen noch lange nicht das Recht, ihre Launen an mir auszulassen. Sie finden mich komisch.«

Nicole blinzelte sie überrascht an. »Avis ...«

»Halten Sie den Mund! Lassen Sie mich ausreden. Sie finden mich komisch, weil ich über fünfzig bin, weil ich nach nichts aussehe und man mich allgemein für eine Niete hält.«

»Avis, ich halte Sie nicht für eine Niete ...«

»O doch, das tun Sie. Aber lassen Sie mich Ihnen eines sagen.« Avis trat näher an sie heran. Ihre eingefallenen Augen wirkten im hellen Sonnenlicht noch ausgehöhlter. »Ich habe ein Buch geschrieben – Sie nicht. Ich bin seit Jahren als Dozentin tätig – Sie nicht. Ich habe mit Hunderten von Menschen bei Literaturkonferenzen gesprochen – Sie nicht. Und nun will ich Ihnen sagen, was ich nie getan habe, Sie aber schon – ich habe noch nie einen Mann an einen pausbäckigen Engel verloren, dessen IQ niedriger ist als sein Brustumfang.«

Zorn durchflutete Nicole. »Das liegt wahrscheinlich daran, dass Sie noch nie einen Mann zu verlieren hatten!«

Avis' Augen verengten sich, aus ihrem Blick sprach der pure Hass.

Dann streckte sie plötzlich die Arme aus, legte beide Hände auf Nicoles Schultern und stieß sie von sich weg. Nicole taumelte rückwärts. Sie hätte sich wieder gefangen, wenn nicht ihr hoher Absatz auf einem Kieselstein gelandet wäre. So fiel sie der Länge nach hin und landete, ehe sie es sich versah, auf dem Parkplatz. Ihre Brieftasche und die Bücher waren um sie herum verstreut.

Während Avis zu ihrem Wagen stolzierte, wurde Nicole von Studenten umringt. »Alles in Ordnung, Dr. Chandler?«, fragten sie. »Sind Sie verletzt? Jedermann weiß, dass sie spinnt, aber wie konnte sie so etwas tun?«

Insgesamt unverletzt, aber peinlich berührt zog Nicole ihren Rock herunter, der ihr bis zu den Hüften hochgerutscht war, und rieb sich die Ellbogen, die bei dem Sturz das meiste abgekriegt hatten. »Es ist alles in Ordnung, wirklich«, versicherte sie den Studenten mit hochrotem Kopf. »Mensch, was für eine Szene. Soweit die Kunst, sich Freunde zu machen. Könnte mir wohl jemand aufhelfen?«

Aber während sich immer neue Studenten um Nicole scharten, ihr tröstende Worte zuraunten und ihre Hilfe anboten, blieb Miguel Perez unbewegt in zehn Meter Entfernung stehen. Sein böser Blick folgte dem Mercedes von Avis Simon-Smith, als er vom Parkplatz fuhr.

# Dreiundzwanzig

## 1

Zwei Stunden, nachdem Nicole nach Hause zurückgekehrt war, fühlte sie sich ein wenig entspannter, aber sehr müde – so müde, dass sie befürchtete, nie wieder zu Kräften zu kommen. Wie schön wäre es, wenn jetzt Semesterferien wären, dachte sie. Wie schön wäre es, wenn das alles nicht passiert wäre.

Als das Telefon klingelte, lag sie auf der Couch. Sie war in einen seidenen Morgenmantel gehüllt, denn ihr Körper war so wund und schwach vor Erschöpfung, dass sie keine schwereren Kleidungsstücke mehr ertragen konnte. Nun stöhnte sie und ging an den Apparat.

»Und wie geht es Ihnen heute?«, fragte Ray.

»Ich habe abgeschürfte Ellbogen und ein mitgenommenes Ego.« Nicole schilderte ihre Begegnung mit Avis. »Wenigstens haben wir heute Nachmittag auf dem Unigelände für ein wenig Unterhaltung gesorgt.«

»Es hört sich so an, als hätte die Frau psychiatrische Betreuung nötig. Außerdem hätte sie es verdient, wegen tätlicher Beleidigung angeklagt zu werden. Sie haben sicher eine Menge Zeugen.«

»Sie wollen mich dazu bringen, dass ich in einer Woche gegen zwei Menschen Anzeige erstatte?« Nicole lachte. »Ich glaube nicht, dass ich dem gewachsen bin, obwohl ich mir langsam vorkomme wie ein Punchingball. Es ist, als hätte ich ein großes Schild mit der Aufschrift SCHLAG MICH umhängen.«

»Es tut mir Leid, dass das passiert ist«, sagte Ray mitfühlend. »Ich nehme nicht an, dass Sie heute Abend Lust auf ein geruhsames Abendessen haben.»

»Nein, danke, eher nicht. Ich muss mich noch auf die Seminare morgen vorbereiten und dann wollte ich früh ins Bett.«

»Bestimmt ein guter Plan. Aber dürfte ich wohl in nächster Zukunft einen Platz in Ihrem Terminkalender reservieren, für ein nettes Abendessen im Tower of the Americas?«

»Ach, Ray, da bin ich seit Jahren nicht mehr gewesen! Schrecklich gern. Aber sagten Sie nicht, Sie dürfen nicht mit Verdächtigen verkehren? Da herrscht doch immer Hochbetrieb.«

»In ein paar Wochen wird die Angelegenheit bestimmt abgeschlossen sein.«

»Ihr Wort in Gottes Ohr.«

»Ich habe einen direkten Draht. Wir sind also verabredet, ja?«

»Ja. Unbedingt.«

»Großartig«, sagte Ray enthusiastisch. »Ich halte Sie diese Woche weiter über den Fall auf dem Laufenden. Achten Sie darauf, immer alle Türen und Fenster geschlossen zu halten und rufen Sie mich an, wann immer Sie mich brauchen. Und versuchen Sie, sich keine Sorgen mehr zu machen und heute Nacht einmal richtig zu schlafen.«

»Wird gemacht, Sir. Bis bald, Ray.«

Was für ein netter Mann, dachte Nicole. Ganz anders als sein Partner, dieser Waters. Und gut sieht er auch noch aus. Ich habe großes Glück, dass er diesen Fall bearbeitet. Was für ein Glück, dass ich ihm begegnet bin.

Sie lächelte, ging zum Kühlschrank und schenkte sich ein Glas Orangensaft ein. Sie hatte nicht zu Abend gegessen, und der Gedanke an Essen reizte sie auch jetzt nicht, obwohl sie seit dem Frühstück nichts mehr zu sich genommen hatte und wusste, dass sie ein paar Pfund zunehmen musste. Der kalte, säuerliche Saft schmeckte dagegen köstlich, und sie schenkte sich noch ein hohes Glas ein, um es mit zurück ins Wohnzimmer zu nehmen.

Nicole nahm auf der Couch Platz und stellte ihre Aktentasche neben sich. Am folgenden Tag stand das spannende Seminar Komposition I auf dem Stundenplan, das nie ein Problem darstellte. Allerdings musste sie für das Seminar Kreatives Schreiben noch einmal durchlesen, wie man glaubwürdige Figuren schafft. Sie öffnete ihre Aktentasche und suchte zunächst die Seite mit kurzen Notizen, die sie sich zu diesem Thema bereits gemacht hatte. Dann fiel ihr Blick auf die gefalteten Seiten des Artikels über Schlafwandeln. Sie griff sofort nach dem Artikel.

Zwanzig Minuten später hatte sie begriffen, dass Schlafwandeln unter den Oberbegriff Parasomnia fiel, der auch Angstzustände, Bettnässen und Albträume umfasst. Außerdem erfuhr sie, dass es typischerweise im dritten und vierten Schlafstadium, also nicht während der REM-Phase auftritt und bei Kindern häufiger ist als bei Erwachsenen. Jeder Vorfall kann zwischen dreißig Sekunden und dreißig Minuten dauern, manchmal auch länger.

Als sie am Ende des Artikels angekommen war, schlug ihr Herz auf einmal schneller. Dort nämlich stand, dass sich Schlafwandler an ihre nächtlichen Handlungen, die oft von strapaziösen oder traumatischen Ereignissen ausgelöst wurden, selten erinnern. Nicole beugte sich vor und las mit zitternden Händen den letzten Satz des Artikels laut vor: »Schlafwandler fügen während ihrer Trauma anderen oft schwere oder gar tödliche Verletzungen zu.«

Sie blickte vor sich hin. »Sie sind dazu fähig, anderen schwere oder gar tödliche Verletzungen beizubringen«, wiederholte sie tonlos. Verletzungen wie Schüsse in den Kopf?

## 2

Nicole wusste nicht, wie lange sie mit dem Artikel in der Hand so dagesessen hatte, als das Telefon klingelte. Es war ihre Mutter, die erzählte, dass sie Shelley zu Besuch bei Roger vorbeigebracht hatte. »Er sieht furchtbar aus, aber die Krankenschwestern sagen, es geht ihm gut. Er schien mir total ernüchtert, als ich an deiner Stelle hereingekommen bin«, berichtete Phyllis hochzufrieden. »Ich glaube, er hatte sich eine beachtliche Tirade zurechtgelegt. Aber mein Anblick hat ihm gleich den Wind aus den großspurigen Segeln genommen.«

Nicole lachte. »Mama, du bist einmalig.«

»Das geht dir jetzt erst auf?« So nahe dran war ihre Mutter noch nie gewesen, einen Witz zu reißen, und Nicole war zu überrascht, um etwas zu erwidern. »Deine Tochter möchte dich sprechen.«

»Wunderbar«, sagte Nicole. »Und Mama, danke, dass du sie mir abgenommen und zu Roger gebracht hast.«

»Nichts zu danken.«

Einen Augenblick später drang die muntere Stimme ihrer Tochter an ihr Ohr. »Hallo, Mami! Wir waren Papa besuchen.«

»Großmama hat es mir schon erzählt. Wie geht es ihm?«

»Ziemlich mies. Er hat überall Verbände und hat sich irre beschwert. Die Krankenschwestern haben gesagt, dass er der schlimmste Patient ist, den sie je da hatten.« Shelley kicherte. »Ich glaube, die werden alle froh sein, wenn er wieder nach Hause darf.«

»Dann ist er Lisas Problem.«

»Die war nicht da, Mami. Mich hat es gefreut, aber das war ein Grund, warum Papa so griesgrämig war.«

»Vielleicht hat sie bloß ein wenig Zeit für sich gebraucht.« Oder vielleicht hatte sie eine Verabredung, dachte Nicole. Wenn die Katze bettlägerig ist, tanzen die Mäuse. Aber mit wem?

»Niemand sonst ist ihn besuchen gekommen. Es hat nur eine Vase mit Blumen dagestanden. Ich hab dir ja schon gesagt, dass seine Freunde ihn nicht mehr ausstehen können.«

»Na, wenigstens hat er dich zu sehen bekommen, Schatz. Ich bin sicher, dass ihm das mehr bedeutet hat als ein Dutzend Vasen voller Blumen.«

Nach dem Anruf kehrten Nicoles Gedanken augenblicklich zu dem Artikel zurück, und sie entschied, dass sie einen Drink nötig hatte. Fünf Minuten später saß sie wieder auf der Couch, den Artikel zu ihren Füßen auf dem Boden ausgebreitet, ein Glas Wodka Tonic in der Hand.

O Gott, hat Carmen wirklich Recht? fragte sie sich. Konnte es sein, dass sie Magaro und Zand getötet hatte? Auf jeden Fall hatte sie ein traumatisches Erlebnis gehabt – die brutale Vergewaltigung und die Schläge hatten vermutlich die nächtlichen Störungen ausgelöst. Basin Park, das war weniger als einen Kilometer von ihrem Elternhaus entfernt. In dem Artikel stand, dass die Phasen meist kurz waren, aber sie hätte nicht lange gebraucht, um nach Basin Park und wieder zurück zu kommen, selbst wenn sie zu Fuß gegangen wäre. Und die Kapuzen. Ihre Mutter hatte gesagt, sie hätte zwei angefertigt und wüsste nicht, was aus ihnen geworden war. »Ich vielleicht schon, Mama«, sagte Nicole und nahm einen Schluck von ihrem Drink. »Vielleicht sind sie auf den Köpfen von Magaro und Zand gelandet.«

Ich kann sie nicht getötet haben, dachte sie. Ich kann es unmöglich getan haben. Und dennoch wollte ihr der Klang ihrer Stimmen nicht aus dem Kopf gehen, als sie unter der Überführung gesessen hatten.

Nicole hielt sich die Ohren zu. »Vielleicht habe ich sie nicht getötet«, klagte sie. »Aber ich war in der Nacht, in der sie ermordet wurden, ebenfalls dort. Ich weiß es. Ich war dort.«

# 3

Avis schenkte sich ein weiteres Glas Burgunder ein, wollte mit dem vollen Glas die Küche verlassen, hielt jedoch inne. »Ach, was soll's?«, murmelte sie und machte kehrt, um die Flasche zu holen. Mit der halb leeren Flasche und dem Glas ging sie den langen Flur entlang zum »Salon«. So wurde dieser riesengroße, mit wertvollen, aber verstaubten Antiquitäten eingerichtete Raum genannt, der in texanischen Winternächten sehr, sehr kalt war. Als Kind hatte sie den Raum nie benutzen dürfen. Aber seit ihre Eltern tot waren und das Haus ihr gehörte, bereitete es ihr großes Vergnügen, dort zu essen und zu trinken, wohl wissend, dass ihre Mutter und ihr Vater über ihr unkultiviertes Benehmen entsetzt gewesen wären.

Ihr Vater war ein bekannter Anwalt jener Sorte gewesen, die Schauprozesse übernimmt, und mit seiner schönen jungen Frau immer durchs Land gereist. Sie waren ein blendend aussehendes Paar gewesen, unglaublich stolz auf ihren ebenso blendend aussehenden Sohn John und ungeheuer enttäuscht von ihrer unscheinbaren, gescheiten, ungelenken Tochter. Avis hatte ihre ganze Kindheit hindurch vergeblich versucht, sich ihre Liebe zu verdienen, die jedoch ausschließlich John galt. Als Avis siebzehn Jahre alt war, kam ihr Bruder in Vietnam ums Leben, als er an einer dummen, unbesonnenen Aktion teilnahm, die ihre Eltern, wenn auch nicht die Army, als »heroisch« bezeichneten. Nachdem John tot war, rechnete Avis fest damit, dass ihre Eltern von nun an einen Teil ihrer Liebe ihr zukommen lassen würden, schon gar, wenn sie sich durch etwas auszeichnete. Aber selbst ihr Harvard-Abschluss als promovierte Anglistin hatte nicht zum Erfolg geführt. Auch nicht die Publikation ihres hervorragend besprochenen Buchs über Samuel Johnson, von dem sie noch nie etwas gehört hatten. Und als Avis nach dem plötzlichen Tod ihres Vaters durch Herzinfarkt ihre Stelle an der angesehenen Brown University in Rhode Island aufgegeben hatte, um zu einer Mutter heimzukehren, die sich ständig darüber beklagte, wie einsam sie doch sei, hatte sich auch nichts geändert: Es schien ihrer schönen Mutter geradezu wehzutun, Avis überhaupt ins Gesicht zu sehen, das früh gealtert war, sodass sie mit dreiunddreißig schon gute zehn Jahre älter aussah.

Avis blickte zum Porträt ihrer Mutter über dem Kaminsims auf. Es war gemalt worden, als sie einundzwanzig war, ein Jahr nach ihrer Hochzeit. Sie hatte blondes Haar, strahlend blaue Augen, hohe Wangenknochen und eine Porzellanhaut. Avis fand, dass sie Nicole Chandler bemerkenswert ähnlich sah. Nicole hätte ihre Tochter werden müssen, dachte Avis erbittert. Auf Nicole wäre sie stolz gewesen.

Avis biss die Zähne zusammen. Sie hob ihr Glas vor dem Porträt. »Auf dein Wohl, Mutter«, knurrte sie. »Und auf das deiner Tochter im Geiste, die dir so ähnlich sieht und sich so ähnlich wie du benimmt.« Avis kicherte. »Hingestreckt auf dem Parkplatz hat sie heute allerdings nicht mehr so schön ausgesehen.«

Sie stürzte den Wein hinunter, verschluckte sich und brach dann in Gelächter aus, als sie daran dachte, wie Nicole mit bis zu den Hüften hochgerutschtem Rock auf dem Asphalt gelegen hatte. Dann fiel ihr ein, dass die Studenten herbeigeeilt waren, um ihr zu helfen, dass sie besorgt dreingeblickt hatten und dass jemand sie als Spinnerin bezeichnet hatte. Ihr Gelächter erstarb. Diesen Leuten war es egal, dass Avis einst als brillante junge Wissenschaftlerin gegolten hatte, dass sie Artikel geschrieben hatte und ein Buch, dass sie soeben ein zweites Buch über Alexander Pope fertig gestellt hatte, das in ihren Augen von zentraler Bedeutung war. Selbst die Idioten bei den akademischen Verlagen, bei denen sie das Manuskript eingereicht hatte, behaupteten, es sei unzusammenhängend formuliert und die an Pope geäußerte Kritik sei unhaltbar. »Als könnten die unhaltbare Kritik erkennen, wenn man sie ihnen direkt vor die Nase hält!«, sagte sie in den leeren Raum hinein. »Die können etwas so Anspruchsvolles wie mein Werk einfach nicht akzeptieren. Sie verstehen es nicht.«

Der Gedanke an das so oft abgelehnte Manuskript verschlechterte ihre Laune. Sie leerte ihr Glas und füllte es erneut bis zum Rand. Dann wandte sie sich an das Porträt. »Ja, Mutter, ich weiß, dass man das Glas nicht zu voll schenken soll, aber wen schert das? Es ist niemand hier, der meinen Verstoß gegen die Etikette sieht. Es ist nie jemand hier. Nie.«

Tränen stiegen ihr in die Augen. Wie lange war es her, dass sie sich in angenehmer Gesellschaft befunden hatte? Früher waren immer Nancy Silver und ihr Mann gekommen, aber die hatten sie nun schon seit über einem Jahr nicht mehr besucht. Ihre wenigen anderen Freunde hatten schon lange davor das Weite gesucht. Und Männer? Vor mehreren Jahren hatte es einen Mann gegeben, einen gut aussehenden, sensiblen Mann, der mit ihr ausländische Filme angeschaut, sich mit ihr über Literatur unterhalten hatte, ja sogar im großen Speisezimmer, das seit dem Tod ihres Vaters nicht mehr benutzt worden war, mit ihrer Mutter und ihr zu Abend gegessen hatte.

Als sie dann eines heißen Sommerabends im Salon saßen, hatte Avis all ihren Mut zusammengenommen. Sie hatte seine Hand genommen, sie an ihre Lippen gehoben, um sie zu küssen, und hatte ihm tief und bedeutungsvoll in die dunklen Augen geblickt. Er war errötet, hatte die Augen abgewandt und ihr stockend mitgeteilt, dass er zwar tiefe Zuneigung zu ihr empfinde, nun jedoch befürchten müsse, sie könne nicht erkannt haben, dass er schwul war.

Ihre Mutter hatte gelacht, als Avis am nächsten Tag beim Essen in Tränen ausgebrochen war und es ihr anvertraut hatte. »Soll das heißen, du wusstest nicht, dass er schwul ist?«, hatte sie ungläubig gefragt.

»Woran hätte ich das erkennen sollen?«, hatte Avis verwirrt gefragt.

Ihre Mutter hatte den Kopf geschüttelt. »Avis, glaubst du wirklich, dass ein so gut aussehender heterosexueller Mann so viel Zeit auf dich verschwenden würde?«

Avis war aufgesprungen und hatte im Gehen ihren Stuhl umgekippt. Zwei Tage später war ihre Mutter mit gebrochenem Genick am Fuß der Treppe aufgefunden worden. Ihr Tod wurde als Unfall behandelt, aber Avis wusste, dass die Polizei einen bestimmten Verdacht hatte.

Sie verdrängte rasch die Vorstellung, wie ihre Mutter am Boden liegend mit glasigen Augen zu ihr hochgestarrt hatte. Noch im Tode hatte Avis geglaubt, darin Enttäuschung, wenn nicht gar Abscheu zu entdecken. Danach hatte das Haus ihr allein gehört, und sie hatte einiges verändert. Sie hatte die Schlafzimmer ihrer Eltern und das von John abgeschlossen und benutzte das obere Stockwerk so gut wie gar nicht mehr. Sie hatte der Haushälterin gekündigt. Als Nächstes hatte sie den Schlüssel zum Weinkeller an sich genommen und sich fortan all die guten Jahrgänge gegönnt, die ihre Mutter für Besuch aufgehoben hatte. Was machte das schon? Es kam kaum noch

Besuch und es gab niemanden, dem sie das Haus und seine Schätze, darunter auch den Weinkeller, hätte vererben können. Einst hatte Avis vorgehabt, es Nancy Silver zu hinterlassen, aber dann hatte sie vor drei Monaten ihr Testament geändert und alles der Wohlfahrt vermacht.

Sie nahm noch einen Schluck Wein und schob eine CD in das tragbare Gerät, das sie im Zimmer aufgestellt hatte. Kurz bevor Händels *Wassermusik* zu spielen begann, glaubte sie hinten am Haus Glas klirren zu hören. Sie legte den Kopf schief, doch die Musik übertönte alle weiteren Geräusche. War vermutlich nichts, dachte sie. Sie hatte seit drei Tagen nicht mehr Geschirr gespült. Vielleicht war eines der Gläser, die sich im Spülbecken stapelten, umgefallen und zerbrochen.

Avis trank ihr Glas aus und schenkte sich den Rest der Flasche ein. »Was soll's, der Abend ist jung und es warten noch viele andere Flaschen.« Sie stellte das Glas auf ein staubiges Sheraton-Tischchen und reichte einem stattlichen, aber unsichtbaren Bewunderer die Hand. »Ja, Sir, selbstverständlich möchte ich mit Ihnen tanzen.« Sie setzte zu einer kunstvollen Gavotte an, kokettierte nach Kräften mit ihrem imaginären Geliebten. Sie stellte sich vor, dass sie ein Ballkleid aus lavendelfarbenem Satin trug und das dichte blonde Haar hochfrisiert hatte. Ihr üppiger Busen quoll aus dem tiefen Ausschnitt ihres Kleides und alle Männer verlangten nach ihr, alle Frauen waren neidisch.

Sie stolperte, wäre beinahe hingefallen und kicherte laut. Der Raum schien sich zu bewegen. »Bitte verzeihen Sie mir, Sir, ich fürchte, mir ist vom Tanzen ganz schwindelig«, sagte sie zu ihrem eingebildeten Tanzpartner.

Während eines Streichersatzes wurde die Musik leiser und da hörte sie es. Ein dumpfes Geräusch. Dann noch eines und noch eines. In der Nähe der Treppe. Auf der Treppe. Auf der Treppe, wo ihre Mutter gestorben war.

Das affektierte Lächeln auf Avis' schmalen Lippen verblasste. Sie stand einen Augenblick still. Schließlich trat sie vom Salon auf den Flur. Sie schaltete abends nie viele Lampen ein, hauptsächlich deshalb, weil die Glühbirnen ausgebrannt waren und sie sich nicht die Mühe gemacht hatte, sie zu ersetzen. Das traf auch auf den Kristalllüster im Flur zu, der vor zwei Jahren aufgehört hatte, zu glitzern und zu funkeln. Sie schlief im Erdgeschoss, darum war das einzige Licht auf der Treppe jenes, das aus dem Salon drang. Sie tastete sich vorwärts, versuchte zu erkennen, was da unten auf der Treppe lag, und kniff die Augen zusammen. Sie schlich näher heran. War das ein Körper? War das …

»Mutter!«, schrie sie. »Mutter, ich hab es nicht so gemeint! Ich war nur so wütend. Du hast über mich gelacht. Du hast behauptet, ich sei komisch! Und ich habe dich gestoßen …«

Avis kreischte auf. Sie erbleichte, ihre Augen in den tiefen Höhlen wirkten riesengroß und brennend. Sie wich langsam, entsetzt vor dem Fremdkörper am Fuß der Treppe, zurück. Du bist betrunken, dachte sie mit einer brutalen Klarheit, die sie sich sonst nur selten gestattete. Du halluzinierst. Mutter ist seit vier Jahren tot. Tot und begraben. Sie konnte nicht ein zweites Mal mit gebrochenen Gliedern am unteren Ende der Treppe liegen.

Avis wich weiter zurück, beinahe schnatternd vor Angst und Schuldbewusstsein und Schock, doch da stieß sie mit jemandem zusammen. Anstatt sich umzuschauen, erstarrte sie, denn sie fürchtete, wenn sie sich umdrehte, das Gesicht ihrer Mutter zu sehen.

Flöten, Oboen, Fagotte und Streicher erklangen im Salon. »Hast du dich erschreckt?«, fragte eine Stimme an ihrem Ohr.

Avis öffnete den Mund, brachte jedoch keinen Laut heraus. Wenn ich nur etwas sagen könnte, dachte sie. Wenn ich nur ein Wort sagen könnte, wäre es vorbei mit dieser Halluzination. Ein Wort …

Ein Arm legte sich um ihre Taille und riss sie rückwärts an einen Körper, der sich unnatürlich warm anfühlte. »Hast du geglaubt, deine Mama würde unten an der Treppe liegen? Hast du noch einmal den Augenblick erlebt, in dem du sie gestoßen hast, genau wie du heute Nicole Chandler gestoßen hast? Du hast alles durcheinander gebracht, nicht wahr, Avis? Du hast geglaubt, Nicole wäre deine Mutter.«

»Nein, nein, das hab ich nicht«, flüsterte Avis verzweifelt. »Ich wollte sie nicht stoßen.«

»Wen? Deine Mutter? Oder Nicole?«

»Nicole.«

Die Pistole presste sich an ihren Schädel, als wolle sie ihr ein Loch in die Schläfe bohren. »Lügnerin.«

»Okay. Nur einen Augenblick lang. Sie sehen sich so ähnlich. Ich wollte ihr nichts zuleide tun. Ich würde ihr niemals etwas zuleide tun. Ich würde nie jemandem etwas zuleide tun.«

»Lügnerin!«

Avis atmete jetzt stoßweise. »Na gut. Ich kann sie nicht leiden. Aber sie lacht über mich.«

»Wer? Nicole oder deine Mutter?«

»Ich weiß nicht. Beide.«

»Kein Wunder. Du bist lächerlich.«

»Ja, ja, Sie haben völlig Recht«, keuchte Avis. Der Flur begann sich um sie zu drehen. Zu viel Wein und zu wenig Luft in den Lungen. »Es tut mir Leid. Ich will es nicht wieder tun.«

»Da hast du verdammt Recht. Du wirst es nicht wieder tun. Du wirst weder Nicole noch sonst jemandem wehtun«, knirschte die Stimme. Der Arm rutschte hoch, legte sich um ihren Hals, sodass sie überhaupt nicht mehr atmen konnte. Ihr wurde schwarz vor Augen, obwohl Avis wusste, dass sie noch am Leben war. Sie versuchte die Hände zu bewegen, den um ihren Hals gelegten Arm zu fassen, doch sie war gelähmt vor Angst. Sie wusste, was kommen würde, und sehnte sich danach, in Ohnmacht zu fallen. Doch sie war in ihrem Leben noch nie in Ohnmacht gefallen. »Du wirst nie wieder jemandem wehtun.«

Selbst wenn die Pistole keinen Schalldämpfer gehabt hätte, wäre der Schuss über dem aufbrausenden, triumphalen, von Trompeten getragenen Finale von Avis' Lieblingskomposition nicht zu hören gewesen.

# Vierundzwanzig

## 1

Nicole verließ ihr Büro, bog im Flur um eine Ecke und wäre fast mit Nancy Silver zusammengestoßen, die sie besorgt ansah. »Was ist denn?«, fragte Nicole.

»Avis ist heute nicht zum Unterricht erschienen. Sie hat nicht angerufen. Niemand kann sie erreichen. Ich bin sogar bei ihr vorbeigefahren. Ihr Auto ist da, aber sie ist nicht an die Tür gekommen. Deshalb bin ich erst einmal hierher zurückgekehrt.« Nancy runzelte die Stirn. »Nicole, ich habe gehört, was Avis Ihnen gestern auf dem Parkplatz angetan hat. Hat sie Sie vielleicht angerufen oder ist gestern Abend persönlich zu Ihnen gekommen, um sich zu entschuldigen?«

Nicole wollte sagen, dass es Avis ihrer Meinung nach kein bisschen Leid tat, was sie getan hatte. Aber dann wurde ihr klar, dass Nancys echte Besorgnis keine sarkastische Antwort verdient hatte. »Nein, Nancy, ich habe sie seit gestern Nachmittag weder gesehen noch mit ihr gesprochen. Aber sie war ziemlich schlecht gelaunt.«

»Ich weiß, es geht mich nichts an«, sagte Nancy zögernd, »aber ich habe mir überlegt ...«

»Worüber wir gestritten haben? Neulich war Avis bei mir im Büro, und ich habe zu lachen angefangen. Ich war in letzter Zeit sehr unter Druck, und Sie wissen, wie eigenartig sie sich manchmal benimmt. Sie hat etwas getan, das ich komisch fand. Es war unentschuldbar von mir zu lachen, und sie war furchtbar gekränkt. Gestern auf dem Parkplatz habe ich versucht, ihr meine Gefühlslage zu erklären und mich zu entschuldigen, aber sie wollte nichts davon hören. Sie hat eine bissige Bemerkung darüber gemacht, dass mich mein Mann verlassen hat. Ich habe mich hinreißen lassen und mit einer Beleidigung geantwortet, woraufhin sie mich gestoßen hat.«

»O Gott, Nicole, das tut mir Leid.«

»Es ist nicht Ihre Schuld. Außerdem ist mir nichts passiert und es geschah mir ganz recht.«

»Seien Sie nicht albern. Ich bin seit langem mit Avis befreundet. Ich habe erlebt, wie sie sich im Lauf der Jahre dramatisch verändert hat. Mein Mann und ich haben aufgehört, sie zu Hause zu besuchen, weil sie uns offen gestanden längst nicht mehr geheuer ist. Er hält es für möglich, dass sie ihre Mutter umgebracht hat ...«

»Ihre Mutter umgebracht!«, platzte Nicole heraus.

Nancys dunkle Augen trübten sich. »Sie haben wohl nie was davon gehört? Also, ich habe immer geglaubt, dass es ein Unfall war. Aber nach dem Tod ihrer Mutter war sie nicht mehr nur exzentrisch, sondern wurde richtig seltsam, und niemand weiß besser als ich, dass sie einen dazu provozieren kann, Dinge zu sagen, die man sonst nie sagen würde. Dass Sie auf ihre Beschimpfungen reagiert haben, gibt ihr noch lange nicht das Recht, Sie umzustoßen. Ich fürchte, sie wird ihre Stellung verlieren.«

Nicole war ernsthaft bestürzt. »Doch nicht wegen eines einzelnen dummen Vorfalls! Sie hat mich noch nicht einmal zu Boden gestoßen. Sie hat mich nur geschubst, und ich habe das Gleichgewicht verloren. Gütiger Himmel, wenn ich geglaubt hätte, sie könnte meinetwegen entlassen werden ...«

»Nicht nur Ihretwegen. Der Vorfall gestern hat nur das Fass zum Überlaufen gebracht, nachdem sie sich vier Jahre lang danebenbenommen und mit ihren furchtbaren Kommentaren Studenten und Lehrer vor den Kopf gestoßen hat. Man hat sich hier sehr um sie bemüht, ihr jede Chance gegeben.« Nancy biss sich auf die Lippen. »Ich fürchte, ihr wird klar geworden sein, dass sie ihre Stellung hier verliert, und sich etwas angetan haben. Schließlich ist dieser Job alles, was ihr geblieben ist.«

»Kommen Sie mit in mein Büro, Nancy«, sagte Nicole eifrig. »Ich habe einen Freund bei der Polizei. Ich werde ihn anrufen und sehen, was er tun kann, damit Avis so schnell wie möglich gefunden wird.«

## 2

»Ray, das ist eine Aufgabe für die Uniformierten, nicht für uns«, sagte Cy, als sie in nördlicher Richtung davonfuhren.

»Normalerweise wäre ich ganz deiner Meinung, aber ich glaube, dass das Verschwinden der Frau etwas mit dem Fall Chandler zu tun hat.«

»Die Verbindung mit dem Fall besteht darin, dass Nicole Chandler angerufen und dich gebeten hat, nach dem Rechten zu sehen. Und du bist gesprungen wie ein Hündchen an der Leine.«

»Sie besteht darin, dass diese Frau Dozentin im selben Fachbereich wie Nicole ist. Gestern hat sie auf dem Parkplatz einen Wutanfall bekommen und Nicole zu Boden gestoßen.« Er warf Cy einen Blick zu. »Und wir wissen beide, was mit Leuten passiert, die Nicole Chandler Schaden zufügen.«

»Sie schaltet sie aus oder versucht es zumindest.«

Ray versteifte sich. »Das ist eine Vermutung.«

Cy lachte. »Komm von deinem hohen Ross runter, Ray. Ich weiß, was du für sie empfindest. Deshalb brauchst du mich. Ich sehe die Lage objektiver.«

»Für mich hört es sich an, als hättest du dich längst entschieden.«

»Ich hab mir so meine Gedanken gemacht«, sagte Cy, ohne sich festzulegen. »Fürs Erste jagen wir aber einem Phantom nach, zwei Beamte der Mordkommission auf der Suche nach einer Frau, die heute Morgen nicht zum Dienst erschienen ist. Der Lieutenant wird begeistert sein.«

»Der Lieutenant braucht nichts davon zu erfahren, falls wir nicht fündig werden.«

Cy versank in tiefes Schweigen. Wahrscheinlich denkt er darüber nach, was er zu Abend essen will, dachte Ray geringschätzig. Es drehte sich bei diesem Typen neuerdings alles nur noch ums Essen.

Zehn Minuten später machten sie vor einem großen viktorianischen Haus Halt. Wie die Villa Dominic war es früher einmal offensichtlich schön, wenn auch nicht so prachtvoll gewesen, aber nun sah es vernachlässigt aus. »Diese Simon-Smith hat für häusliche Reparaturen nichts übrig«, stellte Cy fest. »Das Haus hat seit drei Jahren eine Schicht Farbe nötig. Ein Auto steht in der Auffahrt.«

»Nicole hat mir mitgeteilt, dass die Frau einen braunen Mercedes fährt. Da ist er.«

Sie stiegen die Verandatreppe hoch und klopften an eine schwere Tür mit eingelassenen Fenstern. Nach dem vierten Mal gaben sie auf. »Laß uns hinten herum nachsehen«, sagte Ray.

»Ach, Himmel, Ray. Was soll das?«

Ray seufzte. »Fünf Minuten. Länger braucht es nicht, um an die Hintertür zu klopfen.«

»Na gut«, entgegnete Cy. »Aber ich hasse es, meine Zeit zu verschwenden, damit du Eindruck bei deiner Freundin schinden kannst.«

»Sie ist nicht meine Freundin.«

»Wie du willst.«

Sie gingen über den Rasen und seitlich am Haus vorbei, wo sie zwar keine Tür, aber zahlreiche schmutzige Fenster und verblichene grüne Fensterläden vorfanden.

Kein Zaun umgab den großen hinteren Garten. Ein Pavillon, der einmal schön gewesen sein musste, stand mitten im Garten, doch sein heruntergekommener Zustand deutete darauf hin, dass er nie benutzt wurde. Was für eine Schande, ein Anwesen wie dieses so verkommen zu lassen, dachte Cy. Aline hätte das Haus geliebt und es wäre ihr gelungen, ein Prunkstück daraus zu machen, ohne viel Geld auszugeben. Dann hätten sie abends im Pavillon sitzen und Mint Juleps trinken und darüber diskutieren können, wie der Tag gelaufen war …

Während Cy noch in den Anblick des Pavillons versunken war, begann Ray an die Hintertür zu klopfen. Dann hielt er inne. »Cy, eine Glasscheibe in der Tür ist kaputt. Komm und sieh dir das an. Direkt neben dem Türknauf. Sieht aus, als wäre hier am Glas auch eine Spur Blut.«

Doch Cy antwortete nicht. Sein Blick schweifte von dem Pavillon ans hintere Ende des Rasens, wo eine Gestalt mit einer Kapuze auf dem Kopf und langen dünnen Beinen vom Ast einer großen und schönen immergrünen Eiche baumelte.

## 3

Es war sieben Uhr. Nicole hatte versprochen, Nancy Bescheid zu sagen, sobald sie etwas über Avis in Erfahrung gebracht hatte. Ihr Anruf bei Ray war bereits drei Stunden her, und sie hatte immer noch nichts gehört. Sie ging im Wohnzimmer hin und her, staubte Möbel ab, die sie erst vor zwei Tagen abgestaubt hatte, telefonierte kurz mit

Shelley, die bei ihrer Großmutter zunehmend rastlos wurde, und versuchte sich vergebens auf das Pensum des folgenden Tages zu konzentrieren. Als jemand an der Tür klopfte, rannte sie hin und riss sie auf.

»Ray!«, rief sie. »Ich habe schon auf Sie gewartet.«

Er sah müde aus, als er zur Tür hereinkam, und sein Lächeln wirkte gequält. »Es tut mir Leid, dass ich nicht angerufen habe.«

Nicole sah ihm fragend ins Gesicht. »Es ist etwas passiert. Avis ist tot. Sie hat sich das Leben genommen, nicht wahr?«

Ray holte tief Luft. »Sie ist tot«, sagte er leise, »aber sie hat nicht Selbstmord begangen.«

»Ein Unfall?«, riet Nicole beklommen und wusste bereits, dass das mit dem Unfall nur eine Hoffnung war.

Ray legte ihr die Hände auf die Schultern. »Nicole, sie wurde mit einem Kopfschuss getötet und dann mit einer Kapuze auf dem Kopf aufgehängt.«

Langsam wurde es dunkel um Nicole. Dann spürte sie, wie sie auf ihr Bett gelegt wurde. Kurz darauf war Ray mit einem kalten Lappen für ihre Stirn zurück. »Nicole, Sie sind in Ohnmacht gefallen.«

Sie nickte. »Avis wurde ermordet wie die anderen.«

»Ja. Sie war hinten in ihrem Garten.«

»O Gott, Ray. Es wird doch wohl hoffentlich keine hoch gewachsene, dunkelhaarige Person am Tatort gesehen worden sein?«

»Wir haben bislang keine Zeugen gefunden.« Er senkte den Kopf. »Sie werden morgen offiziell verhört.«

»Und verhaftet?«

Ray hatte eindeutig keine Lust, die Frage zu beantworten. »Es gibt keine schlüssigen Beweise gegen Sie.«

»Aber ein Motiv. Und ich habe kein Alibi.«

»Wir haben die Leiche erst vor drei Stunden entdeckt. Vielleicht kommen noch Beweise ans Licht, die jemand anderen belasten. Und wegen des Alibis machen Sie sich keine Sorgen.«

»Was wollen Sie damit sagen?« fragte Nicole mit erregter Stimme. »Ich war den ganzen Abend hier im Haus, keine Besucher, keine Zeugen.«

»Lassen Sie das meine Sorge sein.«

»Wovon reden Sie? Wollen Sie etwa ein Alibi für mich fingieren?«

»Wenn es sein muss.«

»Ray, das kann ich nicht zulassen. Ihre Karriere …«

Er wandte sich ihr zu und seine Augen brannten. »Nicole, im Augenblick mache ich mir um meine Karriere keine Gedanken. Sie sind es, die mir Sorgen bereitet. Ich will Sie nicht anlügen: Es steht ernsthaft schlecht um Sie. Dieser Mord, zusätzlich zu allem anderen, hat Ihnen sehr geschadet. Aber ich weiß, dass Sie ihn nicht begangen haben. Es war Dominic.«

Nicole entfernte den Lappen von ihrer Stirn. »Wie können Sie so sicher sein, dass es Paul war?«

Ray sah sie ungläubig an. »Nicole, jemand fügt Ihnen Schaden zu oder versucht, Ihnen Schaden zuzufügen, und endet mit einer Kugel in der Schläfe, an einem Baum aufgeknüpft, mit einer Kapuze auf dem Kopf. So ist es vor fünfzehn Jahren gelaufen und so läuft es auch jetzt. Paul Dominic wurde im Mordfall Zand und Magaro verhaftet. Er hat die Flucht ergriffen, ist verschwunden, aber nun ist er wieder da. Was für Beweise verlangen Sie noch?«

»Ich nehme an, ich sollte keine verlangen«, sagte Nicole kläglich. »Ray, ich weiß, Sie sind überzeugt, dass Paul die Morde begangen hat. Und wie denkt Ihr Partner Waters darüber?«

»Waters sieht nur, was er sehen will.«

»Und er will mich als Mörderin sehen, nicht wahr?«

»Ja, er hat Sie im Verdacht«, antwortete Ray widerstrebend. »Aber das ist es, was Dominic erreichen will. Deshalb hält er sich im Verborgenen, deshalb hat er sich nur Ihnen gezeigt.« Er sah sie nüchtern an. »Aber ich weiß, dass er zurück ist und dass er in seinem Wahn einen Menschen nach dem anderen umbringt.«

## 4

»Kannst du nicht schlafen?«

»Wie kommst du darauf?«, fragte Cy.

»Du schnarchst nicht so laut, dass die Fenster rasseln.« Aline stützte sich auf einen Ellbogen. »Du denkst an Nicole Sloan.«

»Nicole Chandler, Aline. Sie hat inzwischen geheiratet. Nun behauptet ihr Mann, sie hätte ihm die Bremsleitung aufgeschlitzt und ihn damit beinahe umgebracht.«

»Dieses kleine magere Ding? Das glaube ich nicht. Bremsleitungen sind hart.«

»Sie hätte es hinkriegen können. Außerdem war er am Vorabend bei ihr zu Hause. Hat ihr einen Kinnhaken verpasst. Dann wäre da noch diese Frau namens Simon-Smith. Sie hat Nicole gestern auf dem Parkplatz zu Boden gestoßen. Heute haben Ray und ich sie tot aufgefunden. Sie hing an einem Baum, genau wie Magaro und Zand und Dooley.«

Aline erschauerte. »Das ist ja grotesk. Du glaubst doch wohl nicht, dass Nicole fähig wäre, einen Menschen an einem Baum aufzuknüpfen?«

»Ja, das finde ich auch eher unwahrscheinlich. Und doch ...«

Sie lagen einen Augenblick lang schweigend nebeneinander. »Cy, hast du dir die Morde noch einmal vorgenommen, die vor fünfzehn Jahren passiert sind?«

»Ja, bis jetzt habe ich nichts Neues in Erfahrung gebracht. Aber ich bin noch nicht fertig damit.«

»Neulich hat es so geklungen, als würdest du nicht glauben, dass dieser Pianist der Täter war.«

»Paul Dominic. Nein, ich habe nicht gesagt, dass er sie nicht hätte umbringen können. Ich war nur nicht überzeugt.«

»Du hast gesagt, dass du ihn für klüger gehalten hättest, als es um die Beseitigung der Beweise ging.«

»Das ist es unter anderem, was mir zu schaffen macht.« Er seufzte. »Es hatte was Besonderes an sich. Vielleicht waren es die guten Manieren oder der Respekt, den er mir entgegengebracht hat. Oder vielleicht war es der Blick seiner Augen, der mich berührt hat. Ich hab Leute ihre Unschuld beteuern hören, bis sie schwarz wurden. Ich hab gesehen, wie sie geweint, beim Leben ihrer Kinder geschworen und Gott angerufen haben, sie tot umfallen zu lassen, wenn sie nicht die Wahrheit sagen. Nur ihre Augen verraten sie. Dagegen haben die Augen dieses Mannes verwirrt dreingeblickt, verletzt, als wüsste er wahrhaftig nicht, was vorgeht.«

»Und wie hat er sich verteidigt?«

»Überhaupt nicht. Er hat nicht gestanden, aber er hat auch kein Wort zu seiner Verteidigung gesagt. Sein Anwalt hat für ihn gesprochen.«

»Das war klug, wenn er schuldig war.«

»Ja, aber es ist ungewöhnlich. Es sei denn, man hat es mit einem Gewohnheitsverbrecher zu tun oder mit einem Gangster – du weißt schon, so einer, der immer in der Klemme sitzt und sich immer hinter einem Anwalt versteckt. Nein, Angeklagte platzen gewöhnlich damit heraus, dass sie unschuldig sind, egal ob sie es wirklich sind oder nicht. Dominic hat nicht ein verdammtes Wort gesagt. Hat nur dagesessen und verblüfft dreingeschaut.«

Aline streichelte Cys Arm. »Du wirst aber doch wohl nicht aufgeben, oder? Schließlich hast du gesagt, dass deiner Meinung nach ein Zusammenhang besteht zwischen den Vorgängen vor fünfzehn Jahren und dem, was jetzt passiert, und es gibt rund um das Mädchen einen Haufen Schwierigkeiten. Diese Morde im eigenen Haus, ihr Mann und jetzt auch noch diese Universitätsdozentin ...«

»Es sieht schlecht für sie aus, Aline. Es mag zwar Zufälle geben, aber nicht in dieser Häufung. Jeder, der ihr Unrecht tut, büßt dafür mit seinem Leben oder wird schwer verletzt.«

»Aber, Cy ...«

»Glaub mir, Aline, ich arbeite daran. Ich hab mir bereits die Pistole aus dem Polizeiarchiv kommen lassen, mit der Magaro und Zand getötet wurden, und ich habe veranlasst, dass die von der Ballistikabteilung noch mal versuchen, die Seriennummer sichtbar zu machen.«

»Glaubst du wirklich, dass die Seriennummer so wichtig ist?«

»Ich halte es für möglich.«

»Und ist das alles, was du unternimmst?«

»Fürs Erste.«

»Hört sich nicht nach viel an.«

»Es ist so ungefähr alles, was ich unternehmen kann. Nach fünfzehn Jahren sind alle Spuren längst kalt.«

»Wenn du meinst. Ach, übrigens, das hab ich ganz vergessen, dir zu sagen: Jemand namens Jewel hat hier für dich angerufen.«

Cy setzte sich im Bett auf. »Jewel! Jewel Crown?«

»Jewel Crown? Was ist das denn für ein Name?«

»Aline ...«

»Schon gut. Ihren Nachnamen hat sie nicht genannt. Sie hat bloß gesagt, dass sie dich sprechen will. Ich hab ihr geraten, auf dem Revier anzurufen. Darauf hat sie gemeint, das kann sie nicht und dann hat sie zu weinen angefangen.«

»Hat sie hinterlassen, wo ich sie erreichen kann?«

»Nein, sonst hätte ich dir vorhin schon Bescheid gesagt. Ich dachte, sie hätte sich vielleicht einen Scherz erlaubt, weil sie sich geweigert hat, ihren Nachnamen anzugeben oder zu sagen, wo sie zu erreichen ist, oder auf dem Revier anzurufen. Ist sie denn wichtig?«

»Sie könnte wichtig sein.«

»Ach, Cy. Entschuldige, dass ich vergessen habe, dir davon zu erzählen. Du weißt doch, dass ich es dir nicht absichtlich vorenthalte, wenn jemand eine Nachricht für dich hinterlässt …«

Cy beugte sich hinüber und gab ihr einen flüchtigen Kuss. »Mach dir deswegen keine Sorgen, Liebling. Wenn sie nicht sagen wollte, wo ich sie erreichen kann, gibt es ohnehin nichts, was ich tun könnte.«

»Und warum hat sie dich nicht auf der Arbeit angerufen, wenn es so wichtig war?«

»Ich weiß nicht. Sie ist eine Nutte, Aline. Nutten haben mit Polizeirevieren nichts am Hut.«

»Hat diese Jewel Crown etwa mit Nicole Chandler zu tun?«

»Ja, indirekt. Wenigstens dachte ich, die Verbindung sei indirekt. Sie war Izzy Dooleys Freundin.«

»Seine Freundin! Hat einer wie der eine Freundin?«

»Man sagt doch, dass jeder Topf seinen Deckel hat.« Cy seufzte noch einmal. »Hör mal, Aline, ich bin bereit, einen Handel mit dir abzuschließen. Ich warte mit meiner Entscheidung, ob ich Nicole Chandler für schuldig oder nicht schuldig halte, und ich werde den Mordfall vor fünfzehn Jahren weiter überprüfen, aber nur unter einer Bedingung.«

»Ah! Und was ist das für eine Bedingung?«

»Also, dieses Abendessen aus Tofu und Sojabohnen, das du mir vorgesetzt hast, war bestimmt gesund, aber ich hab mich danach total leer gefühlt. Ich hätte gern ein Sandwich. Ein richtiges Sandwich mit Fleisch und Käse und sauren Gurken und Mayonnaise und ungefähr tausend Kalorien.«

Aline lachte und gab ihm einen Kuss auf die Wange. »Abgemacht, Schatz. Wir betrachten es einfach als Gehirnnahrung.«

## 5

Nicole lag im Bett und wusste schon im Voraus, dass sie in dieser Nacht wieder einmal nicht schlafen können würde. Sie sorgte sich, denn sie wusste, dass sie vor Erschöpfung zusammenbrechen würde, wenn sie keine Ruhe fand.

Ray hatte sich drei Stunden zuvor verabschiedet, aber ihr kam es wie zwölf Stunden vor. Mit jeder Minute wuchs ihre Angst, verhaftet zu werden.

Und wieder war jemand ermordet worden. Die arme Avis. Nicole hatte sie nicht gemocht, aber deswegen hatte sie noch lange nicht ihren Tod herbeigesehnt. Und der Gedanke, Avis könne ihretwegen umgebracht worden sein, war ihr unerträglich. Sie fröstelte. Ray war überzeugt, dass Paul es getan hatte, nicht nur, weil Avis sie auf dem Parkplatz gestoßen hatte, sondern auch, weil Paul seiner Meinung nach wahnsinnig war. Paul Dominic geisteskrank. Sie schüttelte den Kopf.

Nicole stand auf, ging zur Stereoanlage, nahm die Kassette *Dominic, Gershwin, Carnegie Hall* und legte sie ein. Wenige Augenblicke später erfüllten die ersten verführerischen Klänge von *Rhapsody in Blue* den Raum. Wie lange war es her, dass sie sich das ganze Stück angehört hatte? Jedes Mal, wenn es im Radio gespielt wurde, hatte sie abgeschaltet. Jedes Mal, wenn bei einer Party jemand diese Musik auflegte, hatte sie den Raum verlassen. Für Nicole war sie gleichbedeutend mit dem Tod – mit dem Tod der Liebe, mit der Vergewaltigung und dem anschließenden Tod von Magaro und Zand, für den man sie indirekt verantwortlich gemacht hatte.

Sie nahm auf der Couch Platz, als das Klavier einsetzte. Paul am Klavier. Paul in der Carnegie Hall. Sie schloss die Augen und fühlte sich um fünfzehn Jahre zurückversetzt. Paul und sie, im großen Musikzimmer auf Kissen ruhend. Flackernde Kerzen mit Vanilleduft. Ihre Hand in seiner. Das Stück klang aus, und Paul beugte sich über sie und er richtete einen bohrenden Blick seiner haselnussbraunen Augen auf sie. »Glaubst du an das Schicksal, Nicole? Ich glaube, dass es mir bestimmt war, nach Texas zurückzukehren und dich wiederzusehen.« Sie schlug die Augen auf. »Seh ich dich morgen?«, hatte er sie an der Tür gefragt. »Ich muss in die Mission San Juan fahren und meine Recherchen beenden.« – »Dann treffen wir uns dort«, hatte er versprochen. Und zuvor hatte er gesagt, der Tag, den sie schon einmal in der Mission verbracht hatten, sei für ihn einer der glücklichsten Tage seines Lebens gewesen.

Sie lächelte, als ihr wieder einfiel, wie sie durchs Gelände gestreift waren, wie sie über alles und jedes diskutiert, wie sie sich gegenseitig fotografiert und an den Händen gehalten hatten. »Ich liebe dich sehr, *Chérie*«, hatte er zu ihr gesagt, als sie an jenem letzten Abend das Haus verlassen hatte. Und er hatte sie auf dem River Walk gerettet, als Izzy Dooley sie überfallen hatte. Er hatte ihr das Kreuz umgelegt und sie noch einmal mit seinen eindringlichen Augen angesehen. »Manch eine Liebe bleibt ewig bestehen«, hatte seine Mutter gesagt.

Die Musik ging aufbrausend zur berühmten Melodie des *Andantino moderato* über. »Ja«, sagte Nicole leise. »Ewig. Ich habe dich damals geliebt, Paul, und so wahr mir Gott helfe, ich liebe dich auch jetzt noch. Du liebst mich auch, aber ich glaube nicht, dass diese Liebe bedeutet, dass du meinetwegen töten würdest.«

Das Stück kam zum Abschluss, und Nicole stand auf, um wieder rastlos im Wohnzimmer auf und ab zu gehen. Paul Dominic sollte fünf Menschen getötet haben, darunter einen unschuldigen jungen Streifenbeamten, den Ray geschickt hatte, um sie zu beschützen? Lächerlich.

Als sie im Wohnzimmer umherging, fiel ihr Blick auf die Post, die auf einem kleinen Tisch neben der Haustür lag. Sie hatte sie hereingeholt, aber prompt wieder vergessen. Nun nahm sie sie zur Hand und sortierte rasch die Umschläge. »Elektrizitätsrechnung, Telefonrechnung, Wasserrechnung. Na prima«, sagte sie laut und legte die Rechnungen zusammen mit einem Rundschreiben des Freundeskreises ehemaliger Studenten beiseite. Als nächstes nahm sie eine Postkarte zur Hand. Auf der Vorderseite war eine spanische Missionsstation abgebildet. »Die Mission San Juan«, murmelte sie. Als sie die Karte umdrehte, sah sie keine Briefmarke – nur die Worte »Wir treffen uns dort um Mitternacht.« Darunter stand ein schräges *P.*

»Paul!«, sagte sie keuchend. »Paul verlangt nach mir.«

Sie stand einige Sekunden lang unentschlossen da. Dann eilte sie ins Schlafzimmer.

# 6

Nicole warf einen Blick aus dem Fenster über dem Spülbecken. Draußen stand ein Streifenwagen. »Verdammt«, schimpfte sie.

Sie sah auf ihre Armbanduhr. Elf Uhr zwanzig. Sie trat ans Telefon und rief einen Taxidienst an, der sie an der Straße hinter dem Haus abholen sollte. Dann sah sie in ihrem Geldbeutel nach, um sicherzugehen, dass sie genug Bargeld hatte, stieg in den Keller, holte die Trittleiter aus Aluminium und trug sie in den Garten. Sie stellte die Leiter am Zaun auf, stieg hinauf und griff nach einem überhängenden Ast, dem gleichen Ast, den Izzy Dooley benutzt hatte. Sie schwang die Beine über den zwei Meter hohen Zaun, hing kurz mit einer Hand am Ast und hangelte mit der anderen nach der Leiter. Sie schaffte es, sie über den Zaun zu zerren, obwohl sie bei dem scharrenden Laut zusammenzuckte, der dabei entstand. Dann ließ sie sie in den Nachbargarten fallen, damit sie sie auf dem Rückweg wieder verwenden konnte. Sie blieb noch einen Augenblick hängen, holte tief Luft und ließ sich fallen. Sie landete wenige Zentimeter von der Leiter entfernt auf den Füßen, ohne sich den Knöchel zu verstauchen, wie sie befürchtet hatte, und sprintete über den Rasen des leer stehenden Hauses.

In den nächsten paar Minuten stand sie auf dem Bürgersteig herum und hatte schreckliche Angst, dass ein Nachbar sie beim Überklettern des Zauns gesehen, sie für einen Eindringling gehalten und die Polizei gerufen hatte. Wie hätte sie ihr Verhalten erklären können, insbesondere gegenüber Ray? Sie erfand eine lahme Ausrede nach der anderen, bis das Taxi auftauchte. Mit einem Seufzer der Erleichterung sprang sie hinein und sagte: »Zur Mission San Juan.«

Der Fahrer drehte sich auf seinem Sitz um. »Zur Mission! Um diese Zeit?«

»Sind Sie von Ihrer Firma angewiesen, das Fahrtziel Ihrer Passagiere zu kritisieren?«

»Also, nein, aber …«

»Dann fahren Sie mich bitte so schnell wie möglich zur Mission.«

Tagsüber hätten sie es nie rechtzeitig durch die Stadt geschafft. So spät in der Nacht dagegen erreichten sie die Mission wenige Minuten vor Mitternacht. Der Fahrer bog in den kiesbestreuten Parkplatz ein.

»Ich möchte, dass Sie auf mich warten«, sagte Nicole.

Der ältere Mann drehte sich um und sah sie kampflustig an. »Warten? Das kostet doppelt.«

»Schön.«

Nicole wollte schon aussteigen, doch der Fahrer sagte: »Nein, warten Sie.« Sie wandte sich um. »Bezahlen Sie erst, was Sie mir bis hierher schulden.«

»Woher weiß ich, dass Sie dann nicht einfach losfahren und mich hier lassen?«

»Woher weiß ich, dass Sie es nicht genauso machen und mich um die Ecke bringen, um das Fahrgeld zu sparen?«

»Na gut«, fuhr Nicole ihn an. »Aber wagen Sie es nicht, loszufahren, sobald ich ausgestiegen bin.«

»Mach ich schon nicht. Aber gern sitz ich so nicht rum. Hier kriegt man es nachts mit der Angst zu tun.«

»Verriegeln Sie die Türen, dann wird es bestimmt gehen.«

»Sie haben gut reden.«

Ja, das habe ich, dachte Nicole eine Minute später, als sie sich von dem Taxi wegbewegte. Man braucht sich nur anzusehen, was dem Streifenbeamten Abbott zugestoßen ist. Dass sie ihr Leben aufs Spiel setzte, war eine Sache, aber das Leben eines anderen? Immerhin bin ich hier, um mich mit Paul zu treffen, erinnerte sie sich. Wenn ich wahrhaftig überzeugt wäre, dass Paul Abbott umgebracht hat, wäre ich nicht gekommen.

Die Missionsstation San Juan lag abgeschiedener als einige der anderen am Fluss, die zusammen den National Historic Park der Missionen von San Antonio bildeten. Nicole wusste, dass die Verwaltung des Nationalparks um fünf Uhr Feierabend hatte und die Kirche, in der noch Gottesdienste stattfanden, außer bei besonderen Anlässen um sieben Uhr ihre Pforten schloss. Sie trat durch eine Öffnung in der Steinmauer, die das Anwesen umgab. Sie war fünfzehn Jahre nicht mehr hier gewesen, seit sie und Paul hier den Tag verbracht hatten. An einem der glücklichsten Tage auch in ihrem Leben.

Das Gelände hinter der Mauer wirkte riesengroß. Im Gegensatz zum Areal des Alamo im Stadtzentrum gab es hier keine Außenbeleuchtung, und sie war auf den Mond angewiesen, der mit seinem hellen Licht die verblassten weißen Mauern der Kirche erleuchtete und Schatten auf die Bäume und das große, grobe Holzkreuz warf, das wie ein Wachtposten auf dem Missionsplatz stand. Es war kaum zu glauben, dass an diesem Ort einst geschäftiges Treiben geherrscht hatte. Hier hatten indianische Handwerker in ihren Werkstätten Waren angefertigt und draußen hatten die Bauern Feldfrüchte angebaut, von denen die ganze Gemeinde gelebt hatte. Aber das war mehr als zweihundert Jahre her. Jetzt lag das Gelände still und verlassen da, obwohl Nicole glaubte, ringsum die Gespenster der längst Verstorbenen in der tiefen Stille der Nacht zu spüren. Der Taxifahrer hatte Recht. Man kriegte es hier tatsächlich mit der Angst. Sie war jedenfalls froh, dass sie ihre Pistole mitgebracht hatte.

Nicoles Schritte verlangsamten sich. Was tue ich hier eigentlich?, fragte sie sich. Ich befürchte seit Tagen, dass Paul sich an mir rächen will, aber ich bekomme eine Postkarte mit einer rätselhaften Botschaft und schon bin ich hier. Und wenn mir etwas zustößt? Shelley kann auf keinen Fall bei Roger aufwachsen. Bei Mama auch nicht. Sie hat Papas Tod noch nicht verwunden. Vielleicht haben Roger und Carmen Recht, was mich angeht. Vielleicht bin ich wirklich verrückt.

Doch sie konnte nicht zurück. Sie ging auf die Ruinen der unvollendeten Kirche zu, mit deren Bau die Missionare in den sechziger Jahren des achtzehnten Jahrhunderts begonnen hatten, den sie jedoch hatten aufgeben müssen, als ihnen das Geld und die Arbeitskräfte ausgingen. Nicole hatte nur eine leichte Windjacke über ihre Bluse gezogen und wünschte sich nun, dass sie etwas Wärmeres mitgenommen hätte. Auf ihren Armen bildete sich eine Gänsehaut nach der anderen.

Nicole blieb stehen und drehte sich um in Richtung Parkplatz. Sie war jetzt sehr weit von dem Taxi entfernt und konnte es nicht einmal mehr klar erkennen. Wenn jemand über sie herfallen würde, könnte der Taxifahrer sie nicht rechtzeitig erreichen, um ihr zu helfen. Aber er schien ohnehin kein ritterlicher Mann zu sein. Wenn sie schrie, würde er wahrscheinlich binnen Sekunden den Parkplatz verlassen und davonbrausen.

Wolken verdeckten den Mond und veränderten das Licht. Sie hätte schwören können, dass sich das große Kreuz bewegt hatte. Der wuchernde Wacholder dahinter raschelte, als der Wind die Richtung wechselte. Sie war bisher immer nur am Tag hier gewesen. Sie hatte nicht gewusst, wie sehr die Nacht das Anwesen verwandelte, und sie war allein ...

Nicole stieß einen leisen Schrei aus, als etwas sie berührte. Sie blickte herab und sah einen großen schwarzen Dobermann, der seine Nase unter ihre Hand steckte.

»Jordan!«, rief sie, unbeschreiblich glücklich, den Hund zu sehen. »Du bist aber einer von den ganz Stillen. Bist du mit Paul hier? Natürlich. Du weichst ihm nicht von der Seite, hab ich Recht?«

»Nur wenn ich es von ihm verlange.«

Die Stimme kam von den Mauern der unvollendeten Kirche. »Paul?«

»Ja, Nicole. Komm her.«

Nicole blieb wie angewurzelt stehen, keiner Bewegung fähig. Jordan blickte zu ihr auf, dann dorthin, von wo die Stimme hergekommen war. Seine Fänge schlossen sich sanft um Nicoles Handgelenk und er zog sie mit sich. Sie trat durch einen Spalt in einer niedrigen Steinmauer. Vor ihr tauchte eine Jesusfigur mit einem Baby im Arm auf. Und neben der Statue stand ein Mann.

»Paul«, sagte sie zärtlich.

»Ich war nicht sicher, ob du kommen würdest.« Er kam auf sie zu. »Ich bin ja so froh, dass du es getan hast.«

Sie hatte vergessen, wie groß er war, wie breit seine Schultern waren und dass er sich mit der Anmut eines Tänzers bewegte. Die Jahre hatten seinem Körper nichts angehabt. Doch das Gesicht? Sie betrachtete es im Mondlicht. Ja, das Gesicht war härter, die Stirn faltiger und die Wangenknochen standen weiter vor. Die Augen waren noch genauso eindringlich, obwohl sie eine Spur von Misstrauen auszumachen glaubte, das sich vor fünfzehn Jahren noch nicht darin abgezeichnet hatte.

»Nicole?«, fragte er nervös, als sie keine Antwort gab. »Du bist doch allein gekommen, nicht wahr?«

Sie überwand den Schock, den es bedeutete, nach so langer Zeit wieder mit ihm zu sprechen, und schaffte es, ein klägliches »Ja« hervorzubringen.

»Niemand sonst hat die Postkarte gesehen?«

»Nein. Und ich bin bei mir hinten über den Zaun geklettert und habe in der nächsten Straße ein Taxi genommen, damit der Polizist im Streifenwagen mich nicht sieht.«

Paul lächelte. Die gleichen ebenmäßigen weißen Zähne, die gleichen Grübchen, allerdings tiefer als früher. »Meine liebe Nicole.

Nach so vielen Jahren musst du dich immer noch zu mir schleichen. Es tut mir sehr Leid.«

Sie standen ungefähr anderthalb Meter voneinander entfernt. Jordan saß zwischen ihnen und wandte den seidigen Kopf dem jeweils Sprechenden zu. »Paul, alle haben geglaubt, du wärst tot. Wo warst du nur so lange?«

»Überall und nirgends, und ich habe mir auf die unterschiedlichste Art mein Brot verdient.«

»Aber deine Sachen wurden in der Nähe dieses schrecklichen Autounfalls gefunden. Die Polizei dachte, du wärst der Mann im Auto gewesen.«

»Er hat mich ein Stück mitgenommen. Dann hat er eine Schusswaffe gezogen und mir mein Geld abgenommen. Ich dachte, er bringt mich um. Wahrscheinlich hätte er es getan, wenn er nicht so betrunken gewesen wäre. Ich bin noch einmal davongekommen, ohne meinen Rucksack, und noch am selben Tag hatte er den Unfall. Das Auto war gestohlen, und die Polizei ging davon aus, dass ich der Fahrer war.«

»Ich verstehe.« Nicole atmete tief ein. »Warum hast du dich nicht dem Gericht gestellt?«

»Ich glaubte, dass sie mich nie für unschuldig erklären würden.«

Nicoles Kehle zog sich zusammen. Sie trat einen Schritt auf Paul zu und blickte ihm in die Augen. »Aber du warst unschuldig?«

Er sah sie fragend an. »Du bist dir dessen wirklich nicht sicher?«

»Es ... es tut mir Leid, Paul. Ich habe keinen Augenblick daran geglaubt, bis du geflohen bist ...«

»Du bist dir dessen wirklich nicht sicher.«

»Paul, wie gesagt: Du bist geflohen.« Nicole hörte das qualvolle Schuldbewusstsein in ihrer Stimme. »Und es gab so viele Beweise gegen dich ... Es tut mir Leid, wenn meine Zweifel dich wütend machen, aber ...«

»Mich wütend machen? Mich wütend machen?« Nicole stand mit leicht geöffnetem Mund da, während Paul in Gelächter ausbrach. »Deine Zweifel machen mich nicht wütend. Sie nehmen mir eine unendlich große Last von den Schultern. So viele Jahre habe ich gedacht ... Ach, egal, was ich gedacht habe.«

»Was? Sage mir, was du gedacht hast.« Paul schüttelte den Kopf, doch da ging Nicole auf einmal ein Licht auf. »Du hast gedacht, ich hätte Zand und Magaro umgebracht! Deshalb hast du dich nie verteidigt. Du dachtest, du würdest an meiner Stelle die Schuld auf dich nehmen!« Paul lächelte reuig. »Aber was ist mit der Waffe? Du hast geglaubt, dass ich sie dir untergeschoben hätte, und hast mich dennoch beschützt?«

»Ich dachte, dass du, falls du mir die Waffe untergeschoben hättest, nicht im Vollbesitz deiner Geisteskraft gewesen sein konntest. Du warst so jung, hattest ein so schweres Trauma erlitten. Ich hielt es für möglich, dass du der Meinung warst, ich hätte Strafe verdient, weil ich dich an jenem Abend nicht zum Auto gebracht habe, oder dass du davon ausgingst, niemand würde die Waffe finden.«

»Mein Gott, du warst meinetwegen fünfzehn Jahre auf der Flucht!« Nicole warf sich Paul entgegen. Seine Arme schlossen sich sogleich um sie. »Ach, Paul, es tut mir ja so Leid!«

»Mir nicht, jedenfalls nicht sehr«, sagte er und umarmte sie. »Ich war so verdorben. Verweichlicht. Verwöhnt. Ich bin in den letzten Jahren endlich erwachsen geworden.«

»Aber deine Mutter ...«

»Ja, was ihr das angetan hat, ist furchtbar. Aber ich war immer in Kontakt mit ihr. Sie hat immer gewusst, dass es mir gut geht, außer in den zwei Wochen unmittelbar nach dem Unfall. Solange wusste ich nämlich nicht, was passiert war. Nicole, sie hat mich ermutigt, zu fliehen.«

»Bestimmt nicht, weil sie dich für schuldig hielt.«

»Nein. Weil sie überzeugt war, dass man mich schuldig sprechen würde, und sie wusste, dass eine Gefängnisstrafe meinen Tod bedeutet hätte.«

Nicole blickte zu ihm auf. »Wußte sie, dass du glaubtest, mich beschützen zu müssen?«

»Ja. Und sie sagte, es sei unsinnig, dass du diese Männer getötet und dann mich belastet hättest. Aber sie hat auch erkannt, dass keine Beweise gegen dich vorlagen, nur das Motiv. Die Beweise sprachen alle gegen mich. Sie hat meine Lage durchschaut, aber sie hat dir nie die Schuld gegeben.«

»Sie ist eine bemerkenswerte Frau. Ich war am Sonntag bei ihr.«

»Sie hat es mir erzählt. Sie hat gesagt, du seist so schön und gescheit wie eh und je.«

Nicole lächelte. Er berührte zärtlich ihr Gesicht und beugte sich herab, um sie zu küssen, doch sie wandte den Kopf ab. »Entschuldige«, sagte Paul ergeben.

»Ach, Paul, ich bin so glücklich, dich wiederzusehen. Das ist es nicht. Es ist …«

»Es ist was?«

»Nun ja, was ist mit den ganzen Morden in letzter Zeit?«

»Du glaubst, ich stecke dahinter?«

»Du hast mich an dem Abend, als Roger und ich uns vor dem Haus gestritten haben, angerufen und damit gedroht, dass du ihn umbringen würdest, wenn er noch einmal so mit mir redet.«

Paul sah sie entsetzt an. »Nicole, ich habe dich nicht angerufen.«

»Aber es war deine Stimme. Sogar *Chérie* hast du mich genannt.«

Paul sah sie ernst an. »Nicole, ich schwöre dir beim Leben meiner Mutter, dass ich dich weder an dem Abend noch überhaupt angerufen habe. Ich hatte Angst, deine Leitung könnte abgehört werden.«

»Aber es klang so sehr nach dir …« Sie sprach den Satz nicht zu Ende, drehte das Kreuz an ihrem Hals um und um.

»Du trägst es.«

»Ich trage es, seit du es mir abends am River Walk gegeben hast. Und versuch erst gar nicht zu sagen, das seist du auch nicht gewesen.«

»Natürlich war ich es. Du hast Jordan gesehen. Du hast mir direkt in die Augen geblickt.«

»Ja, das habe ich. Du hast mich vor diesem schrecklichen Menschen beschützt, obwohl du dich dazu in die Öffentlichkeit wagen musstest, wo man dich leicht hätte erwischen können.« Sie senkte den Blick. »Paul, es gibt noch einen Grund, warum ich nicht zugelassen habe, dass du mich küsst.« Er blieb stumm. »Ich habe Angst, dass ich Zand und Magaro tatsächlich getötet haben könnte.«

Sie spürte, wie er sich versteifte. »Aber du sagtest doch, dass du an meiner Unschuld gezweifelt hast.«

»Ich habe mich wohl nicht klar ausgedrückt. In letzter Zeit habe ich so seltsame Träume.« Paul runzelte die Stirn. »Im Traum sehe ich Zand und Magaro dort, wo sie ermordet wurden. Sie reden über mich, aber nach dem Überfall, nachdem man sie vom Vorwurf der Vergewaltigung freigesprochen hat.«

Paul schien sich zu entspannen. »Ich verstehe nicht, warum du dich so aufregst. Das sind doch bloß Träume.«

»Aber sie kommen mir nicht vor wie Träume. Sie kommen mir vor wie Erinnerungen. Außerdem habe ich kürzlich erfahren, dass ich während der Zeit geschlafwandelt bin und dass Schlafwandler zu gewalttätigen Handlungen fähig sind und …«

Paul legte sacht seine Finger auf ihre Lippen. »Und dann solltest du die Waffe und eines meiner Hemden mit Flecken von Zands Blut bei mir in die Mülltonne gelegt haben?«

»Kann sein.«

»Das glaube ich nicht. Ist dir klar, wie viel Zeit und geplantes Vorgehen für diese Morde nötig waren? Glaubst du wirklich, du hättest im Schlaf daran gedacht, eine Schusswaffe und zwei Kapuzen und mein Hemd mitzunehmen? Wie du an das Hemd gekommen sein sollst, ist mir ohnehin ein Rätsel. Und dann willst du Magaro und Zand getötet und an Bäumen aufgehängt haben, um abschließend nach Olmos Park zu kommen und belastende Indizien zu hinterlegen? Nein, Nicole, wer diese zwei getötet hat, hat keine willkürliche Gewalttat im Schlaf begangen.«

»Aber du dachtest, ich hätte es mit voller Absicht getan?«

»Du hattest ein schlimmes Trauma hinter dir. Ich dachte, es könnte sich um eine Tat in vorübergehender geistiger Umnachtung handeln.«

»Vorübergehende geistige Umnachtung? Recht herzlichen Dank.«

»Wärst du etwa nicht auf den Gedanken gekommen, wenn du in der umgekehrten Situation gewesen wärst? Schließlich bist du nicht bloß vergewaltigt worden. Du wurdest so zusammengeschlagen, dass du einen plastischen Chirurgen nötig hattest. Und es war ein Wunder, dass du nicht ums Leben gekommen bist. Alles nur, weil du dich weggestohlen hattest, um mich zu sehen, einen Mann, der dich nicht einmal an dem Abend zu deinem Auto bringen konnte.«

»Ich war nicht vorübergehend geistig umnachtet. Ich habe nicht das Gefühl, dass ich die Morde begangen habe. Ich glaube es nicht. Du hast sie auch nicht begangen. Wer dann?«

»Ich weiß es nicht. Die zwei müssen zahlreiche Feinde gehabt haben.«

»Feinde, die auf die Idee kämen, dich zu belasten?«

»Warum nicht? Ich war einer der Hauptverdächtigen, weil ich davon gesprochen habe, es ihnen heimzuzahlen.« Er lachte trocken. »Mein Plan, es ihnen heimzuzahlen, sah so aus, ihren Vertrag mit der Plattenfirma platzen zu lassen. Ich hatte Freunde bei Revel Music, die bereits nach Schlupflöchern im Vertrag gesucht haben. Sie hatten selbst keine Lust, mit einer Band in Verbindung gebracht zu werden, deren Sänger verhaftet worden war, weil er beinahe ein Mädchen getötet hätte.«

Paul und Nicole gingen zu der niedrigen Mauer hinüber und setzten sich, die rechten Arme umeinander geschlungen, die linken Hände verschränkt. Pauls Hände waren immer kräftig gewesen, die Haut jedoch weich. Nun war die Haut rau und schwielig. Sie schwiegen einen Augenblick. Dann fragte Nicole: »Spielst du noch?«

»Wann immer ich ein Klavier zur Verfügung habe und sonst niemand in der Nähe ist. Es würde mich viel Zeit kosten, wieder mein altes Niveau zu erreichen. Vielleicht würde es mir gar nicht mehr gelingen.«

»Ich bin sicher, es würde dir gelingen«, entgegnete Nicole hitzig. »Paul, warum bist du jetzt zurückgekehrt?«

»Ich war hier, als sich dein Vater das Leben genommen hat. Ich wusste, dass es dich sehr mitnehmen würde, darum bin ich geblieben und habe eine Weile auf dich aufgepasst.«

»Du bist das Risiko eingegangen, hier zu bleiben, weil du dich um mich gesorgt hast, obwohl du glaubtest, ich könnte Zand und Magaro ermordet haben?«

»Wenn du es getan hättest, hätte ich dir daraus keinen Vorwurf gemacht.«

»Selbst wenn ich dich belastet, wenn ich zugelassen hätte, dass du die Schuld auf dich nimmst?«, fragte Nicole ungläubig.

»Nicole, ich habe es dir doch gesagt: Die zwei hätten dich nicht erwischt, wenn du an jenem Abend nicht bei mir gewesen wärst. Und du warst körperlich und geistig so am Boden zerstört. Außerdem warst du sehr jung. Ich hätte verstehen können, dass du mir die Schuld gibst. Ich hatte das Gefühl, dass das alles meine Schuld war. Darum musste ich zurückkommen und dir helfen, so gut ich konnte. Aber ich habe dir nicht geholfen. Ich habe alles nur noch schlimmer gemacht.«

»Nein, das hast du nicht.« Nicole begann vor Kälte und Nervosität zu zittern. Paul zog sie an sich. Sie blickte zu dem starken Profil auf, zu dem dunklen Haar, das zum glatten Pferdeschwanz gebunden war, sodass der kräftige Hals frei war. Mein Beschützer, dachte sie. Obwohl er an ihr gezweifelt hatte, hatte er seine Freiheit, vielleicht gar sein Leben riskiert, um ihr zu helfen. »Aber Paul, all diese Morde in letzter Zeit stehen irgendwie in Verbindung mit mir. Die Polizei verdächtigt mich.«

»Das soll sie auch.« Er sah sie an. »Jemand belastet dich mit Absicht.«

»Warum? Wer könnte mich so sehr hassen?«

»Dein Mann?«

»Carmen hat gemeint, Roger hätte es darauf abgesehen, mich als geisteskrank hinzustellen, damit er das alleinige Sorgerecht für Shelley bekommt.«

»Mehrere Menschen zu töten ist eine extreme Methode, dich als geisteskrank hinzustellen.«

»Die Freundin des Mannes, der ermordet und hinten in meinem Garten aufgeknüpft wurde, hat ausgesagt, er hätte dreitausend Dollar erhalten, um jemandes Frau, eine Lehrerin umzubringen.«

»Das hat dir wohl dein Freund bei der Polizei verraten.«

Nicole spürte beim Gedanken an Ray einen Anflug von Schuldbewusstsein. Was würde er davon halten, dass sie sich fortgeschlichen hatte, um Paul zu sehen, dass sie sich an ihn geklammert und alles ohne Umschweife akzeptiert hatte, was er sagte? Er würde empört sein. Vielleicht würde er sogar aufhören, an ihre Unschuld zu glauben. »Ja, er hat es mir verraten«, sagte sie leise. »Er heißt Ray DeSoto. Er hat sich mir gegenüber großartig benommen, Paul.«

»Er weiß, dass ich in San Antonio bin, und zieht allein bei dem Gedanken, dass ich dir nahe bin, schon die Pistole.«

»Du hast ihn neulich auf dem Parkplatz am Motel niedergeschlagen, nicht wahr?«

»Ja. Fast hätte er mich gehabt. Ich bin dir überall hin gefolgt, habe mich sehr bemüht, auf dich und deine Tochter aufzupassen. Ich hatte nicht das Gefühl, dass ihr in diesem Motelzimmer sicher aufgehoben seid. Irgendwie wusste er, dass ich da war.«

»Jemand hat auf dem Zimmer angerufen und so getan, als wäre er Magaro.«

»Magaro!« Paul schüttelte den Kopf. »Nicht nur ich, sondern auch ein Toter soll dich angerufen haben. Aber ich wusste, dass in dieser Nacht etwas passieren würde. Ich konnte nur nicht bleiben, nachdem ich DeSoto niedergeschlagen hatte. Ich hatte Angst, dass er Verstärkung herbeirufen würde, sobald er das Bewusstsein wiedererlangt hatte. Ich musste es Jordan überlassen, euch zu beschützen.«

»Er hat seine Sache gut gemacht.« Nicole streckte die Hand aus und tätschelte Jordans Kopf. Der Hund leckte Nicole die Hand. »Danke, dass du Jesse gerettet hast, Paul.«

»Du solltest Jordan danken. Ich habe dich auf der Suche nach Jesse die Straße hinauf und hinunter rennen sehen. Dann kam ein Streifenwagen. Ich glaubte dich in Sicherheit, darum haben Jordan und ich uns auf die Suche nach Jesse gemacht. Er hat ihn gegen vier Uhr morgens gefunden.«

»Etwa um die Zeit, als bei mir zu Hause Abbott und Dooley getötet wurden.«

»Hätte ich nicht nach Jesse gesucht, wüsste ich, wer sie getötet hat.«

»Wer immer Dooley getötet hat: Er hat mir das Leben gerettet. Aber die anderen – der Streifenbeamte Abbott und Avis Simon-Smith –, von ihnen drohte mir keine Gefahr.«

Paul sah sie verständnislos an. »Wer ist Avis Simon-Smith?«

»Eine Kollegin von mir. Sie war sehr labil und sie hat mich gehasst. Wir hatten gestern Streit. Sie hat mich auf dem Parkplatz zu Boden gestoßen. Heute am späten Nachmittag wurde sie tot aufgefunden, aufgeknüpft an einem Baum in ihrem Garten, mit einer Schusswunde an der Schläfe und einer Kapuze auf dem Kopf.«

»Gütiger Himmel«, hauchte Paul. »Ich habe gesehen, was Dooley dir am River Walk angetan hat. Ich habe gesehen, was zwischen dir und deinem Mann vorgeht. Aber von dieser Smith habe ich nichts gewusst.«

»Ray hat sie gefunden.«

»Erzähl mir von Ray.«

»Ich weiß nicht viel über ihn. Er ist ein paar Jahre jünger als ich. Er war wohl noch nicht bei der Polizei, als du verhaftet wurdest.«

»Es kommt mir vor, als sei alles unendlich lange her«, sagte Paul.

»Es ist lange her.«

»Lange genug für dich, um einen anderen zu finden, den du lieben und heiraten und mit dem du ein Kind haben konntest.«

In seinen Worten klang kein Tadel an, nur Kummer und das Gefühl, einen Verlust erlebt zu haben. »Es war tatsächlich eine Art

Liebe, Paul. Nicht wie meine Liebe zu dir. Roger war stark und klug und wenn er auch ein wenig langweilig und spießig war …«

»War er wenigstens nicht der Mörder, für den du mich gehalten hast.«

Nicole sah ihn bedauernd an. »Paul, ich habe nie wirklich geglaubt, dass du jemanden ermordet hast. Aber du hast mich, nachdem du die Flucht ergriffen hattest, nie angerufen. Warum?«

»Ich hatte Angst, dass du die Polizei informieren würdest.«

»Das hätte ich nicht, damals nicht. Später dachte ich, du seist tot.« Sie schloss die Augen. »Gott, Paul, ich war völlig fertig. Wenn du mich nur hättest wissen lassen, dass du am Leben bist.«

»Auch da hatte ich Angst. Die Polizei hat mich für tot gehalten. Sie hat aufgehört, nach mir zu suchen. Wenn ich dich dagegen angerufen hätte und du sie informiert hättest …«

»Dann hätte man die Suche nach dir wieder aufgenommen. Ich verstehe.«

»Und ich verstehe, warum du geheiratet hast. Du hattest ein normales Leben verdient. Und eine schöne Tochter. Sie sieht dir ähnlich.«

»Sie ist ein wunderbares Kind.« Nicole runzelte die Stirn. »Hast du sie irgendwann auf dem Pausenhof beobachtet?«

»Ja. Ich wollte ihr keinen Schrecken einjagen.«

»Das hast du auch nicht.«

»Ich wollte dir bei der Beerdigung deines Vaters auch keinen Schrecken einjagen. Ich dachte, du würdest mich nicht sehen. Als du mich entdeckt hast, konnte ich mich nicht vom Fleck rühren.«

»Warum bist du gekommen?«

»Teils aus Respekt vor deinem Vater. Er war nett zu mir, als ich noch sehr jung war, selbst wenn er mich später nicht mehr leiden konnte. Und weil ich dich sehen wollte.«

»Ich hatte überlegt, ob du vielleicht gekommen bist, um dich zu rächen.«

Paul blieb der Mund offen stehen. »Rache! Gütiger Himmel, ich wäre nie darauf gekommen, dass du das glaubst. Ich muss dich zu Tode erschreckt haben.«

Nicole lächelte. »Ja, Paul, das hast du.«

»Aber jetzt fürchtest du dich nicht mehr?«

»Wäre ich gekommen, wenn ich mich gefürchtet hätte?«

»Wahrscheinlich nicht. Dennoch war es sehr mutig von dir, dich hier mit mir zu treffen. Aber du warst ja immer sehr tapfer.«

»Ich fühle mich neuerdings gar nicht mehr tapfer, Paul. Carmen hat mich nicht gerade zartfühlend darauf hingewiesen, dass ich noch nicht einmal über den Tod meines Vaters geweint habe. Ich denke, ich stehe unter Schock – sein Tod war so entsetzlich. Und dann ging es erst richtig los. Ich kann nicht um meinen Vater trauern, solange ich eine Todesangst habe, dass ich wegen all dem verhaftet werde. Was wird dann aus Shelley?«

»Du wirst nicht verhaftet, wenn es nach mir geht«, sagte Paul hitzig. Dann verstummte er. »Nicole, bist du sicher, dass dein Vater Selbstmord begangen hat?«

Nicoles Magen verkrampfte sich. Das war eine Frage, die ihr seit Tagen durch den Kopf ging, obwohl sie sich nicht gestattet hatte, darüber nachzudenken. Sie fuhr sich mit den Fingern durch das lange, vom Wind zerzauste Haar. »Die Polizei ist sicher, ich dagegen nicht. Allerdings sagen sowohl meine Mutter als auch seine Assistentin Kay, dass er in den letzten Wochen sehr mitgenommen war. Außerdem hat er Briefe erhalten, die ihn aus der Fassung gebracht haben. Niemand weiß, was in den Briefen stand oder woher sie kamen, aber dem letzten war ein Foto von dir beigelegt.«

Paul sah echt überrascht aus. »Ein Foto von mir?«

»Ja. Kay hat es teilweise verbrannt im Papierkorb in Papas Büro gefunden.«

»Verbrannt? Warum sollte er mein Foto verbrennen?« Nicole sagte nichts. »Ach so. Er war immer noch erbittert über meine Beziehung zu dir. Aber warum sollte ihm jemand nach so langer Zeit ein Foto schicken?«

»Ich habe keine Ahnung. Schließlich hatte Papa mit deiner Verhaftung nichts zu tun. Es stimmt, dass er dich nicht leiden konnte, aber er hat nie behauptet, du hättest Magaro und Zand umgebracht. Er war überzeugt, dass es sich um eine Art ritueller Hinrichtung gehandelt hat und dass du belastet wurdest, weil da längst jedermann über unsere Beziehung Bescheid wusste. Du warst als Prügelknabe genau recht. Er hat nicht geglaubt, dass der Tod der beiden etwas mit mir zu tun hatte. Aber Papas Tod stand am Anfang dieses Albtraums.«

»Nein«, sagte Paul bedächtig. »Der Albtraum hat vor fünfzehn Jahren begonnen. Alles steht in Zusammenhang mit dem Überfall auf dich und dem Tod von Zand und Magaro, auch der Selbstmord deines Vaters, wenn es Selbstmord war. Die geheimnisvollen Briefe und das Foto von mir, das ihm zugeschickt wurde, bestärken mich in dieser Überzeugung.« Er zögerte. »Gütiger Himmel, du meinst doch wohl nicht, dass er geglaubt hat, ich hätte ihm die Briefe geschickt und es auf ihn abgesehen?«

»Dass er Angst hatte, du würdest ihn töten und dir darum zuvorgekommen ist? Das ergibt keinen Sinn.«

»Nein, wohl nicht.«

»Außerdem hat er geglaubt, dass du tot bist. Wir alle haben es geglaubt.« Nicole streckte die Hand aus und berührte sein Gesicht. »Paul, es tut mir so Leid. Du hattest so ein fabelhaftes Leben, ehe du mich kennen gelernt hast.«

Paul sah sie zärtlich an. »Ich bedaure durchaus das eine oder andere an meinem Leben, aber die Begegnung mit dir gehört nicht dazu. Meine Gefühle dir gegenüber sind noch genauso wie beim letzten Mal, als wir hier waren. Erinnerst du dich an diesen wundervollen Tag?«

»Es war sonnig und schön. Wir haben endlos miteinander geredet. Wir haben uns gegenseitig fotografiert. Ich wusste an diesem Tag, dass ich dich liebe. Ja, Paul, ich erinnere mich. Ich werde mich bis ans Ende aller Tage daran erinnern.«

Pauls Kopf senkte sich langsam zu ihr herab. Sein Kuss war zunächst sanft und zaghaft, dann zunehmend leidenschaftlich. Nicoles Gedanken wirbelten fünfzehn Jahre in die Vergangenheit, und auf einmal hatte sie das Gefühl, nicht mehr geküsst worden zu sein, seit Paul sich an der Tür von ihr verabschiedet hatte, bevor sie an jenem letzten Abend sein Haus verließ. Eine Woge der Liebe, die sie so lange unterdrückt hatte, flutete jetzt über sie hinweg und sie erwiderte seinen Kuss mit gleicher Leidenschaft. Ihr schlanker Körper schien mit seinem zu verschmelzen, und ihre Seelen schienen sich zu begegnen, wie sie es bei ihrem ersten Kuss getan hatten. »Manch eine Liebe bleibt ewig bestehen«, hatte Alicia gesagt. Sie hatte Recht. Ihre Liebe zu Paul war nie versiegt.

Sie war nicht sicher, wie lange sie sich schon geküsst hatten, als Jordan plötzlich aufstand und knurrte. Paul löste sich von Nicole, die sich schwach und desorientiert fühlte. »Was ist?«, fragte er den Hund.

Der stand starr da und spähte hinaus in das große unbeleuchtete Gelände. »Paul?« Nicoles Stimme zitterte.

Er hielt sie weiter fest. »Jordan.« Der Hund warf ihm einen Blick zu, ehe er sich wieder auf das Gelände konzentrierte. »Da ist jemand.«

»O Gott«, sagte Nicole. »Was sollen wir tun?«

»Ruhe bewahren.«

»Geh du hinein«, wies Nicole ihn an, als sie sich wieder gefasst hatte. »Der vorderste Raum ist noch intakt. Geh hinein. Ich werde feststellen, wer es ist.«

»Ich lasse dich hier draußen nicht allein.«

»He, Lady!«, rief eine Stimme. »Ich wart jetzt nicht mehr. Wenn Sie mitkommen wollen, dann los. Ich fahr jetzt.«

Nicole hatte die Luft angehalten, aber jetzt atmete sie aus. »Das ist der Taxifahrer. Ich habe ihm gesagt, er soll warten.«

»Dann geh«, sagte Paul. »Ich lasse nicht zu, dass du hier festsitzt.«

»Aber wann sehen wir uns wieder?«

»Bald.« Er küsste sie – ein schneller, fester Kuss auf die Lippen. »Ich liebe dich, *Chérie*. Wie immer. Nun geh.«

Gleich darauf waren er und Jordan wie Gespenster in der unvollendeten Kirche verschwunden. Nicole blieb noch einen Augenblick sitzen. Sie war überwältigt von ihrer Begegnung, von dem Kuss, von dem jähen Verschwinden der beiden.

»Lady, ich ruf Sie nicht noch einmal!«, brüllte der Mann. »Ich geh jetzt zurück zum Taxi.«

Nicole sprang auf und rannte ins offene Gelände hinaus und entdeckte beinahe sofort den Mann. Er war nur etwa fünfzehn Meter von ihr entfernt. »Warten Sie!«, rief sie ihm hinterher. »Ich komme.«

Er drehte sich nach ihr um. Sein grobes Gesicht blickte verärgert. »Na endlich. Das wird Sie höllisch was kosten, wissen Sie.«

»Das geht in Ordnung«, sagte sie atemlos, als sie zu ihm aufgeholt hatte. »Es hat sich gelohnt.«

# Fünfundzwanzig

## 1

Nachdem Nicole in jener Nacht nach Hause zurückgekehrt war, konnte sie nicht einschlafen. Das alte Lied, dachte sie auf dem Bett liegend. Und in dieser Nacht machte es ihr auch nichts aus. Sie fühlte sich gestärkt, ja sogar beschwingt. Sie wusste zwar immer noch nicht, wer die Morde begangen hatte, stand nach wie vor bei der Polizei unter Verdacht, doch sie wusste, dass Paul unschuldig war und dass er sie nach wie vor liebte.

»Er liebt mich immer noch«, sagte sie laut und berührte das Kreuz, das an der Kette um ihren Hals hing. Sie sehnte sich danach, jemandem davon zu erzählen. Früher hätte sie Carmen davon erzählen können, aber das ging nun nicht mehr. Und zwar nicht erst, seit sie am Sonntag Türen schlagend aus dem Haus gerannt war. Carmen glaubte fest daran, dass Paul Zand und Magaro umgebracht hatte. Dagegen hatte Lisa gemeint, dass vielleicht Carmen die Mörderin sein könnte. Es stimmte, dass sie durch Zands Tod Bobby bekommen hatte. Die Frage war: Wäre sie bereit gewesen, einen Mord zu verüben, um ihn zu bekommen?

Als am nächsten Morgen der Wecker klingelte, war Nicole immer noch wach. Sie starrte an die Decke und versuchte, Antworten auf ihre Fragen zu finden. Doch es gelang ihr nicht. Sie wusste nur, dass sie aus ganzem Herzen an Pauls Unschuld glaubte.

Auf der Fahrt zur Universität fühlte sie sich besser als in den letzten Wochen. Als Nancy sie mit traurigen Augen ansprach, ehe sie ihr Büro erreicht hatte, musste sie verbergen, wie sehr sich ihre Stimmung gebessert hatte.

»Nicole, ich bin so entsetzt darüber, was Avis zugestoßen ist!«, sagte Nancy. »Als ich am Vormittag bei ihr vorbeigeschaut habe, war sie bereits tot im Garten. Wäre ich nur auch hinten herumgegangen.«

»Das hätte auch nichts geändert«, sagte Nicole sanft. Sie merkte, dass Nancy nicht alle Details über Avis' Tod kannte. Wie bei Dooleys Tod hielt die Polizei die entsprechende Information unter Verschluss.

»Ja, ich denke, Sie haben Recht. Wenigstens war es kein Selbstmord. Ihr Freund bei der Polizei – hat er Ihnen mitgeteilt, ob es Verdächtige gibt?«

Ja, ich bin die Hauptverdächtige, dachte Nicole. »Er hat nichts gesagt.«

Nancy seufzte. »Irgendwie glaube ich, dass es etwas mit Avis' Benehmen in der letzten Zeit zu tun hat. Sie hat es sich mit ihren furchtbaren Bemerkungen mit praktisch allen verdorben, und ich bin sicher, es hat noch andere Vorfälle wie den mit Ihnen gestern auf dem Parkplatz gegeben. Ich habe sie angefleht, sich helfen zu lassen ...«

»Nancy, Sie waren ihr eine gute Freundin. Sie haben alles getan, was Sie tun konnten. Nun quälen Sie sich nicht.«

»Das sagt mein Mann auch. Und die Avis, die meine Freundin war, hat es schon lange nicht mehr gegeben. Ich hatte so gehofft, dass dieser unbezahlte Urlaub ihr helfen würde. Drei Monate. Noch drei Monate und sie wäre in England gewesen, um dort ihren Recherchen nachzugehen.« Nancy seufzte wieder. »Nun ja, ich kümmere mich um das Begräbnis. Ich kann mir nicht denken, dass Sie kommen wollen, aber es werden so wenig Leute da sein, so wenig Blumen ...«

Nicole legte Nancy die Hand auf den Arm. »Ich bin nicht sicher, ob ich es schaffen werde, zu kommen.« Vielleicht sitze ich dann schon im Gefängnis, dachte sie und erschauerte. »Aber ich werde auf jeden Fall Blumen schicken. Sagen Sie mir nur, wohin, sobald Sie alles arrangiert haben.«

Nach dem ersten Seminar kehrte Nicole in ihr Büro zurück und fand dort Ray und Cy Waters vor, die auf sie warteten. Sie hatte sich den ganzen Morgen gesagt, dass sie damit rechnen musste – schließlich hatte Ray ihr angekündigt, dass man sie an diesem Tag offiziell verhören würde. Aber es versetzte ihr doch einen Schock, dass Ray in offizieller Funktion gekommen war, vor allem nach ihrer Begegnung mit Paul in der vergangenen Nacht.

»Wollen Sie, dass ich mit aufs Revier komme?«, fragte sie.

»Nein, Mrs. Chandler«, sagte Waters. »Wir können uns fürs Erste hier unterhalten.«

»Na gut.« Nicole schloss die Tür. »Möchten Sie eine Tasse Kaffee?«

»Wir sind nicht zum Vergnügen hier«, fuhr Waters sie an.

Nicoles Blick flatterte zu Ray hinüber, doch er war damit beschäftigt, Stift und Notizblock herauszuholen, und sein Gesicht war ausdruckslos. »Entschuldigen Sie. Ich wollte die Angelegenheit keinesfalls bagatellisieren«, sagte sie.

Waters nickte. »Gut. Also: Wir haben gehört, dass Sie und Mrs. Simon-Smith nicht die besten Freunde waren.«

Nicole nahm hinter ihrem Schreibtisch Platz. »Nein, das waren wir nicht. Sie war recht seltsam. Sie war mit Nancy Silver befreundet, einer anderen Dozentin hier im Fachbereich. Nancy könnte Ihnen mehr über Avis' Persönlichkeit sagen als ich.«

»Aber Sie hatten vorgestern eine Auseinandersetzung mit ihr auf dem Parkplatz.«

»Ja. Ich hatte letzte Woche etwas gesagt, das sie erbost hat. Ich wollte mich entschuldigen, aber sie hat mir nicht zugehört. Sie hat mich beleidigt, woraufhin ich sie beschimpft habe, und dann hat sie mich gestoßen. Nicht mit aller Gewalt – ich wäre nicht gestürzt, wenn ich keine hohen Absätze getragen hätte.«

»Aber Sie sind gestürzt und Sie waren wütend.«

»Nein, Sergeant Waters. Ich war nicht wütend. Ich war überrascht und in großer Verlegenheit.«

»Wenn mich jemand zu Boden gestoßen hätte, wäre ich wütend.«

»Also, ich nicht.«

»Aber Sie konnten sie nicht leiden.«

»Nein, leiden konnte ich sie nicht.«

»Stimmt es, dass Sie tags darauf Sergeant DeSoto angerufen und ihn gebeten haben, nach der Frau zu sehen, weil sie nicht zur Arbeit erschienen war und niemand sie erreichen konnte?«

»Ja.«

»Hmmm.« Waters blickte zu dem gerahmten Druck eines Degas-Gemäldes auf, das über einem Bücherregal hing, und wandte sich dann wieder Nicole zu. »Mrs. Chandler, warum haben Sie sich solche Sorgen wegen einer Frau gemacht, die Sie zugegebenermaßen nicht leiden konnten?«

»Weil ich weiß, dass sie ... dass sie psychische Probleme hatte. Nancy hatte die Vermutung geäußert, sie könnte sich umgebracht haben, weil sie glaubte, dass sie wegen des Vorfalls auf dem Parkplatz ihren Job verlieren würde. Diesen Vorfall hatte ich provoziert, weil ich etwas Grausames zu ihr gesagt habe, anstatt ihre spöttischen Bemerkungen einfach zu ignorieren …« Nicole hob die Hände. »Ich habe mich verantwortlich gefühlt. Ich wollte sichergehen, dass mit ihr alles in Ordnung ist.«

»Das ist sehr nobel von Ihnen.«

Nicole schwieg. Sie warf wieder einen Blick auf Ray. Er hatte bisher kein Wort gesagt.

»Mrs. Chandler, wo waren Sie vorgestern zwischen zehn und zwölf Uhr nachts?«

»Zu Hause«, antwortete sie prompt.

»Hatten Sie irgendwelchen Besuch?«

»Nein.«

»Haben Sie eine andere Möglichkeit, zu beweisen, dass Sie zum genannten Zeitpunkt dort waren.«

Ray blickte immer noch unverwandt in sein Notizbuch. »Es war ein Streifenbeamter vor dem Haus«, sagte Nicole. »Er kann bestätigen, dass ich das Haus nicht verlassen habe.«

»Sie hätten sich hinten hinausschleichen können.«

Nicole spürte, wie sie beim Gedanken an ihren heimlichen Ausbruch in der vergangenen Nacht errötete. »Der Garten ist umzäunt. Ich bin, fürchte ich, nicht fähig, über einen zwei Meter hohen Zaun zu springen.«

»Ihr Eindringling hat es doch auch geschafft.«

Nicoles Mund wurde trocken. »Ja, er hat es geschafft. Aber ich bin in der fraglichen Nacht nicht an einem Seil hochgeklettert und über den Zaun gestiegen.«

Waters schrieb etwas auf seinen Notizblock. Ray schrieb auf seinem Notizblock. Er hat versprochen, mir ein Alibi zu geben, dachte Nicole. Ich habe ihm gesagt, er soll meinetwegen nicht lügen. Aber jetzt habe ich doch Angst. Jetzt wünsche ich mir, er würde irgendetwas sagen. »Sergeant Waters, ich glaube , dass ich alles gesagt habe, was ich sagen möchte, ohne meinen Anwalt dabei zu haben.«

»Wovor haben Sie Angst?«, fragte Waters.

»Ich habe keine Angst. Ich bin nur nicht dumm.« Sie warf einen Blick auf die Uhr. »Außerdem ist es Zeit für mein nächstes Seminar. Wenn Sie also nicht vorhaben, mich zu verhaften …«

»Im Augenblick nicht«, sagte Waters lässig. »Ray, die Dame hat ein Seminar. Ich denke, wir verabschieden uns jetzt am besten.«

Ray nickte. Sie standen auf. »Wir sprechen uns bald wieder, Madam«, fügte Waters hinzu.

»Mir ist es recht«, sagte sie mit ruhiger Stimme, die über ihr klopfendes Herz hinwegtäuschte. »Aber beim nächsten Mal wird mein Anwalt dabei sein.«

Nachdem sie gegangen waren, legte Nicole den Kopf auf ihren Schreibtisch. O Gott, dachte sie. Jetzt weiß ich, wie Paul vor fünfzehn Jahren zumute war – ängstlich, verblüfft. Derweil hatten sich die Beweise gegen ihn gehäuft, und niemand war ihm zu Hilfe geeilt.

## 2

Nicole wollte soeben ihr Büro verlassen, als das Telefon klingelte. Sie wäre fast nicht mehr drangegangen, entschied jedoch im letzten Augenblick, dass es vielleicht etwas Wichtiges war.

»Nicole«, sagte Ray. »Ich hatte schon befürchtet, ich hätte Sie verfehlt.«

Nicole konnte im Hintergrund Verkehrslärm hören. »Wo sind Sie?«

»Ich benutze mein Handy. Cy ist in einem Restaurant, Kaffee für uns holen.«

»Kann man das nicht vom Auto aus im Schnellimbiss erledigen?«

»Cy schmeckt der Kaffee hier. Sie hören sich an, als wären Sie wütend.« Nicole schwieg. »Sie fragen sich, warum ich heute in Ihrem Büro nichts gesagt habe. Sehen Sie, Nicole, ich muss einen einigermaßen objektiven Eindruck erwecken. Cy denkt sich ohnehin schon seinen Teil, was unsere Beziehung angeht. Was ich Ihnen sagen wollte: Sie brauchen sich um das Alibi keine Sorgen zu machen. Der Streifenbeamte vor ihrem Haus hat Sie drinnen hin und her gehen sehen. Er hat sogar ungefähr zur selben Zeit, als diese Smith gestorben ist, Ihr Gesicht am Fenster gesehen.«

Nicole atmete erleichtert auf. »Warum hat Waters mir nichts davon gesagt?«

»Er wollte Ihnen Angst machen. Aber Nicole, ich war fest entschlossen, ihm im Zweifelsfall zu sagen, dass ich gestern zwischen zehn Uhr dreißig und elf Uhr dreißig ein langes Telefongespräch mit Ihnen geführt habe.«

»Ich bin froh, dass es nicht dazu gekommen ist. Ich möchte nicht der Grund sein, wenn es mit Ihrer Karriere Probleme gibt. Aber ich wünschte, ich hätte heute Vormittag Bescheid gewusst. Waters hat mir wirklich Angst gemacht.«

»Tut mir Leid. Das mit dem Streifenbeamten habe ich erst wenige Stunden vor Ihrem Verhör erfahren. Und dann war ich nicht eine Minute allein, um Sie anzurufen.«

»Ist schon gut, Ray. Ich bin froh, dass Sie es mir gesagt haben. Vielleicht kann ich jetzt aufhören zu zittern.«

»Nur ruhig, Nicole. Ich weiß, es war schrecklich, ist aber im Dienste der Gerechtigkeit geschehen.«

Das Gespräch wurde unterbrochen. Wahrscheinlich hatte Ray Waters zum Wagen zurückkommen gesehen. »Im Dienste der Gerechtigkeit«, hatte Ray gesagt. Es wäre ihr nur recht gewesen, wenn es ihr daraufhin besser gegangen wäre, aber es ging ihr nicht besser, weil sie von Rays Überzeugung wusste, dass der Gerechtigkeit erst wirklich gedient war, wenn Paul Dominic verhaftet und vor Gericht gestellt wurde.

## 3

»Gott sei Dank ist der heutige Tag vorbei«, murmelte Nicole. Sie klappte ihre Aktenmappe zu, nahm ein paar Bücher und ihre Handtasche und verließ das Büro. Sie wusste, dass sie mit dem Unterricht besser zurechtgekommen war als in den vergangenen Tagen, aber sie war doch sehr erschöpft.

Sie fuhr mit dem Aufzug nach unten. In der großen Vorhalle wimmelte es von Studenten. Sie standen in Gruppen beisammen, lachten, nahmen Flugblätter entgegen, die jemand austeilte. Hier war immer viel los, ein Ort zum Ausruhen zwischen zwei Seminaren oder für gesellige Zusammenkünfte. Nicole ging durch die Menge, nickte, wenn ihr ein bekanntes Gesicht begegnete. Dann verlangsamte sie ihre Schritte, als sie Miguel und Lisa sah. Es war eindeutig, dass die zwei sich stritten. Lisas Gesicht war hochrot. Miguel gestikulierte und er hatte die Stimme erhoben. Als Nicole näher kam, hörte sie Miguel sagen: »Ich weiß gar nicht, warum ich mich überhaupt mit dir abgebe!«

Miguel marschierte davon, ohne Nicole gesehen zu haben. Sie trat zu Lisa. »Sie sind in ihn verliebt, nicht wahr?« Lisas Wangen wurden noch röter. »Das war ein Schuss ins Dunkle, aber Recht habe ich damit schon.«

»Miguel hat mir nichts zu bieten. Ich bin mit Roger zusammen.«

»Und was hat er Ihnen zu bieten? Ich weiß, er sieht nett aus und ist gebildet, aber er ist außerdem zwanzig Jahre älter als Sie und Universitätsprofessor. Nachdem er seine Alimente gezahlt hat, wird er nicht mehr genug übrig haben, um Ihnen ein schönes Leben zu bieten.«

»Im Augenblick nicht.«

»Was wollen Sie damit sagen: im Augenblick? Was, glauben Sie, wird sich daran ändern?«

»Seine Mutter kann ja nicht ewig leben.«

»Sie rechnen mit einer Erbschaft. Tun Sie es nicht. Sie ist wütend auf Roger, weil er Shelley und mich im Stich gelassen hat.«

Lisas Augen verrieten ihre innere Erregung. »Das weiß ich längst. Sie legt einfach auf, wenn er sie anruft. Aber sie wird drüber wegkommen.«

»Darauf würde ich mich an Ihrer Stelle nicht verlassen. Sie hat nie besonders viel von Roger gehalten und nun ist sie böse auf ihn und enttäuscht von ihm. Ich bezweifle, dass sie ihm auch nur einen Pfennig gibt.«

»Sie hätte es getan. Sie hätte ihm verziehen. Alles wäre großartig gelaufen.«

Lisas Augen füllten sich mit Tränen, während sich die von Nicole verengten. »Ich habe schon einen Schuss ins Dunkle gewagt. Lassen Sie es mich noch einmal versuchen: Roger hat es sich anders überlegt und will Sie nicht mehr heiraten.«

Lisas Gesicht erstarrte zu einer Maske des Eigensinns. »Natürlich will er.«

»Das glaube ich nicht. Ich glaube, er hat gemerkt, dass es ein großer Fehler war, sich mit Ihnen einzulassen. Das ist es, was Sie gemeint haben, als Sie sagten: ›Alles wäre großartig gelaufen.‹ Es wäre großartig gelaufen, wenn er nicht beschlossen hätte, das Handtuch zu werfen.«

»Das ist nicht wahr! Er liebt Sie nicht mehr, Nicole.«

»Ich weiß. Aber er hat seine Familie im Stich gelassen und damit sein Leben aus der Bahn gebracht. Seine Mutter will nichts mit ihm zu tun haben und wird ihn vermutlich enterben – nicht, dass sie ein Vermögen zu vererben hätte, aber immerhin. Er ist von Shelley getrennt, die er wirklich liebt. Sie ist so verbittert, dass sie ihn gar nicht mehr um sich haben will. Seine Freunde akzeptieren weder Sie noch ihn, wenn er mit Ihnen zusammen ist.« Nicole legte den Kopf schief. »Deshalb trinkt er so viel. Er ist unglücklich.«

»Sie wollen ihn ja bloß zurückgewinnen!«

»Nein. Wenn er morgen zu mir käme, würde ich ihn nicht wieder aufnehmen. Der Schaden ist angerichtet. Er hat längst jeden verloren, der ihm einmal etwas bedeutet hat.«

Lisa sah sie hasserfüllt an. »Es wird ihm besser gehen, sobald alle gemerkt haben, was für eine Spinnerin Sie sind«, schrie sie. »Sobald alle über die schrecklichen Dinge Bescheid wissen, die Sie sich in letzter Zeit haben zuschulden kommen lassen. Dann werden alle verstehen, warum er Sie verlassen hat. Sie werden weder mir noch ihm die Schuld geben. Seine Mutter wird ihm verzeihen, und er wird Shelley bekommen, so wie er es will. Dann wird er wieder glücklich sein. Wir werden glücklich sein.«

»Das würde Ihnen gefallen, nicht wahr?«, sagte Nicole bedächtig. »Es würde Ihnen gefallen, wenn mich alle für geistesgestört halten. Wie weit würden Sie dafür gehen, Lisa? Weit genug, um mich als Mörderin hinzustellen?«

Lisa sah sie mit blitzenden Augen an. Dann machte sie kehrt und verließ hastig das Gebäude.

## 4

Auf der Fahrt nach Hause wirbelten die Gedanken durch Nicoles Kopf. Roger wollte Lisa also nicht mehr haben. Sie hätte sich darüber wohl hämisch freuen müssen, tat es jedoch nicht. Sie hatte erkannt, dass ihre Ehe am Ende gewesen war, ehe Roger im Januar ausgezogen war. Lisa hatte den Vorgang nur beschleunigt.

Außerdem war klar, dass sowohl Roger als auch Lisa verloren hatten, was sie sich am meisten wünschten. Roger wünschte sich Shelley und dazu den Respekt seiner Mutter und seinesgleichen. Seine Kollegen würden vielleicht wieder mehr auf ihn eingehen, nachdem er Lisa fallengelassen hatte, aber der Schaden, den die Beziehung zu seiner Mutter und Shelley genommen hatte, ließ sich wahrscheinlich nie wieder ganz gutmachen. Und Lisa hatte offensichtlich Miguel verloren. Das hieß natürlich, dass seine Behauptung, sie hätten nichts miteinander, eine Lüge war. Was für Lügen hatte er ihr sonst noch aufgetischt? Carmen hatte erzählt, dass Lisas Eltern sie nach Ohio aufs College geschickt hätten, damit sie von einem »unangenehmen Typen« aus San Antonio loskam. Konnte es sich um Miguel gehandelt haben?

Nicole erstarrte. Hatte Miguel sie in den letzten zwei Wochen beobachtet? Konnte es sein, dass Miguel sie die ganze Zeit sowohl beschützt als auch gequält hatte?

Wenn dem so war, dann war er der Anrufer gewesen, der sich als Magaro ausgegeben hatte. Aber wie hätte Miguel wissen können, was Magaro am Abend der Vergewaltigung zu ihr gesagt hatte?

Ganz einfach, dachte sie und hielt an einer Ampel an. Über die üblichen Informationskanäle. Magaro hatte es Bobby erzählt, Bobby hatte es Lisa erzählt, und Lisa hatte es Miguel erzählt. Vielleicht hatte Miguel anfangs Lisas Plan unterstützt. Oder vielleicht hat er nur versucht, mich zu erschrecken, damit ich mich schutzsuchend an einen Mann wende, vorzugsweise an ihn selbst. Oder vielleicht hat der Informationsfluss bei Bobby aufgehört. Vielleicht war Bobby der nächtliche Anrufer. Er hätte jedenfalls seinen Spaß daran, mich zu erschrecken.

Als sie in ihre Auffahrt einbog, stellte sie fest, dass der Streifenwagen immer noch vor dem Haus stand. Na, wenigstens liefere ich den örtlichen Klatschbasen genug Futter, dachte sie. Der einzige, der die Ereignisse aufregend anstatt beängstigend fand, war offensichtlich Newton Wingate, den sie häufig mit dem Streifenbeamten reden sah. »Ich lass mich nur eben auf den neuesten Stand der Ermittlungstechnik bringen«, hatte er ihr eines Tages fröhlich lächelnd zugerufen. »Ich trage mich nämlich mit dem Gedanken, einen Krimi zu schreiben.«

»Ich habe Sie wohl inspiriert?«, hatte sie amüsiert gefragt.

Newton hatte sie schalkhaft angesehen. »Meine Liebe, Sie könnten jeden Mann inspirieren.«

Aber Newton ließ sich an diesem Nachmittag nicht blicken. Vielleicht sitzt er längst mit Feuereifer an der Schreibmaschine, dachte sie. Drinnen angekommen sortierte Nicole die Post, wobei ihr auffiel, dass weder Rechnungen noch Postkarten dabei waren. Sie streifte die Schuhe ab und schenkte sich ein Glas Eistee ein. Was bin ich müde, dachte sie. So entsetzlich müde. Sie stellte ihr Glas auf den Couchtisch und streckte sich auf der Couch aus. Fünf Minuten später schlief sie fest.

Es war Nacht. Sie ging durchs Gebüsch, und Stimmen drangen zu ihr herüber. »Die hat geglaubt, sie hätte uns überlistet«, sagte Magaro.

»Hat sie auch beinahe«, antwortete Zand und nahm schnaubend eine Prise.

»Nein, hat sie nicht. Es wär besser gewesen, wenn wir sie umgebracht hätten, wie ich wollte, aber sie hat uns auch so nichts anhaben können. Ich hab zu viele Freunde, Mann. Ich hab dir doch versprochen, dass ich uns ein Alibi beschaffe.« Ihre rechte Hand umklammerte einen metallenen Gegenstand. Er lag perfekt in der Hand. Er gab ihr Kraft. »Hab ich dir nicht gesagt, dass du nicht ins Gefängnis musst?«

»Ja, das hast du.«

»Und du hast mir als Gegenleistung was versprochen. Ich sag dir, was ich mir wünsche. Nicht mehr als Roadie schuften. Ich hab Talent, Mann. Es ist nicht recht, dass ich mich mit den Lautsprechern abschleppe. Am Schlagzeug sollte ich sitzen.«

»Vega sitzt am Schlagzeug. Er war von Anfang an Mitglied der Band.«

»Na und? Wirf ihn raus. Kein Problem.«

»Das ist nicht so einfach, Mann. Ich wüsste nicht, wie ich das fertigbringen soll.«

Es folgte ein langes, bedrohliches Schweigen. »Du weißt einfach nie, wie du was fertigbringen sollst, stimmt's?«, fauchte Magaro verächtlich. Sie sah das allzu vertraute Messer aufblitzen. »Wirf Vega raus, wirf ihn raus, sonst passiert ihm vielleicht noch was Schreckliches, was Schrecklicheres als dem Mädchen. Sie hat es zumindest überlebt, obwohl ich ihr immer noch gern dieses Messer in die Kehle stoßen würde, weil sie uns solche Schwierigkeiten gemacht hat.«

Und dann war ein Knirschen im Gras zu hören. Jemand näherte sich den beiden Männern, jemand, der hochgewachsen war, jemand, den sie nicht deutlich erkennen konnte. Ihre Finger schlossen sich um den Gegenstand in ihrer Hand.

»Schon gut, Magaro, nur mit der Ruhe«, sagte Zand. »Wenn du Vega raushaben willst, ist er schon so gut wie draußen. Nun steck das verdammte Messer weg.«

Die undeutliche Gestalt bewegte sich rechts von ihr auf Magaro und Zand zu. Sie runzelte die Stirn und ihre scharfen Augen spähten in die klare Nacht hinaus. Dann erhaschte sie im Licht des Mondes einen Blick auf das Gesicht …

Die Gestalt drehte sich um. Clifton Sloan sah ihr direkt in die Augen. »Nikki!« Er eilte zu ihr. Magaro und Zand lachten schallend über etwas. Sie hatten sie weder gesehen noch gehört. Sie entdeckten auch nicht die dritte Gestalt, die in der Nähe von Nicole und Clifton durchs Gebüsch schlich. Clifton sah Nicole prüfend an. »Du schlafwandelst schon wieder.« Er ließ die Pistole ins Gras fallen. »O Gott, du bist ja barfuß.« Er hob sie auf, schlug ihr dabei die Taschenlampe aus der Hand. »Wir gehen nach Hause, Schatz. Wir gehen nach Hause, und du wirst das alles vergessen.«

Als er sich mit ihr auf dem Arm umdrehte und auf den Weg zur Straße machte, konnte sie einen letzten Blick auf die andere Gestalt werfen, die absolut still dastand und sie beobachtete. Das Gesicht. Sie konnte das Gesicht kaum sehen …

Nicole schreckte mit heftig klopfendem Herzen von der Couch hoch. »O du lieber Gott«, rief sie aus. »Ich war in jener Nacht dort. Genau wie mein Vater. Mit einer Pistole. Mein Vater war gekommen, um Zand und Magaro zu töten.«

# Sechsundzwanzig

## 1

Als es dunkel wurde, ging Nicole immer noch im Wohnzimmer auf und ab, verblüfft über das vergrabene Wissen, das ihr Traum zutage gefördert hatte. Ihr sanfter Vater, der Schusswaffen so hasste, hatte Magaro und Zand umbringen wollen. Wie hatte sein Plan ausgesehen? Sein Hotel in Dallas zu verlassen, nach San Antonio zu fahren, Zand und Magaro zu töten, dann zurück nach Dallas zu fahren und zu seiner morgendlichen Konferenz wieder da zu sein? Das war leicht zu schaffen gewesen. Dallas war weniger als dreihundertzwanzig Kilometer von San Antonio entfernt. Die Polizei hatte bestätigt, dass er um zehn Uhr abends im Hotel gesehen worden war, und dann wieder morgens um acht. Sein Plan hätte funktioniert, aber er hatte nicht damit gerechnet, seine Tochter in Basin Park vorzufinden. Das hatte ihn davon abgehalten, zwei Morde zu begehen.

Oder etwa nicht? Hatte er sie nach Hause und ins Bett gebracht und war dann zurückgekehrt, um sein Vorhaben in die Tat umzusetzen? Wären Zand und Magaro auch dann noch dort gewesen? Hätte er es geschafft, die Pistole wiederzufinden? Hätte er Paul belastet und ihm die Morde untergeschoben?

Sie setzte sich und verschränkte die Hände auf dem Schoß. Was sollte sie mit diesem Wissen anfangen? Ray anrufen? Würde sie damit seine Gewissheit ins Wanken bringen, dass Paul ein Mörder war? Vielleicht. Andererseits würde es ihren Vater in ein schreckliches Licht rücken.

Aber es war in jener Nacht noch jemand dort gewesen. Sie hatte die Silhouette gesehen. Konnte sie diese Person identifizieren? Nein. Konnte sie beweisen, dass diese Person Magaro und Zand getötet hatte, nachdem sie und ihr Vater fort waren? Nein. Selbst wenn Ray ihr die Geschichte mit der weiteren Person abnahm, würde er wahrscheinlich denken, dass es Paul war.

Sie war aber sicher, dass er es nicht gewesen war. Aber wer dann? Carmen, wie Lisa glaubte? Nicole konzentrierte sich auf das, was ihr in Erinnerung war. Die Person war größer als sie gewesen, auf jeden Fall schwerer, aber abgesehen davon erinnerte sie sich an nichts. Könnte es Bobby gewesen sein, der nur Magaro hatte töten wollen, weil der Zand zwang, ihn aus der Band zu werfen? Aber warum sollte er Zand getötet haben? Könnte dieser Mord ein Versehen gewesen sein? Oder konnte es sich schlicht um einen unbekannten Verrückten gehandelt haben, der gesehen hatte, wie ihr Vater die Waffe fallen ließ, und der die Gelegenheit genutzt hatte?

Auf einmal wurde Nicole bewusst, dass sie entsetzliche Kopfschmerzen hatte. Sie ging in die Küche, schluckte noch zwei Aspirin und blickte aus dem Fenster. Es war inzwischen völlig dunkel. Sie war über eine Stunde auf und ab gegangen und hatte nachgedacht. Und immer noch hatte sie keine Antwort gefunden.

Sie ging zurück ins Wohnzimmer und legte sich auf die Couch. Sie wartete darauf, dass das Aspirin wirkte, froh, dass Shelley nicht da war und sie in diesem Zustand sah. Würde ihr Leben je wieder normal werden? Würde dieses Rätsel je gelöst werden? Oder würde sie im Gefängnis enden?

Sie lag immer noch im Dunkeln, als das Telefon klingelte. O nein, dachte sie. Wie soll ich es nur schaffen, in normalem Tonfall zu reden, falls es Shelley ist, die anruft, oder Ray?

Nicole rollte von der Couch und eilte auf derart unsicheren Beinen in die Küche, dass sie sich unterwegs am Couchtisch das Knie anstieß. »Hallo?«

Der Augenblick des Schweigens zog sich in die Länge. Schließlich sagte Paul mit heiserer, schmerzerfüllter Stimme. »Nicole, komm in die Mission San Juan. Ich brauche dich.«

Dann wurde die Leitung unterbrochen.

## 2

Nicole verharrte einige Sekunden mit dem Hörer in der Hand. Was war nur passiert? Hatte sie vor weniger als vierundzwanzig Stunden jemanden zu Paul geführt?

Ohne zu zögern, eilte sie ins Schlafzimmer und riss sich das Kostüm vom Leib. Minuten später war sie in Jeans und Pullover gekleidet. Sie zog eine Jacke über, steckte ihre Pistole in die Tasche und benutzte dann das Telefon im Schlafzimmer, um die Taxifirma anzurufen. Wie tags zuvor bat sie, baldmöglichst an der Straße hinterm Haus abgeholt zu werden.

Als sie durch das unbeleuchtete Wohnzimmer rannte, fiel ihr ein, was Ray gesagt hatte: dass der Streifenbeamte vor dem Haus sie an dem Abend, als Avis ermordet worden war, drinnen umhergehen gesehen hatte. Die Männer, die man ausgesandt hatte, um sie zu beobachten, hatten eindeutig Anweisung, auf normale Beleuchtung zu achten, und hier war es stockdunkel, kein einziges Licht im Wohnzimmer. Sie ging rasch von einer Lampe zur anderen, ja sogar zum Fernseher, und schaltete sie ein. Sie zog die durchsichtigen Gardinen beiseite und spähte hinaus, damit der Beamte, falls er gerade in ihre Richtung schaute, ihr Gesicht sehen konnte. Dann zog sie die Vorhänge vor. Nun sah für wochentags um acht Uhr dreißig alles normal aus.

Als Nächstes ging sie in den Keller und holte die Leiter. Sie verließ das Haus durch die Hintertür und lehnte die Leiter an den Zaun. Zwei Minuten später lag die Leiter im Garten des leerstehenden Hauses bereit, und sie sprang zu Boden, ohne sich zu verletzen. Sie trat im selben Augenblick auf die Straße, als das Taxi heranfuhr.

»Zur Mission San Juan«, sagte sie und stieg hinten ein.

Der Fahrer drehte sich um. »Nicht schon wieder!«

Nicole sah ihn an. »Gütiger Himmel, wie groß ist die Wahrscheinlichkeit, zwei Abende hintereinander denselben Taxifahrer zu erwischen?«

»Nicht groß. Hören Sie, Lady, ich hab es Ihnen schon beim ersten Mal gesagt: Ich fahr nicht gern dort hin.«

»Habe ich Ihnen gestern nicht das Doppelte bezahlt? Haben Sie nicht mehr verdient, als an einem normalen Abend möglich gewesen wäre?«

»Schon«, sagte er widerwillig.

»Und, ist Ihnen dort etwas passiert?«

»Also, nein.«

»Was haben Sie dann für ein Problem? Ich bezahle Ihnen heute wieder den doppelten Fahrpreis. Sie können das zusätzliche Geld doch brauchen, oder?«

»Okay.« Er schüttelte den Kopf. »Aber wenn Sie ein Verhältnis haben, Lady, rate ich Ihnen, sich einen besseren Platz dafür zu suchen, so wie es alle anderen tun. Das ist doch verrückt.«

»Bitte fahren Sie. Ich hab es eilig.«

»Sie haben es immer eilig. Ich möchte zu gern wissen, was dieser Kerl an sich hat. Für mich würde das keine Frau tun.«

Du bist nicht Paul Dominic, dachte sie. Wenn Paul Dominic mich braucht, bin ich zu allem bereit.

Aber was mag da los sein?, überlegte Nicole, während sie die Stadt durchquerten. Die Fahrt verlief langsamer als die letzte, da es früher am Abend war. Wenn tatsächlich jemand Paul erwischt hatte, warum hielt er ihn in der Mission fest? Um die Polizei konnte es sich nicht handeln, denn sonst wäre Paul in Gewahrsam. Und wenn es Miguel war? Oder Carmen? Vielleicht sogar Lisa oder Bobby?

Aber vielleicht wurde Paul gar nicht festgehalten. Vielleicht war er verletzt und hatte in der Mission Zuflucht gesucht, anstatt ins Krankenhaus zu gehen, wo es für ihn zu gefährlich wäre. Sollte das der Fall sein, warum war er dann nicht zu seiner Mutter gegangen? Aus Angst vor Rosa? Und was hätte sie für ihn tun können?

Nach einer scheinbar unendlich langen Fahrt trafen sie schließlich in der Mission ein. »Sagen Sie es nicht«, riet der Fahrer. »Sie wollen, dass ich auf Sie warte.«

»Ja. Muss ich die Fahrt bis hierher sofort zahlen?«, fragte Nicole.

»Nein. Sie haben gestern auch bezahlt. Ich denke, ich kann Ihnen trauen.«

Dem Himmel sei Dank, dachte Nicole, der plötzlich einfiel, dass sie nur zehn Dollar und kein Scheckbuch in der Handtasche hatte. Der Mann würde auf sein Geld warten müssen, bis sie wieder zu Hause war.

Sie sprang aus dem Taxi, stieg durch eine Lücke in der Steinmauer und machte sich auf den Weg durchs Gelände. Das hohe Holzkreuz sah trostloser und gröber aus als beim letzten Mal. Sie blieb stehen. Etwas war anders. Es war das Licht. Das Kreuz wurde nicht mehr ausschließlich von sanft schimmerndem Mondlicht angestrahlt. Sie blickte zur Kirche hinüber und sah durch die offene Tür Licht flackern. Es fand wohl, wenn die Kirche offen war, an diesem Abend ein besonderer Gottesdienst statt. In dem Fall musste sie besonders vorsichtig sein.

Nicole eilte auf die Ruinen der Kirche zu, wo sie Paul in der vergangenen Nacht getroffen hatte. Mondlicht ließ die Jesusstatue mit dem Baby im Arm erstrahlen. Jemand hatte der Statue einen Blumenstrauß in die freie Hand gesteckt. Sie betrat langsam den ersten Raum links, von dem sie wusste, dass er als Taufkapelle gedacht war. Kein Paul.

Sie durchsuchte sämtliche Räume der Ruine und ging dann wieder hinaus. »Jordan?«, rief sie leise in der Hoffnung, dass der Hund zu ihr kommen und sie zu Paul führen würde. Doch der Hund erschien nicht.

Als Nächstes wandte sich Nicole der *Hospedería* zu, dem Gästequartier, jedoch vergebens. Sie trat erneut hinaus auf das offene Gelände. Wo konnte er nur sein? Das Geschichtsmuseum war geschlossen. Nur die Kirche war immer noch offen.

Aus der offenen Tür drang Musik. Gregorianische Gesänge, wunderschön und ergreifend. Und laut. Dann ging ihr ein Licht auf. Wenn dort ein Sondergottesdienst stattfand, wo waren dann die Autos auf dem Parkplatz? Es waren keine Autos da, und auch sonst gab es keine Anzeichen von Betrieb. Paul musste in der Kirche sein. Sie war der einzige Ort, der noch in Frage kam. Andererseits hätte er bestimmt nicht die Beleuchtung eingeschaltet und laute Musik gespielt.

Er ist nicht allein, dachte sie und erschauerte. Jemand hat ihn erwischt.

Nicole näherte sich langsam der Tür. Sie hatte Angst, hineinzugehen, Angst, nicht hineinzugehen. Nachdem sie sich eine Weile besonnen hatte, umklammerte sie die Pistole in ihrer Tasche und trat ein.

Sie hatte das Innere der Kirche schon immer schön gefunden, obwohl die Missionsbauten von außen überaus streng wirkten. Die Wände waren schneeweiß, die Decke hoch mit grob behauenen Balken. Ein schlichter runder Lüster mit nur sechs Kerzen hing von der Decke. Dagegen war der Altar mit seinen purpurroten Behängen, goldenen Säulen, leuchtend bunten Heiligenfiguren und weiteren Kerzen ausgesprochen eindrucksvoll. Frische Körbe mit Weihnachtssternen standen unter einem zarten, weißen, mit Spitzen besetzten Altartuch.

Rechts von ihr brannten auf einem Tisch Votivkerzen. Und zwar nicht nur einige, sondern alle, an die fünfzig Stück. Die Musik brandete auf, erfüllte die alte Kirche mit den ehrfürchtigen, perfekt aufeinander abgestimmten A-cappella-Stimmen.

»Paul?«, rief Nicole, um die Musik zu übertönen. »Paul, bist du hier?«

Zunächst war nichts anderes zu hören als der Choralgesang. Dann hörte sie es. Ein Stöhnen. Und jemand stampfte irgendwo vorn in der Kirche in regelmäßigen Abständen auf den Holzboden.

Sie rückte langsam vor, ohne die Pistole in ihrer Tasche aus der Hand zu lassen. Wie seltsam es doch war, mit einer Pistole in eine Kirche einzudringen.

Vorn in der Kirche ertönte wieder ein Stöhnen. Nicole rannte los, hielt dann inne. Hinter dem Altar erhob sich ein Mann. Er hielt einen zusammengeschlagenen, geknebelten Paul umklammert und drückte ihm eine Pistole an die Schläfe.

»Ray?« Nicoles Stimme klang vor lauter Ungläubigkeit ganz schrill. »Ray, was tun Sie da?«

»Wusste ich es doch, dass du kommen würdest, wenn er dich darum bittet. Du liebst ihn immer noch, nicht wahr? Nach so langer Zeit.« Nicole fiel aus allen Wolken. »Er wollte dich nicht anrufen«, sagte Ray. »Er wollte dich auch nicht hierher locken. Nicht einmal, als ich ... ihn zu überreden versucht habe. Deshalb musste ich wieder einmal seine Stimme nachahmen.«

»Wieder einmal?«

Ray verfiel in eine perfekte Imitation von Pauls Stimme. »Nicole, komm in die Mission San Juan. Ich brauche dich.«

Plötzlich fiel Nicole ein, dass Paul gesagt hatte, er würde sie deshalb nie anrufen, weil er befürchte, dass ihr Telefon abgehört wurde. Außerdem fiel ihr ein, wie Ray die Stimme von Izzy Dooleys Freundin nachgeahmt hatte. Er hatte offensichtlich die Fähigkeit, seine Stimme zu verstellen. Wie oft hatte er davon Gebrauch gemacht?

»Ray?«, fragte Nicole und hatte das Gefühl, dass jemand anderer sprach. »Haben Sie mich angerufen und so getan, als wären Sie Magaro?«

»Ja. Nachdem Dominic mich niedergeschlagen hatte, habe ich von meinem Handy aus angerufen, sobald ich wieder bei Bewußtsein war. Hat dich ganz schön erschreckt, wie?«

Nicole fror, doch ihre Stimme blieb ruhig. »Sie sind es also, der hinter all diesen Morden steckt, nicht wahr?«

Er sah sie nonchalant an. »Selbstverständlich, Nicole.«

Entsetzen packte sie. Wie oft hatte er in ihrem Wohnzimmer gesessen, hatte ihr Trost gespendet und mit sanften Worten und freundlichem Blick schlechte Neuigkeiten übermittelt? Sie hatte ihm geglaubt. Sie hatte sogar in Betracht gezogen, eine Beziehung mit ihm einzugehen, nachdem diese Qualen ein Ende genommen hatten. Qualen, die er hervorgerufen hatte. Andererseits war sie sich darüber im Klaren, dass es ein Fehler gewesen wäre, ihren Abscheu zu zeigen. Irgendwie wusste sie, dass er mit Überraschung rechnete, sich darüber sogar freuen würde, dass er Abscheu jedoch nicht tolerieren würde.

Sie schluckte. »Sie sind also für die neuesten Morde verantwortlich, nicht jedoch für die vor fünfzehn Jahren. Sie haben Zand und Magaro nicht getötet.«

»O doch. Die auch.«

»Die auch?«, wiederholte sie erschüttert. »Warum?«

»Weil sie dir ein Leid angetan haben.«

»Weil sie mir ein Leid angetan haben? Ray, Sie kannten mich doch gar nicht.«

»O doch. Mehr oder weniger.« Er lächelte liebenswürdig. »Du erkennst mich nicht wieder, hab ich recht?« Nicole schüttelte langsam den Kopf. »Du erinnerst dich nicht an Rosas Sohn Juan?«

Nicoles Gedanken überschlugen sich. Der schüchterne Junge, der immer beiseite gehuscht war, der ihr nie in die Augen gesehen hatte. Und Rosa hieß mit Nachnamen DeSoto. Daran hatte sie seit Jahren nicht mehr gedacht. Außerdem gab es in der Region so viele DeSotos. »Sie sind Rosas Sohn?«, wiederholte sie staunend. »Aber Ihr Name ...«

»Raymond Juan DeSoto.« Er lächelte. »Mach dir nichts draus. Paul hier hat mich auch nicht wiedererkannt, hab ich Recht, Paul?«

Er riss Paul den Knebel aus dem Mund. An seinem Mundwinkel klebte getrocknetes Blut. Ein Auge war blaurot gerändert und auf der rechten Wange befand sich eine lange Schnittwunde. »Nein«, krächzte er.

»Was hältst du davon?«, sagte Ray lächelnd. »Erkennt nicht mal seinen eigenen Bruder wieder.«

Pauls Kopf fuhr herum, und Ray drückte ihm die Pistole fester gegen die Schläfe. »Stillhalten«, zischte Ray.

»Wovon reden Sie?«, fragte Nicole. »Paul hat keinen Bruder.«

»Keinen, von dem er weiß. Aber er hat einen Halbbruder. Ich bin das Produkt einer Affäre, die sich die heilige Alicia Dominic gegönnt hat, als Paul ungefähr zwölf war.«

Mein Gott, dachte Nicole. Sie hatte sich überlegt, ob aus der Affäre mit Javier ein Kind hervorgegangen war, aber sie hatte geglaubt, dass vielleicht Miguel Perez dieses Kind war, weil er Paul so ähnlich sah. Außer dem dunklen Haar bestand zwischen Paul und Ray keinerlei Ähnlichkeit.

»Alicia meint, ich wüsste nicht Bescheid«, fuhr Ray fort, »aber ich habe es immer gewusst. Sie war zu fromm, um abtreiben zu lassen, darum hat sie sich eine illegale Immigrantin gesucht und ihr versprochen, mit Hilfe von Beziehungen ihre Einbürgerung voranzutreiben und ihr auf Dauer Wohnrecht in einer Villa zu gewähren. Sie und Rosa haben San Antonio verlassen, Alicia angeblich, um Europa zu bereisen. Tatsächlich waren sie beide in Kalifornien. Kurz nachdem Alicia mich geboren und ihren Namen im Krankenhaus mit Rosa DeSoto angegeben hatte, kam sie nach Hause zurück. Und drei Monate später ist Rosa mit einem Baby aufgetaucht und wurde als Haushälterin eingestellt.«

»Der andere«, hatte Alicia gesagt. Ray war »der andere«, der Sohn Javiers.

»Ich glaube Ihnen kein Wort«, sagte Paul zähneknirschend.

»Aber es ist wahr.« Ray zerrte ihn hoch, und Paul schrie auf. Offensichtlich war sein linker Arm gebrochen. Sein Gesicht wurde blass, und Nicole sah, dass es vor Schweiß glänzte. »Nicht, dass ich je wie dein Bruder behandelt worden wäre. O ja, ich habe im selben Haus gelebt, aber ich wurde so weit wie möglich von dir ferngehalten. Deine Mutter hatte immer Angst, dass sich Ähnlichkeiten zwischen uns auftun könnten. Deshalb hast du mich nicht wiedererkannt. Du bist mit fünfzehn von zu Hause weggegangen – ich war damals erst drei –, und als du zu Besuch gekommen bist, wurde ich angewiesen, dir aus dem Weg zu gehen. Das war jedenfalls das eine. Das andere war, dass deine Mutter, meine Mutter es kaum ertragen konnte, mich anzusehen. Ich habe sie an ihre große Sünde erinnert. Rosa hat mir das eines Abends erzählt, als sie zu viel getrunken hatte. Sie trinkt nämlich heimlich.«

Nicole dachte an Alicias Worte: »Gott hat mich dafür bezahlen lassen ... Ich habe versucht, alles wieder gutzumachen, aber es hat nichts genützt, weil ich weiter gelogen habe.«

»O ja, materiell hat sie es mir an nichts fehlen lassen«, fuhr Ray sarkastisch fort. »Sie hat dafür gesorgt, dass ich gut angezogen war, hat mich auf ein gutes College geschickt. Aber Rosa! Die Frau ist eine Sadistin. Sie hat mich gehasst. Sie hat mich auf hundert verschiedene Arten gequält. Eines Tages habe ich all meinen Mut zusammengenommen und es Alicia gesagt. Sogar die blauen Flecken an meinem Arm habe ich ihr gezeigt, wo Rosa mich heftig gezwickt hatte. Und weißt du, was deine wunderbare Mutter getan hat, Paul? Sie hat die Augen abgewandt und gesagt: ›Die hast du dir vermutlich beim Spielen geholt. Du hast einfach zu viel Phantasie, Juan.‹ Sie wusste davon, aber es war ihr egal. All ihre Aufmerksamkeit galt ihrem Goldjungen, dem legitimen, dem talentierten. Ich habe dich verabscheut, Paul. Von Anfang an.«

Nicole schloss die Augen und konnte noch nicht glauben, was sie da hörte. Und doch wusste sie instinktiv, dass es die Wahrheit war. »Sie waren in der Nacht, als mein Vater dorthin gekommen ist, um Zand und Magaro umzubringen, auch in Basin Park.«

Ray sah sie kokett an. »Ah, es ist dir wieder eingefallen! Oder hast du etwa die ganze Zeit über deinen Vater Bescheid gewusst?«

»Es ist mir heute Nachmittag wieder eingefallen.«

»Wie praktisch, dass du dich ausgerechnet heute daran erinnert hast. Ja, ich war dort. Ich habe einfach die Pistole deines Vaters genommen und die zwei getötet.«

»Und das mit dem Aufhängen und den Kapuzen?«

»Er hatte das Seil und die Kapuzen gleich mitgebracht. Das hast du im Traum wohl nicht gesehen? Es sollte wohl wie eine rituelle Hinrichtung aussehen. Ich bin nur dem Plan gefolgt, allerdings in der Gewissheit, dass es ein makabrer Plan war, den sich nach Ansicht der Leute nur Paul ausgedacht haben konnte.«

»Das Hemd«, krächzte Paul.

»Es war leicht für mich, an deine Kleidung ranzukommen, darum habe ich die Mordwaffe in ein Hemd von dir gewickelt. Ich wusste, dass du kein Alibi hast. Du hast in deinem Musikzimmer herumgelegen und dir selbst auf diesem verdammten Band zugehört und wegen Nicole getrauert. Alicia war im Krankenhaus. Sie konnte dir kein Alibi liefern. Die gute Rosa hatte sich wie üblich auf ihrem Zimmer verkrochen, um Schundromane zu lesen und zu trinken.«

»Sie haben also das Haus verlassen, ohne dass es jemand gemerkt hat«, stellte Nicole fest.

»Ich habe jede Nacht das Haus verlassen. Es war die einzige Zeit, in der ich tun konnte, was ich wollte, meine einzige Freiheit. Ich wusste, wo Dominics geheimer Schlüssel unter der Urne versteckt war. Ich habe mich mit Zand und Magaro getroffen. Sie haben mich gemocht, weil ich ihnen gelegentlich eine Flasche Wein spendiert habe, die ich aus dem Haus geschmuggelt hatte. Als sie *high* waren, haben sie mir erzählt, was sie dir angetan hatten, Nicole. Magaro musste ununterbrochen kichern, weil er dich ›mein Vögelchen‹ genannt hatte. Er hielt das für einen gelungenen Scherz. Ich habe so getan, als finde ich es ebenfalls komisch. Deshalb sind sie auch nicht in Panik geraten, als ich in der Nacht auf sie zugegangen bin. Sie haben geglaubt, ich wäre nur irgend so ein siebzehnjähriger Fan. Sie haben mich Ray genannt, aber sie hatten keine Ahnung, wer ich wirklich war und wo ich wohnte. Sie haben es nur genossen, mich dabei zu haben und sich von mir anhimmeln zu lassen.« Ray lachte boshaft. »Und ich dachte die ganze Zeit, was sie doch für Schweine waren.«

Nicole hielt immer noch die Pistole in ihrer Tasche fest. Sie trat einen Schritt näher an den Altar heran. »Ray, Sie sagten, Sie hätten sie meinetwegen umgebracht.«

»Ja. Für die schöne Nicole, die mich keine zwei Mal angeschaut hat, weil sie von Paul so geblendet war. Dafür habe ich dich angesehen. Ich habe mich mehr nach dir gesehnt als nach sonst etwas in meinem Leben, außer danach, Dominic zu vernichten.«

»Sie kannten mich doch gar nicht. Sie haben sich nur nach mir gesehnt, weil ich Paul gehörte.«

»Das war es nur zum Teil. Zum Teil warst du es selbst. Ich habe die Art geliebt, wie du aussahst, wie du dich bewegt hast, wie du gesprochen hast. Alles.«

»Darum haben Sie alle bestraft, die mir ein Leid angetan haben, und zugleich versucht, Paul zu vernichten. Aber wie steht es mit der Gegenwart?« Nicole wurde einen Augenblick schwarz vor Augen, als ihr ein entsetzlicher Gedanke kam. »Ray, haben Sie meinen Vater ermordet?«, fragte sie mit zittriger Stimme.

Er blinzelte sie an. »Nicole, ich hab dir doch gesagt: Es war Selbstmord.«

»Sie haben mir vieles gesagt.«

»Schon, aber das war die Wahrheit. Selbstmord ist nicht so einfach vorzutäuschen, wie es im Fernsehen dargestellt wird. Und ich hatte diesen verfluchten Waters dabei. Er hätte gemerkt, dass es kein echter Selbstmord war, selbst wenn ich deinen Vater getötet und versucht hätte, es zu vertuschen.«

»Aber Sie haben Papa die Briefe und das Foto von Paul geschickt?«

»Ja. Als mir zu Ohren kam, dass du wieder in San Antonio bist, wusste ich, dass dich das Schicksal wieder zu mir geführt hat. Aber es waren immer so viele Menschen um dich herum. Ich habe noch versucht, mir wegen deines Mannes etwas einfallen zu lassen, als er mir auch schon die Arbeit abgenommen hat.« Ray lachte. »Dieser Narr. Aber da war immer noch dein Vater. Du hast ihn abgöttisch geliebt. Deshalb habe ich beschlossen, ihn langsam fertig zu machen, indem ich ihn daran erinnerte, was er getan hatte.«

»Er hat Zand und Magaro nicht umgebracht!«, schrie Nicole ihn an.

»Nein. Aber er war in jener Nacht da. Er hat jemanden gesehen. Direkt ins Gesicht hat er mir geschaut, Nicole. Er wusste nicht, wer ich war, wusste jedoch, dass ich auf keinen Fall Dominic war. Und hat er sich nach Pauls Verhaftung bei der Polizei gemeldet? Hat er zugegeben, dass die Pistole ihm gehört hat? Hat er gesagt, er hätte am Tatort jemand anderen gesehen? Hat er sonst etwas getan, um den Verdacht von Dominic abzulenken? Nein.«

Nicole wurde schlecht. Ray war eindeutig geistesgestört, aber in Bezug auf ihren Vater hatte er Recht. Clifton Sloan war zwar kein Mörder, doch er hatte auch nichts unternommen, um Paul zu retten.

»Ich konnte ihn nicht töten, weil niemand geglaubt hätte, dass du ihn umbringen würdest«, sagte Ray. »Ich habe gehofft, dass er einfach zusammenbricht und zugibt, was er getan hat. Das hätte deine Liebe zu ihm auf jeden Fall beeinträchtigt. Stattdessen hat er sich selbst das Leben genommen. Und das war, wie sich herausstellte, ein Glücksfall. Es hat ihn aus dem Weg geschafft und mich in dein Leben eingeführt.«

»Ja, ein Glücksfall«, sagte Nicole kummervoll. »Aber wenn er sich wirklich selbst das Leben genommen hat, warum hat er dann keinen Abschiedsbrief hinterlassen?«

»Das hat er durchaus. Ein umfassendes Geständnis des gesamten Vorfalls vor fünfzehn Jahren. Ich wollte verhindern, dass der Verdacht sich von Dominic auf ihn verlagert. Glücklicherweise war der Brief unter den Schreibtisch gerutscht. Ich habe ihn gefunden und eingesteckt, als Waters gerade nicht hingesehen hat. Es ist leicht, Waters in kleinen Dingen reinzulegen.«

Ein Brief. Ihre Mutter war tieftraurig gewesen, weil Clifton noch nicht einmal eine Erklärung hinterlassen hatte, warum er so etwas Furchtbares getan hatte. Sein Geständnis hätte einen Schock für sie bedeutet, aber wenigstens wäre es eine Erklärung gewesen. Nicole war sicher, dass ihre Mutter nichts davon wusste, was in jener Nacht vor fünfzehn Jahren vorgefallen war. Aber Ray hatte ihr den Brief vorenthalten. Hass auf ihn stieg in Nicole hoch wie Galle. Aber sie dachte nicht daran, sich etwas anmerken zu lassen. Sie durfte es sich nicht anmerken lassen. Im Augenblick musste sie sich auf den Versuch konzentrieren, sich selbst und Paul zu retten.

Nicole holte tief Luft und trat wieder einen kleinen Schritt vor. »Sie sagten, niemand hätte geglaubt, dass ich meinen Vater umbringen würde. Aber Sie hatten vor, jedermann glauben zu machen, dass ich all diese Leute umgebracht habe?«

»Ja.«

»Warum?«

»Damit du dich mir zuwendest, weil ich der einzige bin, der dir Glauben schenkt. Dann wollte ich dein Beschützer werden, und du solltest dich in mich verlieben.«

»Aber Sie hatten nicht mit Pauls Rückkehr gerechnet.«

Ray zögerte und seine Züge nahmen vorübergehend einen verdrießlichen Ausdruck an. »Nein. Dabei wusste ich, dass er nicht tot war. Rosa hat mir verraten, dass sie ihn im Lauf der Jahre immer wieder einmal im Haus gesehen hat. Sie hasst mich immer noch, aber sie fürchtet mich auch.« Er lächelte voller Genugtuung. »Wisst ihr, sie hatte mich immer im Verdacht, Zand und Magaro getötet zu haben. Sie wusste, dass Paul dazu nicht genug Schneid hat. Aber sie hat nichts gesagt, weil ich wusste, dass ihre Einwanderungspapiere gefälscht sind. Es war ein großer Fehler von ihr, mir das zu erzählen. Aber Dominics Rückkehr hatte auch für mich etwas Gutes. Niemand hat dir geglaubt, als du behauptet hast, er sei in San Antonio. Alle haben gedacht, du hättest den Verstand verloren, nachdem Roger dich verlassen und dein Vater Selbstmord begangen hatte. Ich dagegen habe dir geglaubt. Und du hast mich deswegen sehr geschätzt.«

»Ja, das habe ich.«

»Und es hat deine Vorstellung von Dominic ins Wanken gebracht. Auf einmal hattest du Angst, dass er Magaro und Zand um die Ecke gebracht hat und nun zurückgekommen ist, um dich aus Rache für das, was ihm passiert war, ebenfalls umzubringen.«

»Ja. Aber nur vorübergehend.«

Rays Lächeln verblasste. »Das hab ich gestern Nacht mit eigenen Augen gesehen. Weißt du, es hat mich sehr gestört, dass du immer den Körperkontakt mit mir gemieden hast. Du hast mich noch nicht einmal geküsst, aber ich habe mir gesagt, dass du zuviel Anstand besitzt, um dich einem anderen in die Arme zu werfen, nachdem dich dein Mann vor weniger als zwei Monaten verlassen hat.

Dann habe ich dich mit Dominic hier in der Mission gesehen und ich wusste, dass ich falsch lag. Du hattest keinerlei Problem damit, dich ihm in die Arme zu werfen, obwohl so viel Zeit vergangen war, obwohl du ihn so lange verdächtigt hattest. Ich wette, du hast dabei keinen Gedanken an mich verschwendet.«

»Das ist nicht wahr, Ray.«

»Nach allem, was ich für dich getan habe. Verdammt, ich hab mich sogar erboten, ein Alibi für dich zu erfinden, für den Zeitraum, in dem diese Smith gestorben ist. Aber dir war das egal. Du hast dich nicht für mich interessiert. Niemand hat sich je für mich interessiert.«

»Das ist nicht wahr. Ich habe mich für dich interessiert. Wenn Paul nicht wäre ...«

»Wenn Paul nicht wäre, was dann? Dann wärst du über kurz oder lang in meinem Bett gelandet? Dann hättest du mich nach deiner Scheidung geheiratet?«

»Ich weiß es nicht, Ray. Ich konnte nicht so weit in die Zukunft blicken.«

»Ich kann es.« Die flackernden Kerzen warfen Schatten über Rays Gesicht, sodass er hager und hohläugig aussah. »Es wäre nicht dazu gekommen. Du hättest mich ausgenutzt, damit ich dir helfe. Und dann hättest du vergessen, dass ich überhaupt existiere.«

»Das ist nicht wahr.« Nicole trat wieder einen kleinen Schritt vor, als wäre sie über Rays Worte ehrlich bestürzt. »Ich hätte nie vergessen, was Sie für mich getan haben, und unsere Beziehung hätte ohne weiteres enger werden können.« Ihr wurde schlecht bei dem Gedanken, aber sie musste den folgenden Satz hinzufügen. »Sie könnte es immer noch.«

Ray grinste sie höhnisch an. »Du glaubst doch wohl nicht, dass ich dich jetzt noch haben will, nach allem, was ich letzte Nacht gesehen habe?«

»Was haben Sie gesehen, Ray? Dass ich jemanden umarmt habe, den ich seit Jahren nicht mehr gesehen hatte, jemanden, den ich geliebt hatte, jemanden, der mir, wie ich feststellen konnte, nichts zuleide getan hatte? Was ist daran so furchtbar? Außerdem: Woher wussten Sie, dass ich mich hier mit Paul treffe?«

»Als du deinen kleinen Ohnmachtsanfall hattest, nachdem ich dir von dieser Smith berichtet hatte, habe ich die Postkarte entdeckt und gelesen. Ich habe in dieser Nacht das Haus beobachtet, um zu sehen, was du unternimmst. Ich kenne dich so gut, dass ich mir ausgerechnet habe, dass du hinten über den Zaun klettern würdest. Und was deine Äußerung angeht, du hättest nur jemanden umarmt, den du einst geliebt hast: Du musst mich für einen Idioten halten. Du hast ihn nicht bloß umarmt. Du hast ihn geküsst. Leidenschaftlich. Wie in einem dieser verdammten Pornofilme. Es hat mich ganz krank gemacht. Und ich habe aufgehört, mich für dich zu interessieren, Nicole. Auf der Stelle habe ich aufgehört, mich für dich zu interessieren.«

Seine Kälte, als Waters sie am Vormittag in ihrem Büro so unerbittlich verhört hatte: Er war wütend gewesen. Später hatte er dann beschlossen, die Wogen zu glätten, damit sie nicht misstrauisch wurde. Darum hatte er angerufen und sie bezüglich des Beamten angelogen, der gesehen haben sollte, wie sie im Wohnzimmer auf und ab ging. Ihr wurde klar, dass das eine Lüge gewesen sein musste, denn sie erinnerte sich, dass sie zwischen zehn und zwölf, als Avis ums Leben gekommen war, im Bett gelegen hatte.

»Also gut, Ray, was haben Sie vor?«, fragte Nicole. »Was wollen Sie mit uns anfangen?«

»Man wird euch beide hier tot auffinden. Dominic hat es natürlich geschafft, dich hierherzulocken.«

»Wie soll er das geschafft haben, wo ich doch angeblich Angst vor ihm habe?«

»Wir haben Carmen, um die Tatsache zu bezeugen, dass du ihn schon längst nicht mehr fürchtest. Oder vielleicht behauptet sie, da sie inzwischen überzeugt ist, dass du den Verstand verloren hast, dass du gekommen bist, um Dominic umzubringen. Jedenfalls wird es einen Beleg dafür geben, dass von hier aus bei dir zu Hause angerufen wurde. Der Anrufer war natürlich Dominic. Außerdem haben wir den Taxifahrer, der bezeugen wird, dass er dich hergebracht hat.«

Nicole war nahe genug herangekommen, um erkennen zu können, dass Pauls Augen rot gerändert waren. Er sah erschütternd blass und erschöpft aus. Offensichtlich war Ray in der vergangenen Nacht über ihn hergefallen, nachdem sie fort war. Er hatte ihn den ganzen Tag gefangengehalten. Und er hatte ihn zusammengeschlagen. Schlimm zusammengeschlagen.

Ihre Hand umklammerte die Pistole in ihrer Tasche. »Ray, Sie waren noch nicht fertig damit, mir zu erzählen, was Sie mit uns vorhaben.«

»Dominic wird dich töten, und ich werde Dominic töten. Wahrscheinlich kriege ich dafür auch noch eine Medaille.«

»Paul soll mich mit Ihrer Pistole töten? Das geht nicht.«

Ray blickte verächtlich drein. »Nein, Nicole. Die Pistole, die ich Paul an die Schläfe halte, die Pistole, mit der du erschossen wirst, gehört nicht mir. Sie stammt aus Dominics Haus. Und übrigens: Du kannst ruhig die Hand aus der Tasche nehmen. Ich weiß, dass du deine Pistole dabei hast, aber sie ist nicht geladen.«

Nicole wurde blass. »Sie haben sie entladen?«

»Ja, heute. Ich kann Schlösser knacken, erinnerst du dich? Ich war bei dir zu Hause.«

Wut stieg in ihr auf. »Sie haben an alles gedacht, wie? Sie haben sogar das Geld in Dooleys Wohnung hinterlegt.«

»Ich hab es ihm nicht untergeschoben. Vor ein paar Jahren habe ich Beweismaterial vernichtet und Dooley vor einer Mordanklage bewahrt. Er war es mir schuldig, aber ich habe ihn dennoch bezahlt. Ich habe ihm gesagt, dass ich dich ermordet haben will, und ich habe ihm gesagt, was er Jewel darüber erzählen soll, wo er das Geld her hat. Ich hab ihn beauftragt, dir zu folgen. Er hat mir Bescheid gesagt, dass du auf dem River Walk bist. Da habe ich ihn angewiesen, dich hart ranzunehmen und deine Handtasche zu stehlen. Mehr nicht.

Später sollte er in dein Haus eindringen und dich ermorden. Mittlerweile hatte ich das Vorhängeschloss zertrümmert und Jesse rausgelassen. Als ich dich nach Hause gebracht hatte, hab ich das Haus durchsucht, um mich zu vergewissern, dass alles in Ordnung ist, weißt du noch? Nur dass ich, während ich im Keller war, ein Fenster entriegelt und eine Kiste daruntergestellt habe.«

»Aber warum haben Sie draußen einen Streifenbeamten postiert? Dadurch wurde es doch noch gefährlicher für Sie.«

»Ja, das war Pech. Erwin, der Beamte, der dich nach dem Überfall am River Walk befragt hat, macht Frauen gern die Hölle heiß, wenn sie ihm gegenübersitzen, aber insgeheim hat er ein ekelhaft weiches Herz. Er hat Abbott geschickt. Und der hat einen Mann auf dein Haus zugehen gesehen. Er wollte gerade aus dem Streifenwagen aussteigen, da bin ich auf ihn zugegangen, so als hätte ich nichts zu verbergen, und hab ihn umgelegt. Ich hatte keine andere Wahl. Dann bin ich durchs Kellerfenster ins Haus eingestiegen und hab auf Dooley gewartet. Ich hatte von Anfang an vor, ihn zu töten, ehe er an dich rankommt. Kein Problem.«

»Aber Sie hatten nicht damit gerechnet, dass Newton Wingate Sie gesehen hat.«

»Er hat gesehen, wie jemand sich mit Abbott unterhalten hat. Jemand mit langem dunklem Haar. Genau wie die Jugendlichen, die gesehen haben, wie sich jemand an Rogers Auto zu schaffen machte. Langes dunkles Haar. Wie das von Dominic.«

»Eine Perücke.«

»Na klar.« Er seufzte. »Das einzige, was schiefgegangen ist, war die Sache mit Jewel. Dooley, dieser Idiot, hat ihr verraten, von wem er das Geld wirklich hatte. Sie hat ausgesagt, wie es vereinbart war, aber daran, wie sie mich angesehen hat, als Waters und ich sie verhört haben, habe ich gemerkt, dass sie Bescheid wusste. Ich habe versucht, sie umzulegen, aber es ist mir nicht gelungen.«

Nicole ließ die Pistole los. Was konnte sie nützen, wenn sie tatsächlich nicht geladen war, außer als festen Gegenstand, um ihn damit zu schlagen? Ray dagegen hatte mindestens zwei geladene Pistolen. Im Augenblick fiel ihr nichts Besseres ein, als das Gespräch in Gang zu halten.

»Aber warum haben Sie Roger nicht getötet wie alle anderen?«

»Roger hatte die unangenehme Gewohnheit, nie allein zu sein. Er ist ständig mit seiner Freundin zusammen. Ich musste eine andere Methode finden. Es hat nicht ganz funktioniert, aber darauf kam es nicht an. Es sah dennoch schlecht für dich aus, und du bist zu mir gerannt gekommen. Genau das, was ich beabsichtigt hatte.« Er seufzte. »So viel Planung. So viel Kraft. Ich dachte, das ist es wert. Ich dachte, du bist es wert.« Er sah sie durchdringend an. »Aber du bist es nicht wert.«

»Und wenn ich mich gestern Nacht nicht mit Paul getroffen hätte? Wenn Ihre Gefühle für mich sich nicht geändert hätten? Ich wäre doch sicherlich verhaftet, vielleicht sogar der Morde für schuldig befunden worden.«

»Nein. Ich wusste, dass ich Paul hervorlocken konnte, wenn der richtige Zeitpunkt gekommen war. Dann wollte ich ihn töten. Und ich hatte Indizien, die ihn mit den Morden in Verbindung bringen. Er war im Haus seiner Mutter zu Besuch gewesen, erinnerst du dich? Ich habe Rosa angewiesen, nach Anzeichen von Dominic Ausschau zu halten. Sie hat ziemlich gute Arbeit geleistet. Angst schärft die Sinne, nicht wahr? Inzwischen hat sie eine Heidenangst vor mir. Sie hat gewusst, dass sie nicht mehr lange zu leben hat, wenn sie nicht etwas findet. Sie hat einzelne Haare von Dominic von Alicias Bettdecke gelesen. Die hätten zu den Haarproben gepasst, die man auf Dooleys Hemd gefunden hat, wo ich sie hinterlassen hatte. Außerdem hatte sich Dominic beim Rasieren im Badezimmer seiner Mutter geschnitten. Er hat sich keine große Mühe gegeben, hinter sich aufzuräumen. Rosa hat das Blut gefunden. Sie war so vernünftig, Spuren davon für mich aufzubewahren, die ich dann mit etwas Wasser verdünnt auf das kaputte Fenster neben der Tür dieser Simon-Smith geschmiert habe. Du hast von diesen Indizien natürlich nichts erfahren, aber du standest die ganze Zeit nicht wirklich unter Verdacht. Auf keinen Fall hätte ich dir mit der Behauptung ein Alibi liefern können, dass ich zwischen zehn Uhr dreißig und elf Uhr dreißig an dem Abend, als ich diese Smith umgebracht habe, ein langes Telefongespräch mit dir geführt hätte.«

»Ich weiß. Die Unterlagen der Telefongesellschaft.«

Ray sah sie schmunzelnd an. »Sehr gut. Langsam kommst du auf den Dreh.«

»Aber wie steht es mit dem Eindringling in der Wolfsmaske?«

»Das war Dooley.«

»Woher hatte er die Maske?«

»Rosa hatte sie für sich gekauft. Ich hab sie ihr abgenommen. Dann habe ich Bobby angerufen und ihm eingeschärft, bei eventuellen Nachfragen zu sagen, Lisa hätte sie gekauft.«

»Dann hat Carmen also doch nicht gelogen«, sagte Nicole mit einem Anflug von Schuldbewusstsein.

»Nein. Sie hat dir nur gesagt, was Bobby ihr erzählt hatte. Sie hat dir immer die Wahrheit gesagt, aber ich wollte, dass du an ihr zweifelst. Ich wollte, dass du niemandem Glauben schenkst außer mir, darum habe ich Bobby angestiftet, wegen der Maske zu lügen.«

Nicole runzelte die Stirn. »Ich verstehe das nicht. Warum sollte Bobby Ihretwegen lügen?«

»Bobby hat Angst vor mir, weil ich damals, als ich mit Magaro und Zand Umgang hatte, von seiner Vorliebe für minderjährige Mädchen erfahren habe. Nachdem ich Polizist geworden war, habe ich ihn weiter beobachtet. Man weiß schließlich nie, wann man belastende Informationen über jemanden brauchen kann«, sagte er lässig. »Ich hab so viel gegen ihn vorliegen, dass ich sein Leben ruinieren könnte. Er würde es nicht wagen, mir etwas abzuschlagen.« Er legte den Kopf schief. »Natürlich war es mit Avis Simon-Smith genauso. Vor vier Jahren hat sie ihre Mutter umgebracht. Ich war um die Zeit mit den Ermittlungen betraut. Ein Verbrechen war nicht nachzuweisen, aber ich wusste, dass sie es getan hat, und sie wusste, dass ich es wusste. Die verrückte alte Schachtel hatte schreckliche Angst vor mir.«

»Sie haben ihr befohlen, mich auf dem Parkplatz zu Boden zu stoßen?«

»Nicht unbedingt. Ich habe ihr nur gesagt, sie soll dich öffentlich demütigen.«

»Deshalb sind Sie Polizist geworden, nicht wahr? Sie haben dadurch Macht über andere gewonnen. Macht, die Sie als Kind nie gehabt haben.«

»Die Amateurpsychologie kannst du dir sparen, Nicole. Man kann keine Macht gewinnen, es sei denn, dass Gott sie gewährt. Gott ist auf meiner Seite.«

»Gott oder der Teufel?«, ließ sich eine Männerstimme vernehmen.

Rays Blick richtete sich auf einen Punkt hinter Nicole. Sie drehte sich um. Am Eingang zur Kirche stand mit gezogener Pistole Cy Waters.

»Waters!«, brüllte Ray. Nicole wandte sich ihm zu. Sein Mienenspiel hatte sich verändert. Das eigentümliche Schmunzeln war verschwunden. Er wirkte ernst, nüchtern, der Situation gewachsen. »Ich habe Dominic erwischt. Er wollte Nicole umbringen.«

»Lass gut sein, Ray«, sagte Waters. »Ich stehe seit zehn Minuten vor der Tür. Ich wollte mir alles anhören.«

Ray zerrte Paul hoch, sodass er vor Schmerz das Gesicht verzog, und rammte ihm die Pistole in die Schläfe. »Was machst du eigentlich hier?«

»Ich bin dir gefolgt. Ich hab am frühen Abend einen Anruf von Jewel Crown erhalten. Sie hatte einige interessante Dinge darüber zu berichten, wer Izzy bezahlt hat, um Nicole umzubringen, und dann neulich nachts auf der Straße auf sie geschossen hat.«

Ray lachte hohl. »Und du nimmst sie ernst? Eine koksende Nutte?«

»Es war nicht bloß Jewel. Ich hab dir nie über den Weg getraut, DeSoto.«

»Mir nie über den Weg getraut?« Ray lachte höhnisch. »Na, das erklärt natürlich alles. Aber sage mir eines, Cy. Wenn du mir nicht über den Weg getraut hast, warum hast du dann niemandem etwas davon gesagt?«

»Weil du ein hervorragender Polizist bist. Hast nie einen Fehler begangen. Bist mit einunddreißig zum Sergeant befördert worden. Offizielle Belobigungen noch und noch. Was hätte ich tun sollen – mich über dich beschweren, bloß weil du mir nicht geheuer warst, aber ich nicht wusste, wieso?«

Ray bedachte ihn mit einem schiefen Grinsen. »Und deine Haltung gegenüber Nicole? Du schienst immer überzeugt zu sein, dass sie schuldig ist. Über glühende Kohlen hast du sie gehen lassen. Was sollte das alles?«

»Zum einen: Ich bin nun mal so – ich spiele immer den Hartgesottenen. Und zum anderen: Als ich zum ersten Mal auf den Verdacht kam, was du im Schilde führst, konnte ich es einfach nicht glauben. Deshalb hab ich mich ganz normal benommen und dich beobachtet, falls dir ein Fehler unterläuft. Und du hast Fehler gemacht. Du hast in letzter Zeit gleich mehrere Male Mist gebaut, Ray.«

Ray versteifte sich, als hätte man ihn beleidigt und er wäre darüber empört. »Wann denn zum Beispiel?«

»Zum Beispiel, als du die Pistole, die für den Mord an Zand und Magaro benutzt wurde, aus dem Polizeiarchiv geholt hast, nachdem ich tags zuvor gesagt hatte, ich wollte sie noch mal von den Ballistikern untersuchen lassen.«

»Na und? Ich hab sie gleich wieder zurückgegeben.«

»Nachdem du dich überzeugt hattest, dass die Seriennummer auch wirklich nicht wieder leserlich gemacht werden konnte. In der Ballistikabteilung hat man mir gesagt, dass du die Waffe vorbeigebracht und danach gefragt hättest. Aber du bist inzwischen zu anmaßend geworden. Du hast sie keinen Versuch unternehmen lassen. Ich schon. Diesmal haben sie es geschafft, die Nummer wiederherzustellen. Die Pistole war unter dem Namen General Ernest Hazelton registiert. Das war Nicoles Großvater.«

Ray zog eine Grimasse. »Das bedeutet wohl, dass Nicole Zand und Magaro getötet hat.«

»Mein Vater hat es versucht«, meldete sich Nicole verzweifelt zu Wort. »Aber er war es nicht. Er hat die Waffe fallengelassen. Ray hat sie aufgehoben. Er war in jener Nacht in Basin Park. Er kannte Magaro und Zand. Sergeant Waters, er ist Pauls Halbbruder.«

»Das hab ich auch schon gehört«, sagte Cy bedächtig. »So, so, Ray, Alicia Dominic ist also deine Mutter. Aber du wurdest von Rosa DeSoto großgezogen.«

»Na und?«

»Du warst also in der Nähe, als die Morde an Zand und Magaro begangen wurden. Du kanntest also Paul Dominic, hast jedoch wochenlang nichts davon gesagt. Du hattest also ein ausgezeichnetes Motiv, ihm den Mord anzuhängen.«

»Das beweist gar nichts.«

Cy fuhr mit liebenswürdiger Stimme fort. »Ich will dir sagen, was mir noch zu schaffen gemacht hat. Du hast immer großen Wert auf die Einhaltung der Hierarchie gelegt. Aber dann hast du auf einmal darauf bestanden, dass wir nach dieser Simon-Smith sehen. So etwas ist nicht unsere Aufgabe. Aber du musstest persönlich zu ihrem Haus fahren. Du hast mich sogar hinters Haus mitgezerrt, damit wir auch bestimmt die Leiche und Dominics Blut an der zerbrochenen Fensterscheibe entdecken.«

»Lächerlich!«

Cy trat in den Raum. »Diese Erklärungen sind natürlich vollkommen überflüssig. Ich will nur nicht, dass du mich für so dumm hältst, wie du immer geglaubt hast. Aber selbst wenn ich dumm wäre: Ich habe gehört, was du zu Nicole gesagt hast. Du hast ihr alles gesagt, auch dass du Zand und Magaro umgebracht hast.«

»Na, dann steht eben mein Wort gegen deines, habe ich Recht?«, fragte Ray.

So schnell, dass Nicole es kaum mitbekam, riss Ray die Pistole von Pauls Schläfe und schoss. Die Kugel schwirrte an Nicoles Gesicht vorbei. Gleich darauf stieß Cy einen Schmerzensschrei aus.

Nicole schaffte es nicht, sich zu ducken. Sie konnte die Augen nicht von Ray abwenden, als dieser die Pistole auf sie richtete. Nun ist es also soweit, dachte sie und konnte sich nicht rühren. Es gibt nichts, was ich tun könnte. Ich bin unbewaffnet. Hinter einer Bank in Deckung zu gehen, hilft auch nichts. Er wird einfach so lange weiterschießen, bis er mich trifft. Leb wohl, Shelley, mein Liebling. Leb wohl, Paul.

Da warf sich Paul auf einmal nach links, sodass Ray das Gleichgewicht verlor. Seine Pistole ging los, traf den eisernen Lüster, sodass dieser wie wild hin und her zu schwingen begann. Ray brüllte vor Wut auf. Er wirbelte herum, zielte mit der Pistole auf Pauls Kopf.

»Nein!«, schrie Nicole eine Sekunde, bevor ein weiterer Knall durch die Kirche hallte und den schönen Choralgesang zerriss.

Nicole legte schützend die Hände über ihren Kopf. Wer hat da geschossen? dachte sie verzweifelt. Cy oder Ray?

Ihr Herz pochte vor Angst, als sie langsam den Kopf hob. Ray stand hinter dem Altar. Paul stand neben ihm.

Einen Augenblick lang bewegten sich weder Paul noch Ray. Dann beobachtete sie erstaunt, wie Rays Züge ganz weich wurden. Seine Augen blickten über sie hinweg ins Nichts. Schließlich lächelte er. »Mutter!«, sagte er zärtlich.

Dann kippte er vornüber, prallte am Altar ab und stürzte mitten in die Blumengebinde. Sein Blut spritzte über das feine weiße Altartuch.

# Epilog

Nicole, Paul und Shelley gingen über den Friedhof. Jordan trottete neben Paul her. Shelley hielt Jesse an der Leine.

Pauls Arm war in Gips gelegt und auf seiner Wange prangte ein Pflaster. Jordan hatte eine kahle Stelle auf dem Kopf, wo eine Platzwunde vernäht worden war. Ray hatte den Hund für tot gehalten und auf dem Missionsgelände zurückgelassen, als er Paul mitgenommen und bei sich zu Hause im Keller ohne Essen und Wasser angekettet hatte. Als Jordan wieder zu sich gekommen war, hatte er sich auf dem Missionsgelände versteckt und darauf gewartet, dass sein Herr zurückkam. Paul, Nicole und Shelley hatten Blumen dabei. Sie blieben an Clifton Sloans Grab stehen.

Der Wind blies Nicole die Haare ins Gesicht. Sie blickte über das Grab zu der kleinen Anhöhe hinüber, wo der große Pinchot-Wacholder wuchs. »Es kommt mir vor, als wäre es Monate her, seit ich dich und Jordan während Papas Beerdigung dort auf dem Hang stehen sah. Du hast mir direkt in die Augen geschaut.«

»Und du bist ganz blass geworden«, ergänzte Shelley.

»Ich hatte ihn fünfzehn Jahre nicht gesehen, Schatz. Ich habe geglaubt, er sei tot.«

»Aber jetzt bist du froh, dass er nicht tot ist.« Shelley sah Paul an und strahlte. »Ich auch. Mami hat mir erzählt, dass sie dich mal sehr lieb gehabt hat. Ich glaube, sie hat dich immer noch lieb.«

Paul erwiderte ihr Lächeln. »Na, hoffentlich.«

»Ich bin bloß immer noch ein bisschen traurig wegen Ray«, fuhr Shelley fort. »Ich dachte, er wäre unser Freund.«

»Er hat viele Menschen zum Narren gehalten«, sagte Nicole. »Er war nicht das, was er vorgegeben hat.«

»Ja, ich weiß.« Shelley legte eine einzelne rote Rose auf das Grab ihres Großvaters. »Meinst du, Opa weiß, dass wir da sind?«

»Ich weiß nicht«, sagte Nicole.

»Ich glaube, er weiß es. Ich glaube, er weiß, dass heute schönes Wetter ist und dass wir alle da sind, sogar Jesse.« Dann fragte sie, leicht abgelenkt, wie es bei Kindern vorkommt: »Darf ich mir mit Jesse und Jordan ein paar von den anderen Blumen ansehen?«

»Ja«, sagte Nicole.

Paul nickte Jordan zu, der mit Shelley und einem überglücklich niesenden Jesse davontrottete.

Als sie ein Stück weit weg waren, legte Paul eine Hand auf Nicoles Schulter. »Wie fühlst du dich?«

Nicole zuckte die Achseln. »Traurig. Seltsam. Paul, ich habe meinen Vater überhaupt nicht gekannt.«

»Oh doch, das hast du«, widersprach er sanft. »Du weißt, dass er dich geliebt hat. Nur darauf kommt es wirklich an.«

»Ich bin überrascht, dass du das sagen kannst, nach allem, was er dir angetan hat.«

Paul blickte zu Boden. »Als bei dem Wortwechsel mit Ray die Wahrheit ans Licht kam, war ich zunächst wütend auf deinen Vater. Empört. Aber dann habe ich darüber nachgedacht. Was hätte es genützt, wenn er sich gemeldet hätte? Wer hätte seine unklare Geschichte von einer dritten Gestalt im Park geglaubt, die er nicht identifizieren konnte? Die Polizei hätte sich ganz auf ihn konzentriert. Er hatte das Motiv, die Gelegenheit und die Mittel. Die Pistole stammte aus dem Erbe deines Großvaters. Deine Mutter hat uns erzählt, dass die ganze Sammlung in einer verschlossenen Truhe auf dem Speicher aufbewahrt wurde. Sie hat sie sich nie angesehen, hat nicht gewusst, dass die Pistole fehlte.«

»Aber sie hatte den Verdacht, dass ich in der Nacht, als Zand und Magaro ums Leben kamen, schlafgewandelt bin.«

»Ein Verdacht ist noch lange kein Wissen. Sie wollte dich nicht aufregen. Und sie hat nicht gewusst, dass dein Vater in jener Nacht aus Dallas zurückgekommen war.«

»Und doch war er da. Er hätte dich entlasten können.«

»Ich denke, er wird das Risiko eingegangen sein und gehofft haben, dass ich freigesprochen werde.«

»Das war ein ziemlich großes Risiko.«

Paul lächelte. »Nicole, dein Vater war ein Mensch wie du und ich. Er hat einmal einen Fehler begangen. Genau wie meine Mutter. Aber sie haben beide für ihre Fehler bezahlt. Dein Vater hatte vermutlich fünfzehn Jahre lang keine ruhige Minute mehr. Er muss furchtbare Schuldgefühle gehabt haben. Deshalb ist er aus der Kirche ausgetreten. Und als Ray angefangen hat, ihn zu quälen, hat er es einfach nicht mehr ausgehalten. Und, Nicole: Vom Tod deines Vaters abgesehen ist für uns am Ende doch noch alles gut ausgegangen. Der wahre Mörder ist tot. Ich bin von jedem Verdacht freigesprochen. Wir sind wieder zusammen. Du hast eine schöne Tochter. Dein Mann hat Lisa verlassen. Selbst Carmen hat dir verziehen.«

»Du hast wohl Recht«, sagte Nicole bedrückt. »Aber das alles hätte nicht passieren müssen, wenn Papa nur die Wahrheit gesagt hätte.«

Pauls Stimme klang zärtlich. »Nicole, erinnere dich bitte an alles, was du an deinem Vater geliebt hast. So habe ich es im Fall meiner Mutter auch gemacht. Du darfst nicht zulassen, dass ein schlimmer Fehler alles Gute aufwiegt, das er in seinem Leben vollbracht hat. Und von einem bin ich überzeugt: Wenn ich nicht die Flucht ergriffen hätte, wenn ich vor Gericht gegangen wäre und er gesehen hätte, dass es schlecht um mich bestellt ist, hätte er sich doch noch gemeldet.«

»Meinst du wirklich?«

»Ja, das meine ich.«

»Ich kann gar nicht glauben, wie nachsichtig du bist.«

»Wie gesagt, ich habe in den Jahren, in denen ich unterwegs war, viel gelernt. Dazu gehört auch Toleranz gegenüber den Schwächen anderer Menschen. Sieh dir nur einmal an, wie ich mich verhalten habe. Anstatt mich meinen Schwierigkeiten zu stellen, bin ich fortgerannt. Ich habe den Menschen, die mich lieben, mit dieser Entscheidung viele Schmerzen bereitet. Ich hoffe, sie können mir verzeihen. Ich habe versucht, meiner Mutter zu verzeihen, wie sie Ray behandelt hat. Dass sie ihn von sich gewiesen und der Obhut dieser Teufelin Rosa anvertraut und die Quälereien übersehen hat, unter denen er gelitten hat. Auf diese Weise ist er geworden, was er war. Und ich finde, du solltest deinem Vater verzeihen. Er war ein guter Mann, Nicole. Er ist nur in Panik geraten. Genau wie ich.«

Nicole seufzte. »Du hast Recht. Papa hat in der Tat einen Fehler begangen. Einen Riesenfehler.« Sie blickte zu ihm auf und lächelte traurig. »Aber ich liebe ihn dennoch.«

»Aber natürlich.«

Sie kniete nieder und legte ihren rosa Chrysanthemenstrauß auf das Grab. Paul ging neben ihr in die Knie und legte einen Strauß Hyazinthen neben ihr Bukett. »Weiße Hyazinthen«, sagte er. »Vor langer Zeit hat mir meine Mutter einmal gesagt, was das bedeutet: ›Ich werde für dich beten.‹«

Sie standen zusammen auf. Nicole blickte zu Paul hoch. Ihre Augen waren voller Tränen. »Ich glaube, ich kann jetzt endlich doch noch um ihn weinen.«

Paul schlang den unverletzten Arm um sie und zog sie an sich. Er küsste ihren Scheitel. »Lass die Tränen kommen, Nicole. Du kannst dich immer bei mir ausweinen, denn ich werde dich nie wieder verlassen.«

*Band 2*

# Kalt ist die Nacht

*Ich möchte meiner Familie*
*für die praktischen Ratschläge*
*und die unermüdliche Unterstützung danken,*
*ebenso auch Ashley*
*für all die Jahre*
*der Liebe und Treue.*

*Meiner Agentin Judith Weber*
*für ihren hilfreichen Rat, ihre Geduld und ihren Zuspruch.*

# Prolog

Mühsam öffnete sie die Augen. Zuerst sah sie nur verschwommene Lichtflecke am pechschwarzen Himmel. Dann näherte sich ihr bedrohlich ein Gesicht. »Immer noch wach?«, fragte eine Stimme.

Sie lag im Gebüsch. Grashalme streiften ihre Wangen, kitzelten unangenehm. Sie hob den Kopf ein wenig an. »Bitte …«

»Bitte was? Dich in Ruhe lassen? Geht nicht. Zu spät.«

Tränen sammelten sich in ihren Augenwinkeln. O Gott, träumte sie denn? Nein. Dann würde ihr Herz schneller schlagen, sich nicht so träge von einem harten Pochen zum nächsten schleppen. Die Tränen überfluteten ihre Augen, liefen ihr über die Schläfen ins dichte schwarze Haar.

Plötzlich fiel ihr ein, wie sie sich als Fünfjährige einmal nachts aus dem Haus geschlichen hatte, um die Baustelle nebenan zu erkunden. Ihre Neugierde war erst erwacht, als man ihr gesagt hatte, dass es gefährlich sei und sie auf keinen Fall dort hingehen dürfe. Sofort hatte der Ort sie magisch angezogen. Während die Erwachsenen vor dem Fernseher saßen, war sie leise die Treppe hinuntergehuscht, hatte sich durch die Hintertür aus dem Haus gestohlen und wäre beinahe über die losen Schnürsenkel gestolpert, die unter ihrem langen Nachthemd hervorlugten. Auf Zehenspitzen war sie, berauscht von der eigenen Kühnheit, zur Baustelle geschlichen und hatte sich nicht eingestehen wollen, dass sie das wenig aufregende Durcheinander von Brettern und Schubkarren etwas enttäuschte. Dann stand da noch die große Maschine, mit der die Männer tagsüber das Loch ausgehoben hatten, von dem Opa behauptete, es würde der Keller. Sie spähte in die riesige Grube hinunter und versuchte, sie sich wie den Keller daheim vorzustellen, voller Gerümpel und alter Bücher. Aber es wollte ihr nicht so recht glücken. Der Keller bei den Neuen würde ja auch ganz anders aussehen, weil die sich nämlich für ihre Teenager-Kinder einen Freizeitraum einrichten wollten, hatte Opa erzählt, mit Tischtennisplatten und »all solchem Kram«.

Da ihr gewagter Nachtausflug sie zu langweilen begann, hatte sie ausprobieren wollen, wie weit sie sich über den Grubenrand beugen konnte, ohne schwindelig zu werden. Sie machte einen Schritt, stolperte über ihre Schnürsenkel und stürzte in den frisch ausgehobenen Keller. Ihr überraschter Schrei war nicht mehr als ein dünnes Quieken, bevor die Wucht des Aufpralls ihr die Luft nahm. Auf dem Rücken liegend, das rechte Bein schmerzhaft verdreht, gebrochen, hatte sie, leicht benommen durch den harten Schlag auf den Kopf, die Sterne am Himmel gesehen – genau wie jetzt – und geweint vor Schmerzen und vor Angst, dass kein Mensch jemals erfahren würde, wie Leid ihr tat, was sie angestellt hatte. Anscheinend war es etwas so Schlimmes, dass Gott sie vielleicht sterben ließ.

Aber nun war sie siebzehn und wusste sicher, dass sie sterben würde. Opa war nicht mehr da, um ihr leeres Bett zu entdecken und nach ihr zu suchen. Niemand würde kommen und sie retten.

Panik erfasste sie. »Das kannst du doch nicht tun«, lallte sie in das Gesicht, das dem ihren so nah war.

»Ich muss.«

Sie hob den Kopf. Sie bekam kaum noch Luft, doch in einem letzten wütenden Aufbäumen zischte sie: »Verflucht! Ich hasse dich!«

»Was ist bloß aus dem reizenden, sanften Mädchen geworden, das wir alle kennen und lieben? Zeigt es jetzt sein wahres Ich?« Pause. »Ist mir übrigens egal, was du von mir hältst, also spar dir dein bisschen Luft.«

Sie zitterte, ihre Beine zuckten krampfhaft. Sie war nicht gefesselt, aber ihre Muskeln gehorchten ihr nicht mehr. Ein letztes Zucken, und die Beine legten sich schlaff auf die kalte Erde. Sie schienen ihr nicht mehr zu gehören. Sie stöhnte, dann fiel ihr Kopf zurück und schlug dumpf zu Boden.

»So ist es besser. Oder willst du mich bis zum letzten Atemzug bekämpfen?«

Sie versuchte zu sprechen, zu sagen: »Bitte nicht. Das habe ich nicht verdient.« Aber ihre Zunge war plötzlich viel zu groß in ihrem trockenen Mund und ließ sie nur die Worte »bitte« und »das« formen.

Ein tiefer Seufzer, dann wurde die Stimme sachlich und nüchtern. »Es wird spät. Wir müssen es zu Ende bringen.«

Ihr rechtes Handgelenk wurde angehoben. Die gezackte Klinge eines Küchenmessers blitzte im Mondlicht. »Ich wollte, dass du dabei schläfst, ehrlich. Aber du bist ja so verdammt stur. Schläfst nicht mal, wenn du sollst.«

Für einen kurzen Moment tauchte alles vor ihr auf – Pläne fürs College; Football an der High School an kühlen Herbsttagen; Omas fürsorgliche Miene; ihre geliebte Katze Taffy, die verschwand, als sie sieben war; ihr neuer Wagen; seine warmen Hände, die über ihren geschmeidigen Körper glitten; Tante Joans wunderschöne violette Augen.

Dann verschwand es hinter dem fast surrealen Anblick des Messers, das in ihr Fleisch schnitt. Ihr Handgelenk öffnete sich. Warmes Blut quoll aus der Wunde, lief ihren Arm entlang, dampfte leicht in der kalten Nachtluft. Ihre Stimme funktionierte noch, aber alles, was sie zustande brachte, war ein Wimmern. Sie versuchte ein letztes Mal, sich auf dem Ellenbogen aufzurichten, aber die Anstrengung war zu groß. Hilflos sank sie in die Blätter zurück und blieb schwer atmend liegen.

Ihr Puls wurde schwächer, aber ihr Verstand arbeitete weiter, wenn auch mit träumerischer Trägheit. Oma hatte also doch Recht gehabt, dachte sie mit dumpfer Verwunderung. Sie hatte immer gesagt, dass einen die eigene Schlechtigkeit irgendwann einholen würde. Und was sie da vorgehabt hatte, war schlecht –

das wusste sie schon die ganze Zeit. Sie hätte damit alles verraten, was man ihr über die Unantastbarkeit des Lebens beigebracht hatte. Aber sie war nicht die Einzige, die für ihre Bosheit büßen musste, nein, bestimmt nicht.

Eine Hand packte ihre Linke und hob sie dem Messer entgegen. In der Resignation, die der totalen Aussichtslosigkeit folgt, hörte sie auf zu denken und starrte hinauf zu dem wunderschönen Wirbel tanzender Sterne. Dann schloss sie die Augen.

# Eins

Blaine Avery lächelte, als der Golden Retriever vor ihren Augen aufgeregte Sprünge vollführte. »Du willst doch nicht etwa spazieren gehen, Ashley?«, neckte sie das Tier. Die Hündin umtänzelte sie bellend, wobei ihre Krallen über den polierten Eichenboden kratzten. »Du freust dich wohl, dass wir wieder hier sind?« Blaine lachte und beugte sich hinunter, um die Hündin hinter den Ohren zu kraulen.

Ashley knurrte. Das tat sie immer, wenn sie spazieren gehen wollte. »Na gut, wenn du nicht reden willst, gehen wir eben!« Blaine richtete sich auf. »Aber vergiss nicht, dass dies seit langem unser erster Spaziergang ist. Ich habe keine Lust, dir hinterherzurennen, also treib's nicht zu wild.«

Der Hund lief zur Tür und trippelte ungeduldig hin und her. Blaine zog eine Windjacke über ihren hellblauen Pullover und öffnete die Terrassentür. Da schoss Ashley auch schon hinaus in die milde Novembersonne. »Sachte, Mädchen!«, rief Blaine, aber die Hündin hatte bereits den Rasen überquert und rannte auf den nahen Wald zu. Nach einer Weile drehte sie sich nach ihr um und bellte ein paar Mal, als wolle sie sagen: »Beeil dich gefälligst!«

»Man kann es ihr nicht verdenken.« Blaine seufzte und versuchte ihr eigenes Tempo zu finden. Vor sechs Wochen hatte sie sich eine böse Lungenentzündung zugezogen. Nachdem sie eine Woche im Krankenhaus gelegen hatte, war sie zur Erholung bei ihrer Schwester Caitlin geblieben, die in der Stadt wohnte. Gestern Morgen war sie erst wieder zurückgekommen, und dann hatte sintflutartiger Regen sie und Ashley den ganzen Nachmittag im Haus festgehalten. Es tat gut, wieder an der frischen Luft zu sein und Richtung Wald zu spazieren, wie sie es unzählige

Male mit ihrem Ehemann Martin getan hatte, bevor dieser auf tragische Weise ums Leben kam.

Ach Martin, dachte Blaine, während sie die Augen schloss und sich fröstelnd in ihre Jacke schmiegte. Sie war schlank, einsfünfundsiebzig groß, hatte langes rotbraunes Haar und lebhafte hellgraue Augen. Ihre hohen Wangenknochen traten seit Martins Tod noch deutlicher hervor als früher. Die vergangenen Monate waren schwer für sie gewesen, aber nun, da sie die zitronengelbe Sonne am wolkenlosen Himmel sah, war sie beinahe wieder die Alte. Vielleicht, dachte sie, war das ja ein Zeichen dafür, dass die Trauer und der Schock allmählich verblassten.

Ashley war im Dunkel des Waldes verschwunden, und Blaine hoffte, dass der Hund nicht zwei Stunden lang wild drauflos rennen würde. Sie ließ Ashley ungern nachts im Wald. Außerdem würde Martins Tochter Robin bald aus dem Kino zurück sein, und Blaine wollte sie mit einem leckeren Abendessen überraschen. Vielleicht mit gebackenem Hähnchen in Zitronensauce, einem ihrer Lieblingsrezepte. Aber wahrscheinlich war Robin auch mit einer Pizza zufrieden. Sie schätzte es nicht besonders, wenn Blaine sie bekochte. Seit Martins Tod hatten sich die Spannungen zwischen ihnen zugespitzt. Die gemeinsame Zeit bei Caitlin hatte die Stimmung ein wenig verbessert – Robin schien Cait und ihre Familie zu mögen –, aber nun, da sie beide wieder daheim waren, kam die alte Gereiztheit wieder auf.

Blaine sagte sich, dass sie ihre Gedanken wieder einmal zu sehr schweifen ließ, eine schlechte Angewohnheit. Manchmal konnte sie eine ganze Meile zurücklegen, ohne das Geringste um sich herum wahrzunehmen. Heute durfte ihr das nicht passieren. Schließlich musste sie sich um den Hund kümmern.

»Ashley«, rief sie, als sie in den Wald eintauchte und dem Weg folgte, den Martins Vater vor fünfzig Jahren angelegt hatte. Jedes Jahr wurde hier gejätet, damit die Hausbewohner mühelos durch den Wald spazieren konnten. »Ashley!«

Der Hund bellte ganz in der Nähe und kam dann aus dem Dickicht auf sie zugesprungen. »Wie du wieder aussiehst!« Blaine lachte. »Zehn Minuten, und schon ist dein schönes Fell voller Blätter und Zweige! Schrecklich!«

Ashley bellte und sprang erneut quer durch die Büsche davon. An heißen Sommerabenden schwamm sie mit Hingabe in dem kleinen Bach, der sich durch das Grundstück schlängelte. Blaine hoffte nur, dass das kalte Wasser sie heute davon abhalten würde. Sie hatte keine Lust, den Hund anschließend zu baden.

Sie schlenderte in aller Ruhe weiter und ließ die Atmosphäre auf sich wirken. Im Wipfel eines Hickorybaums saß ein rotbraunes Eichhörnchen und knabberte Nüsse. Die hoch aufragenden Hemlocktannen verloren bereits ihre Nadeln, und ihre hellbraunen Zapfen wurden allmählich reif. Schon bald würden sie ihre Samen verstreuen, was sie daran erinnerte, dass sie dringend die Vogelhäuschen nachfüllen musste, die Caitlins Mann Kirk gebaut und im Wald aufgehängt hatte, als vor zwei Jahren über zehn Zentimeter Schnee gefallen und wochenlang liegen geblieben waren. Und schon hatte sie eines entdeckt; es hing unmittelbar vor ihrer Nase an einer Ulme, ein elegantes kleines Gebäude in der Form einer chinesischen Pagode, rot lackiert und mit liebevollen schwarzen und goldenen Verzierungen versehen. »Die hab ich extra für dich entworfen«, hatte er stolz zu ihr gesagt. »Alle fünf. Einzelstücke. Kein anderer bekommt so eins.«

»Blaine!«

Sie zuckte zusammen.

»Wo bist du, Blaine?« Sie erkannte die Stimme ihrer jüngeren Schwester. »Hier bin ich, Cait.«

Es dauerte nicht lange, und Cait kam zu ihr gerannt, ihr kurzes karottenrotes Haar zerzaust, Sommersprossen auf der Nase. Sie sah aus wie siebzehn, nicht wie siebenundzwanzig. »Was tust du denn hier?«, fragte Blaine. »Spionierst du mir etwa nach?«

Caitlin funkelte sie an mit ihren lieblichen bernsteinfarbenen Augen, die keinerlei Schminke brauchten. »Natürlich spionier ich dir nach. Du hast versprochen, jeden Tag anzurufen, und ich hab den ganzen Tag noch kein Wort von dir gehört.«

»Du bist ja zehnmal so schlimm wie eine Mutter.«

»Na ja, da unsere Mutter nicht mehr da ist, muss eben ich auf dich aufpassen. Warum hast du nicht angerufen?«

»Ich hatte zu tun. Kleider auspacken, alles in Ordnung bringen und so.«

Caitlin nickte. »Dich wieder an das Haus gewöhnen.« Sie vergrub die Hände in den Taschen ihrer Jeansjacke. »Ich sag dir was, Blaine, ich halte es für keine so gute Idee, dass du hier bleibst. Ich finde, du solltest das Haus verkaufen.«

»Ich kann es nicht einfach verkaufen. Martin hat es Robin vermacht, falls du dich erinnerst. Ich verwalte es nur für sie.«

»Und dir gehört die Hälfte von Avery Manufacturing, das weiß ich doch. Du bist steinreich. Warum ziehst du nicht weg?«

»Weil Robin nicht alleine hier wohnen kann, ihre Mutter ist tot, also hat sie niemanden, bei dem sie bleiben könnte, außerdem war das letzte Jahr schwer genug für sie, da möchte ich ihr nicht auch noch zumuten, ihr Zuhause aufzugeben.« Blaine lächelte ihre Schwester beruhigend an. »Keine Sorge. Ich werd die Geister schon begraben.«

»Den Geist, meinst du. Martins Geist. Aber sei bloß nicht so sicher, dass der sich so einfach begraben lässt. Ich kann ihn spüren, sobald ich das Haus betrete.«

»Woher hast du bloß solchen Blödsinn? Aus Büchern?«

»Aber es stimmt, ehrlich. Ein paar Freundinnen von mir behaupten, ich sei medial veranlagt.«

»Ich glaube eher, du hast eine etwas blühende Phantasie.«

Caitlin seufzte. »Na gut. Tut mir Leid, dass ich davon angefangen habe. Ich rede und rede, obwohl ich genau weiß, dass es für die Katz ist. Du gibst ja doch nicht nach. Aber ganz so mutig wie du tust, bist du auch wieder nicht, dir fällt es selbst schwer, wieder hier einzuziehen.« Blaine wich dem Blick ihrer Schwester aus. Wieder einmal hatte Cait den Nagel auf den Kopf getroffen. »Eigentlich bin ich hergekommen«, fuhr Caitlin fort, »weil ich wissen wollte, wie's dir geht.«

»Es geht mir hervorragend.«

»Ist ja gut, beiß mir nicht gleich den Kopf ab.«

Blaine holte tief Luft und versuchte sich zu entspannen, ihr Unbehagen wegen Martin nicht an ihrer Schwester auszulassen. Seit dem Autounfall war fast schon ein Jahr vergangen, und ein halbes Jahr seit seinem Tod. Höchste Zeit, die Vergangenheit ruhen zu lassen. »Tut mir Leid, dass ich dich angefahren habe.«

»Ist schon gut.« Cait grinste. »Ich hab's verdient, weil ich über Geister geplappert hab. Ich rede oft, ohne nachzudenken.« Sie blickte suchend umher. »Ashley ist wohl auf Erkundungstour.«

»Und das mit einem Affenzahn. Ich kann einfach nicht mit ihr Schritt halten.«

Caitlin lachte. »Sie wird bald müde werden. Ist denn Robin heute nicht zu Hause?«

»Sie ist im Kino. Gott sei Dank – in letzter Zeit hatte sie ja die Nase nur noch in ihren Büchern.«

»Du warst genauso. Immer am Büffeln, fest entschlossen, etwas aus dir zu machen, gegen unsere Misere anzukämpfen.«

»Ja schon, aber Robin ist ja nicht benachteiligt. Sie braucht den Erfolg nicht so dringend.«

»Sei doch froh, dass sie Ehrgeiz hat. Viele Teenager haben keinen.« Ihre Schritte waren endlich synchron, und Caitlin fragte: »Hast du schon Rehe gesehen?«

»Wenn Ashley durch die Gegend rennt? Bestimmt nicht. Die wittern doch, dass sie wieder da ist, um hinter ihnen herzujagen.«

»Robin hat mir übrigens eine hübsche Geschichte mit einem Reh erzählt.« Blaine sah sie fragend an. »Wie's scheint, war sie mit Rosalind Van Zandt hier draußen unterwegs. Die beiden waren damals ungefähr vier Jahre alt. Plötzlich hörten sie ein Rascheln im Gebüsch und sahen gleich darauf ein weißes Schwänzchen davonhüpfen. So hat Robin es beschrieben. Sie waren beide der Überzeugung, dass sie Bambi höchstpersönlich gesehen hatten, und rannten kreischend zurück zum Haus, um es Martin zu erzählen. Er hat sie in den Wald begleitet und ihnen gesagt, dass Bambi ein großer Filmstar sei und nur das allerbeste Futter verdiene, und dann Salzstücke für das Reh ausgelegt.«

»Das klingt nach dem Martin, in den ich mich verliebt habe«, sagte Blaine lächelnd. Dann erstarb das Lächeln auf ihrem Gesicht. »Mir erzählt sie nie solche Geschichten.«

»Ich bin ja auch nicht ihre schöne junge Stiefmutter. Sie hatte nie das Gefühl, mit mir um die Gunst ihres Vaters buhlen zu müssen.«

»Wir waren doch keine Konkurrentinnen.«

»Das wissen wir beide, aber wir sind auch keine überempfindlichen Teenager. Ich glaube, dass sie dich im Grunde ihres Herzens ganz gut leiden kann.«

»Sie erträgt mich. Das ist es.«

»Warum schickst du sie dann nicht weg, zu den Eltern ihrer Mutter?«

»Weil die in Florida leben und Robin bald ihren Abschluss an der High School machen wird. Außerdem haben sie nie darum gebeten, sie zu sich zu nehmen, und sie hat nie davon gesprochen, zu ihnen zu fahren.«

»Das ist eigenartig.«

»Nicht wirklich. Sie waren schon älter, als Robins Mutter zur Welt kam, und sind inzwischen ziemlich alt. Sie leben in einem Zentrum für Senioren. Sie wüssten gar nichts anzufangen mit einem lebhaften Teenager, und Robin würde sich lebendig begraben fühlen, wenn sie bei ihnen wohnen müsste. Wie dem auch sei, sie wollte immer hier bleiben.«

»Na ja, solange ihr beide miteinander auskommt, ist es ja in

Ordnung, obwohl ich nach wie vor der Ansicht bin, dass du nicht in dieses Haus ziehen solltest.«

»Caitlin!«

»Ist schon gut. Ich hab gesagt, was ich zu sagen hatte.« Sie zwinkerte Blaine zu. »Aber wann hast du je auf mich gehört?«

»Dad hat uns zu eigenständigem Handeln erzogen.«

Caitlin verdrehte die Augen, und ihre Stimme verlor jeden Schwung. »Ja, und was ist aus ihm geworden? Mutter hat ihn verlassen, er konnte keinen seiner Jobs behalten, weil er ständig betrunken war, und dann ist er in dieser miesen Bude krepiert, pleite und krank, weil er sich von niemandem helfen ließ.«

»Cait, willst du mich an alle schlimmen Momente meines Lebens erinnern?«

»Aber es ist doch wahr. Du verklärst ihn immer, dabei ...«

»Ich verkläre ihn überhaupt nicht«, widersprach Blaine gereizt, »ich versuche lediglich die Dinge nicht schlimmer zu machen, als sie sind. Er war zufrieden mit seinem Leben. Und als Vater war er große Klasse. Wir hatten eine Menge Spaß zusammen, Cait. Das kannst du nicht bestreiten.«

»Ja, Spaß hatten wir. Nur Geld hatten wir keins, außerdem keine Sicherheit, keine Würde ...«

Schritte kamen von hinten auf sie zu, und als sie sich umblickten, sahen sie Robin. »Ich hab dein Auto in der Auffahrt stehen sehen, Caitlin«, sagte sie atemlos, als sie die beiden eingeholt hatte. Ihre Augen waren voller Angst. »Es war niemand im Haus, und im ersten Moment dachte ich, dass etwas passiert sei. Dann fiel mir ein, dass ihr zwei vielleicht hier draußen sein könntet. Es ist doch alles in Ordnung, oder?«

»Alles klar«, sagte Blaine leichthin und wünschte, Robin würde nicht bei jeder kleinen Abweichung von der Routine in Panik geraten, aber nach Martins schrecklichem Tod war die Furcht des Mädchens nur allzu verständlich. Sie kämpfte selbst jeden Tag dagegen an.

»Wir wollten friedlich spazieren gehen«, stichelte Caitlin. »Aber in Wirklichkeit liegen wir uns mal wieder in den Haaren.«

Ein Lächeln huschte über Robins Gesicht. Die ständigen Kabbeleien zwischen Blaine und Caitlin hatten Robin anfangs ein wenig verunsichert. Da sie selbst keine Geschwister hatte, schien sie das meist harmlose Gerangel nicht einordnen zu können. Im Grunde liebten die Schwestern sich nämlich heiß und innig, nur hatten beide ihren eigenen Kopf und nahmen kein Blatt vor den Mund. »Wenn du mitkommst, verschieben wir die zweite Runde«, sagte Blaine.

Robin nickte betont lässig, um die Sorge, die ihr eben noch auf der Stirn geschrieben stand, zu überspielen. »Okay. Heute ist ein schöner Tag für einen Spaziergang.«

Trotzdem wärst du nicht mitgekommen, wenn Cait nicht hier wäre, dachte Blaine unglücklich. Aber irgendwann würde sie sich mit Robins Kälte abfinden müssen. Immerhin war sie Martins einziges Kind, und Blaine war fest entschlossen, sich ungeachtet ihrer kaum verhohlenen Feindseligkeit um sie zu kümmern.

»Wie war der Film, Robin?«, fragte Caitlin.

»Toll. Kim Basinger sieht einfach klasse aus. Vielleicht lasse ich mir die Haare blond färben wie sie.«

Blaine sah sich Robins glänzende dunkelbraune Mähne an. »Vergreif dich an deinem wunderbaren Haar, und du wirst es bitter bereuen.« Robin funkelte sie an, anscheinend hatte sie ihre Worte als Drohung missverstanden. »Ich wollte damit nur sagen, dass du wunderschönes Haar hast. Das willst du doch nicht mit Chemikalien kaputtmachen, oder?«

»Genau. Sonst wirst du am Ende so ein Rotschopf wie ich«, fügte Caitlin hinzu.

Robin entspannte sich und lachte. Sie ist wirklich bildschön, dachte Blaine. Zart und schlank wie eine Fee, und diese großen dunklen Augen! Wenn sie bloß einsehen wollte, dass sie hübsch ist. Aber Selbstbewusstsein war nicht gerade Robins Stärke. Sie verglich sich ständig mit ihren auffälligeren Freundinnen wie Rosie Van Zandt.

Im Weitergehen bemerkte Blaine die Ahornbäume, deren Blätter zitronengelb, flammend orange, purpurn und preiselbeerrot leuchteten. Nachdem sie die High School abgeschlossen hatte und nach Dallas gezogen war, um dort aufs College zu gehen, hatte sie den farbenprächtigen Herbst West Virginias vermisst. Als sie nach dem Tod ihres Vaters vor vier Jahren nach Sinclair zurückgekehrt war, war gerade Oktober, und die Bäume hatten die Hügel in buntes Patchwork verwandelt. Sie hatte allen Leuten erzählt, dass sie in der Nähe ihrer Schwester sein wolle und deshalb in Sinclair bleibe, aber Caitlin war nicht der einzige Grund gewesen, weshalb sie geblieben war. Die Anziehungskraft der sanften Hügel, durch die sich der Ohio wand, der Landschaft, in der sie aufgewachsen war, erwies sich als unwiderstehlich, und sie hatte ihre Entscheidung, wieder nach Sinclair zu ziehen, niemals bereut. Jedenfalls nicht bis zu Martins Tod.

Als hätte sich der Gedanke an den Tod symbolisch nach außen verlegt, sah sie zwei Krähen über ihre Köpfe hinwegfliegen. »Ich hasse diese Viecher«, murmelte sie. »Miniaturgeier.«

Robin blickte zerstreut nach oben. »Besonders niedlich sind sie wirklich nicht, aber wahrscheinlich sind sie notwendig.«

Plötzlich bemerkte Blaine, dass es langsam zu dämmern begann. Die vereinzelten Sonnenstrahlen, die das Blätterwerk durchbohrten und auf den feuchten Weg fielen, wurden trübe. Sie sah auf die Uhr. Zehn nach fünf. Ein bisschen früh für die Abenddämmerung.

»Ich finde, wir sollten allmählich umkehren«, sagte sie.

»Jetzt schon?«, fragte Cait. »Wollen wir den Weg nicht zu Ende gehen wie sonst?«

»Nein, ich würde lieber mit dem Kochen anfangen.«

»Hoffentlich gibt's nicht wieder irgendwas Ausgefallenes«,

sagte Robin und machte Blaines Vorstellung von Hühnchen in Zitronensoße zunichte. »Ich hätte Lust auf eine Pizza.«

»Ich hab's geahnt! Ist mir auch recht. Wir gehen ins Village Pizza Inn. Wie wär's, Cait, wollt ihr beiden, du und Kirk, nicht mitkommen?«

»Nein danke. Ich hab einen Braten im Ofen, der inzwischen bestimmt hoffnungslos verbrutzelt ist, denn wie ich Kirk kenne, hat er sich bestimmt nicht darum gekümmert.«

Blaine musste lachen. »Ich seh schon, dann kommt ihr am Ende doch mit.« Sie hielt inne und rief: »Ashley!« Der Wald blieb still. »Ashley, komm her, Mädchen!« Immer noch kein Laut.

Blaine pfiff und war froh, endlich ein Bellen zu hören. Es war aber nicht nur die Reaktion auf ihr Rufen, sondern eine regelrechte Bellsalve. Hatte Ashley einen Igel aufgestöbert? Die drei blieben stehen und lauschten. Nein, irgendetwas an diesem Gebell war anders. Unruhiger als sonst. Blaine kannte die Hündin schließlich schon seit Jahren. »Irgendetwas ist mit ihr«, sagte sie.

Robin, die Ashley fast genauso liebte, wie Blaine es tat, stieß einen Pfiff aus. Keine Reaktion, nur dieses ferne, frenetische Bellen. Sie und Blaine blickten einander an und rannten los, während Caitlin vergeblich versuchte, mit ihnen Schritt zu halten. »Hierher, Ashley!«, rief Robin.

Der Hund gehorchte nicht und bellte weiter. Er musste irgendwo rechts vor ihnen im Gebüsch sein, vermutete Blaine, die stehen geblieben war, um erneut zu horchen. »Sie ist am Bach. Vielleicht wollte sie schwimmen und kommt die Böschung nicht mehr hoch. Es hat so viel geregnet in letzter Zeit, da ist es vielleicht sehr matschig.«

Blaine wich vom Weg ab, und ihre Laufschuhe versanken leicht im dunklen, lehmigen Boden, der nach dem Platzregen am Samstag noch immer voll gesogen war wie ein Schwamm. Für gewöhnlich blieb sie auf dem Weg, weil sie Angst hatte, auf eine Schlange zu treten. Auch jetzt rechnete sie jeden Moment damit, dass ein glatter Kopf durch die Grasnarbe stieß und seine Giftzähne in ihren Fuß schlug. Konnte eine Grubenotter Jeansstoff durchbeißen?, fragte sie sich und hielt erneut inne, um zu lauschen.

Diesmal hörte sie, wie Ashley hysterisch bellend im Gestrüpp am Bachufer hin und her rannte. Wenigstens war der Hund nicht am Ertrinken, trotzdem schien ihn etwas ziemlich zu beunruhigen. Ihre Nerven waren dermaßen gespannt, dass sie erschrocken aufschrie, als ihr ein Backenhörnchen vor die Füße huschte. Der Boden war glitschig, sie rutschte aus und stolperte in eine Stechpalme, deren ledrige, dornig gezähnte Blätter ihr das Gesicht zerkratzten. Caitlin hatte sie am Arm gepackt und davor bewahrt, hinzufallen. Dann gingen sie um den Strauch herum und entdeckten den Hund.

Ashley hatte aufgehört hin und her zu rennen und stand reglos am Bachufer neben einer Trauerweide, die ihre nackten, gelben Arme trübsinnig ins Wasser hängen ließ.

»Hat sie ein totes Tier gefunden?«, fragte Caitlin kaum hörbar.

»Mag sein«, antwortete Blaine zweifelnd. »Ash, hierher.«

Die Hündin sah sie an, gehorchte aber nicht. Stattdessen ließ sie sich an der Uferböschung nieder und starrte beharrlich auf das Wasser hinunter. Obwohl sie nie als Jagdhund ausgebildet worden war, hatte sie einen ausgeprägten Apportiertrieb. Ein totes Tier weckte ihre Neugierde, und für gewöhnlich brachte sie es zu Blaine und legte es ihr wie ein Geschenk vor die Füße. Aber jetzt war sie mehr als nur neugierig, und sie machte keinerlei Anstalten, was immer sie aufgespürt hatte, zu apportieren. Eine beklemmende Vorahnung stieg in Blaine auf, als ihr jene andere Gelegenheit in den Sinn kam, bei der Ashley sich ähnlich verhalten hatte.

Vorsichtig pirschten die drei Frauen sich an Ashley heran und kämpften sich durch das dürre Gestrüpp, das noch feucht war vom Regen des Vortags. Ein eigenartig fauliger, Übelkeit erregender Geruch stieg vom Bach auf, und Blaine musste plötzlich an die Rabenkrähen denken, die sie aus dieser Richtung hatte kommen sehen. Ihr Magen krampfte sich zusammen, und der Schweiß brach ihr aus allen Poren. Sie wollte umkehren und weglaufen, weg von diesem einsamen, dämmrigen Ort. Aber sie musste nachsehen, was Ashley aufgespürt hatte, ganz gleich, was es war.

Robin erreichte die Hündin als Erste. Sie kniete sich neben sie, streichelte ihren Kopf und murmelte: »Was hast du denn, Mädchen?« Dann blickte sie zögernd zum Wasser hinunter und erstarrte. »Blaine«, rief sie mit ängstlicher Kinderstimme. »Da ... da liegt etwas im Wasser.«

Blaines Atem wurde flach, als sie und Cait sich erschrocken einen Weg zum Bach bahnten und hinunterschauten. Etwas trieb auf dem Wasser. Etwas ... nein, jemand.

Blaine beugte sich vor und zwang sich genauer hinzusehen. In den Wurzeln der alten Weide hatte sich ein menschlicher Körper verfangen. »Mein Gott!«, murmelte Cait.

Blaine war wie gelähmt. Jäh schien die Welt genauso unnatürlich still zu werden wie die Gestalt da unten. Sie trug Blue Jeans und einen Pulli, der einmal weiß gewesen sein mochte, mittlerweile jedoch das schlammige Braun des schmutzigen Wassers angenommen hatte.

»Blaine?«, wimmerte Cait.

Aber Blaine konnte den Blick nicht von der Gestalt im Bach abwenden. Eine bläulich angelaufene rechte Hand mit einem auffällig großen Ring – der Stein ein von Diamanten gesäumter Opal – hatte sich in ein paar Weidenzweigen verfangen und ragte in die Luft, als winke sie jemandem zu. Langes schwarzes Haar trieb anmutig auf der dunklen gekräuselten Wasseroberfläche und umrahmte ein erschreckend weißes, von kleinen Bissen entstelltes Gesicht – vermutlich hatten Fische und Vögel bereits daran geknabbert.

»Da unten liegt eine Frau«, sagte Blaine ruhig, als Cait sich über ihre Schulter beugte und auf die Gestalt hinunterstarrte.

Caitlin schrie auf und presste die Hand auf den Mund. Blaine drehte sich zu ihr um. Caits Gesicht war so weiß geworden, dass ihre Sommersprossen sich ausnahmen wie Flecken brauner Tinte, unnatürlich und grell. Merkwürdigerweise scheuchte ihr Schrei keinen Vogel auf. Die Natur blieb still, in Ehrfurcht vor dem Tod.

Robin leckte sich die trockenen Lippen. »Der Ring. Das Haar.« Blaine schluckte, ein säuerlicher Geschmack füllte ihren Mund. Robin beugte sich nach vorn, um die Leiche aus der Nähe zu betrachten. »Ihre Augen, sie sind fort«, sagte sie tonlos, wandte langsam den Kopf und starrte hinüber zu Blaine. »Es ist Rosie, ihre schönen Augen sind fort.« Dann wandte sie sich ab und übergab sich in das dichte Ufergestrüpp.

# Zwei

## 1

Blaine schluckte ihre eigene Übelkeit hinunter, eilte zu Robin und hielt ihre Schultern fest, bis sie zu würgen aufhörte. Sie legte dem Mädchen die Hand vor die Augen, damit sie die Leiche nicht mehr sehen musste, und zerrte sie hoch. »Wir müssen die Polizei rufen.«

Robin funkelte sie an. »Ich kann sie doch nicht einfach hier liegen lassen!«

»Musst du aber«, sagte Blaine und staunte über ihre eigene Gefasstheit. »Ich lasse dich nicht hier draußen. Es wird dunkel.«

»Aber Rosie …«

Robin zitterte am ganzen Leib, und Blaine versuchte sich dem Grauen zu verschließen. »Cait, hilf mir«, sagte sie zu ihrer Schwester, die immer noch mit weit aufgerissenen Augen dastand, die Hand auf dem Mund, als müsse sie weitere Schreie ersticken. »Wir müssen zurück zum Haus.«

Caitlin hatte immer schon auf den autoritären Klang in Blaines Stimme reagiert, und jetzt fuhr sie aus ihrer Erstarrung hoch. Sie hastete zu Robin und stützte sie von links, während Blaine von rechts den Arm um die Hüfte des Mädchens legte und sie vom Bach wegzog. Zu dritt stolperten sie hinter Ashley her durch das Dickicht zurück auf den Pfad. Wie still es geworden ist, dachte Blaine. Beängstigend still. Und bis zum Haus ist es noch weit.

Robin weinte, und Blaine und Caitlin mussten sie teils führen, teils tragen. Lange Schatten fielen über den Weg, und die Bäume schienen zu leben und bedrohlich näher zu rücken, wie im Albtraum eines Kindes. Blaines Herz pochte zum Zerspringen, und ihre Augen flogen wachsam hin und her, um das Halbdunkel des Waldes zu erforschen. Sie hatte das Gefühl, als sei da ein Etwas und belauere sie, spiele mit ihnen, warte, bis das Haus zum Greifen nahe war, um dann erneut zuzuschlagen. Sogar Ashley schien es zu spüren, denn sie blieb ganz nah bei ihnen, die Ohren aufgestellt, und knurrte leise, sobald sie ein verdächtiges Geräusch hörte. Als sie endlich den Waldrand erreichten, brach Blaine vor Erleichterung fast in Tränen aus.

Als sie durch die Glastür taumelten, meinte Blaine, es bohrten sich Messer in ihre Brust. Die Anstrengung war zu viel für sie gewesen; schließlich hatte sie noch vor kurzem das Bett hüten müssen. Doch sie ließ sich ihre Schmerzen nicht anmerken. Robin hatte aufgehört zu schluchzen, sie wimmerte nur noch leise und stützte sich nicht mehr ganz so heftig auf Blaine.

Im Wohnzimmer strebte Robin auf die Couch zu, aber Blaine führte sie über den langen Flur ins Badezimmer. Während Robin wie gelähmt dabeistand, nahm Blaine ein Handtuch und einen Waschlappen aus dem Schrank und drehte das kalte Wasser auf. »Ich möchte, dass du dir das Gesicht wäschst und dich dann ein paar Minuten hinlegst. Du siehst aus, als würdest du jeden Moment umkippen.« Sie war erleichtert, als Robin sich ohne Widerrede über das Waschbecken beugte, und ging zurück ins Wohnzimmer. Dort sank sie auf die Couch und zwang sich zu behutsamen, tiefen Atemzügen, bis der Schmerz in ihrer Brust allmählich nachließ.

»Alles in Ordnung?«, fragte Cait, die unruhig im Zimmer auf und ab gegangen war, und beugte sich über Blaine.

»Ja, alles bestens. Ich bin nur ein wenig außer Puste.«

»Ich hol dir ein Glas Wasser.«

»Nett von dir.« Blaine griff nach dem Telefon. »Ich muss die Polizei anrufen.«

»Willst du das nicht mir überlassen?«

»Nein«, sagte Blaine, die wusste, dass Cait, wenn sie nervös war, alles durcheinander brachte. »Hol mir bitte ein Glas Wasser. Ich mach das schon.«

Im Büro des Sheriffs nahm ein Deputy den Hörer ab.

»Hier spricht Mrs. Avery. In meinem Bach liegt eine Leiche. Sie müssen jemanden vorbeischicken«, sprudelte sie heraus und dachte dabei, dass ihre Aussage viel zu hastig wirkte. Vielleicht hätte doch lieber Cait anrufen sollen.

Nach einer Pause sagte ein junger Mann: »Immer langsam, Ma'am. Wie war gleich Ihr Name?«

»Blaine Avery. Martin Averys Frau, Prescott Road.«

»Ach so. Mrs. Avery.« Blaine erkannte die Stimme des jungen Deputy Clarke, den sie während der Ermittlungen zu Martins Tod kennen gelernt hatte. Er klang aufgeregt.

»Würden Sie Ihre Information bitte wiederholen?«

Blaine zwang sich, langsamer zu sprechen. »Auf meinem Grundstück befindet sich eine Leiche. Und zwar im Bach. Ich glaube, es ist Rosalind Van Zandt.«

»Eine Minute, Ma'am.« Sie hörte, wie Clarke den Hörer ablegte und sagte: »Da ist Blaine Avery am Telefon. Behauptet, sie hätte eine Leiche gefunden, angeblich Rosalind Van Zandt!«

Einen Augenblick später war eine tiefe, ruhige, männliche Stimme zu hören: »Quint hier.« Blaine wurde steif. Logan Quint, der Sheriff. Sie kannte ihn von klein auf, war als junges Mädchen mit ihm ausgegangen und hatte ihn für ihren Freund gehalten, bis sie an jenem entsetzlichen Tag Ende Mai Martin tot in seinem Rollstuhl gefunden hatte und Logan die polizeilichen Ermittlungen leitete. »Was ist los?«

»Robin, Cait und ich waren mit dem Hund draußen im Wald spazieren, hinter meinem Haus, und da haben wir im Bach eine Leiche gefunden. Besser gesagt, der Hund hat sie gefunden.« Sie spürte, wie ihre Fassung zerbröselte, holte tief Luft und fügte matt hinzu: »Ich glaube, sie liegt da schon eine ganze Weile.«

Sie hatte einen Wust an Fragen erwartet, aber Logan ließ Gnade vor Recht ergehen und sagte: »Ich komm raus.«

Blaine spürte ein Schluchzen in sich aufsteigen. »Bitte beeil dich.«

»Keine Sorge. In der Zwischenzeit möchte ich, dass ihr alle im Haus bleibt, Blaine. Geht nicht mehr da hinaus.«

## 2

Die Sonne stand bereits so tief, dass nur noch ein schwacher rosa Schimmer über den Bäumen hing, als Logan Quint und Chief Deputy Abel Stroud auf der Prescott Road zum Avery-Anwesen fuhren, etwa fünf Meilen außerhalb der Stadt.

»Ganz schöner Hammer, was?«, bemerkte Stroud. »Zuerst Martin Avery, jetzt die kleine Van Zandt, falls sie's tatsächlich ist.«

»Sie wurde vor zwei Stunden als vermisst gemeldet, und Robin Avery war eine ihrer besten Freundinnen«, sagte Logan. »Blaine hat gesagt, dass Robin bei ihr war, als sie die Leiche gefunden hat, und wenn Robin sie identifiziert hat, können wir davon ausgehen, dass es stimmt.«

»Ich versteh nur nicht, warum du mir nicht gesagt hast, dass das Mädchen vermisst wird.«

»Ich hab's ja selbst erst vor ein paar Stunden erfahren. Ihre Tante hat sie übers Wochenende in Charleston vermutet, bei einer Cousine. Als sie am Nachmittag immer noch nicht zurückgekommen war, hat Miss Peyton sich Sorgen gemacht und die Cousine angerufen. Rosalind war gar nicht bei ihr gewesen. Daraufhin hat Miss Peyton dann sofort bei mir angerufen, und Clarke und ich haben versucht mit Rosalinds Freundinnen zu sprechen, aber wir hatten nicht viel Glück. Keine von denen war zu Hause.«

»Sonntagsvorstellung im Kino«, erklärte Abel. »Meine Arletta geht da auch jede Woche rein. Wie die meisten jungen Leute. Viel Abwechslung gibt's ja hier in der Gegend nicht, um sich die langweiligen Sonntagnachmittage zu vertreiben.«

»Tja, da hast du wohl Recht. Zu meiner Zeit sind wir ins Dairy Queen gegangen.«

»Das ist der Unterschied zwischen deiner und meiner Zeit. Wir mussten an den Sonntagnachmittagen arbeiten. Gab immer was zu tun auf 'ner Farm.«

Logan stöhnte innerlich. Er hatte Abels selbstmitleidiges Gejammer über seine schwere Kindheit auf der Farm gründlich satt und große Lust, ihm eine reinzuhauen, wenn er mal wieder eine seiner endlosen Predigten über Härte und Verantwortung vom Stapel ließ. Wenn man Abel reden hörte, konnte man meinen, er hätte schon als Zehnjähriger eine stattliche Milchfarm geleitet, und zwar mit links.

»Eins ist mal sicher«, fuhr Abel fort und war glücklicherweise zu sehr mit der gegenwärtigen Tragödie beschäftigt, um sich zum x-ten Mal über seine elende Jugend zu verbreiten.

»Wenn sich herausstellen sollte, dass die kleine Van Zandt auch ermordet worden ist, steckt Blaine Avery ziemlich in der Scheiße.«

Da hat er Recht, dachte Logan. Vor sechs Monaten hatte sie völlig aufgelöst bei ihm angerufen und ihm gemeldet, dass ihr Mann sich umgebracht habe. Und zuerst sah es auch nach Selbstmord aus. Logan hatte Martin Avery tot in seinem Rollstuhl auf der Terrasse gefunden. In seiner rechten Schläfe war ein kleines, sternförmiges Einschussloch, und bei der Obduktion fand man Pulverstaub an Averys rechter Hand.

Aber Logan störte die Tatsache, dass Averys Pistole, eine Smith & Wesson Combat Masterpiece, neben ihm gelegen und nicht, wie es bei Selbstmord die Regel war, in seiner Hand gesteckt hatte. Am darauffolgenden Tag hatte er dann eine Kugel aus der Smith & Wesson in einem jungen Ahorn gefunden, der ungefähr zehn Meter von der Terrasse entfernt stand. Die Kugel hatte noch nicht lange im Baum gesteckt, was sich aus dem Zustand des umgebenden Holzes schließen ließ. Aber Blaine und Robin hatten beide behauptet, sie hätten die Pistole nie angerührt. Weil Avery nach seinem Unfall – er war querschnittsgelähmt, sein Ferrari war von einem Wagen gerammt worden, dessen Fahrer anschließend Fahrerflucht begangen hatte – an schweren Depressionen litt, hatte Blaine die Schublade, in der er seine Waffen aufbewahrte, abgeschlossen und den Schlüssel im Innenfutter ihrer Schmuckschatulle versteckt. Avery musste ihn da gefunden haben, denn nach seinem Tod lag der Schlüssel in seiner Schreibtischschublade. Avery hatte allerdings keine Gelegenheit, die Waffe abzufeuern – der Schuss wäre im Haus gehört worden –, was Logan zu dem Schluss kommen ließ, dass an jenem Samstag wahrscheinlich zwei Schüsse abgegeben worden waren. Vielleicht hatte Avery zuerst in die Luft geschossen, bevor er die Waffe an die Schläfe hielt, dachte Logan. Das einzige Problem war, dass fünf unbenutzte Patronen im Magazin verblieben waren, das sechs Kugeln fasste, und kaum anzunehmen war, dass ein Selbstmörder zuerst die fehlende Patrone ersetzte und sich anschließend das Leben nahm.

Der Staatsanwalt war der festen Überzeugung, dass Avery erschossen worden war und dass man ihm anschließend die Waffe in die Hand gegeben und abgedrückt hatte, damit sich hinterher Pulverspuren auf seiner Haut nachweisen ließen. Danach hatte der Mörder eine neue Patrone eingelegt, um den Anschein zu erwecken, dass die Waffe nur einmal abgefeuert worden war.

Unglücklicherweise hatte Averys schöne Frau – achtzehn Jahre jünger als er –, der man ein Verhältnis mit Averys gut aussehendem jungen Arzt Richard Bennett nachsagte und die angeblich die Hälfte seines Zehn-Millionen-Dollar-Vermögens plus Anteile an Avery Manufacturing, einer der größten Reedereien an der Ostküste erbte, kein Alibi. Sie behauptete, sie sei gegen zwölf Uhr dreißig zum Einkaufen weggefahren. Da um ein Uhr bereits Bernice Litchfield kommen sollte, Averys Krankenschwester, hatte Blaine nach eigener Aussage keine Bedenken gehabt, ihren Mann eine knappe halbe Stunde alleine zu lassen.

Bernice Litchfield jedoch sagte unter Eid aus, Martin Avery

habe sie um dreiviertel eins angerufen und ihr gesagt, dass er mit seiner Frau spazieren fahren würde, weshalb er ihre Dienste nicht in Anspruch zu nehmen brauchte. Robin Avery hatte zwischen zehn Uhr vormittags und vier Uhr nachmittags Rosalind Van Zandt dabei geholfen, die Turnhalle für das Schulfest zu schmücken, das am Abend stattfinden sollte, und wusste deshalb nicht, wann genau ihre Stiefmutter das Haus verlassen hatte beziehungsweise ob sie überhaupt weggefahren war. Im Kaufhaus konnte sich keine der Angestellten an Blaine Avery erinnern. Das Ermittlungsverfahren war mörderisch gewesen, und eine schwächere Person als Blaine hätte bestimmt die Nerven verloren, dachte Logan. Aber am Ende waren zum großen Leidwesen des Staatsanwalts und zu Logans Erleichterung zu viele Fragen ungeklärt geblieben, zum Beispiel wann der Schuss in den Baum abgefeuert worden war. Es gab keine stichhaltigen Beweise gegen Blaine. Nur Verdachtsmomente.

»Ihre Familie hatte noch nie einen guten Ruf«, sagte Stroud. »Ihr Dad war ein richtiger Taugenichts.«

Logan versuchte gelassen zu klingen. »Jim O'Connor war schon in Ordnung.«

»Freundlich war er, das geb ich zu. Man konnte sich gut mit ihm unterhalten. Aber er war ein fauler Penner und hat von der Sozialhilfe gelebt. Ich kann dir gar nicht sagen, wie oft ich den Kerl sternhagelvoll unten im Park erwischt hab. Kein Wunder, dass ihn seine Frau verlassen hat. Obwohl es schade war um die Mädchen. Sie hätte sie mitnehmen sollen. Die mussten ja einen Schaden kriegen, wenn ihre eigene Mutter sie im Stich lässt und sie einem Taugenichts wie O'Connor ausgeliefert sind.«

»Dafür haben sie sich aber ganz gut rausgemacht, findest du nicht?«

»Cait schon, nehm ich an. Hat Kirk Philips geheiratet – das ist ein braver, zuverlässiger Bursche. Er und sein Dad haben die Schreinerei.«

»Weiß ich doch alles, Abel.«

»Die leisten gute Arbeit. Außerdem hat Cait mit diesem Kinderhort angefangen.« Logan spürte, wie sich seine Hände um das Lenkrad krampften. Er konnte es nicht ausstehen, wenn ihm Abel andauernd Geschichten von Leuten erzählte, die er schon sein Leben lang kannte. »Scheint ganz gut zu laufen. Ich hab gehört, dass es mittlerweile schon eine Warteliste gibt, weil so viele Kinder zu ihr reinwollen. Die meisten Leute halten eine Menge von Cait. Und Blaine ... na ja, die ist schon ein Hingucker, das stimmt«, fuhr Stroud fort, als sie in die Auffahrt des Avery-Anwesens bogen. »Aber sie ist schwierig, sag ich dir, die Frau ist wirklich schwierig.«

»Ich werd's mir merken«, murmelte Logan und fragte sich, ob Stroud wohl Recht hatte.

## 3

Nachdem Blaine den Hörer aufgelegt hatte, rief Caitlin Kirk an. Blaine hörte, wie sie versuchte ihn zu beschwichtigen, indem sie ihm sagte, dass es ihr gut gehe und er besser bei ihrer vierjährigen Tochter daheim bleiben sollte. »Komm nicht hier raus«, sagte sie. »Die vielen Polizisten regen Sarah bloß auf. Ich komm heim, sobald ich hier nicht mehr gebraucht werde.« Dann ging sie hinaus, um nach Robin zu sehen, während Blaine wie gelähmt auf der Couch sitzen blieb. Sie zog die Beine an, umschlang ihre Knie und starrte auf den französischen Kamin mit den polierten Messing- und Kupferornamenten, die im Abendschein leuchteten. Sie schluckte ein paar Mal und unterdrückte ein Schluchzen. Ein paar Minuten später hatte ihr Atem sich beruhigt, aber ihr war eiskalt. Unwillkürlich schloss sie die Augen, und da sah sie wieder das weiße, aufgedunsene Gesicht der Leiche im Wasser treiben.

Etwas berührte ihr Bein, und sie erschrak; sie riss die Augen auf und sah Ashley da sitzen. Zweige hatten sich in ihrem langen Fell verfangen, sodass es nach allen Seiten abstand. Sie sah genauso verängstigt und mitgenommen aus wie Blaine.

»Komm mit, Mädchen«, sagte Blaine. Die Hündin trottete ihr in die Küche hinterher und wartete geduldig, bis sie ihr eine Schüssel Wasser hinstellte. Sie überlegte, ob sie sich einen Scotch genehmigen sollte, kam dann aber zu dem Schluss, dass es unklug wäre, der Polizei mit alkoholisiertem Atem entgegenzutreten. Also goss sie sich stattdessen ein Glas Orangensaft ein und setzte sich nachdenklich an den Küchentisch.

Was war, wenn sich die Leiche von den Baumwurzeln löste und abgetrieben wurde, bevor Logan kam? Aber weit konnte sie in einer halben Stunde nicht kommen. Der Bach war zwar vom Regen am Samstagnachmittag ein wenig angeschwollen, aber längst kein reißender Fluss. Allerdings mündete er zwei Meilen weiter unten in den Ohio. Wenn sich die Leiche nicht in den Wurzeln der Weide verfangen hätte, wäre sie bestimmt schon auf dem Weg in den Fluss.

Ashley hatte sich erschöpft unter den Küchentisch gelegt, aber als ein paar Minuten später ein Wagen vorfuhr, hob sie den Kopf, lauschte, sprang auf und lief bellend zur Tür. Da klingelte es auch schon. Blaine öffnete und sah zwei Männer auf der Veranda stehen.

»'n Abend, Mrs. Avery«, sagte der größere in Uniform.

Sie und Logan waren sehr förmlich geworden in den vergangenen Monaten. »Kommen Sie doch rein.« Ashley trat widerwillig beiseite und beäugte die beiden Männer argwöhnisch, als wüsste sie, dass ihre Anwesenheit Ärger verhieß. »Sie haben's ja in Rekordgeschwindigkeit hier heraus geschafft.«

»Dazu ist die Sirene da«, bemerkte Abel Stroud spöttisch. Er war Deputy, seit Blaine sich erinnern konnte, und sie hatte seine anmaßende, streitsüchtige Art nie gemocht. Sogar sein Äußeres empfand sie als Zumutung. Im Augenblick stand ihm das dünne, angegraute Haar, das er normalerweise mit Pomade sorgfältig über den kahlen Oberkopf zog, struppig und ungepflegt vom Kopf, und er hatte mindestens zehn Pfund zugenommen, seit sie ihn im Juli zuletzt gesehen hatte. In sein viel zu enges Sakko gezwängt, erinnerte er sie an eine Wurst in der Pelle. Seine Wangen waren vor Aufregung gerötet, und seine wasserblauen Augen erfassten blitzschnell den Raum. Aber eines hatte Blaine während der Ermittlungen zu Martins Tod gelernt – Stroud war nicht der Idiot, für den er sich gerne ausgab. Und das machte ihn gefährlich, denn aus unerfindlichen Gründen konnte er sie nicht leiden. Sie hatte das Gefühl, als sei er enttäuscht, dass man sie nicht als Martins Mörderin verhaftet hatte.

»Sie glauben also, Sie hätten Rosalind Van Zandt gefunden«, sagte Logan Quint zu Blaine.

Blaine hatte nicht gemerkt, dass Robin leise das Zimmer betreten hatte, und war überrascht, als sie sie mit fester Stimme sagen hörte: »Es ist Rosie, Sheriff. Als ich ihr langes schwarzes Haar sah, da wusste ich sofort, dass es Rosie war.«

Robin war in einen weißen Frotteemantel gehüllt, und im blassen Gesicht wirkten ihre Augen riesig. Caitlin trat neben sie und legte ihr den Arm um die Schultern.

»Man hat sie vor etwa zwei Stunden als vermisst gemeldet«, sagte Logan. Cait hatte Licht gemacht, und der weiche Schimmer der Lampen erhellte seine Gesichtszüge. Blaine bemerkte die Veränderungen in dem Gesicht, das ihr einmal so vertraut gewesen war. Logan war zweiunddreißig und machte einen gesunden, kräftigen Eindruck. Allerdings hatte er einen müden Zug um den Mund und einen traurigen Blick in den dunklen Augen. Sein Haar jedoch war kohlschwarz wie eh und je, und das Irokesenblut, das er von seiner Mutter geerbt hatte, zeigte sich in den hervorspringenden Wangenknochen und der scharf geschnittenen Nase.

»Ich hab gedacht, dass Rosie nach Charleston gefahren ist«, sagte Robin. »Stattdessen hat sie die ganze Zeit da draußen in dem scheußlichen Wasser gelegen …« Sie schluchzte auf, und Cait strich ihr über das nasse Haar.

»Hat sie dir gesagt, dass sie nach Charleston wollte?«, fragte Logan.

»Ja, sie wollte ihre Cousine Amanda besuchen.«

»Hat sie Amanda oft besucht?«

»Vielleicht drei- oder viermal im Jahr. Die beiden haben sich ziemlich gut verstanden. Am Freitagabend fand in Charleston ein Rockkonzert statt. Rosie wollte mit Amanda hingehen und dann übers Wochenende dort bleiben, weil ihre Tante es nicht gerne sah, wenn sie nachts Auto fuhr.«

»Kennst du Amanda?«

»Klar. Sie ist genauso alt wie Rosie und ich. Und sehr nett. Ich war auch schon übers Wochenende bei ihr. Sie hat noch fünf Geschwister. Amandas Mutter hat nichts dagegen, wenn noch ein paar Leute mehr im Haus sind.«

»Aber diesmal hat Rosalind dich nicht gebeten mitzukommen?«

Robin zögerte. »Nein. Aber sie wusste ja auch, dass ich Blaine beim Umziehen helfen musste.«

»Du hättest mir nicht helfen müssen«, sagte Blaine. »Ich wäre schon zurechtgekommen. Ich wusste doch gar nichts von diesem Rockkonzert.«

Robin winkte ab. »Ist doch egal. Sie hat ja ohnehin nicht gefragt. Außerdem mag ich die Band nicht besonders, die gespielt hat.«

»Verstehe«, sagte Logan Quint. Dann fügte er hinzu: »Mrs. Avery, ich muss Sie bitten, mit uns in den Wald zu kommen und uns die Stelle zu zeigen, wo Sie die Leiche gefunden haben.«

»Natürlich.« Innerlich erschauerte Blaine bei dem Gedanken, noch einmal in diesen Wald gehen zu müssen, aber sie wollte sich vor Robin und Cait keine Blöße geben. »Rob, kommst du hier eine Weile mit Caitlin zurecht?«

Robin nickte. »Ja klar.«

»Vielleicht wäre es dir lieber, wenn ich mitgehen würde und du hier bleiben könntest«, schlug Cait vor.

Blaine schüttelte den Kopf. »Nein, ich finde mich im Wald besser zurecht als du.«

Stroud wurde ungeduldig. »Na gut, vielleicht sollten wir mit dem Gerede aufhören und uns auf den Weg machen. Es ist schon fast dunkel.«

»Er hat Recht«, sagte Logan. »Ich glaube, ich höre den Krankenwagen.«

Er ging zur Tür, und Blaine warf einen Blick aus dem Fenster und sah, wie der Krankenwagen und ein weiteres Polizeiauto in die Auffahrt bogen. Logan wandte sich zu Blaine um: »Ist es weit bis zu der Stelle, wo ihr die Leiche gefunden habt?«

»Auf dem Weg, den ich heute Nachmittag genommen habe, schon. Aber falls die Leiche noch nicht abgetrieben ist, könnten wir viel leichter an sie rankommen, wenn wir auf der Prescott Road bis zur südlichen Grenze des Grundstücks fahren und dann auf den Kiesweg abbiegen.«

»Kiesweg?«

»Im Wald gibt es eine Ölförderpumpe. Alle zwei Wochen kommt ein Tanklaster, um Öl aufzunehmen. Von der Pumpe aus ist es nicht mehr weit bis zu der Stelle, wo die Leiche liegt.«

»Gut. Gehen wir.«

Blaine und Abel Stroud stiegen in den Wagen des Sheriffs, und während Logan den Fahrern von Krankenwagen und Streifenwagen Bescheid gab, ertappte Blaine Abel dabei, wie er sie durch den Rückspiegel im Auge behielt. »Geht's Ihnen gut, Mrs. Avery?«

»Ja, danke.«

»Wie ich hörte, hatten Sie eine ziemlich üble Lungenentzündung. Waren eine Weile außer Gefecht?«

»Ja, ich hatte hohes Fieber, aber jetzt geht's mir wieder gut. Ich werd morgen wieder in die Schule gehen.«

»Das hat mir meine Arletta auch erzählt. Sie erinnern sich doch an Arletta, nicht?«

Und ob sie das tat. »Ja«, sagte sie ausdruckslos.

»Sie war ziemlich fertig wegen der Note, die Sie ihr letztes Jahr in Englisch reingedrückt haben, aber ich hab zu ihr gesagt: ›Was soll's, Süße, wen kümmert schon Shakespeare, also nimm's nicht so tragisch.‹« Blaine schwieg und sah genervt aus dem Fenster. Aber Abel gab nicht auf. »Sie hat die Klasse im Sommer wiederholen müssen, das hat ihr gar nicht gepasst.«

»Kann ich mir denken.«

»Hat mir auch nicht besonders gepasst, dass sie den ganzen Sommer mit 'nem Haufen unpraktischem Zeug verplempert hat.«

»Hören Sie, Abel, Arletta ist nicht wegen Shakespeare durchgefallen, sondern wegen ihrer schwachen Grammatik. Grundwissen. Ich halte es durchaus nicht für unpraktisch, wenn man lernt, wie man einen verständlichen Satz zu Papier bringt.«

»Nun kommen Sie mal wieder runter vom hohen Ross.« Stroud drehte sich zu ihr um. Er hatte die breite Stirn in spöttische Falten gelegt. »Sind Sie sicher, dass es Ihnen schon wieder besser geht? Mir kommen Sie reichlich überspannt vor.«

»Immerhin habe ich auf meinem Grundstück gerade die Leiche der besten Freundin meiner Stieftochter gefunden«, entgegnete sie gereizt. »Was erwarten Sie?«

Sie sah Strouds schiefes Grinsen und hätte sich ohrfeigen können, weil sie ihm wieder einmal auf den Leim gegangen war, wie damals, während der Ermittlungen zu Martins Tod. Er hatte sie unentwegt provoziert, aber nie im Beisein anderer Leute. Und sie hatte sich gefragt, ob es ihm einfach nur Spaß machte, sie zu quälen, oder ob er hoffte, ihr auf diese Weise ein Geständnis zu entlocken.

Sie war erleichtert, als Logan eingestiegen war. »Okay, wir sind so weit«, sagte er.

Um diese Jahreszeit wurde es unangenehm früh dunkel, dachte

Blaine. Um sechs Uhr abends war der Himmel bereits violett. In einer halben Stunde würde es stockfinster sein. Hoffentlich fand sie den Weg und verlor nicht im Wald die Orientierung. Sie war noch nie nach Einbruch der Dunkelheit im Wald gewesen, aber sie kannte die Stelle, wo die alte Weide stand. Bestimmt würde die Nacht ihren Orientierungssinn nicht völlig auslöschen.

Sie bogen nach rechts ab, auf den schmalen Kiesweg zur Ölquelle, gefolgt von Krankenwagen und Polizeiauto. Die vielen Schlaglöcher erinnerten Blaine daran, dass sie bald neuen Kies ausstreuen lassen musste, denn der sintflutartige Regen am Samstag hatte den Zustand der Straße noch verschlimmert. Am besten veranlasste sie das noch in der kommenden Woche, bevor sich das Wetter wieder verschlechterte. Es war schon eigenartig, dachte sie, wie der menschliche Geist sich angesichts einer Tragödie mit banalen Dingen beschäftigte. Wahrscheinlich eine Art Schutzreaktion.

Logan fuhr langsamer, als sie den Waldrand erreichten. »Da vorne steht ein Wagen«, stellte er fest.

Blaine beugte sich nach vorn und sah ein rotes Cabriolet am Straßenrand stehen, einen Toyota Celica. Sie kannte den Wagen gut – er gehörte Rosalind. Ihre Tante hatte ihn ihr zum siebzehnten Geburtstag geschenkt.

»Das ist Rosies Auto«, sagte sie.

Sie blieben stehen und stiegen aus, um den Wagen in Augenschein zu nehmen. Die Reifen steckten über zwei Zentimeter tief in eingetrocknetem Schlamm. »Seht mal, wie sauber der Wagen ist«, sagte Logan. »Er muss vor dem Unwetter gestern hier abgestellt worden sein. Ansonsten wären im unteren Bereich wegen der Schlaglöcher Schlammspritzer auf dem Lack zu sehen. Außerdem ist er voller welker Blätter, die der Sturm von den Bäumen geweht hat.«

Stroud nickte. »Haben Sie das Auto erst jetzt bemerkt, Miz Avery?«

»Ja. Von der Hauptstraße aus ist es nicht zu sehen, außerdem bin ich erst gestern Morgen zurückgekommen und war seitdem noch nicht hier draußen. Der Laster war auch schon über eine Woche nicht mehr hier, um Öl aufzunehmen.«

»Das erklärt, warum keiner den Wagen entdeckt hat«, sagte Logan. »Ist irgendwas drin?«

Stroud leuchtete mit der Taschenlampe durch die Scheibe. »Leer.« Er holte ein Taschentuch aus seiner Jacke und versuchte die Tür zu öffnen. »Abgesperrt.«

»Den Innenraum sehen wir uns später an. Jetzt müssen wir uns um die Leiche kümmern.«

Sie fuhren tiefer in den Wald hinein. Hier war es viel dunkler, die Bäume reichten bis an die Straße heran. Nach ungefähr zweihundert Metern kamen sie an die Ölförderpumpe. Blaine erinnerte sich daran, wie enttäuscht sie gewesen war, als sie sie zum ersten Mal gesehen hatte, weil sie nur zwei Meter hoch war; sie hatte sich die hoch aufragenden Bohrtürme aus dem Film *Giganten* vorgestellt. Martin hatte gelacht. »Ich bin doch kein Ölmagnat, Liebling. Ich habe nur diese kleine Quelle, die mir ein paar tausend Dollar im Jahr einbringt.« Neben der Pumpe stand ein hellgrüner Tankbehälter, in dem das Öl gesammelt wurde, bis ein Laster kam und es abpumpte. Unmittelbar hinter der Quelle endete die Straße.

»Von hier aus müssen wir zu Fuß weitergehen«, sagte Blaine.

Die drei stiegen aus dem Auto. Die Sanitäter hinter ihnen trugen Ausrüstung, die Blaine nicht unbedingt sehen wollte. Wahrscheinlich einen langen Haken. Und bestimmt einen Leichensack. Die Deputys hatten Taschenlampen mitgenommen und Abel Stroud einen Fotoapparat.

Die großen Taschenlampen entsandten gelbe Strahlen in die Dämmerung und beleuchteten den gewundenen Pfad. Niemand sagte ein Wort – nichts war zu hören außer dem Knacken von Zweigen unter ihren Füßen, dem Huschen kleiner Tiere im Unterholz und dem geisterhaften Rascheln welker Blätter, wenn der Abendwind durch die Bäume strich. Blaine blieb stehen. »Dort.« Sie zeigte nach links. »Bei der großen Weide.«

»Führ uns hin«, sagte Logan.

Blaine sog die Luft ein. »Du willst, dass ich nochmal da hingehe?«

»Ich habe keine Lust, zehn Minuten am Bach entlangzulaufen und nach dieser Weide zu suchen. Das Licht ist nämlich schon fast weg.«

Sie warf ihm einen wütenden Blick zu. Der Baum war riesig – man konnte ihn gar nicht verfehlen, und was sollten fünf Minuten schon ausmachen? Versuchte Logan, ihr die Sache so schwer wie möglich zu machen? Sie spürte, wie Abel Strouds kleine Augen sie schadenfroh beobachteten. Nun, sie würde weder Logan noch Stroud die Genugtuung geben, ihre Angst mit anzusehen. »Dann folgen Sie mir«, sagte sie, und ihre Stimme klang hart, weil sie versuchte, ihre Furcht zu überspielen.

»Sekunde.« Logan drückte ihr seine Taschenlampe in die Hand. Sie war schwer und leicht angewärmt von seiner Berührung.

Blaine bedankte sich kühl.

Sie drangen ins Dickicht ein. Der Bachlauf war nur etwa dreißig Meter vom Weg entfernt, aber Blaine hatte das Gefühl, als marschierte sie meilenweit durch dürres Gestrüpp, das den schlammigen Boden überwucherte, der bei jedem Schritt ihre Schuhe ansog. Je näher sie die Männer zu der Stelle führte, wo Rosies Leiche lag, desto unwohler war ihr zumute. O Gott, Joan Peyton, Rosies Tante, würde sie identifizieren müssen, dachte Blaine voller Grauen. Joan war zu Blaines Schulzeit Beratungslehrerin an der High School gewesen. Sie war zu ihren Eltern gezogen, Ned und Edith Peyton, nachdem sie in den frühen Siebzigern ihre Ausbildung am College beendet hatte. Sie hing sehr an ihrer Familie und war am Boden zerstört gewesen, als Ned Peyton vor einem Jahr an Krebs gestorben war. Seitdem hatte sie sich ganz auf Rosalind konzentriert, Rosie, die Tochter von Joans Schwester Charlotte, die bei einem Flugzeugabsturz in Brasilien ums Leben gekommen war, als Rosie erst zehn Monate alt war. Rosie war der Mittelpunkt in Joans Leben, und als wäre der Tod des Mädchens nicht schon schlimm genug, würde sie ihren Körper auch noch in diesem Zustand sehen, ein Albtraum, von dem sie sich bestimmt nie mehr erholen würde.

Blaine fror mit einem Mal, obwohl die Temperatur noch etwa fünf Grad betrug. Zwei Fledermäuse flatterten auf. Sie duckte sich instinktiv, obwohl sie wusste, dass die Tiere mehr Interesse an Insekten hatten als an ihren Haaren. Trotzdem nahm sie die Taschenlampe in die Linke, fasste mit der Rechten ihr langes Haar im Nacken zusammen und stopfte es in den Kragen ihrer Windjacke. In der Ferne hörte man das beunruhigende Klagen einer Schleiereule, das Unheil zu verheißen schien. Blaine musste unwillkürlich daran denken, dass im ägyptischen Hieroglyphensystem die Eule für den Tod stand, für Nacht und Kälte. Sollte sie das Abel Stroud erzählen?, fragte sie sich in nervösem Spott. Er würde sie für verrückt erklären.

Als hätte er gemerkt, dass sie an ihn dachte, fragte er sie boshaft: »Sind wir bald da, Miz Avery, oder haben Sie sich verlaufen?«

Blaine biss die Zähne zusammen. »Gleich, Abel.«

Endlich erreichten sie den Bachrand, und Blaine richtete die Taschenlampe nach links. Der Strahl fiel auf die Weide. Sie ging noch ein paar Schritte weiter und leuchtete hinunter auf das Wasser. Rosalinds aufgerichtete Hand mit den erstarrten Fingern winkte ihr einen makabren Willkommensgruß zu, als der Abendwind die Zweige der Weide bewegte. Der Blick aus den leeren Augenhöhlen schien Blaine zu durchbohren. »Da«, sagte Blaine schroff und nahm den Lichtstrahl hastig von dem verwüsteten Gesicht.

Sie trat zurück, während zwei kräftige junge Männer mit Haken zu Werke gingen. Logan beugte sich nach vorn, packte die Weidenzweige und riss sie mit erstaunlicher Kraft von Rosalinds Arm. Blaine wandte sich ab, als man unter mächtigem Gespritze und leisen Warnungen – »Vorsicht! Die ist steif wie'n Brett. Verliert sie nicht!« – die Leiche über die Böschung heraufzog. Blaine sah aus dem Augenwinkel, dass Logan sich neben Rosalinds Leiche kniete, um sie zu begutachten. »Fische und Vögel waren an ihren Augen«, sagte Abel Stroud. Blaine musste heftig schlucken, um die heiße Flüssigkeit loszuwerden, die ihren Mund bei dem Gedanken an Rosies fehlende Augen überflutet hatte. Sie war fest entschlossen, sich nicht vor all diesen Männern zu übergeben. Da rief Abel aus: »Verdammt, seht euch das an!«

»Blaine«, sagte Logan, »Ich möchte, dass du herkommst und sie ansiehst.«

Verdammt!, dachte sie. Warum soll ich sie mir noch einmal ansehen? Aber dann schloss sie kurz die Augen, drehte sich um und trat tapfer ein paar Schritte näher.

Das Mädchen lag im Gras, die steifen Beine gespreizt. An einem Fuß trug es einen weißen Lederlaufschuh, am anderen eine schlammige Socke. Ihre Lippen waren bläulich, ihr Gesicht leichenblass, bis auf die roten Bisswunden, wo das Muskelfleisch freilag. Ihr Haar lag in verfilzten Strähnen.

»Es ist Rosalind«, sagte sie schwach.

Logan nickte. »Ich weiß. Aber ich will, dass du dir etwas anderes ansiehst. Ich hätte es nicht entdeckt, wenn ich nicht ihren Arm vom Baum hätte lösen müssen.« Er rollte die Ärmel von Rosalinds schmutzigem Pulli zurück und legte tiefe, bösartige Schlitze in beiden Unterarmen bloß. In einer Wunde klebte ein silbernes Armband, in das in Schönschrift *Rosalind* eingraviert war.

## Drei

»Selbstmord«, verkündete Abel Stroud.

Blaine wandte sich ab. »Das glaube ich nicht.«

»Ja«, sagte einer der Sanitäter traurig, »es ist schwer zu glauben, dass ein so junges Ding Selbstmord begeht. Ich hab selber ein Mädchen in diesem Alter.«

»Wenn sie sich nicht in den Baumwurzeln verfangen hätte, wäre sie längst weggeschwemmt worden, dann hätten wir sie womöglich wochenlang nicht gefunden«, sagte Logan. Er wandte sich an Blaine. »Ich werde dich jetzt nach Hause fahren. Wir haben hier noch eine Menge zu tun.«

Blaine nickte, unfähig, etwas zu sagen. Schweigend kämpften sie sich durch das Gestrüpp, bis sie den Weg erreichten, auf dem der Sheriff sein Auto abgestellt hatte. Logan fluchte leise vor sich hin, während er sich abmühte, den Wagen auf der schmalen Straße zu wenden. Der Krankenwagen und die große Polizeilimousine, die unmittelbar hinter ihm geparkt waren, sowie die Bäume zu beiden Seiten der Straße ließen ihm nicht viel Platz. Blaine kam zu der Erkenntnis, dass ihn der Anblick von Rosalinds Leiche mehr erschüttert hatte, als er zugeben konnte. Logan war schon immer sehr reserviert gewesen, nur an kleinen, unwillkürlichen Gesten ließ sich erahnen, was gerade in ihm vorging. Im Augenblick trat er auf der holprigen Straße so kräftig aufs Gas, dass zu beiden Seiten Kieselsteine aufspritzten.

Draußen auf der Prescott Road machte Logan endlich den Mund auf. »Als Abel vorhin von Selbstmord sprach, wolltest du ihm nicht glauben.«

»Warum sollte sich das Mädchen ausgerechnet hier das Leben nehmen?«

»Vielleicht hat sie sich absichtlich diese Stelle ausgesucht – weil hier schon einmal jemand Selbstmord begangen hat.« Blaine hörte die besondere Betonung auf dem Wort Selbstmord, hielt jedoch den Mund. »Mir ist nur nicht ganz klar, warum der Hund sie nicht schon früher aufgestöbert hat.«

»Hör gefälligst auf, Katz und Maus mit mir zu spielen, Logan. Ihr überwacht seit Monaten jeden meiner Schritte, also weißt du ganz genau, dass Robin, Ashley und ich die letzten fünf Wochen nach meiner Lungenentzündung bei Cait gewohnt haben. Ashley ist erst seit gestern Vormittag wieder hier draußen, und ich habe sie im Garten oder im Haus behalten, bis wir vor ein paar Stunden zum ersten Mal spazieren gegangen sind.«

»Das erklärt die Sache. Aber warum bist du so lange bei Cait geblieben? Es dauert doch nicht fünf Wochen, bis man sich von einer Lungenentzündung erholt hat.«

Blaine biss die Zähne zusammen und ärgerte sich, dass sie sich schon wieder vor der Polizei rechtfertigen musste. »Ich brauchte eine Weile Abstand von diesem Haus. Ich wäre in diesem Sommer gern mit Robin irgendwo hingefahren, aber es gab so viele ungeklärte Fragen zu Martins Tod. Ich bin euretwegen durch die Hölle gegangen.«

»Sieh mal, Blaine«, sagte Logan ruhig, »ich weiß, dass du seit den Ermittlungen zu Martins Tod wütend bist auf mich, aber ich habe nur meine Pflicht getan.«

»Mit großem Genuss, wie mir schien.«

»Und was hätte ich tun sollen? Es dir so leicht wie möglich machen, damit alle Welt sagen konnte, ich würde dich in Schutz nehmen, weil ich mal mit dir zusammen war?«

»Damals waren wir doch noch Teenager! Glaubst du allen Ernstes, die Leute erinnern sich noch daran?«

»Und ob die sich erinnern. Die erinnern sich an alles, was um sie herum vor sich geht, ganz besonders an den Indianer und die Tochter von Jim O'Connor. Wir waren für die ein ziemlich scheckiges Pärchen«, stellte er trocken fest.

»Scheckig dürfte wohl kaum das Wort sein, das sie benutzt haben.«

»Ist ja auch egal. Das ist schon so lange her. Außerdem hat es keinen Sinn, wenn wir uns jetzt in die Ermittlungen zu Martins Tod hineinsteigern. Dich hat damals keiner beschuldigt.«

»Aber verdächtigt. Das hat mir vollauf gereicht. Die halbe Stadt hatte mich bereits verurteilt und ins Zuchthaus gesteckt. Es war ein Wunder, dass ich meinen Job an der High School behalten durfte.«

Logan seufzte. »Okay, könnten wir dieses Thema abhaken?«

»Ist mir auch recht«, sagte Blaine schroff und ärgerte sich über das Zittern in ihrer Stimme. Sie hatte gedacht, der Albtraum sei endlich vorüber, aber nun schien alles wieder von vorn anzufangen. Sie hatte Angst. Allen Indizien zum Trotz glaubte Blaine nach wie vor, dass Martin Selbstmord begangen hatte. Sie hatte schließlich mit ihm gelebt, sie wusste, wie depressiv er gewesen war. Und überhaupt, wer hätte Martin umbringen sollen? Aber die Polizei glaubte an Mord, und sie war die Hauptverdächtige gewesen. Jetzt war noch jemand auf diesem Grundstück ums Leben gekommen, aber diesmal war Blaine sicher, dass es kein Selbstmord war. Sie wusste mit eiskalter Gewissheit, dass irgendjemand Rosie ermordet hatte. Und wieder war sie im Zentrum des Geschehens. Sie hätte dringend ein paar aufmunternde Worte gebraucht, irgendein Zeichen von Logan, dass er auf ihren guten Charakter vertraute, aber er schien ein Herz von Stein zu haben, war Gesetzeshüter durch und durch. In diesem Moment hasste sie ihn beinahe.

»Du hast Rosalind Van Zandt gekannt. Hat sie irgendwann den Eindruck erweckt, als sei sie selbstmordgefährdet?«

»Nein«, sagte Blaine, ohne zu zögern, und bemühte sich dabei, ihre Feindseligkeit und ihren Schock zu verdrängen und so exakt wie möglich zu antworten. »Sie war schön, allseits beliebt, sehr klug.«

»Verstehe. Sie gehörte also zu der Sorte Jugendlicher, die jede Woche wegen außerordentlicher Leistungen in die Zeitung kommen, weil sie den ersten Preis im regionalen Schönheitswettbewerb gewonnen oder Geld für Obdachlose gesammelt haben. Hatte sie einen Freund?«

»Nichts Ernstes, soviel ich weiß. Joan war ziemlich streng. Der einzige Junge, mit dem ich sie gesehen habe, war Tony Jarvis.«

»Tony Jarvis! Du hast doch eben gesagt, Joan Peyton sei streng gewesen.«

»Ich weiß, dass sich das ziemlich schräg anhört, aber Robin hat mir erzählt, dass die beiden wirklich nur gute Freunde waren, sich meistens nur mit der Musik für Tonys Band beschäftigten. Tony hat die Songs komponiert und Rosie die Texte geschrieben.«

»Bist du sicher, dass das alles war?«

»Nein, sicher bin ich nicht. Rosie hat zwar viel Zeit bei uns verbracht, aber sie hat mich nicht in ihr Intimleben eingeweiht, und Robin und ich stehen uns nicht sehr nah. Robin kann dir sicher mehr erzählen.«

»Okay, wie steht's mit Rosalinds Familie? Wie hat sie zum Beispiel den Tod ihrer Eltern empfunden?«

»Sie konnte sich nicht mal an sie erinnern.«

»Ich war an der High School, als sie gestorben sind, und ich erinnere mich an den Aufruhr, den ihr Tod verursacht hat. Joan war damals Beratungslehrerin und wurde eine Weile vom Dienst befreit, aber ich erinnere mich nicht mehr an die Einzelheiten.«

Sie waren in die Auffahrt gebogen und vors Haus gefahren, wo Logan den Motor abgestellt hatte. Offensichtlich wollte er nicht hineingehen, bevor sie ihm nicht diese Fragen beantwortet hatte. Blaine lehnte sich wieder in den Autositz zurück und holte tief Luft, während sie den Ereignissen nachspürte, an die sie so viele Jahre nicht mehr gedacht hatte. »Rosies Vater war Ingenieur. Er ging nach Brasilien, um dort eine Brücke zu bauen. Charlotte,

Rosies Mutter, brachte Rosie mit hierher, nachdem er abgereist war. Rosie war damals noch ein Baby. Dann beschloss Charlotte, erst einmal ohne das Kind nach Brasilien zu reisen, Joan sollte es einen Monat später zu ihr bringen. Doch leider kamen Charlotte und ihr Mann Derek kurze Zeit später bei einem Flugzeugabsturz ums Leben. Vermutlich war das einer der Gründe, warum Rosie und Robin so gut befreundet waren – beide hatten ihre Mütter verloren, als sie noch sehr klein waren. Robin war erst ein Jahr alt, als Gloria starb, weißt du. Und natürlich war Martin mit den Peytons gut befreundet.«

»Kannte er Charlotte gut?«

»Ich denke schon. Aber Joan kannte er besser. Sie war ungefähr in seinem Alter.«

»Hat Martin jemals Rosalinds Vater kennen gelernt?«

»Wenn dem so war, dann hat er nie davon gesprochen. Rosie sagte, ihre Eltern hätten in Boston geheiratet, der Heimatstadt ihres Vaters. Ich glaube, dass er mit den Peytons nicht besonders gut auskam, denn er war nicht oft in Sinclair.«

»Warum kam er nicht mit ihnen aus?«

»Ich hab keine Ahnung, Logan. Rosie wusste es wohl selber nicht. Vielleicht dachten sie, er sei nicht gut genug für Charlotte, oder vielleicht passte es ihnen nicht, dass er seiner Arbeit wegen so viel auf Reisen war und ihnen Charlotte entführte. Sie waren verrückt nach ihr, aber soweit ich weiß, kriegten sie sie nach ihrer Heirat kaum noch zu sehen.«

»Hat Rosalind über den Tod ihrer Eltern gesprochen?«

»Eigentlich nicht. Einmal hat sie mir Bilder von den beiden gezeigt. Ihr Vater sah wirklich gut aus. Charlotte war bei weitem nicht so schön wie Joan. Rosie hat sich oft gefragt, wie ihre Eltern gewesen sein mochten, vor allem ihre Mutter. Einmal hörte ich sie halb im Scherz sagen, dass sie gerne wüsste, ob Charlotte tatsächlich so ein Ausbund an Tugend gewesen sei, wie alle Welt behaupte.« Logan blickte sie forschend an. »Oh, das sagte sie doch nur, weil sie genau wusste, dass die Menschen dazu neigen, Tote zu verherrlichen. Aber sie schien keine emotionalen Narben wegen des Tods ihrer Eltern davongetragen zu haben. Sie war ja noch so klein, als der Unfall passierte, und sie hatte eine Tante und Großeltern, die sie geradezu vergötterten. An Zuneigung fehlte es ihr bestimmt nicht.«

Logan nickte. »Verstehe«, sagte er nachdenklich. Blaine schaute auf den Mond, der als helle, klare Scheibe über dem Haus stand. Ganz anders als neulich Nacht, als ihn ein dichter Nebelschleier verhüllte, sodass man nur ein milchiges Schimmern sah.

Neulich Nacht?, dachte Blaine und erstarrte vor Schreck. Wann war das? In welcher Nacht war sie zum Haus gefahren? Am Donnerstag? Es musste Donnerstag gewesen sein. Aber das stimmt doch nicht, widersprach eine angstvolle Stimme in ihr. Es war am Freitag, in derselben Nacht, als Rosie angeblich nach Charleston gefahren war.

»Blaine?«

Sie wandte ruckartig den Kopf. »Was?«

»Ich habe dich gefragt, ob alles in Ordnung sei.«

Sag es ihm, riet ihr ihr Gewissen. Aber die Vorsicht gewann die Oberhand.

»Ja ja, es ist nur alles so schrecklich.«

»Ich dachte, du seist irgendwie weggetreten.«

»Ich friere, ich bin müde und aufgewühlt. Was erwartest du?«

Ihre Stimme klang gekünstelt, und Logan hatte es bemerkt, sagte aber nichts. Stattdessen starrte er auf das große Fenster in der Vorderfassade des Hauses, wo Robin stand und sie beobachtete. »Ich muss ihr ein paar Fragen stellen, weißt du.«

»Das ist mir klar. Leider Gottes weiß ich, wie bohrend deine Fragen sind«, seufzte Blaine.

Robin empfing sie mit beunruhigendem Gleichmut. Ihr Haar war inzwischen trocken geworden, aber sie trug immer noch den weißen Bademantel, und ihre Füße steckten in fransigen, fusseligen Slippern. Sie sah aus wie ein ängstliches Kind. Cait und Ashley stellten sich ihr beschützend zur Seite.

»Haben Sie Rosie gefunden?«, fragte sie Logan.

»Ja.«

»Was ist passiert?«

»Ihre Pulsadern sind aufgeschlitzt. Sieht nach Selbstmord aus.«

»O nein!«, flüsterte Cait, während Robin ein paar Mal in Logans Richtung blinzelte, ansonsten aber keine Regung zeigte. Nur Blaine sah, wie sich ihre Hände zu Fäusten ballten.

Nach kurzem Schweigen sagte Cait mit dünner, nur mühsam beherrschter Stimme: »Ich habe Kaffee aufgesetzt. Ich dachte, du könntest jetzt welchen vertragen, Blaine. Sie auch, Logan?«

»Ja, Kaffee ist jetzt genau das Richtige. Ich muss Robin ein paar Fragen stellen.«

Logan schien Robins unnatürliche Ruhe nicht weiter zu stören. Er kennt das schon an ihr, dachte Blaine. Im Mai, als ihr Vater starb, hat sie genauso reagiert.

Blaine und Logan folgten Cait und Robin in die Küche. Sie setzten sich an den Tisch, während Cait Kaffee auszuschenken begann. Blaine bemerkte, dass ihre Hände zitterten. Ihre eigenen fühlten sich taub an.

Cait stellte die Tassen auf den Tisch, und eine beträchtliche Menge Kaffee schwappte auf die Unterteller. Da klingelte es zum zweiten Mal an diesem Abend. »Das wird Rick sein«, sagte Cait. »Er hat vorhin angerufen und wollte gleich noch herkommen.«

Bevor Blaine aufstehen konnte, hörte sie, wie die Tür aufging und Rick rief: »Blaine? Robin?«

»Wir sind in der Küche«, antwortete Blaine.

Richard Bennett war der einzige Orthopäde in der Stadt. Er hatte sich nach dem Unfall, der Martin an den Rollstuhl gefesselt hatte, um dessen gebrochene Schulter gekümmert. Er und Martin waren Freunde gewesen, und nach Martins Tod hatte er trotz der

Verdächtigungen gegen Blaine, sie hätte ihren Mann umgebracht, unbeirrbar zu ihr gehalten.

Als Rick hereinkam, stand schon eine Tasse Kaffee für ihn bereit, die Cait ihm eingegossen hatte. Sein dunkelbraunes Haar mit den früh ergrauten Schläfen war ein wenig zerzaust. Er kniff die Augen zusammen und wirkte müde und besorgt, sein jugendlicher Schwung schien ihm abhanden gekommen zu sein. »Geht's euch gut?«, fragte er mit einer Stimme, die rau und erschöpft klang.

»Körperlich ja, wenn du das meinst«, sagte Blaine. »Ich nehme an, dass Cait dir schon erzählt hat, was passiert ist.«

»Ich hab zufällig angerufen, um zu hören, wie ihr euch eingelebt habt.« Sein Gesicht wirkte aschfahl unter der verbliebenen Sommerbräune. Er warf Logan einen flüchtigen Blick zu. »Rosalind Van Zandt ist tot? Dann war sie es wirklich, die da draußen im Bach gelegen hat?«

»Ja, leider.«

»O Gott!«, stöhnte Rick. »Ich habe erst vor einer Stunde nach ihrer Großmutter gesehen. Ihre gebrochene Hüfte will einfach nicht heilen. Joan erzählte mir, dass sie Rosalind als vermisst gemeldet habe. Sie war in heller Aufregung, aber weil sie immer übertrieben fürsorglich war, habe ich ihre Angst nicht so ernst genommen. Was ist denn mit Rosie passiert?«

»Sie soll Selbstmord begangen haben«, sagte Blaine.

»Selbstmord!«, entfuhr es Rick. »Das ist doch verrückt!«

»Ihre Pulsadern waren aufgeschlitzt«, sagte Logan.

»Aufgeschlitzt ...« Rick sah Logan verständnislos an.

»Sind Sie sicher?«

»Ja, anders lassen sich die tiefen Schnitte nicht erklären.« Rick ging langsam durch die Küche, setzte sich an den Tisch und legte seine Hand auf die von Blaine. »Warum habt ihr mich nicht angerufen?«

Blaine war bei Ricks vertraulicher Geste leicht errötet. Obwohl sie sich im Moment verzweifelt nach Zuspruch und Wärme sehnte, konnte sie die Gerüchte nicht vergessen, die im Frühling über sie und Martins gut aussehenden jungen Arzt kursiert hatten. Ein paar Leute hatten steif und fest behauptet, sie habe eine Affäre mit Rick, und nach Martins Tod gemunkelt, sie hätte Ricks wegen ihren gelähmten Ehemann loswerden wollen. Und obwohl Blaine wusste, was Rick für sie empfand, wäre es ihr lieber gewesen, er würde seine Gefühle nicht so offen zur Schau stellen. »Es ging alles so schnell«, erklärte sie kühl. »Und natürlich habe ich zuerst die Polizei verständigt. Und dann musste ich sie an die Stelle führen, wo Rosies Leiche lag.«

»Wenn ich doch hier gewesen wäre! Dann hätte ich dich begleiten oder mich um Robin kümmern können.«

»Du konntest schließlich nicht riechen, was hier los war, also denk nicht mehr dran. Cait war ja hier, Gott sei Dank. Warum ziehst du den Mantel nicht aus?«

Rick sah an seinem Kamelhaarmantel herunter, als sei er sich erst jetzt bewusst geworden, dass er ihn noch anhatte; er stand auf und legte ihn ab. Darunter trug er Khakis und einen weißen Pulli, sein Lieblingsoutfit, wenn er nicht in der Praxis oder im Krankenhaus war; heute war es allerdings ein bisschen knittrig. »Sie hat sich die Pulsadern aufgeschnitten, sagen Sie?«, fragte er ungläubig. Logan nickte. »Und sie lag im Bach?« Wieder nickte Logan. »Aber das ergibt doch keinen Sinn. Warum sollte sie sich die Pulsadern aufschneiden und dann in den Bach springen?«

»Vielleicht ist sie hineingefallen. Wir werden mehr wissen, sobald wir morgen früh das Gelände untersucht haben.«

»O Gott. Wer soll es Joan sagen?«

»Das werde ich übernehmen«, sagte Logan. »Sobald ich mit Robin gesprochen habe.«

Das Mädchen hatte sich in die Kupferstiche versenkt, die oberhalb des Tisches an der Wand hingen und alte Dampfschiffe darstellten. Blaine wunderte sich, dass Logan, anstatt mit Robin nach nebenan zu gehen, zu deren Vernehmung am Tisch sitzen blieb. »Was hältst du von alledem, Robin?«

Sie starrte noch ein paar Minuten auf die Stiche und blickte ihn dann zornig an. »Rosie hat sich genauso wenig umgebracht wie mein Vater.«

Cait ließ die Kaffeetasse fallen, die sie sich gerade eingegossen hatte. Sie stöhnte auf, griff nach einem Haushaltstuch und begann energisch die Pfütze aufzuwischen.

»Was ist denn deiner Meinung nach mit Rosalind passiert?«, fragte Logan unbeirrt weiter.

»Wie viele Alternativen sind denn noch übrig, Sheriff? Ein Unfall war das bestimmt nicht.«

»Du glaubst also, dass man sie ermordet hat.«

Robin nickte. Dann stand sie abrupt auf und ging ans Fenster. Der Hund folgte ihr und leckte ihr die Hand. Robin ging in die Knie und umarmte das Tier so ungestüm, dass es überrascht aufjaulte. »Warum müssen nur alle sterben? Meine Mutter, mein Vater. Und jetzt auch noch Rosie!«

Cait, die ihre aufgeweichten Papiertücher in der Hand hielt, machte einen Schritt auf sie zu, aber Blaine hielt sie mit einem Blick zurück. Sie wusste nur zu gut, dass Robin, wenn sie ärgerlich oder verzweifelt war, es nicht ertragen konnte, bemuttert zu werden.

Robin stand auf und starrte aus dem Fenster, auf die dunkle Silhouette des Waldes. »Sie war das hübscheste Mädchen in der Schule, wissen Sie. Und das klügste. Andere Schüler haben sich von ihr Nachhilfe geben lassen.«

Blaine nahm einen Schluck Kaffee. Sie spürte, wie er sie innerlich wärmte, wenngleich ihre Hände immer noch eiskalt waren. Logan rührte seinen Kaffee nicht an und ließ Robin nicht aus den Augen. Blaine machte sich Sorgen um sie – sie war so blass – und war froh, dass Rick hier war. Logan dagegen schien seine Anwesenheit weniger zu begeistern.

»Robin«, fragte Logan, »hast du einen Verdacht, wer Rosie umgebracht haben könnte?«

Robin schüttelte den Kopf.

»Warum bist du dann so sicher, dass es kein Selbstmord war?«

»Weil sie das nicht getan hätte, darum. Sie war nicht der Typ.«

Blaine sah das Flackern in Logans Blick. Offensichtlich hielt er nicht viel von Spekulationen darüber, wer zum Selbstmord neigte und wer nicht, behielt seine Meinung aber für sich. Stattdessen fragte er Robin beiläufig: »Hat Rosalind sich in letzter Zeit irgendwie verändert?«

Robin schwieg, und als Blaine schon dachte, sie würde nicht antworten, sagte sie: »Ja, hat sie. Es war im Spätsommer, da hat sie plötzlich angefangen, sich ganz eigenartig zu benehmen.«

»Inwiefern?«, fragte Logan.

Robin drehte sich zu ihm um, und ihre weit geöffneten Augen blickten nachdenklich ins Leere. »Nervös, verschlossen. Es war nichts mehr mit ihr anzufangen. Immer hatte sie irgendwelche Ausreden parat, wenn ich sie treffen wollte, oder sie kreuzte einfach nicht auf. Ich dachte, dass es vielleicht etwas mit …« Sie unterbrach sich, hektische Flecken auf den Wangen.

»Du dachtest, es könne etwas mit dem Tod deines Vaters zu tun haben«, vermutete Logan.

Robin nickte, und Blaine spürte, wie die alte Trauer in ihr aufstieg. Als wäre Martins Tod nicht schon schlimm genug gewesen, hatte das Mädchen auch noch die intensiven Ermittlungen über sich ergehen lassen müssen, dazu die Schlagzeilen in der Zeitung und die gnadenlose Sensationsgier einer gelangweilten, nach Skandalen lechzenden Kleinstadt.

»Aber war noch was anderes«, sprach Robin weiter. »Ungefähr eine Woche nach den Sommerferien habe ich Rosie im Schreibmaschinenraum überrascht. Sie tippte gerade einen Brief, Adresse und Absender hatte sie in Großbuchstaben geschrieben. Als sie mich kommen sah, riss sie das Blatt aus der Maschine und stopfte es hastig in ihre Mappe. Deshalb konnte ich nicht sehen, an wen der Brief adressiert war.« Robin blickte beiseite. »Nach diesem Vorfall ging sie mir völlig aus dem Weg.«

»Vielleicht war es ein Liebesbrief«, meinte Logan.

Robin schüttelte den Kopf. »Rosie hatte eine Vorliebe für schönes Briefpapier. Einen Liebesbrief hätte sie mit der Hand geschrieben, auf hübschem Papier.«

»Vielleicht war es eine Mitteilung an Tony Jarvis.«

»Warum sollte sie ihm schreiben, sie hat ihn doch jeden Tag gesehen. Außerdem war das ein Brief, keine Mitteilung. Das habe ich doch gerade gesagt.«

»Ja, das hast du«, sagte Logan leichthin. »Was war denn eigentlich zwischen ihr und Jarvis?«

»Nichts Ernstes. Sie waren gute Freunde, das ist alles. Sie hat ihn kennen gelernt, als er für die Peytons arbeitete und sich um den alten Mr. Peyton kümmerte.«

»Vielleicht war zwischen den beiden mehr, als du wusstest.«

»Wenn, dann hat sie's mir jedenfalls nicht erzählt.«

»Hat sie dir denn immer alles erzählt?«

»Wer erzählt einem anderen schon immer alles?«, fragte Robin trotzig.

Logan schien ihren feindseligen Unterton nicht zu bemerken. »Sie trug drei Schmuckstücke. Die silberne Kreole im Ohr, kennst du die?«

»Klar. Die trug sie oft. Wo war die zweite?«

»Die haben wir noch nicht gefunden. Was ist mit dem Ring, ein von Diamanten gesäumter Opal?«

»Den wollten Mr. und Mrs. Peyton eigentlich Rosies Mutter zum Geburtstag schenken, aber dann ist sie gestorben, deshalb haben sie ihn für Rosie aufgehoben. Sie trägt ihn schon seit ein paar Jahren.« Robin senkte den Blick. »Ich hab ihr immer gesagt, dass Opale Unglück bringen, aber sie hat mich ausgelacht. Sie war nicht abergläubisch.«

»Du schon?«

»Ein bisschen.«

Logan lächelte ihr zu, nicht etwa spöttisch, sondern als hätten sie etwas gemeinsam. Zum ersten Mal schien Robin sich ein wenig zu entspannen. Sie lächelte sogar zurück.

»Gut, so viel zu diesem Ring«, fuhr Logan fort. »Was war mit dem silbernen Armkettchen?«

Robin runzelte die Stirn. »Ein silbernes Armkettchen? Wie eine Hundemarke, meinen Sie?«

»Ja. Der Name Rosalind war in geschwungener Schrift eingraviert. Es sah teuer aus. Du klingst, als hättest du es noch nie gesehen.«

»Hab ich auch nicht«, sagte Robin langsam.

»Glaubst du, Tony Jarvis würde ihr so was kaufen?«

»Nein, eigentlich nicht. Keiner, den ich kenne, trägt so ein Armkettchen. Die sind irgendwie altmodisch, wissen Sie.«

Logan nickte. »Könnte Rosie es von einem Familienmitglied bekommen haben?«

Robin zuckte die Achseln. »Kann ich nicht sagen. Ich weiß nur, dass ich es noch nie gesehen hab.«

»Na gut. War sonst noch was, Robin? Irgendetwas, das Rosalind bedrückte oder der Grund sein könnte, weshalb sie dir aus dem Weg ging?«

»Nicht dass ich wüsste.«

»Was ist mit ihrer Familie? Ihrem Zuhause, zum Beispiel?«

»Sie war traurig, als voriges Jahr ihr Großvater starb, aber er hatte schon so lange leiden müssen, dass sie sich irgendwie auf seinen Tod eingestellt hatte. Sie sagte, sie sei froh, dass er endlich seinen Frieden hätte. Ihre Großmutter ist mittlerweile ziemlich verkalkt – senil, meine ich, aber davor kam Rosie sehr gut mit ihr aus. Und sie hatte ein sehr enges Verhältnis zu ihrer Tante Joan, obwohl ihr Joans – Miss Peytons – Verbote und Vorschriften allmählich auf die Nerven gingen. Sie hat sich oft beschwert, dass ihre Tante sie immer noch wie ein Kind behandelte.«

»Aber ernsthafte Schwierigkeiten gab es keine zwischen den beiden?«

»Nicht dass ich wüsste.«

»Und in der Schule?«

»Rosie freute sich schon auf unser letztes Jahr. Sie hatte sich für eine Unmenge Aktivitäten eingetragen. Sie wollte sogar für das Schulspiel vorsprechen. Außerdem hat sie sich in Radcliffe beworben. Da war schon ihre Tante am College. Ich weiß, dass die sie dort genommen hätten.«

»Wie steht's mit Ihnen, Dr. Bennett?«, fragte Logan unvermittelt. »Ist Ihnen irgendeine Veränderung an Rosalind aufgefallen?«

Rick blickte erschrocken drein. »Mir?«

»Sie machen doch Hausbesuche bei ihrer Großmutter, oder nicht? Das haben Sie doch vorhin erzählt?«

»Stimmt. Mrs. Peyton ist teils im Krankenhaus, teils daheim. Joan hat eine Pflegeschwester eingestellt – Bernice Litchfield, sie hat sich auch um Martin gekümmert –, und wenn Mrs. Peyton zu Hause ist, sehe ich nach ihr. Aber Rosalind bin ich da nie begegnet – ich habe sie hier kennen gelernt, als ich Martin behandelte. Sie kam Robin besuchen. Wann war denn das, Robin? Im März oder im April?«

»März, denke ich.«

»Na ja, egal, das Mädchen war selten zu Hause, wenn ich nach seiner Großmutter sah. Ich kann nur sagen, dass sie ein angenehmes Wesen zu haben schien. Sehr freundlich. Immer unterwegs. Ansonsten ist mir nichts aufgefallen.«

»Nur, dass sie besonders hübsch war«, sagte Robin. »Das sah jeder.«

Rick lächelte. »Stimmt. Sie war wunderschön. Sah ihrer Tante sehr ähnlich.«

»Fällt dir noch etwas ein?«, fragte Logan Robin.

Robin zuckte die Achseln. »Nichts.«

»Na ja, du kannst ja mal darüber schlafen. Wir sprechen uns morgen noch einmal. Vielleicht hat Rosalind ja irgendetwas Wichtiges zu dir gesagt.«

Robins Stimme wurde hart. »Was macht das schon aus? Sie ist doch tot. Nichts, was sie gesagt hat, kann sie uns wiederbringen.«

»Aber falls sie tatsächlich ermordet wurde«, sagte Logan langsam, »können wir jeden noch so kleinen Hinweis gebrauchen.«

Robin sah ihn an: »Sie glauben auch nicht, dass sie sich umgebracht hat, nicht?«

»Ich versuche, mich nicht auf Spekulationen einzulassen«, entgegnete Logan in professionellem Ton.

Nachdem alle gegangen waren und Robin endlich eingeschlafen war, ging Blaine zu Bett. Sie war gerade am Einnicken, als das Telefon klingelte. Sie warf einen Blick auf ihren Wecker. Zwölf Uhr Mitternacht. Sie tastete nach dem Hörer, meldete sich nach dem vierten Klingeln, etwas beunruhigt wegen des Anrufs zu so später Stunde.

»Hallo?« Nichts. »Hallo!« Stille. »Ist da jemand?« Natürlich war da jemand – sie hörte ihn atmen. Ihr Herz begann zu klopfen, nicht etwa aus Angst, sondern vor Zorn. Wie viele grausame, quälende Anrufe hatte sie nach Martins Tod über sich ergehen lassen müssen? So viele, dass sie mittlerweile bei jedem Telefonklingeln zusammenzuckte. Sie hatte sich schließlich eine Geheimnummer geben lassen. Noch ein zweites Mal in dieser Nacht klingelte das Telefon und riss sie aus der wohltuenden Geborgenheit des Schlafs, in der sie vorübergehend Rosies verstümmeltes Gesicht vergessen hatte.

Sie wollte schon wieder auflegen, als der Lärm einsetzte. Ein leises, geschlechtsloses Lachen. Dann Musik, ein Lied. Der Hörer verharrte knapp über der Gabel. Leg schon auf, sagte sie sich streng, das ist wieder so ein kranker Perversling. Leg auf. Aber morbide Neugierde zwang sie dazu, den Hörer wieder an ihr Ohr zu halten. Das Lied war vorbei. Stille. Dann ein Knistern, und das Lied begann von neuem, Kinderstimmen, die kalt und monoton zu schlichter Klavierbegleitung sangen:

> Ringel Ringel Rose
> Sträußchen in der Dose
> Asche, Asche,
> Und alle fallen um.

# Vier

## 1

»Ich war mir nicht sicher, ob wir dich heute sehen würden.«

»Ich war mir selbst nicht sicher«, sagte Blaine vor den Postfächern im Lehrerzimmer zu John Sanders.

John machte eine Pause, als suche er nach den richtigen Worten. Offenbar fand er sie nicht. »Ich kann immer noch nicht fassen, was mit Rosie passiert ist«, sagte er schlicht.

»Es war schrecklich.«

»Man hat sie auf deinem Grundstück gefunden?«

Blaine nickte. »Im Bach.« Sie blickte sich um und bemerkte, wie einige Kolleginnen in der Nähe aufmerkten. Sie hatte damit gerechnet, dass man ihr Fragen stellen würde, aber sie hatte keine Lust, die näheren Umstände von Rosalinds Tod mit nahezu fremden Leuten zu bereden. John war eine Ausnahme – sie hatte sich auf Anhieb mit ihm verstanden, als sie vor fast fünf Jahren an der Sinclair High zu unterrichten angefangen hatte. Er war warmherzig, witzig und einer der wenigen, die verstanden, weshalb sie nach der Heirat ihre Stelle nicht gekündigt hatte: Erstens machte ihr das Unterrichten Spaß, zweitens wollte sie die bösen Zungen zum Schweigen bringen, die zischelten, sie sei nur auf Martin Averys Geld aus gewesen. »Kommst du mit in mein Zimmer?«, fragte sie.

»Klar.« John nahm beschützend ihren Arm und flüchtete mit ihr vor der immer größer werdenden Schar von Kolleginnen und Kollegen, die plötzlich alle in ihr Postfach sehen mussten und bei dieser Gelegenheit ihre Ohren in Blaines Richtung spitzten.

John war bestimmt der schönste Mann, abgesehen von den Stars in Film und Fernsehen, den Blaine jemals gesehen hatte. Er war Ende zwanzig, hoch gewachsen, mit dem schlanken, muskulösen Körper eines Tänzers. Er war, wie immer, tadellos gekleidet, trug ein gut geschnittenes goldbraunes Sportsakko über einem blassgelben Hemd, dessen Kragen farblich einen hübschen Kontrast bildete zu seinen braunen Locken. Seine Gesichtzüge waren von klassischem Ebenmaß – ein griechisches Profil und üppige, bewegliche Lippen. Das Auffälligste in diesem Gesicht aber waren die Augen, deren rauchiges Blau jeden in seinen Bann zog. Die gesamte weibliche Schülerschaft war ihm verfallen, wobei sich eine Kandidatin derzeit ganz besonders hervortat, nämlich Kathy Foss, die eigenwillige, platinblonde Vortänzerin der Cheerleader. Sie war in Johns Klasse, und für ein Mädchen von eher durchschnittlicher Intelligenz legte sie einen bewundernswerten Einfallsreichtum an den Tag, wenn es um sexuelle Anspielungen ging. John hatte Blaine einmal erzählt, dass er nicht wisse, ob er deswegen verlegen, beleidigt oder geschmeichelt sein sollte.

»Seit den frühen Morgenstunden durchsucht ein Polizeitrupp den Wald«, erzählte Blaine.

»Wonach suchen sie denn?«

»Joan hat Sheriff Quint erzählt, sie habe Rosie am Freitag Nachmittag, bevor sie wegfuhr, beim Kofferpacken geholfen. Außerdem hatte Rosie noch eine Handtasche und eine Jacke dabei, und keiner dieser Gegenstände wurde bei ihr gefunden. Handtasche und Jacke könnten im Wasser verloren gegangen sein, aber der Koffer wohl kaum. Weshalb hätte sie ihn zum Bach schleppen sollen, wenn sie doch wusste, dass sie ... sterben würde. Ich bin mir sicher, dass die Polizei dich auch über Rosie befragen wird«, sagte Blaine.

John sah sie verwundert an. »Mich?«

»Ihr beide habt euch doch so gut verstanden. Ihr habt euch andauernd unterhalten.«

John nickte. »Sie war ein kluges Mädchen, und wir hatten viele gemeinsame Interessen. Sie schrieb Gedichte, weißt du. Ich habe sie ermutigt, ihre Texte einem Verlag anzubieten.«

Blaine lächelte. »Sei mir bitte nicht böse, wenn ich das sage, aber das klingt so gespreizt. Jeder weiß doch, dass du mit Rosie nicht nur über ihre Gedichte geredet hast. Ihr wart Freunde.«

John hob eine Augenbraue. »Und an was für eine Art von Freundschaft denkt die Polizei?«

»Na ja, nicht an diese Art, glaube ich, aber sie nehmen wohl an, dass mehr war zwischen euch als das übliche Verhältnis von Lehrer zu Schüler.«

John seufzte. »Du hast Recht. Sie war große Klasse. Ganz außergewöhnlich, und dabei meine ich nicht nur ihr Aussehen. Sie war äußerst sensibel und intelligent.«

Blaine sah ihn verdutzt an. Er klang entsetzlich gekünstelt, und da fiel ihr plötzlich auf, dass er zum ersten Mal nicht ganz so gepflegt wirkte wie sonst. Er hatte sich ein paar Mal beim Rasieren geschnitten, und auf seinem Hemdkragen war ein winziger Blutfleck, den er anscheinend übersehen hatte.

»Das war sie wirklich«, sagte sie schnell, als sie seinen fragenden Blick bemerkte, weil sie ihm nicht sofort geantwortet hatte. »Darin war sie Robin sehr ähnlich, nur musste sie sich nicht mit Minderwertigkeitskomplexen herumschlagen. Seit Martin tot ist, zweifelt Robin noch mehr an sich als früher. Und sie ist so verschlossen, John.«

»Ich weiß, aber da kann ich dir nicht helfen. Robin redet kaum mit mir. Rosie dagegen war sehr extrovertiert. Ich habe mich gern mit ihr über alles Mögliche unterhalten.«

»Auf jeden Fall wird die Polizei jeden befragen, der Rosie kannte.«

»Obwohl es Selbstmord war?« Blaine zögerte. John sah sie besorgt an. »Es war doch Selbstmord, oder nicht? Zumindest habe ich das gehört.«

»Ganz unter uns, ich bin mir nicht sicher. Ich hatte nie den Eindruck, dass sie suizidgefährdet war.«

»Nicht?«

»Nein, du etwa?«

»Nnnnein.« Blaine sah ihn forschend an. »Nun ja, sie kam mir zwar nicht deprimiert vor, aber in letzter Zeit schien sie dauernd unter Spannung zu stehen.«

»Hatte sie Probleme?«

»Sie hat nie welche erwähnt, aber sie wirkte ein bisschen ... launisch. Sie hatte einige Male ihre Hausaufgaben nicht gemacht, was ihr überhaupt nicht ähnlich sah, und in der Klasse hatte sie ständig den Mund offen. Plapperte wie ein Wasserfall, ein Zeichen von Nervosität, das mir neu war an ihr.«

John wirkte abwesend und besorgt, als sie sich auf der überfüllten Treppe einen Weg zum ersten Stock bahnten, wo sie beide unterrichteten.

»Was war los mit ihr, was meinst du?«

John biss sich auf die Unterlippe, ehe er antwortete. »Offen gestanden habe ich mich gefragt, ob sie vielleicht Drogen nahm.«

»Drogen? Rosie?«

»Ich weiß, dass das lächerlich klingt, aber sie hatte sich wirklich sehr verändert, Blaine. Und das in kürzester Zeit.«

»Vielleicht gibt es noch eine andere Erklärung. Vielleicht war sie verliebt.«

»In Jarvis, meinst du?« Blaine schwieg, sie wünschte, sie hätte ihren Mund gehalten, weil sie ungewollt Tony Jarvis ins Spiel gebracht hatte. »Ich weiß zwar, dass sie sich letztes Jahr mit dem Jungen getroffen hat, aber so richtig verliebt ..., nein, das glaube ich nicht.« Seine Sorgenfalte wurde noch tiefer. »Aber eines der Gedichte, die sie zitiert hat ... na, egal. Wahrscheinlich interpretiere ich zu viel. Eine schlechte Angewohnheit von Englischlehrern.«

»Stimmt. Das hatte wahrscheinlich gar nichts zu bedeuten.«

»Das Gedicht stammte aus der Sammlung *Portugiesische Sonette*«, fuhr John beharrlich fort. »Ich glaube, es war das dritte: »Ungleich sind wir, ungleich, o Prinzenherz!«

»Und?«

»In diesem Sonett ist die Rede von einem fahrenden Sänger. Jarvis hat eine Band und singt. Ich denke, das sollte ich der Polizei gegenüber erwähnen, zumal du nicht glaubst, dass sie Selbstmord begangen hat.«

Blaine spürte, wie ihre Laune sich rapide verschlechterte. Als sie selbst noch auf der High School war, war sie mit Tonys großer Schwester Sandra befreundet gewesen, und sie erinnerte sich noch gut, was Tony damals für ein niedlicher kleiner Junge war. Sie neigte immer noch dazu, ihn in Schutz zu nehmen, obwohl sie wusste, dass er in den vergangenen Jahren des Öfteren wegen kleiner Delikte mit dem Gesetz in Konflikt geraten war. Und nun würde John ihretwegen der Polizei von einem Gedicht erzählen, das womöglich auf eine ernste Beziehung zwischen Tony und Rosie schließen ließ. Gute Arbeit, Blaine, dachte sie wütend.

»Ich sagte, ich weiß nicht, ob Rosie Selbstmord begangen hat«, wiederholte sie.

»Ich weiß, was du gesagt hast. Ich kenne dich doch.« John schenkte ihr ein halbherziges Lächeln. »Ich kann in Ihren Augen lesen, Mrs. Avery.«

»Das ist ja unheimlich.«

»Das soll es auch sein. Hinter diesen schönen grauen Augen lauern unergründliche Tiefen.«

In all den Jahren, die sie John kannte, hatte er nie mit ihr geflirtet, ihr nur das eine oder andere Kompliment gemacht. »Vielleicht verbirgt sich gar nichts hinter diesen Augen«, sagte sie mit einem bitteren Unterton. »Vielleicht versuche ich nur geheimnisvoll auszusehen – du weißt schon, um meinem Ruf als Schwarze Witwe von Sinclair gerecht zu werden.«

Wütendes Schlagen von Schließfachtüren – die Schüler holten ihre Bücher heraus. »Ich habe dir noch nie gesagt, wie sehr ich dich bewundert habe, als du nach Martins Tod wieder angefangen hast zu unterrichten«, sagte John. Damit umging er diplomatisch das Thema der Morduntersuchungen und ignorierte Blaines sarkastische Bemerkung über den grausamen Spitznamen, den ihr ein paar brave Bürger der Stadt angehängt hatten. »Und auch heute, nachdem man dir den zweitgrößten Schock deines Lebens verpasst hat, bist du wieder hier.«

»Ich komme wohl so lange zurück, bis man mir das Haus verbietet. Außer einem Haufen Geld, das ich nicht verdient habe, und einer Stieftochter, die mich nicht leiden kann, habe ich nämlich nicht viel, John.«

»Du hast zum Beispiel eine Schwester und eine Nichte, die dich lieben, und den besten Hund der Welt will ich gar nicht erst erwähnen. Irgendwann werde ich dir Ashley entführen.« Er lächelte, wurde wieder ernst und fügte hinzu: »Und du hast einen guten Freund, Blaine. Vergiss nicht, dass du immer auf mich zählen kannst. Das ist nicht nur so dahingesagt, das meine ich auch so.«

»Danke, John.« Blaine spürte, wie ihr Tränen in die Augen stiegen. Zum Glück ertönte in diesem Moment der Gong. »Toll. Mein erster Tag, und schon komme ich zu spät«, sagte sie mit zitternder Stimme.

»Sie werden es dir verzeihen. Ach ja, ich habe gehört, dass sie eine kleine Überraschung für dich vorbereitet haben. Aber lass dir bloß nicht anmerken, dass ich dich vorgewarnt habe.« Er zwinkerte ihr zu und schlenderte den Flur entlang zu seinem eigenen Klassenzimmer.

Die Überraschung bestand aus einem Dutzend langstieliger gelber Rosen. Zum zweiten Mal in fünf Minuten war Blaine vor Rührung den Tränen nahe, als Susie Wolfe ihr den Strauß überreichte. »Für Sie von uns«, sagte sie mit ihrem üblichen Mangel an Eloquenz, den ein charmantes Farrah-Fawcett-Lächeln stets wettmachte. »Wir wollten rote kaufen, aber Robin meinte, dass Sie gelbe lieber mögen. Dean sagte, sie müssten aus Texas sein, was auch immer gelbe Rosen mit Texas zu tun haben.«

»Es ist ein Lied, Dummchen«, rief Dean Newman aus der hintersten Reihe.

»Ach, leck mich«, erwiderte Susie lakonisch, und die Klasse bog sich vor Lachen. Susie und Dean waren seit der neunten Klasse ein Pärchen und permanent am Zanken.

»Sie sind wunderschön«, sagte Blaine. »Ich weiß nicht, wie ich euch danken soll.«

»Wie wär's mit ein paar Einsen?«, schlug Dean vor.

»Für freche Kommentare?«

»Für was anderes hat er noch nie eine Eins bekommen«, sagte Susie. Beifall von der Klasse. »Gefallen sie Ihnen wirklich?«

»Und wie. Dafür kann man schon mal eine Lungenentzündung in Kauf nehmen.«

»Das lassen Sie mal schön bleiben in Zukunft«, sagte Dean. »Wissen Sie nicht, was Rosen kosten? Ich hab den anderen vorgeschlagen, dass wir Moms Blumenbeet plündern, aber die haben sich nicht getraut.«

Susie verdrehte die Augen. »Das stimmt ja gar nicht. Es war seine Idee.«

»Nun, dann weiß ich eure Aufmerksamkeit und euren ausgefallenen Geschmack zu schätzen. Sobald die Stunde vorbei ist, besorge ich mir eine Vase.«

»Ich hab eine hier.« Susie ging an ihren Platz zurück und kam mit einer Plastikvase zurück, die bereits mit Wasser gefüllt war. »Daheim können Sie die Rosen ja in was Hübscheres stellen, aber so bleiben sie wenigstens frisch.« Nachdem sie Blaine die Vase gegeben hatte, wurde ihre Miene ernst. »Mrs. Avery, macht es Ihnen was aus, wenn wir gleich ein bisschen Geld sammeln, wegen Blumen für Rosie?«

Die fröhliche Stimmung, die eben noch im Zimmer geherrscht hatte, verpuffte im Nu. Blaine blickte in die Gesichter ihrer Schüler und sah darin Neugier, Entsetzen, Verzweiflung. Im vorigen Jahr war ein Schüler, als er mit seinem Wagen einem Reh auszuweichen versuchte, von der Straße abgekommen und gegen einen Baum geprallt. Sein Tod war für alle ein Schock gewesen, aber nur wenige ihrer Schüler hatten den Jungen näher gekannt, und er war auf der Stelle gestorben. Die erschütternde Nachricht, dass das beliebteste und schönste Mädchen der Schule Selbstmord begangen und zwei Tage lang in einem schmutzigen Bach gelegen hatte, ehe man die Leiche fand, bewegte die Schüler begreiflicherweise um einiges mehr.

»Natürlich, Susie«, antwortete Blaine, die das unkomplizierte, warmherzige Wesen des Mädchens sehr schätzte. »Dann erteile ich dir hiermit den Auftrag, Geld einzusammeln und die Blumen zu bestellen.«

Danach hatte Blaine kaum noch Zeit, die Anwesenheitsliste durchzugehen, bevor der Gong das Ende der ersten Stunde bezeichnete. Die folgenden drei Stunden verbrachte sie damit, sich einen Überblick über den Stoff zu verschaffen, den die einzelnen Vertretungslehrer in der Zwischenzeit durchgenommen hatten. Abgesehen von der ersten Woche nach ihrer Erkrankung hatte sie jedem von ihnen Wochenpläne zugeschickt, gleichsam als Leitfaden, aber sie waren alle beliebig davon abgewichen, hatten sich auf jene Inhalte konzentriert, die sie interessierten, und solche, die sie nicht mochten, kurzerhand übergangen. Blaine fand das zwar verständlich, aber sie hatte deshalb eine Menge Stoff nachzuholen, um die Klassen wieder auf Vordermann zu bringen.

In der Mittagspause blieb sie in der Klasse und aß ein Sandwich, anstatt mit ein paar Lehrern in eines der drei strategisch günstig gelegenen Fast-Food-Restaurants zu gehen und über Rosies Tod zu sprechen. Während sie das trockene Käsesandwich aß, bei dem sie die Mayonnaise vergessen hatte, dachte sie über den Anruf nach, den sie in der Nacht erhalten hatte, etwa sechs Stunden nachdem sie Rosies Leiche entdeckt hatte. In einer kleinen Stadt wie Sinclair machte ein solches Ereignis schnell die

Runde. Offensichtlich hatte jemand beschlossen, ihr Angst einzujagen, vielleicht ein Teenager. Allerdings war »Ringel Ringel Rose« eine denkbar schaurige Wahl. Dem Anrufer ging es bestimmt in erster Linie um das Wort »Rose«, aber Blaine wusste auch, dass man dieses Lied während der Beulenpest im England des siebzehnten Jahrhunderts gesungen hatte. »Rose« bezog sich dabei auf die Pestbeule, das typische Symptom der Seuche. Mit »Sträußchen« waren die Heilkräuter gemeint, die die Leute bei sich trugen, um die Krankheit fern zu halten. Asche entstand, wenn man das Bettzeug der Pesttoten verbrannte, und der letzte Vers schließlich, »Alle fallen um«, sollte die Menschen an die Unausweichlichkeit des Todes erinnern, weil die Pest trotz aller Vorkehrungen ein erbarmungsloses Zepter schwang und insgesamt mehr als 150 000 Menschenleben forderte.

Plötzlich war sie sehr froh, dass sie am Morgen Logan von dem nächtlichen Anruf erzählt hatte, auch wenn er ihr nur aus Höflichkeit ein paar Fragen dazu gestellt hatte. Immerhin hatte er ihn nicht einfach als das Werk eines Geisteskranken abgetan, denn so hatte er sich auch nicht angehört. Die Erinnerung an das Lied trieb ihr auch jetzt, im überheizten Klassenzimmer, einen kalten Schauer über den Rücken: »Asche, Asche / Und alle fallen um«.

In der fünften Stunde, in der sie amerikanische Literatur unterrichtete, fiel ihr Blick immer wieder auf Tony Jarvis. Da er sich sonst durch sein unkooperatives, unaufmerksames Verhalten und seine ebenso nervtötenden wie besserwisserischen Kommentare hervortat, konnten ihr heute die Anspannung auf seinem gut aussehenden, dunkelhäutigen Gesicht und der gedankenverlorene Ausdruck in seinen dunklen Augen nicht verborgen bleiben. Er verkniff sich sogar Spötteleien der Sorte, Edgar Allan Poe wolle er lieber nicht im Dunkeln begegnen oder Rip Van Winkle habe bestimmt nur deshalb fünfzig Jahre lang geschlafen, weil irgendein Englischlehrer ihm Irvings Geschichten aufs Auge gedrückt hätte. Stattdessen starrte er finster schweigend vor sich hin, bis Blaine auf Poes Gedicht »Annabel Lee« zu sprechen kam. Noch während des Vortrags griff Tony sich plötzlich seine Tasche und verließ zum Erstaunen seiner Klassenkameraden fluchtartig den Raum. Ein paar Minuten später hörten sie, wie er draußen den Motor seiner Harley aufheulen ließ und davonfuhr.

Nach dem Unterricht überwand sich Blaine, trotz ihrer Müdigkeit zu den Peytons zu fahren. Sie ließ ihren Wagen in der Einfahrt stehen, neben etwa sieben weiteren Autos, die bereits vor dem Haus parkten, und blickte auf das stattliche weiße Anwesen im Kolonialstil, in dem Rosie den Großteil ihres Lebens verbracht hatte. »Ich glaube, dass Großvater sich sein eigenes Tara schaffen wollte«, hatte sie Blaine einmal erzählt. »Ich sehe förmlich vor mir, wie Joan und meine Mutter, ausgehbereit in ihren Tanzkleidern, die gewundene Treppe herunterschwebten. Natürlich ließ Tante Joan sich als Miss West Virginia auf dieser Treppe fotografieren, mit Krone und allem, was dazugehört. Sie hat ja sooo hübsch ausgesehen.«

Blaine kannte dieses Foto sehr gut. Es war in der Zeitung gewesen, als sie noch ein Kind war, und sie hatte es ausgeschnitten und an ihren Spiegel geheftet, weil sie einmal genauso hübsch werden wollte wie Joan Peyton. Ihrer Ansicht nach war dieser Wunsch nicht in Erfüllung gegangen, obwohl sie sorgfältig geschminkt und bei günstiger Beleuchtung ganz passabel aussah. Joan dagegen war eine natürliche Schönheit und hatte derlei Hilfsmittel nicht nötig.

Blaine holte tief Luft und erstieg die Stufen zum Eingangsportal. Auf diesen Besuch hätte sie weiß Gott gern verzichtet. Schließlich konnte man nicht wissen, in welcher Verfassung Joan sein würde, und vielleicht hatte man der alten Mrs. Peyton gar nicht erst erzählt, was passiert war. Ihre Gesundheit war nicht mehr die beste, seit ihr Mann vor einem Jahr an Krebs gestorben war, und Rick hatte ihr erzählt, dass der unablässige Schmerz in der gebrochenen Hüfte, die partout nicht heilen wollte, sie nicht nur körperlich, sondern auch geistig schwächte. Aber Blaine hatte Joan immer sehr bewundert. Sie durfte es nicht noch länger hinauszögern, ihr Beileid zu wünschen und ihre Hilfe anzubieten.

Die Tür ging auf, und vor ihr stand eine stämmige Frau mit einem breiten Gesicht slawischen Einschlags. Sie trug eine weiße Schwesterntracht und eine schief sitzende Haube. Sie blickte bekümmert drein, und ihre Augenlider waren vom vielen Weinen rot und geschwollen.

»Blaine Avery.« Sie starrte Blaine an und machte keinerlei Anstalten, sie ins Haus zu bitten. »Sie habe ich schon monatelang nicht mehr gesehen.«

»Hallo, Bernice.« Blaine versuchte, die nur schlecht verhohlene Grobheit der Frau zu übergehen. Bernice hatte Martin sehr gemocht und war gewiss nicht auf Blaines Seite gewesen, als die Polizei versucht hatte die Hintergründe seines Todes aufzuklären. Sie hatte sogar behauptet, dass Martin am Nachmittag seines Todes unter Zwang bei ihr angerufen und abgesagt hätte. Blaine hatte Bernices feindselige Andeutungen nicht vergessen, war aber fest entschlossen, sich nicht von ihr beirren zu lassen. Schließlich war sie Joans wegen gekommen.

»Ich möchte Joan sprechen.«

»Da sind schon 'ne Menge Leute bei ihr.« Unvermittelt brach Bernice in Tränen aus. »Arme kleine Rosie.«

»Ja.« Ein kühler Luftzug fuhr durch Blaines langes Haar, und sie fragte sich, wann Bernice sie endlich ins Haus bitten würde. Im Hintergrund hörte sie Stimmengemurmel.

»Sie haben sie gefunden«, sagte Bernice.

»Ja.«

»Sie war auf Ihrem Grundstück.«

Blaine sah die Frau kalt an. Sie konnte einfach zum Auto zurückgehen oder die Feindseligkeit in diesen Augen ertragen. Sie rührte sich nicht von der Stelle.

Bernice holte Luft. »Susie hat mir erzählt, wie sehr Rosies Tod die Kinder in der Schule mitgenommen hat.«

»Susie?«

»Susie Wolfe. Meine Enkeltochter.«

»Ach ja. Sie sind ja Susies Großmutter.«

»Ich hab's Ihnen oft genug gesagt. Aber Sie hören ja nicht hin, wenn ich was sag.«

»Natürlich habe ich hingehört«, widersprach Blaine mit wachsendem Unwillen. »Ich hatte nur ziemlich viel um die Ohren in letzter Zeit. Da hab ich es wohl vergessen.«

»Die Mutter von Susie ist meine Tochter«, erklärte Bernice, die immer noch breit in der Tür stand. »Susie und ich verstehen uns sehr gut. Sie ruft mich fast jeden Tag an. Ist 'n richtiger Goldschatz, die Kleine.«

»Ja, ich mag Susie auch sehr gern.«

Bernice strahlte und begrub einen Augenblick lang das Kriegsbeil, bevor sich ihre Miene wieder verfinsterte. »Das mit Rosie ist so fürchterlich, und ich muss immerzu daran denken, was ich täte, wenn so was Scheußliches auch meiner Susie passieren würde ... nicht auszudenken ... Das soll aber nicht heißen, dass Susie Rosie besonders gut gekannt hat oder so«, fügte Bernice hastig hinzu. »Sie hat sie fast gar nicht gekannt.«

Du lügst, dachte Blaine. Die Polizei weiß das auch, also bilde dir ja nicht ein, dass deine Susie nicht genauso zur Rede gestellt wird wie Rosies übrige Freunde. Oder log Bernice aus einem anderen Grund? Blaine wurde steif. Glaubte sie, dass sie, Blaine, etwas mit Rosies Tod zu tun haben könnte, und versuchte ihre Enkelin vor einer Mörderin zu beschützen?

Blaine kam die Galle hoch; sie wollte gerade zum Auto zurückgehen, als sie Joan sagen hörte: »Wer ist es denn, Bernice?«

»Blaine Avery, Miss Peyton.«

Joan kam ins Foyer, sah Blaine einen Augenblick lang stumm an und schloss sie dann mit einem leisen Aufschrei in die Arme.

»Blaine, ich bin ja so froh, dass du gekommen bist.«

Überrascht von Joans ungewohntem Gefühlsüberschwang begann Blaine sich stammelnd zu rechtfertigen. »Tut mir Leid, dass ich nicht früher kommen konnte, aber heute war mein erster Unterrichtstag, und nach all den Wochen, die ich versäumt habe, konnte ich mich nicht schon wieder vertreten lassen.«

»Ich verstehe schon, du brauchst dich nicht zu entschuldigen.« Joan drückte Blaine von sich und lächelte schwach. Die Zeit hatte ihr nichts anhaben können. Mit ihren vierundvierzig Jahren war ihr Haar immer noch dicht und glänzend schwarz – zweifellos hatte sie mit einer leichten Tönung der Natur ein wenig nachgeholfen –, im Nacken trug sie es zu einem strengen französischen Knoten zusammengefasst. Über der hohen, nahezu faltenlosen Stirn wellte sich eine sanfte Tolle. Trotz ihres unerträglichen Schmerzes war sie mit ihren breiten Schultern und dem drahtigen Körper, den sie durch tägliches Schwimmtraining fit hielt, eine imposante Erscheinung. Sie trug einen grauen Kaschmirpulli, einen passenden Rock und flache Schuhe und hatte wie immer die Haltung einer Königin. Obwohl sie beunruhigend blass war, sah man nur an der Röte ihrer bemerkenswert schönen violetten Augen, dass sie geweint hatte; und ihr rosafarbener Lippenstift war ein wenig verschmiert, als hätte sie ihn mit zitternder Hand aufgetragen.

»Die übrigen Gäste sind im Wohnzimmer«, sagte sie, »aber ich hätte ganz gern ein paar Minuten unter vier Augen mit dir gesprochen. Begleitest du mich in die Bibliothek?«

»Natürlich.«

»Bernice, dir macht es doch nichts aus, noch einmal hinaufzugehen und nach Mutter zu sehen, nicht?«

»Natürlich nicht. Das ist ja meine Aufgabe.« Bernice richtete einen letzten säuerlichen Blick auf Blaine und stieg schwerfällig die prachtvolle Treppe hinauf.

»Ignorier sie einfach, Liebes«, sagte Joan und führte Blaine in die Bibliothek. »Sie ist fürchterlich launisch.«

»Sie kann mich nicht ausstehen.«

»Ich muss mich für ihr unverschämtes Benehmen entschuldigen – normalerweise würde ich sie dafür hinauswerfen, aber hier in der Gegend sind tüchtige Krankenschwestern Mangelware, und wer arm dran ist, darf nicht wählerisch sein, wie es so schön heißt. Sie war schon letztes Jahr hier, wegen Daddy. Möchtest du etwas trinken? Kaffee? Tee? Alkohol?«

Blaine setzte sich in einen Ledersessel, auf den der einzige Lichtstrahl fiel, der das Dämmerlicht des Raumes durchbrach.

»Nein danke, Joan.«

»Wenn es dir nichts ausmacht, würde ich mir gern einen kleinen Brandy genehmigen. Mutter sähe es nicht so gern, weißt du, wenn ich vor den Trauergästen im Wohnzimmer zu trinken anfinge – die meisten davon sind ihre Freunde. Ich nehme an, dass Rosalinds Freunde später vorbeikommen werden.«

Und wo sind deine Freunde?, fragte sich Blaine, als Joan sich ein Gläschen Brandy einschenkte, daran nippte und angewidert die Nase rümpfte. »Quittenlikör. Ich verabscheue das Zeug, aber Mutter mag es hin und wieder ganz gern. Natürlich nur, wenn keiner es sieht. Na ja, zur Nervenberuhigung taugt er genauso viel wie alles andere, nehme ich an.«

»Warum lässt du dir von Bernice keine Tablette geben?«

»Damit sie allen Leuten erzählt, man hätte mich ruhig stellen müssen wie Mutter? Nein danke.«

»Ich bin überrascht, dass noch keine Kollegen hier sind«, wagte Blaine zu bemerken.

»Die kommen eben später, nehme ich an. Die meisten sind wohl erst heimgefahren, um sich auszuruhen. Mir wäre es offen gestanden lieber, sie würden gar nicht herkommen. Das klingt abscheulich, ich weiß, aber im Augenblick fällt es mir schwer, Leute zu empfangen, die nur die Neugierde zu mir treibt. Mit dir ist es etwas anderes, du bist eine echte Freundin.«

Was nicht ganz stimmt, dachte Blaine. Es war Martin, mit dem Joan gut befreundet gewesen war. Blaine war nicht viel mehr gewesen als eine gute Bekannte und Kollegin. »Du verstehst mich sicher«, fuhr Joan fort. »Du hast das ja alles selber schon durchgemacht.«

Wieder waren Joans Erinnerungen unpräzise. Kein Mensch hatte sich damals ihrer und Caitlins angenommen, als ihr Vater betrunken zu Bett gegangen und nicht mehr aufgewacht war, weil der Gasofen geleckt hatte. Und niemand außer Joan hatte sie nach Martins tragischem Tod zu Hause besucht. Wahrscheinlich hatten die Leute sich vor der Polizei gescheut, die im Haus und auf dem Rasen nach Spuren suchte. Aber Blaine sah keine Veranlassung, Joan zu korrigieren.

Joan nippte erneut an ihrem Brandy und ließ sich auf einen Stuhl fallen, stand wieder auf und begann ruhelos im Zimmer auf und ab zu gehen. »Ich plappere und plappere, weil ich nicht weiß, wo ich anfangen soll«, sagte sie und nestelte an dem silbernen Armkettchen herum, das sie immer trug. »Deine Ashley hat Rosalind gefunden.«

»Ja, leider.«

»Im Bach. Mein schönes Mädchen liegt weiß Gott wie lang da draußen in diesem Dreckwasser. War es scheußlich? Ich meine, sah sie …« Sie keuchte. »O Gott, wozu frage ich denn das? Ich weiß ja, wie sie ausgesehen hat. Zumindest wie ihr Gesicht aussah.« Joan holte zitternd Luft und versuchte sich zu fangen. »Ich sollte wahrscheinlich froh sein, dass sie in diesen Wurzeln hängen geblieben ist und nicht abgetrieben wurde. Leichen kommen tagelang nicht an die Oberfläche, weißt du. Das hat Logan Quint auch gesagt. Wären die Wurzeln nicht gewesen, hätte man sie womöglich erst im Frühling gefunden …« Sie machte eine erschöpfte Handbewegung, und die Stimme versagte ihr. »Blaine, ich dachte, sie sei in Charleston.«

»Ich weiß.«

»Sie wollte ihre Cousine Amanda besuchen. Du weißt ja, dass sie da manchmal hinfuhr. Dieser Ausflug kam zwar ein wenig plötzlich, aber ich hielt mich zurück. Mutter war in den letzten paar Wochen unmöglich gewesen – ich dachte, Rosalind brauchte einfach eine Pause. Sie konnte ja niemanden mehr zu uns einladen, weil wir nie wussten, wann Mutter wieder einen ihrer fürchterlichen Wutanfälle bekommen würde. Ein junges Mädchen sollte sich nicht mit jemandem in Mutters Zustand belasten müssen. Ich hätte sie ins Pflegeheim geben sollen.«

»Joan, wir können unser ganzes Leben lang darüber nachgrübeln, was wir hätten tun sollen, aber das bringt doch nichts. Du wolltest doch nur das Beste für deine Mutter. Viele Leute gewöhnen sich nur schlecht an Pflegeheime, das weiß ich zufällig von Rick Bennett. Er findet auch, dass deine Mutter daheim besser aufgehoben ist. Du darfst nicht dir die Schuld an Rosies Tod geben, nur weil du sie übers Wochenende hast wegfahren lassen.«

»Das sagen mir alle, aber ich kann nicht anders.« Joan rieb sich geistesabwesend die Stirn. »Ich habe Rosalind gebeten, mich anzurufen, sobald sie bei Amanda angekommen sei. Zuerst wollte sie nicht so recht, aber dann gab sie nach. Und eine gute Stunde nachdem sie losgefahren war, rief sie tatsächlich hier an. Da hätte ich es eigentlich schon wissen müssen.«

Blaine runzelte die Stirn. »Was denn?«

»Dass sie mich angelogen hat. Der Anruf klang irgendwie eigenartig.«

»Wie denn?«

»Im Hintergrund waren Geräusche – Straßenlärm. Mir kam der Gedanke, dass sie von irgendeiner Telefonzelle aus anrief, aber als ich sie fragte, da behauptete sie, Amandas Mutter hätte das Fenster geöffnet. Ihre Stimme klang seltsam, als würde sie mir nicht die Wahrheit sagen, und Amanda wohnt an einer ziemlich ruhigen Straße. Ich hätte sofort zurückrufen müssen, um Rosies Geschichte zu überprüfen. Aber Rosalind hatte sich neuerdings beschwert, dass ich zu streng sei, ihr zu wenig Freiheit lasse. Sie machte immer wieder mal so eine Bemerkung. Deshalb habe ich in letzter Zeit die Zügel ein wenig lockerer gelassen. Und das habe ich nun davon!«

Sie redete hastiger als sonst, mit hoher, nervöser Stimme. Sie stellte das Glas ab und rang verzweifelt die Hände. Blaine stand auf und nahm ihre verkrampften Hände in die ihren. Aus der Nähe, im hellen Licht, das durch die Bibliotheksfenster ins Zimmer fiel, bemerkte sie erschrocken die kleinen Falten um Joans Augen und Lippen. Sie hatte Joan Peyton immer für alterslos gehalten, wie ein schönes Bild. »Joan, hör auf damit. Rosie war siebzehn, wir sind nicht mehr im neunzehnten Jahrhundert. Mädchen in diesem Alter brauchen ihre Freiheit. Glaube mir, das habe ich von Robin gelernt. Ich bin zwar nur dreizehn Jahre älter als sie, aber sogar in dieser kurzen Zeitspanne hat sich einiges verändert. Außerdem hat Rosie dir nie Ärger gemacht, nie einen Grund gegeben, ihr zu misstrauen. Sie war eine vorbildliche Tochter.«

Joans Augen füllten sich mit Tränen. »Ja, das war sie. Es war so einfach, sie gern zu haben, ihr zu vertrauen. Ich kann mir nicht …« Die Stimme versagte ihr. »Ich kann mir einfach nicht denken, was passiert sein könnte. Fällt dir irgendetwas ein, was Rosalind dazu gebracht haben könnte, sich umzubringen?«

»Nein, Joan«, sagte Blaine behutsam. »Und Robin geht es genauso.«

»Ich dachte immer, sie sei glücklich.« Joan wankte, und Blaine führte sie zu einem Stuhl, auf den sie niedersank und hilfesuchend zu ihr aufsah. »Was soll ich denn jetzt tun? Was soll ich bloß mit meiner Zeit anfangen? Rosie war doch wie mein eigenes Kind, wie mein eigen Fleisch und Blut, musst du wissen.«

Blaine zögerte. Sollte sie Joan sagen, dass sie nicht an Selbstmord glaubte? Nein, natürlich nicht. Jetzt war nicht der richtige Zeitpunkt für ihre Theorien, die höchstwahrscheinlich ohnehin falsch waren. Stattdessen legte sie ihren Arm um Joans Schultern. »Jetzt sollte ich wohl sagen, dass die Zeit alle Wunden heilt.«

»Stimmt das denn?«

»Nein.«

Joan brachte ein schwaches Lächeln zustande. »Du warst schon immer gnadenlos ehrlich, schon als Kind. Ich erinnere mich noch genau. Als dein Vater einmal hier war, um im Garten zu arbeiten, hatte er dich mitgebracht.« Blaine hörte ihr geduldig zu, weil sie wusste, dass Joans Redseligkeit ihrer Trauer und ihrem Schock entsprang. »Ich war zwanzig und schrecklich von mir eingenommen. Ich kam in meinem hübschesten Bikini in den Garten und rekelte mich verführerisch am Pool, bildete mir tatsächlich ein, ich sähe aus wie Elizabeth Taylor. Aber da kamst du angestakst, junge Dame, und sagtest mit deinen sechs Jahren: ›Sie sind wirklich sehr schön, Miss Peyton, aber mit dem vielen schwarzen Zeug um Ihre Augen sehen Sie aus, als hätte man Sie gerade mächtig verprügelt.‹«

Blaine sagte verlegen: »Was für ein schreckliches Balg.«

Aber Joan schüttelte belustigt den Kopf. »Ich bin die Treppe hinaufgestürmt, habe in den Spiegel gesehen und erkannt, dass du Recht hattest. Ich sah aus wie ein Clown. Seither habe ich nie wieder dicken Eyeliner und falsche Wimpern getragen. Und ein Jahr später war ich schon Miss West Virginia.« Jäh verschwand ihr Lächeln. »Aber ich verstehe, worauf du anspielst, wenn du sagst, dass die Zeit nicht alle Wunden heilt. Du meintest den Verlust von Martin, nicht?«

»Ja«, sagte Blaine zögernd, weil sie dabei weniger an seinen physischen als an seinen psychischen Tod gedacht hatte, der schon in der Unfallnacht eingetreten war.

»Martin war sehr unglücklich, Blaine. Ich weiß, was die Leute in der Stadt sagen – dass ein Mann mit so viel Kraft und Energie sich nie umbringen würde, aber gerade weil er so stark, athletisch und energisch war, konnte er sich nicht damit abfinden, den Rest seines Lebens im Rollstuhl zu verbringen. Er hatte seine Willenskraft und seine Selbstachtung verloren und konnte es nicht ertragen, wenn die Leute ihn bedauerten, weil er nicht mehr Tennis spielen oder durch seine Fabrik stolzieren konnte, um die Arbeiter mit seiner Orson-Welles-Stimme herumzukommandieren. Immerhin habe ich Martin nach seinem Unfall einige Male besucht. Ich weiß, wie ihm zumute war. Das habe ich auch der Polizei gesagt.«

»Stimmt. Du warst außer mir die Einzige, die ihn für suizidgefährdet hielt.«

»Nun ja, Bernice und Robin waren bestimmt derselben Meinung. Aber Bernice hielt Martin Avery für eine Art Supermann und wollte es nicht wahrhaben, weil Selbstmord in ihren Augen eine Todsünde ist. Und die arme kleine Robin.« Sie schüttelte den Kopf. »Ich glaube, sie will sich nicht damit abfinden, dass ihr Vater sterben wollte. Dabei hatte Martin Bernice an diesem Tag angerufen und ihr abgesagt, und auch mich hat er angerufen und gefragt, ob Rosalind und Robin schon zurück seien. Er klang so erleichtert, als ich ihm sagte, sie würden wohl noch eine Stunde brauchen, bis sie die Turnhalle geschmückt hätten. Offensichtlich wollte er an diesem Nachmittag allein sein. Er wusste, was er vorhatte.«

Hat er deshalb an diesem Nachmittag den heftigen Streit mit mir angefangen?, fragte sich Blaine. Wusste er, dass er mich sonst nicht losgeworden wäre, dass er mich nur mit Gewalt aus dem Haus treiben konnte? Ein kalter Schauer überlief Blaine, wenn sie daran dachte, wie sorgfältig Martin alles geplant zu haben schien, aber sie ließ sich nichts anmerken. »Ich kann gut verstehen, weshalb Robin nicht wahrhaben will, dass ihr Vater sterben und sie allein lassen wollte.«

Joan runzelte die Stirn. »Unter normalen Umständen hätte er

seine Tochter niemals im Stich gelassen. Und dich auch nicht. Dass er dich unbegreiflicherweise für den Unfall verantwortlich machte, war nur eine vorübergehende Laune, das weißt du doch.« Sei mal nicht so sicher, dachte Blaine. »Was Leute wie Bernice oder Robin nicht begreifen wollen, ist die Tatsache, dass depressive Menschen nun mal nicht vernünftig denken.«

Glaubst du, Rosie dachte vernünftig?, wollte Blaine fragen, brachte es aber nicht über sich. Joan um eine Psychoanalyse ihrer toten Nichte zu bitten, ging ihr schlicht zu weit.

Joan tupfte sich die Augen mit einem Taschentuch trocken, und Blaine fragte: »Hast du es deiner Mutter schon erzählt?«

»O ja. So etwas lässt sich nicht vor ihr verbergen. Zuerst haben wir ihr gesagt, Rosalind sei verreist. Da hatte Mutter aber gerade einen ihrer lichten Momente und glaubte uns kein Wort. Sie brauchte Bernice und mir nur ins Gesicht zu sehen, um zu begreifen, dass irgendetwas nicht stimmte, also gestand ich ihr schließlich die Wahrheit. Da wurde sie hysterisch. Gott sei Dank ist Bernice hier. Sie hat Mutter ein Beruhigungsmittel gegeben. Doch heute früh, als sie aufwachte, war sie der festen Überzeugung, dass meine Schwester Charlotte gestorben sei, nicht Rosalind. Ist das nicht erstaunlich? Charlotte ist doch schon über sechzehn Jahre lang tot.«

»Deine Mutter ist schwer krank, Joan, und Rosies Tod war ein schrecklicher Schock für sie.«

»Ich weiß. Ich finde es nur merkwürdig, wie so ein seniles Gehirn funktioniert. Sie kann unmöglich zum Begräbnis gehen.«

Bei dem Wort Begräbnis wurde Joan wieder blass, und Blaine fragte schnell: »Kann ich dir bei den Vorbereitungen irgendwie behilflich sein?«

»Nein. Es ist schon alles arrangiert. Nur der genaue Termin steht noch nicht fest. Die Polizei hat Rosalinds Körper noch nicht freigegeben. Wie findest du das?«

Eine Obduktion war in diesem Fall die Vorschrift, aber diese

Tatsache behielt Blaine lieber für sich, weil Joan ihren normalerweise so scharfen Verstand offensichtlich dagegen verschlossen hatte. »Du meldest dich, wenn du mich brauchen solltest, ja?«

Joan nickte. »Sicher, Blaine. Und danke, dass du Rosalind eine so gute Freundin warst. Du warst ihr ein großes Vorbild, weißt du das?«

Blaine war verblüfft. »Was?«

»O ja. Das hat sie dir bestimmt nicht erzählt, aber Robin wusste es. Und ich auch. Sie fand dich wundervoll.«

»Joan, ich weiß, dass Rosie mich mochte, aber dass sie in mir ein Vorbild sah, das glaube ich nicht. Schon gar nicht nach diesem Sommer.«

Joan schüttelte den Kopf. »Sie hat keine Sekunde lang geglaubt, dass du Martin ermordet hast, Blaine. In diesem Punkt war sie eisern. Absolut eisern.«

Blaine betrachtete die holzvertäfelten Wände, den marmornen Kamin und die in Leder gebundenen Bücher in den Regalen und zögerte lange, ehe sie die Frage zu stellen wagte, die ihr auf der Seele brannte: »War das vielleicht der Grund, weshalb sie und Robin sich nicht mehr so gut verstanden? Weil Rosie der festen Überzeugung war, dass ich Martin nicht getötet hatte?«

Joan sah verwirrt aus. »Das weiß ich nicht, Liebes. Mir war zwar aufgefallen, dass die beiden sich nicht mehr so oft sahen wie früher, aber ob das der Grund war ... ach nein, sicher nicht. Du weißt doch, wie junge Mädchen sind – immer haben sie etwas zu bemäkeln, oder sie geraten sich in die Haare, weil sie in denselben Jungen verknallt sind, oder entwickeln unterschiedliche Interessen. Du lieber Himmel, du willst mir doch nicht allen Ernstes weismachen, dass Robin dich für die Mörderin ihres Vaters hält?«

»Aber nein, natürlich nicht«, sagte Blaine hölzern.

Joan zog die Stirn in Falten. »Blaine?«

»Sei mir nicht böse, Joan. Ich rede dummes Zeug. Aber was

Rosalind angeht, da irrst du dich. Sie wollte nach Radcliffe und sich ganz ihrer Ausbildung widmen, genau wie du. Denn ihr eigentliches Vorbild warst du.«

»Ich wünschte, es wäre so gewesen«, sagte Joan traurig. »Ich bin nämlich eine Kämpfernatur. Meine kleine Rosalind offensichtlich nicht.«

# Fünf

## 1

»Wer kriegt das letzte Stück Pizza?«, fragte Robin.

»Du natürlich«, antworteten Blaine und Rick wie aus einem Mund und lachten. »Du bist noch in der Entwicklung«, fügte Blaine hinzu.

»Du meinst, ich bin die Einzige, die sich noch nicht mit Bier hat voll laufen lassen«, erwiderte Robin.

Blaine blickte auf ihr Glas. »Bei einem halben Glas Heineken kann man wohl kaum von voll laufen lassen sprechen.«

Robin sah sie tadelnd an. »Das ist bereits dein zweites, aber wer zählt schon mit?«

»Du offensichtlich«, sagte Blaine und dachte erschüttert, dass sie eine ganze Flasche geleert hatte, ohne es zu merken. »Ich bin anscheinend schon so müde, dass mich mein Gedächtnis im Stich lässt.«

Rick nahm ein Stück Pizza von seinem Teller und steckte es Ashley zu, wobei er Blaines missbilligenden Blick kurzerhand übersah. Ashley nahm es ihm behutsam aus den Fingern und vermied dabei Blaines Augen, weil sie eigentlich vom Tisch nichts nehmen durfte. »Konntest du letzte Nacht einigermaßen schlafen?«, fragte Rick.

»Na ja, ich war ziemlich erschöpft, als ich zu Bett ging. Aber dann, so gegen Mitternacht, hat mich ein eigenartiger Anruf geweckt.«

»Ich hab das Telefon gar nicht gehört«, warf Robin ein.

»Du hast geschlafen.«

»Nicht um Mitternacht.«

»Robin, ich hab um elf nach dir gesehen, da hast du tief und fest geschlafen.«

»Aber dann bin ich wieder aufgewacht. Ich hab auf die Uhr gesehen. Es war zehn vor zwölf.«

»Nun, ich habe auch auf die Uhr gesehen. Der Anruf kam Punkt zwölf. Außerdem hat dein Telefon eine andere Nummer. Es hat nicht geklingelt.«

Rick hob die Hand. »Bitte, meine Damen, könntet ihr diese faszinierende Debatte vielleicht später zu Ende führen? Ich würde gerne wissen, was das für ein Anruf war.«

»Genau, wer war denn dran?«, fragte Robin.

»Niemand. Zumindest hat sich keiner gemeldet. Der Anrufer hat nur eine Schallplatte abspielen lassen. Es war ganz eigenartig.« Blaine zögerte. »Ein Kinderlied, Ringel Ringel Rose.«

Rick und Robin starrten sie an, Robins pizzabeladene Hand hielt auf halbem Weg zwischen ihrem Teller und ihrem Mund inne. »Soll das ein Witz sein? Rose?«, brachte Rick endlich heraus. Dann verdrehte er angewidert die Augen. »Natürlich nicht. O Gott, das ist ja krank.«

»Ich weiß«, sagte Blaine leise. »Es hat mir ganz schön zu schaffen gemacht.« Sie sah Robin an. »Kennst du vielleicht jemanden, der eine alte Aufnahme von diesem Lied haben könnte?«

Robin legte langsam die Pizza auf ihren Teller zurück. »Na ja, es ist nicht gerade in den Charts. Aber da fällt mir etwas ein!« Rick und Blaine sahen sie erwartungsvoll an. »Caitlins Kinderhort.«

»Robin!«

»Ich wollte nicht sagen, dass Caitlin bei dir angerufen hat«, protestierte Robin ärgerlich. »Ich meinte nur, dass sie das Lied vielleicht in ihrer Sammlung hat, und bei ihr gehen den ganzen Tag Leute ein und aus.«

»Stimmt, das ist gar keine schlechte Idee«, lenkte Blaine ein. »Tut mir Leid, dass ich dich angefahren habe. Ich werde sie gleich morgen fragen.«

»Hat der Anrufer denn gar nichts gesagt?«, fragte Rick.

»Nein. Ich habe nur die Musik gehört. Danach war es wieder still.«

»Du meinst, er hat aufgelegt?«

»Nein. Es ist nur still geworden, aber es war immer noch jemand in der Leitung. Ich habe schließlich aufgelegt.«

»Hast du Sheriff Quint über den Anruf informiert?«, fragte Robin.

»Ja, als er heute Morgen hier war. Es schien ihn zwar zu interessieren, aber nicht übermäßig aufzuregen.«

Robin zuckte die Achseln. »Hab ich mir schon gedacht. Immerhin war deine Nummer schon den ganzen Sommer über die Zentrale für schwachsinnige Anrufe.«

»Du hast wirklich einen umwerfenden Charme«, fuhr Rick sie an. »Könntest du Blaine ausnahmsweise in Frieden lassen?«

Robin presste ärgerlich die Lippen aufeinander, und Blaine warf Rick einen schnellen Blick zu. Sein Temperamentsausbruch war ungewöhnlich; bisher war er immer sehr nett gewesen zu Robin. Dann fiel ihr auf, dass er nicht viel besser aussah als gestern Abend – müde und besorgt. Er arbeitete zu viel in letzter Zeit, und heute hatte er bestimmt schon Mrs. Peytons hysterischen Anfall mit ansehen müssen, da hatte ihm Robins Sarkasmus wohl gerade noch gefehlt.

Das Mädchen erhob sich brüsk und begann den Tisch abzuräumen. »Ich geh in mein Zimmer. Ich muss noch lernen«, sagte sie mit einem leichten Zittern in der Stimme.

Blaine langte über den Tisch und legte ihr beschwichtigend die Hand auf den Arm. »Ich mach das schon, Rob. Geh nur.«

Robin nickte und verließ die Küche.

Blaine seufzte. »Ich mach mir solche Sorgen um sie, Rick.«

»Du machst dir Sorgen? Ich könnte verstehen, wenn du ärgerlich wärst, wenn dir langsam der Geduldsfaden reißen würde. Aber Sorgen? Warum? Sie scheint die Angelegenheit doch bestens zu verkraften.«

»Das ist es ja. Sie verkraftet es viel zu gut. Sie hat nicht geweint, seit wir Rosie gefunden haben, und sie hat darauf bestanden, heute zur Schule zu gehen.«

»Wäre es dir lieber, wenn sie den ganzen Tag hier herumhängen und Trübsal blasen würde?«

»Nein, obwohl das auch nicht schlimmer sein könnte. Wie du dir denken kannst, war Rosie Thema Nummer eins in der Schule. Ich wünschte nur, Robin würde ein bisschen mehr Gefühle zeigen. Sie ist sehr gefasst.«

»Viel zu gefasst, wenn du mich fragst. Als Arzt würde ich von verzögerter Reaktion sprechen. Lass sie eine Weile in Ruhe, Blaine. Die Trauer kommt noch früh genug, dann wird sie wirklich jemanden brauchen.«

»Sie brauchte dringend ihren Vater. Aber der ist nicht da.«

»Du bist doch da. Und ich bin auch da, jedenfalls wäre ich da, wenn du mich in dein Leben lassen würdest.«

Blaine blickte auf die dunklen Schatten unter Ricks nussbraunen Augen und seine etwas schiefe Nase, angeblich das Ergebnis eines Autounfalls – zumindest erzählte er das den meisten Leuten. Nur Blaine wusste, dass das nicht stimmte, dass er sie sich im ersten Studienjahr gebrochen hatte, als er im Anatomiekurs zum ersten Mal eine Leiche gesehen hatte, prompt in Ohnmacht gefallen und mit dem Gesicht auf den harten Betonfußboden geschlagen war. »Das passiert vielen«, hatte er zu seiner Verteidigung vorgebracht, als sie sich das Lachen nicht verkneifen konnte, »aber die große Öffentlichkeit weiß das nicht, und ich möchte meine Praxis nicht aufs Spiel setzen, weil die Leute mich für ein Weichei halten.«

Sie streichelte seine Wange. »Rick, du weißt doch, wie viel mir deine Freundschaft bedeutet.«

Er knurrte. »O Gott, erspar mir dieses Du-bist-ein-netter-Kerl-aber-Gerede.«

»Ich wollte doch nur sagen, dass Martin erst so kurze Zeit tot ist.«

»Sechs Monate. Und davor hat er dich fünf Monate lang nach Strich und Faden schikaniert.«

»Rick!«

»Na ja, ist doch wahr. Sieh mal, Blaine, er war mein Freund, aber nach diesem Unfall hat er sich sehr verändert. Er gab dir die Schuld daran.«

»Ich saß ja auch am Steuer.«

»Weil er zu viel getrunken hatte auf diesem Silvesterfest.«

»Aber es hatte geschneit, und er hatte mir eingeschärft, ja nicht im Schnee zu fahren, besonders nicht seinen Wagen.« Sie seufzte. »Er hatte Recht. Hätte ich nicht so heftig auf die Bremse getreten, als ich das andere Auto auf uns zurasen sah, dann wären wir nicht ins Schleudern geraten, und seine Seite wäre nicht gerammt worden.«

»Nein, aber die deine.« Rick drückte ihr die Hand. »Blaine, du hast das Richtige getan.«

»Nein, das Richtige wäre gewesen, ein Taxi anzurufen.«

»Na sicher. In dieser Stadt gibt es fünf Taxis, und alle waren besetzt. Ich weiß das, weil ich versucht habe, eines zu bekommen. Außerdem hätte Martin nicht gewartet. Er war streitsüchtig wie immer, wenn er ausnahmsweise zu viel Bourbon getrunken hatte. Hättest du darauf bestanden, ein Taxi zu rufen, hätte er dir die Schlüssel wahrscheinlich aus der Hand genommen, sich selber ans Steuer gesetzt und euch beide umgebracht. Er war nicht mehr in der Lage, den Wagen zu lenken, und du konntest schließlich nicht ahnen, dass jemand ein Stoppschild überfahren und euer Auto rammen würde. Der Unfall war nicht deine Schuld.«

»Nein, du hast Recht. Ich wünschte nur, man hätte den Kerl gefasst.«

»Denkst du, dann wäre es leichter gewesen für dich?«

»Zumindest wäre der Gerechtigkeit Genüge getan. Wer lässt schon jemanden in einem demolierten Wagen verletzt in der Kälte liegen?«

»Jemand, der schreckliche Angst hatte. Jemand, den man nie gefunden hat und wahrscheinlich auch nie finden wird. Also hör auf, dir den Kopf darüber zu zerbrechen. Das schadet dir nur, und Martin wird auch nicht wieder lebendig davon.«

»Na schön, Rick«, sagte Blaine müde. »Du munterst mich jetzt seit fast einem Jahr mindestens einmal pro Woche auf, und du hilfst mir wirklich sehr damit, das musst du mir glauben, aber wenn du mich fragst, ob ich mit dir ausgehen möchte ...« Sie zuckte die Achseln. »Erstens ist Martin erst seit sechs Monaten tot, und zweitens kennst du doch die Gerüchte, die über uns im Umlauf sind.«

»Zum Teufel mit diesen Gerüchten. Wir wissen doch, dass sie nicht stimmen.«

»Ja schon, aber wir müssen Rücksicht nehmen. Auf Robin zum Beispiel.«

»Ich kannte sie schon, bevor du Martin geheiratet hast, sie hat mich immer gemocht.«

»Ich weiß schon. Aber nur als Freund der Familie. Sie könnte noch nicht akzeptieren, dass ich mich mit jemandem treffe.«

»Du lässt also zu, dass eine übellaunige Siebzehnjährige dein Leben bestimmt?«

»Nein, aber ich bin nun mal ihre Stiefmutter, ob ihr das gefällt oder nicht. Ich bin verantwortlich für sie, und ich will ihr nicht noch mehr Stress zumuten, als sie ohnehin schon hat. Und vergiss nicht, da ist auch noch deine Exfrau. Du bist erst seit acht Monaten geschieden.«

»Ellen will, dass ich glücklich bin.«

»Hat sie deswegen überall herumerzählt, dass du sie vergangenen März gezwungen hättest, in die Scheidung einzuwilligen, und zwar meinetwegen?«

»Das hat sie doch nur getan, um sich zu schützen. Ihr guter Ruf ist ihr sehr wichtig. Sie wollte nicht, dass jemand auf die Idee kommen könnte, sie hätte mich wegen eines anderen Mannes verlassen.«

»Na ja, welche Motive sie auch gehabt haben mochte, jedenfalls war diese Theorie bald sehr beliebt.«

»Die von dir und John Sanders war auch beliebt.«

»Das ist doch lächerlich. John und ich sind nur Freunde.«

»Gute Freunde.«

»Ach Rick, hör doch auf.«

»Nur wenn du aufhörst, so stur zu sein.«

»Gut, wenn du aufhörst, mich zu bedrängen.«

Rick grinste. »Red nicht um den heißen Brei herum, Blaine. Sag einfach, was du denkst.«

»Mach dich nicht über mich lustig. Du bist aufdringlich.«

Sie beugte sich nach vorn, so nah, dass sie sein Gray Flannel After Shave riechen konnte. »Sieh mal, Rick, ich mag dich wirklich sehr, und deine Freundschaft bedeutet mir viel. Aber ich kann im Moment keine romantischen Gefühle aufbringen.«

»Gar keine?«

»Gar keine.«

Rick hob resigniert die Hände. »Na schön. Das ist das letzte Mal, dass ich dich frage, ob du mich heiraten willst. Für diese Woche, meine ich.«

Blaine musste lachen. »Du bist unmöglich.«

»Und hartnäckig.«

»Und müde. Wenn du nicht schleunigst heimfährst und schläfst, bringst du dich noch um das gute Aussehen, das dich als Arzt so beliebt macht.«

»Aber wo denken Sie hin, Madam, was für ein Gedanke!«, sagte Rick in einer schauderhaften Imitation von Sir Blakeneys gezierter Ausdrucksweise in dem Film *Das scharlachrote Siegel*, den sie vor wenigen Tagen im Fernsehen gesehen hatten. »Nun gut, heute Nacht will ich mich Ihren Wünschen beugen, aber morgen nehme ich es wieder mit Ihnen auf.« Er beugte sich nach vorn und gab ihr ein Küsschen auf die Wange. »Süße Träume wünsch ich, meine Schöne.«

## 2

Eine halbe Stunde später hatte sie die Teller in den Geschirrspüler geräumt. Ein paar Minuten nachdem Robin in ihr Zimmer gegangen war, vibrierte das Haus im Rhythmus, den ihre gewaltige Stereoanlage vorgab. Blaine hielt inne und lauschte. Led Zeppelin, *Ramble On*. Diese Musik hatte Martin fast um den Verstand gebracht; Blaine dagegen mochte sie ganz gern, ein weiterer Beweis für ihren großen Altersunterschied. Aber sie hätte sich eher die Zunge abgebissen, als vor jemandem zuzugeben, dass sie sich oft eher auf Robins als auf Martins Wellenlänge gefühlt hatte. Ihre Schwester hatte es ihr prophezeit, als sie Martin geheiratet hatte, aber Blaine hatte ihr nicht glauben wollen. Und zu ihrer großen Erleichterung hatten ihre unterschiedlichen Ansichten nie zu ernsthaften Problemen geführt. Wahrscheinlich hatte ihre Ehe nicht lange genug gedauert.

Es war zehn Uhr, als sie mit Aufräumen fertig war, und nachdem sie ein langes heißes Bad genommen hatte, beschloss sie, ins Bett zu gehen. Sie fühlte sich hundemüde und hatte Kopfschmerzen. Sie nahm zwei Aspirin und schlüpfte zwischen ihre mit rosa Rosen bedruckten Laken.

Ashley rollte sich auf der Hundedecke zusammen, neben Blaines breitem Bett, das sie seit Martins Unfall vor knapp einem Jahr für sich allein hatte. Vor dieser schrecklichen Nacht war alles anders gewesen. Unwillkürlich schweiften ihre Gedanken zu dem Tag zurück, an dem ihre Beziehung zu Martin begonnen hatte.

Es war ein ungewöhnlich heißer Samstagabend im Mai gewesen. Die Stadt feierte ihr zweihundertjähriges Bestehen an dem kleinen Baggersee, wo am darauffolgenden Montag mit dem Wiederaufbau eines im achtzehnten Jahrhundert zerstörten Forts begonnen werden sollte. Dass der Neubau fast eine Meile vom ursprünglichen Standort des Forts stehen würde oder dass er von einem künstlichen See umgeben und nur mit bonbonfarbenen Paddelbooten zu erreichen sein würde, störte nur ein paar ewiggestrige Historiker, die murrten, das Gebäude gehöre nach Disneyland, habe nichts mit einem authentischen Fort gemein. Das war auch Blaines Meinung, aber weil Caitlins Mann Kirk und dessen Vater die Innenausbauten übernehmen sollten und man die beiden Männer anlässlich der Jubiläumsfeier um eine Ansprache gebeten hatte, war auch sie zum Fest erschienen. Hotdogs, Kartoffelsalat und Ansprachen in praller Hitze waren nicht gerade ihre Vorstellung eines gelungenen Tages, aber wahrscheinlich war das alles immer noch besser, als allein in der Wohnung zu sitzen und alte Filme anzusehen.

Sie hatte fast acht Jahre lang in Dallas gelebt, denn ihre Mutter hatte wieder gutmachen wollen, dass sie ihre Töchter vor Jahren im Stich gelassen hatte, und Blaine deshalb angeboten, bei ihr und ihrem zweiten Mann zu wohnen, solange sie die Universität besuchte. Blaine wollte nicht, aber ihr Vater hatte darauf bestanden. »Das ist eine erstklassige Chance für dich. Und für Cait auch. Versteh mich bitte nicht falsch, aber soviel ich weiß, hat dein Stiefvater einen Haufen Geld. Du verhilfst auch ihr zu einem besseren Leben, als ich es euch bieten könnte.« Und so hatte Blaine ihren Vater, ihre Schwester und Logan verlassen, die einzigen Menschen, die ihr etwas bedeutet hatten, und war in den Westen gegangen. Unglücklicherweise hatte die labile Waffenruhe mit ihrer Mutter nicht lange gehalten, und so war Blaine schon bald ins Studentenheim übergesiedelt und hatte sich mit Zuschüssen und Darlehen über Wasser gehalten. Nach Hause zurück konnte sie nicht. Was hätte ihr Vater von ihr gedacht? Dass sie sich Cait zuliebe nicht einmal bemüht hatte? Logan war längst fort, hatte sich von ihr im Stich gelassen gefühlt. Und die Leute in Sinclair würden natürlich behaupten, sie sei nur deshalb wieder nach Hause gekommen, weil sie an der tollen Schule in der Großstadt gescheitert sei. Als sie ihre Ausbildung abgeschlossen hatte, war Cait bereits glücklich verheiratet, und so war Blaine in Dallas geblieben. Weil sich dort keine Lehrerstelle bot, hatte sie, um ihr Studiendarlehen zurückzuzahlen, einen Job im Computerhandel angenommen.

Drei Jahre später war sie nach Sinclair gekommen, um dem Begräbnis ihres Vaters beizuwohnen, und hatte spontan beschlossen, ihren ebenso einträglichen wie ungeliebten Job für eine befristete Stelle an der Sinclair High an den Nagel zu hängen, damit sie ein Weilchen bei Caitlin und ihrer kleinen Nichte Sarah bleiben konnte. Der Job an der Schule machte ihr Freude, denn endlich konnte sie das Wissen anwenden, das sie sich am College angeeignet hatte, und sie liebte Caitlin und ihre Familie, aber wenn sie erwartet hatte, dass sich die Dinge für sie in Sinclair inzwischen geändert hatten, dann täuschte sie sich gewaltig. Sie hatte sich schon oft gedacht, dass ihr diese Stadt kein Glück brachte. Nichts war ihr hier jemals gelungen. Natürlich lag es teilweise daran, dass Sinclair nur sechstausend Einwohner hatte. Es gab hier nicht viel zu tun, nicht viele Menschen, die man hätte treffen können. Trotzdem, sie war sechsundzwanzig und hatte nur Cait, ihre alte Schulfreundin Sandra Jarvis, die längst verheiratet war und der mit drei Kindern kaum noch Zeit blieb für gemeinsame Unternehmungen, und John Sanders, mit dem sie gelegentlich den Abend verbrachte, der an den Wochenenden aber meistens aus der Stadt fuhr. Es gab keinerlei Romantik in ihrem Leben, und obwohl einen Mann zu finden nicht ihre oberste Priorität war, wollte sie irgendwann doch gern heiraten und eine eigene Familie gründen.

Zum Teufel, dachte sie übellaunig, als die Dämmerung über das Fest hereinbrach und sie mit Sarah, die friedlich in ihren Armen schlief, an den See schlenderte, während Cait mit anderen angesehenen Matronen der Stadt selbst gemachte Eiscreme auf Schüsselchen verteilte, bevor in einer halben Stunde das Feuerwerk gezündet wurde, zum Teufel, alle Männer hier hatten entweder wie John eine Freundin oder waren verheiratet und nur auf eine Affäre aus oder hatten nichts Besseres zu tun, als in der Kneipe um die Ecke ein Bier nach dem anderen zu kippen und dabei mit ihren Geschichten von der Jagd und vom Angeln anzugeben. Sie hätte ihren Vertrag mit der Schule und die Miete ihrer Wohnung nicht um ein Jahr verlängern sollen. Was um alles in der Welt hatte sie sich nur dabei gedacht? Sie konnte doch nicht ihr Leben lang von Caits und Sarahs Zuneigung zehren. Höchste Zeit, Sinclair zu verlassen und wieder ein eigenes Leben zu führen. Stattdessen würde sie noch ein Jahr hier festsitzen und war auch noch selbst daran schuld.

Sie zog die Schuhe aus und setzte sich auf den Steg. Sarah wimmerte und strampelte in ihren Armen, sank aber gleich wieder zufriedenen in einen offenmäuligen Babyschlaf. Blaine lächelte in ihr selbstvergessenes Gesichtchen. »Ich wünschte, du würdest mir gehören«, flüsterte sie. Sarah bildete eine Speichelblase. Blaine seufzte und ließ ihre bloßen Füße in den See baumeln. Das Wasser war angenehm kühl. Wäre sie alleine gewesen, hätte sie ihre Kleider ausgezogen und ihre trüben Gedanken einfach weggeschwommen. Aber hier wimmelte es nur so von Menschen.

»Sie sehen aus, als könnten Sie das hier gebrauchen.«

Sie drehte ruckartig den Kopf und sah einen Mann im Halbdunkel stehen. Sein Gesicht war hager und sonnengebräunt, und er lächelte. Sogar seine blauen Augen lächelten. Martin Avery. Jeder in der Stadt kannte ihn. »Wie bitte?«, fragte sie dumpf.

»Ich sagte, Sie sehen aus, als könnten Sie das hier gebrauchen.« Er hielt ihr ein Schälchen Eiscreme entgegen. »Natürlich wäre sie mit einem Schuss Drambuie oder Grand Marnier noch besser, aber solche Genüsse werden heute Nacht nicht serviert, fürchte ich.« Blaine starrte ihn überrascht an, und er lachte leise. »Moment, ich halte die Kleine, während Sie essen.«

»Danke.« Er stellte die Schale Eiscreme neben sie, ließ sich so nah neben ihr nieder, dass sie die Wärme seiner goldbraunen Arme zu spüren meinte, und nahm ihr geschickt das Baby aus dem Arm. Sarah wimmerte ein wenig, besann sich eines Besseren und schlief wieder ein.

»Das ist sehr nett von Ihnen, Mr. Avery«, sagte Blaine und tauchte den Löffel in die Eiscreme.

»Ich heiße Martin. Und so nett ist das gar nicht. Ich weiß noch genau, wie Sie als Kind immer mit Ihrem Vater zu mir kamen und arbeiteten wie der Teufel. Er wurde für seine Arbeit bezahlt, Sie nicht.«

Blaine spürte, wie die Erinnerung an diese Zeit sie immer noch erröten ließ. Besonders peinlich war ihr eine Begebenheit gewesen, als sie dreizehn war. Gloria, Martins wunderschöne Frau, war zu ihr auf den Rasen gekommen, als sie das Gras, das ihr Vater gemäht hatte, zusammenrechte, und hatte gesagt: »Ich habe ein paar alte Kleider, die ich nicht mehr anziehe. Sie sind aus der Mode, aber ich bin ziemlich klein und du bist schon groß für dein Alter und siehst aus, als könntest du die Sachen gebrauchen.«

Mr. Avery hatte auf der Veranda die Zeitung gelesen und mit seinen klaren, elektrisierend blauen Augen zu ihnen herübergesehen. Blaine hatte gekränkt geantwortet: »Danke Mrs. Avery, aber ich habe alles, was ich brauche.«

Später, als sie und ihr Vater weggingen, kamen sie an einem offenen Fenster vorbei. Blaine konnte hören, wie Mr. Avery seine Frau anherrschte: »Warum zum Teufel musstest du dem Mädchen deine alten Kleider anbieten?«

»Ich wollte ihr doch nur helfen«, hatte Mrs. Avery wütend entgegnet. »Herrgott nochmal, sie sieht doch aus wie eine Vogelscheuche, wie eines von Dickens' Waisenkindern. Du kannst mir doch kaum zum Vorwurf machen, dass ich großzügig bin, oder?«

»Das werfe ich dir ja auch nicht vor. Ich behaupte, dass du grausam warst, jawohl, grausam. Es war unglaublich taktlos, dem Mädchen zu sagen, sie sehe aus, als könne sie deine alten

Kleider gebrauchen. Du hast sie gedemütigt, und das weißt du auch.«

»Ach, mach dich nicht lächerlich«, hatte Mrs. Avery entgegnet. »Das Mädchen hätte mir dankbar sein müssen, aber sie besitzt zu viel Stolz. Darauf haben Leute ihrer Sorte kein Anrecht.«

»Leute ihrer Sorte? O Gott, Gloria, vielleicht wärst du auf einer Plantage im alten Süden besser aufgehoben. Da könntest du jeden Tag rumstolzieren und Sklaven demütigen ...«

Mrs. Avery war in Tränen ausgebrochen. »Rede nicht so mit mir! Ich habe Schmerzen in der Brust. Ich hatte schon als Kind ein schwaches Herz. Ich darf mich nicht aufregen, und da kommst du daher und brüllst mich an, bloß weil du glaubst, ich sei zu diesem dahergelaufenen Mädchen taktlos gewesen. Du ergreifst nur deshalb Partei für sie, weil sie dir gefällt. Sie können dir gar nicht jung genug sein, nicht?«

Blaines Vater hatte den Kopf gesenkt, und Blaine kämpfte vor Verlegenheit mit den Tränen, als sie an diesem Fenster vorbeigingen. Ein paar Monate später war Gloria Avery einem Herzanfall erlegen, und Blaine fühlte sich entsetzlich schuldig, weil sie ihr an jenem Sommertag den Tod gewünscht hatte.

Und nach all diesen Jahren kam Martin Avery auf sie zu, brachte ihr Eiscreme und hielt das Baby ihrer Schwester im Arm. Blaine fiel plötzlich nichts ein, was sie mit dem Mann hätte reden können, aber glücklicherweise hielt er das Gespräch am Laufen, als erahnte er ihr Unbehagen. »Mit dem Bau dieser Festung wird ziemlich viel Aufwand betrieben, aber sie dürfte eine Menge Touristen anlocken. Die Stadt braucht etwas, um die Wirtschaft ein wenig anzukurbeln.«

Blaine musterte ihn verstohlen von der Seite. Er sah ein wenig älter aus als damals, als ihr Vater Gärtner bei ihm war, aber er war noch genauso schlank, hatte dieselben blonden Haare und blauen Augen und dieselbe energische Ausstrahlung. Sie sah ihn plötzlich vor sich, wie er in Monaco triumphierend über ein Tennisnetz sprang oder beim Grand Prix als Erster durchs Ziel fuhr. Seine privilegierte Kindheit schien ihn zu umgeben wie eine Aura, sogar jetzt, wo er auf einem zersplitterten Holzsteg saß und ein Baby mit nassen Windeln im Arm hielt. »Ihr Betrieb hält die ganze Stadt in Schwung«, bemerkte sie.

»Das stimmt, aber auf die Dauer genügt das nicht.«

Das Eis war viel reichhaltiger als das aus dem Supermarkt und so kalt, dass es den Zähnen auf angenehme Weise wehtat. Seit sie ein kleines Mädchen war, hatte sie kein selbst gemachtes Eis mehr gegessen.

Martin Avery blickte über den See. »Es hat mir sehr Leid getan um Ihren Vater.«

Blaine schluckte. »Danke. Es war sehr nett von Ihnen, uns Blumen zu schicken zu seiner Beerdigung. Wir bekamen nicht viele.« Sie bereute die letzte Bemerkung sofort, weil sie zu sehr nach Selbstmitleid klang, aber Martin Avery schien sich nicht daran zu stören.

»Ich war nicht in der Stadt, sonst wäre ich gekommen«, sagte er leichthin. »Ich habe Ihren Vater immer sehr gemocht.«

Sie starrte ihn an. »Wirklich?«

»Natürlich. Manchmal, wenn Sie nicht dabei waren, tranken wir ein Gläschen zusammen, wenn er mit seiner Arbeit fertig war. Er war ein kluger Mann, Blaine.«

»Ja, klug war er«, pflichtete sie ihm steif bei und fügte dann in einem wärmeren Ton hinzu: »Er konnte seine Intelligenz nur nicht in die richtigen Bahnen lenken.«

»Wir haben alle unsere Schwächen.«

Und was wären Ihre Schwächen?, fragte sich Blaine und wandte ihre Aufmerksamkeit wieder dem Eis zu. Er wirkte perfekt, überlebensgroß, wie ein Filmstar. Woher wusste er, dass Jim O'Connor Träumen nachgejagt war, die er sich bei seiner mangelnden Bildung und seiner Alkoholabhängigkeit nie hätte erfüllen können? Denn er wusste es, das konnte sie spüren.

»Wie ich höre, sind Sie eine sehr tüchtige Lehrerin.«

»Ich tue mein Bestes. Aber wer hält Sie über meine Fähigkeiten auf dem Laufenden?«

Fältchen bildeten sich in seinen Augenwinkeln, als er lächelte. »Ich bin im Aufsichtsrat.«

»Ach ja, das hatte ich ganz vergessen.«

»Ich bin froh, dass Sie hier geblieben sind. Meine Tochter Robin fängt nächstes Jahr an der Sinclair High an. Ich würde es begrüßen, wenn sie Sie in Englisch bekäme, obwohl ihre starke Seite eher die Musik ist.«

»Sie schicken sie nicht auf eine Privatschule?«

Er schüttelte den Kopf. »Nein. Mich hat man in ein Internat verbannt, als ich jung war, und ich fand es schrecklich dort. Alle meine Freunde waren doch hier. Außerdem ist Robin alles, was ich habe.«

»Warum haben Sie denn nicht wieder geheiratet?«, fragte Blaine und war gleich darauf entsetzt über ihre Taktlosigkeit.

Martin jedoch warf den Kopf zurück und lachte. »Genauso direkt wie Ihr Vater.« Das Baby strampelte, riss den Mund auf und stieß einen durchdringenden Schrei aus. Blaine löffelte ihr Schälchen leer, stellte es beiseite und nahm ihm das Kind ab, das sich in ihre Arme schmiegte und sofort wieder beruhigte.

»Tut mir Leid«, sagte Martin.

»Ist nicht so schlimm. Ich wundere mich nur, dass sie bei all dem Lärm so lange ruhig war. Ich habe Cait vorgeschlagen, die Kleine nach Hause zu bringen, aber sie möchte unbedingt, dass Sarah das Feuerwerk sieht.«

Martin runzelte die Stirn. »Wie alt ist sie denn? Sechs Monate?«

»Sieben. Ich weiß, dass es albern ist. Entweder sie verschläft das Feuerwerk, oder es erschreckt sie zu Tode, aber Cait kann manchmal richtig stur sein.«

Blaine steckte dem Baby einen Schnuller in den Mund, und es wurde wieder still.

»Ich habe nicht die richtige Frau gefunden«, sagte Martin.

»Was?«

»Sie wollten wissen, weshalb ich nicht wieder geheiratet hätte. Ich habe nur Ihre Frage beantwortet.«

»Ich wollte Ihnen nicht zu nahe treten, tut mir Leid.«

Eine willkommene Brise wehte ihr die Haare aus dem Nacken, und irgendetwas nibbelte an ihren Zehen, wahrscheinlich einer der wenigen Fische, die man kürzlich im neuen See ausgesetzt hatte. Sie strampelte, zog ihre bloßen Füße aus dem kalten Wasser und versteckte sie unter dem weiten Rock ihres Sommerkleids.

»Würden Sie mit mir essen gehen, Blaine?«

Sie sah in diese elektrisierend blauen Augen. Sein ehrlicher Blick sagte ihr, dass er es ernst meinte. Sie schluckte. »Gern, Mr. ... Martin«, sagte sie.

Sieben Monate später, am 15. Dezember, Blaines siebenundzwanzigstem Geburtstag, heirateten sie. Sie verbrachten die Flitterwochen in der Karibik und feierten Weihnachten zu Hause. Martin überraschte Blaine mit einem Golden-Retriever-Welpen und einem weißen Mercedes. Über den Hund war sie hellauf begeistert, aber das Auto fand sie viel zu auffällig, um damit an der Sinclair High vorzufahren. Martin hatte jedoch darauf bestanden. Sie sei schön und klug und verdiene nur das Allerbeste. Schließlich habe sie wieder Liebe, Jugend und Aufregung in sein Leben gebracht. Auch ihr Leben war plötzlich aufregend, mit überraschenden Reisen, Partys und Barbecues, zahllosen Sträußen gelber Rosen und der leidenschaftlichen Liebe eines Mannes, den sie bereits als Kind bewundert hatte. Sie fühlte sich wie eine Prinzessin. Abgesehen von Robins frostigem Verhalten ihr gegenüber waren die folgenden zwei Jahre sehr idyllisch verlaufen, und nur wenige Stunden vor jener unseligen Silvesterparty, an die sich Blaine nur noch mit Grauen erinnerte, hatten sie und Martin beschlossen, ein Baby zu haben.

Jetzt war alles dahin – das Glück, die Geborgenheit, die Liebe –, weil jemand in einer verschneiten Nacht ein Stoppschild überfahren und Martins Ferrari gerammt hatte. Blaine drehte sich auf die Seite, zwang sich dazu, die Augen zu schließen. »Denk nicht mehr dran«, sagte sie laut. »Denk nicht dran, was du verloren hast oder was Martin dazu brachte, dich zu hassen, du machst dich nur verrückt.« Aus Robins Zimmer am Ende des Flurs dröhnte immer noch Musik, und Blaine ließ sich davon in den Schlaf wiegen.

## 3

*Blaine fuhr vors Haus, stellte den Motor ab und holte tief Luft. War sie bereit, Martin gegenüberzutreten? Er hatte ihr schlimme Dinge an den Kopf geworfen, sie dafür verantwortlich gemacht, dass er gelähmt im Rollstuhl saß. Und als sie dagegengehalten hatte, dass sie im Bronco sicherer gefahren wären als in diesem schnellen, empfindlichen Sportwagen, war er wütend geworden, hatte sie beschimpft und einen schweren Glasaschenbecher nach ihr geworfen. Nicht nach ihr, wurde ihr jetzt, drei Stunden später, klar, nur in ihre Richtung, um ihr Angst einzujagen. Da war sie hinausgestürmt. Aber das hätte sie nicht tun dürfen, ganz gleich, wie heftig er sie provoziert hatte. Martin war nicht in der seelischen Verfassung, alleine gelassen zu werden, und sei es auch nur für ganz kurze Zeit.*

*Die Vordertür war abgeschlossen. Blaine stutzte. Bernice sperrte die Tür nie ab, und sie müsste doch längst im Haus sein. Aber ihr Wagen stand auch nicht vor der Tür. Vielleicht hatte eine Freundin sie hergefahren. Oder sie hatte ein Taxi genommen. Oder sie war überhaupt nicht gekommen, meldete sich eine vorwurfsvolle innere Stimme zu Wort. Womöglich war ihr etwas dazwischengekommen und Martin die ganze Zeit allein gewesen.*

*Angst stieg in ihr auf, und ihr Magen krampfte sich zusammen.*

*Sie holte ihren Schlüssel aus der Tasche und sperrte die Eingangstür auf. Im Haus war es unheimlich still. Nur das Surren der Klimaanlage war zu hören. Es war ungewöhnlich heiß für Ende Mai, genauso heiß wie damals, als Martin in ihr Leben getreten war. An einigen Tagen stieg die Temperatur auf über dreißig Grad. Vielleicht gehorchte das Wetter einem Dreijahreszyklus, dachte sie zerstreut.*

*Sie ging ins Wohnzimmer, wo ihr Blick sofort auf die dunkelblauen Glasscherben auf dem blassen Eichenholzboden fiel, Überreste des Aschenbechers, den Martin nach ihr geworfen hatte. Sie hätte das Durcheinander auffegen sollen, bevor Bernice kam. Aber wenn Bernice hier wäre, dann hätte sie das Glas längst aufgehoben. Sie war also gar nicht gekommen.*

*»Martin?«, rief Blaine ängstlich. »Martin, wo bist du?« Das Haus war viel zu still. Nicht einmal Ashley war da, um sie zu begrüßen. Ihr Atem wurde schneller. Irgendetwas stimmte nicht. Das Haus schien in unseligen Schwingungen zu pulsieren. Sie stand reglos im Wohnzimmer und horchte. Nichts als unselige Schwingungen. Dann hörte sie das Winseln hinter Martins geschlossener Arbeitszimmertür. Mit wachsendem Grauen öffnete sie sie, und da sprang ihr Ashley entgegen, umtänzelte sie, bellte in höchster Aufregung. »Was ist denn los?«, fragte Blaine, und ihre Stimme klang schrill vor Angst. »Wo ist Martin?« Sie warf einen Blick ins Arbeitszimmer. Es war leer, aber die Luft darin roch nach Verbranntem. Blaine sah in den Papierkorb aus Edelstahl neben dem Schreibtisch und fand die verkohlten Überreste zweier in Leder gebundener Bücher. Martins Tagebücher! In den vergangenen Wochen hatte er wie besessen seine Gedanken darin festgehalten, nun waren nur noch die angesengten Deckel übrig, die Seiten waren alle den Flammen zum Opfer gefallen.*

*Während sie auf die glimmenden Überreste starrte, lief Ashley zur Glastür, die in den Garten führte. Sie bellte und winselte, richtete sich auf den Hinterbeinen auf und verfing sich mit den Kral-*

*len ihrer Vorderpfoten in den seidigen Gardinen. »Lass das!«, rief Blaine, eilte auf die Hündin zu und zerrte sie von der Tür weg. Da fiel ihr Blick auf Martin, der zusammengesackt in seinem Rollstuhl auf der Terrasse saß.*

*Langsam ging sie nach draußen. Die glatten Dielen der Sonnenterrasse fühlten sich heiß an unter ihren dünnsohligen Schuhen. Es musste über dreißig Grad heiß sein heute, dachte sie abwesend. Martin sollte bei dieser Hitze nicht draußen sein. Vielleicht war er ohnmächtig geworden …*

*Ashley lief zu ihm und leckte seine Hand, die schlaff herunterhing. Blaine blickte zu Boden und sah seinen Revolver neben dem Rollstuhl liegen. Das war doch gar nicht möglich, dachte sie. Sie hatte das Pistolenfach abgeschlossen und den Schlüssel in ihrer Schmuckschatulle versteckt. Und jetzt lag da dieser Revolver und glänzte tödlich in der Nachmittagssonne. Trotz der Hitze überrieselten sie Kälteschauer. Der Revolver, schrie es in ihr. Endlich hob sie den Blick. Ihre Augen verharrten auf dem ausgefransten, schwarzen Loch in Martins rechter Schläfe, während die Welt in helles Sonnenlicht getaucht war und auf den Bäumen schrill und monoton die Zikaden zirpten.*

»Nein!« Blaine fuhr aus dem Schlaf, schweißgebadet. Ashley sprang zu ihr aufs Bett und leckte ihr das Gesicht. »Ist schon gut, Mädchen«, murmelte sie, wobei sie den Hund streichelte und sich aufsetzte. In den Wochen bei Caitlin hatte dieser Traum sie nicht mehr ganz so oft gequält, und sie hatte gehofft, dass er irgendwann verschwinden würde. Aber seit sie wieder hier wohnte, hatte sie ihn in drei aufeinander folgenden Nächten geträumt, und sie wusste, dass das Trauma dieses grauenhaften Maitages sich für immer in ihr Unterbewusstsein gegraben hatte.

Zitternd schlug sie die Decke zurück und warf einen Blick auf die Leuchtziffern ihres Weckers. Halb zwei. Im Haus herrschte Totenstille. Und es war eiskalt.

Sie stieg aus dem Bett und hängte sich einen dünnen Seidenmantel um die Schultern, der die Kälte nicht abzuhalten vermochte. Irgendwo unter dem Bett lagen die zierlichen Pantoffeln, die sie so selten trug, aber heute Nacht war es zu kalt, um barfuß über den glatten Eichenboden zu laufen, also holte sie sie hervor und schlüpfte hinein. Dann schaltete sie die Nachttischlampe ein, aber es blieb dunkel. Ihre Gänsehaut kam also nicht nur von dem altvertrauten Albtraum. Der Strom war wieder einmal ausgefallen. Das war nicht weiter verwunderlich, denn in diesem Haus gab es schon seit Jahren Probleme mit der Elektrizität.

Sie ertastete sich den Weg in Robins Zimmer und stolperte dabei über Ashley, die immer wieder vor ihr stehen blieb und in die Dunkelheit lauschte. »Ist ja gut, Ash. Das Haus knarzt ein bisschen, aber nur, weil es plötzlich so kalt geworden ist«, flüsterte sie. Robin schlief tief und fest, aber sie hatte sich abgedeckt. Blaine zog ihr die Daunendecke bis zum Kinn hoch und schlich auf Zehenspitzen aus dem Zimmer.

»Taschenlampe«, sagte sie zu Ashley. »In der Küche.«

Sie stolperten den langen Flur entlang, dann durch Wohn- und Esszimmer. Als sie die Küche erreichten, drückte Blaine automatisch auf den Lichtschalter, aber der Raum blieb dunkel. »Na toll«, murmelte sie. »Es ist eiskalt, stockfinster, und hier funktionieren weder die Heizung noch das Licht.« Sie ertastete sich den Weg zum Schubfach neben dem Herd und holte eine Taschenlampe heraus. Die Batterie war so schwach, dass sie kaum noch Licht aussandte. »O nein«, stöhnte sie. Wie oft hatte Martin ihr eingeschärft, immer eine Taschenlampe mit frischen Batterien bereit zu legen? Oder wenigstens Kerzen? Sie hatte all seine guten Ratschläge in den Wind geschlagen. Dabei fror sie erbärmlich. Morgen würden sie und Robin bestimmt Schnupfen haben.

Da kam ihr eine Idee. Und wenn das Problem im Verteilerkasten lag? Kurz nach ihrer Hochzeit hatte ein Kurzschluss alle

Sicherungen herausgeworfen. Vielleicht war heute Nacht das Gleiche passiert. Es lohnte die Mühe nachzusehen.

»Auf in den Keller«, sagte sie zu Ashley. Die Hündin winselte und legte den Kopf zur Seite. »Wenn du zu feige bist, kannst du ja hier bleiben.«

Als spürte sie die Herausforderung, hob Ashley den Kopf und trabte tapfer zur Kellertür. Kurz davor blieb sie jedoch stehen und starrte mit einem trotzig anmutenden Ausdruck in den Augen zu Blaine zurück. Die Hündin hatte sich immer schon vor dem Keller gefürchtet, und normalerweise war sie nicht dazu zu bewegen, die Treppe weiter als etwa zur Hälfte hinunterzugehen. Martin hatte Ashleys beharrliche, unerklärliche Abneigung lustig gefunden, aber Blaine ging sie in dieser Nacht auf die Nerven. Sie seufzte. »Sieh mal, Ash, ich mag den Keller auch nicht, aber ich muss nun mal da runter.« Sie packte Ashleys Halsband und zerrte sie weiter. »Na los, beweg dich.«

Sie öffnete die Tür. Ashley bellte zweimal. »Ich werde nicht mit dir streiten.« Blaine wusste, wie albern sie klang, aber sie hatte immer mit ihrer Hündin geredet, als wäre sie ein Mensch. In manchen Situationen verhielt sie sich auch so. Zum Beispiel jetzt, wo sie zu Blaines Überraschung plötzlich vorauslief.

Martin hatte noch zwei Wochen vor dem Unfall mit dem Gedanken gespielt, den großen, kahlen Keller als Hobbyraum zu nutzen. Danach hatte Blaine sich nicht dazu durchringen können, das Projekt in die Tat umzusetzen, und da Robin nicht interessiert zu sein schien, war der Keller bis auf ein paar Kisten und einige ausrangierte Möbel leer geblieben. Waschmaschine und Trockner waren in einem eigenen Wäscheraum im Erdgeschoss untergebracht.

Obwohl der Keller nicht feucht war, kam er Blaine in ihrem dünnen Morgenmantel kalt und klamm vor. Ashley blieb am Fuß der Holztreppe stehen, die in den großen Hauptraum führte, und starrte in die Dunkelheit. Dann gab sie ein bedrohliches Knurren von sich. Blaine wäre wieder einmal fast über sie gestolpert. Und einen Augenblick lang befiel sie die gleiche kriechende Angst wie draußen am Bach. Ihre Hand fing an zu zittern, und am liebsten hätte sie dem plötzlichen Impuls nachgegeben, die Treppe hinaufstürmen und die Kellertür abzusperren. Aber offensichtlich beschloss Ashley trotz ihres Misstrauens, dass alles in Ordnung war, denn sie ging schließlich weiter und sah sich nach Blaine um.

»Du hast mir Angst gemacht, Ash«, sagte Blaine zittrig. »Ich dachte schon, wir würden hier die nächste Leiche finden. Dabei kann hier unten gar nichts sein. Schließlich ist die Außentür abgesperrt. Das ganze Haus ist schon seit Wochen abgesperrt.«

Trotzdem huschte Blaine besonders schnell an einer dunklen Kellerecke vorbei und bog dann in einen kleineren Raum, der die Heizung beherbergte, den Wasserboiler und den Verteilerkasten. Sie öffnete den Kasten und fand die herausgesprungenen Sicherungen. Sie ließ sie zurückschnappen. Die Deckenlampe, die Blaine automatisch eingeschaltet hatte, als sie den Raum betrat, blitzte auf.

»Was tust du denn hier unten?«

Blaine fuhr erschrocken herum und sah Robin in der Tür stehen. »Der Strom war weg. Ich hab die Sicherungen kontrolliert.«

»Der arktischen Kälte nach zu schließen, ist die Heizung auch ausgefallen.«

»Bist du davon aufgewacht? Von der Kälte?«

»Ich hab Geräusche gehört. Wahrscheinlich wart ihr das, du und Ashley.«

»Gleich ist wieder alles in Ordnung.« Wie auf Stichwort sprang die Heizung an. »Gott sei Dank, dass das so einfach war. Um diese Zeit käme kein Mensch hier heraus. Lass uns wieder hinaufgehen«, sagte Blaine. Aber weder Robin noch Ashley hörten auf sie. Ashley hatte etwas hinter der Heizung erschnüffelt und begann kehlig zu knurren.

Robin erschrak, und Blaine spürte eine düstere Angst in sich aufsteigen. »Wahrscheinlich eine tote Maus.«

»Wir hatten noch nie Mäuse in diesem Haus.«

»Das glaube ich nicht. Dieses Haus ist fünfzig Jahre alt«, widersprach Blaine. Panik erfasste sie. Die Innenflächen ihrer Hände wurden feucht, und als weder das Mädchen noch der Hund sich von der Stelle rührten, sagte sie schrill: »Lass uns hier rausgehen, Robin.«

Doch Robin hörte nicht auf sie und trat neben den Hund. Sie legte die Stirn in Falten und sagte mit dünner, ängstlicher Stimme: »Blaine, komm her.«

Blaine zögerte, dann gab sie sich einen Ruck, trat näher und spähte hinter die Heizung. Sie holte tief Luft, beugte sich hinunter und zog eine Lederjacke hervor, eine kleine, braune Handtasche und einen dunkelblauen Koffer. Mit spitzen Fingern drehte sie das Namensschild am Koffer um und las laut vor: »Rosalind Van Zandt.« Sie blickte zu Robin auf. »Mein Gott, das sind Rosies Sachen, jemand hat sie hier unten versteckt.«

# Sechs

## 1

Zum zweiten Mal in knapp zwei Tagen rief Blaine das Büro des Bezirkssheriffs an. Als Logan Quint zwanzig Minuten später in ihre Auffahrt bog, wartete sie bereits in einem Trainingsanzug und hatte im ganzen Haus Licht gemacht.

»Du bist es selbst!« Sie hatte die Tür geöffnet, bevor Logan auf die Klingel drücken konnte. »Ich habe mit einem Deputy gerechnet. Bist du denn rund um die Uhr im Dienst?«

»Manchmal.« Blaine bemerkte, dass er alte Jeans trug, ein Sweatshirt und ein Paar abgenutzte Schuhe. Aus seinen verschlafenen Augen und der nachlässigen Kleidung schloss sie, dass man ihn aus dem Schlaf geholt und er sich rasch angezogen hatte. »Ich habe meinen Leuten die Anweisung gegeben, mich über jeden neuen Hinweis im Fall Van Zandt auf dem Laufenden zu halten, auch nachts, wenn es sein muss. Zeig mir bitte, was du gefunden hast.«

Wie wär's mit einem Lächeln? Deshalb würde dir kein Stein aus der Krone fallen!, dachte Blaine wütend, aber Logan verzog keine Miene. Ärgerlich wies sie ihm den Weg in den Keller, wo Robin den Koffer bewachte, als befürchte sie, er könne sich sonst aus dem Staub machen.

»Wie hast du die Sachen gefunden?«, fragte Logan.

»Mit Ashleys Hilfe. Der Strom war ausgefallen, und ich wollte die Sicherungen kontrollieren. Der Verteilerkasten befindet sich im Heizungsraum. Da hat Ash das Zeug aufgespürt, es lag hinter der Heizung.«

»Wieso bist du dir eigentlich so sicher, dass es Rosalinds Sachen sind?«, fragte er sie auf der Kellertreppe.

»Am Koffer hängt ein Namensschild, und Handtasche und Jacke habe ich schon an Rosie gesehen.«

Logan warf einen kurzen Blick auf die Sachen, die vor dem Heizofen lagen, und streifte sich dann dünne Gummihandschuhe über. »Ich möchte keine Fingerabdrücke verwischen«, erklärte er. »Natürlich werden wir berücksichtigen, dass ihr die Sachen bestimmt auch angefasst habt.«

»Das hätten wir nicht tun sollen«, sagte Blaine.

»Das ist ganz natürlich.« Er blickte auf den Koffer. »Ich möchte, dass eine von euch hier unten bleibt, während ich die Sachen durchsehe. Vielleicht brauche ich ein paar Informationen.«

Blaine sah ihre Stieftochter an. »Robin?«

»Ich bleibe hier. Ich kannte Rosies Sachen besser als irgendjemand sonst, abgesehen von ihrer Tante.«

Logan kniete sich auf den Boden und zog den Koffer zu sich heran. »Ich werde ihn nach Fingerabdrücken untersuchen, sobald wir den Inhalt durchgesehen haben.«

»Warum bist du so auf Fingerabdrücke aus?«, fragte Blaine misstrauisch. »Ich dachte, ihr geht von Selbstmord aus.«

»So sieht es aus.« Er ließ das Schloss aufschnappen. Die Sachen im Koffer lagen alle fein säuberlich zusammengefaltet an ihrem Platz. Das sah Rosie ähnlich, dachte Blaine mit einem Kloß im Hals. Sie war immer so ordentlich.

Eine schwarze Flanellhose, eine weiße Seidenbluse – ganz in Rosies Stil, nicht ganz so modisch wie die Kleidung anderer Mädchen in ihrem Alter, dafür aber von sehr guter Qualität. Ein kurzes Höschen. Ein rosa Nachthemd mit Spitzenbesatz von Christian Dior und der passende Morgenmantel. Drei Slips. Ein verstärkter BH, ein Seidenhöschen. Ein Fön, ein Lockenstab. In einem Seitenfach ein Antiallergikum, eine Reisepackung Revlon Shampoo, eine Zahnbürste, außerdem Zahnpasta, Wimperntusche, Rouge, grauer Lidschatten; im anderen Seitenfach weiße Pantoffeln.

»Erkennst du die Sachen wieder, Robin?«, fragte Logan.

»Ja, bis auf die Schminke. Aber die ist von Estée Lauder, und das war ihre Lieblingsmarke, weil die Firma auf Tierversuche verzichtet.«

Logan durchsuchte die Handtasche. Haarbürste, Gesichtspuder, rosa Lippenstift, Kugelschreiber und ganz unten eine Packung Kirschbonbons; Führerschein, Versicherungskarte, Bibliotheksausweis, Brieftasche mit drei Hundertdollarscheinen. Beim Anblick des Geldes hob Logan fragend die Augenbrauen. Vier Schlüssel an einem Seepferdchenschlüsselanhänger. Ein fünfter Schlüssel in einem gesonderten Reißverschlussfach.

»Haustür, Schließfach, Auto«, sagte er nachdenklich zu Robin.

Sie nickte. »Der vierte Schlüssel gehört zur Garage der Peytons. Ich hab gesehen, wie Rosie ihn benutzt hat.«

»Verstehe.« Er hielt ihr den fünften Schlüssel entgegen, den Rosie gesondert aufbewahrt hatte. »Und der hier? Ein Schlüssel für den Hintereingang der Peytons?«

Robin runzelte die Stirn. »Das glaub ich nicht«, murmelte sie nachdenklich. »Soweit ich weiß, hatte Rosie nur einen Hausschlüssel. Sie hat sich oft darüber beschwert. Wenn sie abends ausging, blieb ihre Tante auf, bis sie zurückkam, und weil Rosie nur einen Schlüssel hatte, musste sie den Vordereingang benutzen, wo Miss Peyton sie vom Wohnzimmer aus sehen konnte.«

»Das hört sich ziemlich streng an.«

»Ja, Rosie war sehr behütet.«

»Vielleicht weiß Joan Peyton, zu welchem Schloss dieser Schlüssel gehört«, schlug Blaine vor.

Logan musterte den Schlüssel. »Ich habe das dumpfe Gefühl, dass sie es nicht weiß.«

Blaine sah ihn an. »Wie meinst du das?«

Logan starrte auf den Schlüssel, als wäre er eine Kristallkugel, und in dem trüben Licht, das von der Deckenlampe auf ihn fiel, wirkte sein schmales, knochiges Gesicht noch kantiger, seine dunklen Augen waren noch unergründlicher. Eine romantische

Schriftstellerin würde seine dunklen Augen als rätselhaft beschreiben, dachte Blaine beiläufig. Aber im Augenblick fand sie Logans undurchsichtige Miene eher nervtötend. Plötzlich kam er ihr streng und unbarmherzig vor, wie letzte Nacht im Auto, nachdem sie ihm die Stelle gezeigt hatte, wo Rosies Leiche lag.

»Was ist denn, Logan?«, fragte Blaine, als er ihre Frage nicht beantwortete. Er starrte einen Moment lang zu Boden, als habe er eine schwere Entscheidung zu treffen, und hob dann den Kopf.

»Was ich euch jetzt erzähle, muss noch unter uns bleiben«, sagte er brüsk. »Wir haben es erst heute Nachmittag erfahren, Rosies Tante weiß es bereits, aber vielleicht kannst du, Robin, mir mehr darüber sagen als sie.«

Blaine und Robin starrten ihn an. »Schießen Sie los«, sagte Robin mit heiserer, fremd klingender Stimme.

»Wir haben Rosies Leiche zur Obduktion ins gerichtsmedizinische Institut nach Charleston gebracht, wo man in Anbetracht der besonderen Umstände ihres Todes sofort an die Arbeit ging. Wie sich herausgestellt hat, war sie bereits vierzig bis achtundvierzig Stunden lang tot, als ihr sie gefunden habt. Im Wasser hatte sie allerdings nicht ganz so lange gelegen. Einige Meter stromaufwärts ist die Böschung weggespült worden. Wahrscheinlich lag sie dort und ist dann während des Unwetters am Samstag in den Bach gerutscht. Trotz der aufgeschlitzten Pulsadern und obwohl sie so lange im Bach gelegen hatte, war sie nicht völlig ausgeblutet, wahrscheinlich weil das Wasser so kalt war. Deshalb ließ sich in ihrem Blut ein Opiat nachweisen, das allerdings noch nicht identifiziert werden konnte. Und wegen des Blutverlusts ließ sich nicht mehr feststellen, in welcher Dosis sie die Droge im Körper hatte. Wenig war es jedenfalls nicht. Sie hat das Zeug mittels einer Spritze in den Oberarmmuskel aufgenommen. Für diese Art der Injektion benutzt man lange Nadeln, die leicht brechen. Die Nadelspitze steckte noch immer in Rosalinds linkem Arm. Und heute Morgen hab ich im Wald eine Spritze mit abgebrochener Nadel gefunden.«

Blaine schluckte. »Ihre Großmutter hat sich die Hüfte gebrochen und muss regelmäßig gespritzt werden. Könnte Rosie eines von Mrs. Peytons Medikamenten genommen haben?«

»Nein. Auf diese Mittel wurde sie untersucht. Keines davon hat man in ihrem Blut gefunden.« Logan hielt inne, blickte Robin scharf an. »Die Obduktion ergab außerdem, dass Rosalind einen zwei Monate alten Fötus in sich trug.«

Blaine blieb der Mund offen stehen. »Rosie war schwanger? Wusste Joan darüber Bescheid?«

Logan ließ Robin nicht aus den Augen. »Sie wollte es nicht glauben und bestand darauf, dass dem verantwortlichen Pathologen ein Fehler unterlaufen sei. Aber dem war nicht so. Deshalb frage ich dich Robin. Weißt du, wer der Vater war?«

Robin schüttelte stumm den Kopf.

»Mein Gott«, stöhnte Blaine.

»Moment«, sagte Robin langsam. »Sie sagten, die Nadel habe in ihrem linken Arm gesteckt?« Logan nickte. »Rosie war aber Linkshänderin.«

»Das hat uns auch der Pathologe gesagt, man erkennt es an der kleinen Hornhautverdickung am linken Mittelfinger, wo beim Schreiben der Füller aufliegt.« Logan blickte endlich auf. »Es sieht nicht so aus, als hätte sie sich die Spritze selbst verabreicht, hab ich Recht? Außerdem fielen mir schon vor der Obduktion ein paar merkwürdige Dinge auf. Als wir sie aus dem Bach zogen, fand ich Blutergüsse auf ihren Armen, außerdem hatte man ihr einen Ohrring aus dem Ohrläppchen gerissen.«

»Könnten das nicht die Fische und Vögel getan haben?«, fragte Robin.

»Die beißen, aber sie schlagen nicht zu, schon gar nicht auf die Schläfe. Dort hatte sie einen starken Bluterguss. Eine Gehirnerschütterung.«

Blaine starrte ihn an und wusste, worauf er hinauswollte. Robin sprach es aus: »Sie muss sich heftig gewehrt haben.«

Logan nickte. »Noch etwas war eigenartig: Ich konnte auch am nächsten Morgen das Messer nicht finden, mit dem sie sich die Pulsadern aufgeschnitten hatte. Es konnte natürlich in den Bach gefallen sein, aber normalerweise würde man es doch in der Nähe der Spritze vermuten.«

»Und ihren Koffer, die Handtasche und die Jacke hat man auch nicht gefunden«, murmelte Blaine.

Logan sah sie prüfend an. »Wann bist du wieder hier eingezogen?«

»Am Samstagvormittag, so gegen zehn. Ich hatte eigentlich geplant, noch bis zum Sonntag bei Cait zu bleiben, aber dann dachte ich, dass ich auf diese Weise einen Tag länger Zeit hätte, um mich auf den Unterricht vorzubereiten.«

»Ist dir bei deiner Rückkehr irgendetwas aufgefallen? Hattest du das Gefühl, als sei jemand im Haus gewesen?«

»Nein.«

»Kein Durcheinander?«

»Nicht dass ich wüsste. Natürlich war ich seit mehreren Wochen nicht mehr im Haus gewesen, aber Robin kam alle paar Tage her, um Klavier zu üben, und Kirk, mein Schwager, sah einmal in der Woche nach dem Rechten.« Blaine holte tief Luft. »Logan, ich muss dir noch etwas sagen. Ich war auch Freitagnacht hier draußen.«

»Das dachte ich mir schon.«

Blaine war dermaßen verdutzt, dass sie einen Schritt zurückwich. »Wirklich?«

»Ja. Jemand hat dich gesehen.«

»Wer denn?«

»Abel Stroud. Abel kam zu mir, um mir etwas zu bringen, da sah er dich gegen acht Uhr dreißig vorbeifahren. Es gibt nicht allzu viele weiße Mercedes-Sportwagen in der Gegend, weißt du. Ein solches Auto fällt auf.«

»Warum hast du nichts gesagt?«

»Ich wollte, dass du es mir von selbst erzählst.«

»Ich hatte es schon wieder vergessen, bis wir Sonntagnacht Rosies Leiche fanden und hörten, dass sie am Freitag von zu Hause weggefahren war.«

»Warst du im Haus?«

»Ja, aber nur ein paar Minuten, um die Heizung anzudrehen und ein paar Lebensmittel zu verstauen, weil ich doch am nächsten Morgen wieder hier einziehen wollte.«

»Hast du irgendetwas Ungewöhnliches bemerkt?«

»Nichts. Kein Licht im Haus. Keine Autos.«

»Von der Prescott Road oder deiner Auffahrt aus konntest du nicht sehen, ob in der Nähe der Ölförderpumpe, an der Stelle, wo wir Rosies Wagen gefunden haben, Autos standen.«

»Nein.« Blaine merkte, dass ihre Hände zitterten. Es hatte sie große Überwindung gekostet, Logan ihre Anwesenheit im Haus in der fraglichen Nacht zu gestehen. Dabei hatte er längst Bescheid gewusst und nichts gesagt. Warum war ihr dann nur so unbehaglich zumute?

Logan wandte sich an Robin. »Bist du sicher, dass du nicht weißt, ob Rosalind sich außer mit Jarvis noch mit einem anderen Mann traf?«

»Ganz sicher. Ich meine, wenn es jemanden gab, dann wusste ich nichts davon.«

»Und ihre Beziehung zu Tony war rein freundschaftlich?«

»Ja. Mehr hätte ihre Tante auf keinen Fall geduldet. Außerdem traf er sich auch mit anderen Mädchen. Rosie wäre wohl kaum mit einem Jungen ausgegangen, der sich noch mit anderen Mädchen traf, meinen Sie nicht?«

»Ich kannte sie nicht, Robin.«

»Aber ich kannte sie.«

»Bist du ganz sicher?«

Robin war beängstigend blass geworden. Blaine spürte ihr Unbehagen und fragte Logan ärgerlich: »Würdest du mir eine Frage beantworten, ehe wir weiter über das Verhältnis zwischen Rosie und Tony rätseln? Dieses Haus war wochenlang abgeschlossen. Wie konnten dann Rosies Sachen, die sie am Freitag mitgenommen hatte, hier hereinkommen?«

Logan erhob sich. »Kommt mit.«

Blaine und Robin tauschten einen erschrockenen Blick und folgten ihm schweigend. Er ging hinauf zur Eingangstür, öffnete sie, schloss sie wieder und steckte dann den Schlüssel ins Schloss, den er in Rosalinds Handtasche gefunden hatte. Er drehte ihn herum, und das Schloss schnappte auf.

»Großer Gott«, keuchte Blaine.

Logan sah Robin an. »Hast du Rosalind jemals einen Schlüssel für dieses Haus gegeben?«

Robin schüttelte den Kopf. »Nein.«

»Bist du sicher?«

»So was würde ich doch nicht vergessen.«

»Ich weiß.«

Robin sah Logan kühl an. »Sie wollen also sagen, dass ich lüge. Na gut – ich lüge nicht.«

»Nicht mal, um eine Freundin zu decken?«

»Nein, nicht mal dann.« Sie stutzte, und ihre Augen flackerten unsicher. »Aber da fällt mir etwas ein«, sagte sie zögernd. »Einmal hab ich Rosie meinen Schlüssel gegeben, und zwar als Blaine mit Lungenentzündung von der Schule aus ins Krankenhaus gebracht wurde. Ich bin bei ihr geblieben, und Rosie hat sich angeboten, hier herauszufahren und für Blaine einen Morgenmantel und ein paar Toilettensachen einzupacken.«

»Danach hat sie dir den Schlüssel wiedergegeben?«, fragte Logan.

»Ja schon, aber vielleicht hat sie sich vorher noch ein Duplikat machen lassen. Das geht ruck, zuck, und der Eisenwarenladen ist direkt neben dem Krankenhaus.«

Logan besah sich den Schlüssel. »Du könntest Recht haben. Der hier ist ziemlich neu.«

»Aber warum hätte Rosie so etwas tun sollen?«, fragte Blaine.

»Weil sie einen Ort für ihr Rendezvous brauchte. Ihr beide würdet eine Weile nicht hier wohnen, das Haus steht isoliert und bietet daher den idealen Schutz vor neugierigen Blicken.«

Blaine starrte ihn an. »Ja natürlich, der ideale Ort für ein heimliches Treffen.«

Logan nickte. »Und der ideale Ort für einen Mord.«

## 2

»Joan! Joan Ma-rie!«

Joan Peyton öffnete die Augen und sah auf ihre handgefertigte Armbanduhr, die sie nicht einmal zum Schlafen ablegte. Zehn nach zwei. Sie war erst nach zwölf zu Bett gegangen, und die Nacht davor hatte sie überhaupt nicht geschlafen. »Joan!«

»Ich komme, Mutter«, rief sie, schlug die Decke zurück und tapste barfuß ins Zimmer gegenüber. »Was ist los?«

Die verschrumpelte Gestalt im Bett richtete sich ein wenig auf. »Komm her. Ich sehe dich nicht.«

Joan kam näher. »Soll ich das Licht einschalten?«

»Nein! Das ist zu hell.« Der einstmals kraftvolle Alt ihrer Mutter, mit dem sie früher Dienstboten herumkommandiert hatte, klang jetzt hoch und dünn wie Papier, aber immer noch herrisch. »Ich friere.«

»Du frierst! Der Thermostat steht auf vierundzwanzig Grad. Ich ertrage nicht mal eine Decke, und du hast zwei.«

In diesem Augenblick kam Bernice Litchfield herein, in einen riesigen Morgenmantel gehüllt, mit Lockenwicklern im aschblonden Haar.

»Aber Mrs. Peyton, Sie hätten Ihre Tochter nicht wecken sollen«, sagte sie in diesem liebevoll tadelnden Ton, den sie ihrer

Patientin gegenüber gerne anschlug. »Sie wissen doch, dass ich im Nebenzimmer bin.«

»Sie haben nicht reagiert, als ich geläutet habe.«

Bernices Augenlider waren geschwollen, ein sicheres Zeichen, dass sie wieder einmal an Migräne litt. Verlegenheit machte sich auf ihrem Gesicht breit, das von einer dicken Schicht Nachtcreme fettig glänzte, aber Joan hatte den leisen Verdacht, dass ihre Mutter überhaupt nicht nach Bernice geläutet hatte. Ihre Miene glich wieder einmal der eines eigensinnigen Kindes, wie immer, wenn sie sich von Joan vernachlässigt fühlte.

»Ich will meine Wolldecke«, quengelte sie. »Joan, hol mir die Wolldecke, sie liegt unten im Wohnzimmer. Die blau-weiße, die ich letztes Jahr gestrickt habe.« Die blau-weiße Wolldecke war vor über zwanzig Jahren entstanden, aber Zeit hatte für Edith Peyton keine Bedeutung mehr.

»Ich werde sie holen«, sagte Bernice hastig.

Joan schüttelte den Kopf. »Nicht nötig. Ich gehe schon«, sagte sie und bedeutete Bernice mit einem Augenzwinkern, sie solle versuchen, die alte Frau zu beruhigen.

Bernice wollte ins Badezimmer eilen, um Ediths Medizin zu holen, da griff die alte Frau nach ihrer Hand. »Sie bleiben hier, bis sie zurückkommt. Ich will nicht allein sein. Es riecht hier nach Tod.«

»Aber, aber, Mrs. Peyton«, sagte Bernice, als rede sie mit einer Dreijährigen, und setzte sich zu ihr auf die Bettkante. »So was Schreckliches dürfen Sie doch nicht sagen.«

»Der klapprige Knochenmann mit dem eisigen Atem!«, behauptete Edith eigensinnig.

Bernice sah erschrocken drein. »Sie hatte schon immer einen Hang zum Dramatischen, wenn sie ärgerlich war«, bemerkte Joan. »Ich bin gleich wieder da.«

Sie fand die gewünschte Decke auf der Wohnzimmercouch und warf im Vorbeigehen einen Blick in den großen, goldumrahmten

Spiegel im Flur. Ihr Haar fiel glänzend und schwarz auf ihre Schultern, aber ihr Gesicht war fahl, und ohne Farbe waren ihre Lippen schmal und trocken. Vor fünf Jahren hatten sie noch anders ausgesehen, auch ohne Schminke. Die Zeit und der Tod hinterlassen Spuren, dachte sie, während sie mit der Decke die Treppe hinaufging. »Hier, Mutter«, sagte sie und breitete sie über die verschrumpelte Gestalt. Sogar Ediths Kopf schien in den letzten Jahren geschrumpft zu sein, als sei sie einem Kopfjäger in die Hände gefallen. »Ist es so recht?«, fragte sie beflissen, während Bernice aus dem Zimmer schlüpfte.

»Sprich ein bisschen mit mir, Süße.«

»Na gut. Ich bleibe bei dir, bis Bernice zurückkommt.«

»Nein. Ich möchte, dass du bis zum Morgen bei mir sitzen bleibst. Ich fürchte mich vor der Dunkelheit.«

»Mutter, ich hatte in letzter Zeit sehr wenig Schlaf.«

Ediths Blick wurde starr vor Zorn. »Na gut, dann mach, dass du rauskommst! Na los, raus mit dir! Vergiss deine Mutter! Es wird dir schon noch Leid tun, dass du so selbstsüchtig warst, wenn ich nicht mehr bin!«

Joan war diese plötzlichen Stimmungswechsel ihrer Mutter gewohnt. Von einer Minute zur anderen konnte aus der sanftmütigen, gebrechlichen alten Dame, deren Gedächtnislücken einem schier das Herz brachen, eine scharfzüngige Furie werden.

Joan konnte hören, wie Bernice im Medizinschrank im Badezimmer herumkramte, um zwischen den zahllosen Pillenfläschchen das passende Mittel zu finden, das ihre Mutter einschlafen ließ. Bald würde die Erlösung kommen.

Joan trat seufzend ans Fenster und starrte über den Rasen auf die umgebauten Ställe an der Auffahrt, in denen die Autos der Familie standen. Die Hecke vor dem Haus war bereits so hoch, dass sie den Blick vom Erdgeschoss auf die Auffahrt versperrte, aber vom ersten Stock aus beobachtete Joan eine Katze, die über den Asphalt schlich und sich mit einem flinken Satz nach vorn eine Maus schnappte. Einen Augenblick lang spielte sie mit ihrer Beute, dann trug sie sie ins Gebüsch. »Worüber möchtest du denn mit mir reden, Mutter?«

Der Kopf ihrer Mutter fuhr herum, das Gesicht wies in ihre Richtung. »Wo ist Charlotte?«

»Charlotte ist tot. Schon seit langer Zeit.«

Ediths rechte Hand, auf der die Venen fast grotesk hervortraten, zupfte nervös an der Decke herum. »Nein, ich meinte nicht Charlotte. Das ist nicht richtig. Die andere. Das Kind.«

»Rosalind.«

»Ja, Rosalind! Die hab ich gemeint. Wo ist Rosie?«

Wo blieb denn bloß Bernice so lange?, fragte sich Joan. Sie ging vom Fenster weg, setzte sich auf die Bettkante und nahm Ediths kalte, knochige Hand in die ihre. »Es hat eine Tragödie gegeben, weißt du noch? Rosie ist ... fort.«

Im Mondlicht, das durch die offenen Vorhänge hereinfiel, verzog sich das Gesicht der alten Frau. »Tot wolltest du sagen. Rosie hat sich umgebracht.« Joan sah sie an und wunderte sich, dass sie sich noch daran erinnerte, was man ihr über Rosies Tod gesagt hatte. »Ich kann es immer noch nicht glauben. Sie war so schön.«

»Ja, Rosie war schön«, sagte Joan sanft. »Und klug. Und talentiert. Und jung.«

»Schön. Schön wie du. Du bist so schön. Das warst du schon immer, Joan.«

»Danke, Mutter.«

»Ich weiß nicht, woher du dein Aussehen hast. Du warst das hübscheste Kind, das ich jemals gesehen hatte. Ich konnte nicht glauben, dass zwei so gewöhnlich aussehende Menschen wie dein Daddy und ich etwas wie dich hervorbringen konnten.«

»Das ist ein nettes Kompliment, Mutter.«

»Findest du? Hübsch zu sein ist nicht die Hauptsache. Es heißt noch lange nicht, dass man auch in seiner Seele etwas Besonderes ist.« Sie warf Joan einen schnellen, raubvogelartigen Blick zu, und deren kurze Freude über das Lob verebbte sofort. Ihre Mutter hatte es schon immer glänzend verstanden, sie aufzubauen, nur um ihr gleich darauf einen Dämpfer zu verpassen. Das Alter hatte dem alten Trick nichts anhaben können. »Rosie war genauso schön wie du. Aber ihre Persönlichkeit, die hatte sie von ihrer Mutter. Sie hatte Charlottes Wesen.« Ihr Blick wurde nachdenklich. »Glaubst du, dass sich Charlottes Seele in Rosalinds Körper geschlichen hat?«

Wie viele Male seit Charlottes Tod hatte sie diese Frage gestellt?, dachte Joan. Und wie oft hatte Ned Peyton seine Frau gescholten, sie solle sich diesen Hinduquatsch endlich aus dem Kopf schlagen? »Ich werde Charlotte mein Leben lang vermissen«, plapperte Edith weiter. »Ich werd sie immer vermissen.«

Joan konnte Bernice im Badezimmerschrank herumkramen hören. »Jeder, der Charlotte gern hatte, vermisst sie, Mutter.«

»Glaubst du, dass Charlotte und Rosalind jetzt vereint sind?«

»Ich hoffe es.«

Edith seufzte. »Meine Charlotte. Sie hatte immer nur Pech mit Männern. Wusste einfach nicht mit ihnen umzugehen. Erst ließ dieser Hurensohn Avery sie sitzen.« Joan zuckte zusammen. Vor fünf Jahren noch hätte Edith ein Wort wie dieses nicht in den Mund genommen; und jetzt schien sie es regelrecht zu genießen, mit Schimpfwörtern um sich zu werfen. »Dann dieser Bursche mit dem unaussprechlichen Namen, Van ... Van irgendwas, der sie auf dem Gewissen hat. Er hat meine Kleine umgebracht.«

»Aber Mutter, sie traf sich doch gar nicht mit Martin Avery. Sie schwärmte für ihn, wie ein Schulmädchen. Und Derek Van Zandt hat Charlotte nicht getötet. Die beiden kamen bei einem Flugzeugunglück ums Leben, Mutter, und Derek war nicht der Pilot.«

»Doch, er ist an allem schuld! Ihr habt gelogen, um Rosie zu schützen, sie sollte nicht wissen, dass ihr Vater ihre Mutter umgebracht hatte. Aber ich kenne die Wahrheit, bei Gott! Dieser Bastard, dieser dreckige Hurer –«

Joan sprang auf, als Bernice ins Zimmer kam. »Wieso haben Sie so lange gebraucht?«, rief sie schrill.

Bernice hielt erschrocken inne, als fürchte sie, Joan könne ihr eine Ohrfeige verpassen. »Tut mir Leid, Miss Peyton. Die Tabletten, ich konnte …«

Joan holte tief Luft und hatte sich wieder in der Hand. »Ist schon gut. Ich bin nur so müde. Jetzt sind Sie ja hier mit den Tabletten. Das ist alles, was zählt.«

Misstrauen spiegelte sich auf Ediths Gesicht und hatte die Wut ausgelöscht. »Was für Tabletten?«

»Ihr Valium«, antwortete Bernice.

»Was ist das?«

»Ein Mittel, das Sie beruhigen wird. Das nehmen Sie doch immer.«

Ediths Gesicht entspannte sich. »Ich hab in meinem ganzen Leben noch kein Radium genommen«, sagte sie mit Nachdruck.

Bernice lächelte beschwichtigend. »Es heißt Valium, nicht Radium. Wollen Sie heute Nacht mal eine Tablette probieren? Und sehen Sie mal, ich hab Ihnen das Wasser in einer dieser hübschen Tassen mitgebracht, die Sie so mögen.«

»Die mit den rosa Tulpen?«

Gütiger Himmel, dachte Joan. War das dieselbe Frau, die ihren Brandy selbst dann, wenn niemand sie sehen konnte, nur aus zarten Kristallschwenkern genippt hatte?

»Genau, Mrs. Peyton. Hübsche rosa Tulpen. Und wenn Sie brav eine Ihrer Tabletten nehmen, werd ich mich zu Ihnen setzen und Ihre Hand halten, bis Sie eingeschlafen sind.«

»Na schön. Aber ich sag's Ihnen nochmal, ich hatte noch nie eine von diesen Tabletten.« Ihre Stimme krächzte gnadenlos weiter. »Daran würde ich mich doch erinnern. Ich erinnere mich an alles, auch wenn die Leute das nicht glauben wollen und sich immerzu über mich lustig machen. Halten mich für verrückt, zum Teufel! Von wegen verrückt, ich bin schlau, jawohl, schlau wie ein Fuchs, schreiben Sie sich das hinter die Ohren!«

Bernice stopfte die Tablette förmlich in Ediths Mund und sah ihr dabei zu, wie sie Wasser schluckte wie ein sabbernder Säugling. »Meine Hüfte tut weh«, wimmerte Edith, nachdem sie die Tablette geschluckt hatte.

Bernice schüttelte den Kopf. »Tut mir Leid, aber Ihr Schmerzmittel haben Sie schon bekommen. Entspannen Sie sich, bald werden Sie sich besser fühlen.«

»Ich will, dass Joan bei mir bleibt.«

»Joan ist schrecklich müde, Mrs. Peyton. Warum lassen Sie mich nicht ...«

»Ich will Joan!«, schrie Edith mit erschütternder Kraft.

Joan und Bernice erschraken. »Ist schon gut«, sagte Joan müde. »Ich bin ohnehin nicht sicher, ob ich jetzt einschlafen könnte.«

Die folgenden fünfzehn Minuten hielt Joan Ediths Hand, während diese etwas von einem Ball brabbelte, auf dem sie getanzt hatte, als sie sechzehn war. Sie habe ein rosarotes Seidenkleid getragen und sich rosa Rosenknospen ins Haar gesteckt, und ihre Tanzkarte sei voll gewesen. Die Männer hätten sich regelrecht um sie geprügelt! Leichtfüßig wie eine Elfe habe sie getanzt. Jeder habe es gesagt.

Aber Joan hörte ihr nicht zu. Sie hatte die Geschichte schon unzählige Male gehört, und im Laufe der Zeit war sie mit immer glanzvolleren, romantischeren Details ausgeschmückt worden. Sie musste an Rosie denken. Selbstmord, hieß es. Als würde ein Mädchen wie Rosalind Selbstmord begehen! Der Gedanke war schlicht absurd. Joan hatte so getan, als glaubte sie daran, hatte mit keinem Wort angedeutet, dass es Mord gewesen sein könnte, damit die Leute nicht behaupten würden, sie wolle nur nicht wahrhaben, was Rosie sich angetan hatte. Aber die Polizei würde mit Sicherheit nicht lange an Selbstmord glauben. Die Obduktion würde, nein, musste es an den Tag bringen. Außerdem war Logan Quint ein heller Kopf. Er würde erkennen, dass irgendetwas mit Rosies Tod nicht stimmte. Sie zählte auf ihn. Aber wenn niemand die Angelegenheit weiterverfolgte, würde sie sich persönlich darum kümmern und das Urteil Selbstmord so lange anfechten, bis alle Welt begriffen hatte, dass irgendjemand Rosies Tod gewollt hatte.

# Sieben

## 1

»Kathy, das war heute bereits das zweite Mal, dass du zu spät zum Unterricht kommst.« Kathleen Foss, die attraktive platinblonde Vortänzerin der Cheerleader, ließ schnalzend eine Kaugummiblase zerplatzen und sah Blaine mit geradezu nervtötender Gleichgültigkeit an. »Gestern waren es fünf Minuten, heute zehn«, fuhr Blaine fort. »Für dein notorisches Zuspätkommen sollte ich dich eigentlich zum Direktor schicken, aber ich möchte dich ungern wie ein Kind behandeln. Ich dachte, wir könnten das unter uns regeln.«

Kathy hatte Blaine immer an ein chinesisches Porzellanpüppchen erinnert – außen hübsch, innen hohl. Sie blickte Blaine ausdruckslos aus himmelblauen Augen an, das Ergebnis farbiger Kontaktlinsen. »Ist ja gut, ich werd's nicht wieder tun.«

Was hatte Blaine erwartet? Zerknirschung wegen der Rüge, Dankbarkeit, weil Blaine ihr den Gang zum Direktor erspart hatte? Kathy zeigte keinerlei Regung, war höchstens eine Spur blasser als sonst. Bei genauerem Hinsehen bemerkte Blaine, dass sie ihr Make-up zwar mit der üblichen Präzision aufgetragen hatte, die Haut unter dem rosafarbenen Rouge jedoch wächsern wirkte.

»Geht's dir gut, Kathy?«

Das Mädchen schien erschrocken, ihre erste Gemütsregung in zwei Tagen. »Klar geht's mir gut. Warum? Seh ich schlecht aus?«

»Ein bisschen anämisch.«

»Was?«

»Anämisch – blutleer, blass.«

»Ach so. Nein, nein, mir geht's gut. Kann ich jetzt gehen?«

Ärgerlich fuhr Blaine sie an: »Ja, aber nimm gefälligst den Kaugummi aus dem Mund. Du weißt sehr wohl, dass ihr in der Schule nicht Kaugummi kauen sollt.«

Kathy starrte sie an, als hätte sie nicht mehr alle Tassen im Schrank, und Blaine fühlte sich lächerlich. Im Gegensatz zu einigen ihrer Kollegen sah sie nicht ganz ein, weshalb Lehrer im Schulgebäude Kaugummi kauen und rauchen durften, Schüler aber nicht. Sie waren schließlich keine Kinder mehr. Trotzdem sagte sie nichts, als Kathy ihre manikürten Finger zum Mund führte, ihren grünen Kaugummi herausnahm und mit theatralischer Geste in den Papierkorb fallen ließ. »Okay. Kann ich jetzt gehen, Mrs. Avery?«

Blaine seufzte. »Ja, aber komm nicht wieder zu spät.«

Als Blaine mit der Lehrerausbildung angefangen hatte, hatte sie sich fest vorgenommen, mit allen Schülern gut Freund zu sein und sogar in den unmotiviertesten noch Interesse, wenn nicht gar Liebe zur Literatur zu wecken. Doch während sie Kathleen hinterherblickte, wurde ihr wieder einmal klar, dass derlei Vorstellungen völlig überspannt waren. An manche Schüler war einfach nicht heranzukommen, niemals, und Kathy Foss war das beste Beispiel für so jemanden. Für sie war die Schule nichts anderes als eine Bühne für ihren sexy jungen Körper und ihr athletisches Können. In zwanzig Jahren würde sie sich an ihre Cheerleaderzeit erinnern und sie als den Höhepunkt ihres Daseins betrachten. Und wahrscheinlich würde sie ihren Freunden und Verwandten ihre Geschichten erzählen, bis sie sie in- und auswendig kannten.

Es war Mittagspause, und Blaine blieb wieder im Klassenzimmer und begnügte sich mit einem trockenen Sandwich. Dabei dachte sie an die letzte Nacht, als sie Rosies Koffer und ihren geheimen Schlüssel zum Avery-Haus gefunden hatte.

Logan hatte Blaine beobachtet, und sie hatte versucht seine Miene zu deuten. War sie ernst? Grimmig? Anklagend? »Blaine, du hast schon an dem Abend, als wir Rosie gefunden haben, nicht an Selbstmord glauben wollen, stimmt's?«

Blaine hatte seinem Blick standgehalten. »Stimmt. Das habe ich doch auch gesagt. Ich hab nicht verstanden, warum du mir nicht glauben wolltest.«

»Hab ich ja.«

»Warum dann dieses Katz-und-Maus-Spiel im Auto, als du so getan hast, als würdest du an Selbstmord glauben?«

»Weil ich nicht beweisen konnte, dass es keiner war. Ich brauchte deine unvoreingenommene Meinung über das Mädchen, und das Thema Mord hätte dich womöglich in irgendeiner Weise beeinflusst.« Blaine wurde rot, weil sie wusste, worauf er anspielte. Schließlich hatte sie vor kurzem selbst unter Mordverdacht gestanden.

Als Logan ihr Unbehagen bemerkte, fragte er rasch: »Warum glaubst du nicht an Selbstmord?«

»Zum einen wegen der ungewöhnlich tiefen Schnittwunde in den Handgelenken, zum anderen versuchten Robin und ich uns vergeblich an irgendeine Bemerkung zu erinnern, aus der man hätte schließen können, dass sich Rosie mit Selbstmordgedanken trug. Ich war ja in den letzten Jahren auch oft mit dem Mädchen zusammen. Da wäre mir doch irgendetwas aufgefallen. Sie schmiedete Pläne für die Zukunft, malte sich aus, wie ihr Leben aussehen würde, wenn sie die Kleinstadt erst einmal hinter sich gelassen hätte. Jemand, der so optimistisch in die Welt blickt, bringt sich doch nicht plötzlich um.«

»Aber in den letzten drei Monaten hast du sie nicht mehr so häufig gesehen. In dieser Zeit hätte sich ihr Leben doch drastisch verändern können.«

»Das weiß ich, Logan. Aber mir geht etwas anderes nicht aus dem Sinn. Als sie wegfuhr, hatte Rosie einen Koffer bei sich. Warum sollte sie, wenn sie doch vorhatte, sich umzubringen, einen Koffer durch die Gegend schleppen?«

»Sie sagte doch, sie wolle das Wochenende bei ihrer Cousine in Charleston verbringen. Vielleicht hat sie den Koffer mitgenommen, um möglichst glaubhaft zu wirken.«

»Warum sollte sie sich die Mühe machen und diese Lüge mit Charleston erzählen? Sie hätte doch irgendeine Entschuldigung finden können, um abends auszugehen. Bis jemand sie gefunden hätte, wäre sie längst tot gewesen. Als Kinder spielten Robin und Rosie oft im Wald, aber später empfand Rosie die Bäume als düster und bedrohlich. Sie hat mich des Öfteren gefragt, ob es mich nicht störe, dass sie so nah ans Haus heranreichten. Ich kann mir beim besten Willen nicht vorstellen, dass sie nachts allein in den Wald ging, um sich umzubringen.«

»Außer sie stand unter Drogen.«

»Sie nahm aber keine Drogen«, widersprach Robin energisch. »Sie war in letzter Zeit ein bisschen komisch, aber vor Drogen hatte sie eine Heidenangst, das dürfen Sie mir ruhig glauben, und eine geradezu hysterische Abneigung gegen Spritzen.«

Logan sah sie interessiert an. »Das mit den Spritzen wusste ich nicht.«

»Ich hab mal gesehen, wie sie bei einem harmlosen Bluttest umgekippt ist«, erzählte Robin.

»Das hast du nicht erwähnt, als ich dich heute Morgen vernommen habe.«

Robin zuckte die Achseln. »Da war ja auch noch nicht von Drogen die Rede. Ich hab ganz einfach nicht dran gedacht.«

»Nun, eines steht fest, mal abgesehen von ihrer Angst vor Spritzen«, sagte Logan. »Rosalind Van Zandt kam gewiss nicht in dieses Haus, um sich eine Überdosis zu verpassen, ihre Sachen hinter der Heizung zu verstecken, sämtliche Türen abzuschließen, fast eine Viertelmeile zum Bach zu laufen und sich anschließend die Pulsadern bis zum Knochen aufzuschlitzen. Mit der gewaltigen Menge an Rauschmittel im Blut wäre sie nicht weit gekommen. Natürlich könnte jemand sie getragen haben, aber ein sechzig Kilo schweres Mädchen von hier bis zum Bach zu schleppen, wäre eine reife Leistung. Ich wette, jemand hat sie in den Wald gelockt oder geschleift und ihr die Droge erst am Bach verpasst.«

»Dann hat also der Mörder ihre Sachen hinter der Heizung versteckt«, überlegte Blaine. »Nur warum?«

»Vielleicht hat ihn jemand überrascht, was weiß ich, vielleicht sogar du, als du abends ins Haus gekommen bist. Vielleicht hat er sich im Keller versteckt und wollte das Risiko nicht eingehen, Rosies Zeug durch die Gegend zu schleppen.« Blaine musste daran denken, dass Rosie im Sterben lag, während sie in unmittelbarer Nähe gewesen und sogar ins Haus gegangen war. Und ihr wurde ganz flau im Magen. »Der Mörder hatte wahrscheinlich vor, Rosies Sachen in der Nacht darauf zu holen. Er konnte ja nicht wissen, dass du am nächsten Morgen schon zurückkommen würdest.«

»Wie wollte der Mörder ihre Sachen in der darauffolgenden Nacht holen, wenn doch alle Türen verschlossen waren?«

Logan sah sie ernst an. »Blaine, wenn Rosalind vom Vater ihres Babys umgebracht wurde, hatte der vielleicht seinen eigenen Schlüssel.« Sie fröstelte, und Logan fügte hinzu: »Du lässt besser morgen die Schlösser auswechseln.«

»Gute Idee«, sagte Blaine matt und rieb sich dabei die steifen Nackenmuskeln. Ihr Kopf begann wehzutun, ein pochender Schmerz in den Schläfen.

»Wie ist es wohl passiert, Sheriff?«, fragte Robin. »Glauben Sie, dass Robin mit ihrem Geliebten durchbrennen wollte? Vielleicht haben sie sich hier draußen verabredet? Er überlegt es sich in letzter Minute anders, Rosie wird hysterisch, er rastet aus ...«

»Und verpasst ihr eine Spritze, die er immer bei sich trägt, falls er mal ausflippen sollte? Nein, so war es sicher nicht, Robin.«

»Also ein geplanter Mord?«

»Da kannst du Gift drauf nehmen«, antwortete Logan in stiller

Wut. »Und das Schwein hat die Frechheit, seine Tat als Selbstmord zu tarnen.«

»Ein Mord, der wie ein Selbstmord aussehen sollte«, sagte Blaine laut im Klassenzimmer, wobei ihr Magen sich zusammenkrampfte. »Das hat die Polizei in Martins Fall auch vermutet.«

»Wenn du dich nicht so absondern würdest, seit du wieder hier bist, brauchtest du keine Selbstgespräche zu führen.«

Blaine schreckte aus ihren Gedanken und sah John Sanders in der Tür stehen.

»Hi, John. Warum bist du nicht mit den anderen essen gegangen?«

»Ich hatte noch ein paar Arbeiten zu korrigieren. Was dagegen, wenn ich auf einen Sprung reinkomme?«

Blaine zeigte auf einen Stuhl neben ihrem Schreibtisch. John setzte sich und schlug lässig ein Bein über das andere. »Die Sache mit Rosie scheint dir ziemlich an die Nieren zu gehen.«

»Das kann man wohl sagen. Ich halte mich aus gutem Grund von der Kantine fern. Ich will nämlich nicht ständig darüber reden müssen.«.

»Das kann man dir nicht verdenken.« Blaines schwache Hoffnung, ihr Wink mit dem Zaunpfahl könne bei ihm angekommen sein, schwand, als er verschwörerisch die Stimme senkte. »Wie ich höre, war es definitiv kein Selbstmord.«

»Wer hat dir das gesagt?«

»Arletta Stroud, unser heißer Draht zum Büro des Sheriffs.«

»Dieses Weibsstück! Also ehrlich. Die plappert doch alles aus, was sie weiß. Aber ihr Vater hätte ihr das nicht erzählen dürfen, zumindest noch nicht, so viel steht fest.«

»Warum denn nicht? Die Polizei ist sich doch ziemlich sicher, oder nicht?«

Blaine legte ihr Erdnussbuttersandwich beiseite. Jetzt konnte sie es ja doch nicht aufessen. »Ach, ich weiß nicht, John. Bis jetzt haben sie doch keinerlei Beweise.«

»Und Rosies Koffer war in deinem Haus versteckt?«

»Arletta hat wohl gar nichts verschwiegen, was?«

»Es ist doch ihre einzige Möglichkeit, auf sich aufmerksam zu machen. Hat man die Sachen nun bei dir gefunden oder nicht?«

»Ich weiß nicht, ob ich darüber sprechen sollte.«

»Es weiß doch ohnehin schon jeder, Blaine. Arletta hat sich heute morgen dumm und dämlich gequasselt.«

»Arletta quasselt sich immer dumm und dämlich. Das ist ja auch der Grund, weshalb sie im Unterricht nichts mitkriegt.« Seufzend packte sie den Rest ihres Sandwiches wieder ein. Sie wollte eigentlich nicht mehr über den Mord sprechen, aber dann dachte sie, dass John Rosie auch gemocht hatte und sein Interesse daher ganz natürlich war. Außerdem hatte sie Vertrauen zu ihm. »Ja, der Koffer und die Handtasche waren in meinem Keller versteckt.«

»Ganz schön eigenartig. Arletta sagte auch, dass Rosie schwanger war.«

»O Gott. Und ich hatte so sehr gehofft, dass das niemand herausfinden würde.«

»Keine Chance. Wie Joan wohl zumute sein mag, wenn sie es erfährt?« Er schüttelte den Kopf. »Hast du eine Ahnung, wer der Vater war?«

»Nein, keinen Schimmer.«

»Tony Jarvis?«

»Könnte sein, obwohl Robin nicht glaubt, dass die beiden mehr waren als gute Freunde, aber wer weiß das schon? Ich kann mir eigentlich nicht vorstellen, dass Tony irgendetwas mit der Sache zu tun hat.«

»Vergiss nicht, dass Jarvis im vorletzten Sommer bei den Peytons gearbeitet hat. Mr. Peyton lag damals im Sterben, und Rosie erzählte mir, dass Jarvis der Krankenschwester half, den alten Mann zu pflegen. Damals hat Rosie ihn näher kennen gelernt und mochte ihn auf Anhieb. Ich verstand das nicht – er schien so gar nicht ihr Typ zu sein.«

»Wieso nicht, er sieht gut aus, ist attraktiv und begabt.«

»Und das genügt, um bei allen Mädchen anzukommen?«

Blaine zuckte die Achseln. »Ich weiß es nicht. Aber ich kann mir beim besten Willen nicht vorstellen, dass Tony ein Mädchen schwängert und anschließend umbringt.«

»Oh, das hätte ich beinahe vergessen. Du hattest ja schon immer eine Schwäche für unseren Rebellen, nicht wahr?«

»Stimmt. Als ich noch zur Schule ging, waren Tonys große Schwester und ich die besten Freundinnen. Ich kenne ihn von klein auf.«

»Na ja, vergiss nicht, dass man ihn vor ein paar Jahren mit Drogen erwischt hat.«

»Eine Marihuana-Zigarette, als er fünfzehn war.«

»Trotzdem, wenn man bedenkt, dass Rosie unter Drogen stand, als sie starb …«

»Herrgott nochmal!«, wetterte Blaine. »Dieses Detail hat Arletta auch ausposaunt?«

»Ja, und noch ein paar, die sie wahrscheinlich erfunden hat. Kein Grund, sich so aufzuregen. Es stimmt, nicht?«

»Ja.« Blaine seufzte und dachte dabei, dass man Arletta und ihrem Vater Maulkörbe verpassen müsste.

»Arme Rosie«, murmelte John.

Sie griff nach ihrer Tasche und förderte eine Packung Aspirin zutage. »Ich habe hämmernde Kopfschmerzen.« Er wirkte besorgt, als sie die Tabletten mit einem Schluck Kaffee aus ihrer Thermoskanne hinunterspülte. »Es muss an der Anspannung liegen. An dem Schock wegen der Sache mit Rosie und so. Hoffentlich wirkt das Zeug bald. Könnten wir inzwischen von etwas anderem sprechen?«

»Tut mir Leid.«

»Schon okay.«

»Thema beendet«, sagte er mit einem hypnotischen Blick aus seinen rauchblauen Augen mit den langen Wimpern. »Das nächste Thema darfst du dir aussuchen.«

»Okay. Wie geht's Sam?« Sam war Johns viel erwähnte Freundin Samantha.

»Das nenne ich weibliche Logik!« John streckte sich ausgiebig. »Sam geht's gut. Habe übrigens erst gestern mit ihr telefoniert.«

»Hat sie nicht Lust, aus Columbus wegzuziehen und sich hier niederzulassen?«

»Du machst wohl Witze!« John lachte. »Nie im Leben. Sie liebt ihre Arbeit am Krankenhaus und die Stadt. Und weil du im Gegensatz zu unserer lieben Arletta ein Geheimnis für dich behalten kannst, will ich dir sagen, dass ich mich an ein paar Schulen in Columbus beworben habe.«

»Das finde ich großartig, John!«

»Na ja, ich mache mir eigentlich keine großen Hoffnungen. Zurzeit sind Stellen für Englischlehrer Mangelware, aber versuchen kann ich's ja. Und Sam freut sich.«

»Feiert ihr zusammen Thanksgiving?«

»Ja. Ich fahre nächsten Mittwoch los, gleich nach dem Unterricht. Und glaube mir, nachdem Quint mich wegen Rosie in der Mangel hatte, wünschte ich, es wäre schon morgen so weit.«

»War er denn so unfreundlich?«

»Er hat mich ausgequetscht wie eine Zitrone.« Er lächelte. »Na ja, ich übertreibe gern ein bisschen. So schlimm war's auch wieder nicht, aber er kam mir ziemlich misstrauisch vor.« Er hielt inne. »Blaine, ich weiß, dass du nicht gern darüber redest, aber hast du ihm gegenüber vielleicht erwähnt, dass ich mit Rosie befreundet war?«

Nein, sie wollte wirklich nicht darüber reden, aber John schien sich regelrecht festgebissen zu haben. »Ich hab deine Beziehung zu Rosie nur flüchtig erwähnt.«

»Wir hatten doch keine Beziehung. Wir waren Freunde.«

Blaine sah ihn forschend an. »Okay. Deine Freundschaft. Ich hab nicht viel dazu gesagt.«

»Aber erwähnt hast du sie.«

»Was sollte ich ihm denn erzählen, John? Dass du sie besser gekannt hast als die übrigen Lehrer, vielleicht mit Ausnahme von mir? Ja, das habe ich erwähnt.«

»Das hat anscheinend genügt«, sagte er verstimmt.

»Was sollte ich denn sonst tun? Lügen?«

»Es wäre dir kein Zacken aus der Krone gebrochen!«

»John!«

»Ach, ich hab's nicht so gemeint.« Er beugte sich nach vorn, stützte die Ellenbogen auf die Knie und ließ seine Hände zwischen den Beinen baumeln. Blaine wurde steif. »Doch, das hast du. Was ist denn los, John?«

»Wenn die Leute anfangen, über mich und Rosie Gerüchte in die Welt zu setzen, bin ich meinen Job los.«

»Daran habe ich gedacht, deshalb habe ich Logan gegenüber auch ausdrücklich betont, dass du Rosie bei ihren Gedichten geholfen hast. Weder Robin noch ich haben mit einem Wort angedeutet, dass zwischen euch beiden irgendetwas gewesen sein könnte.«

Er grinste, aber seine Augen blieben ernst. »Schon gut. Entschuldige. Es ist nur so, dass man in einer Kleinstadt wie dieser verdammt vorsichtig sein muss mit dem, was man tut.«

Blaine blickte ihn fragend an, aber er sah nachdenklich aus dem Fenster.

## 2

Eine Horde Schüler versammelte sich im Flur.

»Mein Dad hat gesagt, dass ihre Schnittwunden echt tief waren.« Arletta Stroud hob ihr linkes Handgelenk in die Höhe und machte eine heftige Schlitzergeste, die sie an der Rechten wiederholte und dabei eine Furcht erregende Grimasse schnitt. »Aber trotzdem ist sie nicht ganz ausgeblutet.«

»Arletta, du bist ganz schön pervers, weißt du das?«, sagte Dean Newman und wandte sich zum Gehen. »Komm, Susie.«

Arletta kniff ihre kleinen Augen zusammen, als denke sie scharf nach. Sie hatte die Haare über der Stirn mittels einer nicht unerheblichen Menge Haarlacks senkrecht nach oben gestylt. »Gott, vielleicht hat sie sogar noch gelebt, als er sie hat liegen lassen! Vielleicht war sie noch bei Bewusstsein, als die Viecher gekommen sind und angefangen haben, an ihr rumzuknabbern!«

Kathy Foss wurde kreidebleich und sank zu Boden.

»Sie ist ohnmächtig geworden!«, rief jemand.

Alle drängten sich um das Mädchen, und Susie Wolfe kniete sich neben sie. »Na los, Dean, hol Hilfe, mach schon!«, rief sie, wobei sie Kathys Blondschopf anhob und in ihren Schoß legte. »Ich glaube, Mrs. Avery ist im Klassenzimmer, sie war nicht in der Kantine.«

Erschrocken und erregt durch den Anblick der hilflos am Boden liegenden Kathy, lief Dean Newman den Flur hinunter zu Blaines Klassenzimmer. Während er an die Tür klopfte, stahl sich Arletta geschickt aus der Menge. Aller Augen waren auf Kathy gerichtet, und so bemerkte niemand, wie sich Arletta schuldbewusst in die Mädchentoilette verdrückte. Kaum war sie darin verschwunden, öffnete Blaine die Tür. Nachdem Dean ihr erzählt hatte, was passiert war, eilte Blaine, gefolgt von John, zu Kathy. Sie kniete sich neben sie auf den Boden, maß ihren Puls und blickte auf. »Hat jemand von euch der Schulschwester Bescheid gesagt?«

Die Schüler sahen einander dumpf an, und Blaine fiel ein, dass an der High School die Erwähnung der Schulschwester nicht mehr so viel Ehrfurcht auslöste wie in der Grundschule. Wahrscheinlich wussten viele der Jugendlichen nicht einmal, dass es eine Schulschwester gab. »Sie hat ihr Zimmer im ersten Stock, neben dem des Beratungslehrers. Jemand muss sie holen. Na los, beeilt euch.«

Kathys extreme Blässe gefiel ihr ebenso wenig wie ihre eiskalten Hände, die sie zwischen den ihren wärmte. Sie fühlte sich wie eine Matrone in einem viktorianischen Roman, die versuchte, eines dieser überzüchteten Treibhausgewächse von Mädchen wieder zu beleben. »Was ist passiert?«, fragte sie in den Kreis der Gesichter über ihr. »Hat Kathy sich heute Morgen schon unwohl gefühlt?«

Susie Wolfe schüttelte den Kopf. »In der ersten Stunde war sie noch in Ordnung. Beim Mittagessen auch. Ungewöhnlich still, aber in Ordnung. Dann hat Arletta uns beschrieben, wie Rosie ermordet worden ist.«

»Arletta?«, fragte Blaine scharf.

Sofort hielten alle nach dem Mädchen Ausschau. Dean stellte schließlich fest: »Scheint sich verdrückt zu haben.«

»Lasst mich mal raten«, sagte Blaine. »Arletta hat euch Rosies Tod in allen Einzelheiten beschrieben.«

Susie nickte. »Sie war ganz schön fies. Sie meinte, irgendwelche Viecher hätten sich an Rosie zu schaffen gemacht, als sie noch gar nicht tot war.«

»Du lieber Himmel«, murmelte Blaine. Dieser milde Ausruf konnte dem Abscheu nicht gerecht werden, den sie für Arletta empfand, aber sie durfte sich vor den Schülern nichts anmerken lassen.

John beugte sich ebenfalls zu Kathy hinunter und berührte ihr Gesicht. »Sie scheint wieder etwas Farbe zu bekommen.«

»Aber sie ist immer noch so kalt.«

»Was in aller Welt ist hier los?«

Blaine blickte auf und sah das Gesicht der Schulschwester über ihr auftauchen. »Kathy ist ohnmächtig geworden.«

Die Schwester scheuchte die gaffenden Teenager beiseite und

beugte sich über Kathy. Sie maß den Puls des Mädchens und hielt ihm ein Riechfläschchen unter die Nase. Kathy verzog das Gesicht und drehte den Kopf zur Seite. Die Schwester hielt ihr das Fläschchen erneut unter die Nase, da schlug sie die Augen auf und blickte verstört um sich. »Rosie!«, stöhnte sie und griff nach dem Arm der Schwester. »Rosie, ich war da, ich hab gesehen ...«

# Acht

## 1

Blaine ging auf ein fröhlich gelb getünchtes Holzhaus mit weißen Fensterläden zu. Hinter einem Drahtzaun erstreckte sich ein gepflegter Rasen, auf dem ein richtiger Abenteuerspielplatz aufgebaut war. Auf einem Schild neben der Tür stand in schwarzer Schrift auf weißem Grund »Caitlins Kindergarten«. Blaine öffnete das Gartentor, schloss es sorgfältig hinter sich und schritt, ein wenig weich in den Knien, auf die Eingangstür zu. Die Sonne, die mit blassgoldenen Strahlen den Tag erwärmt hatte, war hinter einer Wolke verschwunden, und sofort versank die Welt in lavendelfarbenem Dämmerlicht. Welke Blätter raschelten im Wind, der durch die Bäume fuhr, und hoch in der Luft sah Blaine eine Schar Wildgänse, die gen Süden flogen. Laut Kalender sollte der Winter offiziell erst in einem Monat Einzug halten, aber für Blaine hatte die kalte Jahreszeit schon begonnen.

Als sie jedoch die Tür öffnete, verflogen die Gedanken an den Winter im Nu. Auf dem Boden lag ein Teppich in warmen Goldtönen; an den Wänden reihten sich Regale mit bunten Mal- und Bilderbüchern, und darüber hingen Poster von Disney-Figuren. Malblöcke in allen Farben lagen in der einen Ecke, ein Puzzle mit riesigen bunten Teilen in der anderen. Caitlin saß mitten im Raum auf einem weißen Plastikstuhl, umlagert von etwa acht Kindern im Alter zwischen drei und fünf Jahren. Auf ihrem Schoß saß ein großäugiges Kind, das nicht älter war als achtzehn Monate.

»Wer von euch kann mir sagen, was auf unserem allerersten Thanksgiving passiert ist?«, fragte Cait.

Ein kleiner Junge mit flachsblondem Haar meldete sich zu

Wort und sagte ernsthaft: »Die Indianer sind gekommen und haben den Pilgervätern Squaredance beigebracht.«

Cait verzog keine Miene. »Nun ja, nicht ganz, Doug.«

»Ich weiß es, ich weiß es!«, schrie ein anderer kleiner Junge. Er sah zwar aus wie ein Engel, schien es aber faustdick hinter den Ohren zu haben. »Die Indianer haben fiese Truthähne mitgebracht, die alle Pilgerväter aufgefressen haben!«

Cait runzelte die Stirn. »Also Jack, du weißt doch, dass das albern ist. Truthähne fressen doch keine Menschen auf.«

»Tun sie doch«, behauptete Jack eigensinnig und blickte in die Runde, um sicherzugehen, dass sein fünfjähriges Selbst auch die gewünschte Aufmerksamkeit bekam. »Mein Daddy hat mir erzählt, wie einmal zu Thanksgiving, als er noch ein kleiner Junge war, der Truthahn vom Tablett gehopst ist und seiner Schwester die Nase abgebissen hat!«

Sechs kleine Gesichter verzogen sich zu einem Grinsen, während die schönen, empfindsamen Augen eines kleinen, ungefähr dreijährigen Mädchens sich mit Tränen füllten. »Wird mir unser Truthahn zu Thanksgivin' auch die Nase abbeißen?«

»Aber nein, Sally, natürlich nicht«, sagte Cait energisch. Sie warf Jack einen strafenden Blick zu. »Sag deiner Schwester, dass du die Geschichte erfunden hast!«

»Hab ich nicht«, sagte Jack beleidigt. »Hör mal, Sal, du weißt doch, wie komisch Tante Dots Nase aussieht?« Die Kleine nickte ängstlich. »Na ja, jetzt weißt du auch, warum. Omi hat dem ollen Truthahn den Kopf drangelassen, da ist er einfach vom Tablett gehopst und ...« Jack sprang auf, riss den Mund weit auf und schnappte mit den Zähnen. Sally kreischte entsetzt auf. Drei Kinder hielten sich die Bäuche vor Lachen, während Jack sich strahlend verbeugte. Da fing das Baby an zu weinen.

»Brauchst du Hilfe?«, fragte Blaine.

Cait wandte ruckartig den Kopf. »O Blaine! Kannst du wirklich eine Weile hier bleiben?« Das Haar stand ihr nach allen Seiten ab, als hätte sie es sich verzweifelt gerauft, und das Hemd hing ihr seitlich aus der Hose. »Meine Assistentin musste heute Morgen zum Zahnarzt wegen einer Wurzelbehandlung«, sagte sie. »Vielleicht liegt es nur an den bevorstehenden Ferien, aber wie du siehst, ist die Rasselbande heute ganz schön in Fahrt.«

»Klar bleib ich hier.« Es war erst vier Uhr, und die meisten Mütter würden ihre Kinder erst nach fünf Uhr abholen. Cait sah nicht so aus, als würde sie noch so lange durchhalten. »Robin geht nach dem Unterricht zu Susie, um mit ihr für eine Klausur zu lernen, sie bleibt zum Essen bei ihr, also brauche ich nicht zu kochen.«

»Gott sei Dank«, murmelte Cait.

Blaine legte den Mantel ab und wandte sich an die Kinder. »Wisst ihr was? Ich erzähl euch jetzt eine Geschichte, und ihr malt mir dazu ein Bild.«

»Wir brauchen nur auf Miss Cait zu hören«, verkündete Jack mit trotziger Miene.

Cait starrte ihn lange an. »Tu, was sie sagt!«

Jack runzelte finster die Stirn. Cait hatte Blaine bereits erzählt, dass Jack nicht nur altklug, sondern das unmöglichste Kind war, das sie jemals zu betreuen hatte, und er ließ sich nicht so leicht einschüchtern. Aber den knallharten Unterton in Caits Stimme war er nicht gewohnt. Er blinzelte ein paar Mal unsicher in ihre Richtung und wandte sich dann wieder Blaine zu. »Okay, aber von Abzählreimen haben wir die Nase voll.«

Und ich erst, sagte sich Blaine, die unwillkürlich an Ringel Ringel Rose denken musste. »Ich werd euch keine Abzählreime vorlesen. Holt euch Papier und Stifte und strengt euch an.«

Alle bis auf das Baby kramten eilig nach ihren künstlerischen Utensilien, ließen sich vor Blaine nieder und blickten sie erwartungsvoll an. Sie setzte sich in Positur und begann mit feierlicher Stimme: »Dies ist die Geschichte von den Drei Goldenen Äpfeln.«

Die meisten Kinder malten eifrig eingedellte gelbe Kreise. Ihre Nichte Sarah, die Caitlin wie aus dem Gesicht geschnitten war, versuchte die drei schönen jungen Damen zu zeichnen, die am Flussufer saßen und Blumenkränze wanden. Jack zeichnete, wie zu erwarten war, den schrecklichen hundertköpfigen Drachen, der unter dem goldenen Apfelbaum Wache hielt. Um halb sechs Uhr abends, nachdem erschöpfte Mütter prämierte Buntstiftzeichnungen bewundert hatten, der letzte kleine Mantel zugeknöpft war und Cait Sarah nach Hause geschickt hatte, nach nebenan, wo sie sich *Mr. Rogers* im Fernsehen ansehen durfte, wandte Cait sich an Blaine, ihr Gesicht von Müdigkeit gezeichnet. »Du hast mir das Leben gerettet.«

»Ich bin froh, dass ich dir helfen konnte, aber ich hab dich noch nie so erledigt gesehen.«

»Wir haben jetzt fast doppelt so viele Kinder zu betreuen wie im vorigen Jahr. Gott sei Dank wird die Hälfte von ihnen mittags abgeholt. Außerdem musste ich noch nie einen ganzen Tag allein mit ihnen bestreiten. Und Jack ist genauso schwer zu bändigen wie fünf von den anderen Kindern. Ich bin froh, dass er nächstes Jahr zur Schule geht.« Sie seufzte. »Außerdem hat mich die Sache mit Rosie mehr mitgenommen, als ich zuerst dachte – ich habe seither keine Nacht mehr durchgeschlafen. Ich habe sie zwar nicht besonders gut gekannt, aber sie so da liegen zu sehen …« Cait schüttelte sich.

»Aus heiterem Himmel eine Leiche zu finden, so was vergisst man nicht so leicht.«

»Du wirst ja langsam Expertin darin. Es tut mir so Leid für dich, dass es dir noch einmal passieren musste.«

»Mir auch.« Cait sagte nichts zu der Tatsache, dass man Rosalinds Sachen in Blaines Keller gefunden hatte. Offensichtlich war die Kunde noch nicht bis zu ihr vorgedrungen, und sie sah viel zu erschöpft aus, um noch mehr schlechte Neuigkeiten zu ertragen, also versuchte Blaine so zwanglos wie möglich zu klingen, als sie fragte: »Sag mal, Caity, hast du zufällig eine Aufnahme von Ringel Ringel Rose?«

Eine von Caits rotblonden Augenbrauen schnellte in die Höhe. »Hat sich dein Musikgeschmack in letzter Zeit verändert?«

»Nein. Es hätte mich nur interessiert.«

Das Schmunzeln wich aus Caits Gesicht. »Das nehme ich dir nicht ab. Was ist denn los, Blaine?«

»Nerv mich nicht. Ich bin genauso müde wie du. Beantworte mir einfach meine Frage.«

»Okay. Ich hab Dutzende von Platten, aber an diese erinnere ich mich nicht.«

»Bist du sicher, dass du sie nicht hier im Hort hast?«

»Nein, bin ich nicht. Zur Eröffnung haben die Leute mir eine Menge Sachen mitgebracht, da waren auch Schallplatten dabei. Ich weiß nur, dass ich selbst das Lied nicht gekauft habe, und wir haben es auch nie angehört. Die Kinder hören lieber Lieder aus bekannten Fernsehshows. Aber du kannst gerne mal die Plattensammlung durchsehen und dich selbst überzeugen.«

Eine Viertelstunde später saß Blaine im Schneidersitz auf dem Boden und hatte jede Platte und Kassette in der Sammlung des Kindergartens durchgesehen. »Nichts«, sagte sie schließlich. »Sie ist nicht dabei.«

»Du hast wieder einen dieser kranken Anrufe bekommen, stimmt's?«, fragte Cait. Sie hatte die Hände entschlossen in die Hüften gestemmt und erinnerte Blaine in dieser Haltung unwillkürlich an ihre Mutter, die einmal genauso vor ihr gestanden hatte, als sie, achtjährig, an einem kalten Februarabend ein streunendes Hündchen ins Haus geschmuggelt und vergeblich versucht hatte, es vor ihr zu verstecken. Blaine hatte es mit in ihr Zimmer genommen und in eine Holzkiste gesetzt, deren Deckel zugeklappt und sich darauf gesetzt. Unglücklicherweise hatte das Hundekind nicht still sein wollen. Nach zehn Minuten war der Kleine wieder vor der Tür gewesen, und Blaine hatte in ihr Kissen geweint, bis um elf Uhr nachts ihr Vater aus der Kneipe an der Ecke gekommen war, sich über die Aufregung zu Hause gewundert und nach dem Hund gesucht hatte. Schließlich hatte er den Welpen verängstigt winselnd ganz in der Nähe unter einem Baum gefunden und zu Blaine ins Bett gelegt. Zur Strafe hatte Jim O'Connor die Nacht auf der Couch verbracht, und seine Frau hatte eine Woche lang weder mit ihm noch mit Blaine ein Wort gesprochen, aber der Hund war geblieben.

»Nun sag schon, Blaine, da hat doch wieder jemand bei dir angerufen?«, fragte Caitlin noch einmal. »Sag schon, Blaine.«

»Woher weißt du das?«

»Ich konnte mir nicht vorstellen, dass dich plötzlich das dringende Bedürfnis nach ›Ringel Ringel Rose‹ überkommen hatte. Außerdem muss man kein Sherlock Holmes sein, um den Zusammenhang zwischen Rose und Rosie Van Zandt zu erkennen.«

»Also schön.« Blaine stand auf. Sie war fünf Zentimeter größer als Cait und nutzte diesen Vorteil, um ihre Schwester in die Schranken zu weisen, wenn diese wieder einmal das aggressive Gehabe ihrer Mutter an ihr erprobte. »Es hat tatsächlich jemand bei mir angerufen und dieses Lied gespielt, und zwar wenige Stunden nachdem wir Rosie gefunden haben. Und bevor du dich noch mehr aufregst, möchte ich dir sagen, dass ich den Anruf bereits der Polizei gemeldet habe, und außerdem habe ich eine Fangschaltung installieren lassen.«

Caits Sorge schlug in Ärger um, als sie begriff, warum ihre Schwester die Plattensammlung durchstöberte. »Du glaubst doch nicht etwa, dass ich bei dir angerufen habe, oder?«

»Ach Cait, natürlich nicht. Aber es war ein Kinderlied, und Robin meinte, dass hier tagsüber Dutzende von Menschen ein und aus gehen.«

»Dutzende nicht gerade.« Caits Miene entspannte sich wieder. »Aber einige schon. Die Vermutung lag wohl nahe, dass die Schallplatte aus meiner Sammlung stammen könnte. Aber ich kann mir niemanden vorstellen, der so etwas tun würde. Die Mütter der Kinder sind alle sehr nett.«

»Die Leute, die bei mir angerufen haben, um mich des Mordes an Martin zu bezichtigen, waren bestimmt auch alle nett.«

»Ich bin nach wie vor der Meinung, dass du nicht in diesem Haus bleiben solltest.«

Blaine verdrehte ärgerlich die Augen. »Cait, Logan hat dafür gesorgt, dass stündlich einer seiner Polizisten auf dem Grundstück nach dem Rechten sieht.«

»Wozu denn? Es war doch Selbstmord, oder nicht?« Cait sah, wie Blaine verlegen an ihrem Rock herumzupfte und nicht vorhandene Flusen entfernte. »Etwa nicht?«

»Nein, sieht nicht danach aus«, sagte Blaine zögernd. »Ich meine, die sind sich noch nicht sicher, aber ...«

»Jetzt reicht es mir! Du und Robin kommt noch heute zu uns zurück.«

»Kommt gar nicht infrage! Ihr hattet uns lange genug auf dem Hals – zuerst musste Kirk die ganze Zeit zu uns rausfahren, um Martin zu helfen und ihn an den Rollstuhl zu gewöhnen, und dann haben wir auch noch bei euch gewohnt. Ihr beide braucht doch eure Privatsphäre.«

»Ach was. Wir sind seit sechs Jahren verheiratet.«

Blaine lächelte. »Na, wenn das so ist, dann bringen Robin und ich unsere Schlafsäcke mit und campieren neben eurem Bett.«

»Klingt interessant«, sagte eine männliche Stimme.

Blaine drehte sich um und sah ihren Schwager in der Tür stehen. Er trug Jeans und ein kariertes Hemd, sein sandfarbenes Haar war soldatisch kurz geschnitten, und seine grauen Augen lachten aus einem Gesicht, das zwar nicht schön im klassischen Sinne, aber doch männlich verwegen zu nennen war.

»Wollt ihr zwei wohl aufhören, Witze zu machen!«, schimpfte Cait. »Kirk, die Polizei hat herausgefunden, dass Rosie Van Zandt ermordet worden ist.«

Kirk wurde auf der Stelle ernst. »Ermordet!«

»Das glauben sie zumindest«, sagte Blaine. »Sie sind sich noch nicht sicher.«

»Ich habe ihr gerade vorgeschlagen, mit Robin eine Weile zu uns zu ziehen.«

»Gute Idee«, sagte Kirk.

»Wir sind daheim gut aufgehoben«, entgegnete Blaine eigensinnig.

»Sie möchte unserem Familienleben nicht im Weg stehen. Vielleicht ist ihr ja nicht aufgefallen, dass du fast keinen Abend daheim warst, als sie hier gewohnt hat.«

Blaine senkte den Blick, sie fühlte sich unbehaglich. Einer der Gründe, weshalb sie nicht mehr bei Cait und Kirk wohnen wollte, war die gereizte Stimmung, die in letzter Zeit zwischen den beiden herrschte. Obwohl sie nicht wusste, was vorgefallen war, war sie der festen Überzeugung, dass es dem Eheleben der beiden nicht gerade förderlich war, wenn Robin und sie dem Paar so nah auf den Pelz rückten.

Kirk zuckte die Achseln. Er war groß und hatte ausgeprägte Muskeln, weil er von früh bis spät körperlich arbeitete und zudem seit der High School regelmäßiges Krafttraining betrieb. »Wir hatten ein paar dicke Aufträge, Cait, weißt du das nicht mehr? Wir mussten bis in die Nacht hinein arbeiten. Aber zurzeit komme ich doch jeden Abend heim, ich könnte mich um euch alle kümmern.«

»Danke, Kirk, aber das ist wirklich nicht nötig. Wir haben eine neue Alarmanlage, und die Polizei behält unser Haus ständig im Auge.«

»Die Polizei?« Kirk war verdutzt. »Na ja, wahrscheinlich ist das nach einem Mord so üblich.«

Blaine nickte. »Wie's aussieht, weiß ein Mädchen aus meiner Klasse mehr darüber. Sie heißt Kathy Foss, aber sie will nicht reden.«

»Das hast du mir ja gar nicht erzählt!«, polterte Cait.

»Und dabei hätte ich es auch belassen sollen.« Blaine hätte sich am liebsten auf die Zunge gebissen. »Aber Robin und mir geht's gut. Und eure Wohnung ist einfach zu klein für uns alle. Das haben wir doch schon herausgefunden. Wenn ihr es nur zulassen würdet, dass ich euch das Geld für dieses Haus in der Townsend Street borge, das euch so gut gefällt ...«

Cait schob trotzig das Kinn vor. »Du weißt doch, dass wir keinen Cent von deinem Erbe annehmen, nicht mal als Darlehen. Aber versuch nicht dauernd vom Thema abzulenken. Ich verstehe nicht, wie du nach allem, was passiert ist, noch immer in diesem Haus bleiben kannst.«

»Ich muss gehen, Caity.« Blaine griff sich ihren Mantel.

Cait stieß einen Stoßseufzer aus. »Dickkopf.«

»Wie meine Schwester.«

»Na gut, wenn du unbedingt an diesen unheimlichen Ort zurückfahren möchtest, bitte schön.«

»Danke.«

»Kirk, sag du doch was!«

»Ich versuche nie die Meinung einer O'Connor zu ändern. Es ist hoffnungslos.«

»Ein kluger Mann«, sagte Blaine.

Cait brachte ein halbherziges Lächeln zustande. »Okay, ich geb's auf. Aber ich werde die Kinder morgen fragen, wer von ihnen eine Aufnahme von ›Ringel Ringel Rose‹ daheim hat.«

Blaine beugte sich hinunter und drückte ihrer Schwester einen Kuss auf die Wange.

»Danke, Kleine. Mach dir keine Sorgen um mich.«

»Ich wünschte, ich hätte keinen Grund dazu«, sagte Cait leise, als Blaine zur Tür ging.

## 2

Blaine warf einen Blick auf die Leuchtziffern ihrer Autouhr. 18 Uhr 50. Sie hatte genau vierzig Minuten Zeit, um Rick den Pieper zurückzubringen, den er letzte Nacht bei ihr hatte liegen lassen. Anschließend würden an der Schule die ersten Proben für den Talentwettbewerb stattfinden.

Sie seufzte und wünschte, sie hätte die Organisation dieser Veranstaltung abgegeben. Sie war bereits für die Schülermitverwaltung zuständig und inszenierte das Theaterstück der Abschlussklasse. Ihre Krankheit lag noch nicht lange zurück, und so hätte es ihr niemand übel genommen, wenn sie in diesem Jahr eines ihrer Ämter abgegeben hätte. Aber sie hatte ja unbedingt beweisen wollen, dass sie wieder ganz genesen und durchaus imstande war, ihren Beitrag zu leisten. Doch seit Rosies Tod fühlte sie sich immerzu erschöpft. Dieser Talentwettbewerb hatte ihr gerade noch gefehlt.

Blaine hielt vor dem einstöckigen Apartmenthaus, in dem Rick seit seiner Scheidung wohnte. Die Außenlampen verbreiteten ein warmes Licht, während der kühle Nachtwind durch die Bäume wehte und ein paar welke Blätter auf den Fußweg streute. Rick öffnete die Tür seiner Wohnung in einem weißen Frotteebademantel und mit nassen Haaren, als käme er gerade aus der Dusche. »Blaine«, sagte er lächelnd. »Was für eine nette Überraschung!«

»Hast du ihn vermisst?«, fragte sie und hielt ihm den Pieper vor die Nase.

»Den habe ich heute Morgen eine Stunde lang gesucht, bis mir einfiel, wo er war.«

»Und du hast ihn nur deshalb nicht bei mir abgeholt, weil du mich in deine Wohnung locken wolltest.«

Rick lachte. »Wie gut du meine boshaften Hintergedanken kennst. Ehrlich gesagt, war ich einfach zu müde, um zu dir rauszufahren. Ich dachte mir, dass ich bis morgen ohne ihn zurechtkommen würde.« Als Blaine ihm den Pieper in die Hand drückte, packte er sie am Handgelenk und zog sie in die Wohnung. »Ich hab holländischen Apfelkuchen hier, ofenfrisch. Wie wär's mit einem Stück und Kaffee dazu?«

»Mein Lieblingskuchen, noch dazu ofenfrisch«, sagte Blaine mit gespieltem Misstrauen. »Was für ein Zufall.«

»Kein Zufall, Berechnung. Ich wusste, dass du mir den Pieper vorbeibringen würdest.«

»Das hab ich mir schon gedacht.« Blaine sah sich um und fragte sich, wie Rick es in diesem trostlosen, engen Apartment aushalten konnte, nachdem er vier Jahre lang in dem großen, schönen Haus in Cape Cod gewohnt hatte, das jetzt seiner Exfrau Ellen gehörte. »Hattest du einen schweren Tag?«

»Er war lang«, sagte er, »aber ansonsten ist nichts vorgefallen, was ein gesunder Schlaf nicht ins Lot bringen könnte. Also zurück zum Thema. Wie wär's mit einer Tasse Kaffee und einem Stück dieses köstlichen, kalorienarmen Kuchens?«

»Ich wünschte, ich könnte bleiben, aber ich muss los. Ich beaufsichtige den Talentwettbewerb, und die Proben beginnen heute Abend, um halb acht.«

Rick schlug sich auf die Stirn. »Das hast du jetzt schon mindestens zehnmal erwähnt, und ich hab's trotzdem vergessen.«

»Schwer beschäftigte Ärzte dürfen so wichtige Dinge wie Talentwettbewerbe an der High School schon mal vergessen.«

»Konntest du Robin dazu bringen teilzunehmen?«

»Ich weiß es nicht. Heute Morgen war sie noch nicht sicher. Sie ist so schüchtern.«

»Das sollte sie aber überwinden, wenn sie vor Publikum spielen will.«

»Das weiß sie. Ich hoffe, sie kommt. Ich habe einen Termin für sie freigehalten.«

Rick sah sie scharf an. »Geht's dir gut, Blaine? Du siehst irgendwie mitgenommen aus.«

Blaine rang sich ein Lächeln ab. »Für mich war's auch ein langer Tag. Du weißt doch sicher, dass die Polizei inzwischen davon ausgeht, dass Rosie Van Zandt ermordet worden ist.«

»Ja, ich hab's im Krankenhaus erfahren. Dem städtischen Nachrichtendienst entgeht nicht viel, weißt du. Am besten wäre es, wenn du eine Weile zu Cait ziehen würdest.«

»O nein, fang du nicht auch noch an.«

»Du hast schon mit Cait darüber geredet, stimmt's?«

»Genau. Aber das Haus an der Prescott Road ist mein Heim, Rick. Ich fühle mich wohl dort. Außerdem ist Caits Wohnung wirklich zu klein für uns alle. Die paar Wochen, die ich nach meiner Krankheit dort verbracht habe, waren ziemlich ungemütlich. Außerdem möchte ich den beiden auch nicht andauernd zur Last fallen. Cait hat sich nie etwas anmerken lassen, aber ich spürte genau, dass Robin, Ashley und ich ihr im Weg waren.«

»Verstehe, aber hast du keine Angst in dem großen Haus?«

»Ein bisschen mulmig ist mir schon zumute«, gab sie zu, »aber das gibt sich.« Sie seufzte und ließ zu, dass Rick den Arm um sie legte. »Weißt du, die Vorstellung, dass Rosie sich umgebracht hat, war schon schrecklich genug, aber die Gewissheit, dass sie ermordet wurde, ist noch viel schlimmer. Und die Schüler sind natürlich in heller Aufregung deswegen. Eines der Mädchen ist heute sogar in Ohnmacht gefallen.«

»Wer denn?«

»Kathy Foss. Sie ist Vortänzerin der Cheerleader.«

»Ich hab sie bei den Spielen gesehen.«

»Sie ist auch kaum zu übersehen«, bemerkte Blaine trocken. »Sie ist während der Mittagspause im Flur umgekippt. Eine Horde Schüler hatte sich um sie geschart, und als sie zu sich kam, sagte sie etwas wie: ›Rosie, ich war da, ich hab's gesehen.‹ Es hat die Schüler ganz schön erschreckt. Sie haben den ganzen Nachmittag von nichts anderem geredet, und ich hab es dummerweise Cait erzählt.«

Rick sah ihr tief in die Augen. »Glaubst du, das Mädchen weiß tatsächlich etwas?«

»Ja schon, aber als sie wieder ganz bei Besinnung war, weigerte sie sich, auch nur ein Wort darüber zu verlieren.«

»Eigenartig.«

»Vielleicht hat sie Angst.«

»Du hast Recht, darauf hätte ich selbst kommen können. Bitte entschuldige, dass ich so begriffsstutzig bin, aber ich bin müde und mein Zuckerspiegel ist zu niedrig.«

Blaine lächelte. »Rick, wenn man bedenkt, wie viel Süßes du tagtäglich verdrückst, müsstest du mindestens fünfzig Kilo schwerer sein. Ich dachte, ihr Ärzte wüsstet über gesunde Ernährung Bescheid.«

»Tun wir ja auch. Wir wenden unser Wissen nur nicht immer an.«

Blaine lächelte wieder und sah auf die Uhr. »Ich muss gehen.«

»Bist du absolut sicher, dass du dich weder zu Kaffee und Kuchen noch zu anderen Naschereien überreden lassen willst?«

»Um dir zuzusehen, wie du auf der Couch langsam einschläfst? Deine dunklen Augenringe sagen mir nämlich, dass du spätestens in einer halben Stunde bewusstlos sein wirst.«

»Vielleicht hast du Recht. Aber demnächst, wenn ich nicht müde bin und du dir keine Gedanken mehr machst, was man in der Stadt über uns sagen könnte …«

Blaine verdrehte die Augen und lachte. »Leg dich schlafen, Romeo. Darüber reden wir ein andermal.«

## 3

Der Talentwettbewerb fand in der Turnhalle der Schule statt, und als Blaine die Teilnehmer sah, die sich davor versammelt hatten und bereits ihren Auftritt probten, empfand sie einen Hauch von

Vorfreude. Doch schon eine Stunde später war sie einem Schreikrampf nah und der festen Überzeugung, dass dies der mieseste Talentwettbewerb in der amerikanischen Schulgeschichte werden würde.

Keiner der Schüler hatte den Anfang machen wollen, also hatte sie willkürlich Susie Wolfe aufgerufen, die mit brennenden Fackeln jonglierte und eine davon versehentlich in eine Gruppe Schüler schleuderte, die kreischend das Weite suchten. Niemand war verletzt worden, und Sekunden später hallte der Saal von hysterischem Gelächter wider, während Susie von ebenso hysterischem Schluchzen geschüttelt wurde. Blaine brauchte fünfzehn Minuten, um sie zu beruhigen und zu einem zweiten Versuch zu überreden.

Susie wurde von Dean Newman abgelöst, der eine Komikernummer zum Besten gab, über die seine Mitschüler nur deshalb lachten, weil sie so bodenlos schlecht war. Enttäuscht überließ er die Bühne einem Mädchen, das sich einen Regenschirm über dem Kopf hielt, *Raindrops Keep Fallin' on my Head* sang und mit donnerndem Gesteppe die Musik übertönte. Weil zwei Mitglieder von Tony Jarvis' Rockband die Schule bereits hinter sich hatten und aus diesem Grund nicht teilnehmen durften, trat Tony mit einer Solonummer auf, trug eine Eigenkomposition vor mit dem Titel *Wherever You Are*. Blaine hatte den Song schon einmal gehört und sehr schön gefunden, aber heute klang er fade und unmotiviert. Sie wusste allerdings, dass Tony nach dem Unterricht im Polizeirevier vernommen worden war. Er wirkte verdrossen und angespannt – der Blick seiner dunklen Augen war ernst, der Mund verkniffen. Ein Wunder, dachte Blaine, dass er überhaupt zu den Proben erschienen war.

Auch mit Kathy Foss hatte sie nicht gerechnet. Sie schien sich von ihrer Ohnmacht erholt zu haben, denn sie sah gut aus und hatte einen Jazztanz zu *Witchy Woman* von den Eagles einstudiert. Sie war zwar gut, aber ihre Bewegungen fügten sich nicht so recht in den Rhythmus der Musik, was in Blaine den Verdacht weckte, Kathy habe das Lied nur seiner verführerischen Wirkung wegen ausgesucht.

Kurz nach Kathys Auftritt kam John Sanders in die Turnhalle. Er trug Jeans und einen gut geschnittenen Mantel. Als Blaine sah, wie viele weibliche Augenpaare schmachtend in seine Richtung blickten, musste sie unwillkürlich schmunzeln. Er rückte sich einen Klappstuhl zurecht und setzte sich zu ihr. »Na? Wie viele verborgene Showtalente haben wir unter uns?«, fragte er.

»Kein einziges«, flüsterte Blaine so leise, dass die Schüler sie nicht hören konnten. »Bis jetzt war es ein ziemlicher Reinfall. Nicht mal Tony Jarvis war gut.«

»Das bringen Verhöre auf dem Polizeirevier so mit sich.«

»Bist du denn nochmal vernommen worden?«

»Nein, aber ich habe das ungute Gefühl, dass das demnächst auf mich zukommen wird.«

»Sei nicht so pessimistisch. Warum bist du eigentlich hier?«

»Ich wollte nur sehen, wie's dir geht. Du hast ziemlich mitgenommen ausgesehen heute, und ich fragte mich, ob ich dich vielleicht ablösen sollte.«

»Lieb von dir, aber mir geht's gut. Ich wünschte nur, mein Name würde nicht mit diesem Talentwettbewerb in Verbindung gebracht.«

John lachte. »Das Publikum wird hauptsächlich aus den Eltern der Künstler bestehen, und die halten ihre Kinder sowieso für einmalig, also mach dir mal keine Gedanken.«

»Ich hoffe du hast Recht. Kannst du bis zum Schluss bleiben?«

»Leider nicht. Sam wollte noch anrufen heute, und wenn du mich hier entbehren kannst, würde ich gern nach Hause fahren und mit ihr telefonieren.«

»Nur zu«, sagte Blaine, die Gekränkte mimend. »Wenn dir ein Gespräch mit der Frau, die du liebst, mehr bedeutet als dieser einmalige Kunstgenuss, möchte ich dich nicht länger aufhalten.«

»Ich fürchte, da muss ich Prioritäten setzen.« Johns Lächeln verflog. »Aber wenn du mich später noch brauchen solltest, dann ruf mich an. Ich meine es ernst.«

»Danke, John.«

Nachdem John gegangen war und Blaine noch zwei miserable Auftritte über sich hatte ergehen lassen, stieg Robin auf die Bühne. Blaine hatte sich sehr gefreut, als sie mit Susie hereingekommen war, doch die Freude verging ihr, als sie Robins Musikauswahl hörte. Gesenkten Hauptes, mit zitternden Händen setzte das Mädchen sich an den großen Flügel und begann Debussys »Träumereien« zu spielen. Obwohl Blaine das Stück sehr mochte, wusste sie, dass es für den Talentwettbewerb nicht geeignet war. Robins jugendliche Zuhörer waren gelangweilt, redeten, alberten herum, während Robin mit hochroten Wangen tapfer weiterkämpfte. Blaine litt ihretwegen Höllenqualen und fragte sich, ob es ein Fehler gewesen war, sie zur Teilnahme zu ermutigen. Obwohl Robin dies zweifellos vehement bestritten hätte, lag ihr sehr viel an der Meinung ihrer Altersgenossen, und deren Geringschätzung konnte ihrem angeknacksten Selbstwertgefühl empfindlich schaden.

Sie beendete das Stück und verließ fluchtartig die Bühne, während ihr nur drei Schüler – Susie Wolfe, Dean Newman und Tony Jarvis – Beifall klatschten. Als Arletta Stroud auf der Bühne herumzuhopsen begann und dabei die Lippen zu Madonnas *Like A Virgin* bewegte, gab Blaine Robin ein Zeichen, sie in den Flur zu begleiten.

## 4

Kathy saß neben der Bühne, als Robin Avery ihr klassisches Klavierstück zum Besten gab. Gott, wie öde, dachte sie und fragte sich, ob es tatsächlich Leute gab, die diese Art von Musik mochten. Der Reaktion des Publikums nach zu urteilen wohl nicht. Kathy lächelte zufrieden. Von Robin hatte sie also nichts zu befürchten, auch wenn die Lehrer mächtig begeistert waren von ihrem Talent und Rosie sie immer gelobt hatte.

Beim Gedanken an Rosie lief es Kathy kalt den Rücken hinunter, obwohl sie nach ihrer anstrengenden Gymnastiknummer noch immer schweißgebadet war. Wenn ihr nicht endlich einfiel, ob sie die Sache mit Rosie der Polizei melden sollte oder nicht, würde sie noch durchdrehen. Womöglich verplapperte sie sich oder hatte sich schon verplappert. Kein Wunder bei dem Gedränge neulich, als sie in der Schule umgekippt war! So etwas Blödes war ihr in ihrem ganzen Leben noch nicht passiert. Aber als Arletta beschrieben hatte, wie Rosie möglicherweise gestorben war ... Kathy dachte an Rosie und schloss die Augen. Sie begann heftig zu zittern.

Erst vor drei Monaten hatte Rosie ihr Nachhilfestunden in Algebra gegeben. Kathy hatte sich fest vorgenommen, sie nicht zu mögen. Rosalind Van Zandt war viel zu hübsch, und mächtig klug war sie obendrein. Es war peinlich, wie sie sich vor diesem gelassenen, schönen Mädchen mit den einfachsten Formeln herumplagte. Aber Rosie hatte sie nie von oben herab behandelt, und als Kathy ihren Nachholkurs mit einer respektablen Drei abschloss anstatt der glatten Sechs, die sie sich im Frühling eingehandelt hatte, schien Rosie sich ehrlich für sie zu freuen. Für Kathy hatte diese Note bedeutet, dass sie nicht nur Cheerleader bleiben, sondern sich sogar als Vortänzerin qualifizieren durfte, weshalb sie aus Dankbarkeit darauf bestand, Rosie in das neue mexikanische Restaurant in der Stadt einzuladen. Und bei Chimichangas mit Meeresfrüchten hatten die beiden eine behutsame Freundschaft geknüpft.

Kathy besaß zwar kein »Bücherwissen«, wie ihre Eltern es nannten, dafür aber ein außergewöhnliches Gespür für Menschen; sie erahnte im Nu deren Stärken und Schwächen, wusste, wann sie etwas zu verbergen hatten, und hatte schon bald erkannt, dass Rosie ein Geheimnis hatte. Man brauchte kein Genie sein, um zu bemerken, wie sie sich mehr und mehr von Robin Avery zurückzog. Rosie hatte sich nie negativ über Robin geäußert, aber Kathy hatte auch nie vermutet, dass Rosies Problem etwas mit Robin zu tun hatte. Sie hätte für ihr Leben gern gewusst, was mit ihr los war, kam aber nicht dahinter.

Es war vor einer Woche – sie war noch im Drugstore gewesen –, da hatte sie Rosie in ihrem hübschen roten Kabrio stadtauswärts in Richtung Prescott Road fahren sehen und war ihr kurz entschlossen hinterhergefahren. Natürlich hatte sie, wie sie es vom Fernsehen kannte, ausreichend Abstand gehalten, damit Rosie sie nicht bemerkte, und gesehen, wie diese auf einen unbefestigten Weg abbog, bis zum Waldrand fuhr, ausstieg, über den breiten Rasen hinter dem Anwesen der Averys lief und mit einem Schlüssel die Haustür aufsperrte. Aber von den Averys war doch niemand zu Hause. Mrs. Avery und Robin wohnten derzeit in der Stadt. Das wusste jeder. Verwirrt war Kathy wieder auf die Prescott Road zurückgefahren, hatte den Wagen gewendet und zwischen den Bäumen am Straßenrand abgestellt, wo man ihn vom Haus aus nicht entdecken konnte. Dann war sie zu Fuß bis zum Waldrand zurückgegangen, wo der Avery-Rasen begann.

Eine Viertelstunde später – sie fror, langweilte sich und fürchtete, ihre Lieblingsserie um neun Uhr zu verpassen – wollte sie gerade zum Auto zurückgehen, als sie einen Wagen bemerkte, der auf den Sandweg bog und zwischen den Bäumen verschwand. Ein paar Minuten später überquerte ein Mann den Rasen wie zuvor Rosie. Kathy versuchte ihn zu identifizieren und verwünschte die Dunkelheit. Wäre der Mond nicht fast voll gewesen, hätte sie ihn überhaupt nicht bemerkt. Sie reckte den Hals, in der Hoffnung, sein Gesicht deutlicher zu sehen, und als es ihr endlich gelang, war sie verblüfft. Die Tür flog auf, und sie sah Rosies Silhouette vor dem schwachen Lichtschein im Flur. Sie schlang ihre Arme um die Schultern des Mannes, beide gingen hinein, und die Tür fiel hinter ihnen ins Schloss. Kathy presste sich eine Hand auf den Mund und verkniff sich ein lautes »Wow!« Rosie mit einem Mann im Haus von Mrs. Avery! Gott, die hatte vielleicht Nerven. Aber der Ort war geradezu ideal für ein Rendezvous. Das Haus war abseits gelegen und hatte Stil. Rosie war ganz schön durchtrieben! Mrs. Avery war fort, also bestand keine große Gefahr, dass ihr jemand auf die Schliche kommen würde.

Kathy grinste in sich hinein, als sie zum Wagen zurückging. Ihre Achtung vor Rosie war sogar noch gestiegen. Mann, war das irre! Aber Rosie durfte auf keinen Fall merken, dass sie ihr nachspioniert hatte. Sie wollte auf keinen Fall ihre Freundschaft verlieren, die ihr plötzlich wichtiger war denn je.

Ohne die Scheinwerfer einzuschalten, startete sie ihren Wagen und fuhr auf die Straße zurück. Sie war noch nicht weit gefahren, als ein Polizeiwagen mit heulender Sirene und grellem Lichtsignal geradewegs auf sie zuhielt. Zu Tode erschrocken hielt Kathy an und wartete geduldig, bis der junge Deputy ohne Eile auf sie zugeschlendert kam. Sie hätte sich ohrfeigen können, weil sie nichts anderes tun konnte, als am Steuer ihres Wagens zu sitzen und sich wie auf dem Präsentierteller zu fühlen. Sie kurbelte das Fenster herunter. »Sie fahren ohne Licht«, stellte der Deputy gemächlich fest. »Wissen Sie nicht, wie gefährlich das sein kann?«

Er brauchte zehn Minuten, um ihren Führerschein zu überprüfen und ihr eine Verwarnung auszustellen, auf die er seine Telefonnummer gekritzelt hatte. Währenddessen leuchteten seine Scheinwerfer erbarmungslos auf Kathys Wagen und über den Avery-Rasen. Weniger als eine Woche später war Rosie tot, und mittlerweile wusste Kathy, dass sie ermordet worden war, zweifellos von dem Kerl, den Rosie im Haus der Averys getroffen hatte – und dieser Typ hätte taub und blind sein müssen, um in jener Nacht Kathys Auto vor dem Haus zu übersehen. Vielleicht wusste er nicht, dass das Auto ihr gehörte. Es war stockfinster gewesen damals, und sie war nicht die Einzige in der Stadt, die einen Honda Civic fuhr. In diesem Fall war sie sicher. Aber was war, wenn sie ihre Beobachtung der Polizei meldete und diese ihm bei der Vernehmung verriet, wer ihn verpfiffen hatte, und ihn anschließend aus Mangel an Beweisen wieder auf freien Fuß setzte? So was passierte alle Tage. Sie hatte es schon tausendmal im Fernsehen gesehen. Dann wäre sie wirklich in Gefahr. Er wäre hinter ihr her, würde versuchen sich zu rächen und müsste obendrein befürchten, dass sie mehr wusste, als tatsächlich der Fall war.

»Tut mir Leid, dass das heute passiert ist, Kathy. Wünschst du mir trotzdem Glück?«

Kathy blinzelte und sah dumpf auf das Mädchen, das in Petticoat und Korsage vor ihr stand. Gott, Arletta Stroud imitierte Madonna! Um ein Haar hätte Kathy hysterisch losgeprustet, beherrschte sich aber, wünschte dem Mädchen Glück und sah ihr zu, wie sie auf die Bühne eilte und anfing herumzuhopsen. Als eines der schweren Kreuze an ihrer Halskette ihr ins Gesicht flog, konnte Kathy sich das Lachen nicht mehr verkneifen. Während Arletta ihre Zähne betastete und sich vergewisserte, ob sie noch heil waren, lugte Kathy durch einen Riss im Vorhang, um zu sehen, wie Mrs. Avery auf Arlettas Auftritt reagierte, aber ihre Miene war aus der Entfernung nicht auszumachen. Es schien fast, als ob schon alle gegangen wären. Egal. Arlettas kläglicher Versuch, sexy auszusehen, war heute schon zum Schreien komisch, aber richtig erbärmlich würde sie erst am Tag der Show dastehen, nachdem sie, Kathy, aufgetreten war. Vielleicht war sie nicht besonders gut, was den Rhythmus anbelangte, aber ihr Kostüm! Allein der Gedanke daran trieb Kathy Wonneschauer über den Rücken, und weil sie wusste, dass sich beim Anblick des Trikots ihre Laune schlagartig bessern würde, beschloss sie, es sich kurz anzusehen. Sie liebte hübsche Klamotten.

Sie hatte es sich im vorigen Monat nähen lassen und nicht gewagt, es daheim in den Schrank zu legen, wo ihre Mutter es finden konnte. Die würde bestimmt sofort empört zur Schere greifen. Seit vor etwa einem Jahr Kathys älterer Bruder bei einer Marineübung ums Leben gekommen war, hatte ihre Mutter ihr Leben »Gott geweiht«. Mrs. Foss hatte ihren Sohn ermutigt, zur Marine zu gehen, und litt an entsetzlichen Schuldgefühlen. Kathys Vater hatte es ihr erklärt, aber deshalb war der religiöse Eifer, den ihre Mutter neuerdings an den Tag legte, auch nicht leichter zu ertragen. Sie hatte schon ein paar von Kathys Kleidern zerschnitten, die sie für zu auffällig hielt, und die beiden hatten ständig Streit wegen Kathys blondiertem Haar und ihrem kurzen Cheerleader-Rock. Ginge es nach ihrer Mutter, liefe Kathy nur noch in knöchellangen Kleidern herum, und nur weil Kathys Vater hin und wieder Partei für sie ergriff, durfte sie Cheerleader bleiben. Sie ging die Treppe hinunter in den Keller, wo sich auf der rechten Seite die Duschen und Schließschränke der Mädchen befanden. Sie hatte fest damit gerechnet, noch ein paar Mädchen hier unten anzutreffen, die sich für ihre Auftritte vorbereiteten, aber offenbar war Arletta die Letzte gewesen, die sich umgezogen hatte. Gerade eben durfte Arletta ihre Nummer wiederholen, denn man hörte oben immer noch *Like A Virgin* aus den Lautsprecherboxen plärren.

Der Beton unter ihren Füßen fühlte sich kalt an. Sie hätte ihre Schuhe anziehen sollen – bestimmt würde sie sich Laufmaschen ziehen –, aber sie hatte keine Lust, deswegen noch einmal nach oben zu gehen, wo sie neben der Jeans lagen, die sie über dem Gymnastikanzug getragen hatte. Auf Zehenspitzen ging sie am Duschraum vorbei, den eine Funzel an der Decke mehr schlecht als recht erhellte. Der Hausmeister musste sich erst kräftig die Birne anstoßen, bevor hier ein paar anständige Lampen angebracht wurden, dachte sie. Tagsüber fielen durch die Fenster hoch oben in der Mauer ein paar Lichtstrahlen, aber nachts war es ein bisschen unheimlich hier unten.

Mächtig unheimlich sogar. Kathy blieb stehen und war nahe daran, auf den Anblick des Kostüms zu verzichten und schleunigst wieder nach oben zu flitzen. Es war kalt hier unten. Kalt und gruselig. Und sie hatte schon den ganzen Tag solche Angst gehabt.

Aber du wirst diesem Gefühl nicht nachgeben, sagte sie sich streng. Drei Minuten. Mehr brauchst du nicht, um dir dein Kostüm anzusehen, und dann nichts wie raus hier.

Hinter dem großen Umkleideraum war noch eine kleinere Kammer, die hauptsächlich als Stauraum für Pompons und andere Utensilien der Cheerleader genutzt wurde. Kathy stieß die Tür auf und schaltete das Licht ein, eine armselige, verstaubte Glühbirne, die von der Decke baumelte. Sie hielt erneut inne. Sie war schon oft in diesem kleinen Raum mit den Betonwänden gewesen und hatte sich nie etwas dabei gedacht. Aber heute Abend schien er voller ungewohnter Schatten zu sein. »Zwei Minuten«, murmelte sie in sich hinein und schloss behutsam die Tür hinter sich. »Nur zwei Minuten, keine Sekunde länger. Dann weiß ich, dass sich niemand an meinem Kostüm vergriffen hat, und habe eine Sorge weniger.« An der hinteren Wand stand eine alte Frisierkommode. Sie hatte immer ein wenig deplatziert gewirkt in diesem Raum, in dem ansonsten nur Stahlschränke und Kisten standen, aber ihre oberste Schublade ließ sich absperren und war daher ideal als Versteck. Kathy ging in die Knie und tastete nach dem Schlüssel, den sie von unten an den Boden der Kommode geklebt hatte, und löste ihn vom Klebeband. Das Schloss sperrte sich zuerst gegen den Schlüssel. Vielleicht war er noch klebrig, dachte sie. Endlich aber drehte der Schlüssel sich widerwillig, und die Schublade ließ sich unter lautem Knarzen herausziehen. Da lag ihr Kostüm, unberührt. Sie hob es heraus, freute sich an den dunklen Pailletten, die sogar in dem kläglichen Licht funkelten. Mit seinen hohen Beinausschnitten und dem tiefen Dekolleté war es atemberaubend schön! Sie würde umwerfend aussehen auf der Bühne. Die anderen sollten ihre Nummer so schnell nicht vergessen!

Plötzlich hörte sie ein Klicken hinter sich. Jemand öffnete die Tür. Sie erstarrte. Wahrscheinlich irgendein neugieriges Mädchen, das sehen wollte, was sie da trieb, dachte Kathy, aber sie hatte kein gutes Gefühl. Dann fiel die Tür zu. Angst durchflutete sie, und sie stand da wie angewurzelt, unfähig, sich vom Fleck zu rühren. So etwas war ihr noch nie passiert. Sie war wendig und durchtrainiert, aber jetzt stand sie da wie versteinert, die Augen starr vor Schreck, das Kostüm an die Brust gedrückt. Es kam ihr so vor, als höre sie das Pochen ihres eigenen Herzens. Als Nächstes war ihr, als sei da noch ein zweites Herz, das schlug, aber nicht vor Angst.

Etwas Pelziges huschte ihr über die Füße, ein weiches, flaumiges Etwas, und sie ließ vor Schreck das Kostüm fallen. Eine Maus. Sie piepste und flitzte davon, als Kathy endlich ihre Stimme wiederfand, aufkreischte und unwillkürlich ein paar Schritte in Richtung Tür zurückwich. Da legte sich ein Arm um ihren Hals.

»Ich habe darauf gewartet, dich allein zu erwischen«, flüsterte eine heisere Stimme in ihr Ohr. »Ich hab dich herunterkommen sehen.«

Kathy war starr vor Entsetzen, alles Blut wich aus ihrem Gesicht. Sie brachte einen schwachen Schrei zustande, obwohl der kräftige Arm ihr die Kehle zudrückte. Über ihr dröhnte noch immer *Like A Virgin*. »Niemand kann dich hören. Außerdem muss ich es tun, also bringen wir es hinter uns.«

Kathys rasende Angst mobilisierte ihren Überlebenstrieb, und sie krallte ihre Fingernägel in den Arm und versetzte dem Angreifer einen kräftigen Tritt. »Verflucht!« Der Griff lockerte sich. Kathy holte aus, um erneut nach hinten zu treten, aber da erhielt sie einen Schlag gegen die rechte Schläfe. Sie sank lautlos zu Boden. Sie war viel zu benommen, um ihre Glieder bewegen zu können, aber noch bei Bewusstsein. Sie sah eine Gestalt, die sich über sie beugte, spürte den Stich einer Spritzennadel im Oberarm. »Nein! Nicht töten, bitte nicht«, bettelte sie, wobei sich ihre Hände krampfartig zu Fäusten ballten. Eine unbarmherzige Hand presste sie gegen den kalten Betonboden. Die Maus, dachte sie. Die Maus wird mich beißen, wie die Tiere es mit Rosie gemacht haben. Eine Träne lief ihr über die Wange. Der stechende Schmerz in ihrem Arm verebbte, und sie wusste, dass die Nadel herausgezogen worden war. Doch was immer man ihr in den Muskel gespritzt hatte, kroch jetzt durch ihren Körper, wanderte durch die Blutgefäße wie ein tödlicher, hinterhältiger Bazillus. »Bitte«, murmelte sie. »Bitte nicht ... Ich werd nichts sagen ...«

»Da hast du Recht. Jetzt bestimmt nicht mehr.«

Es kann nicht sein, dass ich in diesem scheußlichen kleinen Kabuff hier sterben soll, dachte Kathy. Es kann einfach nicht sein ...

Sie spürte, wie sich etwas Kaltes, Spitzes in ihren Nacken bohrte. Ein Messer. »Nein, nicht«, lallte sie.

»Hast du Angst? Brauchst du nicht. Ich warte, bis das Mittel wirkt.«

»Weh ...«

»Du meinst wohl, ich warte deinetwegen, weil ich dir nicht wehtun will? Das kümmert mich, ehrlich gesagt, einen feuchten Dreck, du blöde kleine Schlampe. Ich will nur sicher sein, dass du nicht blutüberströmt nach oben rennst. Womöglich bringen die dich sonst ins Krankenhaus, bevor du tot bist.«

»Will nicht sterben ...«

Die Hand gab nach, und Kathy konnte ihren Kopf leicht anheben. Ihre Beine und Arme jedoch fühlten sich bleiern schwer an. Sie konnte unmöglich aufstehen, nicht einmal auf allen vieren kriechen. Ihr Atem wurde flacher, und sie spürte, wie ihr der Speichel aus dem Mund lief. Sie erbrach sich.

»Pfui Teufel, das ist ja ekelhaft!«

Kathy versuchte den Kopf hochzuhalten, aber es gelang ihr

nicht. Ihr Gesicht sank zurück in das Erbrochene, und während sie noch würgte, versuchte sie ihre Gedanken zu ordnen.

Sie wurde schläfrig, war sich aber bewusst, dass die Minuten vergingen. In einem beharrlich wachen Winkel ihres Gehirns konnte sie beinahe körperlich spüren, wie sie vergingen. Aber das half ihr auch nicht weiter. Je mehr Zeit verging; desto unschärfer, unwirklicher wurde alles um sie her. Sie hatte das Gefühl, im Raum zu schweben.

Die Musik über ihr dröhnte weiter. Und immer weiter. Wenn diese blöde Musik nicht wäre, könnte sie versuchen zu schreien. Vielleicht würde jemand sie hören. Aber die Musik brüllte erbarmungslos weiter.

Ich glaub es einfach nicht ... dachte Kathy vage ein letztes Mal. Ich kann nicht glauben, dass ich wirklich auf diese Weise enden soll. Dann hob eine Hand ihre Linke hoch und ließ die Klinge eines Messers sanft über die bläulichen Adern unter der zarten weißen Haut des Pulses gleiten. Blut sickerte aus der Wunde, und Kathy stöhnte auf.

»Ich weiß nicht, warum der Anblick von Blut die meisten Menschen so nervös macht. Es ist doch in uns allen drin.«

»Nein. Nein, bitte ...« Das Messer blitzte erneut auf, und diesmal schnitt es tief, durchtrennte die Pulsader, aber Kathy spürte es kaum.

# Neun

## 1

Arletta riss die Arme in die Höhe, schleuderte sich nach rechts und landete mit einem plattfüßigen Plumps auf dem Boden. Die Musik brach ab, und sie äugte hinaus in die Dunkelheit. »Na, wie finden Sie's, Mrs. Avery?« Sie blinzelte. »Miz Avery, sind Sie da?«

Blaine kam wieder in die Turnhalle zurück und rief: »War's das, Arletta?«

»War's das? Sie haben nicht mal zugesehen?«

»Ich habe mir nur kurz die Hände gewaschen, das ist alles.«

»Während meiner Tanznummer?«

Arlettas Stimme, von Natur aus hoch und nasal, gellte schrill durch die Turnhalle.

»Arletta, du hast fünfmal von vorne angefangen. Ich konnte einfach nicht mehr warten. Tut mir Leid. Aber ich mach dir einen Vorschlag«, sagte Blaine, während sie auf die Bühne zukam. »Zwei Mitglieder der Jury sind schon älter. Ich bezweifle, dass ihnen der Text dieses Songs gefallen wird. Vielleicht solltest du dir ein anderes Lied aussuchen.«

»Aber Miz Avery, das ist mein Lieblingssong«, jammerte Arletta. »Mein absoluter Oberlieblingssong!«

»Ja schon ...« Blaine dachte nach. Arletta würde selbst dann nicht gewinnen, wenn sie ein Lied aus *The Sound Of Music* zum Besten gäbe – warum sollte sie ihr dann nicht ihren Willen lassen? »Na schön. Aber wie wär's, wenn du ein paar von diesen schweren Dingern weglassen würdest?« Arletta riss erschrocken die kleinen Augen auf und hielt ihre Hand über ihre Eisenkreuze, als würde Blaine sie ihr jeden Moment von der Kette reißen. »Aber Madonna hat so was getragen, als sie angefangen hat. Ehrlich, Miz Avery.«

»Ich weiß, Arletta. Trotz meines fortgeschrittenen Alters habe auch ich ein paar Musikvideos gesehen. Ich fürchte nur, dass eines dieser Kreuze dir die Nase kaputtschlagen wird.«

»Ich muss diese riesigen ollen Kreuze tragen. Sonst sieht's doch nicht echt aus, wissen Sie. Damit ich ausseh wie Madonna damals. Bitte, Miz Avery. Ich werd noch üben, dann fliegen sie mir nicht mehr ins Gesicht.«

»Wie du meinst«, antwortete Blaine, viel zu müde, um mit dem Mädchen noch länger zu streiten. Sie fühlte sich wie nach einem Marathonlauf.

»Wenn du dich unbedingt verletzen willst, bitte.«

»Ich werd besser sein bei der nächsten Probe, ehrlich!«

Blaine rang sich ein Lächeln ab. »Na schön. Wie du meinst.«

Als Arletta ihre Schallplatte vom Plattenteller genommen hatte und hinter die Bühne gegangen war, um ihren Mantel zu holen, schlüpfte Blaine in ihren Trenchcoat, griff sich ihre Handtasche und kramte nach dem Turnhallenschlüssel. Die Tasche wog bestimmt fünf Pfund mit all dem Zeug, das sie mit sich herumschleppte.

Arlettas Lächeln beim Hinausgehen und ihr freundliches »Gute Nacht, Miz Avery« konnten das vorwurfsvolle Funkeln in ihren Augen nicht verbergen. Blaine wusste, dass sich das Mädchen von ihr ungerecht behandelt fühlte. Sie konnte nicht bestreiten, dass Arletta dieselbe Wirkung auf ihre Nerven hatte wie das Kratzen von Fingernägeln über eine Schiefertafel, aber dafür konnte das Mädchen nichts. Sie war eben von Natur aus eine Nervensäge und obendrein nicht sehr gescheit. Plötzlich wünschte Blaine, sie hätte sich ihre Kritik verkniffen, obwohl zu befürchten stand, dass sich Arletta, wenn dieses Missgeschick heute etwas zu bedeuten hatte, während des Wettbewerbs sämtliche Zähne ausschlug. Sie beschloss, das Mädchen in Zukunft ein bisschen netter zu behandeln. Arletta tat ihr Bestes.

Blaine sah auf die Uhr. Zehn nach zehn. War sie wirklich nicht einmal drei Stunden in der Turnhalle gewesen? Sie waren ihr endlos lang geworden. Sie seufzte und ging die Treppe hinunter zum Umkleideraum der Jungen, um das Licht auszuschalten. Dann kam sie wieder herauf, ging an der Bühne vorbei und begab sich noch einmal in den Keller, diesmal in den Umkleideraum der Mädchen. Als sie die Hand auf den Lichtschalter legte, beschlich sie plötzlich das ungute Gefühl, nicht allein zu sein. Sie hielt inne. Von ihrem Standort aus konnte sie die offenen Duschen überblicken. »Ist noch jemand da?«, rief sie, erschrocken über ihre hohe, dünne Stimme. Sie räusperte sich und sagte in normalem Ton: »Ich schließe jetzt ab. Macht schnell, sonst verbringt ihr die Nacht hier drin!« Sie hätte sich die Worte sparen können. Der Raum war leer. Sie schaltete das Licht aus und ging rasch wieder nach oben. Wahrscheinlich hatten ihr die Müdigkeit und der Schock wegen Rosies Tod einen Streich gespielt. Trotzdem war sie nicht gern allein in der Turnhalle.

Sie schaltete die Bühnenbeleuchtung aus und ging hinaus in das gedämpfte Licht der Eingangshalle. Nachdem sie auch hier das Licht ausgeschaltet hatte, trat sie ins Freie, zog die gläsernen Eingangstüren fest hinter sich zu, steckte den Schlüssel ins Schloss und sperrte ab. Normalerweise war es Aufgabe der beiden Hausmeister, das Gebäude abzuschließen, aber der eine lag mit Grippe zu Bett, und der andere wich seiner Frau nicht von der Seite, die jeden Moment entbinden konnte. Blaine rüttelte an der Tür, um sicherzugehen, dass sie auch wirklich fest zu war.

Die Nacht war nasskalt geworden, der Mond schimmerte schwach durch eine Wand aus dünnen Wolkenfetzen, kein Stern war zu sehen. Blaine zog ihren gestreiften Trenchcoat fester zu, als der Wind über den großen Parkplatz fegte und welke Blätter vor sich hertrieb. Einige lagen bereits auf ihrem Auto und auf dem weißen Honda Civic, der immer noch auf dem Parkplatz stand. Sie runzelte die Stirn. Natürlich konnte der Honda jemandem gehören, der im Hauptgebäude noch etwas zu erledigen hatte, aber wer konnte das sein? Der Direktor oder sein Stellvertreter waren es jedenfalls nicht, deren Autos kannte sie. Und wenn sie nicht alles täuschte, fuhr Jean Lewis, die Schulsekretärin, einen Buick.

Neugierig besah Blaine sich den Civic aus der Nähe. Als sie durch das Fenster ins Wageninnere spähte, sah sie eine Mappe und ein zerfleddertes Erdkundebuch auf dem Vordersitz liegen. Zweifellos das Auto eines Schülers. Sie ging um den Wagen herum, trat vor den Kühler und beugte sich zum Nummernschild hinunter.

Kathy

Kathy Foss, natürlich. Blaine stand auf, plötzlich beunruhigt. Kein Wunder, dass sie in der Turnhalle das Gefühl gehabt hatte, als sei sie nicht allein – Kathy war wahrscheinlich immer noch da unten. Vielleicht war sie wieder umgekippt und jetzt die ganze Nacht in der Turnhalle eingeschlossen.

Blaine eilte zurück, fragte sich, ob sie nicht besser einen Krankenwagen anrufen sollte, für den Fall, dass das Mädchen sich verletzt hatte. Aber womöglich war Kathy gar nicht in Ohnmacht gefallen und wollte ihr nur eins auswischen. Vielleicht hoffte sie ja, am nächsten Morgen eine aufregende Geschichte erzählen zu können, von der Schreckensnacht mutterseelenallein in dem großen Gebäude voller unheimlicher Schatten. Vielleicht wollte sie Blaine heimzahlen, dass sie sie heute in der Schule zusammengestaucht hatte. Ein solcher Streich wäre zwar selbst für Kathy extrem, aber immerhin ließe sich damit klären, wo das Mädchen abgeblieben war.

Blaine sperrte also wieder auf, schaltete das Licht ein, durchquerte die Eingangshalle, betrat die Turnhalle und betätigte sämtliche Schalter neben der Tür. Die Lichtreflexe auf dem lackierten Boden ließen den Raum noch heller wirken. »Kathy!«, rief sie. »Kathleen! Bist du da?«

Keine Antwort. Blaine machte kehrt und ging zum Münztelefon in der Eingangshalle. Sie würde Logan anrufen. Nach allem, was passiert war, würde er ihr mulmiges Gefühl verstehen und den Zwischenfall, falls er sich als simpler Teenagerstreich entpuppen sollte, für sich behalten. Sie blätterte in dem zerfledderten Telefonbuch, fand seine Nummer und warf die Münzen ein. Sie fielen scheppernd durch. Sie warf sie erneut ein, mit demselben Resultat. Das Telefon war also wieder einmal kaputt.

Mit einem unwilligen Seufzer knallte sie den Hörer auf die Gabel. Was jetzt? Sollte sie sich die Zeit nehmen und zu Logan nach Hause fahren? Natürlich nicht. Womöglich war Kathy in ernsten Schwierigkeiten. Sie würde selber etwas unternehmen müssen.

Sie machte einen Schritt in die Turnhalle hinein und blieb stehen. Da war es wieder – dieses merkwürdige Prickeln im Nacken. Romanfiguren befiel es immer dann, wenn Gefahr im Verzug war, aber sie war schließlich keine Romanfigur. Sie wischte das unangenehme Gefühl beiseite und durchquerte die Turnhalle. »Kathy! Wenn du mich hörst, dann antworte bitte.«

Wieder nichts. Sie blieb vor der Bühne stehen. Das Mädchen musste unten im Keller sein. Dort war Blaine zwar schon gewesen, aber womöglich hatte sie irgendeinen Winkel übersehen, im hell erleuchteten Erdgeschoss jedenfalls gab es kein Schlupfloch, in dem Kathy sich hätte verkriechen können.

Blaine schnallte den Gürtel ihres Mantels noch enger, als sei sie auf diese Weise besser für die unangenehme Pflicht gewappnet. Immer wieder sagte sie sich, dass sie sich albern benahm. Noch einmal in den Keller gehen zu müssen war zwar lästig, aber noch lange kein Grund, sich zu ängstigen. Sie durfte jetzt nicht die Nerven verlieren. Immerhin stand zu befürchten, dass da unten womöglich ein bewusstloses Mädchen lag, das sich vielleicht sogar den Kopf gestoßen hatte. Blaine ging entschlossenen Schrittes zu den Betonstufen, schaltete noch ein paar Lichter ein und begab sich nach unten.

Der Umkleideraum sah genauso aus wie vor fünfzehn Minuten, glänzende Waschbecken, abgesperrte Schließschränke. »Kathy«, rief sie noch einmal. Ihre Stimme versagte.

Sie rang nach Luft. Irgendetwas stimmte nicht hier drin. Vielleicht spielen die Verfasser von Horrorgeschichten nur deshalb so oft mit atavistischen Ängsten, weil es sie gibt, dachte sie abwesend. Es muss sie geben, weil sich mein Rückgrat wie ein Eiszapfen anfühlt, obwohl es hier drin nicht einen greifbaren Gegenstand gibt, vor dem man sich fürchten müsste. Ein sauberer, halbwegs heller Raum, weiter nichts. Warum schlägt mir dann das Herz bis zum Hals? Und warum kann ich mich nicht von der Stelle rühren?

Weil sich die Luft bleischwer anfühlt, dachte sie. Weil ein eigenartiger Kupfergeruch in der Luft liegt, den ich noch nie bemerkt habe. Weil ich weiß, dass ich nicht alleine bin hier unten.

Ihr Atem ging schneller, und sie blickte nervös um sich. Grauer Beton. An einer Wand fünf weiße Waschbecken. Zwei Kommoden, deren Türen weit offen standen, sodass sich niemand darin hätte verstecken können. Offene, geflieste Duschen. An der gegenüberliegenden Wand Holzbänke vor einer zehn Meter langen Reihe schwerer alter Schließschränke, die man hierher gebracht hatte, nachdem im Hauptgebäude neue installiert worden waren. Alles in Ordnung. Alles in …

Blaines Herz pochte hart gegen ihre Rippen. Schließschränke. Der Schließschrank in der Mitte. Aus seinem Boden tropfte eine rote Flüssigkeit.

Blaine starrte verwundert und erschreckt auf die rote Pfütze, die sich auf dem Boden bildete. Größer und größer wurde sie. Blaine stöhnte leise. Dann, von einem Zwang getrieben, den sie im Nachhinein nicht mehr verstand, ging sie zu dem betreffenden Schrank und riss die Tür auf. Ein Schwall von Blut kam ihr entgegen, dazu der Körper von Kathleen Foss, deren tote blaue Augen sie anstarrten.

## 2

Sie hyperventilierte. Ihre Hand war glitschig von Schweiß und konnte kaum den Hörer halten, als jemand sagte: »Hallo? Ist da jemand?«

Logans Mutter. Blaine erkannte ihre angenehme Stimme sofort, obwohl sie sie seit Jahren nicht mehr gehört hatte. »Mrs. Quint, hier ist Blaine O'Connor. Avery. Ist Logan da?«, keuchte sie.

»Ja, Blaine. Ist alles in Ordnung?«

»Würden Sie ihm bitte sagen, er solle zur High School kommen?«

»Wohin?«

»Zur High School. Ein Mädchen ist ermordet worden!«

»Was? Blaine ...«

»Sagen Sie es ihm. Er soll zur High School kommen.«

Sie holte zitternd Luft, legte auf und rang nach Atem. Gott sei Dank hatte sie nach Martins Unfall in ihrem Wagen ein Telefon installieren lassen, damit sie die Möglichkeit hatte, jederzeit bei ihm anzurufen. Vorhin hatte sie dieses Mobiltelefon ganz vergessen. Ein Fall von Gedächtnisblockade?, fragte sie sich jetzt. Verband sie das Telefon so sehr mit Martins Lähmung, dass sie sich nicht daran erinnern wollte? Erinnerte sie sich an die vielen Male, als sie zu Hause angerufen und von Bernice erfahren hatte, dass Martin sich wieder einmal in seinem Arbeitszimmer eingeschlossen hatte, um sich ungestört seinem Tagebuch widmen zu können, eine regelrechte Obsession nach dem Unfall? Und zudem ein Hinweis auf seine desolate seelische Verfassung, dachte Blaine. Martin hatte diese verdammten Bücher, in die er Tag für Tag mit frenetischem Eifer seine Gedanken geschrieben hatte, in einer verschließbaren Schublade aufbewahrt und kurz vor seinem Tod verbrannt. Ja, das musste der Grund sein für ihre Blockade, sagte sich Blaine. Hinzu kam noch, dass sie das Telefon seit Martins Tod nicht mehr benutzt hatte.

Tod. Sie schloss die Augen, schlug sie wieder auf, prüfte nach, ob beide Türen ihres Wagens, der immer noch auf dem Schulparkplatz stand, abgesperrt waren. Kathy war tot, genau wie Rosie. Verblutet, soweit sie das beurteilen konnte.

Als ihr ein weiterer Schwächeanfall drohte, beugte Blaine sich nach vorn und steckte den Kopf zwischen die Knie, so gut es unter dem Lenkrad möglich war. Hier herumzusitzen ist ziemlich gefährlich, dachte sie. Aber in diesem Zustand kann ich nicht fahren, außerdem sollte ich auf Logan warten. Wenn er doch endlich käme!

Plötzlich fiel ihr ein, dass Robin in dem großen Haus alleine war. Da fuhr sie hoch und stieß mit dem Hinterkopf schmerzhaft gegen das Lenkrad. Sie nahm erneut den Hörer zur Hand. Robin meldete sich nach dem dritten Klingeln.

»Geht's dir gut?«, fragte Blaine sofort.

»Nach meinem tollen Auftritt bei der Probe heute, meinst du? Na klar. Aber du hörst dich nicht so gut an. Wo bist du?«

»Immer noch an der Schule. Hör zu, Robin, hier ist etwas passiert …«

»Was denn?«

»Erzähl ich dir später. Ich möchte, dass du nachsiehst, ob alle Türen abgeschlossen sind, und schalte bitte die Alarmanlage ein.«

»Warum denn?«

Ich darf es dir nicht sagen, dachte Blaine. Nicht jetzt. »Wie ich schon sagte, ich komme ein bisschen später heim, als ich dachte, und möchte, dass du in Sicherheit bist.«

»Na ja, die Türen sind abgeschlossen.«

»Gut. Denk auch an den Riegel vor der Hundeklappe in der Küche.«

Robin wurde stutzig; mit einem Hauch von Angst in der Stimme fragte sie: »Willst du verhindern, dass Ashley rausgeht oder dass jemand reinkommt?«

»Tu einfach, was ich dir sage, Robin.«

»Na gut. Aber du könntest mir ruhig sagen, was los ist. Du machst mir Angst.«

»Ich muss Schluss machen.«

»Blaine!«

Sie legte auf und starrte zitternd auf die Digitalanzeige der Autouhr. Sechs Minuten vergingen. Ihre Angst, Kathys Mörder könne ihr aus der Turnhalle gefolgt sein, wurde von Sekunde zu Sekunde größer, bis sie das Gefühl hatte, es nicht mehr länger aushalten zu können. Wenn Logan nicht bald kam …

Ein Polizeiwagen bog auf den Parkplatz. Blaine spürte, wie ihr Tränen der Erleichterung übers Gesicht liefen. Sie wischte sie schnell fort und stieg aus dem Wagen.

Logan lief auf Blaine zu. »Wer ist es?«, fragte er ohne Umschweife.

»Kathy Foss.« Ein zweiter Streifenwagen kreuzte auf. Blaine kramte nach dem Turnhallenschlüssel und gab ihn Logan. »Im Duschraum der Mädchen. Sie war in einem Schließschrank eingesperrt.«

Logans Augen weiteten sich, aber das war seine einzige Reaktion. Wie immer in heiklen Situationen blieb er völlig sachlich.

»Meine Stieftochter ist allein zu Hause«, fügte Blaine hinzu. »Bitte schick einen Polizisten zu ihr hinaus.«

Logan nickte. »Das werde ich tun, und später muss ich dir ein paar Fragen stellen, aber jetzt will ich, dass du nach Hause fährst.«

»Nein, ich will warten.«

»Blaine …«

Sie schämte sich, ihm zu gestehen, dass sie nicht sicher war, ob sie nach der Aufregung schon fahren konnte, und schrie beinahe: »Ich will warten!«

Logan wirkte ziemlich verärgert. »Du warst immer schon ein fürchterlicher Dickkopf! Verdammt nochmal, dann setz dich ins

Auto und schließ die Türen ab. Ich komme so schnell wie möglich wieder zurück, und dann fährst du heim. Verstanden?«

Blaine nickte. Im Rückspiegel beobachtete sie Logan, wie er zu seinem Auto zurückging und über Funk Anweisungen gab; wahrscheinlich schickte er einen Deputy zu ihr nach Hause. Dann zogen er und sein Deputy die Waffen, näherten sich der Turnhalle und betraten den hell erleuchteten Flur. Blaine hatte zwar instinktiv hinter sich die Tür abgesperrt, aber überall das Licht angelassen.

Der heftige Wind trieb Wolkenfetzen über das Gesicht des Mondes. Und es war kälter geworden. Sie startete den Motor und drehte die Heizung auf, obwohl sie wusste, dass sie nicht nur vor Kälte zitterte.

Sie spähte erneut in den Rückspiegel und schloss die Augen. In letzter Zeit scheine ich nur noch auf die Polizei zu warten, die eine Leiche untersucht, dachte Blaine. Das erste Mal bei Martin. Sie hatte mit trockenem Mund auf der Wohnzimmercouch gesessen und sich mit zitternden Händen an Ashley festgehalten, die ihr nicht von der Seite gewichen war. Sie konnte sich nicht mehr erinnern, wie viele Leute nach Logan ein und aus gegangen waren, erinnerte sich nur noch an unpersönliche Stimmen, die sich über die Position der Leiche, die Größe des Einschusslochs, die Notwendigkeit einer Obduktion unterhielten. Dann war Robin nach Hause gekommen. Blaine hatte mit aller Kraft versucht, sie daran zu hindern, ihren toten Vater anzusehen, aber Robin hatte sich losgerissen, war auf die Veranda gerannt, hatte einen dünnen Schrei ausgestoßen und sich dann beinahe vierundzwanzig Stunden lang in Schweigen gehüllt. Jemand klopfte an die Scheibe, und Blaine erschrak. Sie holte tief Luft und kurbelte das Fenster herunter. »Wir haben sie gefunden«, sagte Logan und klang genauso wie damals, als sie Rosies Leiche gefunden hatten. »Erzähl mir genau, was heute Abend hier passiert ist.«

Blaine strich sich eine Strähne aus dem Gesicht und versuchte sich zu konzentrieren. »Es war die erste Probe für den Talentwettbewerb. Kathy war eine der Letzten, die ihre Nummern vorführten. Arletta Stroud war die Letzte, und sie musste immer wieder von vorn anfangen. Ich dachte, sie würde nie mehr aufhören, und als sie endlich fertig war, waren alle anderen Schüler schon gegangen. Ich habe mich umgesehen, bevor ich das Gebäude abgesperrt habe. Ich dachte, es wäre leer. Dann kam ich hier raus und entdeckte Kathys Auto.«

Logan nickte und machte sich Notizen. »Also bist du nochmal reingegangen, um sie zu suchen?«

»Natürlich. Ich konnte doch nicht riskieren, sie die ganze Nacht in der Turnhalle einzusperren. Immerhin war nicht auszuschließen, dass sie sich verletzt hatte.«

»Verletzt?«

»Sie ist heute Mittag in der Schule umgekippt. Und als sie wieder zu sich kam, stammelte sie, dass sie im Zusammenhang mit Rosies Tod etwas beobachtet habe. Ich bin so durcheinander im Moment, ich hätte dich schon heute Mittag anrufen sollen.«

»Ich wusste Bescheid. Arletta hat heute Nachmittag Abel angerufen und es ihm erzählt. Wahrscheinlich weiß es die halbe Stadt.«

»Was Kathy höchstwahrscheinlich das Leben gekostet hat. Konntest du Kathy noch vernehmen?«

»Nein. Wir haben ein paar Mal bei ihr zu Hause angerufen, aber ihre Mutter sagte immer, Kathy sei nicht da, sie wisse nicht, wo sie sei. Ich hatte den Eindruck, dass sie log, also wollte ich mir Kathy morgen in der Schule vornehmen. Blaine, wenn du dachtest, dass Kathy etwas über den Mord wissen oder vielleicht verletzt in der Turnhalle liegen könnte, warum hast du dann nicht mich oder einen der Deputys angerufen? Warum bist du allein da hineingegangen?«

»Ich wollte dich ja anrufen, aber das Münztelefon in der Turnhalle ist kaputt. Und die Büros der Lehrer sind abends abgeschlossen. Und ob du's glaubst oder nicht, das Telefon in meinem Wagen hatte ich ganz vergessen.«

»Du hattest es vergessen?«

»Ich weiß, dass das komisch klingt, aber ich hab's schon lange nicht mehr benutzt. In diesem Monat habe ich noch nicht mal die Rechnung bezahlt. Vermutlich war die Telefongesellschaft ausnahmsweise ein bisschen langsam, sonst würde es längst nicht mehr funktionieren.« Sie presste ihre kalten Hände aufeinander und wusste, wie lahm ihre Entschuldigung klang. Genauso lahm wie ihr Alibi für den Nachmittag, als Martin umgekommen war: Sie hatte der Polizei erzählt, sie hätte plötzlich Lust auf einen Einkaufsbummel bekommen. Auf Anraten ihres Anwalts hatte sie verschwiegen, dass in Wirklichkeit ein heftiger Streit mit Martin sie aus dem Haus getrieben hatte. Aber sie durfte jetzt nicht an damals denken, gerade jetzt nicht, wo Logan sie erneut ansah, als bemühe er sich nach Kräften, ihr zu glauben, schaffe es aber nicht ganz. »Stand Kathy auch unter Drogen?«, fragte sie brüsk.

»Kann ich noch nicht sagen. Wir müssen auf den Obduktionsbefund warten. Aber ihre Pulsadern ...« Er schüttelte den Kopf. »Der Mörder hat ihr fast die Hände abgetrennt.«

»O Gott.«

»Es ist in dem kleinen Raum passiert, wo das Zeug für die Cheerleader aufbewahrt wird. Da war eine riesige Blutlache. Die Blutspur von dort bis zum Schließschrank wurde mit einem schwarzen Paillettenkostüm aufgewischt, das wir an einem Haken im Schließschrank gefunden haben.«

Blaine erschauerte. »Logan, das ist ja grotesk! Warum sollte jemand sie zum Schließschrank zerren?«

»Vielleicht wusste der Mörder nicht, wie lange du mit Arletta beschäftigt sein würdest, und hatte Angst, du könntest, bevor du die Turnhalle verlässt, in den kleinen Raum sehen und Kathy finden, bevor sie verblutet wäre.«

»Wenn Arletta bloß nicht so lange gebraucht hätte! Dann hätte ich mich schon früher im Keller umgesehen …«

»Und wärst wahrscheinlich auch umgebracht worden.«

Blaine beugte sich nach vorn und legte die Stirn auf das Lenkrad. »Ach Logan, und ich hab Kathy heute Morgen noch einen Rüffel verpasst, weil sie einen Kaugummi im Mund hatte.«

»Klingt dramatisch.«

Ein Hauch von Humor in Logans Stimme ließ Blaine aufmerken. »Machst du dich über mich lustig?«

»Überhaupt nicht, nur solltest du die Relationen nicht aus den Augen verlieren. Deine Standpauke ging ihr doch bestimmt zum einen Ohr rein und zum anderen wieder raus.«

»Mag sein.« Blaine seufzte. »Wie ist der Mörder hereingekommen?«

»Eine der Kellertüren ins Freie war offen.«

»Aber Logan, ich habe sie bestimmt nicht aufgesperrt.«

»Vielleicht war es irgendein Schüler, und der Mörder hatte einfach Glück – könntest du mir eine Liste geben mit den Namen sämtlicher Leute, die heute Nacht hier waren?«

»Klar. Kein Problem. Wirst du die Staatspolizei einschalten?«

»Noch nicht.«

»Noch nicht?«

»Auch ich besitze ein Diplom in Kriminalistik, Blaine. Außerdem habe ich, bevor ich wieder nach Sinclair kam, in ein paar großen Polizeirevieren gearbeitet. Ich weiß schon, was ich tue. Im Augenblick will ich noch nicht, dass sich jemand einmischt.«

In diesem Moment bog der Krankenwagen mit Blinklicht und Sirene auf den Parkplatz. Ein Streifenwagen folgte ihm. »Ich hasse diesen Anblick«, murmelte Blaine.

»Ich auch, aber das sind die Leute von der Gerichtsmedizin.« Logan sah sie an, und seine dunklen Augen verrieten keinerlei Regung. »Ich muss das Gelände absperren lassen, und du solltest nach Hause fahren.«

»Ja.«

»Möchtest du, dass dich jemand begleitet?«

Blaine schüttelte den Kopf. »Das schaffe ich schon allein.«

»Das hast du vor zwölf Jahren auch zu mir gesagt, als du nach Dallas gegangen bist.«

Blaine warf ihm einen überraschten Blick zu. »Du hast ja sogar den Wortlaut behalten.« Logan fixierte sie ein paar Sekunden lang. »Fahr nach Hause, Blaine.«

## 3

Es war nach Mitternacht, als Logan nach Hause kam. Er öffnete leise die Tür des weiß getünchten Holzhauses und horchte einen Moment lang in die Stille. Das hatte er sich in der Anfangszeit seiner Ehe angewöhnt, als Dory oft wach geblieben war und sich die Zeit, bis er nachts nach Hause kam, vor dem Fernseher vertrieben hatte. Aber aus dem Wohnzimmer auf der Rückseite des Hauses kamen keine Geräusche. Das war auch nicht gut möglich, denn Dory war vor fünf Wochen abgereist, und Logans Mutter, die vorübergehend bei ihm eingezogen war, um sich während Dorys Abwesenheit um Timothy zu kümmern, legte sich spätestens um elf schlafen.

Logan ging leise den Flur entlang zu seinem Zimmer. Da hörte er die Stimme seines Sohnes: »Daddy?«

Logan trat in das Kinderzimmer, an dessen Wänden Poster von *Krieg der Sterne* und von Jean-Claude Van Damme klebten, dem derzeitigen Superhelden seines Sohnes, der allerdings nur die harmloseren Ausschnitte seiner Filme kannte. Die Poster glänzten matt im Schein der Nachttischlampe. Timothy setzte sich im Bett auf, und sein schwarzes Haar stand nach allen Seiten ab. »Warum bist du denn noch wach?«, fragte Logan und setzte sich zu ihm auf die Bettkante. »Morgen musst du doch zur Schule.«

»Ich weiß. Aber ich hatte einen Traum, Daddy. Oma hat gesagt, dass Träume für uns Indianer wichtig sind. Soll ich ihn dir erzählen?«

Logan lächelte. Seine Mutter, die alle Alice nannten, obwohl sie mit richtigem Namen Alequippa hieß, war eine Vollblutirokesin und fest entschlossen, ihren einzigen Enkel die alten Gebräuche zu lehren, auch wenn er sich später nicht danach richten sollte. Timothy hatte einige der indianischen Sitten mit Begeisterung begrüßt, unter anderem auch die Überzeugung, dass Träume prophetische Bedeutung hatten und dem Träumer seinen Schutzgeist offenbarten, ihn vor Feinden warnten und Auskunft über sein Schicksal gaben. Früher hatten indianische Mütter ihre Kinder sehr ausführlich über ihre Träume befragt.

»Na gut, Tim, erzähl mir, was du geträumt hast.«

Timothy kreuzte die Arme über der schmalen Brust, warf die Stirn in Falten und fing in einer theatralisch gedämpften Stimme an zu reden: »Also, ich bin draußen im Wald rumspaziert. Auf einmal ist da dieser große goldene Hund aus dem Gebüsch gesprungen und hat mich angebellt. Sein Fell war ganz verwuschelt, aber ich hab ihn trotzdem gestreichelt, und er schien es zu mögen, aber als ich damit aufgehört hab und weitergehen wollte, da hat er mich nicht gelassen. Er hat mich am Hosenbein gepackt und versucht, mich aus dem Wald zu zerren. Zuerst wusste ich nicht, was der Hund von mir wollte. Aber dann hab ich plötzlich verstanden, dass er mich vor dem Bösen warnen wollte, das sich im Wald herumtrieb, also hab ich auf ihn gehört und bin mit ihm fortgerannt. Und da war wirklich ein riesiges Ungeheuer im Wald! Es wollte mich packen, und der Hund hat mich gerettet!«

Logan strich seinem Sohn übers Haar. »Tim, das ist der Anfang von *Brandzeichen*.«

»Was?«

»Das Buch von Dean Koontz. Du hast es voriges Jahr gefunden und deiner Mutter gebracht. Sie hat dir das erste Kapitel daraus vorgelesen, aber als das Monster aufgetaucht ist, hast du Angst bekommen, und sie hat aufgehört.«

»Ich hab mich kein bisschen gefürchtet!«, protestierte Tim.

In Wirklichkeit war er bei der Beschreibung des widerlichen Scheusals, das hinter dem Hund her war, in Tränen ausgebrochen, aber Logan wusste, wie stolz der Kleine war. »Na ja, wahrscheinlich hat Mami sich geirrt. Aber der Traum erzählt wirklich nur ein Kapitel aus dem Buch. Er ist keine Weissagung.«

Timothy wirkte enttäuscht. »Dann gibt es gar keinen großen goldenen Hund, der mich beschützt?«

»Nicht dass ich wüsste.«

»Schade.« Der Junge wandte sich dem Fenster zu und warf einen Blick auf die dürre Fichte im Garten. »Mein Geburtstagsbaum stirbt.«

»Ich weiß, Tim. Wir pflanzen dir einen neuen.«

Timothys kleine Stimme klang hoffnungsvoll. »Sobald Mami wieder da ist?«

»Klar.«

»Wann kommt Mami denn wieder?«

»Sicher schon ganz bald.«

»Du meinst, du weißt es nicht. Was ist, wenn sie zu Thanksgivin' nicht daheim ist?« Timothys Stimme wurde schrill vor Sorge. »Was ist, wenn sie zu Weihnachten nicht da ist?«

»Sie ist mit Sicherheit zu Weihnachten bei uns, Timothy«, antwortete Logan bestimmt. Und wenn ich sie an ihren langen blonden Haaren, auf die sie so stolz ist, nach Hause ziehen muss, fügte er in Gedanken hinzu. »Du weißt doch, dass deine Mutter sich ein Weihnachtsfest mit dir nicht entgehen lassen würde.«

»Halloween hat sie ja auch verpasst. Und das ist nach Weihnachten mein liebstes Fest.«

»Es war doch trotzdem lustig, oder nicht? Du hast wie ein echter Indianerhäuptling ausgesehen in dem Kostüm, das deine Großmutter für dich genäht hat.«

»Ja, das stimmt. Aber echte Indianerhäuptlinge heißen nicht Timothy. Ich wünschte, ich hätte auch so einen Indianerhäuptlingsnamen wie du.«

Logan sah ihn ernst an. »Nun, deine Mutter und ich wollten dich zuerst Cornstalk nennen. Wie hätte dir das gefallen?«

»Nicht so gut.« Timothy kicherte.

»Sitting Bull war auch im Gespräch. Oder Crazy Horse.«

Timothy hielt sich den Bauch vor Lachen. »Hugh!«

»Was ist das denn? Indianisch?« Timothy fiel um, lachte ausgelassen in sein Kissen.

»Der Logan, nach dem ich benannt wurde, hieß eigentlich Tah-gah-yee-tah. Logan nannte er sich selbst, weil die Weißen seinen Namen nicht richtig aussprechen konnten.«

»Aber er war ein Häuptling, genau wie du!«

Logan lächelte. »Ich bin Sheriff, kein Häuptling.«

»Aber du bist der Häuptling von den anderen Polizisten.«

»Das stimmt. Aber Logan war nicht mal ein echter Häuptling – nur ein Anführer.«

»Aber Anführer der Sechs Völker!«

»Na ja, aber nur von denen, die bereit waren, sich südlich von New York niederzulassen.«

»Und Logan war ein Freund der Weißen, bis irgendein mieser Kerl hinterrücks seine ganze Familie tötete. Daraufhin sann er auf Rache. Oma hat mir das erzählt.«

»Tatsächlich?«

»Jawohl. Er hatte keinen einzigen Verwandten mehr.«

Eine Stimme hinter ihnen rezitierte voller Pathos: »Kein Tropfen meines Blutes fließt in eines Lebewesens Adern.« Die Stimme wurde normal. »Das sagte Logan in seiner berühmtesten Rede.«

Logan drehte sich zu seiner Mutter um, die groß und schlank in ihrem weißen Morgenmantel in der Tür stand. Ihr Haar, noch kaum grau, war zu einem Zopf geflochten, der ihr bis zur Hüfte reichte. Sie sah fast noch genauso aus wie auf den Fotos, die vor ihrer Hochzeit entstanden waren, als sie noch im St. Regis Reservat im Norden des Staates New York gelebt hatte. Logans Vater hatte sie kennen gelernt, nachdem er in jungen Jahren Sinclair verlassen hatte und nach New York gegangen war, um beim Bau einer Brücke zu helfen; dort hatte er sich mit einem seiner Arbeitskollegen angefreundet, Allies Bruder. Nur wenige Monate nach ihrer ersten Begegnung hatten Allie und er geheiratet und sich in Sinclair niedergelassen, wo Allie sich wohl zu fühlen schien, obwohl die Einwohnerschaft großenteils aus Weißen bestand. Lächelnd kam sie ins Zimmer. »Wie soll man bei dem Gekicher bloß schlafen?«

»Tut mir Leid, wenn wir dich geweckt haben, Mutter«, entschuldigte sich Logan, »ich bin eben erst nach Hause gekommen.«

Ihre dunklen Augen blickten ihn forschend an. »War es sehr schlimm?«

»Ja.«

Sie nickte. »Geh du ruhig schlafen. Ich werde meinem Enkel eine wunderbare Gute-Nacht-Geschichte erzählen.«

»Danke, Mutter«, sagte Logan.

Er beugte sich zu Timothy hinunter, der murmelte: »Bist du sicher, dass da kein großer goldener Hund ist und mich rettet?«

»Ganz sicher.«

»Ich werd trotzdem Oma fragen«, sagte Timothy. »Sie weiß mehr über solche Sachen als du.«

Logan lachte. »Sie weiß über viele Dinge mehr als ich, mein Sohn. Gute Nacht.«

Logan ging in sein Zimmer, zog sich aus und stieg in die Dusche. Erschreckt entdeckte er auf Hals und Gesicht kleine Blutspritzer – Kathys Blut. Wahrscheinlich war es passiert, als er das schwarze Paillettenkostüm als Beweismittel eingepackt hatte. Gott sei Dank war das Licht in Timothys Zimmer gedämpft, denn der Anblick von Blut war das Letzte, was er dem Kleinen hätte zumuten wollen. Er hatte schon genug Kummer wegen seiner Mutter.

Logan schlang sich ein Handtuch um die Hüften, trat an seinen Wäscheschrank und zog den Brief heraus, den er gestern von Dory erhalten hatte. Sie hatte parfümiertes Papier benutzt und einen kleinen Kaktus auf das Kuvert gezeichnet.

Hallo Schatz,
das Wetter hier in Taos ist einfach herrlich. Ich fühle mich unglaublich wohl hier, aber das liegt natürlich nicht nur am Wetter. Endlich habe ich das Gefühl, unter Gleichgesinnten zu sein. Hier sind nur Schriftsteller, und es liegt so viel schöpferische Kraft in der Luft, dass es einen ganz schwindlig macht.

Ich hoffe, ihr zwei kommt gut zurecht. Ich lasse euch ungern allein, glaube mir, aber ich muss auch an meine eigene Gesundheit denken. Ich wäre so gern eine gute Ehefrau. Und eine gute Mutter. Aber manchmal fällt mir das so schrecklich schwer. Dann sind meine Nerven zum Zerreißen gespannt, und ich möchte am liebsten schreien oder etwas kaputtschlagen, wenn du wieder mal abends weg musst oder wenn Timmy mich bittet, mit ihm zu spielen oder ihm bei den Hausaufgaben zu helfen, während ich gerade an einer Geschichte schreibe.

Ich wollte nicht so deprimierend klingen. Mir geht es auch schon viel besser, wirklich. Und ich komme zurück, sobald ich kann, Schatz. Ich komme, wenn ich mich wieder stark und gesund und tüchtig fühle. Bis dahin viele Grüße, und gib Timmy einen großen dicken Kuss von seiner Mami.

»Komm lieber heim und gib ihm selber einen!«, murmelte Logan und zerknüllte den Brief. Sechsmal. Sechsmal hatte Dory erklärt, sie »könne nicht mehr«, und war abgerauscht. Aber so lange war sie noch nie fortgeblieben. Und sie hatte wenigstens angerufen und Timothy kleine Karten geschickt. Diesmal war nichts von ihr gekommen, bis auf diesen Brief.

Dory war die Tochter eines wohlhabenden Geschäftsmanns aus Chicago, Wilson Witfield. Logan hatte sie kennen gelernt, als sie mit Freunden zum Skilaufen nach West Virginia gekommen war. Während der Weihnachtsferien hatte Logan als Kellner in einem Restaurant gearbeitet, um sich genügend Geld für sein letztes Collegesemester zu verdienen. Dory hatte ihn irgendwie an Blaine erinnert, die zwei Jahre zuvor nach Dallas gegangen war. Vielleicht lag es an ihrem Lachen, ihrer großen schlanken Gestalt, der Form ihrer großen Augen. Obwohl er verstanden hatte, warum Blaine gegangen war, hatte er den Schmerz darüber lange nicht verwunden. Und dann war Dory in sein Leben getreten. Sie war fasziniert von ihm, was wohl zum Teil – das wurde ihm allmählich klar – an einer flüchtigen Schwärmerei für die indianische Kultur lag. Außerdem konnte sie sich auf diese Weise an ihrem Vater rächen, der sich von seiner unbeständigen Ehefrau, Dorys geliebter Mutter, hatte scheiden lassen. Im Gegenzug machte Dory nun Wilson Witfield einen Strich durch die Rechnung, indem sie, anstatt sich einen reichen Mann aus guter Familie zu suchen, Logan heiratete.

Die ersten beiden Jahre ihrer Ehe waren leidlich gut verlaufen – nicht ideal, nicht, wie Logan sich ein Leben zu zweit erträumt hatte, aber immerhin passabel. Dann kam Tim zur Welt, und plötzlich benahm sich Dory wie ein Tier im Käfig. Sie hatten versucht in San Francisco zu leben, aber Dory hatte behauptet, sie fürchte sich vor Erdbeben und sehne sich nach dem Leben an der Ostküste, also siedelten sie nach Miami um, als Tim ein Jahr alt war. Dort klagte Dory bald über die zügellos wuchernde Kriminalität und das viele Rauschgift aus der Karibik. Ihr kleiner Junge sollte in einer anderen Umgebung aufwachsen, fand sie. Jetzt sehnte sie sich nach den schönen, saftigen Hügeln West Virginias, wo sie Logan kennen gelernt hatte und wo das Leben in ruhigeren Bahnen verlief. Also waren sie vor vier Jahren nach Sinclair zurückgekehrt. Sechs Monate später meinte Dory, ersticken zu müssen, und erklärte Logan, dass sie die Stadt sterbenslangweilig fand. Er hatte sich geweigert, schon wieder umzuziehen, woraufhin sie zu streiten angefangen hatten, immer heftiger, bis Tim vor Verstörtheit häufig in Tränen ausgebrochen und manchmal sogar von zu Hause fortgelaufen war, weil er dachte, er sei der Grund für all den Ärger. Logan hatte schließlich darauf bestanden, dass Dory einen Psychiater aufsuchte. Daraufhin begann sie regelmäßig zu verschwinden. Vor einem Jahr hatte Logan sich endlich eingestanden, dass Dory nicht zur Mutter taugte, auch nicht zur Ehefrau, und schon gar nicht zur Frau eines Polizisten. Sie brauchte einen ständigen Begleiter, der sich rund um die Uhr um sie kümmerte, und so etwas konnten ihr ein Mittelklasse-Ehemann, der regelmäßig zum Dienst musste, und ein kleiner Junge nicht bieten.

Er hatte keinen Hass auf Dory. Sie tat ihm höchstens Leid, weil ihr rastloses, unglückliches Wesen sie nicht zur Ruhe kommen ließ. Aber wie hatte er sich bloß jemals einbilden können, dass sie der starken, entschlossenen Blaine O'Connor glich, die er von klein auf geliebt hatte? Und wie hatte er glauben können, sie wäre eine gute Mutter, eine wie Blaine, die sich um ihre Stieftochter kümmerte, obwohl die sie nicht einmal besonders mochte, soweit er das beurteilen konnte? »Ersatzliebe«, sagte er laut. »Was zwischen dir und Dory passiert ist, nennt man Ersatzliebe.«

Logan warf den zerknüllten Brief in seinen Papierkorb und blickte in den Spiegel. Ich sehe fünf Jahre älter aus, als ich bin, dachte er. Ich bin müde und mitgenommen. Und ausgerechnet jetzt ist hier der Teufel los. Dory ist wieder mal verschwunden, mein Sohn hat seelische Probleme, und ich muss mich mit zwei ermordeten Mädchen befassen. Und dann ist da Blaine. Was mach ich bloß mit Blaine?

Er seufzte und überlegte, wie groß die Wahrscheinlichkeit war, dass eine Frau, die vor kurzem des Mordes verdächtigt worden war, binnen einer Woche zwei tote Mädchen fand.

## 4

Ein Polizeiwagen stand in der Einfahrt, als Blaine nach Hause kam. Sie ging hinein und fand Robin vor, die steif auf der Couch saß und mit dem jungen Deputy Clarke, den sie während der Ermittlungen zu Martins Tod kennen gelernt hatten, eine schleppende Unterhaltung führte.

»Was ist passiert?«, fragte Robin sofort.

Blaine legte die Handtasche ab und ließ sich auf einen Stuhl fallen. »Kathy Foss ist heute in der Turnhalle ermordet worden.«

Robin starrte sie an, als hätte sie behauptet, dass Marsmenschen in Sinclair gelandet seien. Clarke wurde steif, kniff die grünen Augen zusammen. »Sind Sie sicher?«

»Natürlich bin ich sicher. Sheriff Quint ist gerade am Tatort. Er sagte, jemand habe Kathy die Pulsadern aufgeschlitzt.«

»Da muss ich hin!«, sagte Clarke und knisterte fast vor Aufregung. »Kommen Sie beide ohne mich klar?«

Kaum hatte Blaine genickt, stürzte Clarke auch schon aus der Tür.

»Ich hab's gewusst!«, sagte Robin wie betäubt, nachdem der Deputy gegangen war. »Als du mich angerufen hast, wusste ich sofort, dass noch jemand umgebracht worden ist.«

Ihr Pferdeschwanz war noch ganz feucht. Wahrscheinlich war sie unter der Dusche gewesen, bevor Deputy Clarke zu ihr gekommen war. Sie sah an Blaine vorbei. »Robin, hast du heute Abend in der Turnhalle zufällig jemanden gesehen, der nicht hätte dort sein sollen?«

»Nur die Teilnehmer. Und dich. Und Mr. Sanders.«

»Sonst niemanden?«

»Nein. Also wer von uns hat's getan?«

»Keiner von uns«, sagte Blaine.

»Na klar.«

Jetzt flüchtet sie sich wieder in oberflächlichen Sarkasmus, dachte Blaine. Aber sie war viel zu müde und aufgewühlt, um das Mädchen aus der Reserve zu locken. Heute Nacht hätte sie ein paar seelische Streicheleinheiten gebraucht, aber die konnte sie natürlich nicht von Robin erwarten.

Ashley, die sie ekstatisch begrüßt hatte, als sie heimgekommen war, begann sie neugierig zu beschnüffeln. Blaine sah auf ihre Hände, die die Tür des Schließschranks geöffnet hatten, in dem der Mörder Kathy verstaut hatte. Wortlos ließ sie Robin in ihrem verstockten Schweigen sitzen und ging ins Badezimmer. Sie legte ihre Kleider ab, warf sie in die Badewanne und stieg in die Dusche. Nachdem sie sich am ganzen Körper gründlich eingeseift und ihr Haar zweimal gewaschen hatte, fühlte sie sich wieder sauber. Sie hüllte sich in einen langen, warmen Bademantel, packte ihre Kleider in ein Handtuch, warf das Bündel in die Maschine und schüttete Bleichmittel ins Waschpulver.

Danach ging sie wieder ins Wohnzimmer, das Robin mittlerweile verlassen hatte, und goss sich ein Glas Wein ein. Sie setzte sich auf die Couch und zog Ashley neben sich. Vor der Fensterfront im Wohnzimmer waren die Vorhänge noch nicht zugezogen, und als sie in die kühle dunkle Nacht hinausspähte, überkam sie plötzlich das Gefühl, als starre jemand da draußen zurück. Erschrocken hastete sie durch den Raum und zog die Vorhänge mit solchem Nachdruck zu, dass sie heftig nachschwangen. Gefahr witternd sprang Ashley auf und lief zu Blaine. Sie legte den Kopf schief und sah sie fragend an. »Tut mir Leid, Mädchen. Ich hab einfach nur Angst. Da draußen ist nichts, sonst wüsstest du es längst.«

Eine Viertelstunde später, nachdem Blaine ihr Glas ausgetrunken und ein letztes Mal die Schlösser überprüft hatte, schlüpfte sie ins Bett. Sie war vollkommen erschöpft, so erschöpft, dass sie nicht schlafen konnte. Sobald sie anfing wegzudösen, trat ihr wieder das hässliche Bild vor Augen, wie Kathy aus dem Schließschrank auf sie zugefallen war, und sie schreckte auf.

Um zwanzig nach zwei beschloss sie endlich aufzustehen, Kaffee zu kochen und sich bis zum Morgen Filme im Kabelfernsehen anzusehen. Sie hatte gerade die Decke zurückgeworfen, als das Telefon klingelte. Das musste Logan sein, der mit ihrer Vernehmung nicht bis zum Morgen warten wollte. Sie nahm den Hörer ab. »Hallo.«

Schweigen.

O nein, nicht schon wieder, dachte sie. Am liebsten hätte sie den Hörer auf die Gabel geknallt, aber eine ängstliche Neugierde hinderte sie daran. »Hallo«, sagte sie erneut, diesmal energischer.

Sie hörte, wie sich die Nadel auf eine Schallplatte senkte. Ein schwaches Kratzen, dann ein volltönender Tenor, den nicht einmal die alte Aufnahme verunstalten konnte:

Komm mit mir zurück, Kathleen,
Wo dein Herz nicht mehr leidet.
Wo die Felder frisch und grün,
Komm mit in die Heimat.

# Zehn

## 1

»Ich habe wieder einen Anruf bekommen letzte Nacht«, sagte Blaine. Logan saß in einem Strahl der Mittagssonne an seinem Schreibtisch aus grauem Stahl und sah sie ernst an. Sie war sich unangenehm der Anwesenheit von Abel Stroud bewusst, der an einem zweiten Schreibtisch an der Wand saß und gierig die Ohren spitzte. Es wäre ihr lieber gewesen, wenn er das Büro verlassen hätte, um sich im Hauptraum nützlich zu machen, wo ein Polizist gerade seinen Schreibkram erledigte und ein zweiter telefonierte. Doch da Stroud offensichtlich nicht im Mindesten daran dachte, das Feld zu räumen, erzählte Blaine weiter: »Der Anruf kam mitten in der Nacht, um zwanzig nach zwei, und er hatte mit Kathys Tod zu tun.«

»Was sagte der Anrufer?«, fragte Logan.

»Gesagt hat er gar nichts. Wie beim letzten Mal hat er eine Schallplatte abgespielt. Eine Aufnahme des Lieds ›Komm mit mir zurück, Kathleen‹.«

»Kenn ich nicht.«

»Ich schon«, meldete sich Stroud zu Wort. »Meine Ma hat es immer gesungen. Der Text geht ungefähr so: ›Komm mit mir zurück, Kathleen, wo dein Herz nicht mehr leidet‹. Hat mich immer zum Weinen gebracht, als ich ein kleiner Junge war.« Abel wurde rot – offensichtlich war es ihm peinlich, dass er sich zu diesem persönlichen Geständnis hatte hinreißen lassen –, er griff sich einen Stift und fing frenetisch an zu schreiben.

Blaine wusste nicht, warum, aber plötzlich war ihre Abscheu gegen den Mann nicht mehr ganz so tief. »Genau, Mr. Stroud. Das ist das Lied.«

Logan blickte Blaine stirnrunzelnd an. »Und Kathys voller Name ist Kathleen. Wie viele Leute wussten das?«

»Eine ganze Menge. Einige, mich eingeschlossen, haben sie hin und wieder Kathleen genannt, außerdem war sie in den Ankündigungen der Footballmannschaft an der Schule immer als Kathleen Foss eingetragen. Sie war die Vortänzerin der Cheerleader.«

Abel hatte sich von seiner Verlegenheit wieder erholt und blickte ungläubig zu ihr auf. »Der Sheriff hat mir nicht erzählt, dass Sie einen Anruf erhielten, nachdem Sie Rosalind Van Zandts Leiche gefunden hatten. Soll das heißen, dass Sie nach jedem Mord jemand angerufen und ein Lied abgespielt hat, das etwas mit dem toten Mädchen zu tun hatte?«

»Ja.«

Er legte seinen Stift neben ein gerahmtes Foto von Arletta, auf dem sie rundgesichtig und mit steil nach oben stehendem Pony in die Kamera grinste. »Klingt nach Kinofilm.«

Blaine sah ihn ärgerlich an. »Es war aber kein Film, sondern die Wirklichkeit.«

Logan klopfte mit seinen langgliedrigen Fingern unruhig auf die Schreibtischplatte. Als sie sich wieder ihm zuwandte, fiel ihr auf, wie sein Sheriffstern das Licht auffing und fast wie eine Drohung auf sie warf. »Blaine, du hast Kathys Leiche gegen dreiviertel elf gefunden und ungefähr dreieinhalb Stunden später den Anruf erhalten. Wir haben letzte Nacht keine Funkrufe durchgegeben – niemand sollte aus Versehen die Neuigkeit aufschnappen. Also war es selbst in einer so kleinen Stadt wie dieser unwahrscheinlich, dass sich die Nachricht so schnell verbreitete. Der Anruf muss also von Kathys Mörder gekommen sein.«

»Ich weiß.« Logan starrte sie an, und sie bemerkte, dass sie vor Nervosität die Hände nicht stillhalten konnte. Sie zwang sich zur Ruhe. »Ich habe bereits mit der Telefongesellschaft darüber gesprochen, ob es möglich sei, eine Fangschaltung einbauen zu lassen. Man sagte mir, sie müssten drei Anrufe erfolgreich zurückverfolgen, bevor ich die Polizei benachrichtigen könne, aber in diesem Fall dachte ich, dass einmal doch ausreichen müsste.«

»So ist es auch«, sagte Logan.

Stroud lehnte sich zurück, wobei sein Kunststoffstuhl erbärmlich knarzte. »Nehmen wir einfach mal an, nur so hypothetisch, dass Sie tatsächlich diese perversen Anrufe erhalten.«

»Ich habe sie erhalten.«

»Also schön. Aber eine Sache haben Sie nicht bedacht.«

»Und die wäre?«

»Diese Anrufe werden doch wahrscheinlich von einem Münztelefon aus getätigt, dann bringt eine Fangschaltung überhaupt nichts.«

»Die Musik ist nicht auf einer Kassette oder CD aufgenommen«, gab Blaine unwirsch zu bedenken. »Während der Anrufe höre ich eine Nadel über eine alte Platte kratzen. Ich glaube kaum, dass irgendjemand einen Plattenspieler in eine Telefonzelle schleppen würde.«

»Nein, aber er könnte eine Kassette von einer alten Aufnahme abspielen«, insistierte Abel stur.

»Aber warum? Warum nimmt er das Aufsetzen der Nadel mit auf?«

Stroud zuckte die Schultern. »Das ist Ihre Geschichte, Mrs. Avery. Sagen Sie es uns.«

»Nur weil ich die Anrufe erhalte, heißt das noch lange nicht, dass ich weiß, warum oder wie der Betreffende vorgeht.«

»Ich bin froh, dass du das mit der Fangschaltung in die Wege geleitet hast«, sagte Logan. »Ich brauche zuerst eine gerichtliche Verfügung, um dein Telefon anzuzapfen.«

»Ich weiß. Aber irgendetwas muss passieren. Ich kann dir gar nicht sagen, wie grauenhaft diese Anrufe sind, Logan. Ich wäre unendlich froh, wenn man herausfände, woher sie kommen.« Blaine hielt inne. »Die Sache hat nur einen Haken.«

Logan hob fragend die Augenbrauen. »Und der wäre?«

»Ich erhalte den nächsten Anruf erst, wenn noch jemand ermordet wird.«

## 2

Sobald Blaine Avery das Büro verlassen hatte, wandte Abel Stroud sich an Logan. »Jetzt sag mir doch mal, Logan, warum dieser Perverse nach jedem Mord Blaine Avery anrufen sollte?«

»Keine Ahnung.«

Stroud sah ihn forschend an. »Wie kommt es, dass du mir nichts von dem Anruf erzählt hast, den sie bekam, nachdem sie die Leiche von der kleinen Van Zandt gefunden hatte?«

»Ich hab's eben vergessen.«

Stroud lachte. »Du und vergessen? Du hast doch ein Gedächtnis wie ein Elefant. Du vergisst nie etwas, schon gar nicht, wenn es etwas mit einem Fall zu tun hat.«

Logan griff nach seinem Pappbecher Kaffee und trank ihn leer. Er hatte ihn sich vor einer halben Stunde geholt, und der Kaffee war mittlerweile kalt und bitter. »Danke für das Kompliment, Stroud.«

»Es war kein Kompliment – nur eine schlichte Feststellung. Ich glaube nämlich, dass du deine Gründe hattest, es nicht zu erwähnen.«

»Und die wären?«

»Du nimmst ihr die Geschichte mit den verrückten Anrufen nicht ab.«

Logan zerknüllte den Becher und warf ihn in einen metallenen Papierkorb neben seinem Schreibtisch. »Warum sollte sie dann freiwillig eine Fangschaltung beantragen?«

»Das weiß ich auch noch nicht.« Stroud sog die Luft durch seine Schneidezähne, eine Angewohnheit, die Logan zur Weißglut brachte. »Aber eines kann ich dir schon jetzt sagen«, meinte er schließlich, als Logan Anstalten machte, aus dem Zimmer zu gehen. »Diese Fangschaltung wird uns keinen Schritt weiterbringen.«

»Das werden wir ja sehen.«

»Logan.« Der ernste Unterton in Strouds Stimme hielt den Sheriff zurück. »Du weißt, dass ich nicht gerade ausgeflippt bin vor Begeisterung, als sie dich letztes Jahr zum Sheriff gewählt haben, weil du viel jünger bist als ich und so. Aber darüber bin ich längst weg. Ich hab gesehen, wie du arbeitest. Du weißt eine ganze Menge mehr über Ermittlungstechniken als ich. Du hast in großen Polizeirevieren gearbeitet. Du bist gut, verdammt gut. Aber diesmal lässt du dich zu sehr ein.«

»Ich lass mich ein? Was hab ich falsch gemacht?«

»Nicht der Rede wert. Noch nicht. Aber ich sehe, dass du Blaine O'Connor in Schutz nehmen willst.«

»Warum sollte ich so was tun?«

»Na komm schon, Logan. Du bist doch mal mit ihr gegangen.«

»Das war an der High School, Mann, vor fast fünfzehn Jahren!«

»Trotzdem, du bist voreingenommen.«

»Selbst wenn es so wäre, hat mich das etwa davon abgehalten, im Fall Martin Avery jeder Spur nachzugehen?«

»Nein. Aber jetzt fängst du an, Informationen zurückzuhalten.« Stroud lehnte sich nach vorn. »Sieh mal, Logan, ich will keinen Ärger. Ich sag's zu deinem eigenen Besten – du solltest lieber die Staatspolizei einschalten. Lass sie den Fall übernehmen. Schaff ihn dir vom Hals. Wenn du's nicht tust, hast du deinen Job womöglich die längste Zeit gehabt.«

# Elf

*Der Herr ist mein Hirte; mir wird nichts mangeln.*
*Er weidet mich auf einer grünen Aue …*

Von wegen grüne Aue, dachte Blaine, als man Rosalind Van Zandts Sarg in die braune, novembertote Erde des Silver-Maple-Friedhofs senkte. Einige Schneeflocken – die ersten der Saison – fielen vom tief hängenden zinnfarbenen Himmel. Große, trockene Flocken, schwebten anmutig auf die Schultern der fast fünfzig Trauernden nieder, die von der Leichenhalle zum Friedhof gepilgert waren. Die Leute wischten sich den Schnee aus den Gesichtern, nur Joan schien nicht zu spüren, wie sich die Flocken in ihren Wimpern verfingen und weiße Tupfen sich in ihr glänzend schwarzes Haar setzten. Sie starrte wie in Trance auf den Sarg, sie war leichenblass, ihr Körper wie erstarrt in dem langen schwarzen Wollkostüm.

*Und ob ich schon wanderte im finstern Tal,*
*fürchte ich kein Unglück …*

Die Leute fingen an zu frieren, und Blaine wünschte, der Pfarrer würde sich mit den Versen beeilen, die Rosie nicht gefallen hätten. Rosie war nicht gläubig gewesen, nicht im traditionellen Sinne, man hätte doch eines von ihren wunderschönen Gedichten vorlesen können, fand Blaine. Das wäre passender gewesen und persönlicher.

Was wohl Martin von alledem halten würde?, fragte sich Blaine. Er hatte sich in den letzten Wochen seines Lebens sehr gut mit Rosie verstanden. Die beiden hatten oft bis zum Einbruch der Dunkelheit auf der Terrasse gesessen und sich unterhalten. Rosie war von klein auf zu den Averys gekommen, und Blaine wusste, dass Martin das Mädchen immer schon gemocht hatte, aber die neue Vertrautheit zwischen ihm und Rosie überraschte sie. Robin schien es ähnlich zu gehen. Sie stand oft im Wohnzimmer und beobachtete mit ausdrucksloser Miene, wie die beiden auf der Terrasse leise miteinander redeten. Hatte sie befürchtet, die schönere Rosie könne sie um die Aufmerksamkeit ihres Vaters bringen?, fragte sich Blaine jetzt. Hatte sie Rosie das übel genommen? Oder hatte die neue Freundschaft zwischen den beiden sie einfach nur verwirrt, so wie Blaine? Wenn sie ein besseres Verhältnis zu ihr hätte, könnte Blaine sie fragen. Aber so wie die Dinge zwischen ihnen standen, konnte sie keine offene Antwort erwarten. Blaines Augen wanderten von dem frisch ausgehobenen Grab zu zwei weiteren Grabsteinen in unmittelbarer Nähe. Der eine war schmucklos, von schlichtem Grau; auf ihm stand »Edward Parker Peyton, geboren am 5. Dezember 1913, gestorben am 12. Juni 1990.« Der andere – aus warmem, rosafarbenem Granit – war mit verschlungenen Blütenranken verziert und über einen Meter hoch. Darauf stand:

Charlotte Rachel Peyton Van Zandt
geboren am 14. Juni 1950, gestorben am 4. März 1975

Wie die Morgenröte wird zum Tag
Kann nichts für immer golden bleiben.

Wer mochte diese poetischen Zeilen ausgesucht haben?, fragte sich Blaine. Wahrscheinlich Joan, obwohl sich ja die ganze Familie einig war, dass Charlotte aus purem Gold gewesen war. »Das Ideal«, pflegte Rosie sie mit sanftem Spott zu nennen. »Ich werde sie wohl nie erreichen.«

Als Bernice Litchfield einmal Blaines Vater versorgt hatte, hatte Blaine sie über Charlotte Peyton ausgefragt. »Zuckersüß war dieses Mädchen«, hatte Bernice liebevoll erzählt. »Ich hab mich um sie gekümmert, als sie ihr die Mandeln herausgenommen hatten. Sie hat sich nie über Schmerzen beklagt, nicht ein einziges

Mal. Hat sie ertragen wie ein tapferer kleiner Soldat. Sie war keine Heulsuse, obwohl sie so oft krank war und zu Unfällen neigte. Und sie war bei weitem nicht so gescheit wie Joan – sie hatte Schwierigkeiten in der Schule. Das College kam nicht infrage für sie. Und sie war auch nicht schön. Wenn ich es mir recht überlege, war sie sogar richtig hässlich. Aber eine schöne Seele, heißt es, strahlt nach außen. Es war ihr liebes, kindliches Wesen, das sie schön machte. Sie war der Sonnenschein der ganzen Familie. Joan nahm sich ihrer an wie eine Glucke, hat sich immer um ihre kleine Schwester gekümmert, genau wie jetzt um Rosie. Charlottes Tod war ein schrecklicher Verlust! Wenn Sie mich fragen, hat Mrs. Peyton sich seither nicht mehr richtig erholt. Sie ist nicht nur wegen ihres Alters so seltsam, das dürfen Sie mir glauben, Charlottes Tod hat sie gebrochen. Deshalb bin ich ja auch so froh, dass Joan daheim geblieben ist und Rosie großzieht. Ich glaube einfach nicht, dass Mrs. Peyton dieser Aufgabe gewachsen wäre. Aber Joan hat das wirklich gut hingekriegt. Und trotzdem, von den Peytons wird wohl keiner jemals darüber wegkommen, dass sie Charlotte verloren haben.«

Genauso wenig würden sie die Tatsache verwinden, dass Charlottes Grabstein kein Grab bezeichnete. Jeder wusste, dass nach dem entsetzlichen Flugzeugabsturz nicht mehr genügend von ihr übrig war, um es nach Hause zu transportieren. Ihre wenigen sterblichen Überreste lagen neben denen ihres Mannes irgendwo in Brasilien begraben, und die Peytons waren gezwungen gewesen, einen Stein über einem leeren Grab aufzustellen. Das hatte Rosie immer gestört. »Ich fühle nichts, wenn ich auf diesen Stein starre«, hatte sie zu Blaine gesagt. »Das liegt wohl daran, dass meine Mutter nicht hier liegt – das bisschen, was von ihr noch übrig war, wurde mit meinem Vater in Brasilien begraben. Irgendwann fahre ich hin und besuche ihr Grab. Ich möchte sicher sein, dass es hübsch gelegen ist und gut gepflegt wird. Ich weiß, dass meine Großeltern und Joan das echte Grab nie besuchen wollten

– ich nehme an, es würde ihnen den Tod meiner Mutter zu real werden lassen –, aber jemand sollte hinfahren. Und ich finde, dass ich das sein sollte.«

Blaine fuhr jäh aus ihren Gedanken, als Joan sich über das offene Grab beugte, um eine rosa Rose auf Rosalinds Sarg zu legen. Endlich liefen ihr Tränen über die Wangen, und sie murmelte: »Auf Wiedersehen, kleine Rosie.« Auch Blaine spürte Tränen in sich aufsteigen, und Robin griff nach ihrer Hand. Blaine warf ihr einen Blick zu und sah, dass ihr Mund fest zusammengepresst war, zu einer geraden, harten Linie, und ihre Augenlider flatterten. Genauso hatte sie auf dem Begräbnis ihres Vaters ausgesehen, erinnerte Blaine sich bedrückt. Als kämpfe sie verzweifelt gegen ihre Gefühle an, Gefühle, denen sie besser freien Lauf ließe. Sie drückte Robins Hand und zog sie mit sanfter Gewalt vom Rand des Grabes fort, als die anderen Trauergäste sich um Joan scharten, deren Augen plötzlich wie die eines ängstlichen Tieres nach einem Fluchtweg zu suchen schienen. Ich wünschte, ich könnte dir helfen, dachte Blaine traurig, aber zuerst muss ich mich um meine Stieftochter kümmern.

Blaine hatte für diesen Tag eine Vertretung beantragt, und den vielen Schülern nach zu urteilen, die am Begräbnis teilgenommen hatten, gab es heute an der Sinclair High eine Menge Absenzen. Rosie hatte zwar viele Freunde gehabt, aber unter den Trauernden waren auch etliche, die Rosie kaum gekannt hatten und die nur die Neugierde angelockt hatte. Bei der Gelegenheit konnten sie gleich noch einen prüfenden Blick auf die Frau werfen, die mittlerweile bereits die zweite Mädchenleiche gefunden hatte. Während der Zeremonie war sich Blaine auf unangenehme Weise der faszinierten Blicke in ihre Richtung bewusst gewesen. Erst tags zuvor hatte der Direktor ihr erzählt, dass drei Elternpaare bei ihm angerufen hätten, um ihm mitzuteilen, dass ihre Kinder nicht mehr zum Unterricht kommen würden, solange nicht jeder Zweifel in Bezug auf Blaine Avery aus der Welt geschafft wäre.

Schließlich war erst im Sommer ihr Mann unter mysteriösen Umständen ums Leben gekommen, nicht? Und war es nicht ein ziemlich merkwürdiger Zufall, dass sowohl Rosie als auch Kathy ihre Schülerinnen gewesen waren und sie die Leichen beider Mädchen gefunden hatte? Natürlich vergessen sie, dass ich Rosie nicht allein gefunden habe, dachte Blaine bitter. Und was Kathy anbelangte, so hätte jeder nach den Proben in den Umkleideraum gehen und sie dort finden können. Immer muss ausgerechnet ich zur falschen Zeit am falschen Ort sein.

Während sie noch versuchte, derlei unliebsame Gedanken zu verdrängen, sah sie Caitlin und Kirk auf sich zukommen. Blaine hatte mit Cait gerechnet, aber nicht mit Kirk, den der dunkelblaue Anzug, den er seit seiner Hochzeit nicht mehr getragen hatte, ausgesprochen gut kleidete. »Was für ein schöner Gottesdienst!«, bemerkte Cait.

Robin schnaubte verächtlich. »Ich fand ihn morbide. Rosie hätte ihn gehasst.«

Cait schaute verdutzt drein und wusste nicht, was sie darauf erwidern sollte. Blaine fragte schnell: »Habt ihr beide Zeit, uns eine Weile Gesellschaft zu leisten?«

Kirk schüttelte bedauernd den Kopf. »Bei mir geht's leider nicht. Dad und ich müssen heute Nachmittag einen Auftrag fertig machen, obwohl ich nicht weiß, wie ich mich nach all der Aufregung auf meine Arbeit konzentrieren soll.«

»Und ich möchte meine Assistentin nicht zu lange mit den Kindern alleine lassen. Ich weiß ja inzwischen, wie das ist ...«

Blaine lächelte. »Gar so schlimm war's auch wieder nicht.«

»Das Tollste hast du verpasst. Sie hatten sich schon wieder ein bisschen beruhigt, als du kamst.« Sie wandte sich an Kirk. »Ich wusste gar nicht, dass du heute Nachmittag so viel zu tun hast.«

»Das hab ich dir doch erzählt, Liebling. Du hörst mir nur nicht mehr zu. Wir müssen für Mrs. Baileys Tochter eine Aussteuertruhe aus Zedernholz fertig machen. Sie möchte sie dem Mädchen morgen zum sechzehnten Geburtstag schenken.«

»Das hast du mir nicht erzählt«, sagte Cait noch einmal.

Kirk schüttelte entnervt den Kopf und entgegnete scharf: »Caity, seit du diesen Kinderhort betreibst, hörst du mir nicht mehr zu.«

Cait war offensichtlich gekränkt, und Blaine wunderte sich über den ungewohnt heftigen Ton ihres Schwagers. Er machte einen ziemlich gestressten Eindruck.

»Ist schon gut«, sagte Blaine schnell. »Vielleicht können wir ein andermal zusammenkommen.«

Kirk zwinkerte ihr zu, als versuche er, seine gute Laune wieder zu finden. »Heute ist einfach nur ein schwieriger Tag für uns alle. Das Letzte, was du jetzt noch brauchst, sind keifende Verwandte.«

»Wer keift denn hier?«, brauste Cait auf. »Was willst du …«

»Caity, bitte lass uns nicht auf dem Friedhof miteinander streiten«, bat Kirk sanft. Er nahm ihren Arm und rang sich ein Lächeln ab.

»Wir sehen uns irgendwann im Laufe der Woche, Blaine.«

»Ich will nach Hause«, murmelte Robin, als Blaine den beiden hinterherstarrte. Das Mädchen hatte zwar während der Beerdigung nicht geweint, sah jedoch beängstigend blass und mitgenommen aus. »Na klar. Lass uns fahren.«

Aber der Wagen sprang nicht an. Blaine versuchte etliche Male vergeblich, ihn anzulassen, bis jemand an die Scheibe klopfte. Es war Tony Jarvis. Sie kurbelte das Fenster herunter. »Sieht aus, als wäre die Batterie im Eimer.«

»So klingt es aber gar nicht«, sagte Tony.

Er lächelte ihr zu. »Soll ich mal einen Blick unter die Haube werfen?«

»Nur zu. Aber mach dich nicht schmutzig. Du siehst so elegant aus.«

»Zur Abwechslung.«

»So habe ich es nicht gemeint.«

Er grinste. »Ich weiß schon, wie Sie es gemeint haben, Mrs. Avery. Ich hab nur Spaß gemacht. Entriegeln Sie jetzt bitte die Motorhaube.«

Robin saß fröstelnd an die Tür gelehnt. Sie wirkte zwar noch immer mitgenommen, aber Blaine bemerkte, dass ihre Wangen plötzlich Farbe bekommen hatten und ihre Augen Tony folgten. Dieser Blick! Sie ist in ihn verknallt, dachte Blaine erstaunt. Die schüchterne, intellektuelle Robin schwärmt für einen Kerl, der Motorrad fährt, einen Ohrring trägt und seine eigene Rockband hat.

Blaine holte tief Luft. Was wunderte sie denn daran? Hatte sie nicht selbst vor ein paar Tagen zu John Sanders gesagt, dass sie Tony für gut aussehend, sexy und begabt hielt? Und ein Mädchen wie Robin, die so behütet aufgewachsen war, mochte Tonys kleine Konflikte mit dem Gesetz als wildromantisch empfinden.

»Darf ich den Motor starten?«

Blaines Gedanken kehrten im Nu zu ihrem gegenwärtigen Problem zurück. Sie zögerte, schaute erneut in die braunen Augen, die so sehr denen des kleinen Jungen glichen, den sie einmal gekannt hatte, und rutschte hinüber zu Robin. »Also los, Tony.«

Blaine spürte die Anspannung in Robins Körper und fragte sich, ob wohl Tonys Anwesenheit daran schuld war.

Er drehte ein paar Mal den Zündschlüssel herum und löste dasselbe Klicken aus wie vorhin Blaine. »Sieht ganz so aus, als wäre die Lichtmaschine kaputt.«

»O nein«, stöhnte Blaine. »Das heißt, ich muss eine Werkstatt anrufen und ihn abschleppen lassen. Und gerade jetzt schneit es wie verrückt. Seht doch nur!«

Tony sah gehorsam in den Schnee hinaus, der mittlerweile als dichter, stiller Schleier fiel. Dann warf er einen verstohlenen Blick auf Robin, die geradeaus blickte und vor Kälte und Nervenanspannung zitterte.

»Wie wär's, wenn ich Sie beide nach Hause fahren würde?«

»Auf deinem Motorrad?«

Tony lachte. »Nein, Mrs. Avery, heute habe ich ein Auto.«

»Fährst du denn nicht zurück zur Schule?«

»Ich hatte es eigentlich nicht vor.«

Blaine schaute erneut hinaus in den Schnee. »Vielleicht sollte ich mein Auto nicht einfach hier stehen lassen.«

»Sperren Sie es ab, dann passiert ihm nichts. Sie sollten nicht hier warten. Sie wissen doch, wie die Werkstätten hier in der Gegend sind. Die meisten haben nicht mal zwei Abschlepptrucks.«

»Wir könnten uns ein Taxi kommen lassen.«

»Bei diesem Schnee? Unser hiesiges Taxiunternehmen mit seiner mächtigen, aus fünf Wagen bestehenden Flotte wird ausgebucht sein. Wenn Sie Pech haben, stehen Sie eine geschlagene Stunde hier rum.«

Blaine sah sich um. Ihre Bekannten waren alle schon weg, und Tony hatte Recht. Außerdem sah Robin von Minute zu Minute schlechter aus, fast so blass und erschöpft wie an dem Tag, als ihr Vater starb. Blaine würde zuerst sie nach Hause bringen. Um das Auto würde sie sich später kümmern. Und Tony? Er gehörte zu den Verdächtigen. Aber traute sie ihm denn wirklich einen Mord zu? Nein. Auf keinen Fall.

»Okay, wenn du sicher bist, dass es dir nichts ausmacht«, sagte sie zögernd.

»Kein Problem. Ich habe mir das Auto meines Vaters geborgt. Das hat sogar Vierradantrieb.«

Zuvorkommend, wie Blaine ihn noch nie zuvor erlebt hatte, half Tony ihr und Robin aus dem Mercedes. Als Robin auf dem Gehsteig ausglitt, fing er sie auf, was die Röte ihrer Wangen noch verstärkte, und Blaine konnte sich trotz der traurigen Umstände eines kleinen Lächelns nicht erwehren. Ihres Wissens hatte Robin sich noch nie ernsthaft für einen Jungen interessiert, und Blaine hatte sich schon des Öfteren gefragt, ob Robins Selbstzweifel womöglich jedes romantische Bedürfnis schon im Keim erstickten. Vielleicht redete sie sich ein, sie sei nicht interessant genug. Jetzt wusste Blaine, dass sie sich getäuscht hatte. Das Bedürfnis schien zu blühen – allerdings im Verborgenen.

Robin zwängte sich auf den Rücksitz, und so blieb Blaine nichts anderes übrig, als sich nach vorn neben Tony zu setzen. Sie fuhren ein paar Minuten schweigend dahin, bis Tony fragte: »Finden die Proben für den Talentwettbewerb heute Abend trotzdem statt?«

»Nein. Sie wurden aus Achtung vor Rosie und Kathy abgesagt. Außerdem ist die Turnhalle immer noch versiegelt.«

»Ob sie die ganze Show abblasen?«, fragte er schnell.

»Das glaube ich nicht. Sie gehört zur Schultradition. Das letzte Mal, als ich mit dem Direktor redete, schien er fest entschlossen weiterzumachen.«

Blaine wünschte, Robin würde sich am Gespräch beteiligen, aber das Mädchen schwieg beharrlich.

Auf der Straße lag nur eine dünne Schneeschicht, und so waren die drei Meilen vom Friedhof zum Haus an der Prescott Road nicht schwierig zu fahren. Blaine hatte den Anblick des Hauses im Schnee schon immer geliebt. Mit seinen Türmchen und Giebeln im weiß überzuckerten Rasen erinnerte es an eine Weihnachtskarte. Als sie in die Einfahrt bogen, entdeckte Blaine schon von weitem Ashley, die am Wohnzimmerfenster sehnsüchtig auf ihre Rückkehr wartete.

»Ich hab Ihnen ja gesagt, dass ich Sie heil nach Hause bringen würde«, sagte Tony. »Auf dem Rückweg fahre ich an der Werkstatt vorbei und sage denen Bescheid wegen Ihres Wagens.«

»Warum kommst du nicht auf einen Sprung rein?«, fragte Blaine unvermittelt und spürte sofort, wie Robins Anspannung zunahm. »Es ist halb zwei«, fuhr sie zwanglos fort. »Ich mache uns was zu essen, und du verständigst einstweilen die Werkstatt.«

Tony schien genauso überrascht wie Robin und genauso unsicher. »Sie brauchen sich meinetwegen keine Umstände zu machen, Mrs. Avery.«

»Na ja, wenn du nicht hungrig bist …«

Ausgerechnet in diesem Moment ließ Tonys Magen ein vernehmliches Knurren hören. Er presste verdutzt die Hand auf den Bauch und musste lachen. Nicht einmal Robin konnte sich ein Lächeln verkneifen. »Beantwortet das Ihre Frage?«, meinte er. »Ich habe noch nicht gefrühstückt.«

»Ich glaube, wir könnten alle einen Happen vertragen, aber vor allem brauchen wir etwas zu trinken. Etwas Heißes. Mir ist eiskalt.« Sie lächelte Tony und Robin zu. »Na, kommt schon, ihr zwei. Wir wollen nicht den ganzen Tag hier draußen sitzen.«

Martin hätte einen Herzinfarkt bekommen, dachte Blaine. Das war bestimmt nicht der Junge, den er für seine Tochter ausgesucht hätte. Aber Martin hatte nicht immer Recht gehabt, erinnerte sich Blaine. Trotz seines Selbstvertrauens hatte er den Menschen ebenso wenig ins Herz blicken können wie sie. Sie musste sich auf ihren Instinkt verlassen, und der sagte ihr, dass Tony vielleicht der einzige Mensch war, zumal Robin ihn zu bewundern schien, der ihr im Augenblick helfen konnte.

Blaine drückte rasch die Zahlenkombination, um die Alarmanlage auszuschalten, und die drei gingen ins Haus. Ashley erwartete sie im Flur. Sie beäugte Tony ein paar Minuten lang misstrauisch aus ihren ausdrucksvollen Augen. Doch als er sich zu ihr hinunterbeugte und ihr die Hand entgegenstreckte, setzte sie sich hin und reichte ihm auf diese majestätische Weise, die Martin immer zum Lachen gebracht hatte, die Pfote.

»Die Königin des Hauses hat dich akzeptiert«, sagte Blaine. »Wenige Leute kommen in den Genuss dieses Privilegs.«

Tony lächelte und schüttelte die ihm dargebotene Pfote. »Sie weiß eben, dass ich Hunde mag. Ich habe selber einen. Einen deutschen Schäferhund, ungefähr fünfzehn Jahre alt. Er heißt Doc. Wir sind zusammen aufgewachsen.«

»Ich erinnere mich an ihn«, sagte Blaine.

»Er heißt Doc?«, fragte Robin, und das war ihre erste Äußerung, seit Tony sich zu ihnen gesellt hatte.

»Ja. Meine Mom hat ihn mir mitgebracht, als ich drei war. Damals war ich ganz verrückt nach Bugs Bunny, wenn er sagte: ›Is was, Doc?‹ Ich hätte mich totlachen können über den Spruch. Albern, was?«

Robin schüttelte den Kopf. »Gar nicht albern. Ich bin sicher, dass ihm der Name gefällt. Dem Hund, meine ich.«

»Er weiß es nicht besser. Sonst hieße er wahrscheinlich lieber King oder Rin-Tin-Tin oder so.«

»Tony, wenn du für mich in der Werkstatt anrufst, mach ich uns ein paar Sandwiches.« Blaine zog den dunklen Mantel aus und schüttelte sich den Schnee aus dem Haar, das sich wegen der Feuchtigkeit stark zu kräuseln begann. »Besondere Menüwünsche?«

»Was immer Sie haben, Mrs. Avery.«

Blaine ging in die Küche, hörte ihn im Wohnzimmer telefonieren und öffnete den Kühlschrank. Eine Menge Schinken. Dazu in Scheiben geschnittener Truthahn und Schweizer Käse. Sie hatte erst gestern eine neue Tüte Kartoffelchips gekauft und abends noch einen Kirschkuchen gebacken. Das tat sie immer, wenn sie nervös war; es lenkte sie ab.

»Tony hat die Werkstatt angerufen«, sagte Robin und blieb unschlüssig neben dem Kühlschrank stehen. »Sie sagten, sie würden das Auto in etwa einer Stunde abschleppen.«

»Gut.«

»Kann ich dir helfen?«

Robin bot ihr in der Küche nie ihre Hilfe an, und Blaine

konnte sich nur mühsam das Lachen verkneifen. »Ich hab alles unter Kontrolle. Geh doch wieder raus und unterhalt dich mit Tony.«

Robin stöhnte auf, und Blaine sah sie überrascht an. »Was ist denn?«

»Darf ich dir bitte hier drin helfen?« Sie ließ den Kopf hängen, und ihr langes Haar fiel ihr ins Gesicht. »Ich weiß nicht, was ich zu ihm sagen soll. Außerdem ist er ein Mordverdächtiger«, flüsterte sie.

»Ich auch, Robin.« Das Mädchen blinzelte. »Du glaubst doch nicht im Ernst, dass er etwas mit Rosies Tod zu schaffen hat, oder doch?«

»Na ja, ich … ich weiß nicht.«

Blaine holte tief Luft. »Ich kenne ihn von klein auf, Rob. Ich glaube nicht, dass er Rosie umgebracht hat.«

»Das kann man nie wissen.«

»Man kann vieles nicht wissen.« Das Mädchen starrte sie lange und eindringlich an. »Robin, wir können Tony doch nicht einfach da drin sitzen lassen. Rede mit ihm. Über irgendwas. Die Schule. Hunde. Musik.«

Robin seufzte, fasste sich ein Herz und trottete ins Wohnzimmer, als erwarte sie dort die Guillotine. Blaine fühlte sich ein bisschen schuldig, weil sie wusste, welche Qualen das Mädchen ausstand, aber auf lange Sicht würde es ihr gut tun, davon war sie überzeugt. Robin konnte mit ihrem Kummer nicht allein fertig werden. Wäre Tony nicht hier, würde sie sich in ihrem Zimmer verkriechen, in Zeitschriften blättern und bis in die Nacht hinein auf ihrem Klavichord spielen, wie sie es nach dem Tod ihres Vaters über zwei Wochen lang getan hatte.

Fünfzehn Minuten später, als Blaine ein Tablett mit Sandwiches ins Wohnzimmer trug, dazu drei Tassen heiße Schokolade mit Sahnehäubchen drauf, unterhielten sich Robin und Tony gerade angeregt über Hunde. Ashley saß dabei und blickte dem jungen Mann in die Augen, als müsse sie sein Geheimnis ergründen. Als wüsste sie, dass man ihn des Mordes verdächtigt, dachte Blaine.

»Soll ich Ihnen helfen?«, fragte Tony, der Blaine entgegeneilte, um ihr das Tablett abzunehmen. »Wahnsinn! Das sind die größten Sandwiches, die ich jemals gesehen habe.«

Blaine lächelte. »Dem Geräusch nach zu urteilen, das dein Magen vorhin von sich gegeben hat, kann so ein Sandwich gar nicht groß genug sein, würde ich meinen. Und danach gibt es noch Kirschkuchen.«

»Toll.«

Während des Essens erkundigte Blaine sich nach Tonys Familie. »Sandra erwartet wieder ein Kind«, erzählte er kauend. »Das wären dann vier.«

»Das nenne ich fleißig! In den letzten zwei Jahren hab ich oft versucht, mich mit ihr zu treffen, aber mehr als ein Mittagessen bei ihr zu Hause war nicht drin; sie war immer hoffnungslos im Stress.«

Tonys Blick verfinsterte sich. »Ja. Sie kümmert sich um die ganze Familie – um Mom, deren Arthritis immer schlimmer wird, um Jane, die seit ein paar Jahren Stewardess ist. Sandra ist bei jedem ihrer Flüge sicher, dass es der letzte sein wird.«

»Du kannst ihr doch keinen Vorwurf machen, dass sie sich Sorgen macht um ihre kleine Schwester.«

»Wahrscheinlich. Na ja, dann bin da noch ich, das schwarze Schaf. Und Joe.« Nicht Dad, dachte Blaine, Joe. »Sie hat es sich in den Kopf gesetzt, dass wir beide uns wieder vertragen. Ich glaub aber nicht, dass das geht – ich werd es ihm nie verzeihen, dass er Mom und uns Kinder vor fünf Jahren im Stich gelassen hat – meine Stiefmutter ist allerdings ziemlich nett. Sie mag mich. Joe dagegen findet, dass ich nichts tauge.«

»Ach, Tony, das tut er sicher nicht«, sagte Blaine.

»Tut er doch. Er borgt mir nur deshalb hin und wieder seinen

Wagen, weil meine Stiefmutter ihn dazu überredet. Ihr ist es auch wichtig, dass wir beide uns verstehen.«

»Seit wann ist dein Vater denn wieder verheiratet?«

»Seit zwei Jahren. Ich wünschte, Mom hätte auch jemanden gefunden, aber sie hat es nie wirklich versucht. Sie war viel zu sehr mit uns Kindern beschäftigt. Und jetzt hat sie diese verdammte Arthritis. Ich glaube nicht, dass sie noch lange arbeiten kann. Sie gönnt sich eben nie eine Pause.«

Ein Ausdruck tiefer Traurigkeit huschte über Tonys Gesicht, und Blaine wechselte abrupt das Thema. Es dauerte jedoch nicht lange, und sie kamen wieder auf Rosie zu sprechen.

»Ich war ein bisschen überrascht, als du neulich einfach aus meinem Unterricht gestürmt bist«, sagte Blaine vorsichtig.

Tony senkte den Kopf. »Das war wegen dieses Gedichts – *Annabel Lee*. Es war Rosies Lieblingsgedicht. Ich sollte es für sie vertonen, aber ich hatte keine Lust, ich hab ihr gesagt, es sei nicht mein Stil. Sie war ziemlich enttäuscht. Als Sie es laut vorgelesen haben, musste ich daran denken, wie einfach es gewesen wäre, Rosie glücklich zu machen. Jetzt ist es zu spät.«

Blaine bemerkte Robins aufmerksamen Gesichtsausdruck. »Wir haben Rosies Sachen im Keller gefunden«, verkündete sie.

Blaine sah sie erschrocken an. Sie versucht seine Reaktion zu testen, dachte Blaine. Sie spielt Amateurdetektiv. »Ich weiß. Arletta Stroud hat es schon allen erzählt. Koffer. Jacke. Handtasche.« Tony wandte sich fragend an Robin. »Stimmt's?«

»Ja. Wir haben alles hinter dem Heizofen gefunden. Es lag da versteckt. Kannst du dir vorstellen, warum jemand so was tun könnte?«

Tony runzelte die Stirn. »Rosie muss bereits hier im Haus gewesen sein, weil sie sich mit jemandem getroffen hat. Auch das weiß ich schon. Aber dieser Jemand hatte keine Zeit mehr, ihre Sachen loszuwerden.«

»Das sagt der Sheriff auch«, bestätigte Blaine.

»Alles andere ergibt keinen Sinn.«

»Du kannst dir nicht denken, mit wem sie sich getroffen haben könnte, Tony?«, fragte Blaine.

Er stellte seinen Kuchenteller auf den Tisch, und sein Blick schien ihr vollkommen ehrlich zu sein. »Glauben Sie nicht, ich würde es der Polizei sagen, wenn ich es wüsste? Wer immer es war, er muss sie getötet haben. Hat ihr die Pulsadern aufgeschnitten und sie im Wasser liegen lassen.« Sein Gesicht wurde grau. »Mir wird übel, wenn ich daran denke.«

Wenn du Theater spielst, dann bist du verdammt gut, dachte Blaine. Sie sah Robin an und merkte, dass die Anspannung, unter der sie litt, seit Tony vor dem Autofenster aufgetaucht war, verschwunden war.

»Nun, ich denke, wir haben genug über die arme Rosie geredet«, sagte Blaine forsch. »Wie wär's mit einem zweiten Stück Kuchen, Tony?«

Der verfrühte Schneefall hatte aufgehört, als Tony sein zweites Stück Kirschkuchen gegessen hatte. Die Sonne kämpfte sich durch das Grau des Tages, und Blaine spürte, wie ihre Laune sich allmählich hob. Wenn die Sonne an diesem traurigen Tag scheinen konnte, dann war die Welt vielleicht doch nicht so düster, wie es in letzter Zeit den Anschein gehabt hatte.

Während Blaine die Teller aufeinander stellte, wandte Tony sich an Robin. »Hör mal, in den letzten Tagen habe ich mir immer wieder über diesen Talentwettbewerb Gedanken gemacht.«

Robin wirkte vorsichtig interessiert. »Und?«

»Na ja, sei mir nicht böse, aber keiner von uns war in Topform während der Proben am Dienstag.« Robin wurde puterrot, und Tony sprach hastig weiter. »Ich wusste, ich würde das Falsche sagen. Ich meine, du warst toll, aber dieses klassische Zeug kommt bei vielen Leuten nicht besonders gut an. An der Sinclair High, meine ich. Und mein Song ist auch nicht gerade ein Hit. Rosie hat mir mit dem Text geholfen, aber … Na ja, egal, jedenfalls bin ich nicht damit zufrieden. Deshalb hab ich mir Folgendes ausgedacht – warum machen wir nicht was gemeinsam?«

»Gemeinsam?«, wiederholte Robin.

»Sicher. Ich auf der Gitarre und du auf dem Klavier. Außer du kannst singen, und ich weiß nichts davon.«

»Ja, wie ein sterbender Elch«, sagte Robin so ehrlich, dass Tony schallend lachte.

»Okay. Kein sterbender Elch auf der Bühne«, sagte er, als er wieder Luft bekam. »Aber was hältst du davon, wenn wir gemeinsam auftreten?«

»Na ja, das könnten wir schon.« O nein, dachte Blaine. Das bedeutet gemeinsames Proben. »Denkst du an so was wie Eric Claptons ›Layla‹?«, fragte Robin.

Tonys Augen weiteten sich. »Du kannst ja Gedanken lesen, Robin! Das ist genau der Song, den ich seit Dienstagnacht im Kopf habe!«

»Wirklich?«

»Ja. Wir müssen unbedingt die Noten auftreiben für dich …«

»Die kann ich schon.«

Tony blieb der Mund offen stehen. »Im Ernst?«

»Na ja, ich spiel nicht nur klassische Musik, Tony. Ich hab mir den Song ein paar Mal angehört und ihn dann nachgespielt. Den Klavierteil, meine ich.«

»Ist das zu fassen, Mrs. Avery?«, fragte er.

Nein, das war es nicht. Sie glaubte, dass jeder halbwegs annehmbare Song, den Robin vorgeschlagen hätte, genau der Song gewesen wäre, den Tony im Kopf hatte, und Robin hatte natürlich ein Lied vorgeschlagen, dessen Melodie sie bereits beherrschte. Aber trotz Blaines Bedenken gegen Tony, trotz ihrer Wut auf das Mädchen, rührte sie der hoffnungsvolle, aufgeregte Ausdruck in ihren Augen. Blaine hatte diesen Ausdruck seit Martins Tod nicht mehr gesehen. »Was meinen Sie, Mrs. Avery? Halten Sie es für eine gute Idee, wenn wir mit diesem Song zusammen auftreten?«

»Ich finde … ich finde es in Ordnung, solange ihr zwei hier probt«, sagte sie bedächtig. »Bei den schrecklichen Dingen, die im Augenblick hier vor sich gehen, möchte ich nicht, dass Robin nachts das Haus verlässt.«

»Alles klar«, sagte Tony. Robin warf ihr einen Blick unendlicher Dankbarkeit zu, und Blaine hoffte inständig, dass sie sich richtig entschieden hatte. Sie wollte niemandem zu nahe treten, wollte die Kluft zwischen ihr und Martins Tochter nicht noch größer werden lassen. Sie hatte sich fest vorgenommen, Robin auf gar keinen Fall während ihres letzten Jahres auf der High School zu ihren Großeltern zu verbannen. Andererseits war Robin so jung, so verwundbar, und da draußen trieb ein Mörder sein Unwesen …

»Warum üben wir nicht gleich jetzt ein bisschen, wo ich schon mal hier bin?«, fragte Tony.

Robin sprang auf und ging zum Klavier, und Tony folgte ihr. Ashley lief den beiden hinterher, als spielte auch sie eine wichtige Rolle bei diesem Unternehmen.

Eine Minute später gab Robin bereits die vertraute Melodie von »Layla« zum Besten, als es an der Tür klingelte. Sie und Tony blieben am Klavier sitzen, aber Ashley begleitete Blaine nach draußen. Logan Quint stand auf der Veranda.

»Tut mir Leid, wenn ich dich behellige, Blaine, aber ich suche Tony Jarvis. Jemand hat mir erzählt, dass er dich und Robin nach Hause gefahren hat.«

»Stimmt.« Blaine hatte das Gefühl, als hätte sich plötzlich ein dunkler Schatten über den Tag gelegt. »Ist etwas?«

Logans undurchdringliche Miene verriet keinerlei Regung. »Ich muss ihn sprechen.«

Widerwillig führte Blaine ihn ins Wohnzimmer. Robin hielt mitten im Lied inne, und sie und Tony starrten Logan an. Er nickte Robin zu und wandte sich dann an Tony. »Ich möchte, dass du mit mir kommst.«

Tony wurde steif, und ein misstrauischer Ausdruck trat in seine dunklen Augen. »Wozu?«

»Ich hab noch ein paar Fragen an dich.«

»Sie haben mich doch bereits vernommen. Oder ist es diesmal wegen Kathy?«

»Nicht direkt. Ich möchte einfach ein paar Dinge mit dir klären.« Tony rutschte von der Klavierbank und stand mit trotzigem Gesichtsausdruck da. »Warum noch mehr Fragen?«

»Ich halte es für besser, wenn wir in meinem Büro darüber reden.«

»Nein. Irgendetwas ist passiert, und ich will es jetzt wissen, bevor ich irgendwohin fahre.«

Robins Augen waren riesig geworden, das Leuchten darin war verschwunden.

»Also gut, Jarvis, du sollst deinen Willen haben«, sagte Logan ruhig. »Du hast ausgesagt, dass du am Freitagabend, als Rosie ermordet wurde, mit deiner Band draußen in Gibsons Farm bis um sieben geprobt hast.«

»Ja. Ron hat Ihnen doch bestätigt, dass ich da war.«

»Du hast außerdem behauptet, dass du danach gleich nach Hause gefahren bist.«

Tonys Kinn schob sich trotzig nach vorn. »Stimmt genau.«

»Gibsons Farm befindet sich zehn Meilen südlich der Stadt. Du hättest um sieben Uhr fünfzehn, spätestens um sieben Uhr dreißig daheim sein müssen.«

»Meine Mom sagte Ihnen doch, dass ich kurz nach sieben daheim war.«

»Ja schon, aber keiner von euch hat erwähnt, dass dein Vater zu Hause bei deiner Mutter auf dich gewartet hat. Wie's aussieht, war er ziemlich geladen, weil du dir sein Auto ausgeliehen hattest, um die Musikinstrumente zu transportieren, und ihm das Auto gegen sieben Uhr wieder zurückbringen wolltest. Stattdessen bist du erst gegen zehn aufgekreuzt.« Logan hielt inne, seine Augen bohrten sich in die des Jungen. »Warum hast du mir nicht gesagt, wo du wirklich warst, während man Rosalind Van Zandt die Pulsadern aufgeschlitzt hat? Raus mit der Sprache!«

# Zwölf

## 1

»Ich hoffe, ihr habt *Walden* inzwischen alle zu Ende gelesen«, sagte Blaine in der dritten Stunde zu ihrer Klasse. »Wer von euch kann mir sagen, wofür Walden Pond in diesem Buch steht?«

Einige Schüler rutschten unbehaglich auf ihren Stühlen hin und her und versuchten, Blaines Blick auszuweichen, was immer ein untrügliches Zeichen dafür war, dass sie sich nicht vorbereitet hatten. Blaine wartete ein paar Sekunden und fragte dann lächelnd: »Meldet sich jemand freiwillig oder muss ich mir ein Opfer aussuchen?«

Plötzlich flog die Tür zum Klassenzimmer auf und krachte gegen die Wand. Ein paar Mädchen kreischten erschrocken auf, und Blaine wurde blass, als eine Frau mit zerzaustem, mausgrauem Haar und zornig funkelnden dunklen Augen ins Zimmer gestürzt kam.

»Sie!«, schrie sie Blaine an. »Sie dreckige, gemeine Mörderin!«

Blaine war dermaßen erschrocken, dass sie einen Schritt zurückwich, bevor sie mit dünner, hoher Stimme fragte: »Wer sind Sie?«

»Wer ich bin? Wer ich bin? Ich bin die Mutter eines der Mädchen, die Sie getötet haben.«

»Mrs. Foss?«

Kathys Mutter wirbelte herum, wobei sich ihr grauer Wollmantel öffnete und eine verblichene, zerknitterte Hose sowie eine hoch geschlossene Bluse zum Vorschein kamen mit einem riesigen Kaffeefleck auf der Brust. »Seht ihr«, schrie sie in die Klasse, »sie leugnet es nicht mal!«

Mehrere Schüler hielten den Atem an und zogen die Köpfe ein, als fürchteten sie, Prügel zu beziehen. Blaines Herz klopfte laut angesichts der schäumenden Wut dieser Frau, aber sie zwang sich, tief Luft zu holen, und sagte mit fester Stimme: »Mrs. Foss, Sie haben hier nichts zu suchen.«

»Ich habe hier nichts zu suchen!« Ihre Lippen waren trocken und aufgesprungen. »Du – du mordendes Dreckstück! – Du hast hier nichts zu suchen! Du Wolf im Schafspelz!« Sie wandte sich an die Klasse und fing an zu kreischen: »Wolf im Schafspelz! Wolf im Schafspelz!«

Aus dem Augenwinkel sah Blaine, wie Dean Newman in der hinteren Reihe aufstand und langsam nach vorne kam. In diesem Moment erschien John in der Tür. »Was in Gottes Namen ...«, fing er an.

Mrs. Foss wirbelte herum und funkelte ihn an. »Jawohl! In Gottes Namen! Deshalb bin ich hier – in Gottes Namen. Um diesen Abschaum da« – ihre Hand wedelte in Blaines Richtung – »von all den unschuldigen Kindern fern zu halten. Den unschuldigen Mädchen. Mädchen wie meine Kathy. Meine Kathy, die am Samstag ins Grab gelegt wird!«

Unvermittelt fuhr die Frau herum und stürzte sich auf Blaine, die Hände zu Krallen geformt. Blaine riss instinktiv die Arme hoch, packte mit einer Kraft, die sie sich nicht zugetraut hätte, die Handgelenke der Frau und hielt sie fest umklammert. Mrs. Foss schrie, wand sich, trat mit den Füßen nach Blaine, versuchte sich aus ihrem eisernen Griff zu befreien, während sich ihre Hände mit den krallenartigen Nägeln krampfhaft öffneten und schlossen. Dean und John packten Mrs. Foss jeweils an einer Schulter und versuchten, sie von Blaine wegzuziehen. »Lass los«, sagte John. Aber Blaines Finger um die Handgelenke der Frau waren wie festgefroren. »Blaine, lass los!«, rief er. »Lass los!«

Blaines Hände schnappten auf und gaben Mrs. Foss frei. Sofort fing sie wieder an zu kreischen. »Sie hat schon mal getötet! Ihren eigenen Mann! Und jetzt tötet sie unschuldige junge Mädchen. Ihr habt es gesehen – ihr alle. Sie ist stark wie ein Dämon. Ein Dämon, sag ich euch!«

Dean und John zerrten die hysterische Frau zur Tür. Sie klammerte sich am Türrahmen fest und ließ ihn nicht mehr los. John riss sie gewaltsam weg. Ihr Griff löste sich, und die beiden Männer zerrten sie den Flur entlang.

»Sie ist eine Mörderin!«, schrie die Frau durch den leeren Korridor. »Sie ist eine Mörderin, und merkt es euch gut, das Töten ist noch nicht vorbei! Es ist noch nicht vorbei!«

## 2

Zwanzig Minuten später, nachdem der soundsovielte Versuch, Mr. Foss ausfindig zu machen, fehlgeschlagen und Mrs. Foss von Minute zu Minute hysterischer geworden war, kam der Notarzt, verpasste ihr eine Beruhigungsspritze und brachte sie in die Klinik. Nachdem man die Frau auf eine Trage geschnallt und abtransportiert hatte, saß Blaine erschüttert und verlegen im Büro des Direktors.

Er blickte sie ernst an. »Das war eine ziemlich hässliche Szene.«

»Ich weiß, Mr. Hooper«, sagte sie elend, einen Becher Automatenkaffee in der Hand, den ihr Jean Lewis, die Sekretärin, gebracht hatte.

Der Direktor musterte sie ungerührt. »Blaine, was würden Sie davon halten, sich ein paar Tage freizunehmen?«

Sie blickte ihn erschrocken an. »Ein paar Tage? Ich hatte gerade fünf Wochen Pause. Mir geht's gut, wirklich.«

»Sie sehen aber nicht gut aus. Außerdem haben wir noch ein Problem.«

Blaine hielt seinem Blick stand. »Beschwerden von Elternseite.«

»Leider. Ich habe es Ihnen bereits gesagt. Sie haben Rosie und

Kathy gefunden. Sie müssen zugeben, dass das ein ziemlicher Zufall ist.«

Sie hatte ihn nie für einen warmherzigen, verständnisvollen Mann gehalten, aber jetzt kam er ihr geradezu feindselig vor. »Und natürlich war da diese dumme Geschichte mit Ihrem Mann. Die Leute hier haben sie nicht vergessen.«

»Nein, das dachte ich mir schon«, sagte Blaine wie betäubt.

»Deshalb meine ich, zu Ihrem eigenen Wohl und zum Wohl der Schule …«

»Ich soll mich eine Weile verdünnisieren.«

»Ich hätte es nicht so hart ausgedrückt …«

»Aber genau das wollten Sie doch sagen.« Sie schaute an ihm vorbei aus dem Fenster, wo die letzten nass glänzenden gelben Novemberblätter an der fünfzigjährigen Eiche vor dem Büro den Kampf aufgaben und sich zu Boden fallen ließen. »Mr. Hooper, mir ist durchaus bewusst, dass Sie auf den Ruf der Schule bedacht sein müssen, aber merken Sie denn nicht, was es für mich bedeutet, wenn Sie mich wegschicken? Was die Leute daraus schließen könnten?«

»Ich fürchte, das ist Ihr Problem, nicht meins.«

»Wollen Sie mir etwa nahe legen, dass ich meinen Vertrag brechen und kündigen sollte?«

Er fixierte einen Punkt knapp über ihrem Kopf. »Ich halte es für die vernünftigste Lösung. Die Schulbehörde wird es schon verstehen.«

»Darauf möchte ich wetten.« Blaine stellte die Kaffeetasse auf seinen Schreibtisch. »Ich werde den heutigen Tag noch beenden und …«

»Nun, offen gestanden habe ich bereits eine Vertretung beauftragt, die Ihre Nachmittagsklassen übernehmen wird. Ich halte es für das Beste, wenn Sie die Schule sofort verlassen.«

Blaine starrte ihn an. Sie spürte, wie ihr Tränen in die Augen stiegen, aber sie würde nicht weinen, nicht vor diesem Mann mit den kalten Augen, der ihr regelrecht die Füße geküsst hatte, als Martin noch am Leben war. Sie stand auf.

»Nichts für ungut, Blaine.«

»Keine Sorge«, sagte sie kühl. »Aber erwarten Sie dieses Jahr keinen Scheck von mir für Ihre Ehemaligenverbindung.«

Die Augen des Direktors begannen zu flackern. Die Ehemaligenverbindung war sein Lieblingsprojekt, und Martin und sie hatten immer großzügig gespendet. »Ich sehe wirklich keinen Anlass, warum Sie so kleinlich sein sollten, Blaine.«

»Schreiben Sie's einfach meiner Sparsamkeit zu. Auf Wiedersehen, Mr. Hooper.«

## 3

Logan sah zu Tim hinüber, der angeschnallt auf dem Beifahrersitz saß. »Was dagegen, wenn wir einen kleinen Umweg machen?«

»Umweg«, wiederholte Tim vorsichtig. »Soll das heißen, wir fahren noch woanders hin?«

»Ja.«

»Na ja, wenn es nicht zu lange dauert. Wir haben uns für heute Abend doch den Film ausgeliehen, und ich muss um neun Uhr ins Bett.«

»Das weiß ich doch.«

»Ich könnte ihn mir natürlich auch später ansehen.«

»Das wird nicht nötig sein«, sagte Logan, als sie auf der Prescott Road an ihrem Haus vorbei in nördliche Richtung fuhren.

»Haben wir was Dienstliches zu erledigen?«

»Was Dienstliches? Woher hast du denn diesen Ausdruck?«

»Das sagst du doch immer, wenn ich nicht wissen darf, wohin du fährst.«

»Soso, ja und nein. Die Dame, die wir besuchen, steckt zwar in

Schwierigkeiten, aber ein dienstlicher Besuch ist es trotzdem nicht.«

Ich sollte das lieber lassen, dachte Logan.

Ich sollte außerhalb der Ermittlungen überhaupt nicht mit Blaine sprechen, geschweige denn zu ihr nach Hause fahren. Aber er tat es doch. Er hatte erfahren, was ihr heute in der Schule passiert war, und sein Bedürfnis, nach ihr zu sehen, war einfach zu stark.

Tim kramte in der Tasche seiner Wolljacke herum und förderte einen Streifen Kaugummi mit Fruchtgeschmack zutage, den er seinem Vater wortlos hinhielt. Logan schüttelte den Kopf. »Ist diese Dame deine Freundin?«, fragte Tim. Logan sah seinen Sohn verwundert an. »Meine Freundin? Wie um alles in der Welt kommst du denn auf so was?«

»Mami hat gesagt, dass du wahrscheinlich Freundinnen haben würdest, wenn sie weg ist.«

Wut stieg in Logan auf. Als wäre es noch nicht genug, dass Dory ihre Familie im Stich ließ, gab sie ihre Unsicherheit wegen möglicher »Freundinnen« auch noch an ihr siebenjähriges Kind weiter. »Diese Dame ist nicht meine Freundin«, entgegnete er, wobei er den Ärger aus seiner Stimme zu bannen suchte. »Ihr Mann ist vor ein paar Monaten gestorben, und ihr geht es immer noch ziemlich schlecht deswegen. Aber das ist gar nicht der Punkt. Ich habe keine Freundinnen, Tim. Ich bin verheiratet.«

Tim riss den Kaugummi in drei Teile, steckte sich dann alle drei auf einmal in den Mund und begann zu kauen. Dieser Kaugummi steckt wahrscheinlich seit letztem Winter in seiner Hosentasche, dachte Logan. »Im Fernsehen haben auch verheiratete Männer Freundinnen«, meinte Tim mampfend.

»Du siehst zu viel fern.«

»Na ja, eigentlich haben nur die bösen Männer Freundinnen«, renkte Tim hastig ein, offensichtlich besorgt, dass man ihm seine Fernsehrechte beschneiden könnte.

»Hältst du mich denn für einen bösen Mann?«

»Aber nein! Du bist doch der Sheriff!«

»Also schön. Der Name dieser Dame ist Mrs. Avery. Ich kenne sie schon, seit ich ungefähr so alt war wie du.«

»Wahnsinn«, sagte Tim, als müsse dieser Zeitpunkt in der Steinzeit liegen.

Logan schmunzelte. »Das ist nur ein freundschaftlicher Besuch, verstehst du?«

»Verstehe!«, sagte Tim, der immer noch auf seinem zähen Kaugummi herumkaute.

## 4

Robin lag auf der Couch, aß Popcorn und starrte ins Feuer, das hinter dem schwarzen Eisenrost flackerte. »Robin, möchtest du über Tony sprechen?«, fragte Blaine, nachdem sie ihr Buch beiseite gelegt hatte, unfähig, dieses Schweigen noch eine Minute länger zu ertragen. »Nein. Du hast etwas gegen ihn, genau wie alle anderen.«

»Das ist nicht wahr.«

»Plötzlich soll ich nicht mehr mit ihm proben.«

»Ich finde, meine Entscheidung ist gerechtfertigt. Die Umstände haben sich geändert.«

»Ich probe nicht für den Talentwettbewerb mit ihm, aber das hat nichts mit dem zu tun, was du gesagt hast«, verkündete Robin, wobei sie sich aufrichtete und ihr langes Haar zurückwarf. »Er hat ohnehin keine Lust mehr nach all dem Stress mit der Polizei.«

»Robin, die machen ihm keinen Stress. Er hat gelogen, was sein Alibi im Zusammenhang mit Rosies Ermordung anbelangt. Und Logan ist ihm auf die Schliche gekommen. Du willst mir doch nicht allen Ernstes erzählen, dass du auf Logan sauer bist, nur weil er ihn noch einmal vernehmen wollte.«

Robin senkte den Kopf. »Du hast Recht.«

»Hast du seither mit Tony gesprochen?«

»Nur ein paar Minuten am Telefon.«

»Hat er dir erzählt, wo er in dieser Nacht gewesen ist?«

»Er ist einfach nur in der Gegend rumgefahren, aber er hat gedacht, das würde ihm sowieso keiner glauben.«

Kann ich gut verstehen, dachte Blaine. Ich bin auch durch die Gegend gefahren, und wie's aussieht, glaubt mir auch keiner.

Es klingelte. »Wer mag das sein?«, fragte Blaine zerstreut.

»Ich würde an die Tür gehen und nachsehen!«, entgegnete Robin.

»Diese Laune mag ich besonders an dir«, entgegnete Blaine im Hinausgehen, aber Robin konzentrierte sich schon wieder auf ihr Popcorn.

Blaine spähte durch den Spion und hatte Mühe, in den verzerrten Gesichtszügen davor Logan zu erkennen. Sie öffnete die Tür, und da stand er vor ihr, einen kleinen schwarzhaarigen Jungen an der Hand, der sie angrinste und »Hi!« piepste, wobei eine breite Zahnlücke zum Vorschein kam.

»Hallo, wie geht's?« Blaine lächelte. Da fiel ihr ein, dass ihre Augen vom vielen Weinen nach der Schule immer noch ein bisschen geschwollen waren und dass sie ihr Haar achtlos mit einem Gummiband im Nacken zusammengebunden hatte.

»Mein Sohn Tim«, sagte Logan.

»Nett, dich kennen zu lernen, Tim.« Blaine dachte fieberhaft nach. Logan war bestimmt nur hier, um ihr schlechte Nachrichten zu überbringen. Aber im Beisein seines Sohnes würde er ihr doch kaum irgendetwas Schreckliches sagen, oder? »Wollt ihr nicht reinkommen? Es ist so kalt da draußen«, meinte sie.

Logan nickte. »Klar, wenn du Zeit hast.«

»Natürlich.« Die beiden kamen in die Eingangshalle, nachdem sie sich ihre Schuhe sorgfältig auf der Fußmatte abgetreten hatten, und Blaine fragte Logan leise: »Bist du dienstlich hier?«

Tim kicherte. Logan zwinkerte ihm zu und lächelte sein altvertrautes, warmherziges Lächeln, das sie noch aus High-School-Tagen kannte. »Ich habe nur erfahren, was dir heute in der Schule passiert ist.«

»Ein Wunder, dass die Geschichte noch nicht in der Zeitung stand«, sagte sie bitter.

»Nein – sie hatten Wichtigeres zu berichten. GELDER FÜR NEUE WEIHNACHTSBELEUCHTUNG AUFGETRIEBEN lautete die Schlagzeile.« Blaine musste lachen, obwohl sie die Zeitung schon gelesen hatte und den wirklichen Inhalt der Schlagzeile kannte, POLIZEI NOCH IMMER AUF DER SUCHE NACH DEM MÖRDER. »Wie dem auch sei, ich dachte mir, dass du einen grauenhaften Tag hattest, und … na ja, ich wollte nur …«

Tim sah ihn neugierig an. »Was wolltest du denn, Daddy?«

»Auf einen Sprung vorbeikommen«, antwortete Logan schnell.

Tim schien sich über die Unbeholfenheit seines Vaters zu wundern. Blaine lächelte. »Darf ich euch die Mäntel abnehmen?«

»Oh, wir können nicht lange bleiben. Ich wollte dir nur sagen, dass sich Mrs. Foss inzwischen beruhigt hat. Wir haben die Angelegenheit wieder fest im Griff.«

»Welche Angelegenheit?«, fragte Tim. »Ich verstehe langsam überhaupt nichts mehr.«

»Du brauchst nicht alles zu wissen«, sagte Logan.

Plötzlich tauchte Ashley in der Halle auf, und Tim ließ einen entzückten Aufschrei hören. Er kniete sich hin, und Ashley rannte zu ihm, als wäre sie sein Hund und freue sich wie verrückt, ihn zu sehen. »Daddy, sieh doch!«, rief Tim erstaunt. »Er mag mich!«

»Er ist eine Sie«, sagte Blaine. »Sie heißt Ashley. Und wie sie dich mag.«

Tims kleine Arme schlangen sich fest um den Hals der Hündin, und Ashley leckte ihm die Wangen. »Sie ist der hübscheste Hund, den ich je gesehen hab, und ich hab schon eine Menge Hunde gesehen!«

»Sie weiß dein Kompliment zu schätzen.« Blaine wandte sich Logan zu, erhaschte dessen liebevollen Blick auf seinen Sohn und war gerührt. »Logan, bist du sicher, dass ihr zwei nicht ein Weilchen bleiben könnt? Robin und ich sind ganz allein, und Tim ist doch gerade dabei, sich mit Ashley anzufreunden.«

»O Daddy, bitte!«, bettelte Tim. Er sah zu Blaine auf. »Haben Sie einen Videorekorder?«

»Ja.«

»Wir haben einen Film im Auto. Den wollten wir uns daheim ansehen, aber hier würde es doch auch gehen, nicht, Daddy?«

Robin war in die Eingangshalle gekommen, und ihre schlechte Laune war wie weggeblasen, denn sie fragte Tim freundlich: »Welchen Film habt ihr denn dabei?«

Tim sah sie aufgeregt an. »*Alle Hunde kommen in den Himmel!*«

»Im Ernst?«, rief Robin. »Den Film wollte ich mir schon lange mal ansehen!«

»Ich auch, ich auch!«, quietschte Tim. »Und ich wette, dass Ashley ihn auch gern sehen würde! Bitte, Daddy?«

Blaine zwinkerte Logan zu. »Ich glaube, Sie sind überstimmt, Sheriff.«

Logan grinste. »Macht es dir auch wirklich nichts aus?«

Ob es ihr was ausmachte? Sie hatte im Laufe des Sommers sehr unter Logans feindseligem Verhalten gelitten, und auch jetzt war nicht alles so wie früher zwischen ihnen. Bei weitem nicht. Sie war auf der Hut, und sie spürte, dass es ihm genauso ging, aber irgendetwas band sie aneinander, und das hatte nichts mit den Morden der letzten Zeit zu tun. Außerdem war er eigens hier herausgefahren, um sie wegen ihrer Entlassung aus dem Schuldienst zu trösten, und das war mehr, als irgendjemand sonst getan hatte.

»Es macht mir überhaupt nichts aus. Im Gegenteil. Robin und ich würden uns sehr freuen.« Logan zögerte, und Blaine sagte mit ihrer autoritärsten Lehrerinnenstimme: »Du gehst jetzt sofort zum Auto und holst dieses Video! Ich werde inzwischen noch mehr Popcorn aufsetzen. Oh, und wenn du möchtest, dass deine Frau uns Gesellschaft leistet, das Telefon ist im Wohnzimmer.«

»Dory ist noch bei Verwandten«, sagte Logan schnell.

Tim runzelte die Stirn. »Was für Verwandte haben wir denn in Taco Mexico?«

Logan wurde rot. »Es ist Taos, New Mexico, Sohn, und sie ist da bei Verwandten, die du nicht kennst. Entfernte Verwandte.«

»Dann hoffe ich, dass sie die Zeit dort genießt«, sagte Blaine so ungezwungen wie möglich, denn Logans Gesichtsausdruck verriet ihr, dass sie ihn bei einer Lüge ertappt hatte.

»Mami ist schon seit vielen, vielen Wochen fort«, erzählte Tim. Logan sah aus, als würde er dem Kleinen am liebsten den Mund zukleben. »Dass sie bei Verwandten ist, hab ich gar nicht gewusst. Ich hab gedacht, dass sie Geschichten schreibt.«

Logans Stimme klang gereizt. »Das tut sie ja auch. Schreiben. Sie hat noch nie etwas veröffentlicht. Es ist eine Art Zeitvertreib für sie.«

»Oma ist bei uns, solange Mami fort ist«, fiel Tim ihm ins Wort. »Aber heute Abend ist sie in der Kirche. Sie singt im Chor mit, und der hat heute Probe.« Er umarmte Ashley, wobei ein verlassener Ausdruck über seine zarten Gesichtszüge huschte. Er hat Logans Teint, dachte Blaine, aber die feinen Züge hat er zweifellos von seiner Mutter. »Oma ist lieb, aber ich hoffe trotzdem, dass Mami bald heimkommt. Sie ist schon so lange fort. Ich hab Angst, dass sie zu Weihnachten nicht da sein wird, aber Daddy sagt, dass sie kommt.«

Blaine konnte die unerträgliche Anspannung, die durch Logan vibrierte, förmlich spüren, und sie lächelte Tim zu. »Ich bin ganz sicher, dass sie nach Hause kommen wird. Mach dir keine Sorgen. Wir sehen uns jetzt den Film an und lassen es uns dabei so richtig gut gehen. Und Tim, du darfst dich um Ashley kümmern.«

»Wirklich?«

»Ja. Es ist eine große Verantwortung, aber du schaffst das schon.«

»Klar schaffe ich das!«

»Gut. Du nimmst sie mit ins Wohnzimmer und machst es dir schon mal gemütlich. Ich komm in ein paar Minuten mit dem Popcorn nach. Und was möchtest du trinken?«

»Coca-Cola!«

»Fein, davon haben wir eine Menge. Na, Logan, wie wär's mit einem Bier? Ich für meinen Teil könnte eines vertragen. Vielleicht auch zwei oder drei.« Die Nervosität, die ihn vorhin hatte so steif werden lassen, schien von ihm abzufallen, und er sah nur noch müde und mitgenommen aus. »Ich bin dabei.« Ihre Blicke trafen sich, und Blaine stellte verwundert fest, dass sie gerade einen dieser Momente vollkommener Harmonie erlebten, die sie zu High-School-Zeiten so oft geteilt hatten. Und zum ersten Mal seit Martins Tod fühlte sie sich nicht mehr so einsam. Hier war jemand, der ihre Gedanken kannte, noch bevor sie ihr selbst bewusst wurden, sie kannte und daran Anteil nahm. Sie spürte plötzlich das dringende Bedürfnis, sich zu ihm hinüberzubeugen und ihn auf die Wange zu küssen, wie sie es als Siebzehnjährige immer getan hatte. Von diesem eigenartigen Impuls beunruhigt, sagte sie zugeknöpft: »Ich glaube nicht, dass Tim noch länger warten kann. Wir sollten jetzt den Film einlegen.«

Logan warf ihr einen letzten tiefen Blick aus seinen dunklen Augen zu, bevor auch seine Miene wieder verschlossen wurde und nur noch unverbindliche Höflichkeit ausdrückte. »Na klar. Ich hol das Video.«

Während des gesamten Films wollte Tim sich schier ausschütten vor Lachen, und seine Fröhlichkeit steckte alle anderen an. Vor allem der Deutsche Schäferhund Charlie und sein Kumpel Scratchy mit ihren Kunststückchen hatten es Tim angetan. Ashley saß die ganze Zeit brav an Tims Seite, als würde auch sie sich den Film ansehen, und Tim fütterte sie zur Belohnung mit einer Unmenge Popcorn. Als der Film zu Ende war, wollte Tim ihn nochmal von vorne sehen, aber Logan blieb hart. »Es ist schon fast neun Uhr, mein Sohn. Oma wird bald nach Hause kommen und sich fragen, wo wir beide geblieben sind.«

»Können wir sie denn nicht anrufen, dass sie herkommt?«

»Wohl kaum, Kumpel. Es ist zu spät.«

»Aber dann wird sie ja Ashley gar nicht kennen lernen.«

»Sie wird ohnehin müde sein von ihrer Singprobe und lieber nicht mehr in die Kälte hinauswollen. Sie kann sich Ashley ein andermal ansehen.«

»Werden Sie uns denn wieder mal einladen?«, fragte Tim mit hoffnungsvollem Pathos.

»Na klar«, sagte Blaine gerührt. »Du brauchst nicht erst auf eine Einladung zu warten. Du bist jederzeit willkommen.«

Robin ging zu ihm hin und verwuschelte sein dunkles Haar. »Und das nächste Mal, Mister, da fordere ich dich zu einem Popcorn-Wettessen auf.«

»Das gewinnst du nicht!«, Tim musste kichern. »Ich und Ashley, wir können mehr Popcorn verdrücken als irgendwer in der großen weiten Welt!«

»Das glaube ich gern«, meinte Logan trocken. »Wenn man bedenkt, was du heute Abend in dich reingefuttert hast, dann sollte ich dir bis Montag früh nichts mehr zu essen geben.«

Nachdem Tim sich leidenschaftlich von Ashley verabschiedet und Blaine die Tür hinter den beiden zugemacht hatte, wandte sie sich Robin zu. »Danke, dass du so nett warst. Ich wusste nicht, wie du reagieren würdest, nachdem Logan neulich Tony mit aufs Revier genommen hatte, um ihn zu verhören.«

Robin zuckte die Achseln. »Der Kleine kann ja nichts dafür. Er sieht aus, als könnte er jede Aufmerksamkeit brauchen, die er kriegt.«

»Findest du?«

»Na klar, du etwa nicht?«

»Eigentlich schon. Er scheint seine Mutter zu vermissen.«

»Ich glaube aber nicht, dass der Sheriff seine Frau vermisst.«

»Warum sagst du denn das?«

»Ich sehe eine Menge, von dem du glaubst, ich würde es nicht sehen.«

»Was soll das nun wieder heißen?«

Robin hob eine Augenbraue. »Wie lange liegt es eigentlich zurück, dass ihr beide, du und Sheriff Quint, miteinander gegangen seid?«

»Woher weißt du denn das?«

»Aus etwa fünfundzwanzig Quellen. Also? Wie lange?«

Blaine erkannte mit Befremden, dass sie rot geworden war. »Das ist doch schon so lange her.«

»Ach ja?«

»Ja.«

»Na ja, dann stimmt vielleicht der Spruch von der alten Liebe, die nicht rostet.«

»Robin! Was ist bloß in dich gefahren?«, fragte Blaine verlegen. Die Richtung, die dieses Gespräch nahm, gefiel ihr gar nicht. »Logan ist ein verheirateter Mann. Außerdem ist dieser Spruch Unsinn. Romantischer Quatsch. Alte Liebe rostet sehr wohl, und wie!«

»Manchmal wird sie bloß ein Weilchen ins Regal gestellt, aber das soll nicht heißen, dass sie für immer da bleibt.«

Robin machte kehrt und ging den Flur entlang zu ihrem Schlafzimmer, und Blaine starrte ihr verblüfft hinterher.

## 5

Kirk schlüpfte ins Bett, drehte seiner Frau den Rücken zu, die noch das Licht anhatte und las, und zog sich die Decke halb über den Kopf, um dem Schein der Leselampe zu entgehen. Cait legte ihr Buch beiseite. »Ich wusste gar nicht, dass du Rosie Van Zandt gekannt hast.«

»Hab ich ja auch nicht«, sagte Kirk nach einer Pause.

»Hast du wohl.«

Kirk wälzte sich herum und blickte in das sommersprossige, besorgte Gesicht seiner Frau. »Wovon redest du da bloß?«

»Ich hab die Ordner in deinem Büro eingeräumt …«

»Die Ordner eingeräumt!«, sagte Kirk laut. »Cait, dafür haben wir eine Sekretärin eingestellt.«

»Sie arbeitet aber nicht gut.«

»Erstens stimmt das nicht, zweitens wäre es kein Wunder, wenn sie oft ihr Zeug nicht findet. Du marschierst einfach da rein und bringst alles durcheinander.«

»Ich bring gar nichts durcheinander!«, entgegnete Cait, den Tränen nah. »Ich will dir doch bloß helfen.«

Kirk setzte sich im Bett auf. »Caity, ich brauche keine Hilfe.«

»Ich glaube langsam, du brauchst mich überhaupt nicht.«

Kirk verdrehte ärgerlich die Augen. »Das ist doch nicht wahr, und du weißt es auch. Was soll denn das mit Rosie Van Zandt?«

»Als ich die Ordner aufgeräumt habe, fand ich einen Arbeitsauftrag für ein Vogelhäuschen, das du für Rosalind gebaut hast.«

Kirk runzelte die Stirn. »Jetzt fällt es mir wieder ein. Sie hatte eine von Blaines chinesischen Miniaturpagoden gesehen, du weißt schon, und wollte auch eine haben. Es sollte ein Geburtstagsgeschenk für ihre Großmutter sein, sie wollte es vor dem Schlafzimmerfenster der alten Dame aufhängen. Ich habe ihr erklärt, dass Blaines Pagode ein Unikat sei und ich ihr deshalb nicht die gleiche bauen könne. Da entschied sie sich für eine Nachbildung des Taj Mahal.«

»Warum hast du mir nichts davon gesagt?«

»Ich hatte es vergessen. Herrgott, Cait, das ist doch schon Monate her. Außerdem, was hat denn die Tatsache, dass ich ein

Vogelhäuschen für das Mädchen gezimmert habe, mit ihrer Ermordung zu tun?«

»Es bedeutet, dass du sie kanntest.«

»Ich kannte sie nicht. Sie kam rein, erteilte uns den Auftrag, und eine Woche später holte sie das Vogelhäuschen ab und bezahlte. Was zum Teufel soll denn daran falsch sein?«

»Warum bist du denn so sauer?«

Kirk seufzte. »Ich bin sauer wegen deiner permanenten Fragerei. Warum hab ich dir das nicht erzählt, warum hab ich dir nicht gesagt, dass ich sie kenne? Du erfährst ohnehin so gut wie alles von mir. Und dass ich dir das mit Rosie erzählt habe, weiß ich bestimmt.«

»Hast du nicht.«

»Hab ich schon.«

»Ich weiß es aber nicht mehr.«

»Nein, du erinnerst dich an vieles nicht, was ich sage, weil du immerzu mit Sarah und dem Kindergarten beschäftigt bist.«

»Willst du denn nicht, dass ich eine gute Mutter bin?«

Kirks Stimme klang genervt. »Das wollte ich damit doch gar nicht sagen, und das weißt du auch. Du sollst doch nur aufhören, dich wie Superwoman aufzuführen. Sarah ist kein Säugling mehr, du brauchst nicht wie eine Glucke auf sie aufzupassen. Und es ist auch nicht nötig, vierzehn Stunden am Tag an den Kindergarten zu denken, geschweige denn, in meiner Werkstatt alles umzuräumen.«

Cait standen die Tränen in den Augen. »Ich will doch Anteil haben an deinem Leben.«

»Du bist das Wichtigste in meinem Leben, Caity. Aber ich brauche eine Frau, einen Menschen, der mir ein bisschen Aufmerksamkeit schenkt.«

»Ich finde, dass ich dir eine Menge Aufmerksamkeit schenke.«

»So wie jetzt, wo dir plötzlich einfällt, dass ich dir etwas verheimlicht habe und du an mir herumnörgeln musst?«

»Ich hab doch nicht genörgelt.«

»Hast du wohl, und du tust es die ganze Zeit. Ich hab es satt, Cait. Wirklich satt.«

»Tut mir Leid«, sagte sie lammfromm.

Kirk wischte ihr eine Träne aus dem Gesicht und küsste sie. »Caity, seit du diesen Kindergarten eröffnet hast, läuft es zwischen uns nicht mehr so besonders. Aber das können wir doch ändern.«

»Willst du, dass ich den Hort schließe?«

»Nein, natürlich nicht. Ich möchte nur, dass du ihn am Abend eine Zeit lang vergisst. Die Abende und die Wochenenden sollen wieder uns gehören, so wie früher.«

Cait zog ein Kleenex aus der Schachtel auf dem Nachttisch und putzte sich die Nase. »Es gibt nur so viel zu tun.«

»Warum musst du dir denn immer so viel aufhalsen? Ich weiß nicht, aber manchmal habe ich das Gefühl, als müsstest du unbedingt aller Welt beweisen, dass du nicht so faul bist wie …«

»Wie mein Vater.«

»Na ja, das dachtest du doch von ihm.«

»Er war ja auch faul.«

»Ich habe keine Lust, mit dir über die Frage zu streiten, ob dein Vater ein schwer kranker Mann war oder nur stinkfaul. Ich rede über uns. Zwischen uns geht's bergab.«

»Das finde ich nicht«, sagte Cait langsam, »aber vermutlich haben wir uns ein bisschen auseinander gelebt.«

»Gelinde ausgedrückt.«

Sie schenkte ihm ein schwaches Lächeln. »Also gut. Unserer Tochter werde ich genauso viel Zeit widmen wie bisher, aber beim Kindergarten werde ich in Zukunft ein wenig kürzer treten.«

»Und du hörst auf, in meinem Büro herumzuschnüffeln.«

»Ich werd aufhören, dir zu helfen, wenn du das meinst.«

»Wie immer du es nennen willst.« Kirk küsste sie noch einmal, diesmal feuriger. »Alles wird wieder gut, Caity«, versprach er sanft.

Aber nachdem Cait das Licht ausgeschaltet hatte und in die Dunkelheit starrte, während Kirks tiefe Atemzüge ihr verrieten, dass er eingeschlafen war, ging ihr das Datum von Rosie Van Zandts Arbeitsauftrag nicht mehr aus dem Kopf. Der 24. August – ein paar Wochen später hatte Kirk angefangen, oft bis spät in die Nacht hinein zu arbeiten.

# Dreizehn

## 1

John sah Logan streitsüchtig an. »Na schön, Schluss mit der Geheimniskrämerei. Warum haben Sie mich hierher geschleppt um –« er sah auf die Uhr – »zwanzig nach neun an einem Samstagmorgen?«

Logan setzte sich an seinen Schreibtisch und griff ruhig nach einem Stift, ohne John aus den Augen zu lassen. »Sie sagten, dass Sie in der Nacht des 15. November, als Rosalind Van Zandt ermordet wurde, bei Ihrer Freundin Samantha Burton in Columbus, Ohio, waren.«

»Stimmt. Sie haben sie angerufen, und sie hat es Ihnen bestätigt.«

»Wir haben die Nummer angerufen, die Sie uns gegeben haben, und eine Frau, die vorgibt, Samantha Burton zu sein, hat uns Ihre Aussage bestätigt.«

John runzelte die Stirn. »Was soll das heißen, sie hätte vorgegeben, Sam zu sein? Ich verstehe Sie nicht.«

»Sie scheinen uns für Amateure zu halten, Sanders. Wir haben Ihr Alibi nicht mit einem simplen Telefonanruf durchgehen lassen. Wir haben die Polizei in Columbus eingeschaltet.«

»Ach ja?«

»Ja. Und wir haben ein paar interessante Dinge herausgefunden. Erstens, es gibt gar keine Samantha Burton in Columbus.«

John erstarrte. »Das ist doch verrückt!«

»Sie steht nicht im Telefonbuch.«

»Sie hat eine Geheimnummer.«

Logan sah ihn ärgerlich an. »Glauben Sie denn, ich hätte bei einer Morduntersuchung keinen Zugang zu Geheimnummern?

Außerdem steht die Nummer, die Sie uns gegeben haben, sehr wohl im Telefonbuch – sie gehört einer Frau namens Gail Clayton.«

»Gail ist Samanthas Mitbewohnerin.«

»Sie sagten doch gerade, Samantha habe eine Geheimnummer.«

»Hat sie ja auch. Es gibt zwei Telefone in der Wohnung.«

»Dann haben Sie uns nicht Samanthas, sondern Gails Nummer gegeben.«

Schweißperlen glänzten auf Johns Stirn. Abel Stroud betrat den Raum, lehnte sich an die Wand und musterte den Lehrer mit gewollter Lässigkeit. »Ich muss die Nummern verwechselt haben.«

»Das glaube ich nicht.« Logan beugte sich vor und sah John geradewegs in die Augen. »Wir haben nämlich noch etwas entdeckt. Es gibt am Riverside Hospital keine Krankenschwester namens Samantha Burton. Sie sagten doch, dass sie dort arbeiten würde, oder nicht?«

Johns Atem ging schneller. »Sie ist noch nicht lange dort. Davor war sie an der Kinderklinik.«

»Davon steht nichts in den Akten.«

»Na ja, ehrlich gesagt arbeitet sie in diesem Jahr nicht.«

John lächelte verlegen, als hätte er ein pikantes Geheimnis ausgeplaudert. »Sehen Sie, es war ihr peinlich, dass sie ihren Job verloren hat. Natürlich hatte das nichts mit ihrer Tüchtigkeit zu tun, sie fiel Sparmaßnahmen zum Opfer. Ich habe sie finanziell unterstützt ...«

»Schluss jetzt!« Logans kalter Blick ließ John erschauern. Er war kreidebleich geworden. »Begreifen Sie denn nicht, dass es hier um Mord geht? Begreifen Sie nicht, dass Rosalind Van Zandt schwanger war und dass Sie und noch jemand die einzigen Männer waren, mit denen sie in den letzten Wochen ihres Lebens Umgang hatte? Begreifen Sie nicht, dass wir bereits wissen, dass Sie uns belogen haben, was Ihr Alibi für die Nacht, als Rosalind getötet wurde, anbelangt?

Johns rechte Hand begann zu zittern. »Wollen Sie damit sagen, dass man mich des Mordes verdächtigt?«

»Genau das.«

»Aber Tony Jarvis ...«

»Wir reden hier nicht über Jarvis!«, schrie Logan. John erschrak, und sogar Strouds kleine Augen weiteten sich. »Verdammt nochmal, wo waren Sie?«

John holte tief Luft, sein Atem ging stoßweise, und er sackte in sich zusammen. »Ich habe nicht gelogen«, fing er eingeschüchtert an. »Ich war tatsächlich am 15. November in Columbus.«

»Aber nicht bei einer Frau namens Samantha Burton.«

»Nein. Ich habe einer Freundin erzählt, in welchen Schlamassel ich da geraten bin, und sie war einverstanden, mich zu decken.«

»Eine Freundin? So nennen Sie also Ihre Schwester Gail?«

»O Gott«, murmelte John.

»Dieser Schachzug war nicht besonders schlau von ihr«, meinte Stroud. »Beziehungsweise von Ihnen.«

»Mag sein. Ich hoffe nur, dass Gail jetzt keine Unannehmlichkeiten bekommt. Es geht ihr nicht so besonders in letzter Zeit. Ich möchte ihr nicht auch noch Kummer bereiten. Sie hat es doch nur gut gemeint.« Er lächelte schwach. »Aber wie heißt es so schön – ›Der Weg in die Hölle ist mit guten Absichten gepflastert‹.«

Logan sah ihn ungerührt an. »Ihre alten Sprichwörter können Sie sich sparen, warum sagen Sie uns nicht endlich, wo Sie waren?«

»Also schön.« Johns Stimme klang hoffnungslos, resigniert. »Ich war bei einem Mann namens Samuel – Sam – Burleigh.«

»Sam Burleigh«, wiederholte Logan langsam. »Warum haben Sie uns das verschwiegen?«

John senkte den Kopf, blickte dann auf und funkelte Logan trotzig an. »Weil Sam Burleigh mein Liebhaber ist.«

## 2

»Sanders war ja nicht gerade scharf darauf, den DNA-Test zu machen, der nachweisen soll, wer der Vater des Van-Zandt-Babys ist«, bemerkte Stroud eine Stunde später, während er sein drittes Blätterteigstückchen in den Mund schob.

»Ich habe nicht gedacht, dass er überhaupt zustimmen würde. Du hast ihn mit deiner Behauptung geködert, Tony Jarvis habe sich buchstäblich darum gerissen, den Test zu machen.«

»Dabei hat Jarvis sich fast noch mehr angestellt als Sanders.«

»Was Sanders nicht weiß, macht ihn nicht heiß. Wir haben, was wir wollten, und im Augenblick genügt das auch.«

Stroud zog eine alte Serviette aus seiner Schreibtischschublade und wischte sich die Hände ab. »Wenn er natürlich die Wahrheit sagt, was seine sexuellen Neigungen anbelangt«, sagte er und imitierte dabei hämisch Johns Stimme, »dann besteht nicht viel Hoffnung, dass wir ihm die Vaterschaft nachweisen, und ich bin mir ziemlich sicher, dass er die Wahrheit sagt. Der Kerl sieht einfach zu gut aus.«

Logan grinste. »Könnte es sein, dass du ein bisschen neidisch bist auf dieses gute Aussehen?«

Stroud schien beleidigt. »Quatsch! Ich finde nur, dass alles noch verworrener wird, wenn es stimmt, was er sagt.«

»Warum denn?«

»Zwei Gründe. Erstens, dieser Sam Burleigh ist Anästhesist. Er hat Zugang zu Drogen, von denen ein normaler Sterblicher noch nie etwas gehört hat. Und wenn Sanders sein« – Stroud verdrehte die Augen – »Liebhaber ist, dann könnte er ihm das Betäubungsmittel verschafft haben, das die Mädchen getötet hat.«

»Richtig.«

»Aber es könnte auch noch was anderes bedeuten.«

»Du meinst, seine Homosexualität könne andere Implikationen haben?«

»Jawoll. Genau das versuche ich zu sagen.«

Er nahm das verbleibende Blätterteigstückchen in der Schachtel auf seinem Schreibtisch unter die Lupe, als prüfe er einen Diamanten auf seine Reinheit. Logan spürte Ärger in sich aufsteigen. »Verdammt nochmal, Abel«, blaffte er endlich, »spar dir deine melodramatischen Anspielungen und komm endlich zur Sache!«

Stroud blickte auf. »Es wird dir nicht gefallen.«

»Sag's trotzdem«, meinte Logan.

»Also schön.« Stroud griff sich das Blätterteigstückchen. »Kein Mensch hier hat gemerkt, dass er andersrum ist, nicht?«

»Ich kann nicht für die anderen sprechen, aber soweit ich das beurteilen kann, pfeifen die Spatzen es nicht gerade von den Dächern, dass John Sanders schwul ist. Er hat ausgesagt, dass er uns nur deshalb angelogen hat, weil er Angst hatte, seinen Job zu verlieren, falls die Wahrheit über ihn ans Licht käme.«

»Mit Recht. Die meisten Leute in unserer Stadt dulden solchen Quatsch nicht. Mir passt es ja auch nicht, dass er meine kleine Arletta unterrichtet.«

»Ich glaube kaum, dass Klein Arletta was zu befürchten hat«, sagte Logan trocken. »Nur weil einer schwul ist, muss er noch lange kein gewalttätiger Perversling sein.«

»Du hast deine Meinung, ich hab die meine. Aber zurück zum Thema. Wer sind die einzigen Frauen, mit denen man Sanders gesehen hat? Blaine Avery und Rosie Van Zandt.«

Logan erstarrte und warf ihm einen langen durchdringenden Blick zu; er ahnte, worauf Stroud hinauswollte. »Und?«

»Der Mann von Miz Avery ist seit sechs Monaten tot, wie du weißt. Und wie ich schon sagte, Sanders ist ein verdammt gut aussehender Bursche. Außerdem ist er allein stehend und ungefähr im selben Alter wie sie. Alle sagen, dass die beiden gute Freunde sind, aber nehmen wir mal an, es war mehr als das? Nehmen wir an, Blaine war scharf auf ihn? Möglicherweise dachte sie, er würde nur deshalb nicht auf sie reagieren, weil ihr ein anderes weibliches Wesen in die Quere gekommen war, sagen wir Rosie? Und dann, wo Rosie und Robin Avery so gut miteinander befreundet waren, könnte es doch gut sein, dass Rosie Robin von ihrer Schwangerschaft erzählt und Blaine es rausgefunden hat? Vielleicht dachte sie, das Kind sei von Sanders. Also für mich klingt das nach einem hübschen Motiv für eines dieser berühmten Verbrechen aus Leidenschaft.«

Logan spürte Wut in sich aufsteigen. Am liebsten hätte er Stroud ins Gesicht geschrien, er solle sich seine dümmlichen Theorien über Blaine Avery sonstwohin stecken. Aber er konnte sich nur allzu gut vorstellen, welche Schlüsse Stroud aus einem derartigen Temperamentsausbruch ziehen würde. Um Schlimmeres zu verhüten, durfte er auf keinen Fall den Eindruck erwecken, als sei er von vornherein auf Blaines Seite. Also holte er tief Luft und sagte ruhig: »Na ja, unmöglich ist gar nichts. Aber im Augenblick interessiert mich nur eins – das Alibi von John Sanders.«

»Wir sind diesem Sam Burleigh auf der Spur. Im Krankenhaus hat man uns bestätigt, dass er dort tatsächlich als Anästhesist tätig ist.«

»Aber das beweist noch lange nichts. Sanders könnte seine Homosexualität ja auch nur vorgetäuscht haben, verstehst du, Abel? Vielleicht ist Sam Burleigh nur ein Bekannter von Sanders.«

Abel runzelte die Stirn. »Aber Sanders kann sich doch ausrechnen, wie schnell wir ihm auf die Schliche kämen, wenn er uns angelogen hätte.«

»Vielleicht nicht schnell genug.«

3

Logan verließ Dillards Eisenwarenhandlung und fuhr zur Praxis von Richard Bennett. Sie befand sich in einem neuen Ziegelbau mit vielen Fenstern, einem geräumigen Parkplatz davor und einem behindertengerechten Eingang. Es war die größte und freundlichste Arztpraxis in der ganzen Stadt.

Ein junger Mann, der den Arm bis zum Ellenbogen hinauf in Gips trug, blickte von der Zeitschrift auf, als Logan in das sonnige Wartezimmer trat, das ihn mit seinen vielen Hängepflanzen und Blumensträußen wie ein Dschungel anmutete. Eine Empfangsdame mittleren Alters mit den verkniffenen Gesichtszügen eines Chihuahuas und einem Namensschildchen auf der flachen Brust, auf dem »Miss Roush« zu lesen stand, gab ihm von oben herab zu verstehen, dass Dr. Bennett gerade einen Patienten bei sich habe und in frühestens einer Stunde zu sprechen sei. Am besten komme er morgen wieder. Ja, morgen würde es dem Herrn Doktor definitiv besser passen. Ob er sich einen Termin geben lassen wolle?

»Ich bin dienstlich hier«, sagte Logan und dachte dabei, dass er dieses Wort wohl nie mehr würde benutzen können, ohne Tim dabei kichern zu hören. »Ich muss Dr. Bennett möglichst bald sprechen.«

»Na schön.« Miss Roush runzelte grimmig die Stirn. Der Hundevergleich wollte Logan nicht mehr aus dem Sinn, und unversehens hatte er das absurde Bild vor Augen, wie sie zum Vergnügen mit den Zähnen Zeitungen zerfetzte.

»Wie Sie sehen, Sheriff, sitzt noch jemand im Wartezimmer.«

Der mäßig von Akne befallene Teenager hielt noch immer die Zeitschrift in der Hand und grinste breit. »Ich kann warten, bis der Sheriff mit Doktor Bennett gesprochen hat, es macht mir nichts aus«, sagte er, wobei er sich mächtig ins Zeug legte, um besonders harmlos zu wirken. Eine weit verbreitete Reaktion auf den Sheriffstern.

»Terry, diese Praxis schließt um zwölf«, sagte Miss Roush streng. »Wenn der Sheriff zu lange brauchen sollte, verpasst du womöglich deinen Termin.«

»Ja schon, aber ich möchte der Polizei nicht im Weg stehen. Ich könnte mich ja nächste Woche vom Unterricht befreien lassen und wieder kommen.«

»Das könnte dir so passen!«

»Da haben Sie Recht, Ma'am«, erwiderte Terry grinsend.

»Da diesem jungen Mann eine kleine Verzögerung nichts auszumachen scheint, gehe ich als Nächster rein, wenn Sie gestatten«, sagte Logan. Miss Roush blickte noch finsterer drein. »Sie gestatten doch?«

»Ich muss den Doktor fragen.« Sie bebte fast vor Missbilligung. »Nehmen Sie einstweilen Platz, Sheriff.«

Sie wartete, bis Logan es sich bequem gemacht hatte, und ging dann mit quietschenden Sohlen den gefliesten Flur entlang zu Bennetts Behandlungszimmer. »Die ist ganz schön zum Fürchten, was?«, meinte Terry.

Logan nickte. »Ich wette, an der kommt keiner vorbei.«

»Die ist besser als ein bewaffneter Wachsoldat. Sie ist in Doc Bennett verknallt. Scheint ihn als ihr Eigentum zu betrachten.«

Beide schmunzelten, als Miss Roush zurückkam. »Doktor Bennett sagte, er würde sich gern mit Ihnen unterhalten, sobald er mit seinem Patienten fertig sei«, verkündete sie, wobei sie sich offensichtlich an Ricks genauen Wortlaut hielt, und fügte dann gerade noch so laut, dass man es hören konnte, hinzu: »Das wirft natürlich seinen gesamten Terminplan über den Haufen.«

Terry kicherte wieder, ihm schien das Schauspiel Spaß zu machen. Logan nahm eine Ausgabe der *National Geographic* zur Hand und las einen Artikel über den Regenwald, ohne sich so recht auf den Inhalt konzentrieren zu können. Nach fünf Minuten erschien Rick Bennett im weißen Arztkittel an der Tür des Wartezimmers. »Hallo, Sheriff Quint. Kommen Sie bitte in mein

Büro.« Als Logan sich erhob, wandte Rick sich an den jungen Burschen. »Hast du auch genügend Lesestoff, um noch eine Weile durchzuhalten, Terry?«

»Klar. Ich bin bloß froh, dass Sie endlich *People* angeschafft haben, nicht nur diesen erzieherischen Kram.«

Rick lachte und trat beiseite, um Logan den Vortritt zu lassen. Sie begaben sich in sein Büro, ein großes, sonniges Zimmer mit einem schönen Mahagonischreibtisch, einer braunen Ledercouch, Stühlen, aber keiner einzigen Pflanze. Logan erriet sofort, dass das viele Grün im Wartezimmer die weibliche Note von Miss Roush war.

»Was kann ich für Sie tun?«, fragte Rick und wies auf die Couch, während er selbst am Schreibtisch Platz nahm.

»Ich brauche ein paar Auskünfte über ein bestimmtes Rauschmittel.«

»Ach ja?«

»Heute Morgen fand ein Schüler eine Medikamentenampulle unter einem Busch, nur etwa hundert Meter von der Turnhalle der High School entfernt. Es muss uns entgangen sein, als wir nach Kathleen Foss' Ermordung das Gelände abgesucht haben. Natürlich weiß ich nicht, ob wir noch Fingerabdrücke darauf finden – die Ampulle hat wahrscheinlich schon eine ganze Weile da gelegen, außerdem hatte der Schüler sie in der Hand –, aber wir können es ja mal versuchen. Wie dem auch sei, das Fläschchen enthielt ein Medikament namens Dilaudid. Sagt Ihnen das etwas?«

Rick lächelte. »Natürlich. Es ist ein Analgetikum, anzuwenden bei mittelstarken bis starken Schmerzen, zum Beispiel nach Operationen, Verbrennungen, Traumata, Krebserkrankungen und so weiter.«

»Und wie wird es verabreicht?«

»In Form von Tabletten, aber am häufigsten sind Injektionsampullen mit einfacher oder zweifacher Dosis. Wie groß war das

Fläschchen, das Sie gefunden haben?« Logan zeigte die Größe mit den Fingern an. »Dann enthielt es eine Mehrfachdosis.«

»Was wären denn die Symptome nach einer Überdosis Dilaudid?«

»Atemnot, extreme Schläfrigkeit bis hin zu völliger Reaktionsunfähigkeit …«

»Also wäre jemand, dem man eine starke Überdosis verabreicht hat«, fiel Logan ihm ins Wort, »auf keinen Fall imstande, sich gegen einen Angreifer zu wehren – zum Beispiel gegen jemanden, der ihm die Pulsadern aufschneiden will?«

Rick machte große Augen. »Nein, natürlich nicht.«

»Und wie lange braucht diese Droge, um ihre volle Wirkung zu entfalten?«

»In Tablettenform oder als Spritze?«

»Als Spritze.«

»Bei normaler Dosierung etwa eine Viertelstunde. Bei einer Überdosis fünf bis zehn Minuten, je nachdem, welche Menge injiziert wurde.«

»Verstehe.« Logan machte sich Notizen.

Rick begann mit den Fingern nervös auf den Schreibtisch zu trommeln. »Anscheinend nehmen Sie an, dass die Foss mit Dilaudid betäubt wurde.«

»Stimmt genau. Wird Dilaudid eigentlich auf der Straße verkauft?«

»Ja«, sagte Rick langsam. »Zwar nicht so häufig wie Crack oder Schnee, aber immerhin.«

»Hier in Sinclair?«

»Ich weiß es nicht, aber … na ja, möglich wäre es.«

»Aber es ist unwahrscheinlich.«

»Ja, eher unwahrscheinlich.« Rick griff sich einen Stift und stupste ihn von einem Zeigefinger zum anderen. »Sheriff, warum stellen Sie mir all diese Fragen? Ich bin sicher, dass man Sie auch in der Gerichtsmedizin informieren würde.«

»Ja schon, aber Sie können mir etwas über Mrs. Peyton erzählen. Keines der Medikamente, mit denen man sie derzeit ruhig stellt, stimmt mit demjenigen in Rosalind Van Zandts Blut überein, aber ich frage mich, ob sie wegen ihrer gebrochenen Hüfte nicht doch einmal Dilaudid einnehmen musste.«

»Nein, sie ist allergisch dagegen.«

»Haben Sie jemals Dilaudid verschrieben?«

»Ja.«

»Oft?«

»Kommt ganz darauf an, was Sie unter oft verstehen.«

»Wie oft im letzten Jahr?«

Rick runzelte die Stirn. »Ich müsste meine Krankenakten durchsehen, aber ich würde sagen, etwa sechs-, siebenmal. Vielleicht auch öfter.«

»Können Sie mir einige Leute nennen, denen Sie die Droge verschrieben haben?«

Rick ließ den Stift fallen und hob die Hände. »Ich weiß nicht, Sheriff. Ich könnte Miss Roush bitten, nachzusehen ...«

»Aus dem Gedächtnis.«

Rick seufzte entnervt. »Na schön. Lassen Sie mich nachdenken. Wie Sie wissen, behandle ich als Orthopäde nur Leute mit Knochenproblemen. Ich bin auf Knochen spezialisiert.«

»Ja, Dr. Bennett, das ist mir klar«, antwortete Logan ruhig und überging Ricks herablassenden Tonfall, mit dem er ihm durch die Blume zu verstehen gab, dass er einem schlichten Bezirkssheriff keine tieferen Einsichten in medizinische Inhalte zutraute.

»Also gut. Da war Aaron Howard – er ist mit dem Traktor verunglückt, hat sich das Bein gequetscht. Dan Frank ist gestürzt und hat sich das Rückgrat gebrochen. Zum Glück nicht das Genick. Muriel Boyd – gebrochene Hüfte wie bei Mrs. Peyton. Und Martin Avery.«

Logan blickte von seinem Notizblock auf. »Martin Avery?«

»Ja. Hat sich die rechte Schulter gebrochen bei dem unglückseligen Autounfall. Ein komplizierter Bruch, wollte monatelang nicht heilen und war sehr schmerzhaft.«

»Also bekam er Dilaudid, nachdem er aus dem Krankenhaus entlassen worden war?«

»Ja, über mehrere Monate.« Rick wurde steif. »Sie denken doch nicht etwa, was ich vermute, dass Sie denken, oder doch?«

»Und was sollte das sein?«

»Dass Blaine Zugriff auf Dilaudid hatte.«

»Hatte sie aber, oder nicht?«

»Es war bei ihr im Haus, ja.«

»Ging jemals etwas davon verloren?«

»Aber nein! Zumindest hat Bernice nie etwas gemeldet, und sie hat die Spritzen verabreicht.«

»Hätte sie es denn gemeldet?«

»Mit Sicherheit!« Rick beugte sich nach vorn. »Wollen Sie andeuten, dass Blaine Avery die Mädchen mit Drogen vollgepumpt hat?«

»Es ist immerhin eine Möglichkeit.«

Rick warf ihm einen wütenden Blick zu. »Wie können Sie nur so verdammt eiskalt da sitzen und so was behaupten? Sie kennen diese Frau. Sie könnte keiner Fliege etwas zuleide tun, geschweige denn einem jungen Mädchen mit einem zehn Wochen alten Fötus im Bauch. Der Gedanke ist schlicht absurd ...«

»Zehn Wochen alter Fötus?«, fragte Logan scharf. »Woher wissen Sie, dass der Fötus, den Rosalind in sich trug, zehn Wochen alt war?«

Rick blinzelte überrascht. »Ah ... Blaine hat es mir erzählt.«

»Ich habe Blaine nur gesagt, dass der Fötus zwei Monate alt sei. Und das hab ich auch Joan Peyton erzählt. Ich habe niemandem sein genaues Alter verraten. Wie kommen Sie auf zehn Wochen?«

»Ich ... weiß es nicht. Ich muss es irgendwo gehört haben.«

»Von Rosalind vielleicht?«

»Ich bin kein Gynäkologe, und sie hat mich nicht wegen ihrer Schwangerschaft konsultiert«, entgegnete Rick gereizt.

Logans Augen wurden schmal. »Ich bin sicher, dass sie Sie nicht beruflich konsultierte.«

»Und was soll das heißen?«

»Das wissen Sie ganz genau.«

»Wollen Sie sagen, dass ich der Vater von Rosie Van Zandts Baby war?«

»Ist es so?«

Ricks Gesicht wurde rot vor Zorn. »Es ist nicht so!«

»Dann nehme ich an, dass Sie nichts dagegen haben, sich einem DNA-Test zu unterziehen, mit dessen Hilfe wir die Vaterschaft ermitteln wollen.«

»Und ob ich was dagegen habe! Warum sollte ich? Ich kannte das Mädchen kaum.«

»O doch, Sie kannten Rosalind. Hören Sie, Bennett, halten Sie mich für blöd? Ich habe pausenlos gegrübelt, seit ich herausgefunden habe, dass Rosalind sich im Haus der Averys mit jemandem getroffen hat. Sie konnte nicht wissen, wann Robin oder Blaine oder Blaines Schwager dort nach dem Rechten sehen würden. Außer natürlich, die Bewegungen der drei wurden sorgsam beobachtet. Nun waren Rosalind und Robin nicht mehr so eng befreundet – ein Umstand, der an sich schon verdächtig war –, also konnte die Information nicht von Robin kommen. Von wem kam sie dann?«

»Ich habe keinen Schimmer.«

»Wie wäre es mit jemandem, der wenigstens einmal täglich mit Blaine oder ihrer Familie redete? Wie wäre es mit dem braven Arzt, der Blaine nach dem Tod ihres Mannes scheinbar treu zur Seite stand, der sie selbstverständlich auch während ihrer Krankheit regelmäßig besuchte und deshalb jeden ihrer Schritte kannte?«

Rick sprang auf, die Fäuste geballt. »Das ist absoluter Blödsinn!«

»Tatsächlich? Nun, wie wär's damit? Robin glaubt, dass Rosie sich an dem Nachmittag, als Blaine mit Lungenentzündung ins Krankenhaus gebracht wurde, womöglich einen Schlüssel zum Avery-Haus anfertigen ließ. Robin hatte Rosalind nämlich ihren Schlüssel gegeben, damit sie für Blaine ein paar Sachen aus dem Haus holen konnte. Es gibt hier in der Nähe nur eine Werkstatt, die Schlüssel nachmacht, nämlich Dillards Eisenwarenhandlung. Leider kann sich dort keiner erinnern, dass Rosalind an diesem Tag einen Schlüssel nachmachen ließ. Aber heute habe ich etwas herausgefunden. Sie kennen den alten Dillard, der den Eisenwarenladen besitzt? Er führt über jeden Schlüssel, den er anfertigt, sorgfältig Buch. Merkwürdige Eigenheit, die er sich vor langer Zeit einmal angewöhnt hat, als sich ein paar Einbrecher mit Hilfe von Nachschlüsseln Zutritt zu fremden Häusern verschafft hatten. Ich habe ihn gebeten, nachzusehen, wer sich an dem Tag, als Blaine Avery erkrankt war, Schlüssel hatte anfertigen lassen. Und nun raten Sie mal, wessen Name da aufgetaucht ist?«

»Der meine, nehme ich an.«

»Genau.«

»Das heißt doch nur, dass ich mir zu einer bestimmten Zeit einen Schlüssel habe anfertigen lassen. Das beweist überhaupt nichts.«

»Sie haben sich nicht einen, sondern zwei machen lassen. Und mit dem einen war Dillard nicht zufrieden, weshalb er einen dritten anfertigte. Den zweiten hob er in einer Schublade auf. Er ist stolz auf seine Schlüssel, und die wenigen Missgeburten sammelt er.« Logan nahm einen Schlüssel aus der Tasche und beobachtete, wie die Farbe aus Ricks zornrotem Gesicht wich. »Ich habe diesen überzähligen Schlüssel bei mir. Als ich ihn vorhin ausprobiert habe, hat er zwar nicht reibungslos gepasst, aber dennoch die Haustür der Averys aufgesperrt.«

Rick starrte ihn ein paar Sekunden lang trotzig an; dann sackte er in sich zusammen. »Ich möchte meinen Anwalt anrufen.«

»Schön. Aber ich schlage vor, Sie bestellen ihn ins Revier, denn ich muss Sie leider bitten mitzukommen.«

# Vierzehn

## 1

»Sie geben also zu, mit Rosalind Van Zandt eine Affäre gehabt zu haben?«

»Ja.«

Rick saß an einem Tisch im Vernehmungsraum, er war blass und hatte Schweißperlen auf der Oberlippe.

»Durch Ihre Scheidung haben Sie so ziemlich alles verloren, nicht wahr, Doktor Bennett?«, fuhr Logan fort. »Sie brauchten dringend Geld. Rosalind hatte keines, Blaine dafür umso mehr. Als Rosalind schwanger wurde und sich weigerte, das Kind abtreiben zu lassen, Ihnen drohte, Sie in der ganzen Stadt unmöglich zu machen, haben Sie sie umgebracht.« Logans Stimme peitschte durch den Raum. »Sie haben dieses junge Mädchen und Ihr ungeborenes Kind getötet, um an Blaine Averys Geld heranzukommen.«

Ricks Anwalt, ein gut gekleideter Mann mit grimmiger Miene, sagte kalt: »Das ist eine Unterstellung.«

»Ach ja? Nun, ich bin der Meinung, dass Ihr Mandant Rosalind Van Zandt getötet hat.«

»Nein!«, rief Rick. »Ich hab Rosie nicht umgebracht. Ich war's nicht!«

»Haben Sie Rosalind ein Armkettchen mit eingraviertem Namenszug geschenkt?«, fragte Logan.

»Ja.«

»Nun, damit wäre ein Rätsel gelöst. Jetzt zu den übrigen. Wann haben Sie mit der kleinen Van Zandt angebändelt?«

»Ich rate Ihnen dringend, die Aussage zu verweigern«, warnte Ricks Anwalt.

Rick schien ihn gar nicht zu hören. Er stand auf und trat ans Fenster, holte tief Luft. »Die alte Mrs. Peyton hat sich im April die Hüfte gebrochen. Nachdem sie aus dem Krankenhaus entlassen worden war, besuchte ich sie ein paar Mal die Woche. Auf diese Weise lernte ich Rosie kennen. Sie war das schönste Mädchen, das ich jemals gesehen hatte. Und sie war mir sehr ... zugetan. Sie machte keinen Hehl daraus.« Er wandte sich Logan zu und lächelte matt. Logan blickte kalt zurück. »Wie dem auch sei, im Mai überredete ich sie, zu mir in die Praxis zu kommen. Ich sagte ihr, dass ich sie liebte und ... na ja, den Rest können Sie sich ja denken.«

»Sie sagten ihr also, dass Sie sie liebten. Liebten Sie sie denn?«

»Na ja, nein. Ich kannte sie doch kaum. Ich dachte, sie wüsste, dass es nur so dahingesagt war.«

»Na klar, siebzehnjährige Mädchen sind ja bekanntlich recht abgeklärt.«

»Aber sie war abgeklärt«, sagte Rick aufbrausend, »und keine Jungfrau mehr, das möchte ich betonen.«

»Hat sie Ihnen verraten, wer ihre anderen Liebhaber waren?«

»Nein. Aber ich kann es mir denken. Zum einen Tony Jarvis. Vielleicht John Sanders.«

»Traf sie sich weiter mit Tony Jarvis, nachdem sie sich mit Ihnen eingelassen hatte?«

»Nein. Das nehme ich wenigstens an.«

»Na gut, erzählen Sie weiter.«

Rick setzte sich wieder. Er wirkte müde und besiegt. »Es wäre zu riskant gewesen, wenn wir uns in meiner Praxis getroffen hätten. Als Blaine krank wurde und ihr Haus leer stand, packte ich daher die Gelegenheit beim Schopf. Ich beschaffte mir ihren Schlüssel, während sie im Krankenhaus lag, ließ zwei Kopien davon anfertigen und traf mich ein paar Mal die Woche in Blaines Haus mit Rosie. Zwei Wochen vor ihrem Tod sagte sie mir, dass sie schwanger sei. Ich hatte ihr die Pille verschrieben, aber sie hatte sie wohl nicht regelmäßig genommen. Sie war entsetzt. Deshalb hatte sie auch so lange gezögert, es mir zu erzählen.«

Logans Miene war starr vor Verachtung. »Ich bin sicher, sie war nicht die Einzige, die entsetzt war.«

»Stimmt. Ich durfte nicht zulassen, dass sie mein Kind bekam, falls es überhaupt mein Kind war – da bin ich mir immer noch nicht sicher. Ich erklärte ihr, sie sei zu jung, ich wäre ruiniert, falls unser Verhältnis jemals publik werden sollte. Sie wusste über meine schwierige finanzielle Lage Bescheid.«

»Warum sollte ein erfolgreicher Arzt wie Sie in finanziellen Schwierigkeiten stecken?«

»Meine Scheidung.«

»Ach hören Sie auf, Bennett. Sie haben keine Kinder, also zahlen Sie nicht mal Alimente. Was hat Ihre Frau gegen Sie in der Hand, dass Sie zu diesem lächerlich großzügigen Arrangement gezwungen waren? Sie hat alles bekommen, nicht wahr, bis auf die Praxis – das Haus, den Mercedes, das Boot und eine beachtliche Geldsumme?«

»Woher zum Teufel wissen Sie das?«

»Ich weiß eine ganze Menge.«

Rick seufzte. »Ich habe Ellen geliebt. Es sollte ihr an nichts fehlen.«

»Sie lügen«, stellte Logan lakonisch fest. »Aber lassen wir dieses Thema vorerst beiseite. Ich werde Ihnen schon noch auf die Schliche kommen.«

Ricks Lippen wurden schmal. »Wie dem auch sei«, fuhr er fort, »in den letzten Monaten hatte ich das Gefühl, als müsste ich noch einmal ganz von vorne anfangen.«

»Das war ja auch der Grund, warum Sie Blaine heiraten wollten«, sagte Logan. »Sie hatten es satt, in diesem winzigen Appartement zu hausen und einen sechs Jahre alten Kombi zu fahren, hatten es satt, weder Geld für eine Reise noch für all die kleinen

Extravaganzen aufbringen zu können, die Ihnen so viel bedeuten.«

Der Anwalt beugte sich nach vorn. »Das ist schon wieder eine Unterstellung.«

»Mir liegt viel an Blaine«, beteuerte Rick.

»O ja, Ihre Frau haben Sie geliebt, an Blaine liegt Ihnen viel, aber Sie hatten ein Verhältnis mit einem jungen Mädchen.«

»Das verstehen Sie nicht.«

Logan kräuselte hämisch die Lippen. »Scheint mir auch so. Erzählen Sie weiter.«

Ricks Anwalt runzelte missbilligend die Stirn. »Dr. Bennett, sagen Sie nichts mehr.«

»Er wird es ja doch rauskriegen«, sagte Rick. »Außerdem kann ich so nicht mehr weiter leben.«

Der Anwalt seufzte frustriert. »Ich verstehe nicht ganz, warum Sie mich überhaupt angerufen haben.«

»Ich habe Rosie dazu überredet, das Kind abtreiben zu lassen«, fuhr Rick fort. »Ich wollte sie zu jemandem bringen, den ich kenne, außerhalb dieses Staates. Wir legten die Unternehmung auf ein Wochenende, an dem in Charleston ein Rockkonzert stattfinden würde. Rosie hatte dort schon öfter bei einer Cousine übernachtet, um mit ihr auf das eine oder andere Konzert zu gehen, und so hofften wir, dass ihre Tante Joan keinen Verdacht schöpfen würde. Wir verabredeten uns um sieben Uhr bei Blaine.«

»Am Freitag, dem 15. November.«

»Ja. Aber um sechs Uhr dreißig rief Rosie bei mir an, als ich gerade die Praxis verlassen wollte. Sie weinte. Ich fragte sie, ob sie im Haus der Averys sei, und sie verneinte. Ich sagte ihr, sie solle hinfahren, wir würden über alles reden, aber sie weigerte sich.«

»Sind Sie trotzdem hingefahren?«

»Nein. Wozu auch? Ich hatte solche Angst vor den Konsequenzen, dass ich in Harrys Bar ging.«

»Wann war das ungefähr?«

»Gegen sieben.«

»Gegen sieben? Wissen Sie es nicht genauer?«

»Nein.«

»Wie kann ich dann sicher sein, dass Sie die Wahrheit sagen?«

»Weil Harry so viel Aufhebens machte, dass ich schon zur Happy Hour gekommen war. Für gewöhnlich gehe ich erst gegen neun oder zehn auf einen Drink. Ich möchte nicht, dass die Leute mich für einen Säufer halten.«

»Wann sind Sie wieder gegangen?«

»Ich weiß es nicht. Gegen Mitternacht. Da schließt Harry. Er sagte mir, ich müsse gehen. Bot mir an, mir ein Taxi zu besorgen.«

»Wie kann ich wissen, ob Sie den ganzen Abend da waren?«

»Ich habe Billard gespielt. Dann hat Harry den Fernseher eingeschaltet, wegen eines Ringkampfes. Ich hasse diesen Sport, aber ich war schon dermaßen blau, dass ich mit ihm gewettet und prompt gewonnen habe. Er schuldete mir am Ende zwanzig Dollar. Daran erinnert er sich bestimmt. Außerdem war der Laden brechend voll. Sie können dreißig Leute fragen, ob ich da war, und alle werden es Ihnen bestätigen.«

Logan rieb sich die Schläfen. »Rosalind hat Sie also angerufen und Ihnen gesagt, sie sei nicht im Haus der Averys? Aber sie war doch da. Warum hätte sie lügen sollen?«

»Ich weiß es nicht. Vielleicht hatte sie Angst, ich könnte versuchen sie umzustimmen.«

Oder jemand hat sie zu diesem Anruf gezwungen, dachte Logan, der unwillkürlich daran denken musste, dass Blaine Avery in dieser Nacht im Haus gewesen war.

## 2

Logan klopfte an die große weiße Haustür der Peytons. Sie ging so schnell auf, dass er sicher war, man habe durch ein Fenster beobachtet, wie sein Streifenwagen in die Einfahrt bog.

Joan Peyton stand in der Tür, und ihr Lächeln konnte kaum die Angst in ihren Augen vertuschen. »Hallo, Logan, ich hoffe, Sie bringen nicht noch mehr schlechte Neuigkeiten.«

Logan hatte plötzlich Schuldgefühle – wie immer, wenn er sich mit den Hinterbliebenen von Mordopfern unterhielt, als sei er unbewusst der Überzeugung, ein besserer Gesetzeshüter als er hätte die Tragödie verhindert. Er bezwang seine Beklommenheit und lächelte zurück. »Nein, Miss Peyton, keine schlechten Nachrichten diesmal. Ich möchte nur mit Mrs. Litchfield sprechen.«

»Bernice? Wieso denn das?«

»Das darf ich Ihnen leider nicht sagen, Miss Peyton.«

»Nein, natürlich nicht. Es geht mich auch nichts an. Bitte entschuldigen Sie.« Sie trat zurück und bat ihn ins Haus. »Kommen Sie doch aus der Kälte.«

Logan betrat die Eingangshalle und musterte Joan. Noch keine Woche war vergangen, seit er hier gewesen war, um ihr zu sagen, dass man Rosies Leiche gefunden hatte. In jener Nacht hatte sie zwar mitgenommen gewirkt – sie hatte sich wegen Rosies Verschwinden große Sorgen gemacht –, ansonsten aber noch genauso ausgesehen wie vor vierzehn Jahren, als er den High-School-Abschluss gemacht hatte. Jetzt wirkte ihre Haut ausgetrocknet und bleich, und um Mund und Augen hatten sich Fältchen gebildet. Sogar ihr Haar war ohne Glanz; es war achtlos mit einer silbernen Spange nach hinten gesteckt, sodass am Haaransatz eine schmale graue Strähne sichtbar wurde.

»Bernice ist oben bei Mutter«, sagte Joan. »Bevor ich sie jedoch rufe, möchte ich kurz mit Ihnen sprechen.«

Logan sah sie fragend an. »Wie ich höre, hat man heute Nachmittag Rick Bennett im Revier vernommen.«

»Woher wissen Sie das?«

»Ich habe in seiner Praxis angerufen, um ihn zu fragen, ob er heute Nachmittag nach Mutter sehen könne. Miss Roush sagte mir, Sie hätten ihn mitgenommen.«

»Das klingt dramatischer, als es war.«

»Bitte Logan, weichen Sie mir nicht aus. Sie glauben doch nicht wirklich, dass Rick etwas über Rosies Tod weiß, oder?«

»Nun ja, doch«, antwortete er unangenehm berührt.

Sie sah ihn forschend an. »Was weiß er denn?«

Rosalind war Joans Nichte, praktisch ihre Tochter. Sie hatte ein Recht darauf, die Wahrheit zu erfahren. »Er hat zugegeben, der Vater ihres Babys zu sein.«

»Was?«, rief sie und fasste sich an die Kehle. »Was?«

»Die beiden hatten eine Affäre. Sie trafen sich seit Mitte des Sommers regelmäßig. Und in den Wochen vor Rosalinds Tod im Haus der Averys, weil Blaine bei Cait wohnte und das Haus leer stand.«

»Das … das glaube ich einfach nicht.« Joan wankte zu einem der Ledersessel und ließ sich hineinfallen. »O Gott«, stöhnte sie. »Ich glaub das nicht. Rosie und ich haben uns doch so gut verstanden. Wieso habe ich nichts davon gewusst? Wie konnte ich zulassen, dass so etwas passiert?«

Logan fühlte sich unbeholfen in seinem Mitleid. »Ich glaube nicht, dass Sie viel hätten tun können, Ma'am. Bennett und Rosalind waren sehr vorsichtig.«

»Nicht vorsichtig genug, um eine Schwangerschaft zu verhüten!« Joan stand unvermittelt auf, und ihre Augen blitzten wütend. »Und ich hab diesem Mann blind vertraut und zugelassen, dass er sich um meine Mutter kümmert! O Gott, ich habe einem Mörder die Tür geöffnet!«

»Wir wissen noch nicht, ob er tatsächlich der Mörder ist.«

»Sie wissen es nicht? Sie haben ihn also noch nicht verhaftet?«

»Nein.«

»Warum nicht?«

»Weil es kein Verbrechen ist, der Vater von Rosalinds Baby zu sein. Außerdem hat er ein stichhaltiges Alibi.«

Joans Augen wurden schmal. »Glauben Sie denn nicht, dass er sie getötet hat?«

»Was ich glaube, zählt nicht«, sagte Logan. »Für uns zählen nur Fakten.«

»Wie entsetzlich gerecht Sie in Ihrem Job sein müssen.«

»Sie waren es doch, die mich damals an der High School dazu ermutigt hat.«

Joans Ärger schien im Nu verflogen, und sie schenkte ihm ein müdes Lächeln. »Das ist wahr. Und ich hab Ihnen nie gesagt, wie stolz ich bin, dass Sie Ihr Diplom geschafft haben, nicht? Nun, dann sage ich es jetzt.« Sie seufzte und fuhr sich mit der Hand über die Stirn. Ihr silbernes Armband schimmerte matt, und Logan bemerkte den schönen Ring an ihrer Rechten. Der Stein war ein von Diamanten gesäumter Saphir. Er erinnerte sich an Rosalinds Opalring, der eigentlich ein Geburtstagsgeschenk für ihre Mutter hätte sein sollen, und fragte sich, ob Joan ihren Ring auch zum Geburtstag bekommen hatte. »Wie hat Blaine die Geschichte mit Rick aufgenommen?«, fragte sie unvermittelt.

»Sie weiß noch gar nichts, denke ich. Warum?«

»Ich musste gerade daran denken, dass sich zwischen ihr und Rick etwas anzubahnen schien.« Sie seufzte. »Blaine war schon immer ein liebenswürdiger, selbstloser Mensch. Sie erinnert mich sehr an meine Schwester.« Sie richtete sich auf, und Logan konnte fast spüren, wie sie um Selbstbeherrschung rang. »Ich hole Ihnen Bernice. Setzen Sie sich. Möchten Sie etwas trinken?«

Wie viele Leute würden in solch einem Moment wohl daran denken, ihm eine Erfrischung anzubieten?, dachte Logan. Doch da fiel ihm ein, dass er schon auf der High School von den tadellosen Manieren der eleganten Miss Peyton beeindruckt gewesen war. »Nein danke, Miss Peyton. Ich bin nicht durstig.«

Ein paar Minuten später erschien Bernice Litchfield in der Tür zur Bibliothek. Trotz ihrer sechzig Jahre machte sie den Eindruck eines pummeligen, ängstlichen kleinen Mädchens, das ins Büro des Direktors zitiert worden ist. Er lächelte ihr freundlich zu. »Hallo, Mrs. Litchfield, schön, dass Sie sich die Zeit nehmen, mit mir zu sprechen.«

»Mrs. Peyton ist eben eingeschlafen. Sie war den ganzen Vormittag so unruhig, aber jetzt habe ich sie endlich so weit gebracht. Joan – Miss Peyton – ist bei ihr.«

»Das ist gut. Kommen Sie doch herein und setzen Sie sich zu mir. Und schließen Sie bitte die Tür.«

»Ich soll die Tür schließen?«, fragte Bernice misstrauisch, als hätte sie Angst, Logan könne unlautere Absichten haben.

»Unser Gespräch ist vertraulich. Das macht Ihnen doch nichts aus?«

»Nein, ich glaube nicht.« Bernice schloss die Tür, setzte sich auf die Kante der Ledercouch und legte die Hände auf ihre dicken Oberschenkel in der weißen Hose.

»Mrs. Litchfield, Sie waren Martin Averys Pflegeschwester, nicht?«

»Ja, stimmt. Der Arme. Eine solche Tragödie. Erst die Lähmung, dann ... na ja, Sie wissen ja, was passiert ist.«

»Ja. Soweit ich weiß, hatte er sich bei diesem Autounfall nicht nur das Rückgrat verletzt, sondern auch noch die Schulter gebrochen.«

»Ja. Das war ein böser Bruch. Sehr böse.«

»Wissen Sie noch, welches Schmerzmittel Dr. Bennett ihm verschrieben hat?«

»Welches Schmerzmittel?«

»Ja.«

Bernices blasse Augen drehten sich einen Moment lang zur Decke, während sie überlegte. »Dilaudid.«

»Verstehe. Wie lange waren Sie bei Mr. Avery?«

»Von dem Tag an, als er im Februar aus dem Krankenhaus entlassen wurde, bis zu seinem … Tod im Mai. Ein paar Wochen später kam Miss Peyton zu mir und sagte, sie wäre nicht ganz zufrieden mit der Krankenschwester, die ihre Mutter pflegte, nachdem diese sich die Hüfte gebrochen hatte. Sie war wohl zu schnippisch zu Mrs. Peyton. Man muss Geduld haben in dieser Hinsicht, Sheriff. Eine Menge Geduld, besonders bei älteren Leuten. Diese andere Schwester – ich möchte keinen Namen nennen, aber Sie kennen sie ganz bestimmt, ein flatterhaftes, untererernährtes junges Ding mit blondierten Haaren und hautenger Tracht – na ja, sie war eben nicht tüchtig genug. Zu jung, würde ich sagen. Die Jüngeren haben einfach nicht so viel Gespür wie wir Älteren. Da kann man sagen, was man will. Außerdem hatte ich mich vor langer Zeit schon mal um Joans Schwester Charlotte gekümmert und letztes Jahr auch um Mr. Peyton, bis zu der Woche, in der er starb, kurz vor Weihnachten, deshalb wusste Joan, dass ich dieser Aufgabe gewachsen sein würde.«

»Ich wusste gar nicht, dass Sie schon mal bei den Peytons waren.«

»O ja, Sir. Die Peytons bezahlen ziemlich gut – und, na ja, ehrlich gesagt, ich brauche das Geld. Ich bin immer knapp bei Kasse, Sie wissen ja, wie das ist. Mein Mann war ein netter Kerl, aber er hielt nicht viel von Lebensversicherungen. Sagte immer: ›Bern, warum soll man gegen sich selbst wetten?‹ – ›Schön für dich‹, hab ich zu ihm gesagt. ›Und ich steh dann mit all den Rechnungen da.‹ Und genauso war's, ich saß völlig auf dem Trockenen, als er von mir ging.«

»Tut mir Leid.«

»Ich schlag mich schon durch. Außerdem gefällt es mir hier.«

»Gefiel es Ihnen bei den Averys?«

Bernice zuckte die Schultern. »Mr. Avery war sehr verschlossen. Er hätte eine Frau gebraucht, die annähernd in seinem Alter war, dann hätte er nicht immer Angst haben müssen, sie zu verlieren – na ja, egal, es war schon in Ordnung da.«

»Glauben Sie denn, dass Mr. Avery Angst hatte, seine Frau zu verlieren?«

»Aber ja! Sie ist jung und hübsch. Hat viel Aufhebens um ihn gemacht, hat dauernd so getan, als läge ihr enorm viel an ihm, aber über kurz oder lang hätte sie sich bestimmt nach einem jüngeren Mann umgesehen. Sie war unglaublich nett zu Dr. Bennett, der sie natürlich nicht im Mindesten ermutigt hat, verstehen Sie mich nicht falsch. Dr. Bennett ist ein wirklich feiner Mensch.« Noch ein Rick-Bennett-Fan, dachte Logan trocken und fragte sich, was Bernice wohl von seinem Verhältnis mit Rosalind halten würde. »Dann war da noch dieser Sanders. Ein Lehrer an der High School«, fuhr Bernice fort. »Er kam hin und wieder ins Haus und hat den armen Mr. Avery keines Blickes gewürdigt. Und schließlich Blaines Schwager, Kirk Philips. Der war sehr oft zu Besuch. Allesamt junge, gut aussehende, gesunde Männer. Da musste der arme Mr. Avery sich ja Sorgen machen.«

»Hat er Ihnen gegenüber jemals so etwas geäußert?«

»Nein, das nicht. So was hätte er nie getan. Er war stolz.«

Was du also tatsächlich gesehen hast, war Blaine, die um ihren Mann bemüht war, und drei jüngere Männer, die zu Besuch waren, dachte Logan. Du hast nur vermutet, dass Martin Avery Angst hatte, seine Frau zu verlieren. »Mrs. Litchfield, als Sie bei den Averys waren, ist Ihnen da jemals aufgefallen, dass von Martins Medikamenten etwas fehlte?«

»Fehlte?«, wiederholte Bernice verständnislos. »Wie meinen Sie denn das?«

»Hatten Sie jemals zu wenig?« Bernice starrte ihn entgeistert an. »Haben Sie jemals eine Ampulle Dilaudid vermisst?«

»Sie meinen, ob sich jemand von dem Dilaudid was genommen hat?« Logan nickte. Bernices Blick wurde argwöhnisch. »Ich weiß, worauf Sie hinauswollen. Sie denken, ich hätte das Mittel verschlampt.« Ihre Stimme wurde lauter. »Wofür halten Sie mich eigentlich?«

»Natürlich für eine sehr gute Krankenschwester, aber ich muss Sie das fragen. Bitte seien Sie nicht gekränkt.«

Bernice blickte noch finsterer drein, und Logan dachte plötzlich an einen Stier, der zum Angriff den Kopf senkt. »Wer sagt, dass ich achtlos mit Medikamenten umgehe?«

»Niemand hat das behauptet, Mrs. Litchfield. Ich möchte nur, dass Sie meine Frage beantworten. Haben Sie jemals Dilaudid vermisst, als Sie Martin Avery gepflegt haben? Ja oder nein.«

»Ganz und gar nicht.«

»Danke schön«, sagte Logan und wünschte, er wäre erleichtert.

Als er das Haus verließ und zum Wagen ging, konnte er an nichts anderes denken als an die Angst in Bernices Augen.

## 3

Ashley zerrte an der Leine und hätte Blaine, die in der Praxis des Tierarztes die Rechnung beglich, beinahe aus dem Gleichgewicht gebracht. Während sie mit einer Hand Wechselgeld und Quittung in die Manteltasche stopfte, schob sie mit der anderen die Glastür auf und stolperte hinter dem Hund hinaus in das violette Licht des schwindenden Tages. »Ist ja gut, Ash«, sagte sie, als das Tier sie Richtung Auto zerrte. »Ab nach Hause. Robin ist mittlerweile bestimmt auch schon da, dann könnt ihr beide Ball spielen.«

Ashley kletterte auf den Vordersitz des Bronco, als ein Wagen hupend auf den Parkplatz bog. Der Fahrer lenkte ihn in die Parklücke neben dem Bronco und stieg aus.

»Logan!«, rief Blaine überrascht. »Was tust du denn hier?«

Bevor Logan antworten konnte, sprang auf der anderen Seite Tim aus dem Wagen. »Hi! Wir sind vorbeigefahren, da hab ich Sie gesehen.« Er rannte auf Ashley zu, die aus dem Wagen gesprungen war und dem Kleinen mit freudigem Schwanzwedeln entgegensah. »Ashley ist doch nicht etwa krank, oder?«

»Nein, Tim. Sie hat nur ihre Spritze bekommen, wie jedes Jahr.«

»Am Samstagnachmittag?«, fragte Logan.

»Das ist der einzige Tierarzt in der Stadt, der seine Praxis am Samstag offen hat. Er macht stattdessen donnerstags dicht.«

»Hat dir die Spritze wehgetan, Ashley?«, fragte Tim.

Die Hündin leckte ihm übers Gesicht, und er lachte.

»Sie hat keinen Mucks gemacht«, sagte Blaine.

»Da bin ich aber froh!« Tim kraulte das Tier hinter den Ohren. »Als ich Sie hier gesehen hab, hab ich gleich zu Daddy gesagt, er soll rechts abbiegen, nicht, Daddy?«

Logan lächelte. »Das hast du, Tim.« Er sah zu Blaine hinüber, und sein Blick wurde ernst. »Ehrlich gesagt versuche ich seit Stunden, dich zu erreichen.«

»Ich habe Besorgungen gemacht und war fast den ganzen Tag unterwegs. Was ist denn los?«

»Ich muss dir etwas sagen.«

Blaine spürte, wie die Farbe aus ihrem Gesicht wich. »O nein. Was ist nun schon wieder?«

Logan wandte sich an Tim. »Lauf doch mit Ashley mal zu diesen schönen Bäumen da hinüber? Das macht dir doch nichts aus, Blaine?«

»Nein«, sagte sie, und ihre Stimme war heiser vor Sorge. »Lass nur die Leine nicht los, Tim. Wir sind außerhalb der Stadt, hier fahren die Autos ziemlich schnell.«

»Ich hab sie.« Tim wickelte sich die Leine um das Handgelenk. »Aber es hat keinen Sinn, uns beide wegzuschicken.

Hunde haben sehr gute Ohren. Ashley kann alles hören, was ihr sagt.«

Logan lächelte. »Aber sie kann's dir nicht verraten.«

Tim führte den Hund zu den zwei Bäumen auf der kleinen Grünfläche neben der Tierarztpraxis, und die beiden begannen fieberhaft nach Stöckchen zu suchen.

»Also schön, Logan«, sagte Blaine, »mach's nicht so spannend. Was ist los?«

»Heute hat Rick Bennett gestanden, dass er Rosalind geschwängert hat.« Blaine blinzelte, viel zu überrascht, um zu sprechen. »Die beiden hatten seit Monaten ein Verhältnis. Er hat sich deinen Schlüssel geschnappt und Kopien anfertigen lassen, und während du im Krankenhaus warst und später bei Cait, hat er sich mit Rosie in deinem Haus getroffen.«

»Rick und Rosie?«, brachte Blaine schließlich heraus.

»Ja.«

»Ach Logan, da muss doch ein Irrtum vorliegen.«

»Hast du nicht gehört, was ich sagte? Er hat es zugegeben.«

Aus der Tierarztpraxis kam eine Frau mit einem schwarzen Pudel, und während ihr Hund gegen die Hausmauer pinkelte, starrte sie mit unverhohlener Neugierde zu ihnen herüber. Blaine wurde sich plötzlich bewusst, dass ihr der Mund offen stand, und klappte ihn zu. Logan grüßte die Frau, sie erwiderte den Gruß und zerrte den Hund endlich weiter. Erst als sie in ihren roten Buick Regal gestiegen war, fand Blaine die Sprache wieder. »Logan, ich kann das nicht glauben!«

»Du hattest keine Ahnung?«

»Keine Ahnung? Natürlich nicht! Ich kann es einfach nicht fassen. Rick und ein siebzehnjähriges Mädchen! Und sie haben sich in meinem Haus getroffen?«

»Ja, leider.«

»Aber er hat mir nie etwas davon erzählt ... nicht mal, als Rosie tot war.« Sie hielt inne und holte tief Luft.

»Logan, du glaubst doch nicht etwa, dass Rick ...«

»... sie umgebracht hat?« Sie nickte. »Er hat ein Alibi. Stroud hat es den ganzen Nachmittag lang überprüft. Es ist stichhaltig, bis auf ein paar kleine Lücken. Weißt du, er behauptet, dass er in der fraglichen Nacht in Harrys Bar war. Ein paar Leute haben ihn gesehen. Aber der Laden war so voll, dass es bestimmt keinem aufgefallen wäre, wenn er sich kurz nach draußen gestohlen hätte.«

»Ist das wahrscheinlich?«

»Er hätte freilich sehr schnell sein müssen, damit seine Abwesenheit unbemerkt blieb.«

»Das spricht also für ihn«, sagte Blaine, die sich immer noch wie betäubt fühlte. »Es ist nicht sehr wahrscheinlich, dass er Rosie getötet hat.«

Logan runzelte die Stirn. »Ich bin mir nicht so sicher, ob es wirklich für ihn spricht.«

»Wie meinst du das?«

»Ich meine, dass ihn das Alibi aus der Schlinge zieht. Aber er hat mir heute noch etwas erzählt, das dich in Schwierigkeiten bringen könnte.«

Blaine fühlte ihren Atem schneller werden. »Mich?«

»Ja. Er hat nicht versucht, dir etwas in die Schuhe zu schieben, Blaine. Er hat einfach nur meine Fragen beantwortet.«

»Worüber denn?«

»Er sagte mir, er hätte Martin seiner gebrochenen Schulter wegen Dilaudid verschrieben.«

Blaine sah ihm geradewegs in die Augen. »Tatsächlich? Ich wusste nicht, welche Medikamente er einnahm. Aber was hat das mit mir zu tun?«

»Wir haben herausgefunden, dass sowohl Rosalind als auch Kathy mit Dilaudid betäubt wurden.«

»Wirklich?«

Logan nickte.

»Ich verstehe immer noch nicht …« Blaines Augen weiteten sich. »O Gott. Und ich hatte Zugriff auf Dilaudid«, sagte sie langsam, blickte in die Dämmerung und spürte die Schlinge um ihren Hals enger werden.

# Fünfzehn

## 1

Blaine fuhr durch die Stadt und betrachtete dabei mit ungewohntem Interesse die Gebäude: die Bank mit ihrer glatten Granitfassade und den glänzenden Glastüren, die anmutige Bibliothek im Kolonialstil mit dem schmiedeeisernen Gitter aus dem neunzehnten Jahrhundert, den stattlichen Postbau aus Sandstein, die vielen kleinen Läden, das Filmtheater, das in den Dreißigern, als der Ohio über die Ufer getreten war, einmal völlig unter Wasser gestanden hatte. Ja, sie hatte Fotos von der Überschwemmung gesehen, als die Leute in Booten durch die Straßen gepaddelt waren.

Ich tue ja fast so, als würde ich das alles zum letzten Mal sehen, dachte sie ängstlich und wehmütig zugleich. Vielleicht stimmt es ja auch. Vielleicht sitze ich in ein paar Monaten aufgrund von Verbrechen im Gefängnis, die ich nicht begangen habe. Was war das bloß für eine unselige Macht, die einem Mörder half, ihr die Schuld an seinen Vergehen in die Schuhe zu schieben?

Als sie schließlich nach Hause kam, ließ sie ihr Auto in der Auffahrt stehen und hörte überrascht, dass aus dem Haus Klaviermusik drang. Robin hatte Blaine erzählt, sie würde den Tag mit Susie verbringen und gegen sechs wieder zu Hause sein. Es war aber erst fünf Uhr dreißig, wenn auch schon stockdunkel. Blaine war sofort auf der Hut. Die Vorstellung, dass Robin nach den jüngsten Vorfällen die ganze Zeit allein im Haus gewesen war, gefiel ihr gar nicht. Seit sie Rosie Van Zandts Leiche gefunden hatte, wurde Sinclair nach Sonnenuntergang zu einer richtigen Geisterstadt. Anscheinend fühlten die Bewohner sich nachts nur noch hinter verriegelten Türen sicher.

Blaines Besorgnis wuchs, als sie entdeckte, dass die Alarmanlage nicht eingeschaltet war. Nichtsdestotrotz spielte Robin unbekümmert Klavier. Ihr war nichts passiert, und Blaine beschloss, sie wegen ihres Leichtsinns nicht zur Rede zu stellen.

Sie ging schnurstracks in die Küche, stellte Ashley eine Schüssel Wasser hin, schenkte sich einen Scotch mit Soda ein und begab sich dann ins Wohnzimmer, um Robin zuzuhören. Das Mädchen war ganz in ihr Spiel vertieft, und ihre stumpfen Fingerkuppen – ideale Pianistenhände – tanzten zielsicher über die Tasten. Eine Weile dachte Blaine, Robin sei sich ihrer Anwesenheit nicht bewusst, aber als sie ihr Stück zu Ende gespielt hatte, wandte sie sich zu ihr um. »Hast du es erkannt?«

»Das Andante von Bach.«

Robin lächelte. »Stimmt. Ich hätte nicht gedacht, dass du es kennst.«

»Immerhin höre ich dir nun schon seit drei Jahren zu.«

»Ja, aufmerksamer, als ich dachte.«

»Ich hätte auch gern Klavier gespielt.«

Robin warf ihr langes, glänzendes Haar zurück und sah Blaine mit Interesse an. »Das wusste ich nicht. Warum hast du nie Stunden genommen?«

»Ach Rob, das Geld bei uns zu Hause reichte doch kaum für die Stromrechnung.«

Robin senkte den Blick. »Das hab ich vergessen. Ihr habt ja von der Sozialhilfe gelebt, als du klein warst, stimmt's?«

»Nein. Das denken alle, aber es stimmt nicht. Dad hat als Gärtner gearbeitet und alle möglichen Gelegenheitsjobs angenommen. Er hat sich immer geweigert, Geld von der Sozialhilfe zu nehmen.«

»Wie konntet ihr denn von dem bisschen Geld leben?«

»Einfach war es nicht. Unsere Mom hat eine Weile in der Bäckerei gearbeitet, aber irgendwann hatte sie die Nase voll. Als sie den Job aufgab, hatten wir fast überhaupt kein Geld mehr. Und dann ging sie fort. Da war ich zwölf.«

»Das muss schrecklich gewesen sein.«

»So schlimm fand ich es gar nicht, muss ich gestehen.«

Blaine nippte an ihrem Glas. »Mom und ich haben uns ständig gestritten. Jetzt weiß ich, dass es teilweise daran lag, dass sie ihren Frust über unsere Armut und Dads Alkoholproblem an mir ausließ. Aber sie hat auch nicht viel dazu beigetragen, dass sich unsere Situation änderte.«

»Weil sie keinen Job mehr hatte?«

»Weil sie andauernd an Dad herumgenörgelt und ihn als Säufer und Versager beschimpft hat. Damit erreichte sie nur, dass er noch mehr trank.«

Robin verschränkte die Arme und starrte nachdenklich in die Flammen. »Meine Eltern haben sich nie gestritten.« Blaine erwiderte nichts, obwohl sie wusste, dass das Mädchen nur nachplapperte, was man ihr erzählt hatte. »Daddy war so lieb zu meiner Mom. Daddy war eine Wucht – wenigstens bis zu seinem Unfall. Dann war er sehr, sehr unglücklich.«

»Das weiß ich, Robin.« Zum ersten Mal, seit sie Robin kannte, hatte sie den Eindruck, als kämen sie sich ein wenig näher. Es war ein ungewohntes, aber sehr tröstliches Gefühl. Das nenne ich Ironie des Schicksals, dachte Blaine voller Groll. Ausgerechnet wenn meine Welt zu Bruch geht, fängt Robin an, mir ein kleines bisschen entgegenzukommen.

Das Telefon auf dem Teetischchen neben Blaine klingelte, und sie starrte unschlüssig darauf. »Willst du nicht rangehen?«, fragte Robin.

»Doch. Nur – nach diesen unheimlichen Anrufen … na ja, egal. Ich möchte nicht jedes Mal, wenn das Telefon klingelt, einen Schreck kriegen.« Als es ein viertes Mal schrillte, hob sie zögernd den Hörer ab.

»Blaine, was ist denn das schon wieder?«, schimpfte Cait.

»Was meinst du denn?«, fragte Blaine und versuchte so ungezwungen wie möglich zu klingen. Hoffentlich hatte Cait noch nichts über Rick erfahren. Sie war nicht in der Stimmung, sich mit Cait oder Robin über die Tatsache zu unterhalten, dass er der Vater von Rosies Baby war.

»Ich spreche von Rick. Von Rick und Rosie. Stimmt das denn?«

»Ich glaube schon, aber ich möchte jetzt lieber nicht darüber reden, okay?«

Cait war einen Augenblick lang still. »Ist Robin da?«

»Ja.«

»Und sie weiß nichts?«

»Genau.«

»Alles klar. Aber was ist das für eine Geschichte mit dem Medikament, das angeblich verloren gegangen ist?«

»Woher weißt du denn das schon wieder?«

»Drei Leute haben mich deswegen angerufen.«

»Drei!«

»Ja.«

»Woher wissen die es denn?«

»Das weiß ich nicht, Blaine. Ich hab sie nicht ins Verhör genommen.«

»Aber mich schon.«

»Du bist schließlich meine Schwester.«

»Also schön. Wie es aussieht, hat man Rosie und Kathy unter Drogen gesetzt, und zwar mit Dilaudid, einem Schmerzmittel, das auch Martin nehmen musste, und weil ich beide Mädchen gefunden habe …«

Sie sah, wie Robins Augen sich weiteten, und hörte, wie Cait sich ereiferte. Sie nippte an ihrem Glas und fiel ihrer Schwester ins Wort. »Cait, ich frage dich nur ungern, aber könnte Robin ein paar Tage bei euch wohnen?«

Robins Augen weiteten sich noch mehr, und Cait zögerte kurz, bevor sie sagte: »Na klar. Aber warum? Ich meine, ihr seid uns beide willkommen. Ich wäre um einiges ruhiger, wenn ihr beide kommen würdet – warum nur Robin?«

»Ich habe meine Gründe, Cait.« Cait war ausnahmsweise still. »Kann Robin also morgen Vormittag zu euch kommen?«

»Ja, in Ordnung, aber …«

»Tausend Dank, Caity. Ich muss jetzt leider aufhören. Ich ruf dich später wieder an.«

Als sie den Hörer aufgelegt hatte, fuhr Robin von der Klavierbank auf und funkelte sie wütend an. »Warum muss ich bei Cait wohnen?«

»Weil zu viel passiert ist. Ich glaube nicht, dass du hier draußen sicher bist, außerdem wohnt Cait nur zwei Häuserblocks von der Schule entfernt. Da sparst du dir die vier Meilen Fahrt morgens und abends.«

»Die vier Meilen machen mir überhaupt nichts aus. Bist du schon mal auf die Idee gekommen, mich zu fragen, ob ich überhaupt bei Cait und Kirk wohnen will?«

»Nein, ich konnte mir ja denken, was du davon halten würdest. Aber du gehst trotzdem.«

Robin sah sie verächtlich an. »Ich wusste, dass du nach Daddys Tod eine Möglichkeit finden würdest, mich loszuwerden! Nächste Woche sitze ich wahrscheinlich schon in Florida bei meinen Großeltern.«

»Florida wäre vielleicht gar keine so schlechte Idee …«

Robin starrte sie entgeistert an. »Was?«

»Das war eine schrecklich harte Zeit für uns beide. Vielleicht würde es dir gut tun, ein paar Wochen von hier wegzukommen –«

»Du wärst wohl gern mit Rick allein, was?« O Gott, dachte Blaine, wenn du wüsstest! »Oder ist es John Sanders? Wer von den beiden ist schuld, dass du mich aus dem Weg haben willst?«

»Das reicht, Robin. Niemand will dich hier aus dem Weg haben, wie du es nennst. Ich versuche nur, mich um dich zu kümmern.«

»Ich brauche aber keinen, der sich um mich kümmert!«, rief Robin. »Ich bin erwachsen!«

Blaine versuchte, die Fassung zu bewahren, obwohl ihr Magen sich zusammenkrampfte. Sie hasste es, sich mit Robin zu streiten. »Nein, das bist du nicht. Du bist ein Teenager, der mit zwei anderen Teenagern befreundet war, die beide ermordet wurden.«

»Willst du damit sagen, dass ich als Nächste dran bin?«

»Bitte, Rob. Ich will nicht mit dir streiten. Ich will doch nur, dass du ein paar Tage zu Cait ziehst.«

»Und dann weiter nach Florida, damit du dir in aller Ruhe dieses Haus und die Hälfte von Daddys Geld unter den Nagel reißen kannst, um es mit irgendeinem Kerl zu verpulvern!«

»Robin! Sag so was nie wieder!«

»Warum nicht? Es stimmt doch. Du hast doch alles erreicht, oder nicht? Jetzt musst du nur noch mich loswerden. Nun, das wird nicht so leicht, wie du denkst!«

Robin stapfte aus dem Zimmer und knallte die Tür so heftig zu, dass das gesamte Haus zu zittern schien. Nach einer Minute dröhnte laute Rockmusik aus der Stereoanlage in ihrem Zimmer. Diesmal war es sogar Blaine zu laut, obwohl sie diese Art Musik eigentlich mochte. Sie klopfte an Robins Zimmertür. Als das Mädchen keine Antwort gab, brüllte sie: »Stell die Musik gefälligst leiser!« Nichts. Seufzend ging sie in ihr Schlafzimmer, setzte sich aufs Bett und trank das Glas leer. Dann legte sie sich hin. Ashley sprang zu ihr aufs Bett, und sie vergrub das Gesicht in das goldene Fell des Hundes. »Du brüllst mich wenigstens nicht an und fragst mir keine Löcher in den Bauch«, murmelte sie. »Kein Wunder, dass man sagt, der Hund sei des Menschen bester Freund.«

Sie fuhr auf, als das Telefon auf ihrem Nachttisch klingelte. Verdutzt fragte sie sich, wie sie es bloß geschafft hatte, nach all dem Ärger einzunicken, ganz zu schweigen von dem infernalischen Lärm, der immer noch aus Robins Zimmer dröhnte? Wahrscheinlich weil sie seit der Geschichte mit Rosie keine Nacht mehr durchgeschlafen hatte. Sie blickte auf die Uhr und stellte verwundert fest, dass sie höchstens eine halbe Stunde geschlafen hatte. Sie fühlte sich genauso benommen und schwer, als wären es drei Stunden gewesen. Das Telefon klingelte erneut, und sie griff stöhnend nach dem Hörer. Das war bestimmt Cait, die mehr Informationen aus ihr herausquetschen wollte.

Stattdessen fragte eine leidlich vertraute Stimme: »Blaine? Sind Sie allein?«

Blaine setzte sich stirnrunzelnd auf und schaltete die Nachttischlampe ein. »Bernice?«

»Jawohl. Ich muss mit Ihnen reden. Sind Sie allein?«

»Nein. Robin ist auch da.«

»Oh, dann würde ich Sie bitten, zu mir nach Hause zu kommen.«

Blaine rieb sich die Augen und legte den Hörer an das andere Ohr. »Bernice, worüber wollen Sie denn mit mir reden?«

Die Frau hielt inne. Dann sagte sie: »Dilaudid.«

»Das Medikament, das Martin nehmen musste.«

»Ja.«

Wieder gab es eine Pause, dann sagte Blaine endlich: »Bernice, ich kann Ihnen nichts darüber sagen. Ich wusste doch gar nicht, welches Medikament Martin nehmen musste.«

»Nein?« Sie atmete schwer, und ihre Stimme klang ein wenig heiser. »Sheriff Quint hat mir heute Fragen gestellt über das Medikament. Ich hab ihm nichts gesagt. Ich hatte ... Angst. Aber ich bin eine ehrliche Frau. Ich will nicht mehr lügen.«

Blaines Finger krallten sich um den Hörer. »Wie meinen Sie das?«

»Ich weiß etwas.«

»Bernice, wollen Sie mir nicht einfach sagen, was Sie meinen?«, fragte Blaine verärgert und besorgt zugleich. Sie hatte Bernices Argwohn und böses Mundwerk noch nie gemocht, aber so komisch wie heute hatte sie sich noch nie benommen.

»Ich will nicht am Telefon darüber reden. Und zu Ihnen rauskommen kann ich auch nicht.«

»Warum denn nicht?«

»Ich ... ich habe wieder mal Kopfschmerzen. Migräne. Passiert mir immer, wenn ich nervös bin. Und in den letzten Monaten habe ich unter großer seelischer Anspannung gelebt. Und heute, als der Sheriff mich vernommen hat ... na ja, so geht's nicht mehr weiter.«

»Was geht so nicht mehr weiter?«

»Ich kann nicht länger schweigen. Was das Dilaudid anbelangt, meine ich, und den Nachmittag, als Mr. Avery starb.«

Blaine rang nach Atem. »Der Nachmittag, an dem Martin starb? Ich dachte, Sie wären nicht im Haus gewesen?«

»Ich hatte Angst.«

Blaine umklammerte den Hörer. »Bernice, bitte, das ist grausam. Wovon reden Sie denn da?«

»Kommen Sie zu mir. Sie wissen ja, wo ich wohne, oder?«

»Natürlich, aber ich verstehe nicht, warum Sie mir nicht einfach sagen können ...«

»Robin ist im Haus.«

»Ja und?«

»Kommen Sie zu mir, Blaine. Ich werde Ihnen alles erzählen, und vielleicht finden wir gemeinsam irgendeine Möglichkeit, sie zu retten. Immerhin ist sie genauso alt wie meine Enkelin Susie. Das ist ja auch der Grund, weshalb ich nichts gesagt habe. Ich wusste doch, wie sehr sie ihren Daddy liebte. Aber all das Morden ... Und jetzt hat die Polizei die Sache mit dem Dilaudid herausgefunden.«

Blaines Hände wurden eiskalt. »Bernice, wollen Sie damit sagen, dass Robin ...«

»Kommen Sie zu mir raus. Wenn Sie in zwanzig Minuten nicht hier sind, schalte ich den Sheriff ein.«

Die Leitung war tot, aber Blaine blieb reglos sitzen und hielt mit steifen Fingern den Hörer. Die Angst in ihr, die in den letzten Monaten ein wenig abgeflaut war, hatte Bernice mit ihren rätselhaften Andeutungen nun erneut angefacht. Robin, die ihren Vater geliebt hatte, die mit solcher Verzweiflung sein Unglück, seine Hilflosigkeit mit ansehen musste und die angeblich mit Rosie zusammen war an dem Nachmittag, als Martin starb. War so etwas möglich?

Blaine legte endlich den Hörer auf die Gabel, stand auf und fuhr sich mit den Fingern durchs Haar. Das war lächerlich, undenkbar. Bernice hatte einfach ... einfach was? Plötzlich den Verstand verloren? Schon möglich. Sie schien Todesängste auszustehen, weil ihr Medizin abhanden gekommen war. Womöglich wäre sie imstande, es lieber Robin in die Schuhe zu schieben, als es auf die eigene Kappe zu nehmen. Was würde aus ihr, wenn sich herausstellte, dass sie tatsächlich Medikamente verschlampt hatte? Sie würde ihre Schwesternlizenz verlieren. Und wenn die Leute den anklagenden Finger, mit dem sie auf Robin zeigte, ernst nahmen? Hatte nicht Blaine sich selbst gefragt, was genau passiert war an dem Tag, als Martin starb, wie er plötzlich an den Schlüssel zum Revolverfach gekommen war, den sie so sorgfältig versteckt hatte, wie er den Revolver aus der Schublade geholt hatte, ohne sie über sich auszukippen?

»Ich muss herausfinden, was sie der Polizei erzählen will«, sagte Blaine laut. »Ich muss wissen, ob sie wirklich etwas weiß oder ob sie nur hysterisch ist. Sie könnte großen Schaden anrichten. Und Robin? Ich kann sie doch nicht hier allein lassen.«

Sie rief Cait an, aber niemand ging ans Telefon. Es war kurz vor sieben, wahrscheinlich war sie gerade dabei, Klein Sarah zu baden, und Kirk war bestimmt noch in seiner Werkstatt beschäftigt. Rick stand nicht zur Debatte. Allein der Gedanke, ihn hier mit Robin allein zu wissen, trieb ihr kalte Schauer über den Rücken, obwohl sie immer noch nicht glauben konnte, dass er der Mörder war. John? Nein, nicht nachdem Robin vorhin behauptet hatte, Blaine wolle sie Johns wegen aus dem Weg haben. Außerdem war Samstag. Und an den Wochenenden war er normalerweise gar nicht in der Stadt.

Niemand. Kein Mensch. »Das kommt davon, wenn man sich so sehr von der Außenwelt abschottet«, murmelte sie. »Ich habe genau vier Menschen, die ich um Hilfe bitten kann, und die sind entweder nicht verfügbar oder inakzeptabel. Es bleibt mir nichts anderes übrig, als Robin allein zu lassen. Ich muss also zusehen, dass ich so schnell wie möglich wieder zurückkomme.«

Sie ging den Flur entlang zu Robins Zimmer. »Rob!«, brüllte sie in dem Versuch, den Lärm zu übertönen. »Robin!« Keine Antwort. Sie drehte den Türknauf. Die Tür war abgeschlossen. Na toll, dachte Blaine. Sie ist also wieder einmal tödlich beleidigt. »Robin, bitte mach die Tür auf.« Die Tür blieb zu. »Robin, ich muss nochmal weg«, rief Blaine, fest entschlossen, nicht wütend zu werden. Das hätte ihr gerade noch gefehlt. »Ich werde die Alarmanlage einschalten, bevor ich gehe. Mach nicht auf, wenn es klingeln sollte, okay?« Nichts. »Okay?« Dieses Mädchen ist ein solcher Sturkopf!, dachte sie. »Ich lasse dir Ashley hier. Ich bin bald wieder da.«

Eilig überprüfte sie Türen und Fenster, verriegelte die Hundeklappe, schlüpfte in ihren Mantel, griff sich die Handtasche, schaltete die Alarmanlage ein und hastete hinaus. Sie schwang sich in den Wagen und fuhr hinaus auf die Prescott Road, in nördlicher Richtung.

Tagsüber war es ungewöhnlich mild gewesen, aber nun war die Temperatur abrupt gesunken, und in den Bäumen hing dichter Nebel. Er kroch über den Asphalt und schien die Straße zu schlucken, und Blaine fuhr mit Abblendlicht, das sich in den schimmernden Schichten vor ihr nicht allzu sehr spiegelte. Zudem schaltete sie die Scheibenwischer ein, um die Windschutzscheibe vom feinen Niederschlag frei zu halten. Die Landschaft wirkte verblichen und tot.

Bernice wohnte auf einer einsam gelegenen, einhundert Jahre alten Farm zwei Meilen von Blaines Haus entfernt. Sie war erst ein einziges Mal dort gewesen, an einem Morgen, als Bernices Wagen nicht anspringen wollte und Blaine sie deshalb von zu Hause abholte. Blaine hatte sich damals über das Gebäude gewundert. Obwohl es von Anfang an im Besitz von Bernices Familie gewesen war, schien Bernice nicht viel dafür übrig zu haben, weil sie nichts mehr unternommen hatte, um es einigermaßen in Schuss zu halten, seit ihr Mann vor zehn Jahren gestorben war. Schäbige, stoppelige Korbsessel standen auf der schiefen Veranda, und der Blick, den Blaine in den Eingangsbereich werfen konnte, zeigte ihr Tapeten mit Wasserflecken und verblichene, ausgefranste Flickenteppiche auf abgetretenen Holzdielen.

Blaine bog von der Prescott Road auf einen schmalen Kiesweg, der auf das Gebäude zuführte, und bremste ab, um Schlaglöchern auszuweichen. Zu beiden Seiten der Straße erstreckten sich Felder, die einmal gutes Weideland gewesen waren, mittlerweile aber von Gestrüpp überwuchert wurden. Dichter Nebel hing über den Wiesen, wo einstmals sanftäugige Herefordrinder gegrast hatten.

Unvermittelt endete das Weideland an dem Waldstreifen, der das Haus von den Wiesen trennte. Die Bäume neigten sich über den Weg, und ihre kahlen Zweige bildeten einen skelettartigen Baldachin. Wie der Wald hinter meinem Haus, dachte Blaine. Ich habe fast das Gefühl, als käme ich gleich an die Stelle, wo Rosies Leiche gelegen hat …

Blaine hielt an. Was habe ich bloß hier zu suchen?, fragte sie sich im Stillen. Es ist dunkel, es ist einsam, und Bernice hat am Telefon so komisch geklungen. Aber ich muss herausfinden, wovon sie gesprochen hat. Robin zuliebe muss ich es herausfinden.

Sie stellte den Wagen vor dem Haus ab, schaltete den Motor aus und stieg die knarzende Verandatreppe hinauf. Wenigstens hatte Bernice ihr das Hoflicht angelassen, auch wenn es nur eine Funzel war, deren kläglicher Schein beinahe von der Dunkelheit und dem Nebel verschluckt wurde. Sie klopfte an die Tür. Keine Antwort. Sie klopfte erneut und trat einen Schritt zurück. Innen brannte kein Licht, kein Laut drang zu ihr heraus. Bernice hatte behauptet, sie habe Migräne. Hatte sie eine Tablette genommen und war eingeschlafen? Nein, nicht nach dem eindringlichen Telefonat, das sie gerade geführt hatte. Oder hatte sie getrunken? Susie hatte einmal davon gesprochen, dass sie sich Sorgen mache, weil ihre Großmutter so viel trinke, besonders seit Martin tot war, und sie hatte Blaine gebeten, die Bemerkung für sich zu behalten. »Hätte ich bloß nichts gesagt«, hatte Susie gejammert. »Mom und Dad würden mich umbringen. Ich weiß ja nicht mal hundertprozentig, ob sie trinkt, und bin sicher, dass sie es nicht während der Arbeit tut. Nur manchmal, wenn ich sie anrufe und sie nicht darauf gefasst ist, klingt sie so verwirrt, wissen Sie, als hätte sie zu tief ins Glas geschaut.« Hatte Bernice heute Nacht auch »zu tief ins Glas geschaut«? Hatte sich ihre Stimme deshalb so komisch angehört?

Blaine drehte den Türknauf. Er bewegte sich, aber die Tür klemmte. Das Holz war wahrscheinlich feucht geworden und hatte sich ausgedehnt. Sie stemmte sich mit aller Kraft dagegen, und als die Tür immer noch nicht nachgab, trat sie einen Schritt zurück und rief: »Bernice! Ich bin's, Blaine Avery. Sind Sie da?«

Immer noch nichts. Blaine fluchte in sich hinein. Jetzt hatte sie sich extra die Mühe gemacht herzukommen, und Bernice schlief entweder oder war weggefahren. Nur wohin? Zur Polizei? Blaine hatte nur ein paar Minuten gebraucht, um das Haus abzuschließen und Robin Bescheid zu geben. Vielleicht hatte Bernice angenommen, sie würde nicht kommen, und war zum Büro des Sheriffs gefahren. Wenn dem so war, konnte sie es nicht ändern.

Langsam ging sie die Stufen hinunter zu ihrem Wagen und hielt noch einmal Ausschau nach einem Lebenszeichen im Haus, doch als alles still und dunkel blieb, steig sie schließlich ein und drehte den Zündschlüssel herum.

»O nein!«, rief sie, als sie dasselbe Klicken hörte wie am Tag von Rosies Beerdigung, als der Wagen zu Pearson's Garage geschleppt werden musste. »Ich dachte, die hätten ihn repariert!« Sie hatten ihn zur Inspektion in die Mercedes-Niederlassung bringen wollen, erinnerte sie sich, weil sie nicht ausgerüstet seien für teure ausländische Wagen.

Sie probierte noch ein paar Mal, den Wagen zu starten. Klick. Klick. Klick. Hatte sie denn vorhin nichts bemerkt? Hatte der Wagen nicht ein bisschen träge reagiert? Und sie hatte es ignoriert. Wie dumm von ihr! Sie schlug ärgerlich auf das Lenkrad und griff nach dem Autotelefon. Tot. Die Telefongesellschaft schien endlich gemerkt zu haben, dass sie ihre Rechnung nicht bezahlt hatte, und hatte ihren Anschluss gesperrt. Perfektes Timing! Sie legte auf und dachte nach. »Warum passiert einem so etwas nie in der eigenen Auffahrt?«, fragte sie laut. »Immer muss man weiß Gott wo festsitzen!« Bernice hatte natürlich ein Telefon, aber ihre Tür klemmte. Zumindest die Vordertür. Es musste doch noch andere Türen geben!

Blaine stieg aus dem Wagen und ging um das Haus herum. Links daneben, etwa fünfzig Meter entfernt, befand sich eine Scheune, die Bernice anscheinend als Garage nutzte, weil ein Kiesweg direkt darauf zuführte. Einer plötzlichen Eingebung folgend, ging sie hinüber, um nach Bernices Auto zu sehen, aber das Tor war fest verschlossen. »Natürlich«, murmelte sie. Bernice war geradezu fanatisch darauf bedacht, stets alle Türen sorgfältig zu verriegeln, seit man vor zwanzig Jahren bei ihr eingebrochen hatte. Die Diebe waren ein paar Teenager gewesen, die in etlichen Häusern in der Gegend eingebrochen und Schmuck gestohlen hatten. Bernice wurde nicht müde zu erzählen, wie sie dabei die Kamee ihrer Mutter verloren hatte, deren Wert von Mal zu Mal stieg.

Blaine blickte sich um und entdeckte eine schmale Tür an der Seite des Hauses. Sie eilte über kaputte Stufen zu einem quietschenden Fliegengitter, zog es auf und griff ängstlich nach dem Türknauf dahinter. Aber die Tür war fest verschlossen. Sie rüttelte ein paar Mal daran und gab es dann auf. Weitere Türen fand sie nicht. »Hast du denn welche erwartet?«, fragte sie sich. »Hast du wirklich geglaubt, weil die meisten Häuser dieser Größe mindestens drei Türen haben, müsste es bei diesem genauso sein?« Blaine merkte, dass sie vor Angst Selbstgespräche führte. Bernices Anruf hatte sie zutiefst erschüttert. Jetzt saß sie hier draußen, wo sich Fuchs und Hase gute Nacht sagten, fest. Es gab nur eine Lösung – sie musste sich zu Fuß auf den Weg machen. War sie erst einmal auf der Prescott Road, konnte sie ja ein Auto anhalten.

Blaine war froh, dass sie eine Hose und Schuhe mit flachen Absätzen trug, als sie den Feldweg zurückging, den sie gekommen war. Es war nicht weit bis zur Straße, sagte sie sich. Wenn es bloß nicht so gespenstisch finster wäre heute Nacht! Nebel tropfte aus den Bäumen, und sie musste plötzlich an all die Filme über Jack the Ripper denken, der in den nebligen Straßen Londons sein Unwesen trieb. »Nur zu, steigere dich da hinein, mach es noch schlimmer, als es schon ist!«, schalt sie sich wütend. »Außerdem hat dieser Feldweg nicht die geringste Ähnlichkeit mit einer Londoner Gasse des neunzehnten Jahrhunderts. Jack the Ripper würde sich hier nicht mal begraben lassen.«

Sie war ungefähr dreißig Meter gegangen, da hörte sie ein Geräusch. Unwillkürlich hielt sie inne. Der Nebel verstärkte die Geräusche, aber sie war ganz sicher, dass sie weiter vorne, rechts im Wald einen Zweig hatte knacken hören. Zweifellos irgendein Tier. Kein Grund zur Panik. Wahrscheinlich irgendein Winzling, zum Beispiel ein Igel. Oder – ein Stinktier. Wäre es nicht die Krönung dieses Abends, wenn auch noch ein Skunk daherkäme und sie bespritzte?, dachte sie und versuchte ihre Angst wegzulachen.

Sie machte noch zwei Schritte. Da hörte sie in regelmäßigen Abständen Zweige knacken, als käme jemand durch das hohe, dürre Gras auf sie zugeschritten. Kein Tier, das auf leisen Pfoten durch den Wald huschte, dachte sie. Auch kein Reh, das sich scheu heranpirschte. Ruhige, gemessene Schritte. Ihr Herz begann laut zu klopfen, und sie versuchte den Wald mit ihrem Blick zu durchdringen, aber es hatte keinen Sinn. Die Welt war zur kriechenden Nebelmasse geworden, die sogar den Mond ausgelöscht hatte. Blaine fühlte sich mutterseelenallein im gespenstischen Dunst – allein und verwundbar. Immerhin waren zwei Mädchen ermordet worden …

Zögernd ging sie weiter, da trat eine Gestalt zwischen den Bäumen hervor – eine massige, vermummte Gestalt, ungefähr drei Meter von ihr entfernt. Blaine hielt den Atem an und versuchte instinktiv ein Gesicht auszumachen, bevor sie der starke Schein einer Taschenlampe blendete. »Bernice?«, fragte sie zitternd und schirmte mit einer Hand die Augen ab. Die Gestalt gab keine Antwort. Der Kies knirschte unter ihren Schritten, als sie näher kam. Blaine hörte ein Klicken. Das Spannen eines Revolvers.

Sie machte auf dem Absatz kehrt und rannte nach links in den Wald, der ihr noch vor wenigen Minuten so bedrohlich erschienen war. Jetzt war er plötzlich zur rettenden Zuflucht geworden. Es war schwieriger, jemanden zu erschießen, der die Bäume als Deckung benutzte, als jemanden auf offener Flur.

Sie hörte Schritte hinter sich, die sie zum Haus zurücktrieben. Konzentriere dich, sagte sie sich. Denk nicht dran, wer dich jagt und wann er schießen wird. Pass auf, wo du hintrittst, und schau auf keinen Fall zurück. Das kostet dich nur Zeit.

Blaine war zwar nicht ausgesprochen sportlich, aber doch ganz gut in Form und einigermaßen ausdauernd, weil sie vor ihrer Krankheit dreimal wöchentlich trainiert hatte, doch nach der langen Genesungszeit fühlte sie sich etwas träge.

Der Boden war mit welkem Laub übersät, und sie verfluchte jedes einzelne Blatt, das unter ihren Füßen raschelte. Bei dem Heidenlärm, den sie veranstaltete, war sie schon von weitem auszumachen, aber sie traute sich nicht innezuhalten, weil sie Angst hatte, ihr Verfolger könne sie binnen Sekunden einholen. Also blieb ihr nichts anderes übrig, als weiterzurennen.

Sie hatte den Eindruck, als sei sie schon hunderten von Bäumen ausgewichen, und zwang sich dazu, ihre Gedanken auf die Flucht zu konzentrieren. Dornenranken griffen nach ihrer Hose, und sie stolperte. Während sie sich bückte, um ihre Hose zu befreien, hörte sie ganz nah Schritte hinter sich. Sie machte einen Satz nach vorn und sprintete weiter. Konzentriere dich, sagte sie sich immer wieder. Sie trat mit dem Ballen auf einen spitzen Stein, und der Schmerz fuhr durch ihr rechtes Bein, bis hinauf in die Hüfte. Sie schnappte im dichten Nebel nach Luft und wusste, dass sie nicht mehr lange durchhalten würde. Sie kam sich vor wie in einem Albtraum, in dem beim Laufen die Beine immer schwerer werden und einen nicht mehr tragen wollen.

Plötzlich erreichte sie das Ende des Waldes, lief über ein Feld. Wenn sie nicht im Kreis gerannt war, dürfte das Haus nicht mehr weit weg sein; es bedeutete Licht und verschließbare Türen und ein Telefon, das ihr den fremden Verfolger vom Hals schaffte. Bernice konnte es ja nicht sein. Diese behäbige ältere Frau konnte unmöglich ein solches Tempo vorlegen. Und wenn die Tür sich nicht öffnen ließ? Es musste einfach gehen. Das Haus war ihre einzige Hoffnung.

Der Nebel hatte angefangen, seltsame Wirbel zu bilden, und ihr wurde bewusst, dass sie einer Ohnmacht gefährlich nahe war. O Gott, wo war denn nur dieses verfluchte Haus? Sie verlangsamte ihre Schritte, und ihr Seitenstechen wurde schier unerträglich. Sie rang nach Atem und versuchte sich zu orientieren. War das da drüben ein Lichtschimmer? Oder nur eine Sinnestäuschung?

Ein Schuss knallte, und sie spürte die Kugel knapp über ihrem Kopf vorbeipfeifen. Sie stieß einen spitzen, atemlosen Schrei aus und rannte auf das Licht zu. Die dunkle Masse ringsum nahm langsam wieder Gestalt an, und sie erkannte, dass sie auf das schwache Verandalicht zusteuerte. Sie schluckte Tränen der Erleichterung hinunter, versuchte die Schritte ihres Verfolgers auszumachen und konzentrierte ihre ganze Energie auf die Flucht und nicht darauf, ob die nächste Kugel ihr Ziel finden würde.

Sie hatte den Kiesweg erreicht, rannte auf die Veranda zu, nahm die drei Stufen auf einmal und lief über die alten, unbehandelten Holzdielen. Ein weiterer Schuss zerriss die Stille, hallte, vom Nebel eigenartig verstärkt, durch die Nacht. Blaine packte den Messingknauf, drehte ihn herum und schleuderte sich mit voller Wucht gegen die Tür. Ächzend gab sie nach, und Blaine stolperte in die dunkle Eingangshalle. Sie knallte die schwere Tür hinter sich zu und tastete nach einer Verriegelung. Aber das alte Türschloss ließ sich nur mit einem Schlüssel absperren. Unter leisem Schluchzen strich sie mit den Händen über das glatte Holz, fand endlich einen separaten Riegel und schob ihn vor. »Gott sei Dank«, stöhnte sie. Gegen die Tür gelehnt, fand sie nur wenige Minuten der Entspannung. Die Seitentür war verschlossen, aber was war mit den Fenstern? Sie würde sie überprüfen müssen, wenn sie verhindern wollte, dass sich ihr Verfolger auf anderem Weg Zugang zum Haus verschaffte. Aber da fing die Eingangshalle an sich zu drehen und zu drehen …

## 2

Ein heftiger Schmerz durchzuckte Blaines Schläfen. Ein paar benommene Augenblicke lang war ihr, als hätte sich etwas Langes, Spitzes in ihren Kopf gebohrt. Dann kam langsam die Vernunft zurück. Sie betastete ihre Schläfen. Nichts, natürlich.

Was sie als Nächstes wahrnahm, war das modrig riechende raue Gewebe unter ihrer Wange. Jetzt wusste sie, woher der

Schmerz kam – sie war hingefallen und hatte sich den Kopf gestoßen. Der Aufprall war nur von einem dünnen Flickenteppich abgefangen worden.

Sie sah automatisch auf ihre Uhr. Sieben Uhr fünfunddreißig. Sie war höchstens ein paar Minuten besinnungslos gewesen. Ihr Verfolger konnte immer noch da draußen sein und nach einer Möglichkeit suchen, ins Haus zu kommen. Vielleicht war er sogar schon im Haus. Das Herz klopfte ihr bis zum Hals, und einen Augenblick lang fühlte sie sich wie gelähmt. Könnte ich nur in diesem Teppich verschwinden, dachte sie in wilder Angst. Könnte ich mich nur in irgendein Loch verkriechen, wo mich keiner finden kann …

Blaine ballte die Fäuste. Hör auf, wie ein verängstigtes Kind zu denken, sagte sie sich streng. Du kannst nicht unsichtbar werden, aber du kannst dich wappnen. Langsam setzte sie sich auf und blickte sich um. In einer Ecke neben der Tür stand ein Kleiderständer, und daneben lehnte ein langer schwarzer Regenschirm. Sie rappelte sich auf, hastete zur Tür, griff sich den Schirm und betrachtete zufrieden seine lange Eisenspitze. Er war zwar keine Schusswaffe, aber besser als gar nichts.

Sie wagte es nicht, nach Bernice zu rufen. Ihre Stimme konnte dem Verfolger, falls er inzwischen hereingekommen war, ihren Standort verraten. Zweifellos hatte er sie ins Haus laufen sehen. Und sollte er tatsächlich schon hier drin sein, würde er sie dann nicht als Erstes neben der Eingangstür suchen?

Sie stand unentschlossen im Flur, wusste nicht, was sie zuerst tun sollte. Sich ein Versteck suchen? Nachsehen, ob sämtliche Türen und Fenster verschlossen waren?

Nein, als Erstes würde sie ein Telefon suchen.

Mit dem Regenschirm bewaffnet, schlich sie sich an die Wohnzimmertür und spähte durch den Türspalt in den Raum. Ihre Augen flogen zum Kamin, wo die Überreste eines Feuers glühten und wenig dazu beitrugen, den hohen Raum, in dem kein Licht brannte, zu erwärmen oder auszuleuchten. Jemand könnte ohne weiteres hinter einem dieser alten Möbelstücke auf sie lauern. Sie horchte angestrengt, und ihre Ohren kamen ihr in ihrer Angst genauso scharf vor wie die eines Tieres, aber sie hörte nichts. Keine Bewegung, kein Atmen.

Langsam betrat sie das Wohnzimmer und wünschte sich verzweifelt, sie könne das Licht einschalten, aber die Vorhänge waren offen und gaben den Blick frei in die neblige Nacht, und sie wollte nicht zur Zielscheibe für denjenigen werden, der womöglich schussbereit vor dem Fenster auf sie wartete. Nein, sie würde im Halbdunkel nach dem Telefon suchen.

Auf allen vieren, damit sie keinen Schatten warf, kroch sie über einen dicken Teppich. Sie konnte den Staub riechen, den sie aufwirbelte. Bernice war in anderer Leute Wohnungen sehr penibel, und Blaine konnte sich nicht recht vorstellen, dass sie es bei sich zu Hause nicht war, aber sogar der beste Staubsauger hätte vor diesem alten, tief sitzenden Staub kapitulieren müssen. Warum um alles in der Welt machte Bernice hier nicht mal gründlich Ordnung? Lag es am Geld?, fragte sie sich, während sie ein gedrechseltes Tischbein ertastete. Langsam richtete sie sich daran auf und wischte mit der Hand vorsichtig über die Tischplatte. Ein Häkeldeckchen. Ein Bilderrahmen, den sie umstieß, aber gerade noch auffing, bevor er auf den Boden krachte. Eine Laterne, die sich anfühlte, als wäre sie von Hand bemalt. Blätter – eine Topfpflanze. Kein Telefon.

Sie duckte sich wieder und kroch langsam über eine offene, mit Teppichen ausgelegte Fläche. Die Glut war inzwischen nahezu erloschen, und so sah sie nur die undeutlichen Schatten der Möbel. Zu ihrer Rechten stand ein Sofa, auf dem sich in einer Ecke Kissen stapelten. Vor dem Sofa befand sich ein Tischchen, ein ungewöhnlicher Platz für ein Telefon. Sie strich trotzdem mit den Händen darüber. Zeitschriften, ein Aschenbecher und ein Glas auf einem Untersetzer. Sie nahm das Glas auf; es war beschlagen, woraus man schließen konnte, dass Eiswürfel darin zerlaufen waren, und roch nach Bourbon.

Sie tauchte wieder ab. Ich werde weder zittern, noch werde ich weinen, dachte sie, obwohl ihre Beine schlotterten und sie die Tränen spürte, die ihr über die Wangen liefen. In diesem Haus muss doch irgendwo ein Telefon sein. Und zwar im Wohnzimmer, und ich werde es finden, bevor der Kerl mich findet.

Langsam und vorsichtig tastete sie sich weiter, wobei sie sich an ihren Regenschirm klammerte und auf das leiseste Geräusch im Haus horchte, aus dem sich schließen ließe, dass jemand hereingekommen war. Aber sie hörte nichts. Endlich machte sie die Silhouette eines Möbelstücks aus, das aussah wie eine Chaiselongue, über die ein Teppich oder eine Decke gebreitet worden war. Daneben stand ein Tisch.

Sie richtete sich wieder auf, fühlte sich wie eine Katze, die sich mit leisen Pfoten auf die Hinterbeine stellt, um verbotene Leckereien zu erschnüffeln. Die Glut gab ein letztes Zischen von sich und erstarb. Jetzt stand sie in völliger Dunkelheit und hielt die Luft an, starr vor Schreck, denn plötzlich hatte sie das Gefühl, als stünde jemand unmittelbar hinter ihr und wollte sie packen – eine Angst, die sie schon als Kind gehabt hatte, sobald sie sich plötzlich im Dunkeln befand. Sie regte sich nicht, bis der Panikanfall sich wieder gelegt hatte, und zwang sich, ihre Suche fortzusetzen. Ihre Linke berührte einen Gegenstand aus Glas – ein Aschenbecher. Und da war ein Buch, in Leinen gebunden, mit winzigen Vorsprüngen an den Seiten. Ein alphabetisches Register. Wahrscheinlich ein Adressbuch. Sie sog die Luft ein, denn sie wusste, was sie als Nächstes entdecken würde – ein Telefon!

Sie ließ sich wieder zu Boden gleiten und nahm den Hörer ab. Als Licht unter den Tasten leuchtete, empfand sie grenzenlose Erleichterung. Also war die Telefonleitung nicht unterbrochen worden, wie sie befürchtet hatte. Der Notruf funktionierte von hier draußen nicht. Wenn sie sich doch nur an die Nummer des Sheriffs erinnern könnte. Vielleicht sollte sie einfach die Vermittlung anrufen. Sie drückte auf die Null und lehnte sich schwer gegen die Chaiselongue.

Da legte sich eine Hand auf ihre Schulter.

Blaine schnellte kreischend nach vorn, fühlte, wie die Hand über ihren Rücken glitt. Sie ließ den Hörer fallen und sprang auf die Beine. Keine Bewegung. Kein Laut, nur eine Frauenstimme aus dem Telefon, die sagte »Vermittlung, was kann ich für Sie tun?« Aber Blaines Augen hatten sich inzwischen an die Dunkelheit gewöhnt, und so konnte sie sie sehen. Vage. Eine Hand, die schlaff unter der Decke hervorhing. Eine Hand, von der Blut tropfte.

# Sechzehn

## 1

Ein zentnerschweres Gewicht lastete plötzlich auf Blaines Brust. Nach einem Aufschrei des Entsetzens blieb ihr jeder weitere Laut in der Kehle stecken. Sie glaubte ersticken zu müssen, bis die angestaute Luft in ihren Lungen in einem lang gezogenen rasselnden Stöhnen entwich.

Weglaufen konnte sie nicht. Sie wusste ja nicht, welches Grauen draußen im Nebel auf sie lauerte, welches Grauen im Haus auf sie lauerte. Sie hatte keine andere Wahl, als sich ihrer entsetzlichen Entdeckung zu stellen.

»Also gut«, sagte sie leise. »Jetzt reiß dich zusammen. Reiß – dich – zusammen.« Sie unternahm ein paar zitternde Schritte, den Blick wie gebannt auf die schattenhafte, reglose Hand gerichtet. Die tropfende Hand. Mit spitzen Fingern hob sie einen Zipfel der Decke an und blickte in das aufgedunsene Gesicht von Bernice Litchfield, das dem Fenster zugewandt war, als hätte sie einen letzten Blick auf die Welt werfen wollen, ehe sie starb. Ohne nachzudenken, fasste ihr Blaine an die Halsschlagader. Zuerst dachte sie, sie hätte es sich nur eingebildet; dann war sie sicher. Unter ihren Fingern spürte sie ein schwaches Flimmern von Puls! Bernice war nicht tot. Blaine legte den Mantel ab, wendete ihn und biss zwei kleine Löcher in das Innenfutter. Von diesen Löchern ausgehend riss sie zwei Streifen Stoff aus dem Mantel, ergriff Bernices rechtes Handgelenk und schlang einen Streifen oberhalb der aufgeschlitzten Pulsader um ihren Arm. Dann besann sie sich eines Besseren. Die Unterarmknochen ließen nicht zu, dass sie den Streifen fest genug zuzog, um den Blutfluss zu stoppen. Trotz der Kälte im Raum brach ihr der Schweiß aus, als sie die Aderpresse oberhalb des Ellenbogens anlegte. Während sie auch Bernices zweiten Arm versorgte, fiel ihr auf, wie kalt die Frau sich anfühlte. Schock, natürlich! Blaine deckte sie wieder zu, tastete sich zum Sofa hinüber, griff sich ein paar Kissen und legte sie Bernice unter die Füße. Endlich ließ sie sich zu Boden sinken, ungeachtet des Bluts, das aus Bernices aufgeschlitzten Pulsadern getropft war. Der Hörer lag zu ihren Füßen. Die Stimme der Telefonvermittlung war dem Ton gewichen, der besagt, dass der Hörer nicht aufgelegt worden ist. Blaine drückte kurz auf die Gabel, wählte erneut die Vermittlung und ließ sich mit dem Notarzt verbinden. Sobald sie ihm den Weg zu Bernices Farm erklärt hatte, rief sie im Büro des Sheriffs an. Danach kroch sie zum Kamin, griff sich den Schürhaken und drückte sich gegen die Wand, viel zu verschreckt, um darüber nachzudenken, wer es wohl auf Bernice abgesehen hatte. Sie hoffte inständig, die Frau möge noch so lange durchhalten, bis der Krankenwagen kam.

Da klingelte das Telefon. Blaine ließ vor Schreck den Schürhaken fallen und starrte es an, als wäre es lebendig. Aber es war nur ein lebloses Ding und konnte nicht wissen, dass es neben einem sterbenden Menschen schrillte. Es klingelte ein zweites Mal. Vielleicht eine Freundin von Bernice, dachte Blaine. Oder Susie?

Als es ein drittes und viertes Mal klingelte, kam Blaine plötzlich der Gedanke, dass womöglich Logan sie zu erreichen versuchte, weil man ihm ihre Nachricht nicht vollständig weitergegeben hatte. Sie war sehr aufgeregt gewesen, als sie im Revier angerufen hatte, und sie hatte nicht mit ihm persönlich gesprochen. Vielleicht wollte er sich von ihr bestätigen lassen, wo sie war? Nicht auszudenken, wenn er nicht käme, sie wäre dem Mörder da draußen hilflos ausgeliefert!

Sie stellte die Zange an ihren Platz, kroch zum Telefon, nahm den Hörer ab und rang sich ein schwaches »Hallo?« ab.

Eine Nadel senkte sich auf eine Schallplatte. O Gott, nein,

dachte Blaine. Ein Kratzen. Dann eine kräftige männliche Stimme, die voller Inbrunst sang:

O Fels der Ewigkeit, du tatest dich auf,
um Zuflucht mir zu gewähren.
Lass Wasser und Blut, die sich aus
Deinen Wunden ergossen,
meiner Sünde zweifach Heilung sein,
Lösch meinen Zorn und wasche mich rein.

## 2

Wie durch eine Nebelwand nahm sie die Autos wahr, die vors Haus fuhren, die Schritte auf der Veranda, die Tür, die vorsichtig geöffnet wurde. Licht durchflutete die Eingangshalle, und sie hörte Logans Stimme, die nach ihr rief. »Blaine, wo bist du?«

»Hier«, raunte sie, an den Tisch geschmiegt, den Hörer immer noch in der Hand.

»Blaine?«

Noch mehr Schritte. Vorsichtige Schritte. Männer mit gezückten Pistolen, die nicht wussten, was sie erwartete. Wie tapfer Polizisten doch sind, dachte Blaine benommen. Wie tapfer, sich einer derartigen Gefahr auszusetzen.

Sie bemerkte Schatten neben der Wohnzimmertür. »Da ist niemand außer mir«, sagte sie heiser. »Ich sitze hier, bei Bernice, aber sie stirbt.«

Eine Lampe blitzte auf. Sie hörte Logan sagen: »Stroud, du und Clarke, ihr beide durchsucht mir den Rest des Hauses, und seid vorsichtig.« Dann war er neben ihr und legte ihr die Hand auf die Schulter. »Blaine?«, sagte er sanft.

Sie blickte auf. Seine kantigen Gesichtszüge mit den hervorspringenden Wangenknochen wirkten etwas eingefallen in der

Dunkelheit, fast ein wenig Furcht erregend. Sie schluckte. »Mir geht's gut. Aber Bernice – ihre Pulsadern – genau wie bei den anderen. O Logan.«

Sie konnte nicht hinsehen, als er die Decke anhob. »Hast du ihr die Tourniquets angelegt?«, fragte er.

»Ja.«

»Niemand in der Küche oder im Esszimmer«, sagte jemand. »Ist schon jemand oben?«

»Ja.«

»Dann seht euch draußen um. Und schickt die Sanitäter rein.«

Logan griff Blaine unter die Arme und half ihr auf die Beine. »Du bist ja ganz voller Blut.«

»Ich weiß.«

»Erzähl mir, was passiert ist.«

»Sie hat mich angerufen«, antwortete Blaine, als Leute hereinkamen und sich um Bernice kümmerten. »Sie wollte mit mir reden.«

»Worüber denn?«

»Ich weiß es nicht.«

»Du weißt es nicht?«, fragte Logan ungläubig. Blaine schüttelte den Kopf und wich seinem Blick aus. »Sie sagte, sie wolle mit dir reden, und da bist du sofort losgefahren?«

»Sie klang so beunruhigt.«

Im Hintergrund hörte Blaine jemanden sagen: »Achtzig zu vierzig. Wir müssen ihren Blutdruck auf Trab bringen. Adrenalin, schnell.«

Logan hielt Blaine auf Armlänge von sich und sah sie eindringlich an. »Na schön, Bernice hat also beunruhigt geklungen. Und dann?«

»Dann bin ich hierher gefahren. Sie hat die Tür nicht aufgemacht, und im Haus brannte kein Licht, also beschloss ich, wieder heimzufahren. Aber dann wollte mein Auto nicht anspringen. Und das Autotelefon hat auch nicht funktioniert. Also hab ich mich zu Fuß auf den Weg in Richtung Prescott Road gemacht. Dann kam jemand aus dem Wald auf mich zu. Mit einer Waffe.«

»Wer war das?«

»Ich weiß es nicht, Logan. Er trug einen Mantel und hatte den Kragen hochgeschlagen, außerdem war es nebelig, und er hat mich mit einer Taschenlampe geblendet. Dann hab ich gehört, wie er seinen Revolver spannte, und fing an zu rennen.« Die Erinnerung ließ ihren Atem schneller werden. »Er hat mich durch den Wald gehetzt, und als ich den Hof erreicht hatte, schoss er zweimal auf mich.«

»Zweimal?«

»Ja. Ich bin ins Haus gelaufen und ohnmächtig geworden. Das ist mir zuvor noch nie passiert, ich muss ein paar Minuten lang weg gewesen sein – wie lang genau, weiß ich nicht. Nicht länger als fünfzehn Minuten.«

»Hattest du da Bernice schon gefunden?«

»Nein. Ich lag ja draußen im Flur. Und hier drin brannte kein Licht, aber irgendwo, das wusste ich, war ein Telefon. Da mein Verfolger, wer immer das war, noch da draußen sein konnte, kroch ich im Dunkeln und auf allen vieren durchs Wohnzimmer, und dann fand ich Bernice.«

»Oben ist auch niemand.« Blaine sah Abel Stroud in der Tür stehen. »Soll ich Licht machen?«

»Bitte«, sagte einer der Sanitäter. »Es ist ziemlich schwierig, nur mit Taschenlampen zu arbeiten.«

»Also los«, sagte Logan. Er starrte auf die Decke, die über Bernice gebreitet war. »Hast du sie zugedeckt?«

»Nein. Sie war schon zugedeckt. Auch ihr Gesicht. Ich hab zuerst ihr Gesicht abgedeckt.«

»Gut, dass Sie die Aderpressen angelegt haben«, sagte einer der Sanitäter. »Damit haben Sie vielleicht ihr Leben gerettet.«

Blaine nickte. »Hoffentlich habe ich es richtig gemacht. Ich weiß, wie gefährlich es sein kann, wenn man für längere Zeit die

Blutzufuhr unterbricht …« Sie bemerkte Clarke, der sich mit Stroud an die Spurensicherung machte.

»Was hast du hier drin angefasst?«, fragte Logan.

»Die Tischplatten. Es war dunkel. Ich konnte kein Licht machen, weil ich Angst hatte, mich zur Zielscheibe zu machen. Also bin ich durchs Zimmer gekrochen und habe die Möbel betastet, bis ich das Telefon gefunden hatte.«

»Wo ist Robin?«

Blaine erschrak. »O Gott, sie ist allein zu Hause. Ich hab sie nicht mal angerufen …« Tränen liefen ihr übers Gesicht, und ihre Hände zitterten vor Schreck.

Die Sanitäter hoben Bernice von der Chaiselongue auf eine Trage und brachten sie hinaus, wo das kreisende Licht blutrote Farbe durch das vorhanglose Wohnzimmerfenster schleuderte.

»Clarke, fahr Mrs. Avery nach Hause«, sagte Logan.

Clarke starrte ihn überrascht an. »Nach Hause? Nicht ins Revier? Ich meine, das ist jetzt schon das dritte Mal, dass sie eine Leiche findet …«

»Ich weiß sehr wohl, das wie vielte verdammte Mal es ist!«, herrschte Logan ihn an, »fahr sie fürs Erste nach Hause und bleib bei ihr. Abel und ich haben noch was zu erledigen.« Er sah Blaine an, und seine Worte klangen wie eine Drohung. »Wir beide sprechen uns noch.«

## 3

Zehn Minuten später stand Blaine mit Clarke, der geradezu bebte vor Argwohn und Feindseligkeit, vor ihrem Haus. Mit Hilfe der richtigen Zahlenkombination schaltete sie den Alarm aus und griff nach ihrer Handtasche. Sie hatte sie nicht mehr. Wahrscheinlich lag sie noch in ihrem Auto, oder sie hatte sie im Wald verloren; sie konnte sich nicht erinnern. Sie klingelte, aber niemand öffnete die Tür. Aus Robins Zimmer tönte immer noch Musik, und unwillkürlich stieg Wut in ihr auf. Während sie draußen vor Bernices Farm um ihr Leben gelaufen war, hatte Robin beleidigt in ihrem Zimmer gesessen und Musik gehört.

Sie ging zur Rückseite des Hauses und stellte entsetzt fest, dass das Fenster von Robins Zimmer weit offen stand. »Robin!«, rief sie. Das Mädchen tauchte nicht auf. »Robin, ich bin's.«

Blaine stellte sich auf Zehenspitzen und spähte in den Raum. Er war leer, da mischte sich Angst in ihren Ärger. »Robin! Robin, bist du da?«

Nichts, nur Mick Jagger, der lauthals seine Unzufriedenheit hinausplärrte. Blaine rannte zu Clarke zurück und rief, fast hysterisch: »Ihr Fenster steht offen! Sie hat Musik laufen, aber sie ist nicht in ihrem Zimmer!«

Der ärgerliche Ausdruck auf Clarkes Gesicht verschwand. »Hatte sie denn vor, noch auszugehen?«

»Nein! Sie war hier, als ich weggefahren bin. Ich hab ihr eingeschärft, niemanden ins Haus zu lassen!«

Plötzlich erschien Ashley zwischen den Vorhängen am Wohnzimmerfenster und bellte. »Ash, wo ist Robin?«, rief Blaine, ohne nachzudenken. Der zweifelnde Blick des Deputy sagte ihr, dass er nicht zu den Menschen gehörte, die mit Tieren sprechen. »Wir müssen durchs Fenster in ihr Zimmer klettern«, sagte Blaine, »aber ich bin nicht groß genug. Können Sie mich hochheben?«

In diesem Augenblick fuhr Robins blauer Camero in die Auffahrt. Obwohl Blaine vor Erleichterung beinahe in Tränen ausgebrochen wäre, als das Mädchen heil und gesund aus dem Wagen stieg, fuhr sie es an: »Wo, zum Teufel, bist du gewesen?«

Robin erschrak ein wenig, als sie den Deputy sah. »Ich bin ein bisschen spazieren gefahren.«

»Und wo?«

»Durch die Gegend.«

»Nachdem ich gegangen war? Nachdem ich dir gesagt hatte, dass du im Haus bleiben sollst?«

Das Mädchen vermied ihren Blick. »Ja, nachdem du gegangen warst. Ich brauchte einfach ein bisschen frische Luft.«

»Du hast frische Luft gebraucht?«, fragte Blaine ungläubig. »Du hast frische Luft gebraucht und bist weggefahren – obwohl da draußen ein Killer frei rumläuft?«

Robin fuhr sich mit der Zunge über die Lippen. »Ja. Ich verstehe nicht ganz, was daran so tragisch sein soll. Du warst ja selber draußen.«

»Warum ist dein Fenster offen?«

»Ist es das? Dann hab ich eben vergessen, es zuzumachen.«

Blaines Augen wurden schmal. Sie holte tief Luft. »Wir reden später darüber. Jetzt schließ uns die Tür auf, bitte. Ich hab anscheinend meine Tasche verloren.«

## 4

Eine halbe Stunde später klingelte es an der Haustür. »Das ist der Sheriff«, sagte Clarke sichtlich erleichtert. Zwischen Blaine und Robin hatte brütendes Schweigen geherrscht, seit sie ins Haus gegangen waren. »Ich mach ihm auf.«

Blaine nahm das gerahmte Foto in die Hand, auf dem sie und Martin zu sehen waren. Es war voriges Jahr zu Weihnachten entstanden, vor dem Weihnachtsbaum, und Blaine trug ein türkises Samtkleid und die Ohrringe, die Martin ihr geschenkt hatte. Martin hatte den roten Kaschmirschal umgelegt, den er von ihr bekommen hatte. Er wirkte um Jahre jünger, als er war, mit seinem breiten Lächeln und den vor Glück strahlenden blauen Augen. Eine Woche später würde er in einem Krankenhausbett liegen, von der Hüfte abwärts gelähmt, und ihr die Schuld an seinem hilflosen Zustand geben. Ich vermisse dich so sehr, dachte Blaine elend. Ich vermisse deine Art, in deiner Nähe fühlte ich mich geborgen.

Logan sah hundemüde aus. Er könnte eine Tasse Kaffee gebrauchen, dachte Blaine, aber ich kann ihm keinen kochen. Mir zittern immer noch die Knie. »Robin, würdest du uns Kaffee kochen?«, fragte sie schließlich.

»Mein Kaffee schmeckt scheußlich.«

»Setz Wasser auf, Robin. Ich glaube kaum, dass sich im Augenblick irgendjemand darum schert, wie gut oder schlecht dein Kaffee schmeckt.«

Das Mädchen trottete missmutig aus dem Zimmer. Blaine wandte sich an Logan. »Hast du irgendeine Spur gefunden von dem Kerl, der mich gejagt hat?«

»Nein, Blaine. Nichts.«

»Gar nichts? Man hat zweimal auf mich geschossen. Hast du denn keine Kugeln gefunden? Irgendwo müssten doch welche stecken, im Türpfosten zum Beispiel.«

»Eine erste Spurensicherung hat nichts ergeben. Für eine gründlichere Suche brauchen wir Tageslicht.«

Blaine rieb sich die Stirn. Nein, natürlich steckten da nirgends Kugeln. Das war passiert, als Martin gestorben war, sodass sie als die Schuldige dagestanden hatte.

»Blaine, hast du mir noch etwas zu sagen?«

»Von der heutigen Nacht, meinst du?«

»Ja.«

Sie stand auf und trat vor den Kamin. »Das Telefon hat geklingelt. Ich hab einen Anruf bekommen.«

»Bevor oder nachdem du mit Bernice telefoniert hattest?«

»Im Haus von Bernice!«

»Jemand hat dich im Haus von Bernice Litchfield angerufen?«

»Ganz genau. Es war wie bei den anderen Anrufen, die ich gekriegt hab – keiner hat gesprochen, man hat nur ein Lied gespielt. ›Fels der Ewigkeit‹.«

»›Fels der Ewigkeit‹? Was hat das mit Bernice zu tun?«

»Sie hat es in einer Tour gesungen oder vor sich hin gesummt. Sie hat Martin damit fast in den Wahnsinn getrieben. Er hat sie ein paar Mal darauf angesprochen, dann war sie eingeschnappt, aber am nächsten Tag hatte sie es schon wieder vergessen und fing wieder damit an.«

Logan starrte sie an. »Blaine, wie hätte der Killer dich in Bernices Haus treiben und danach anrufen sollen? Es gibt doch kein einziges Telefon in der Nähe.«

»Der Anruf kam ja auch erst später. Ich war doch zehn oder fünfzehn Minuten lang bewusstlos. Dann sind mindestens noch fünf Minuten vergangen, bis ich Bernice fand. Dann hab ich den Krankenwagen angerufen und die Polizei verständigt. Der Anruf kam ungefähr fünf Minuten später, also insgesamt fast eine halbe Stunde nachdem ich das Haus betreten hatte.«

Als Robin wieder ins Zimmer kam, machte Clarke zum ersten Mal den Mund auf. »Wie konnte der Killer wissen, dass Sie, nicht die Polizei, ans Telefon gehen würden?«

»Überhaupt nicht, nehme ich an. Er musste abwarten, bis ich mich meldete. Wenn die Polizei schon da gewesen wäre, wäre bestimmt ein Officer ans Telefon gegangen. Wenn ich den Hörer abnahm, hieß das, dass ich alleine war.«

»Sie haben schon den vollen Durchblick, was?«, sagte Clarke.

»Keineswegs, Deputy«, entgegnete Blaine kühl. »Aber wenn ich so weit bin, lasse ich es Sie wissen.«

»Ist ja gut, zurück zum Thema«, sagte Logan schroff.

»Du hast mir noch keine zufrieden stellende Begründung geliefert, warum du zu Bernice gefahren bist.«

»Ich hab's dir doch gesagt – sie hat mich angerufen. Sie war sehr aufgebracht. Sie sagte, sie müsse mich unbedingt sprechen.«

»Weswegen war sie aufgebracht?«

»Ich weiß es nicht.«

Logan sah sie streng an. »Blaine, du bist doch nicht zum Haus dieser Frau gefahren, weil sie sagte, sie sei aufgebracht. Sie hat dich ja nicht mal leiden können – du wärst doch nicht, nur um sie zu beruhigen, da rausgefahren, wenn ein Mörder sein Unwesen treibt. Was hat sie gesagt?«

»Einen Haufen dummes Zeug. Ich glaube, sie hatte getrunken. Sieh mal, Logan, ich weiß doch, dass sie mich nicht mochte, aber sie hat sich schließlich um Martin gekümmert und –«

»Und sie wusste etwas über das fehlende Dilaudid.«

Blaine zuckte zusammen. Wie konnte sie bloß immer glauben, sie könne etwas vor Logan verbergen? Es funktionierte ja doch nie. Er durchbohrte sie förmlich mit seinem Blick. »Sie hat heute Nachmittag behauptet, sie wisse nicht, dass Dilaudid verloren gegangen war, aber das war gelogen, und sie kann nicht besonders gut lügen. Darüber wollte sie mit dir reden, stimmt's?«

»Ja.« Blaines Antwort war kaum lauter als ein Flüstern. »Sie wollte über das Medikament sprechen.«

»Was hat sie darüber gesagt?«

»Nichts, Logan. Sie war doch schon bewusstlos, als ich zu ihr kam, schon vergessen?«

»Ich meinte ja auch am Telefon.«

»Sie sagte nur, sie wolle mit mir darüber reden.«

»Sonst nichts?«

»Sonst nichts.«

Logan blickte sie forschend an, und in seine Augen trat ein enttäuschter Ausdruck. Er wusste, dass sie ihm nicht die Wahrheit sagte, und es schien ihn mehr zu kränken, als sie gedacht hätte, aber wenn sie ihm alles verriet, brachte sie Robin in Gefahr. Logan wandte sich an das Mädchen.

»Clarke sagte mir, dass du heute Abend außer Haus warst?«

»Ja, um Luft zu schnappen.«

»Und wo hast du dir diese Luft besorgt?«

Robin schien vor lauter Angst seinen Sarkasmus überhört zu haben.

»In der Stadt. Ich bin im Park gewesen, aber ich bin nicht aus dem Auto gestiegen. Ich hab nur dagesessen und eine Weile dem Fluss zugesehen. Auf dem Rückweg hatte ich einen Platten. Deshalb ist es so spät geworden.«

»Hast du den Reifen selbst gewechselt?«

»Ja.« Sie streckte ihm die Arme entgegen und zeigte ihm die Schmierflecken auf dem Ärmel ihres blauen Pullis. »Sehen Sie? Dreck vom alten Reifen. Der Pulli ist hin.«

»Wo ist der alte Reifen?«

»Im Kofferraum natürlich. Wo sonst? Vielleicht im Straßengraben?«

»Hat denn niemand angehalten, um dir zu helfen?«

»Nein. Es war nur eine Meile von hier, die Straße war so gut wie leer.«

»Komisch. Wir haben dich gar nicht bemerkt, als wir zur Litchfield rausgefahren sind.«

»Ich hab die Polizei und den Krankenwagen vorbeifahren sehen, sie hatten es ziemlich eilig. Und ich stand ein wenig abseits, auf dem kleinen Feldweg zu Dennis' Farm.«

»Du warst also allein, und niemand hat dich gesehen«, sagte Logan bedächtig. »Sieh mal an.«

## 5

Sobald der Sheriff und der Deputy weggefahren waren, knöpfte Blaine sich Robin vor. »Wo bist du gewesen?«

»Ich hab's dir doch erzählt ...«

»Ich weiß, was du mir erzählt hast. Und jetzt will ich die Wahrheit hören.«

»Nachdem du weggefahren warst, hab ich Angst gekriegt hier so allein, also hab ich beschlossen, rumzufahren ...«

»Hör auf damit, Robin!«

Robin sah sie mit angstgeweiteten Augen an. »Was meinst du?«

»Vor ein paar Minuten bin ich ins Badezimmer gegangen, und bei dieser Gelegenheit hab ich deine Tür ausprobiert. Sie war immer noch von innen verschlossen. Dein CD-Spieler fasst fünf CDs. Die letzte war gerade durch, als wir ins Haus gingen, deshalb musstest du nicht in dein Zimmer gehen, um die Musik auszuschalten. Glück gehabt – du hättest dir schon was einfallen lassen müssen, um die verschlossene Tür zu erklären.« Robin schien in sich zusammenzusacken.

»Ich weiß genau, was du getan hast«, fuhr Blaine fort. »Du hast ein Stück Klebeband über den Alarmknopf an deinem Fenster geklebt, damit er nicht ausgelöst wurde, falls ich den Hauptschalter aktivieren sollte, bevor du zurückkamst. Dann hast du die Musik so laut aufgedreht, dass du sie als Tarnung benutzen konntest, um dich aus dem Haus zu schleichen, und zwar durchs Fenster. Du wusstest, dass ich von meinem Zimmer aus weder das Garagentor noch dein Auto hören würde, und da ich mein Auto in der Auffahrt hatte stehen lassen, hab ich beim Wegfahren gar nicht bemerkt, dass dein Wagen nicht in der Garage stand. Und genauso heimlich, wie du gegangen warst, gedachtest du wieder zurückzukommen, und zwar durchs offene Fenster. Hab ich Recht?«

Robin senkte den Kopf. »Ja, stimmt.«

»Wo warst du?«

»Bei Tony.«

»Bei Tony!«

»Ja. Ich hatte Angst, dass du mich zu meinen Großeltern schicken würdest. Ich musste unbedingt mit ihm reden.«

»Robin, Tony ist möglicherweise ein Killer!«

»Er hat Rosie nicht geschwängert, Blaine. Ehrlich nicht!«

»Ich weiß. Das war Rick.«

Blaine beobachtete den Gesichtsausdruck des Mädchens. Sie wirkte aufrichtig erschrocken und dann erleichtert. »Das hat

Tony schon vermutet. Er hielt Rick für den Vater, aber ich wollte es nicht glauben.«

»Warum hat Tony gedacht, dass Rick der Vater war?«

»Tony hatte bei den Peytons ein paar Jobs erledigt. Bei dieser Gelegenheit, sagte er, habe er etwas beobachtet zwischen Rick und Rosie. Nichts Eindeutiges, nichts, was man hätte der Polizei erzählen können, aber etwas.« Robin runzelte die Stirn. »Weiß die Polizei mit Sicherheit, dass Rick der Vater war?«

»Ja. Rick hat es zugegeben. Du hast es wirklich nicht gewusst? Rosie hat dir nicht erzählt, dass sie schon den ganzen Sommer über mit Rick ein Verhältnis hatte?«

»Glaubst du denn, ich hätte es dem Sheriff nicht erzählt, wenn ich es gewusst hätte? Ich hatte keine Ahnung. Aber ich bin froh darüber.«

Blaine starrte sie an. »Froh?«

»Ja. Auf diese Weise ist Tony aus dem Schneider.«

»Nicht ganz. Immerhin ist sein Alibi für die Nacht, als Rosie starb, erlogen.«

»Aber ich weiß, wo er war«, sagte Robin ängstlich.

»Wo?«

»Das ist ein Geheimnis.«

»Robin!«

»Warum liegt dir so viel daran, Tony die ganze Schuld in die Schuhe zu schieben?«

»Das tue ich doch gar nicht. Aber du lässt dir jedes Wort aus der Nase ziehen. Du weißt doch gar nicht, wo Tony war. Du versuchst ihn bloß zu decken.«

»Das ist nicht wahr!«

»Wenn dir wirklich was an ihm liegt, dann hilf ihm und sag mir, wo er war. Und dann sag es der Polizei.«

Robin wickelte sich eine Strähne ihrer langen Haare um den Hals, eine nervöse Geste. »Er wird mir nie mehr ein Geheimnis anvertrauen.«

»Ach, Robin, hör auf, wie eine Zehnjährige daherzureden. Ich habe fast den Eindruck, ihr beide, Tony und du, begreift nicht ganz, dass es hier um Mord geht! Tony ist achtzehn, also volljährig. Willst du, dass er den Rest seines Lebens im Gefängnis verbringt?«

Robin biss sich unschlüssig auf die Lippen. »Na schön, ich sag es dir«, sagte sie schließlich. »Es war so: Tonys Schwester Sandra hatte im Zimmer ihres Sohnes einen Haufen geklautes Zeug gefunden. Ihr Mann war nicht zu Hause, da ist sie völlig ausgerastet, wusste nicht, was sie tun sollte – den Jungen anzeigen oder in Schutz nehmen. Also hat sie bei Ron Gibson angerufen und Tony gebeten, zu ihr rauszufahren. Das hat er gemacht und dem Kleinen eine Standpauke gehalten, ihm mächtig ins Gewissen geredet. Er hat Sandra geraten, nicht zur Polizei zu gehen, aber Sandra hatte große Angst, dass jemand erfahren könnte, dass die Familie gestohlene Ware behielt, deshalb musste Tony schwören, es keinem zu erzählen.«

»Sie hat ihn gezwungen, die Polizei anzulügen? Das klingt mir aber nicht nach der Sandra, die ich kenne.«

Robin warf ihr einen trotzigen Blick zu. »Dann kennst du sie vielleicht nicht so gut, wie du glaubst.«

Blaine holte tief Luft. »Rob, hast du denn irgendeinen Beweis dafür, dass Tony auch wirklich die Wahrheit sagt?«

»Ich hab sein Wort darauf.«

»Und das genügt dir?«

»Ja. Dir nicht?«

»Ich bin schließlich keine Siebzehnjährige, die verknallt ist.«

»Und ich bin kein Kind mehr«, zischte Robin. »Und außerdem sehe ich überhaupt nicht ein, warum du dich so aufregst. Tony war heute Abend mit mir zusammen, er kann also gar nicht der Killer sein.«

»Wird er der Polizei erzählen, dass er mit dir zusammen war?«

»Warum sollte er?«

»Ja, weißt du denn nicht, wie lächerlich deine Ausrede geklungen hat, du seist weggefahren, um frische Luft zu schnappen? Wo hast du diesen Satz bloß her – aus einem Film aus den Vierzigern? Logan hat dir kein Wort geglaubt.«

»Ich glaube dir nicht. Du willst mir bloß Angst machen. Dem Sheriff schien meine Erklärung zu genügen.«

»Er hat dich nur verschont, weil er mit mir beschäftigt war, aber er wird bestimmt noch wissen wollen, wo du wirklich warst.«

Robin schien etwas verunsichert. »Na ja, ich wollte eigentlich nicht so lange wegbleiben. Das mit dem platten Reifen stimmt. Und ich hab ihn genau an der Stelle gewechselt, wo ich sagte, ganz allein. Warum ist es überhaupt so wichtig, wo ich war?«

»Weil Bernice mich wahrscheinlich unter Zwang angerufen hat. Jemand hat versucht, mich in ihr Haus zu locken.«

Robin starrte sie an. »Und du glaubst, dass ich das war? Warum sollte ich so was tun?«

»Du hast Logan doch gehört – Bernice wollte mit mir über das fehlende Dilaudid sprechen, das Mittel, mit dem der Mörder Rosie und Kathy und wahrscheinlich auch Bernice betäubt hatte, bevor er ihnen die Pulsadern aufschnitt.«

»Ja und?«

Blaine trat vor die Terrassentür und starrte hinaus in die Nacht. »Robin, warst du an dem Nachmittag, als dein Vater ... starb, die ganze Zeit mit Rosie zusammen?«

»Was? Du weißt genau, dass ich mit Rosie zusammen war!«

»Wirklich? Gerade eben hast du doch auch gelogen.«

»Nur weil ich wusste, dass du ausrasten würdest, wenn ich zugab, dass ich mich heimlich mit Tony getroffen hatte. Du suchst ja nur einen Vorwand, um mich fortzuschicken und ...« Sie brach ab, wurde bleich. »Du glaubst, dass ich Daddy getötet habe?«

»Ich glaube nicht, dass du ihn getötet hast, Rob. Aber du wusstest, wie verzweifelt und unglücklich er war. Und plötzlich hatte er einen Schlüssel, von dem du wusstest, wo ich ihn versteckt hatte, und eine Waffe, die er sich nur hätte beschaffen können, indem er die Schublade über sich auskippte …«

Robin blieb vor Empörung der Mund offen stehen. »Du glaubst doch nicht etwa, ich hätte Daddy die Pistole besorgt, damit er sich erschießen konnte?«

»Ich könnte es verstehen, Robin. Du hast ihn doch so geliebt. Er glaubte, sein Leben sei zu Ende, und hatte es geschafft, auch dich davon zu überzeugen. Vielleicht dachtest du in deinem Mitleid, es wäre das einzig Richtige, so was wie Euthanasie. Vielleicht …«

»Vielleicht hast du dann erfahren, dass von dem Medikament etwas fehlte, und dir gedacht, dass Rosie womöglich keine Lust mehr hatte, mir für den Nachmittag, als Daddy starb, noch länger ein Alibi zu geben, und dass ich sie daher betäuben und umbringen musste«, sagte Robin mit erstickter Stimme. »Und dann blieb mir nichts anderes übrig, als Kathy zu töten, weil sie etwas gesehen hatte, und schließlich Bernice, weil sie etwas wusste …«

Blaine schloss die Augen. »Robin, ich bin zu Bernice gefahren, weil sie angedeutet hat, du seist an dem Nachmittag, als dein Vater starb, im Haus gewesen, und sie wisse, wer das Dilaudid verschwinden ließ. Ich würde dir doch keinen Mord zutrauen …«

»Aber du bist dir nicht sicher, stimmt's? Wenigstens wirst du das der Polizei erzählen.« Robin wurde laut. »Du wirst sagen, dass du glaubst, ich hätte das Dilaudid gestohlen und all diese Menschen ermordet!«

»Hab ich heute Nacht so etwas gesagt?«

»Nein, aber das wirst du noch, wenn du mit dem Rücken an der Wand stehst! Du hast deine kleine Geschichte heute brav für dich behalten, damit es so aussieht, als wolltest du mich beschützen. Aber schon bald wirst du damit rausrücken. Und Logan Quint ist in dich verliebt. Das sieht jeder. Er wird versuchen, dich in Schutz zu nehmen. Er wird dir alles glauben! Gott, er hat dich ja nicht mal heute Nacht verhaftet!« Robin tobte weiter. »Jeder andere hätte dich längst eingelocht! Du wirst davonkommen und ich …« Sie stand auf, die Fäuste geballt, die Augen funkelnd, und stürmte aus dem Haus. Blaine musste hilflos mit anhören, wie Robin den Motor ihres Wagens aufheulen ließ, ehe sie mit quietschenden Reifen davonbrauste.

# Siebzehn

## 1

Am Sonntag war es trübe und bedeckt. Der Wetterbericht hatte für den Abend Schneefall angekündigt, und die dichte, graublaue Wolkendecke, die sich im Laufe des Vormittags über die fedrigen Morgenschleier schob, verhieß nichts Gutes.

Blaine war bereits um sechs Uhr früh aufgestanden und derart unruhig, dass sie gegen zehn Uhr morgens beschloss, mit Ashley spazieren zu gehen. Sie schlüpfte in eine Jacke, nahm sich die Zweiundzwanziger Automatik aus Martins Schublade und machte sich mit ihrer Hündin in Richtung Wald auf. Für Blaine war es ein ungewohntes Gefühl, eine Waffe in der Jackentasche zu spüren. Martin hatte ihr gezeigt, wie man damit umging. »Nicht reißen, Blaine. Ganz sachte. Und mach dein linkes Auge wieder auf. Du musst beide Augen offen halten.« Sie hatte es nur ihm zuliebe versucht, um ihm eine Freude zu machen, aber nie ernsthaft erwogen, eine Waffe mit sich herumzutragen. Damals war ihr der Gedanke schlicht absurd vorgekommen. Und jetzt hatte sie für einen harmlosen Waldspaziergang – harmlos wäre er zumindest früher gewesen – eine Pistole eingesteckt. Sie wusste nicht, was sie in den Wald zog – vielleicht wollte sie einfach nur ihre Angst überwinden. Ashley jedenfalls steuerte entschlossen darauf zu. Sie war von klein auf daran gewöhnt, durch den Wald zu rennen, Igel aufzustöbern und in den Bach zu springen. Und so schlugen die beiden den Weg ein, den sie seit nahezu drei Jahren fast täglich gegangen waren. Blaine hatte einen Sack Vogelfutter dabei, um die Häuschen aufzufüllen, die Kirk gebaut hatte. Beschäftigung, so hoffte sie, würde sie von der Erinnerung an den Abend, als sie Rosies Leiche gefunden hatte, ablenken. Sie nahm die hübschen rotgoldenen Pagoden von den tief hängenden Zweigen und füllte sie mit Sonnenblumenkernen, zerkrümelten Hundekuchen und etwas Nierentalg, der nicht gefrieren konnte. Auf diese Weise würden die wenigen tollkühnen oder auch lebensmüden Spatzen, die nicht in den Süden geflogen waren, in den kommenden Tagen nicht verhungern. Die Luft roch schon nach Schnee, und Blaine musste plötzlich an die Geschichte denken, die ihr Vater ihr einmal erzählt hatte. Als er noch jung gewesen war, in den Fünfzigern, waren zu Thanksgiving einmal dreißig Zentimeter Schnee gefallen. Was alle anderen als gefährlichen Kälteeinbruch empfunden hatten, war für ihn eine zauberhafte Zeit mit Schneemännern und Schlittenfahrten gewesen. Heute wäre er bestimmt aufgeregt wie ein Kind, dachte Blaine, während sie das letzte Vogelhäuschen auffüllte, und er würde sich fragen, ob es genauso viel schneien würde wie damals in seiner Jugend.

Sie rief nach Ashley und wollte gerade kehrt machen und zum Haus zurückgehen, als sie Logan auf sich zukommen sah. Sofort beschlich sie ein ungutes Gefühl. »Was tust du denn hier draußen?«, rief sie ihm zu, als er näher kam. »Ist etwas mit Robin?«

»Nein. Wo ist sie denn? Niemand hat mir die Tür aufgemacht.«

»Robin ist bei Cait. Wir haben uns gestern Nacht gestritten. Sie ist Hals über Kopf aus dem Haus gelaufen und abgebraust, und ich war ein Nervenbündel, bis Cait mich eine Stunde später anrief und sagte, dass Robin bei ihnen sei.«

Eine frische Brise blies Logan die dunklen Haare aus der Stirn. Er trug Jeans und eine Wolljacke über einem Sweatshirt statt seiner Uniform, und er wirkte besorgt. »Worüber habt ihr euch denn gestritten?«

»Ach, die üblichen Kabbeleien zwischen Stiefmutter und Stieftochter.«

Logan sah sie traurig an. »Wenn du doch endlich aufhören würdest, mich anzulügen, Blaine.«

Sie blickte rasch zur Seite. Sollte sie ihm von ihrem Verdacht gegen Robin erzählen? Und wenn sie sich täuschte? Durfte sie das Leben eines jungen Mädchens aufs Spiel setzen, nur um ihre eigene Haut zu retten? Nein. Aber wenn sie Recht hatte? Dann brauchte das Mädchen professionelle Hilfe, keine Polizei, die sie in Gewahrsam nahm.

»Blaine?«

»Tut mir Leid«, sagte sie hastig. Ashley saß ihr zu Füßen und sah sie erwartungsvoll an, aber sie hatte kein Stöckchen zum Werfen für sie. Sie beugte sich hinunter und tätschelte Ashleys goldenen Kopf. »Wie geht es Bernice?«

»Sie lebt, aber sie hatte enormes Glück. Sie hatte offenbar ein bestimmtes Migränemittel genommen – ich glaube, es heißt Cafergot oder so, jedenfalls bewirkt es eine Verengung der Blutgefäße. Ihr Arzt sagt, ihr Blutfluss habe sich dank dieser Tabletten verlangsamt, was ihr in Verbindung mit deinen Tourniquets das Leben gerettet hat. Sie ist allerdings immer noch nicht bei Bewusstsein.«

»Du lieber Himmel«, Blaine holte tief Luft. »Und das Dilaudid? Hat der Mörder auch Bernice mit Dilaudid betäubt?«

»Ja, allerdings mit einer im Vergleich zu ihrem Gewicht relativ geringen Dosis. Wir haben Spuren der Droge auf dem Boden gefunden, zusammen mit der Spritze. Sie muss sich nach Kräften gewehrt haben, denn unser Mörder hat einiges von dem Zeug verspritzt. Am Ende wurde er dann wohl nervös.«

»Unser Mörder«, flüsterte Blaine, als hätte sie Angst, ihn herbeizuzaubern, wenn sie die Worte laut aussprach. »Haben deine Leute irgendwelche Hinweise gefunden, wer vor Bernices Haus auf mich geschossen haben könnte?«

»Nein. Bis jetzt haben wir weder Kugeln noch Patronenhülsen gefunden.«

»Dann bist du gekommen, um mich zu verhaften?«

»Nein. So sehr der Staatsanwalt dich auch vor Gericht bringen möchte, er kann keine Verhaftung veranlassen, bevor er keinen stichhaltigen Beweis gegen dich hat, und den hat er nicht. Wir haben die Mordwaffe gefunden – ein stumpfes Küchenmesser. Allerdings ohne Fingerabdrücke, und du hast keine Handschuhe getragen.« Er senkte den Blick. »Meine Männer sind immer noch dabei, den Wald und das Haus nach Handschuhen abzusuchen, die du eventuell versteckt haben könntest, bevor wir kamen.«

Blaine schluckte. »Kein Glück, nehme ich an.«

»Bis jetzt noch nicht.«

»Und was ist mit meinem Auto?«

»Wir haben es abschleppen lassen. Im Moment wird es noch auf Spuren abgesucht, aber morgen kannst du es wohl bei uns abholen. Ach ja, ich habe dir deine Handtasche mitgebracht. Wir haben sie letzte Nacht gefunden.«

Er holte ihre braune Wildledertasche aus seiner großen Mappe und reichte sie Blaine. Es war ihre Lieblingstasche gewesen, aber jetzt war sie voller Flecken, weil sie stundenlang auf dem feuchten Boden gelegen hatte. »Sieh nach, ob etwas fehlt.«

Sie steuerte auf einen Baumstamm zu, ließ sich darauf nieder und prüfte den Inhalt ihrer Tasche. »Alles da. Schlüssel. Brieftasche, Geld. Mein Führerschein, meine Kreditkarten. Schminke.«

»Und eine Tüte M&M's.«

Blaine lächelte. »Zerquetscht, aber da.«

»In der High School hast du öfter mal deine Schlüssel zum Schließfach vergessen, aber niemals deine M&M's.«

»Ich bin immer noch schokoladensüchtig.«

Logan setzte sich neben sie. »Hat Bennett sich mit dir in Verbindung gesetzt?«

»Nein. Wahrscheinlich hat er ein schlechtes Gewissen. Er hat ja auch allen Grund dazu.«

Logan griff nach einem Zweig und knickte ihn. »Ich nehme an, du hast den Typen geliebt.«

Blaine sah ihn erschrocken an. »Aber nein, ich hab ihn nicht geliebt, Logan. Wir waren Freunde. Er wollte zwar immer, dass mehr daraus wird, dass wir heiraten, aber jetzt weiß ich ja auch, warum. Mein Geld.«

»Das war bestimmt nicht der einzige Grund.«

»Aber der wichtigste.«

»Alle scheinen ihn für einen großartigen Typen zu halten.«

»Er schien es ja auch zu sein.« Blaine starrte auf die welken Blätter, die über den Boden verstreut lagen. »Offensichtlich ist er es nicht, aber dass er ein Mörder sein soll, kann ich trotzdem nicht recht glauben.«

»Nun ja, vielleicht überzeugt dich das: Als seiner Exfrau zu Ohren kam, dass wir ihn mitgenommen hatten und dass ihm eventuell eine Verhaftung drohte, kam sie ins Revier und packte gründlich aus. Ihrer Aussage nach hat Bennett während ihrer Ehe die Krankenkassen bei der Abrechnung betrogen.«

»Was?«

Logan warf die Zweige zu Boden und nickte. »Sie behauptet, sie habe nur deshalb geschwiegen, weil er ihr Mann gewesen sei und sie ihn geliebt habe und so weiter. Ich glaube eher, dass sie die Scheidung abwarten wollte, um ihn mit ihrem Wissen zu erpressen.«

»Sie hat ihn erpresst, damit er ihr diese riesige Abfindung zahlt?«

»Ich kann nur raten, aber wahrscheinlich hatte sie Angst, er könne uns verraten, was sich wirklich zwischen ihnen abgespielt hatte, und beschloss deshalb, ihm mit ihrer Version zuvorzukommen.«

»Ich habe mich schon immer gewundert, weshalb Rick ihr so viel überlassen hat. Meine Vermutung war allerdings, dass er sie möglichst reibungslos loswerden wollte.«

»Ich glaube kaum, dass Bennett von Natur aus ein großzügiger Mensch ist.«

»Ich auch nicht. Aber wenn man bedenkt, was er zu verlieren hatte, überrascht es mich, dass er überhaupt in die Scheidung eingewilligt hat. Damals lebte Martin doch noch. Rick konnte nicht geplant haben, mich zu heiraten.«

»Außer, Martin hat sich nicht selbst erschossen.«

»Doch, da bin ich mir völlig sicher, Logan.«

»Woher willst du das so genau wissen? Du warst doch an dem fraglichen Nachmittag gar nicht zu Hause.«

»Ich dachte, da seist du dir auch nicht so sicher?«

»Deine Behauptung, du hättest plötzlich, aus heiterem Himmel den unwiderstehlichen Drang verspürt, einkaufen zu fahren, klang nicht gerade überzeugend, Blaine, und das weißt du auch.«

»Ich war aber in diesem Kaufhaus, Logan. Ich hab nur nichts gekauft.« Eine Schar Wildgänse flog lärmend über ihre Köpfe hinweg. Ashley bellte ihnen hinterher und wandte ihre Aufmerksamkeit dann wieder den Menschen zu, die so ernst dreinblickten. Sie ging zu Blaine und legte den Kopf in ihren Schoß, eine Geste der Anteilnahme. »Wirst du Rick verhaften?«

»Ich hab nicht genügend Beweise gegen ihn.«

»Aha, aber gegen mich umso mehr, stimmt's?

»Ich fürchte schon. Aber das scheint dich ja nicht weiter zu kümmern.« Blaine blickte ihn vorwurfsvoll an. »Zumindest rührst du keinen Finger, um dich aus der Schlinge zu ziehen.«

Sie zuckte die Achseln. »Ich kann nur immer wieder beteuern, dass ich unschuldig bin.«

»Kannst du mir denn gar nicht weiterhelfen, Blaine? Du musst mir doch irgendetwas sagen können, das dich entlastet?«

»Herrgott, Logan, ich hab dich doch nach jedem Mord angerufen.«

»Als du Rosalinds Leiche gefunden hast, warst du nicht allein. Du musstest anrufen, nachdem Cait und Robin sie gesehen hatten. Und in Kathys Fall hast du als Letzte die Turnhalle verlassen, weil du abschließen musstest. Du warst ganz allein da drin mit Kathy, das wusste jeder. Arletta Stroud könnte es beschwören.«

»Was sie zweifellos genießen würde. Aber was ist mit letzter Nacht? Kein Mensch wusste, dass ich bei Bernice war.«

»Blaine, dein Auto sprang nicht an. Du konntest da nicht weg. Selbst wenn du zu Fuß gegangen wärst, hättest du das Auto zurücklassen müssen.«

Blaine stützte den Kopf in beide Hände. »Du hast Recht. Alle Indizien weisen direkt auf mich.«

»Nicht alle«, sagte Logan nachdenklich. »Sag mal, wusste eigentlich Robin, wo der Schlüssel zum Pistolenfach ihres Vaters war?«

Blaine blickte auf, und ihre Augen weiteten sich.

»W-was?«

»Du hast doch gesagt, du hättest den Schlüssel zum Pistolenfach versteckt, als Martins Depressionen schlimmer wurden. Wusste Robin, wo er war?«

Blaine biss sich auf die Unterlippe und seufzte. »Nein.«

»Du lügst ja schon wieder. Warum denn? Wenn sie ihren Vater umgebracht hat …«

»Sie hat ihn aber nicht umgebracht, Logan. Sie hat niemanden umgebracht. Sie wäre gar nicht fähig dazu.«

»Du wärst überrascht, wie viele Menschen zum Morden fähig sind«, entgegnete Logan grimmig.

»Willst du damit sagen, dass Robin die Morde begangen hat? Nun, dann frag Tony Jarvis. Mit dem war sie nämlich gestern Nacht zusammen, als sie angeblich frische Luft gebraucht hat.«

Logan sah ihr tief in die Augen. »Tony Jarvis schwört, dass er mit seiner Mutter allein zu Hause war.«

Blaine war wie vom Donner gerührt. Entweder hatte Robin sie angelogen oder Tony die Polizei, weil er annahm, dass Robin sonst Ärger mit ihr bekam, weil sie sich heimlich aus dem Haus geschlichen hatte. »Warum hast du Tony nach Robins Alibi gefragt?«, brachte sie schließlich heraus, und ihre Stimme war heiser vor Angst.

»Er steht unter Mordverdacht, Blaine. Ich musste ihn fragen, wo er letzte Nacht gewesen sei. Von Robin hat er nichts gesagt. Du hast mir gerade erzählt, dass Robin bei ihm war.«

»Oh.« Blaine rang nach Luft. »Und was ist mit Rick?«

»Dr. Bennett konnte heute Morgen nicht ausfindig gemacht werden.«

Blaine blieb der Mund offen stehen. »Ach ja?«

»Es ist erst elf. Vielleicht ist er in der Kirche.«

Trotz ihrer Angst musste Blaine über Logans schrulligen Einfall lächeln. »Ja, ganz bestimmt.«

»John Sanders konnten wir auch nicht finden.«

»Nun, das ist kein Geheimnis. Bestimmt ist er in Columbus bei Samantha.«

»Nur dass Samantha in Wirklichkeit Samuel heißt.« Blaine sah ihn verständnislos an. »Samantha war sein Alibi für die Nacht, als Rosalind Van Zandt ermordet wurde. Aber unsere Ermittlungen haben ergeben, dass es nicht wasserdicht war. Als wir ihn uns dann ein zweites Mal vorknöpften, sagte Sanders, er habe gelogen – es gebe gar keine Samantha Burton. Die Frau, mit der wir gesprochen hatten, war seine Schwester Gail; sie hat ihn gedeckt. Er sagte, er sei schwul und treffe sich in Columbus mit einem Mann namens Samuel Burleigh, einem Anästhesisten.«

Blaine spürte, wie ihr vor Überraschung erneut die Kinnlade nach unten klappte. »Ein Anästhesist? Das bedeutet, dass er Zugang zu Drogen hat …«

»Ja. Nur dass Dr. Samuel Burleigh derzeit Urlaub in Europa macht. Wir konnten ihn nicht aufspüren. Womöglich stellt sich heraus, dass er in Wirklichkeit gar nicht Sanders' Liebhaber, sondern nur ein Bekannter ist, den er als Vorwand benutzt.«

»Mag sein«, sagte Blaine bedächtig, weil sie sich plötzlich daran erinnerte, dass sie und Martin John und »Samantha« des Öfteren am Wochenende eingeladen hatten. Aber sie waren nie gekommen. Soweit sie wusste, hatte niemand in Sinclair jemals die geheimnisvolle Samantha zu Gesicht bekommen. »Das glaube ich nicht.«

»Du glaubst also, dass Sanders die Wahrheit sagt?«

»Ich weiß es nicht. Aber wenn er tatsächlich schwul ist, erklärt das einiges.«

»Ach ja?«

»Zum Beispiel, dass er seine Freundin noch nie nach Sinclair mitgebracht hat. Das ist doch eigenartig, zumal er angeblich seit Jahren mit ihr zusammen ist. Außerdem sondert er sich von allen ab. Er hält das wahrscheinlich für unumgänglich. In einem kleinen Provinznest wie diesem hätten die Leute wohl kaum Verständnis für seine Lage. Höchstwahrscheinlich würde er seine Stellung verlieren, wenn jemals herauskäme, dass er schwul ist.«

»Das hat er auch gesagt.«

Blaine runzelte die Stirn. »Der arme John, es muss schwer sein, sich immer zu verstecken. Er hat sich bestimmt schrecklich einsam gefühlt. Nicht einmal mir hat er sich anvertraut, obwohl er hätte wissen müssen, dass ich ihn verstehen würde.«

»Ebenso gut könnte alles erfunden sein, Blaine. Vielleicht hat er es deshalb nie erwähnt. Ihr beide habt euch ziemlich gut verstanden. Er hat mit Sicherheit gewusst, dass du zu ihm halten würdest.«

Das stimmt, dachte sie. Warum nur diese Heimlichtuerei? Aus Angst, sie könnte es jemandem weitersagen, der kein Verständnis hatte und es nicht für sich behielt? Oder weil alles erstunken und erlogen war?

Blaine schloss die Augen. Fragen, Zweifel, sie war hin und her gerissen. Wie sollte man diese Morde jemals aufklären, wenn alle logen? Rick, John, Robin. Sogar sie selbst. Als sie aufblickte, bemerkte sie Logans mitleidigen Blick. »Du hältst mich für unschuldig, nicht wahr?«, fragte sie unvermittelt.

»Blaine, ich kenne dich seit dem Tag, als du als kleines Mädchen vom Klettergerüst gepurzelt und direkt auf mir gelandet bist.«

Sie lächelte. »Und du versuchst noch immer, mich aufzufangen, stimmt's?«

Ihre Gesichter waren einander so nah, dass Blaine Logans Atem auf der Wange spüren konnte. Seine dunklen Augen, die in den vergangenen sechs Monaten so abweisend geblickt hatten, sahen sie warm, fast liebkosend an. Er nahm ihre Hand und drückte sie. Sein Ehering, kalt von der eisigen Luft, grub sich in ihre Haut. Sie wurde steif und entzog ihm ihre Hand. Dabei hätte sie sich am allerliebsten in seine Arme gestürzt.

»Tut mir Leid«, sagte Logan leise. »Manchmal vergesse ich, dass wir nicht mehr auf der High School sind.«

»Dabei ist es so lange her.«

»Seither hat sich vieles verändert. Zwar nicht die Gefühle, aber die Umstände.«

Blaine hatte mit einem Mal Herzklopfen, und sie spürte, wie sie rot wurde. Sie war froh, dass Logan auf die mächtigen alten Bäume starrte, die ihre kahlen Äste in den kobaltblauen Himmel reckten.

»Es ist so schön hier draußen«, sagte er ruhig. »Weißt du, die Indianer Nordamerikas waren sehr religiös. Sie glaubten an ein allumfassendes übernatürliches Wesen. Die Irokesen nannten es *orenda*, und es wurde von Göttern und Dämonen verkörpert, aber auch von Geistern, die in den Erscheinungen der Natur wohnen.«

»Auch in diesen Bäumen?«

Logan nickte. »Im Augenblick müssen es wohlgesinnte Wesen sein. Aber wenn ich daran denke, dass Rosalind Van Zandt hier draußen ermordet wurde …«

»Dann sind die Bäume plötzlich voller Dämonen.«

Er grinste. »Klingt ziemlich durchgeknallt, oder?«

»Ich finde, es klingt sehr poetisch. Komischerweise befällt mich hier draußen manchmal ein ähnliches Gefühl. Das war schon immer so, aber seit Rosies Tod ist es besonders ausgeprägt, als würden die Bäume eine Art Intelligenz besitzen, als würden sie wahrnehmen, was um sie herum vorgeht.« Sie seufzte. »Ich wünschte, sie könnten uns erzählen, was in der Nacht, als Rosie ermordet wurde, wirklich geschah.«

Logan blickte zu Boden und spielte mit seinem Ehering. »Blaine, eigentlich bin ich aus einem anderen Grund hier.«

Blaine fühlte, wie ihr ein Schauer über den Rücken lief. Die Wärme in seiner Stimme war verschwunden. Er hob den Blick und schaute an ihr vorbei, saß plötzlich eine Spur aufrechter da. »Ich werde diesen Fall an die Staatspolizei abgeben.«

Sie hatte bereits nach Kathys Tod mit diesem Schritt gerechnet. Aber jetzt, nachdem sie nicht mehr unterrichten durfte, nachdem sich herausgestellt hatte, dass man die Mädchen mit Dilaudid betäubt hatte, und nach dem Zwischenfall mit Bernice war ihr, als würde ihr die Schlinge, die seit Martins Tod um ihren Hals lag, allmählich die Luft abdrücken. Sie fühlte sich verlassen, als säße sie mutterseelenallein in einem tiefen Loch gefangen und klammerte sich an die vertraute, wenn auch manchmal distanzierte, vorwurfsvolle Stimme eines liebenden Menschen, der sie als Einziger noch nicht aufgegeben hatte. Und jetzt sollte sie auch noch von dieser Stimme Abschied nehmen.

»Warum hast du ausgerechnet jetzt diese Entscheidung getroffen?«, fragte sie.

»Die Öffentlichkeit, der Bürgermeister, alle machen Druck.« Er rückte ein wenig ab und blickte ihr in die Augen. »Und weil ich der Hauptverdächtigen zu nahe stehe.«

»Aber wir waren doch kaum mehr Freunde, wie's aussah«, warf sie mit matter Stimme ein.

»Ich hatte eine Pflicht zu erfüllen, Blaine. Und dabei wollte ich keinen Fehler machen. Als dein Mann starb, ist mir das auch noch gelungen. Jetzt aber nicht mehr. Ich mache alle möglichen Verrenkungen, um dir entgegenzukommen, nach der Devise: Im Zweifel für den Angeklagten, aber damit helfe ich dir nicht, im Gegenteil. Die Leute sagen, ich würde dich in Schutz nehmen, weil ich dich noch immer liebe.«

»Aber das tust du doch gar nicht«, sagte sie elend. »Können die Leute das nicht einsehen?«

»Manchmal sehen Außenstehende die Dinge klarer als die Beteiligten.«

»Dann liebst du mich noch?«

»Ich habe nie aufgehört, dich zu lieben, Blaine. Aber ich bin verheiratet. Und du hast den Tod von Martin noch nicht überwunden. Eine Affäre wäre im Augenblick das Letzte, was du brauchtest. Du sitzt ganz schön in der Klemme.«

»Und du lässt mich im Stich.«

Logan zog sie an sich und hielt sie fest, und ihre Tränen tropften auf seine Jacke. »Ich lasse dich doch nicht im Stich, Blaine. Jedenfalls nicht privat. Aber beruflich gleiten mir die Dinge aus der Hand.«

»Weil du es zulässt.«

»Ich muss den Fall abgeben, wenn ich verhindern will, dass dich die Leute weiter verdächtigen. Ich habe getan, was ich konnte, aber du sagst mir einfach nicht die Wahrheit.«

»Also hältst du mich für eine Mörderin?«

»Nein. Aber du vertraust mir nicht genügend, um ehrlich zu sein. Du verbirgst etwas vor mir.«

Blaine konnte es nicht leugnen. Sie hatte ihm den wahren Grund verschwiegen, weshalb sie am Nachmittag, als Martin starb, das Haus verlassen hatte, und jetzt gab sie nicht zu, dass sie sich Sorgen machte, ihre Stieftochter könne eine größere Rolle in dem Drama spielen, als es den Anschein hatte. Sie ließ den Kopf hängen und versuchte vergeblich, gegen die Tränen anzukämpfen. Er küsste sie auf den Scheitel. »Vielleicht wird ja wieder alles gut, Blaine.«

Aber sie kannte ihn viel zu gut, um den Zweifel in seiner Stimme zu überhören. Er glaubte so wenig wie sie, dass alles gut werden würde.

## 2

Um zwei Uhr nachmittags setzte der Schneefall ein. Blaine und Ashley standen vor der Terrassentür und starrten in die immer dichter fallenden Flocken. Nach einer Viertelstunde konnte sie den Wald nicht mehr sehen, und der Rasen lag unter einer durchgehenden Schneedecke.

Blaine wandte sich ab und streifte durch die Wohnung, berührte die vertrauten Gegenstände, wobei eine schmerzliche Zärtlichkeit für das Heim in ihr aufstieg, in dem sie einmal so glücklich gewesen war. Jetzt war Martin tot und Robin bei Cait, und sie selbst würde auch bald nicht mehr hier sein.

Sie ging in ihr kleines Arbeitszimmer. Ihr Computer hatte in den letzten Wochen Staub angesetzt, und in einer kindlichen Anwandlung malte sie zerstreut ihre Initialen auf den Bildschirm, B.O.A., wischte sie aber gleich wieder fort. Sie wandte sich dem Regal zu, auf dem ein Stapel Schülermappen lag. Bei näherem Hinsehen erkannte sie, dass sie der Klasse gehörten, die sie unterrichtet hatte, bevor sie mit Lungenentzündung ins Krankenhaus gebracht worden war. Nach etlichen ermüdenden Auseinandersetzungen mit Schülern, die steif und fest behauptet hatten, sie hätte sich – natürlich zu ihren Ungunsten – mit den Noten verrechnet, hatte sie darauf bestanden, dass jeder Schüler seine Arbeiten in einer Mappe sammeln sollte, damit man sie am Ende des Schuljahres noch einmal durchsehen konnte. Diese spezielle

Klasse hatte ihren ersten Aufsatz an jenem unseligen Donnerstag abgegeben, als Blaine krank geworden war, und so war sie nicht mehr dazu gekommen, die Arbeiten zu korrigieren. Robin hatte sie ihr mitgebracht und ins Regal gelegt, wo sie mittlerweile Staub angesetzt hatten.

Rosie war auch in dieser Klasse gewesen, dachte Blaine. Morbide Neugierde trieb sie dazu, Rosies Mappe aus dem Stapel zu ziehen. Auf dem Umschlag war eine Reproduktion von Whistlers *Mädchen in Weiß* zu sehen. Hatte Rosie sich mit diesem Mädchen identifiziert? Blaine betrachtete das lange weiße Kleid, das dunkle Haar, den verletzlichen, rätselhaften Blick. Rosies Ähnlichkeit mit dem Porträt von Whistlers Mätresse Joanna Heffernan war bemerkenswert. Auch sie war eine Mätresse gewesen. Sie hatte schon immer eine Vorliebe gehabt für Geheimnisse und verschlüsselte Botschaften. Wollte Rosie mit der Wahl dieses Bildes jemanden wissen lassen, dass sie ein Verhältnis hatte?

Blaine schlug die Mappe auf, überflog Rosies Aufsatz über *Die Sage von der schläfrigen Schlucht*. Er war ziemlich belanglos, aber abgesehen von der Tatsache, dass die Geschichte perfekt aufgebaut war, ließ sich ja auch nicht viel über sie sagen. Blaine konnte nicht mehr ganz nachvollziehen, warum sie das Thema überhaupt gestellt hatte. Vielleicht nur, um zu prüfen, ob ihre Schüler die Geschichte tatsächlich gelesen hatten.

Sie wollte die Mappe gerade zuklappen, da fiel ein zerknülltes Stück Papier heraus. Sie hob es auf und starrte verwirrt darauf:

Rosalind Van Zandt
P.O. Box 94 – Sinclair, WV 25561
12. September 1991

Einwohnermeldeamt
150 Tremont Street
Boston, MA 02111

Sehr geehrte Damen und Herren,
bitte senden Sie mir eine Kopie der Geburtsurkunde meines Vaters Derek Garth Van Za

Das Brieffragment war auf einer dieser alten, abgenutzten Schreibmaschinen getippt worden, wie sie in der Schule verwendet wurden. Auch das Papier sah aus wie das billige Kopierpapier, das in den Schreibmaschinenräumen zur Verfügung stand. Plötzlich erinnerte sich Blaine, dass Robin erwähnt hatte, sie habe Rosie dabei überrascht, wie sie einen Brief getippt, das Blatt jedoch bei ihrem Auftauchen hastig aus der Maschine gerissen und in ihre Mappe gestopft hatte. Das musste dieser unvollendete Brief sein. Wozu hatte Rosie eine Kopie der Geburtsurkunde ihres Vaters gebraucht?

3

Tim saß vor dem laufenden Fernseher und erledigte dabei lustlos seine Rechenaufgaben. »Glaubst du nicht, du könntest dich ohne den Fernseher besser konzentrieren?«, fragte Allie.

»Nö. Ich kann Rechnen nun mal nicht ausstehen. Da ist es egal, ob ich mir nebenbei *Magnum* ansehe oder nicht. Ich krieg ja doch eine schlechte Note.«

Allie schaute ihm über die Schulter und sah das Gekritzel, das er in seinem Heft veranstaltet hatte. »Das gibt's doch nicht, Tim. Du bemühst dich ja nicht mal. Sieh dir bloß diese Seite an – dieses

Geschmiere wirst du selbstverständlich nicht deiner Lehrerin zeigen!«

»Es ist doch ganz gleich, ob ich sauber schreibe oder nicht – falsch ist es auf jeden Fall.«

Seine Großmutter schaltete den Fernseher aus. »Diese Folge hast du schon zehnmal gesehen.«

»Ich mag sie trotzdem!«

»Ich weiß, aber im Moment hast du Wichtigeres zu tun. Du hättest deine Aufgaben schon gestern erledigen sollen, nicht erst heute Abend. Fang eine neue Seite an. Du wirst das noch einmal machen, und zwar ordentlich. Und mit den richtigen Ergebnissen.«

»Ach Oma!«, protestierte Tim.

»Du willst doch mal Sheriff werden wie dein Vater, nicht?«

»Natürlich. Oder Tiermezidiner.«

»Me-di-zi-ner. Für beides brauchst du gute Noten in Mathematik.«

Tim sah sie ungläubig an. »Was gibt's denn da zu rechnen, wenn ich Leute verhafte oder Hunden eine Spritze gebe?«

»Mehr als du denkst. Nun mach schon. Du musst nochmal von vorne anfangen. Wenn dann dein Vater heimkommt, kannst du ihm zeigen, was du alles geschafft hast. Er war immer gut im Rechnen.«

»Im Ernst?«

»Ja.«

»Na schön«, sagte Tim widerwillig und blätterte um. »Ich spitze mal den Bleistift, vielleicht geht's dann besser.«

»Ich mach das schon«, sagte Allie und besah sich Tims zerkauten Stift. »Tim, wann wirst du endlich aufhören, an deinen Bleistiften herumzuknabbern? Du bist doch kein kleiner Hund!«

Tim kicherte. »Wann kommt denn Daddy nach Hause?«, rief er seiner Großmutter hinterher, die bereits auf halbem Weg in die Garage war, wo Logan einen Bleistiftspitzer an der Wand befestigt hatte. Sie warf im Hinausgehen einen Blick auf die Küchenuhr. »Es ist zehn vor fünf. Er hat versprochen, gegen sechs daheim zu sein.«

»So lange muss ich noch rechnen?«

Allie Quint ließ einen entnervten Seufzer hören und ging hinaus. Tim war fast versucht, den Fernseher wieder einzuschalten, dann hatte er aber eine bessere Idee: Wenn er so tat, als würde er angestrengt rechnen, durfte er vielleicht früher damit Schluss machen.

Das Telefon klingelte, und Tim nahm den Hörer ab. »Hier bei Sheriff Quint«, meldete er sich wichtigtuerisch.

Seine Mutter am anderen Ende der Leitung musste lachen. »Timmy? Meine Güte, heute bist du aber förmlich!«

»Mami!«

»Hat dein Vater dir das beigebracht?«

»Nein, das hab ich selbst erfunden. Wenn Oma und Daddy in der Nähe sind, darf ich es nicht sagen, aber Daddy arbeitet noch, und Oma ist in der Garage.«

»Daddy arbeitet also, was?«, meinte Dory, und der prickelnde Charme in ihrer Stimme war dahin. »Manche Dinge ändern sich nie.«

»Da sind 'ne ganze Menge Morde passiert, Mami. Daddy und Oma glauben, dass ich nichts darüber weiß, aber ich weiß es doch. Wir haben eine Verbrechenswelle!«

»Wer ist denn ermordet worden?«

»Ach, ein paar Mädchen, aber die waren nicht in meiner Klasse. Kommst du bald heim, Mami?«

Dory zögerte. »Deshalb ruf ich an.«

Tims Lächeln verflog. »Du bist doch hier zu Thanksgiving, nicht?«

»Nein, Schätzchen, ich glaube kaum, dass ich es schaffen werde. Ich bin gerade sehr beschäftigt, weißt du.«

Tim wurde blass. »Und wann kommst du?«

»Na ja, ich bin nicht sicher.«

»Aber bis Weihnachten sind es doch nur noch ein paar Wochen. Du kannst doch nicht Weihnachten versäumen!«

»Ich werd's versuchen, aber ich ersticke gerade in Arbeit.«

Tim hörte einen Mann im Hintergrund fragen: »Mit wem telefonierst du denn, Schatz?«

Er hörte, wie seine Mutter die Hand über die Muschel legte und leise mit jemandem redete. Als sie wieder in der Leitung war, fragte er: »Wer ist denn der Mann?«

»Jemand, der deiner Mami helfen wird, ihre Geschichten zu veröffentlichen. Ein sehr netter Mann, Timmy.«

»Er hat Schatz zu dir gesagt.«

»Na ja, das war nur so dahingesagt. Na egal, ich wollte dir ein schönes Thanksgiving wünschen. Ich werde vielleicht ein bisschen verreisen und eine Weile nicht anrufen ...«

»Du hast doch gesagt, du hättest so viel Arbeit, dass du nicht verreisen kannst!«

»Das ist ja auch nur eine winzig kleine Reise, bei weitem nicht so lang wie nach West Virginia.«

»Du kommst überhaupt nicht mehr heim, nicht?«, fragte Tim wie versteinert. »Nicht zu Thanksgiving und nicht zu Weihnachten.«

»Ich mache gerade eine ziemlich schlimme Zeit durch, das musst du doch verstehen, Liebling ...«

»Mit wem telefonierst du denn da?«

Tim wandte sich seiner Großmutter zu. Tränen liefen ihm über die Wangen, und er warf ihr den Hörer in die Hand. »Mit Mami.«

Allie nahm den Hörer und sagte sofort: »Dory? Was hast du denn zu Tim gesagt?«

Tim konnte hören, wie seine Großmutter immer lauter redete, während er in den Flur hinausging und die Garderobentür öffnete. Als er in das Schneetreiben hinaustrat, schrie sie beinahe.

## 4

Blaine zuckte zusammen, als das Telefon klingelte. Was war, wenn es wieder einer dieser kranken Anrufe war? Wenn der Killer erneut zugeschlagen hatte? Sie war den ganzen Nachmittag allein gewesen, ohne Zeugen, bis auf den Streifenwagen, der jede halbe Stunde einmal vorbeikam. Geh ran, dachte sie. Dieser Anruf erreicht dich zu Hause. Du hast eine Fangschaltung einrichten lassen. Verlier jetzt bloß nicht die Nerven. Sie nahm den Hörer ab und hauchte ein behutsames »Hallo« in die Muschel.

»Blaine, hier spricht Allie Quint.«

»Mrs. Quint«, sagte sie halb erleichtert, halb erstaunt. »Was kann ich für Sie tun?«

»Es geht um Tim. Er ist weggelaufen.«

»Weggelaufen? Bei diesem scheußlichen Wetter?«

»Ja.« Mrs. Quint versagte die Stimme. »Seine Mutter hat ihn angerufen, und er hat sich schrecklich aufgeregt. Es ist nicht das erste Mal, dass er ihretwegen fortgelaufen ist. Ich könnte diese Frau erwürgen. Nun ja, ich habe Logan schon erreicht – er wollte unbedingt noch Papierkram erledigen und ist ins Büro gefahren, obwohl doch heute Sonntag ist. Er trommelt ein paar Männer zusammen, um den Wald bis zu Ihrem Grundstück nach Tim abzusuchen.«

»Warum bis zu mir?«

»Weil Tim so begeistert war von Ihnen und Robin. Und vor allem von Ihrer Hündin. Wie heißt sie doch gleich? Ashley? Jedenfalls redet er ununterbrochen von ihr.«

»Aber ich wohne doch über eine Meile von Ihnen entfernt – eine Meile dichter Wald. Und bei diesem Schneesturm ...«

»Ich weiß.« Blaine merkte, dass Allie Quint weinte. »Aber wir haben die ganze Gegend nach ihm abgesucht und bei all seinen Freunden angerufen. Ich dachte nur, dass er vielleicht schon bei Ihnen sei.«

Blaine stellte sich Tim vor mit seinem lieben, hoffnungsvollen Gesicht, seiner Zahnlücke, seiner leidenschaftlichen Liebe zu Ashley. »Ich glaube, Sie haben Recht«, sagte sie. »Es ist sehr gut möglich, dass er sich zu Ashley flüchtet, wenn er Kummer hat. Ich werde mich sofort auf den Weg machen und nach ihm suchen.«

»Ich wollte Sie nicht dazu überreden, bei diesem Wetter vor die Tür zu gehen. Ich dachte nur, Timmy sei vielleicht bei Ihnen.«

»Dann hätte ich Sie doch angerufen.«

»Ja natürlich. Aber vielleicht sollten wir die Suche den Männern überlassen.«

Blaine kannte Allie Quint von klein auf. Die Frau hatte noch nie irgendetwas den Männern überlassen. Sie hat Angst um ihren Enkel, dachte Blaine bitter. Dann hält sie mich also auch für eine Mörderin, wie alle anderen. Blaine schob den Gedanken schnell wieder von sich. Jetzt war keine Zeit, sich um die Meinung anderer Leute zu kümmern. »Ich rufe in einer halben Stunde zurück, Mrs. Quint.«

»Ashley, hierher«, rief sie, nachdem sie aufgelegt hatte. Der Hund, der unter dem Esszimmertisch gedöst hatte, kam in die Küche getrabt. »Wir müssen Tim suchen. Erinnerst du dich an ihn? Er hat sich im Schnee verlaufen.«

Im Schnee verlaufen. Blaine konnte an nichts anderes denken, als sie und Ashley fünf Minuten später durch die Terrassentür in die wirbelnde Weiße hinaustraten. Der heftige Wind trieb ihr die Flocken ins Gesicht. Auf dem Boden hatten sich in den vergangenen vier Stunden schon fast zehn Zentimeter Schnee angesammelt, die Blaine trotz der festen Stiefel das Laufen erheblich erschwerten. Sie sah besorgt auf den Hund, aber Ashley schien die Kälte nichts auszumachen. Blaine drehte sich kurz nach dem hell erleuchteten Haus um, das Tim wie ein Leuchtturm den Weg weisen sollte. Sie hatte absichtlich die Türen offen gelassen und die Alarmanlage nicht eingeschaltet, falls der Kleine aufkreuzen sollte, während sie weg war. Es war ihr zwar nicht ganz geheuer, das Haus unverschlossen zu lassen, aber sie hatte ja die Zweiundzwanziger eingesteckt.

Blaine kämpfte mit ihrer Stimme gegen den Wind an. »Na schön, Ash, los geht's. Schade, dass ich dich nicht an einem von Tims Kleidungsstücken schnüffeln lassen kann, aber bei Rosie hast du ja auch nichts gebraucht …«

Sie unterbrach sich. Nein, an so was wollte sie gar nicht erst denken. Tim ging es gut. Er hatte sich nur verlaufen.

Blaine und Ashley stapften über den Rasen auf den Wald zu. Tim war ein schlauer kleiner Bursche und würde bestimmt die Hauptstraße meiden, wo man ihn sofort entdecken würde, und stattdessen die Deckung der Bäume nutzen.

Der Wind fegte über den Rasen. Blaine senkte den Kopf und schnürte die Kapuze ihres Daunenanoraks fester zu. Sie blickte zum Haus zurück und stellte entmutigt fest, dass das Licht von der Dunkelheit verschluckt wurde. Ashley war schon völlig eingeschneit, aber sie pflügte sich weiter durch den Schnee und zerrte an der Leine, als wüsste sie, dass sie eine wichtige Aufgabe zu erfüllen hatten.

Sie tauchten in den Wald ein, der ihnen ein wenig Schutz vor dem Wind bot. »Tim!«, rief Blaine. »Tim, wo bist du?«

Keine Antwort. Aber ihre Stimme war ja auch ziemlich angegriffen von der Kälte und der Anstrengung. »Sachte, Ashley«, sagte sie. Der Hund blieb stehen und fing an zu bellen. »So ist es brav. Du bist lauter als ich. Vielleicht hört er dich.«

Aber Tim tauchte nicht auf, und sie gingen weiter. Auch wenn der Schnee hier im Wald nur halb so tief lag wie draußen auf freier Flur und der Wind nur verhalten in den Baumwipfeln ächzte, war Tim in Gefahr. Er konnte hinfallen, sich wehtun, erfrieren. Und wenn er allzu lange im Schnee umherirrte, holte er sich womöglich Frostbeulen. Blaine und Ashley gingen weiter, wobei sie Tims Namen rief, bis sie heiser war. Schließlich blieb sie stehen und sah auf ihre dünnen Handschuhe und auf Ashley, die mittlerweile vor Kälte zitterte. »Wir müssen uns aufwärmen, Ash«, sagte Blaine. »Vielleicht ist Tim schon im Haus. Wenn nicht, gehen wir ein bisschen später noch einmal los.«

In der Nähe des Hauses zerrte Ashley ungeduldig an der Leine. Der Wind war noch ungestümer und die Schneedecke noch dicker geworden. Jetzt lagen schon zwölf Zentimeter wie ein riesiger weißer Teppich über den Boden gebreitet. Die Fußstapfen, die sie und Ashley vorhin hinterlassen hatten, waren wie ausgelöscht, und einen panischen Augenblick lang konnte sie auch die Außenbeleuchtung des Hauses nicht mehr erkennen. Ihr Orientierungssinn war immer schon erbärmlich gewesen, und sie fragte sich, ob sie im Wald eine falsche Abzweigung genommen hatten und womöglich im Kreis gelaufen waren. Aber Ashley zog sie wild entschlossen weiter, und endlich warf die Lampe über dem Vordach, die normalerweise zu grell war, einen trüben Schein durch die wirbelnden Flocken.

»Gott sei Dank«, Blaine atmete auf, als sie über die Terrasse ins Haus gingen.

Keuchend und vor Kälte zitternd gelangten sie und Ashley in die Küche. Blaine legte ihren Anorak und ihre dünnen, durchnässten Handschuhe ab, warf beides auf den Küchentisch und hastete ins Badezimmer, um für Ashley ein Handtuch zu holen und ihr das nasse Fell kräftig abzurubbeln. »Was für ein Wetter!«, murmelte sie. »So ein Schneegestöber habe ich schon lange nicht mehr erlebt!« Sie hob eine von Ashleys feuchten Pfoten auf und wollte ihr gerade die Eisklümpchen zwischen den Zehen herauszupfen, als der Hund abrupt aufsprang und wütend zu bellen anfing.

»Was ist denn?«, rief Blaine. »Ashley?«

Die Hündin fetzte quer durchs Haus, und Blaine starrte ihr entgeistert hinterher.

Sie war im Wohnzimmer, als das Telefon klingelte. Natürlich

Mrs. Quint. Sie hob den Hörer ab und meldete sich mit einem knappen »Ja?«

Klavierspiel.

Blaine erstarrte. »Lippen schweigen ...« aus der Operette *Die Lustige Witwe*. Die Melodie war unverkennbar. Genauso unverkennbar wie ein Geräusch im Hintergrund – das Bellen eines Hundes. Ein vertrautes Bellen. Ashleys Bellen!

Blaine entfuhr ein erstickter Schrei, und sie knallte den Hörer auf die Gabel. Die Musik wurde auf Robins tragbarem Klavichord gespielt. Der Anruf kam aus ihrem Zimmer.

# Achtzehn

Grauen erfasste Blaine. »Ashley?«, flüsterte sie. »Ashley!«

Der Hund tauchte auf, packte Blaine in heller Aufregung am Handgelenk und zerrte sie zur Tür. Blaine kam bereitwillig mit. »Wir müssen hier raus«, murmelte sie.

»Ringel Ringel Rose,
Sträußchen in der Dose,
Asche, Asche,
Und alle fallen um.«

Entsetzt blickte Blaine über die Schulter zurück. Hinter ihr stand singend Joan Peyton, eine Pistole in der Hand.

»Joan?« Die Stimme versagte ihr. Ashley knurrte, rührte sich aber nicht von der Stelle. Sie war nun einmal kein Wachhund – sie war schnell, wenn es darum ging, Robin und Blaine die Anwesenheit eines Fremden anzuzeigen, aber man hatte ihr nicht beigebracht, jemanden anzugreifen. Blaine hatte keine Ahnung, wie die Hündin reagieren würde, wenn jemand ihren beiden Frauchen zu nahe käme.

»Kennst du dieses Lied?«

»Ja, Joan«, erwiderte Blaine tonlos, den Blick auf die Frau geheftet.

»Sperr den Hund in die Küche«, befahl Joan.

»Ich verstehe nicht«, sagte Blaine stockend, »was hast du vor?«

Joan erinnerte Blaine an eine Schlange, die sich mit kalten, starren Augen bedrohlich vor ihr wand. »Ich sagte, du sollst den Hund in die Küche sperren. Ich tue Tieren zwar ungern weh, aber wenn es sein müsste, würde ich es tun.«

Blaine starrte auf die Pistole. Ein 38er Revolver, der auf Ashley gerichtet war. Sie führte den Hund in die Küche und warf einen sehnsüchtigen Blick auf die Jacke, die etwa fünf Meter von ihr entfernt auf dem Küchentisch lag und in deren Seitentasche ihre Pistole steckte. Das war viel zu weit weg. Joan würde sie erschießen, wenn sie versuchen sollte, sich die Waffe zu schnappen. »Sitz!«, sagte sie zu Ashley, ging aus der Küche und machte schnell die Tür hinter sich zu. Ashley kratzte an der Tür. Man hatte sie zwar schon öfter in die Küche gesperrt, aber diesmal spürte sie Blaines Angst. »Also schön«, sagte Blaine mit zitternder Stimme. »Sagst du mir jetzt bitte, was das soll?«

»Ich bin der Todesengel.« Joans langes schwarzes Haar, das sie normalerweise zum Knoten geschlungen trug, hing ihr jetzt in wirren, feuchten Strähnen ins Gesicht. Ihre viel gerühmte eiserne Selbstbeherrschung war endlich zerbröckelt. Sie sah zum Fürchten aus, wie ein wildes Raubtier.

»Joan, du bist ja völlig außer dir.« Bei all ihrer Angst musste Blaine beinahe lachen über diese alberne Feststellung. Joan jedoch ließ sie nicht aus den Augen. »Glaubst du etwa auch, dass ich Rosie getötet habe? Ist es das?«

»Jeder glaubt, dass du sie getötet hast. Nicht einmal Logan Quint kann dich noch länger beschützen.«

Ashley kratzte mittlerweile wütend an der Tür, und plötzlich wusste Blaine, dass die Hündin ihr helfen würde, wenn sie könnte, wenn sie nicht eingesperrt wäre. Doch sogar die Hundeklappe war verriegelt.

»Du hast Recht, er übergibt den Fall der Staatspolizei«, sagte Blaine und starrte dabei wie gebannt auf den Pistolenlauf, der auf sie gerichtet war. »Du brauchst nicht Kopf und Kragen zu riskieren, um dafür zu sorgen, dass ich für den Mord an Rosie bezahle.«

Joan starrte sie einen Augenblick lang an. Dann warf sie plötzlich den Kopf zurück und lachte aus vollem Hals. »Meine Güte«, keuchte sie schließlich. »Weißt du es wirklich nicht? Wie kann man nur so blöd sein!«

»Blöd?« Ashley hatte mittlerweile ihr Kratzen aufgegeben und bellte stattdessen. »Ich weiß nicht, was du meinst, Joan.«

Joan wischte sich mit der Linken die Tränen aus dem Gesicht. »Ich wusste, dass alle andern an dir zweifeln, aber ich dachte, du wärst schlau genug, um von selbst dahinter zu kommen ...« Sie schüttelte den Kopf. »Ich war tatsächlich der Meinung, dass sich unter all den roten Haaren ein bisschen Grips verbirgt.«

O Gott, dachte Blaine, während sich vor ihrem geistigen Auge ein Teil ans andere fügte. »Du willst mir doch nicht etwa weismachen, dass du Rosie getötet hast?«, fragte sie mit kaum verhohlenem Grauen. »Das glaube ich dir nicht.«

»Dann versuch's doch mal.«

Blaines Stimme hörte sich dünn und kurzatmig an. »Warum solltest du Rosie töten?«

Die irren, starren Augen wurden schmal. »Ich wusste über jeden Schritt, den das Mädchen tat, Bescheid, ich wusste alles über sie und Rick.«

»Und du warst der Meinung, dass sie wegen dieser Affäre den Tod verdient hatte?«

»Ja.«

Blaine rang nach Atem. »Du wusstest, dass Rosie sich in der fraglichen Nacht hier draußen mit Rick verabredet hatte, nicht?«

»Ich sagte doch schon, dass ich jeden ihrer Schritte kannte. Selbst wenn ich die Veränderung in ihrem Benehmen nicht bemerkt hätte, hätte ich doch gesehen, wie sie das Auto aus der Garage holte und zwei- oder dreimal die Woche davonfuhr. Ich bin schließlich nicht blind. Ich kannte sogar die genaue Uhrzeit, zu der sie sich abends mit Rick treffen wollte. Ich hatte sie belauscht, als sie mit ihm telefonierte. Also hab ich hier auf sie gewartet. Sie versuchte sich zu verstecken, als sie merkte, dass ich vor der Tür stand, aber sie war nicht die Einzige, die einen Schlüssel zu diesem Haus besaß. Ich hatte mir von ihrer Kopie einen Nachschlüssel machen lassen.«

»Warum hast du ihre Sachen bei mir im Keller versteckt? Wolltest du mich unbedingt mit hineinziehen?«

»Du hattest einen schlechten Einfluss auf sie.«

Blaine starrte Joan entgeistert an, und ihr Entschluss, sich möglichst wenig aufzuregen, wurde von einer schrecklichen Erkenntnis verdrängt. Ohne nachzudenken rief sie aus: »Das ist nicht wahr. Ich hatte keinerlei Einfluss auf Rosie. Du hast sie aus einem anderen Grund umgebracht, und zwar aus Eifersucht, hab ich Recht?«

Joan sah sie versteinert an. Ashley hatte unvermittelt zu bellen aufgehört, und eine Minute lang war es beängstigend still im Haus. Dann lächelte Joan hämisch.

»Du scheinst ja doch Grips zu haben – sogar mehr, als ich dachte.«

Sie kam näher. »Hast du meine Schwester gekannt, Blaine?«

»Ich bin ihr ein- oder zweimal begegnet, als ich noch ein Kind war.«

»Aber richtig gekannt hast du sie nicht. Da ist dir aber was Hübsches entgangen! Charlotte.« Sie lachte erneut, ein hartes, bitteres Lachen. »Meine Eltern waren der festen Überzeugung, sie wäre imstande, über das Wasser zu laufen. Ausgerechnet sie! Ich war schön, ging aufs College, war Miss West Virginia. Und wen, glaubst du, liebten meine Eltern? Charlotte. Sie war nicht besonders schlau. Sie war nicht mal hübsch. Aber sie war lieb. Ständig bekam ich das zu hören. Ich hab mich so sehr um ihre Zuneigung bemüht, aber mehr als distanzierte Bewunderung war für mich nicht drin. Schon als Kind brachte ich immer nur die besten Schulzeugnisse nach Hause; meine Eltern sahen sie an und sagten nur: ›Gut gemacht, Joan, weiter so.‹ Wenn Charlotte dagegen ihre mittelmäßigen Zensuren herzeigte, schmissen sie gleich eine Party für sie.«

»Vielleicht wollten sie ihr das Gefühl geben«, warf Blaine vorsichtig ein, »dass auch sie etwas Besonderes war, obwohl die Natur sie nicht so begünstigt hatte wie dich.«

»Du meine Güte, den Spruch kenne ich«, schnaubte Joan und zuckte die kräftigen breiten Schultern, das Ergebnis konsequenten Schwimmtrainings, wie Blaine plötzlich erkannte.

»Ein Psychiater hat ihn abgelassen. Als Trost, damit ich mich besser fühlte. Weißt du, was mein Vater zu mir sagte, als ich sechzehn war und er sich ausnahmsweise zu viel Scotch genehmigt hatte? Er sagte: ›Joan, du bist so verdammt perfekt, dich zu lieben fällt schwer. Charlotte dagegen ist menschlich, und gerade das macht sie so liebenswert.‹ Ist so was zu fassen? Sie mochten sie, weil sie so normal war.«

Blaine dachte an Ned Peyton, der in einer armseligen, aus zwei Zimmern bestehenden Bretterbude zur Welt gekommen war und es mit Zähigkeit und Schläue zwar zu einem bescheidenen Vermögen gebracht hatte, dabei aber immer ein einfacher Mensch mit fehlerhafter Grammatik und schlichten Vorlieben geblieben war. Edith Peyton, seine Frau, war in äußerst wohlhabenden Verhältnissen aufgewachsen, dafür aber mit einem eigenartig affenähnlichen Gesicht geschlagen. Ihre schöne, kluge, elegante Tochter Joan hatte die beiden wohl eingeschüchtert, wohingegen Charlotte, die in jeder Hinsicht mittelmäßig gewesen war, niemanden einschüchtern konnte.

Blaines Hände waren eiskalt, und sie zitterte vor Kälte am ganzen Leib, bemühte sich aber trotzdem um einen möglichst zwanglosen Tonfall. »Du hast Charlotte immer gehasst. Deshalb hatte sie auch so viele Unfälle, als sie noch ein Kind war, stimmt's?«

»Sehr gut, Blaine. Und weißt du was, die dumme Gans hat nie etwas gemerkt. Sie schrieb es ihrer eigenen Ungeschicklichkeit zu.«

Blaine blickte Joan in die glanzlosen Augen. »Dann warst du also wirklich nicht Rosies Mutter?«

»Ich wusste, dass du mich das fragen würdest!«, kreischte Joan. »Eine Menge Leute glauben das. Sie sah mir sehr ähnlich und kam in Boston zur Welt, als ich dort lebte. Und natürlich bekam niemand jemals ihren Vater zu sehen.« Sie seufzte. »Nein, sie war Charlottes Tochter.«

Blaine fragte langsam: »Joan, was ist mit Charlotte?«

»Wieso, sie ist gestorben, in Brasilien, das weißt du doch.«

»Nein, das glaube ich nicht. Du hast jetzt nichts mehr zu verlieren. Warum sagst du mir nicht die Wahrheit? Wenn man bedenkt, was ich deinetwegen alles durchmachen musste, habe ich es doch verdient. Außerdem werde ich ohnehin heute Nacht sterben und kann es niemandem mehr weitererzählen.«

Joan überlegte. »Nein, dazu wird es nicht mehr kommen. Ich habe bisher nur einem Menschen erzählt, wie brillant ich alles eingefädelt habe. Ich bin genial, musst du wissen.«

»Ja, das weiß ich.«

»Ich war an dieser High School gnadenlos unterfordert.«

»Das dachte ich mir schon.«

»Ich kam nur meinen Eltern zuliebe zurück.«

»Das war sehr nett von dir, sehr selbstlos.«

Joan nickte erfreut; sie war so sehr in ihrer eigenen Welt verstrickt, dass sie Blaines unaufrichtigen Ton nicht zu bemerken schien. »Na schön. Ich werde dir jetzt die Wahrheit sagen und nichts als die Wahrheit.« Sie kicherte, und Blaine bekam eine Gänsehaut. »Als ich nach Boston gezogen war, um das College zu besuchen, kam Charlotte mir nach. Stell dir vor, sie hatte mich gern. Ist das nicht eine Ironie des Schicksals? Sie war eben dumm wie Bohnenstroh. Wie dem auch sei, nachdem meine Ehe in die Brüche gegangen war, zog ich wieder zu meinen Eltern, Charlotte jedoch blieb noch in Boston, weil sie verliebt war, in wen, wollte sie mir nicht verraten, weil der Betreffende verheiratet war. Als ob mich das interessiert hätte! Ich war doch heilfroh, dass sie einen Grund hatte, dort zu bleiben.«

Sie seufzte erneut. »Es war herrlich daheim. Charlotte war fort. Ich musste nicht mehr mit ihr konkurrieren. Ich fühlte mich endlich wohl. Dann kam sie mit einem Baby daher. Sie hatte unseren Eltern ein paar Monate zuvor geschrieben, dass sie geheiratet habe, aber das war eine Lüge. Charlotte beichtete meinem Vater ihre Affäre, und stell dir vor, er kam damit zurecht! Dieser sittenstrenge Baptist! Meine Güte, wäre ich an Charlottes Stelle gewesen, hätte er nie mehr ein Wort mit mir gesprochen. Ich kann dir gar nicht sagen, wie wütend ich war, aber ich ließ mir nichts anmerken. Charlotte hatte mir gesagt, sie würde in ein paar Wochen wieder nach Boston zurückkehren – ihr Liebhaber wolle sich scheiden lassen. Aber dann änderte sie plötzlich ihre Meinung. Kurz vor ihrer Abreise erzählte sie mir, dass sie keine Ehe zerstören wolle. Diese Beziehung sei falsch, sie habe Schluss gemacht und wolle mit Rosie zu Hause bleiben.« Ein Funke belebte die toten violetten Augen. »Zu Hause bleiben! Ausgerechnet jetzt, wo meine Eltern angefangen hatten, mich gern zu haben. Zumindest durfte ich mich um sie kümmern. Und dann war da er, der eigentliche Grund, weshalb sie bleiben wollte. Der Mann, in den ich verliebt war, den wollte jetzt sie – ich durfte nicht zulassen, dass sie mir noch etwas wegnahm, auf gar keinen Fall. Da hab ich sie umgebracht«, sagte Joan schlicht.

Blaines Kehle war wie zugeschnürt, obwohl sie die Wahrheit bereits geahnt hatte. »Du hast Charlotte ermordet?«

»Ja. Ich bin mit ihr in den Wald gefahren und hab sie erschossen. Wo genau, weiß ich nicht mehr. Ein paar Meilen nördlich der Stadt. Ich hab sie da irgendwo verscharrt.« Bei dem Versuch, sich an die genaue Stelle zu erinnern, legte Joan die Stirn in tiefe Falten, gab die Mühe jedoch bald auf. »Bevor sie starb, ließ ich sie noch einen Brief schreiben, in dem stand, dass sie nach Europa abgereist sei und das Baby eines Mannes nicht haben wolle, der lieber bei seiner Frau bleibe. Rosies Anblick, hieß es weiter, würde sie ja doch bloß immer wieder an den verhassten Kerl erinnern.« Joans Augen verengten sich wieder zu zwei gefährlichen schmalen Schlitzen. »Sie weigerte sich zuerst, diesen Brief zu schreiben, aber ich drohte ihr damit, dass ich Rosie umbringen würde, falls sie es nicht tat.«

Blaine verspürte den heftigen Drang, die Frau als Ungeheuer zu beschimpfen, bezwang sich aber. Joan fuhr mit ruhiger Stimme fort: »Später war ich froh, dass ich Rosie nicht umbringen musste, weil meine eigentliche Rache nicht Mord war, sondern Diebstahl. Charlotte hatte mir das genommen, was ich mir am meisten gewünscht hatte, die Liebe meiner Eltern und das Interesse des Mannes, den ich begehrte – also nahm ich ihr weg, was ihr das Liebste war – ihr Kind. Und Rosie hatte viel versprechende Anlagen. Sie war so hübsch, so klug.« Joan sah verdutzt drein. »Weißt du, ich hab mich immer gefragt, wer eigentlich ihr Vater war. Kein gewöhnlicher Kerl, bestimmt nicht. Nein, er muss ein ganz besonderer Mensch gewesen sein, um gegen Charlottes Gene anzukommen.«

Ashleys Pfoten stocherten vergeblich ein paar Mal unter der Küchentür hervor. »Dann war Rosies Vater gar nicht Derek Van Zandt?«

Joan schüttelte den Kopf. »So war Charlotte – rücksichtsvoll bis zum Schluss. Sie ließ einen falschen Namen auf die Geburtsurkunde setzen, um den Vater zu schützen. Den Namen hat sie wohl in irgendeinem Liebesroman gelesen. Und mein Vater erfand dann die Geschichte vom wohlhabenden Bostoner Ingenieur Derek Van Zandt, und als Charlotte mit dem Baby nach Hause kam, erzählte er sie jedem, der sie hören wollte. Der tolle Derek sei in Brasilien und baue dort eine Brücke – das war der Grund, weshalb er nicht mit Charlotte heimgekommen war, als Rosie fünf Monate alt war.«

»Hat das deine Mutter gewusst?«

»O ja, wenngleich sie sich später selbst einredete, dass es tatsächlich einen Derek gegeben hatte.« Sie runzelte die Stirn. »Weißt du was, ich glaube, dass Mutter schon immer ein bisschen plemplem war.«

»Aber vor kurzem fing Rosie an, misstrauisch zu werden, nicht? Deshalb schrieb sie auch nach Boston, um eine Geburtsurkunde Derek Van Zandts anzufordern.«

»Du hast das mit dem Brief gewusst?«

»Ein Fetzen davon steckte in ihrer Mappe. Ich habe ihn heute gefunden.«

»Wie leichtsinnig von ihr. Tja, ich fürchte, sie hatte tatsächlich Verdacht geschöpft und fand ihn bestätigt, als sie nach Boston geschrieben hatte. Dann war sie dumm genug, mich mit dem Ergebnis ihrer Nachforschungen zu konfrontieren – dass es nie einen in Boston gebürtigen Derek Van Zandt gegeben habe. Sie liebte Geheimnisse, weißt du, und sie begann sich zu fragen, warum sie nie einen Verwandten ihres Vaters zu Gesicht bekommen hatte. Man hatte ihr erzählt, die seien schon alle gestorben, aber als sie älter wurde, begann sie daran zu zweifeln, dass sämtliche Van Zandts tot waren und ihr Vater keinen einzigen Freund gehabt hatte, der sich für sein Kind interessierte. Dann begann sie das hehre Denkmal anzuzweifeln, das mein Vater ihm gesetzt hatte. Sie wusste, wie sehr ihm Charlotte am Herzen lag – er hätte ihre sterblichen Überreste aus Brasilien hierher überführen lassen, wären noch genügend da gewesen, um eine Streichholzschachtel zu füllen.«

»Wusste dein Vater, was mit Charlotte wirklich passiert war?«

»Er hat nie ausdrücklich daran gezweifelt, dass Charlotte nach Europa abgereist war und ihr Kind im Stich gelassen hatte, aber nachdem sie nie mehr etwas von sich hatte hören lassen, muss er die Wahrheit erraten haben. Ich glaube, er wusste, dass sie tot war und dass ich sie getötet hatte.« Ihre Züge verhärteten sich. »Weißt du, dass er mich aus seinem Testament gestrichen hat? Er hat sogar seinen Anwalt als Vollstrecker eingesetzt, nicht mich. O ja, er wusste Bescheid.«

»Aber er hat nie etwas gegen dich unternommen.«

»Was konnte er mir denn beweisen? Nichts. Absolut gar

nichts. Ich war sehr vorsichtig. Und glaubst du denn, er hätte gewollt, dass sich in der ganzen Stadt die Wahrheit über seine mörderische Tochter herumsprach? Er hätte sich vor dem Skandal gefürchtet, vor den Folgen für seinen Liebling Rosalind. Also war er einverstanden, als ich ihm den Vorschlag machte, so zu tun, als sei Charlotte mit ihrem Mann in Brasilien ums Leben gekommen. Das war so weit weg, erklärte ich ihm, dass kein Mensch jemals dahinter käme, dass es nicht stimmte. Und falls Charlotte irgendwann zurückkehrte, konnten wir immer noch behaupten, da sei ein schrecklicher Fehler passiert. Aber von da an veränderte sich sein Verhalten mir gegenüber.« Sie lächelte. »Er redete nur noch mit mir, wenn es sich absolut nicht vermeiden ließ. Und als er älter wurde, schien er fast Angst vor mir zu haben. Das war mir eine große Genugtuung. Endlich hatte ich ihn kleingekriegt.«

»Aber als Rosie dich mit der Tatsache konfrontierte, dass es in Boston keinen Mann namens Derek Van Zandt gab und du ihr daraufhin dieselbe Geschichte erzähltest – dass ihre Mutter sie einfach im Stich gelassen hatte –, da wollte sie dir nicht glauben, nicht wahr?«

»Nein. Man hatte ihr ja von klein auf eingeimpft, dass Charlotte eine Heilige war. Sie wollte nicht glauben, dass ihre Mutter sie ohne weiteres verlassen hätte.«

»Aber da war noch etwas, nicht wahr? Sie hatte allen Grund, sich vor dir zu fürchten!«

Joan fuhr sich hastig mit der Zunge über die trockenen Lippen. »Das war wegen Rick. Sie war sehr intuitiv. Sie wusste, dass Rick mir … gefiel.«

Blaine war so verdutzt, dass ihre Angst einen Augenblick lang wie weggeblasen war.

»Er gefiel dir?«

»Ja. Ist das so schwer zu glauben?«

»Nein, ich denke nicht.«

»Ich bin nur ein paar Jahre älter als er. Und eine Weile schien er auch Interesse an mir zu haben. Bis er herausfand, dass ich kein Geld besaß, abgesehen von meinem Lehrergehalt. Vater hatte mir gerade so viel hinterlassen, dass ich Rosie zu ihrem siebzehnten Geburtstag ein Auto schenken konnte, was ich auch pflichtgetreu getan habe. Und Mutter, Gott sei ihrer miesen kleinen Seele gnädig, hat unseren gesamten Besitz Rosie überschrieben.«

»Alles?«

»Alles. Und sollte Rosie zufällig vor ihr sterben, würde das Vermögen wohltätigen Einrichtungen der Baptisten zufallen. Vater hatte sie angewiesen, so zu handeln, und obwohl sie nicht wusste, weshalb, weil sie keinen blassen Schimmer davon hatte, wie Charlotte wirklich gestorben war, hat sie sich seinem Willen gefügt. Sie hat nicht ein gutes Wort für mich eingelegt. So sehr liebt sie mich.«

»Das tut mir Leid, Joan«, sagte Blaine aufrichtig, weil sie zum ersten Mal begriff, wie sehr die Peytons ihre ältere Tochter missachtet hatten und was dieser schmerzhafte Liebesentzug aus Joan gemacht hatte. Sie hatte gelernt, ihre Wut und Enttäuschung an anderen auszutoben.

»Mir tat es auch Leid«, sagte Joan bitter. »Und als Rick es herausfand, wandte er sich dir zu, ausgerechnet der Frau, die Martin Avery geheiratet hatte.«

»Martin?«, fragte Blaine tonlos. Dann ging ihr plötzlich ein Licht auf. »Du sagtest, dass Charlotte, als sie wieder zu Hause war, den Mann auf sich aufmerksam machte, in den du verliebt warst. War das Martin?«

»Wer sonst. Wir gingen zwar nur gelegentlich miteinander aus, aber ich wusste, dass ich ihn für mich gewinnen konnte. Er sah enorm gut aus damals, noch besser als vor ein paar Jahren, als du ihn geheiratet hast.«

»Ich weiß«, sagte Blaine langsam.

»O ja, natürlich. Du hast ja die Gartenarbeit für ihn erledigt, nicht?«, schnaubte sie verächtlich. »Er hat die Frau geheiratet, die einmal seinen Rasen gemäht hat. Guter Gott!«

Sogar unter diesen Umständen spürte Blaine den alten Groll in sich aufsteigen, aber sie bemühte sich, ruhig zu bleiben, Joan am Reden zu halten. »Joan, du hast behauptet, es gäbe noch jemanden, der wüsste, was mit Charlotte passiert ist.«

»Es gab jemanden.«

»Martin.«

Joan nickte. »Er rief an jenem Samstag bei mir an und sagte, er müsse mit mir reden, er habe viel nachgedacht in letzter Zeit, seit seinem Unfall. Da passe einiges nicht zusammen, und zwar im Zusammenhang mit Charlotte.«

Blaine hatte das Gefühl, als bekomme sie nicht genügend Luft. »Das war am Nachmittag seines Todes.«

»Ja. Ich fuhr zu ihm, als er mich darum bat. Er sagte mir, er habe sich zum Schein mit dir gestritten, sogar einen Aschenbecher nach dir geworfen, um dich aus dem Haus zu treiben. Er hätte keine andere Wahl gehabt, weil du ihn bemuttert hättest wie eine Glucke. Dann habe er Bernice angerufen, um ihr abzusagen. Wir hatten den Nachmittag für uns alleine. Martin fing an, über Charlotte zu sprechen. Er sagte, er habe sie nie vergessen können. Er hatte sie geliebt, musst du wissen, war nie über ihren Verlust hinweggekommen.«

Blaine empfand einen dumpfen Schmerz, aber die Neuigkeit überraschte sie nicht. Sie hatte immer gewusst, dass es eine Frau gab in Martins Vergangenheit, die ihm sehr viel bedeutet hatte, aber sie hatte fälschlicherweise an seine Frau Gloria gedacht.

»Seit dem Autounfall sei er geradezu besessen von Charlotte, erzählte er mir. Warum, wisse er auch nicht. Plötzlich erinnere er sich wieder an ihr Gesicht, ihre Gesten, an Kleinigkeiten, die sie zu ihm gesagt hatte. Er versuche, damit fertig zu werden, indem er seine Empfindungen niederschrieb.«

Die Tagebücher! Er hat sich in seinem Arbeitszimmer eingeschlossen und ganze Seiten voll geschrieben, dachte Blaine.

»Er sagte, er wisse jetzt, was passiert sei. Genau wie mein Vater war er von allein dahinter gekommen. Er wusste, dass ich Charlotte umgebracht hatte.«

»Warum ging er dann nicht zur Polizei?«

»Martins Verstand funktionierte nicht mehr so gut.« Joan lächelte überlegen. »Er lebte mehr und mehr in der Vergangenheit, hatte jedes Interesse an der Gegenwart verloren. Wie ein alter Mensch. Ich wusste nicht, ob ihn jemand ernst nehmen würde, aber ich durfte kein Risiko eingehen.«

»Also hast du ihn erschossen.« Joan nickte. »Und das verschlossene Pistolenfach ...«

»Robin hat Rosie nach Martins Unfall erzählt, wo du den Schlüssel versteckt hattest. Zu dieser Zeit verstanden Rosie und ich uns noch sehr gut, und sie vertraute mir solche Sachen an. Nachdem ich Martin an dem Nachmittag auf die Terrasse geschoben hatte, ging ich geradewegs in dein Zimmer, ich fand den Schlüssel, holte den Revolver aus dem Fach, ging nach draußen und schoss Martin in den Kopf. Dann drückte ich ihm die Waffe in die Hand und gab einen zweiten Schuss ab.« Sie runzelte die Stirn. »Es sollte nach Selbstmord aussehen, weißt du. Ich wollte nicht, dass die Polizei Ermittlungen anstellt, weil ich ja nicht wissen konnte, wem Martin seine Vermutungen wegen Charlotte noch erzählt hatte. Dann habe ich eine neue Patrone ins Magazin gesteckt, Martins Tagebücher aus seinem Arbeitszimmer geholt und sie verbrannt.«

»Wären sie einfach nur verschwunden, konnte der Verdacht entstehen, dass jemand ins Haus eingedrungen sei und sie mitgenommen habe. So aber würde man annehmen, dass Martin die Tagebücher verbrannt und sich dann das Leben genommen hatte.«

»Genau. Ich bedachte auch, dass die Polizei sämtliche Telefonate überprüfen ließe, die von hier aus geführt worden waren.

Dabei würde sie entdecken, dass Martin kurz vor seinem Tod bei mir angerufen hatte. Also legte ich mir die Geschichte zurecht, er habe sich bei mir erkundigen wollen, wann Rosie und Robin heimkommen würden.«

»Warst du auch der Fahrer, der uns in der Silvesternacht mit seinem Wagen rammte und dann Fahrerflucht beging?«

Joan sah gekränkt aus. »Ich bin doch nicht blöd. Schließlich hätte ich selber verletzt sein können, unfähig, den Unfallort zu verlassen. Das war ein Unglücksfall. Alles Übrige – alles, was ich unter Kontrolle hatte – war sorgfältig geplant. Ich hab an alles gedacht!«

»Bis auf den Umstand, dass der zweite Schuss, den du abgegeben hast, diesen Baum getroffen hat.«

Joans Freude schien kurz getrübt. »Na ja, ich war nervös, ich fürchtete, einer von euch könnte nach Hause kommen, da habe ich es nicht bemerkt. Wie ich schon sagte, alle sollten glauben, Martin habe Selbstmord begangen.« Sie schüttelte den Kopf. »Aber dann stellten Logan Quint und der Staatsanwalt fest, dass man ihn ermordet und den Selbstmord nur vorgetäuscht hatte. Als ich schließlich Rosie eliminieren musste, beschloss ich, nach dem bewährten Muster vorzugehen, das die Polizei auf deine Spur führen würde.«

»Und wenn man mich nicht verdächtigt hätte?«

»Dann hätte ich ihnen erzählt, dass Rosie und Rick ein Verhältnis hatten, denn einige Leute waren der festen Überzeugung, ihr beide wärt ein Paar. Ich hätte behauptet, dass Rosie sich vor dir gefürchtet und deshalb den Kontakt zu Robin abgebrochen habe. Alles sehr einleuchtend, nicht? Ich bin eine ausgezeichnete Schauspielerin und hätte die Leute zweifellos überzeugt. Das war mein Trumpf bei der Misswahl, weißt du. Mein schauspielerisches Talent. Ich bin brillant.«

»Mich hast du mit Sicherheit an der Nase herumgeführt«, sagte Blaine trocken.

»Ja, ich weiß. Wenn ich der Polizei von Rosie und Rick erzählt hätte, hätten sämtliche Indizien gegen dich gesprochen.«

»Warum hast du's dann nicht getan?«

Joan rieb sich die Stirn. »Ich wollte warten, bis ich dazu gezwungen war. So lange wollte ich deine loyale Freundin spielen. Das ließ mich so sympathisch wirken, findest du nicht? Die Frau, die allen Indizien zum Trotz unerschütterlich an Blaine Averys Unschuld glaubt. Auf diese Weise würde die Polizei keinen Verdacht schöpfen, vorausgesetzt, Martin hatte seine Theorien über Charlottes Verschwinden nicht schon ausgeplaudert. Es gab noch mehr zu bedenken. Zum Beispiel die Sache mit Kathy Foss. Das Mädchen wusste etwas. Ich hatte keine Ahnung, ob sie mir gefährlich werden konnte, deshalb musste ich sie loswerden.«

Aus der Küche hörte man eigenartige Geräusche. Was trieb Ashley denn da? »Wie hast du erfahren, dass Kathy etwas wusste?«

»Du hast wohl vergessen, dass ich zwar nicht mehr unterrichte, aber dank Bernices Enkelin Susie über sämtliche Vorfälle an der Schule bestens informiert bin. Susie war ganz in der Nähe, als Kathy die Besinnung verlor, und sie erzählte Bernice, dass das Mädchen beim Aufwachen behauptet hätte, etwas beobachtet zu haben, was mit Rosies Tod zusammenhing, und offensichtlich große Angst hatte. Und Bernice erzählte mir den Vorfall.«

»Und wieso sollte Bernice sterben?«

»Sie wusste, dass ich das Dilaudid weggenommen hatte«, antwortete Joan gleichgültig. »Es war nicht Martins Medikament, wie Logan Quint vermutet, sondern das meines Vaters. Auch ihm hatte man Dilaudid verschrieben, als er im vorigen Jahr an Krebs erkrankt war und im Sterben lag. Daran dachte niemand. Ich hatte mir oft überlegt, wie es wohl wäre, wenn ich ihm und Mutter eine Überdosis verabreichen würde – natürlich hätte ich es nicht wirklich getan, aber davon zu träumen machte Spaß. Es verlieh mir ein ungeheures Gefühl von Macht. Ich begann kleine Mengen Dilaudid aus den Ampullen zu nehmen und sie durch Wasser zu ersetzen. Damals war es nur ein Spiel – wie viel Dilaudid konnte ich mir nehmen, ohne dass Bernice etwas bemerkte?

Na ja, schließlich kam sie doch dahinter. Sie wunderte sich, weil Vater auf das Mittel scheinbar nicht mehr ansprach und seine Schmerzen partout nicht nachlassen wollten. Dann wurde ich leichtsinnig, und sie sagte mir, dass ihrer Ansicht nach zu wenig Dilaudid in der Ampulle sei. Aber hundertprozentig sicher war sie nicht, also hielt sie den Mund. Sie hatte große Angst, dass die Leute sie für eine unfähige Krankenschwester halten könnten oder dass ihr jemand hinter ihre Trinkerei käme. Aber als Logan sie neulich auf Dilaudid ansprach, da konnte ich sehen, wie die kleinen grauen Zellen in ihrem dumpfen Hirn anfingen zu arbeiten. Bald hätte ihr schlechtes Gewissen sie dazu gebracht, ihren Verdacht, dass jemand sich an den Medikamentenampullen vergriffen hatte, der Polizei zu erzählen.«

»Wie schlau von dir«, sagte Blaine. »Du hast das Medikament in den leeren Ampullen aufbewahrt. Eine davon wurde auf dem Gelände der High School gefunden.«

»Das war auch meine Absicht. Die Polizei sollte herausfinden, mit welcher Droge man die Mädchen betäubt hatte. Irgendjemand, wahrscheinlich Rick, würde sich daraufhin erinnern, dass Martin Dilaudidinjektionen bekommen hatte. Mein Fehler war, dass ich die Ampulle viel zu gut versteckt hatte. Eigentlich hätte man sie noch in derselben Nacht finden sollen, in der Kathy starb.«

»Aber wie konntest du wissen, dass ich auf Bernices Anruf hin gleich zu ihr fahren würde?«

Joan sah sie wissend an. »Ich habe ein Gespür für Menschen, Blaine. Und dich kenne ich, seit du ein vorlautes Gör warst und deinen Mund nicht halten konntest.«

Die Wimpern!, dachte Blaine in ironischem Staunen. Sie hasst mich, seit ich als Sechsjährige zu ihr gesagt habe, sie solle die falschen Wimpern beiseite lassen.

»Wenn dir die blöde Bernice am Telefon mit der Polizei gedroht hätte, dann hättest du ihr wahrscheinlich geraten, sich mit ihrem Verdacht wegen des fehlenden Medikaments an den Sheriff zu wenden oder sich zum Teufel zu scheren.«

Da täuscht sie sich aber gewaltig, dachte Blaine. Seit Martins Tod habe ich eine Heidenangst davor, den Rest meines Lebens im Gefängnis zu verbringen.

»Aber wenn sie Robin ins Spiel brachte, war es etwas anderes. Das wusste ich von Martin. Ein paar Tage vor seinem Tod sagte er zu mir: ›Weißt du eigentlich, dass Blaine mich immer noch liebt? Bei allem, was passiert ist, liebt sie mich. Und Robin mag sie auch. Die beiden sind zwar manchmal wie Hund und Katze, aber man merkt, dass sie sich leiden können. Blaine wird gut Acht geben auf meine Kleine.‹«

»Das hat Martin gesagt?«

»Ja. Da siehst du, dass er gar nicht so schlecht auf dich zu sprechen war, wie du dachtest. Zumindest nicht, wenn er bei klarem Verstand war und nicht zerfressen von Selbstmitleid. Er ließ dich immerhin in seinem Testament, nicht wahr?«

»Ja«, sagte Blaine leise und fühlte, wie ihr ein gewaltiger Stein vom Herzen fiel. Martin hatte sie also nicht gehasst.

»Aber für den Fall, dass ich mich in dir getäuscht hatte und Bernices Andeutungen nicht fruchten sollten, hatte ich noch dein Armband. Ich hatte es aus deiner Schmuckschatulle genommen, als ich den Schlüssel für das Pistolenfach holte. Ein billiges kleines Armband, das deine Initialen trägt.«

»Das Armband hat mir mein Vater zum Schulabschluss geschenkt! Ich hab es schon überall gesucht!«

»Wie rührend. Na ja, wenn du nicht aufgekreuzt wärst bei Bernice, hätte ich es dort liegen lassen. Das wäre überhaupt das

Klügste gewesen«, meinte Joan nachdenklich. »Dann wäre Bernice tatsächlich verblutet, und ich hätte mir die ekelhafte Hetzjagd durch den Wald erspart.«

»Und was sollten diese Telefonate? Warum hast du mich nach jedem Mord angerufen und Musik laufen lassen?«

»Weil ich fand, dass es dem Ganzen eine so hübsch makabere Note verlieh.«

»Du wolltest mich quälen.«

»Natürlich! Das geschieht dir ganz recht, weil du Martin geheiratet hast. Außerdem konnte ich davon ausgehen, dass du anderen Leuten von diesen Anrufen erzählen würdest. Dank Arletta und Abel Stroud weiß jetzt die halbe Stadt, dass Blaine Avery nicht mehr ganz bei Trost ist, verrückt genug, um zu morden.«

Blaine schloss die Augen. Als sie sie wieder aufschlug, zog Joan eine riesige Ampulle aus der Manteltasche. »Ich hab noch eine Menge Dilaudid übrig.«

Blaines Mund fühlte sich staubtrocken an. »Ich dachte, der Sinn des Ganzen wäre, all die Morde mir anzuhängen.«

Joan runzelte die Stirn. »Das hatte ich ja auch vor. Und es wäre mir auch beinahe gelungen. Aber Bernice lebt und macht mir damit einen gewaltigen Strich durch die Rechnung. Sobald sie wieder zu sich kommt, wird sie bezeugen, dass ich versucht habe, sie umzubringen, und damit wird mein ursprünglicher Plan hinfällig. Ich muss dich wohl oder übel eigenhändig töten.«

»Und was wird aus dir?«

»Keine Sorge, ich mach mich aus dem Staub. Ich denke an ein schönes, warmes Land, das kein Auslieferungsabkommen mit den Staaten getroffen hat. Schlau, was?« Sie lächelte. »Was wohl Mutter dazu sagen wird? Keine Bernice, keine Joan …«

»Und wenn Bernice früher als erwartet wieder zu Bewusstsein kommt? Was dann?«

»Keine Sorge, so leicht kriegen die mich nicht. Ich nehme den alten Wagen meines Vaters. Den vermisst kein Mensch. Dann fahre ich nach Columbus, steige in ein Flugzeug und bin über alle Berge, bevor jemand merkt, was los ist.«

Und niemand wird sie aufhalten, dachte Blaine voller Grauen. Selbst wenn Bernice in der nächsten Stunde zu sich käme, wäre sie nicht sofort vernehmungsfähig.

Ein Schlag gegen die Glastür ließ beide erschreckt zusammenzucken. Ashley begann wieder zu bellen. »Was ist das?«, fragte Joan wütend. »Wer ist da draußen?«

Lieber Gott, lass es Logan sein, betete Blaine. Aber Logan würde sich nicht gegen die Tür werfen. Sie spähte in den Schnee hinaus und sah eine kleine Gestalt, die an die Scheibe klopfte. »Mrs. Avery?«, rief ein dünnes Stimmchen. »Mrs. Avery, helfen Sie mir!«

# Neunzehn

Blaine pochte das Herz bis zum Hals. Tim. Also war er tatsächlich auf dem Weg hierher gewesen, hatte sich Wärme und Sicherheit bei ihr erhofft.

»Mach sofort die Tür auf«, befahl Joan.

»Ach bitte, Joan. Das ist Logan Quints Sohn, er ist erst sieben.«

»Mach auf, hab ich gesagt!«

»Er geht wieder weg, wenn wir ihn nicht beachten.«

Joan sah sie ungerührt an.

»Joan ...«

»Mach auf!«, schrie Joan.

Blaine biss die Zähne zusammen. »Das werde ich nicht tun.«

»Dann erschieß ich dich auf der Stelle und den Jungen gleich dazu, bevor er eine Chance hat wegzulaufen. Ist dir das lieber?«

Sie wäre glatt dazu imstande, dachte Blaine. Ein Mord mehr oder weniger, was machte ihr das schon aus? Steif vor Kälte ging sie an die Tür und öffnete sie. Tim fiel fast ins Zimmer.

Blaine kniete sich zu ihm hinunter und drückte ihn an sich. Sein kleines Gesicht war vor Kälte ganz verschwollen, seine Augen tränten, die Nase lief, sein schwarzes Haar tropfte vor Nässe. Er zitterte am ganzen Körper.

»Ich hab nnnicht gggedacht, dddass ich es schaffen würde«, schnatterte er. »Ich hab mich verlaufen.«

»Ach Tim«, seufzte Blaine und drückte ihn erneut an sich.

»Du bist also Logan Quints Sohn«, sagte Joan leichthin. »So wie du im Moment aussiehst, lässt sich nicht viel erkennen, aber ich würde mal sagen, dass sich dein indianisches Blut nicht verleugnen lässt.«

Tim sah an Blaine vorbei auf Joan und legte die Stirn in Falten. »Wer sind Sie?«

»Eine Freundin.«

Ashley war wieder an der Küchentür, und ihre Pfoten stocherten durch den Türschlitz, wobei sie wild bellte.

»Wieso ist denn Ashley da drin?«, fragte Tim.

»Weil ich sie nicht erschießen will«, entgegnete Joan.

Tims Augen weiteten sich, und Blaine wusste, dass sie auf Joans Waffe gerichtet waren. »Du wirst uns erschießen?«

»Nein. Mir fällt gerade was viel Lustigeres ein. Steh auf, Blaine.«

Blaine streichelte Tim über die kalten Wangen und versuchte beruhigend zu lächeln; sie stand auf, ohne seine Hand in dem nassen Lederhandschuh loszulassen. »Na schön, Joan. Und was jetzt?«

»Jetzt wollen wir einen kleinen Spaziergang machen.«

»Aber es schneit ganz scheußlich da draußen«, rief Tim.

»Du hast es doch auch geschafft, oder?«

»Aber ich hab mich verlaufen und bin dauernd hingefallen.« Er blickte Joan bittend an. »Bitte erschießen Sie uns nicht, und bitte bitte schicken Sie uns nicht mehr da raus!«

»Ein Bitteschön mit Zucker und Zimt?«, fragte Joan mit honigsüßer Stimme.

»O ja, und einer Kirsche oben drauf«, antwortete Tim eifrig.

Joans Lächeln schwand. »Bitte abgelehnt.«

Während Blaine diesem merkwürdigen Dialog zwischen Joan und Tim lauschte, wurde ihr plötzlich bewusst, dass Ashley nicht mehr bellte. Ein Geräusch kam aus der Küche, das sich wie ein hölzerner Gegenstand anhörte, der auf Linoleum fiel. Im selben Moment, in dem sie begriff, was passiert war, erschien Ashley auch schon frenetisch bellend vor der Glastür.

»Wie ist sie da rausgekommen?«, fragte Joan.

Blaine schluckte. »Anscheinend hat sie die Halterung des Riegels für die Hundeklappe durchgebissen.«

»Hilfe, Ashley!«, schrie Tim.

Der Hund sprang gegen das Glas, das vibrierte, aber nicht

splitterte. Die Lippen zum dünnen Strich zusammengepresst, zielte Joan auf das Tier. Blaine und Tim schrien, als ein Schuss das Glas bersten ließ. Der Hund jaulte auf und war still.

»Das hab ich nicht gewollt«, stellte Joan bedauernd fest.

Tim brach in Tränen aus. »Du ... du Hexe! Mein Daddy kriegt dich schon! Mein Daddy wird dich an den höchsten Baum knüpfen für das, was du getan hast, du abscheuliche, fette, hässliche, gemeine ...«

»Nicht, Timmy«, sagte Blaine und zog ihn an sich heran.

»Aber sie hat Ashley umgebracht!«

»Und jetzt werde ich euch beide umbringen«, sagte Joan ruhig. »Raus. Sofort.«

Das ist also das Ende, dachte Blaine zerstreut. Eine Serie grausamer Morde, die mit meinem und Tims Tod endet.

Blaine spürte, dass ihr Tränen über die Wangen liefen, als sie ohne Mantel und immer noch mit Tims Hand in der ihren in die eiskalte Nacht hinaustrat. Das Ende, das Ende. Sollte das wirklich schon alles gewesen sein? Ein kleiner, unschuldiger Junge, der sterben musste, weil er sich zufällig zur falschen Zeit am falschen Ort aufhielt?

Sie blickte sich suchend um. Weit und breit kein toter Hund zu sehen. Ein kleiner Blutfleck bezeichnete die Stelle, wo Ashley gestanden hatte, als der Schuss sie traf. Aus irgendeinem Grund schlug Blaines Herz höher. Ashley lebte noch. Und wenn Ashley es geschafft hatte ...

Tim zupfte sie an der Hand und raunte so leise, dass Joan, die hinter ihnen ging, es nicht hören konnte: »Ashley geht's gut.« Blaine nickte. Dann flüsterte Tim: »Keine Sorge. Ich werd uns schon retten.«

Blaine musste fast schmunzeln über diesen tapferen kleinen Kerl. Seine Tränen waren schon wieder versiegt, und trotz des dichten Schneetreibens sah Blaine seine entschlossene Miene. In diesem Augenblick erinnerte er sie sehr an Logan.

Nur mit Stiefeln, Jeans und einem locker gestrickten Pulli bekleidet, begann Blaine sofort zu frieren, und der schneidende Wind peitschte ihr die Haare ins Gesicht. Tim drückte ihre Hand. »Es wird alles gut.«

»Weiter«, schrie Joan. »In den Wald!«

Blaines Hosensaum war bald nass, und sie schlotterte vor Kälte. Und wie ging es Tim?, fragte sie sich. Er war mindestens schon eine Stunde hier draußen gewesen. Gott sei Dank hatte er daran gedacht, sich Handschuhe anzuziehen, aber sein Gesicht war womöglich schon halb erfroren. Was hatte seine Mutter bloß zu ihm gesagt, das ihn in dieser gottverlassenen Nacht aus dem Haus getrieben hatte?, dachte sie, um sich von ihrer Angst abzulenken. Allie Quint hatte ihr nicht erzählt, warum er weggelaufen war, aber Blaine spürte instinktiv, dass es um die Ehe von Logan und Dory nicht zum Besten stand. Dory. Cait hatte sie einmal bei einem Empfang gesehen und Blaine erzählt, dass sie blond war und wunderschöne, zarte Gesichtszüge hatte. Allerdings hätten ein unzufriedener Zug um den Mund und ihr rastloser, gehetzter Blick die Wirkung erheblich beeinträchtigt.

Du lässt schon wieder mal deine Gedanken schweifen, dachte Blaine. Konzentrier dich lieber, überleg dir eine Möglichkeit, wie du wenigstens Tim retten kannst, wenn es für dich selbst schon kein Entrinnen gibt.

Bäume ragten plötzlich vor ihnen auf. Im dichten Schneegestöber hatten sie den Weg verfehlt, und Blaine blieb stehen, weil sie wusste, dass der Waldboden hier mit dornigem Gestrüpp überwuchert war. »Weiter«, kommandierte Joan barsch.

Blaine strich sich das nasse Haar aus dem Gesicht. »Hier gibt es keinen Weg.« Der Lauf der Pistole bohrte sich in ihren Rücken. »Der Weg ist mir scheißegal. Hör auf, rumzutrödeln. Na los, wird's bald!«

Die Dornenranken waren wie gefrorene Krallen, die nach ihren Schuhen griffen. Tim fiel hin, und Blaine hörte, wie ihm ein kleiner Schluchzer entschlüpfte, bevor er sich tapfer wieder aufrappelte. Er möchte Joan nicht merken lassen, wie sehr er sich fürchtet, dachte Blaine. Er kann ja nicht ahnen, dass sie unsere Empfindungen gar nicht mehr wahrnimmt. Sie warf einen verstohlenen Blick über die Schulter. Joans irres Lächeln und ihre glasigen Augen waren fast schauriger anzusehen als der Pistolenlauf in Blaines Rücken.

Endlich trafen sie auf den Weg, aber Joan wies sie an, ihn zu überqueren und wieder ins Dickicht zu steigen. Sie führt uns zum Bach, dachte Blaine entsetzt. Am Ufer wird sie uns dann umbringen, genau wie Rosie.

Sie stolperten durch Schnee und Gestrüpp. Wenn sie doch bloß hinfallen würde, dachte Blaine wütend. Dann könnte ich mir die Pistole schnappen. Aber Joan schien bemerkenswert trittsicher, im Gegensatz zu Blaine und Tim, die immer wieder ausglitten und einander stützen mussten. Blaine zitterte nicht mehr, sie war wie taub. Wahrscheinlich zu taub, um nach der Waffe zu greifen, falls sie sie überhaupt zu fassen bekäme.

»Ich muss mich wirklich für dieses Wetter entschuldigen«, schrie Joan. »Die Nacht, in der Rosie hier draußen starb, war berückend schön.«

Als kommentiere sie irgendein gesellschaftliches Ereignis, dachte Blaine und spürte, wie Tim das Grauen packte und er sich noch fester an ihre Hand klammerte. Dennoch blickte er mutig nach vorn, während sie über vereiste Wurzeln stolperten und mächtigen schneebeladenen Bäumen auswichen.

Plötzlich hörte Blaine ein Rascheln hinter sich und spürte gleich darauf einen Stich im Arm. Mit einem Aufschrei wirbelte sie herum, aber es war zu spät. Joan hatte ihr die Spritze bereits in den Oberarm gestoßen. Dilaudid, dachte Blaine, als Joan zurückwich und wieder die Waffe auf sie richtete. Die Spritze war halb leer und hing noch an ihrem Arm. Sie riss sie heraus und schleuderte sie zu Boden. »Was hast du ihr getan?«, schrie Tim.

»Sie übertölpelt«, antwortete Joan fröhlich.

»Du hast sie gestochen, und jetzt blutet sie!«

»Halt den Mund und geh!«

Sie stolperten weiter, aber schon nach wenigen Minuten spürte Blaine, wie die Droge durch ihre Blutbahnen strömte, ihre Schritte hemmte, ihr den Blick trübte. Die Baumwipfel über ihnen ächzten, gepeitscht durch den gnadenlosen Wind, und irgendwo rechts vorne hörte sie ein lautes Knacken, zweifellos das brüchige Holz eines Sumach. Der Wind hatte wahrscheinlich einen der Äste abgebrochen oder den ganzen Baum umgedrückt. Eine Nacht des Todes und der Zerstörung, dachte Blaine.

Und dann waren sie am Bachufer angelangt. Der Anblick des dunklen, kalten Wassers ließ sie erstarren.

»Endstation«, stellte Joan grimmig fest. Tim sah zu Blaine auf, diesmal war er unfähig, die Angst aus seinen braunen Augen fern zu halten.

»Und jetzt?«, fragte Blaine und bemerkte dabei, dass ihre Stimme ein wenig schleppend klang. Sie hätte sich am liebsten in den Schnee gelegt und geschlafen.

»Nun, darüber habe ich mir schon die ganze Zeit Gedanken gemacht«, sagte Joan. »Ich könnte dich einfach umbringen und Schluss, aber das wäre ein bisschen zu harmlos für dich, Blaine. Also habe ich beschlossen, dich mitansehen zu lassen, wie ich den Jungen töte. Wenn du dann an der Reihe bist, wird dich dieses Schreckensbild in den Tod begleiten.« Sie sah Tim freundlich an. »Es wird nicht wehtun, Schätzchen, wirklich nicht. Hab keine Angst.«

»Ich hab keine Angst vor dir!«, rief Tim.

»Natürlich nicht«, sagte Joan in mütterlichem Tonfall. Dann sah sie Blaine an. »Sag mal, sind eigentlich alle Kinder solche Lügner?«

»Ich weiß es nicht«, antwortete Blaine. »Ich weiß nur, dass er Angst hat. Schreckliche Angst.«

Tims Augen funkelten sie an. »Hab ich nicht! Kein bisschen –«

Blaine drückte seine Hand so fest, dass er wimmerte. Dann zwinkerte sie ihm heimlich zu. Tim runzelte die Stirn, und sie war nicht sicher, ob er ihr Zwinkern auch wirklich bemerkt hatte, oder ob er dachte, sie würde wegen der Kälte blinzeln. »Gib es schon zu, Tim. Du hast doch eine Heidenangst, nicht?«

Tim zögerte. Sie hielt den Atem an, entspannte sich erst wieder, als er sagte: »Na ja, irgendwie schon.«

»Und du wirst alles tun, was die Lady dir sagt, nicht?«

Blaines Herz pochte wild, in viel zu großen Abständen. Wenn sie Tim doch nur dazu bringen könnte, den Schwachen, Fügsamen zu spielen! Vielleicht würde Joan ihn dann lange genug aus den Augen lassen, damit er davonlaufen konnte. Für sie war es zu spät. In ein paar Minuten würden ihre Beine sie nicht mehr tragen. Nervenaufreibende Sekunden vergingen, in denen Tim sie fragend ansah. Dann verzog er weinerlich das Gesicht und schluchzte gekonnt: »Ja, Lady, ich werd alles tun, was Sie wollen. Nur tun sie mir bitte nicht weh!«

»Schon besser«, sagte Joan. »Viel besser. Ich werde dir sagen, was du tun sollst. Ich will, dass du dich bei dem Baum da drüben auf den Boden setzt.«

Tim rührte sich nicht vom Fleck, und Blaine spürte, dass er schreckliche Angst hatte. »Tu, was sie sagt, Tim.«

»A-aber sie bringt mich um!«

»Tu einfach, was sie sagt, vielleicht ändert sie dann ihre Meinung.«

Tim sah sie bittend an. »Mrs. Avery?«

»Nenn sie nicht so!«, kreischte Joan. »Sie ist nichts weiter als die blöde alte Blaine O'Connor, ein Haufen Müll.«

»Was?«

»Vergiss es. Geh schon«, sagte Blaine und gab ihm einen kleinen Schubs. Joan stand etwa einen halben Meter hinter ihr, und Blaine wankte, als hätte die Droge bereits ihre volle Wirkung entfaltet. Joan kam langsam näher und stand knapp hinter ihr. Blaine ließ Tim nicht aus den Augen. »Na los, Timmy. Stell dich da drüben neben die große Eiche.«

Tim ließ endlich ihre Hand los und stapfte zögernd hinüber zum Baum. Er nahm sich winzig klein aus gegen den dicken Stamm; er stand mit dem Rücken zu ihnen, bis Joan rief: »Dreh dich um, Kleiner. Sonst heißt es am Ende, ich hätte dich von hinten erschossen. Außerdem soll Blaine deine Augen sehen, wenn du stirbst.«

Joan tat einen Schritt nach vorn. Blaine rang nach Luft, schloss einen Moment lang die Augen, um sie schärfer zu stellen, und betete um Kraft.

Sehr langsam drehte Tim sich um, die Hände zu Fäusten geballt, einen trotzigen Ausdruck auf dem geschwollenen Gesicht. Aus dem Augenwinkel erahnte Blaine, wie Joan auf Tim zielte, und warf sich gegen sie.

Ein Schuss krachte, als Blaine und Joan zu Boden stürzten. »Lauf, Tim!«, schrie Blaine, die nicht wusste, ob der Junge getroffen war oder nicht.

»Mrs. Avery!«, schrie er.

»Lauf!«, kreischte sie erneut, als Joan fluchte und Blaine von sich stieß. Blaine fiel mit dem Gesicht in den Schnee. »Wo ist sie?«, kreischte Joan. »Wo ist sie?«

Die Pistole, dachte Blaine. Ich hab sie ihr aus der Hand geschlagen. Und dann sah sie die Waffe neben ihrem linken Fuß im Schnee liegen. Sie hatte nicht mehr die Kraft, danach zu greifen und Joan zu erschießen. Sie wäre nicht mehr imstande gewesen, sich aufzusetzen und die Waffe festzuhalten, sollte Joan versuchen sie ihr zu entwinden. Also stieß sie mit dem Fuß dagegen, dass sie ein paar Meter über den Schnee schlitterte, über die Uferböschung rutschte und im schwarzen Wasser des Baches versank.

»Du Miststück!«, fauchte Joan und kroch auf Blaine zu. »Du glaubst wohl, du hättest gewonnen? Aber das hast du nicht.«

Blaine spürte Joans kräftige Hände, die sie packten und durch den Schnee auf den Bach zu schleppten. Blaine versuchte schwach nach ihr zu treten, sich zu wehren, aber sie hatte keine Kraft mehr.

Joan rollte sie die Uferböschung hinunter. Blaine landete rücklings im Wasser, schluckte schmutzige, eiskalte Brühe. Würgend schaffte sie es, den Kopf aus dem seichten Wasser zu heben und nach Luft zu schnappen, obwohl sie das Gefühl hatte, als funktionierten ihre Lungen nicht mehr richtig. Die Droge verlangsamte ihren Atem. Wieder tauchte ihr Kopf unter Wasser, aber diesmal hielt sie die Luft an, bevor sie ihn mit letzter Kraft noch einmal hob. Joan warf sich auf sie wie eine Katze.

»Ersauf endlich, verdammt!«

Blaines Hände gruben sich in den Schlamm des Bachbettes. Sie unternahm einen schwachen Versuch, Joan zu packen, hatte aber nicht mehr die nötige Kraft. Sie schnappte verzweifelt nach Luft, und da war ihr plötzlich, als hätte sie einen Laut gehört. Bellte da nicht irgendwo ein Hund? Ihr wurde schwarz vor Augen. Joan drückte ihr den Kopf erneut unter Wasser. Nein, es musste Einbildung gewesen sein. Ihre Gedanken wirbelten wild durcheinander. Sie nahm nichts mehr wahr als schwarze, stinkende Brühe, Hände auf ihrem Gesicht, Knie auf ihrer Brust, Lungen, die nach Luft schrien.

Blaine schluckte Wasser, immer wieder. Sie verlor das Bewusstsein, und das Gesicht ihres Vaters tauchte kurz vor ihr auf. Dann die Gesichter von Martin, Logan, Robin, Tim, Ashley …

Da zogen sie starke Arme aus dem Wasser. Sie hörte Schreie, einen Hund, der bellte, eine Stimme, die ihr befahl: »Blaine! Atme, Blaine!« Aber sie konnte nicht. Wenn die bloß aufhören würden, ihr auf die Brust zu drücken, würde sie es ihnen sagen, dachte sie ärgerlich. Wenn sie doch damit aufhören würden …

Plötzlich würgte es sie, man rollte sie auf die Seite, und sie begann Wasser zu spucken. »Na los, Blaine! Gut so!«, hörte sie jemanden rufen. »Du schaffst es, Blaine!« Logan? Unmöglich. Es war nur ein Traum – sie träumte, dass sie gerettet wurde.

Jemand rollte sie wieder auf den Rücken. Sie fror, ihr war übel, und sie war unerträglich müde, trotzdem schlug sie die Augen auf. Aus weiter Ferne drang das Kreischen einer Frau an ihr Ohr. Ein Hund leckte ihr die Wangen. Da tauchte ein kleines Gesicht über ihr auf. Sie blinzelte, bis es schärfer wurde. Es strahlte sie an. »Ashley hat Daddy gefunden. Er und ein paar Männer haben im Wald nach mir gesucht. Ashley hat sie hergeführt. Sie hat unsere Spur aufgenommen.« Tim? Er schaute triumphierend in das besorgte Gesicht seines Vaters. »Siehst du, Daddy, mein Traum hat doch Recht gehabt! Ich hab dir ja gesagt, dass mich ein großer goldener Hund retten würde!«

Dann schlief sie ein.

# Epilog

»Der Wald wirkt gar nicht mehr gespenstisch«, sagte Blaine. »Wenn in den Bäumen tatsächlich Geister wohnen, versuchen sie nicht mehr, uns etwas zu erzählen.«

Logan lächelte. »Nach allem, was passiert ist, wundert es mich, dass du noch hierher kommen kannst. Wenn unser Suchtrupp nicht so nah bei deinem Haus gewesen wäre, hätte Ashley uns nicht so schnell gefunden, und wenn sie eure Spur trotz des Schneegestöbers nicht so gut aufgenommen hätte und wir Joan zwei Minuten später von dir heruntergezogen hätten ...«

»Ich hatte im Krankenhaus zwei volle Tage Zeit, mir in allen Farben die schrecklichen Dinge auszumalen, die hätten passieren können, aber dann habe ich beschlossen, dass solche Gedanken zu nichts führen. Tim und ich sind am Leben, nur das zählt.«

Es war ein freundlicher, trockener Tag, und Tim und Robin warfen abwechselnd Ashley eine Frisbeescheibe zu und lachten, wenn sie sie fing.

Logan sah Blaine eindringlich an. »Bist du sicher, dass es dir wieder gut geht?«

»Mir geht es so gut wie schon lange nicht mehr. Ich weiß endlich, dass Martin mich nach dem Unfall nicht gehasst hat. Ich hatte doch die ganze Zeit geglaubt, er hätte sich umgebracht, aber zuvor noch auf den Baum gefeuert und eine neue Patrone ins Magazin gesteckt, damit sein Selbstmord wie ein Mord aussah und man mich verdächtigte. Ich hab ihm schrecklich Unrecht getan, das weiß ich jetzt. Und Robin und ich haben auch endlich Frieden geschlossen.«

»Als ihr klar wurde, was du nach Martins Tod durchmachen musstest, ohne uns zu verraten, dass sie wusste, wo der Schlüssel zum Pistolenfach versteckt war, hat sie wohl endlich begriffen, dass sie dir nicht gleichgültig ist.«

»Ja, das hat unser Verhältnis erheblich verbessert. Ich denke, dass wir alle beide Tomaten auf den Augen hatten.«

»Wie meinst du das?«

»Es hätte uns doch auffallen müssen, wie oft Joan Martin vor seinem Tod besucht hat. Vorher hatte es nicht danach ausgesehen, als wären die beiden so gut miteinander befreundet. Bestimmt hat sie es genossen, ihn so hilflos zu sehen; das war ihre Rache dafür, dass er Charlotte geliebt und später wieder nicht sie, sondern mich geheiratet hat. Und ich hätte mich fragen müssen, wie es kam, dass Joan, die doch Rosie immer mit Argusaugen bewachte, über ihre Affäre mit Rick nicht Bescheid wusste.« Blaine seufzte. »Was wird mit Joan passieren?«

Logan hatte Joan immer bewundert und meinte bedauernd: »Wie ich höre, sitzt sie den ganzen Tag vor dem Spiegel und kämmt ihr Haar oder tut so, als würde sie zur Miss West Virginia gekrönt, oder führt imaginäre Gespräche mit ihren Eltern und mit Martin und Rick, in denen alle sie vergöttern. Und sie singt, am liebsten *Ringel Ringel Rose*. Sie wird wahrscheinlich den Rest ihres Lebens in einer Heilanstalt verbringen.«

Blaine vergrub die Hände in ihren Taschen. »Es ist schon eigenartig, wie jemand so lange Zeit völlig normal funktionieren kann. »

»Wir alle setzen hin und wieder Masken auf. Joan hat die ihre am Ende nicht mehr abgelegt. Sie hat alle hinters Licht geführt – nur ihren Vater nicht. Und später auch Rosie nicht mehr. Leider. Hätte die ihren Verdacht wegen Derek Van Zandt bloß für sich behalten!«

Blaine runzelte die Stirn. »Ich habe das Gefühl, dass es im Grunde keine Rolle mehr spielte. Rosies Schicksal war besiegelt, als sie sich mit Rick einließ.«

»Die Liebe scheint viele Menschen in ziemliche Schwierigkeiten zu bringen.« Logan griff nach Blaines Hand und hielt sie fest. »Dory und ich werden uns scheiden lassen. Ich hätte es ihr schon vor Monaten vorschlagen sollen, aber Tim zuliebe wollte ich die Familie zusammenhalten. Das war ein großer Fehler. Er wäre um ein Haar ihretwegen gestorben.«

»Das konnte Dory nun wirklich nicht wissen, Logan«, sagte Blaine, »aber ansonsten gebe ich dir Recht. Dory will offensichtlich keine Mutter sein, und Tim sollte nicht ihrer Unzufriedenheit ausgeliefert sein. Wie reagiert er auf eure Scheidung?«

»Ich habe ihm die Situation erklärt. Er darf jedes Jahr eine gewisse Zeit mit Dory verbringen, obwohl sie auf das gemeinsame Sorgerecht verzichten möchte.« Er lächelte bitter. »Zu viel Verantwortung. Aber Tim wird sich schon daran gewöhnen. Er ist ein zäher Bursche.«

»Das brauchst du mir nicht zu erzählen!« Blaine lachte. »Du hättest hören sollen, wie er sich gegen Joan zu wehren wusste.«

Ashley kam zu ihnen gelaufen, die orangefarbene Frisbeescheibe im Maul. Sie trug einen Verband über der Stelle, wo Joans Kugel sie gestreift hatte. Wieder einmal staunte Blaine über Robins Veränderung. Sie wirkte rosig und ausgeglichen, und die Anspannung, die seit fast einem Jahr ihre Mimik beherrscht hatte, war endlich verschwunden. Sie wusste, dass ihr Vater sich weder selbst umgebracht hatte, noch von Blaine erschossen worden war. Und sie traf sich regelmäßig mit Tony Jarvis, der sie, wie inzwischen erwiesen war, nur hatte beschützen wollen, als er vor der Polizei behauptet hatte, er sei in der Nacht, als Bernice beinahe zu Tode gekommen war, mit seiner Mutter, nicht mit Robin zusammen gewesen.

»Wir wollen Ashley immer dazu bringen, die Scheibe wieder herzugeben«, sagte Robin lachend.

»Aber sie tut es einfach nicht!« Tim kniete sich neben die Hündin und umarmte sie wild. Ashley ließ das Frisbee fallen und leckte ihm das Gesicht.

»Dann musst du eben regelmäßig zu uns kommen und mit ihr trainieren«, sagte Robin.

»Das tue ich gern!«, antwortete Tim mit Feuereifer. »Ich hab gehört, wie Oma einmal gesagt hat, dass man einem alten Hund keine neuen Tricks beibringen kann, aber ich kann das. Außerdem ist Ashley der klügste Hund auf der ganzen Welt. Und der tapferste, findest du nicht auch, Robin?«

»Na und ob.«

Logan ließ Blaines Hand los und wandte sich an Tim. »Es wird allmählich Zeit, dass wir heimfahren, mein Sohn.«

Tims Miene spiegelte gemischte Gefühle wider – Hoffnung, Unbehagen, ein bisschen Angst. Schließlich meinte er fröhlich: »Na gut. Mami hat gesagt, sie will mich anrufen und mit mir über die Dingsbums reden.«

»Die Scheidung?«, sagte Logan.

»Ja. Außerdem muss ich noch rechnen. Ich muss immer rechnen!« Tims Arme lösten sich vom Hals des Hundes, und er blickte zu Blaine auf. »Ich hatte viel Spaß heute.«

»Wir auch, Tim. Wie wär's, wenn du nächsten Samstag wieder kommst und mit Ashley ein bisschen trainierst?«

Tims Miene hellte sich auf. »Darf ich, Daddy?«

»Klar, mein Sohn. Du darfst kommen, sooft du eingeladen bist.«

»Bin ich eingeladen?«, fragte Tim Blaine.

»Das hab ich dir doch schon gesagt – du hast eine Dauereinladung. Du kannst kommen, wann immer du möchtest.«

»Daddy auch?«

Blaine sah Logan lächelnd in die Augen. »Die Dauereinladung gilt auch für ihn.«

Als Logan und Tim außer Hörweite waren, legte Robin ihren Arm um Blaines Schultern. »Was geht denn da vor zwischen euch beiden?«

»Eine überaus weise junge Dame hat einmal zu mir gesagt, dass man alte Liebe zwar eine Weile ins Regal stellen, aber nicht umbringen könne.«

»Und was bedeuten dir die Worte dieser weisen jungen Dame?«

Blaine lächelte. »Im Augenblick bin ich einfach nur glücklich, dass ich noch lebe und dass ich dich und Ashley habe. Was die Zukunft anbelangt …«

Da wandte Tim sich noch einmal um, grinste breit und rief: »Wir kommen ganz ganz bald wieder.«

»Was die Zukunft anbelangt«, fuhr Blaine fort und winkte Tim zu, »ich bin hier und warte.«